毕淑敏小说精汇
Red Prescription

红处方

毕淑敏 著

重庆出版集团
重庆出版社

图书在版编目（CIP）数据

红处方 / 毕淑敏 著.– 重庆：重庆出版社，2009.6
ISBN 978–7–229–00747–8

Ⅰ.红… Ⅱ.毕… Ⅲ.长篇小说 – 中国 – 当代
Ⅳ.I247.5

中国版本图书馆 CIP 数据核字（2009）第 086337 号

红处方
HONG CHU FANG

毕淑敏 著

出 版 人：罗小卫
策 划 人：华章同人
责任编辑：陈建军
特约编辑：黄卫平
封面设计：灵动视线

重庆出版集团
重庆出版社 出版

（重庆长江二路 205 号）

北京凯达印务有限公司 印刷
重庆出版集团图书发行公司 发行
邮购电话：010–85869375/76/77 转 810
E–MAIL：sales@alphabooks.com
全国新华书店经销

开本：640mm×965mm 1/16 印张：26.25 字数：390千
2009年6月第1版 2009年6月第1次印刷
定价：38.00元

如有印装质量问题，请致电023–68706683

目　录

第一节…………………………………………………………………1

第二节…………………………………………………………………5

第三节…………………………………………………………………7

第四节…………………………………………………………………13

第五节…………………………………………………………………22

第六节…………………………………………………………………33

第七节…………………………………………………………………45

第八节…………………………………………………………………48

第九节…………………………………………………………………61

第十节…………………………………………………………………69

第十一节………………………………………………………………75

第十二节………………………………………………………………84

第十三节………………………………………………………………93

第十四节………………………………………………………………104

第十五节………………………………………………………………116

第十六节………………………………………………………………129

第十七节………………………………………………………………140

第十八节………………………………………………………………148

第十九节………………………………………………………………156

第二十节………………………………………………………………163

第二十一节……………………………………………………………170

第二十二节…………………………………………………186

第二十三节…………………………………………………201

第二十四节…………………………………………………212

第二十五节…………………………………………………225

第二十六节…………………………………………………246

第二十七节…………………………………………………251

第二十八节…………………………………………………263

第二十九节…………………………………………………271

第三十节……………………………………………………282

第三十一节…………………………………………………290

第三十二节…………………………………………………300

第三十三节…………………………………………………309

第三十四节…………………………………………………320

第三十五节…………………………………………………326

第三十六节…………………………………………………336

第三十七节…………………………………………………348

第三十八节…………………………………………………360

第三十九节…………………………………………………370

第四十节……………………………………………………377

第四十一节…………………………………………………387

第四十二节…………………………………………………391

第四十三节…………………………………………………406

女儿，你是在织布吗？（代后记）………………………413

第 一 节

沈若鱼和母亲自南方旅游归来时，晒得像一段黑檀木。

先生到机场接她们，小心翼翼。好像母女俩是砍开的半个椰子，一碰就会汁液横流。本想把母亲接到自家，但老人坚持回干休所。送母亲回去安歇后，先生的精神才舒缓一些。

告诉你一件事，可别吓着。要有精神准备，把自己的红血球、白血球都调动起来，像城墙砖一样砌在那儿，抵御我这个消息的力度。先生郑重得吓人。

说吧，是不是我不在的这段时间，你搞了颠覆我的小动作？家庭兵变、第三者插足什么的，我时刻准备着。沈若鱼一边说，一边向外拿着南方特产。

比这要坏得多。先生不理会她的打趣，沉痛万分。

沈若鱼不由得把手中的芒果扔到一边，说，到底出了什么事？

先生说，简方宁死了。自杀。

他预备着沈若鱼大哭大叫，甚至私下准备了一条新毛巾，预备妻子嚎啕痛哭的时候堵枪眼。

不料沈若鱼什么也不说，只把挤压过的芒果，摆在果盘的最上面，以便吃的时候优先处理，免得坏掉。

先生一字一顿地说，沈若鱼，我不是和你开玩笑。你的最好的朋友，有着几十年友谊纪录，你临去南方前还和她朝夕相处的简方宁——她死了。听到没有？

沈若鱼说，咱们俩距离不到一米，我怎么会听不到？你安的什么心？为什么说了一遍又一遍？！

先生说，看你没有反应。

沈若鱼暴躁起来，你想要看什么反应？沉默不语就不是反应吗？

先生说，沈若鱼，我真惊讶。以前老是怕我死在前头，你可怎么办？

1

现在我放心了。你对心爱的朋友暴死，都能这般无动于衷，还有什么风雨经受不起？

沈若鱼说，我已料到她会死。就像一个科学家计算出了冥王星的轨道外面，还有一颗冥外星。他在宇宙中发现了冥外星的踪迹，真如他预计的那般如期到达，你说他有什么可吃惊的？

先生说，我想起一部电影的名字——女人比男人更凶残。

沈若鱼说，女人比男人更能忍耐。要是她决定死了，那就一定有活不下去的理由。

先生说，我觉得你从戒毒医院出来以后，更冷漠也更智慧了。

沈若鱼说，你的意思，是让大家都到那里去留留学？可惜简方宁这个戒毒医院的院长不在了，你想走后门插班，没机会了。

先生说，你就不想知道你最好的朋友是怎样告别人世的？真的大智若愚到了这种境界？

沈若鱼说，所有的事，我都知道。

先生大惊道，怎么一身巫气？简方宁前天去世，昨天她丈夫潘岗给我打的电话，死因不清，对外还属概不披露阶段，基本上是独家新闻。你怎么知道的？

猜的。沈若鱼淡淡地说。

我不信。先生摇头。做个试验，你先说她是死在哪里？

办公室。沈若鱼回答。

对了。可你怎么知道的？

她的办公室，真是个求死的好地方。家里有保姆，死起来，多受干扰？凡是有头脑的人，都不会愿意死在家里。再说吓唬了孩子，肯定方宁不忍。所以她不死便罢，倘若死，只有到办公室。沈若鱼冷静得好像在评点某一电视剧中的女主角。

你说她是怎么死的？先生又感惊骇。

吃安眠药。沈若鱼成竹在胸。

料事如神。先生伸出大拇指。紧接着又是那句：你怎么知道的？

这还用说？简方宁是个医生，整天同药打交道，自然是这件兵器最拿手了。电工自杀，肯定去摸电门。农民一仰脖就喝敌敌畏了。死是大事，又没经验，谁不想做得利索些？

沈若鱼说得头头是道，好像有一道现成的文字答案，悬挂面前。

你说她屋里还有什么吧？先生的脸因为恐怖有些变形，还是忍不住问。

就是说除了她办公室常用的办公物品以外，还有什么？沈若鱼借重复问题的机会，延长了一下自己思考的时间。

是啊，说啊。先生估计沈若鱼回答不出。

可以把范围缩小一些吗？办公室很大。沈若鱼稍显困难地回忆着。

窗台上。先生宽宏大量地提示。

在窗台上，有一只空的药瓶。药瓶里装了一半的清水，水里插着一束……不，不是一束，那太奢侈了，方宁舍不得的。她不愿把自己的死，搞得那样豪华……沈若鱼自言自语着，目射精光，好像在把一幅破碎的图片拼起来，殚精竭虑。

片刻之后，她坚定地说，在简方宁办公室的窗台上，有一只空药瓶。瓶里有半瓶清水，里面插着一枝盛开的红玫瑰……

天啊！若鱼，你不要说下去了。如果你不是我的老婆，我简直要到公安局报案，说你涉嫌谋杀了简方宁。你人不在这里，怎么会对现场知道得这样一清二楚？莫非有特异功能？

先生真的向后退了一步，远距离打量。

沈若鱼笑了，说，不是你提议玩个游戏的吗？

先生说，我现在提议，永远不谈这个话题。

沈若鱼说，那不可能。我还要问你，以简方宁做事的严谨和一贯风格来看，她应该有一份很精彩的遗书啊。

没有遗书，更谈不到精彩云云。只有一个小纸条，写着：这件事与他人无关。底下是签名，还有时间，精确到小时和分，医嘱一样规矩。是深夜写的，然后就吞了大量的安眠药。还有一点异常的是，墙上原来有一幅油画，现在不知去向。怎么样，这你不知道吧？先生恢复了往日的镇定。

沈若鱼说，真对不起，就连这幅油画，我也知道。

先生答，潘岗说，人家这几天一直在询问他，以为他们夫妻之间有什么别扭。简方宁年富力强，人又漂亮精干。事业有为，正在向学术上的顶峰攀登。为什么自戕？实在是谜。你既然这么了解情况，还是找有关部门谈一谈。也算对朋友和她的家人，尽了最后的心意。

　　沈若鱼说，那也得看我愿不愿意、简方宁愿不愿意。

　　先生说，简方宁已经不在了，你如何征求她的意见？

　　沈若鱼说，我有通灵之术。

第 二 节

沈若鱼走进景天星教授的办公室。

我是沈若鱼,简方宁的朋友。她说。您可能不了解我,但我很熟悉您。包括您爱吸中华牌罐装香烟。

景天星虽已退休,但终生的学者生涯,仍在沿着惯性运行。她几乎没有老迈之人难以排解的寂寞孤独感。年轻时,她就立志把一生献给科学,认定冰冷的学术世界是自己的终身伴侣。刚开始很多人为她的婚姻之事操心,以为曼妙女子矢志不嫁,如果不是生理有残疾肯定就是待价而沽,等待一位白马王子。

景天星用实际行动粉碎了人们的判断,她留苏留美,在对第一世界的周游中,更坚定了孤独一生的决心。

没功夫。婚姻是少慢差费的事。谈一次恋爱花的光阴,够我完成十篇论文的了。

在这种逻辑面前,人们只有知难而退。

老处女的身份使得她有格外的幸运。社会上,人们对不同于自己生活习惯的人,报以非议,某些时刻又会因了世俗的相互争斗,给他们机会。特别是一个女人,若是没有家庭,人们会出于古怪的怜悯,在事业和仕途上不屑与她计较。

景天星从厚重的书丛里抬起头,矜持而傲慢地打量着沈若鱼,说,你是简方宁的朋友。很好,我希望有人能记得她。我很忙,看在你是简方宁朋友的分上,我会见了你。这就足够了。

沈若鱼说,教授,要是我理解得不错,就是说您下逐客令了?可是我们实际上什么都还没有谈呢。

景天星说,你愿意,可以这么看。

沈若鱼说,我相信只要一句话,您就会求我留在这里同您长谈。

景天星说,太自信了吧?但你可以试试。

沈若鱼一字一顿地说——对于她的死，您负有不可推卸的责任。

教授雪白的短发垂了下来，横着遮住了她的眉眼，一时看不清面目表情。

我今天来找您，因为我知道，您是她生活中非常重要的一部分。如果没有您，她不会从事这种非常的事业。如果她不从事这种事业，今天就会健康地活在阳光下。您是她死亡中非常重要的先决条件。我对您和简方宁所从事的工作的了解，比您想象的要多得多。比如0号戒毒方案和蓝斑。

噢？那是很尖端很秘密的！景天星大惊。你怎么知道的？她犀利地追问。

您告诉我，你们是怎么相识的，我就告诉您后面的一切。

景天星完全可以拒绝。她这一生，拒绝的事物太多了。作为一个独身女人，作为学术界某一领域的泰斗，她已把拒绝别人当做维护自身权威与神秘的法宝。但是在最心爱的助手的死亡面前，她丧失了勇气。

第 三 节

教授陷入深深的回忆。

我知道你是为什么，但我永不会说。

方宁，你在天上微笑着注视我的时候，嘴角是否有森然的冷意？

在大家眼中，你是那样完美。40岁，正是一个女人最饱满的季节，有一种稍纵即逝的温暖。

责任是有分量的。它对40岁的人和70岁的人来说，感觉不相同。越老的人对责任越是珍惜。你年纪虽轻，心已经老了。因为看到了太多的苦难。

我希望我喜爱的人，我的助手，都是很杰出的人。如果她是女人，我希望她有很多追求者，这同我年轻时的想法不同。

一名医生，如果没有人爱他，体验不到人生的悲欢离合，就不能从根本上成为好手。从别人的爱戴中，可以感受到一种神圣的力量，血液一样灌注胸膛。

原谅我的自私，你是我最好的搭档。我从你那里攫取无尽的临床资料，忘记了你面临的危险。我和你的交往使我年轻。我不知这种作用是否双向——我使你感觉苍老。现在我知道答案了，你的死使我明白了你的负荷已到极限。

你们这一代知识分子比我们这一代要辛苦得多。在该上学的时候，被驱赶进了田野。我始终认为，你们当中一定能出伟大的思想家、政治家，却无法培育优秀的自然科学家。这不是你们这一代人的悲哀，是历史的一个把戏。

可是你不信这个邪。原谅我打一个粗俗的比喻，你已过了裹小脚的年龄，你已经是一个大姑娘了，可你一定要制造出一双惊世骇俗的三寸金莲。你残忍地将自己已经成型的脚骨打断，纳到科学家的模式里去。

我不知道这对不对，或者说值不值。

假如你不是这样一个好强到执拗的女人，我不知道自己还会不会欣赏你。

当然，你不是为了我的欣赏才这样做的，这是你的天性。但我从你的身上，发现了年轻时的我，这使我惊异和欢乐。

每一个人都是高度自恋的，当我们夸奖别人的时候，其实是在赞叹自己。尤其是在一个美丽的同性身上，发现了原是属于自己的某些特质，我们会高兴得不可思议。

当我第一眼看到你的时候，只觉得你是一个不难看的女人。对于一个终生从事严谨科学事业的老人来说，这已经是一个年轻女人可能得到的最好评价了。

你是组织上给我安排的助手，但我拥有一票否决权。在你到来之前，我已经"枪毙"了许多卓有才华的年轻人。

我否决过像刚烘出炉的面包一样新鲜的洋博士，久经风霜的临床医生也纷纷落马。理由也许很不充分，甚至根本就不成其为理由。比如一个小伙子，只是因为他在浅色西服里面打了一条黑领带。这从服饰配色上当然也是允许的，但我第一眼看到他的时候，很不舒服，吓了一跳。好像在刷满石灰的半截树桩上，看到一条旧标语。

当然我可以收下他，然后对他说，小伙子，以后上班的时候，别这副打扮。他一定会听我的，这里是科学研究的前哨阵地，想干一番事业的年轻人趋之若鹜。但我忍住了。我知道他转身之后会对别人说，看，这就是老处女的臭毛病，我们不得不服从她。我不愿被人这样议论。最要紧的是我从这条领带里，看出他的协调性和整体观念有问题。这对科学家来说，十分致命。

我让他走了。说了一个冠冕堂皇的理由，当然与领带无关。这时他们把你送了来。

材料摆在我的写字台上，我想是下面人的一个恶作剧。他们摸不透我的口味，决定在无数美味佳肴之后，上一盘山野菜。

我用一秒钟扫了一眼你的简历，当兵，上学，当医生，刚刚转业回到这座大城市……你们这个年纪应有的洁白如纸清洁如水的历史。我注意了一下你的最终学历——工农兵学员。

我的眉头肯定是皱起来了，虽然我自己没有察觉。

工农兵学员是一批得过小儿麻痹症的孩子，在科学的道路上一直跛行。老知识分子永远以怜悯与淡漠的目光打量他们。

但是，我突然决定见见你。

心血来潮。

可能是卷宗上你的照片打动了我。你幽静典雅，有一种震慑人心的优美气质。依我严谨的天性，一般是不会召见一位仅仅是美丽，其他方面并不合格的候选人的。

我需要一位马上能开展工作的助手，他们怎么把你给派来了？这是你走进我的办公室后，我问你的第一句话。

此话刚一出口，我就感觉不妥。因为这不是你能决定的事，你只不过是一枚被驱赶的卒子。

你说，我不一定能做好您的助手，但我保证能马上开展工作。

这绵里藏针的回答，使我一时接不上话。一般的人走进我的办公室，都会有短暂的惊愕，为它的富丽堂皇和书籍的众多。我不喜欢把办公室搞得像窝棚一般寒酸，我工作的场所，应该是一流的。当然那些从欧美回来的博士，肯定见过比我这儿更豪华的工作间，但他们也都恭敬地露出了惊奇。我知道这是一种礼貌，他们懂得一个求职的人，应该如何表现。

但是你固执地不把惊奇给我。你从骨子里渗出一种司空见惯的冷静，我不知道这种冷静从何而来，经历似乎没有提供给你这种优势。

你略显憔悴。也许是连日的奔波求职，折损了你的美貌。总而言之，当我一看到你，就进入了正常的工作程序，开始以严格的助手条件衡量，接见初衷已不起任何决定作用。

这也许就是男人和女人，特别是男领导和女领导的不同之处了。

我想简化谈话，就把厚厚的一沓英文资料递给你说，这是有关我们试验的新戒毒药品说明。你看完后，我们再来谈工作问题。

这可以算是一个刁难，也可以说是一个测验。两者之间本没有原则的差异。如果你连这样基本的考查都过不了关，无论你的倩影多么使我有好感，你还得毫不耽搁地从院长室离开。

所有的工农兵学员的英语都不好。即使是他们念了研究生，成了硕士博士，也是工农兵牌的。学问上先天侏儒，英语永远战战兢兢。

可能有些绝对，但我这一生，就是这样走过来的，勉强不得。我常常从蛛丝马迹上承认或是否认一个人。

你走了。好几天没有露面。猜想某一刻，你会眼睛熬红却装作轻松地走进来说，院长，这材料我看完了。

依我对你们这茬人自尊心的了解，你废寝忘食地查词典请教别人，弄通个把篇文章不是什么太难的事。我会让你当着我的面，把资料念一下。我猜你一定会像受惊的獐子一样紧张起来……我喜欢看别人在我面前面红耳赤。

你一直没有出现。我想，是打退堂鼓了。

我几乎淡忘的时候，你出现了。眼睛一点也不红，晶莹的眸子，直率地盯着我。

我说，看完了？

你说，看了。

这一问一答里有一个微小的差别，就是我说的是"完了"，你的回答只是"看了"。

我注意到了这一点，假装宽容地说，看起来很困难是不是？里面有许多专业术语。

你说，您想用语言来测验我的水准，其实是很片面的事情。语言太简单了，只要投入时间，就会有收获，不过是个熟练工种。国外任何一个小孩子，所掌握的词汇，都可以在我们的大学本科生以上。您需要的是助手，不是一个翻译。这些日子，我已将您论文中涉及到的所有文献都看了一遍，包括那些反对您的意见。

说实话，我很有些吃惊。不在于你这番话有多少道理，而在于你的直言不讳甚至有些气焰嚣张。你知道，已经有许多年没有人这样对我说话了。

我所从事的科学很冷僻，别人都是门外汉，他们最擅长的一件事就是恭维。当然我会在国际研究领域遇到真正的内行，但和他们的切磋以至争辩，只会提高我在国内的威望。有时候就是这样，外国人赞同你了，是你的光荣。外国人反对你了，也是你的光荣。

按照预定方针，我说，你把这篇论文念给我听听。

你说，我不念。

我说，为什么？

你说，我念得不好。我不想露丑。

我说，在我面前露丑，总比在外国人面前露丑要好。

你说，在谁面前露丑都不好。只要给我时间，我就可以弥补不足。您不要现在逼我。人生一世，最大的成功不在于掩饰或是改正弱点，人的短处是克服不完的。成功在于发扬长处，你为什么不问我最大的优点是什么呢？我能不能做您的助手，应该是由我的长处决定的。

我看着你，你真的很年轻，洁白的额头上只有几道浅浅的阴影。我知道那是皱纹，但这些皱纹不但无损你的美貌，反而使你有一种历经沧桑的力量。我说，那么，你说说，你最大的长处是什么吧。

我最大的长处是实践。在来到您的办公室以前，我做过多年的临床医生和内科主任。我仔细看了您交给我的资料，我觉得它是瘸腿的长跑家，缺少临床证明。您应该迅速把崭新的药物应用于实践，积累大量的实用病例，才能在学术上处于领先地位。

你说完了，紧紧地闭了嘴，剩下的事，就是沉着等待我的决定。

我真的愣在那里了。

你一下子就命中了我的要害。我是一个一辈子都在书斋里度过的人，我可以在理论上有很精湛的论述，但如何同活生生的病人打交道，在我始终是个谜。我喜欢那些没有生命的分子式，它们有无尽的魅力。我不喜欢人，尤其不喜欢病人。他们在某种意义上是疾病的外包装，支离破碎的生命次品。虽然我的工作是修补他们，尽可能地整旧如新，但我永远没有办法同他们交心，建立友谊。我发明的药，总要等着别人来证明疗效，我用的是枯燥的数字，人家用的是有呼吸有心跳的温暖人体。临床实践是我的研究中柔软而虚弱的腹部，我却没有力量让它充满肌肉。

可恨你一下子就看到了这一点。假如你是一个小伙子，我会放下架子，拍拍你的肩膀。

你是一个女人，我不好意思做这个动作。

我说，从现在开始，你就是我的助理了。我将刚刚装修好的一所设施精良的医院交给你，由你出任院长。我以为你会受宠若惊。没想到你叹了一口气，轻轻站起来说，我不喜欢当戒毒医生。我不喜欢吸食毒品的人。

但是我从你的瞳孔里看到了你已接受……

好了，我已经把我知道的都告诉你了。现在，该把你所知道的，告诉我了。景教授依然居高临下地说。

我在您所指导下的简方宁任院长的那所戒毒医院里，当过病人。

沈若鱼说。

第 四 节

沈若鱼收拾好简单的换洗衣服，挽成一个小包，放在墙角。

多日不说话的先生，知道木已成舟，主动打开冷战的局面，搭讪说，明天晚上我回家以后，就看不到你了，是吗？

沈若鱼想，事至如今，他是螳臂当车，阻止不了大局，再说以后还指望他帮着还贷款，关系别搞得太僵，也就不计前嫌，笑着说，是啊，给你创造一个小别胜新婚的机会。

先生撇嘴说，要是头几年，还行。如今，廉颇老矣。

早上。先生说，用不用我送送你？

沈若鱼说，免了吧。又不是上前线。

先生看着她的破包袱，说，把我的老板箱，带上。

沈若鱼说，我这身份是带老板箱的人吗？范青稞，一个从西北来的乡下妇女，用得了你这行头？

先生说，罢罢。我算搞不清你是谁了。咱们就此别过。

沈若鱼拎着包袱走到大街上，心里充满了新奇的感觉，连平日熟悉的店铺，也有了几分陌生。好像自己就要飞天或是潜入地穴。

戒毒医院的所在地，下了公共汽车还要走很远。沈若鱼看看自己寒酸的穿戴，自然是坐公共汽车符合身份。想到路途遥遥，太耽搁时间，一扬手，拦了辆的。

到哪？到哪？司机一看沈若鱼乡下人打扮，以为来了一条挨宰的鱼，兴奋地连声追问。

沈若鱼稳稳当当地落座，说，急什么？我坐踏实了，自然告诉你。

司机便暗骂自己道行浅，把行家看成了雏儿。

您到底去哪儿啊？前头可拐弯了。司机再次问。

沈若鱼半晌没吭声。她把戒毒医院所在的具体地名忘记了。在她和简方宁所有的对话里，那儿都被简化成"院里"，有不言而喻的亲昵。

地名退到模糊的背景中，好像不存在。

有一所……特别的医院，你知道不？沈若鱼说。

嗨，还真让你问着了。我这个人挣不着钱，可就是老拉上医院的病人。城里凡是叫得上名的医院，您就数吧，没有我不知道的。别说常见的妇产医院、儿童医院，就是结核病院、肿瘤病院、麻风病院，还有胸科医院、痔疮医院、江湖郎中的草莽医院，我都门儿清。您说吧，到底上哪儿？

沈若鱼心想今天兆头不错，遇上这么一个爱说话又熟悉路线的司机，以后的事也会顺利。

戒毒医院。她直说。

哪儿？戒毒……医院？就是戒大烟的地方？司机的手抽搐了一下，车轮压在下水道盖子上，差点把尾巴骨颠断。

是啊，就是帮大烟鬼把毒戒掉的医院。沈若鱼深入浅出地解释。

早知这样，何必当初？这种人不值得可怜，死了算了！司机愤愤地说。突然想起，说，大姐，您到那儿去，干什么呀？

沈若鱼跃跃欲试，想测验一把自己是否已进入角色，就说，我就是去戒毒的人啊！

司机嘎的一脚踩死了刹车。甩下脸说，要是我耳朵没听错的话，您是说您吸毒？

怎么，不像吗？沈若鱼反问。

您像不像吸毒的，碍我什么事啊？您吸您的毒，我开我的车，咱俩不相干。只是我今儿不能拉您了。我这人生来胆小，害怕这些个怪事。

噢，你不拉我了？这可是拒载，我记下你的车牌号，举报一个准。

我不要您的车钱还不行啊，我真是不认识那地方。要不您举报就是了，反正您也没带录音机，我来个死不认账，您也没辙。再说您都这样了，谁还信您啊？得了，您下车吧，带好您的包袱，那里头装着大烟膏也说不定，落在车上，我吃不了兜着走……拜拜了您哪……

沈若鱼苦笑着站在路旁的人行道上。虽然被赶下了车，心情还是很好。她想，自己若不是跟简方宁是好朋友，方宁又恰好搞了这一行，简直就和司机的想法一模一样。

附近有一个电话亭，她拨通了简方宁班上的电话。

你在哪里？办好了入院手续吗？过一会儿，我会以查房的名义到病房里走一圈，咱们就能见面了。只是你切记不要主动同我说话啊……

沈若鱼打断简方宁的叮嘱，说对不起院长，可惜我是在马路旁，还没找到你们医院大门朝哪边开。我忘了。

哎呀，亏你还当过兵，怎么这么糊涂！我也忙得晕了头，你要是真入了院，哪里还能自由地给我打电话！

沈若鱼一下捏紧公用电话肮脏的听筒，惊呼，你们那里，实行通讯封锁？

简方宁说，是啊。这里是半强制性管理，难道我以前没同你说过吗？

沈若鱼轻叹一口气说，说是说过，怪我理解得有偏差，把你们那儿想得太美好。

……

问清了地址，再次打车，沈若鱼汲取教训，一言不发。这回顺利到达一处景色优雅的郊外。

北方的初冬，繁茂的林木落尽了树叶，天地间豁然开朗。一排排挺拔的杨树和婀娜的柳树，都异乎寻常地苍凉起来，枝和叶的分垒从来也没有这样清晰。最强壮的叶子也坠落在地，成为飞扬的尘土。哪怕是最小的枝干，仍顽强地抖擞在西伯利亚来的寒风中，把透向地面的阳光，遮挡出纤细的褐色阴影。

沈若鱼下了车，欣赏着清冷的风光，一时间竟忘了自己的初衷。

一辆猪肝色的"林肯"，悄然无声地停在沈若鱼身边。如果不是掠起的黄叶翩然飞上她的脚面，几乎难以察觉它的逼近。

沈若鱼这才回到现实中来。

车门缓缓地打开了。一股遮挡不住的香气，像炊烟一般逸出。

伴随着这种昂贵的进口化妆品出现的——是一位比沈若鱼打扮得还要乡土气的年轻女孩。

大姐，你也是到戒毒医院来的？那女孩倒是毫不认生，单刀直入地打招呼。

沈若鱼一时无法判定对方的身份，点了点头。

那我们就先到门诊上去吧。女孩熟门熟路地说，随手掩好了车门。浓咖啡色的车玻璃清晰地映出了周围的景色，将车内的情形吞噬。

我叫席子。女孩说。她脸庞红红，好像鞭炮二踢脚的外衣。声音也有一种清脆的爆裂感。

是真名吗？沈若鱼忍不住问。

爹妈起的。席子没有正面回答，用一种和她的年纪不相符的老练说。

你就叫我青稞吧。沈若鱼主动相告。

好。青稞大姐。席子喊得很亲热。

走过茂密的树丛，面前是一座灰色的小楼，周围被铁篱笆包围。只是那铁篱笆上缠绕着黄色的藤蔓，在寒风中枯燥地飘荡着。可以想见，夏天时它们曾经非常茂盛，用自己的身躯几乎成功地掩盖了铁篱笆的嶙峋。那时候若不是走得极近，便发现不了绿色温柔下的冰冷。冬天剥去一切伪装便原形毕露。

每一扇窗户都钉着坚固的铁条，幸好隐约透出的雪白窗帘，稀释了恐怖森严的气氛，要不几乎会让人误以为是监狱。

沉重的铁门微微开启着，好像侧着身子就能通过。当你推动的时候，才发现那条缝隙不过是假象。铁链从里面很艺术地锁住了，非常坚固。

怎么办呢？沈若鱼一时不知所措。

你预约好了吗？席子狐疑地问。

是啊。

那你怎么能不知道怎么开门呢？你大概不是个一般人，哪有一次没来过就能住上院的？席子自语着，幸好并不要求回答，伸手按了门旁隐蔽处的一粒红色按钮。

沈若鱼心里暗骂简方宁，一着不慎，满盘皆输。这个院长真是太马虎了，让她在医院碰到的第一个人那里，就露出破绽。

一位白发苍苍的老医生，披着雪白的工作衣，掐着一把巨大的钥匙，缓缓走来，打开了铁门。

来了。他简短地同两位病人打了招呼，面无表情。好像18世纪古堡中高傲的管家，默不做声地提着他的大钥匙，在前面领路。

滕大爷，您好。席子说。

沈若鱼往旁边看了看，想找到席子姑娘如此亲昵称呼的老大爷。

身边冷风萧萧，一派空寂，除了老医生，别无他人。

滕大爷，今天空出的床位多吗？席子继续问。

不多。只有一间女病房，正好你们住进。老医生头也不回地说。

原来滕大爷（这个词的重音是放在"爷"上，同叫"款爷"、"板爷"一个味道），就是面前这位管家模样的医生。管医生叫大爷，沈若鱼第一遭碰到。

他们走上悬浮在楼外的铁梯。一夜寒凝霜尘，梯面不曾被人践踏过，锈红的台阶上，仿佛铺着银灰色的薄毡。双脚踩上，先是有些黏滑，继之是钢铁的硬度透过鞋底，渗进脚心。铁栏杆上有些不光滑的凸起，经了许多人手的摩挲，显出冰冷的流利。大家咯吱吱地走着，随着梯子的增高，已升到半空，可以很方便地俯瞰地面的景色。

这儿的一楼，是专门的化验室，不住病人的。席子小声解说。

沈若鱼会意地点点头。透过窗户上的铁条，看到几个穿白衣的身影，在摆满玻璃瓶的架子中忙碌着。

又一道铁门拦在面前。

滕大爷找出另一把大钥匙走过去，开了铁门。现在他们已经算是进到了医院的内部，走廊里温暖的消毒药水味扑鼻而来。这座楼房的结构很特殊，从外表看来是完整的一体，但里面分成相互隔绝的两部分——门诊区和病房区。它们之间唯一的通道，又是一扇铁门。

三道铁门，沈若鱼暗数着。心想这所医院里用的钢铁，不知有多少吨，够造一艘铁甲舰的了。

门诊区很安静，是对外开放的窗口，平日就在这里诊断吸毒病人，预约有关的治疗问题。一般病人都是要在这里诊视过几次，才能最后确定住院的时间。

沈若鱼因为走了后门，将这一步省略了，所以才如此陌生。

诊室到处都是白色，白色的桌椅，白色的屏风，白色的检查床，白色的登记卡……同一般的医院毫无二致。只是墙上挂着一副长联，字为隶书，蚕头雁尾，读起来很顺利。一读之下，便有轻微的寒意从背脊滚过：

　　　黄皮海洛因，赊来手里，不辨真假，疯狂狂兴趣无穷。
　　看粤夸黑土，楚看红飘，黔尚青山，滇崇白水。眼昏神黯，
　　何恋龙肝凤髓。趁火旺炉燃，飘起了袅袅青烟，正更长夜永，

安排些乌鸡洋参。眼只见漫天黄金，玉宇琼楼，美钞英镑，
扶摇直上。

　　数十万业产，忘却心头，瘾发神疲，叹索命无常侍候。
阿芙蓉流毒，膏珍福寿，白刃加前，虎狼追后。横枕开吸，
足尽平生乐事。扎遍全身脉，哪管它肝炎艾滋，纵父怨妻啼，
都只作黄泉绝唱。只剩下几寸衰毛，半袖肩膀，两行清涕，
一副骷髅。

　　滕大爷坐到诊桌后面，翻着厚厚的登记卡片说，你们俩谁先办手
续呢？

　　沈若鱼看看席子，她希望席子先办，这样自己能有个准备。

　　您先办吧。没想到席子客气礼让。

　　老医生示意沈若鱼坐在对面的椅子上，然后不慌不忙地开了锁，
从抽屉里托出一本厚重的宝蓝色登记簿，翻到近封底处，摊开。蘸水
笔捅进墨水瓶，饱蘸了一大滴墨水，问诊正式开始。

　　叫什么名字？

　　范青稞。

　　让我看看你的身份证。

　　沈若鱼双手递了过去。

　　滕大爷的笔飞快地舞动着，潦草得像是画符。医生的字体永远带
着一种傲慢的流畅，让局外人从朦胧的猜测中，体味医家的神秘与权威。

　　年龄、籍贯等一系列该问的问题，滕大爷都没有问，直接引用了
身份证上的资料，节约了不少时间。

　　家庭住址？

　　沈若鱼按事先设计好的方案报出。

　　哦，我也在那附近住过。胡同口修车铺子前的大柳树还在吗？滕
大爷停了笔，很专注地看着范青稞，苍老的瞳仁云翳浮动。

　　在……还在。范青稞想，真倒霉，天下真小，居然碰上一个街坊。
只好咬着牙说是。她想，既然是老树，就该受到保护，不可随便砍伐。
再说，一件东西，人家问你在不在，你若说不在了，明天人家从那里一过，
看到还在，谎话就穿帮了。可你要是说还在，人家一看，不在了，会

自己找出种种理由圆那个谎。两相权衡，还是说"在"的风险要小一些。

滕大爷接着往下问。

你的联系电话？

范青稞踌躇了一下。按说她应该把自家先生的电话号码报出来，但是，若真有了事需要联系，先生能掌握分寸吗？一下子说走了嘴，岂不前功尽弃？

情急中，她另报了一个电话。这人保险不会出岔子。

滕大爷又依次问了一些类乎档案材料的话，范青稞按照事先设计好的程序，回答得滴水不漏。她从来没有这样系统地全面地有预谋有计划地撒谎，原以为自己必会紧张得语无伦次，想不到轻车熟路，好像变成了一枚名叫范青稞的果子，从小就在西北的碱水里泡大。

她很为自己卓越的才能骄傲，心想年轻时怎么没想到投考艺术院校表演系呢？虽说外形条件不很优异，当个丑星还是绰绰有余的……

这样一走神，就把滕大爷的问话疏忽了。直到老医生的目光，在眼镜片层层叠叠的螺旋圈后面，责怪地凝视着她。

对不起，滕大爷，您刚才问的什么，我没听清。范青稞慌忙收敛思绪。

不是没听清，是根本没听。滕大爷温和但是很有分量地纠正她。我问的是你现在身体感到最不舒服的是什么？也就是说，你为什么到我们这儿来啊？

范青稞在心底莞尔一笑：老先生，您这一套我明白。不就是进展到病历主诉了吗？好，听我告诉您。

我以前有个肚子痛的毛病，吃了好多药也不见好。后来有个在县医院当小工的亲戚，给了我一个黑药坨坨，说是泡在酒里，每天喝上一盅药酒，保险管事。死马当活马医呗，我不能喝酒，为了治病，强忍着喝。嗨，没想到还真灵，喝了就不痛了。我就每天都喝一点。过了半个月，我到人家串亲戚，瓶瓶罐罐地不好带，我就没拿药酒。哎哟，可遭了罪，出了丑了。到了往日该喝药酒的钟点，就像有鬼在我心里头闹啊，头上冒汗，肚子里像有千百只小手在抓……

范青稞绘声绘色地讲完了她的苦难史，长吁了一口气。每一句话，都是简方宁与她研究商定的，保证符合轻型的毒品吸食规律。当然这也是沈若鱼今天表演的重头戏，只要瞒过了接诊医生的慧眼，其他的就好办了。

滕大爷在宝蓝色的簿子上写下：用毒种类——粗制鸦片……

其后的一切，基本上没有戏剧性，老医生把问讯来的资料一一记录在卡片上，个别的地方重复验证一下，很快结束了问诊。

到会计室交住院金，到旁边的 200 室找周五护士，就可以换衣服入病房了。滕大爷看也不看地交待着，好像范青稞是已经完成最后一道工序的产品，流水线上的工程师，再没兴趣关照它了。

范青稞意犹未尽，一切太简单也太顺利。她甚至埋怨简方宁拟定的病史太寡淡，使滕大爷提不起兴致。要知道医生看病也像数学家解题，越是悬念迭出越能激发勇气和快乐。

可惜啊，她扮演了一个平庸的病人。

不管怎么说，她成功地住进了医院，这就是成绩，一个光明的开端。范青稞这样给自己打着气，到会计室交了昂贵的住院金。

会计点钱的时候，她心里百感交集。因为每一张纸币都同父亲的生命，有着某种血肉相连的关系。

下一个步骤，应该去 200 室找周五护士换住院服，正式混入病房。

范青稞可不想让自己那么快地失去自由。她走回接诊室，很想偷听一下席子的病史。她想不通，一个看起来那么健康、满面红光的少女，怎么会是吸毒者？

刚到接诊室门口，席子走了出来。

这么快，你就讲完了？范青稞很遗憾。看来席子的病史，比自己更简明扼要。

知道交钱的地方吗，我指给你。范青稞乐意为席子当一回向导。

哪有这么快？我们还没开始呢！席子急匆匆地往楼下跑。

你干吗去？

喊人……席子的回答，已经是从铁梯上传来了。

我们？喊人？范青稞自语着，想起林肯车与世隔绝的浓咖啡色窗户。

范青稞走进接诊室，滕大爷刚打完一个电话，和气地问她，还有什么事吗？

您说的那间 200 这会儿没人，我能在这里等等吗？范青稞磨磨蹭蹭地说。

　　周五不在岗？不能吧？滕大爷全然不信的样子。幸好他只是表示怀疑，并没去查对。范青稞撒一个谎，就得到了合法留下来偷听别人病史的权利，很是得意。心想说假话还是有优越性，关键时刻可以轻而易举地达到目的。

第 五 节

纷沓的脚步声。

开门的是席子。之后进来一位衣冠楚楚的男士,身材奇瘦,面色惨白,不堪一击的样子。脖子上系的黑色真丝领带,领带结打得小而紧凑,好像一条上等绞索。

原来席子只是一个探路人,真正的吸毒者在后面。

范青稞极力维持自己的镇静,好像漠不关心的样子。

男子进来后,大敞着门。尖利的冷风涌进来,滕大爷咳嗽了一声。

范青稞讨好地站起身去关门,竭力显出自己不是多余的人。生怕被撵走,失去听到真正吸毒者自白的机会。

刚到门前,门被更大幅度地推开了。咫尺间,一张美丽绝伦的女人脸,裹在袭人的香气里,娇滴滴地从门扇后旋出。雪白的脖根,淹没在名贵的貂皮大衣毛丛中,冷眼一看,好似人面狐身的妖魅。

您好,滕大爷。又来麻烦您了,真不好意思。女人热情地打着招呼,放射珍珠光芒的红唇,迅速地变换着形状,将一张粉面点缀得无比生动。然后娇喘无力地一屁股坐下,两条长腿绞成藤萝状,竟是不可思议地柔软。

不客气。只希望这是我们最后一次相见。老医生毫无感情地回答。

女人看见先前来的男人还拘谨地站着,颐指气使地招呼,你坐啊,一回生,二回熟。滕大爷是最好的老爷子,不见外。

先来的男人用半个屁股坐下。

滕大爷,这是我丈夫支远。女人说。

老医生矜持地点点头,算是打了招呼。然后说,庄羽,看病是不允许化妆的。这次是你住院,还是他住院?

庄羽放肆地笑起来,说,法国的化妆品,真是品质非凡,居然连滕大爷都骗过了,看不出我是不是复吸。洋货就是神,连您这样的老姜都上了当……哈！好了，说真格的。席子，面巾纸。

退在一边的席子，递过来一团云彩般柔软的纸巾。

日本进口的，纯木浆制的。庄羽随手扬了扬纸团，扭到白瓷洗手盆前，开始卸妆。

红的黑的水流了一会儿。

庄羽回过头来。

范青稞紧紧咬住智齿牙关，免得自己惊叫出来。

片刻前那个娇艳的女人，被白瓷盆阴险地吞没了，还给人间一个灰暗干枯的纸偶。庄羽的脸面，仿佛涂了劣质染料的陶器，在阳光曝晒下，被残忍地褪成苍老的土灰。

庄羽用纸巾拍干水珠，神经质地坐下。

除了范青稞少见多怪，其他的人都司空见惯的样子。

滕大爷又打开宝蓝色簿子，翻开前面某页看了看，皱着眉头摆开记录的架势。

庄羽说，还那么一本正经地干吗呀，我是二进宫了，一切还不从简？

滕大爷说，上次是上次，这次是这次。情况是在不断地变化着，你要是嫌烦，就不要复吸。这一次，多长时间了？

半年多了吧？是不是啊，支远？我一天醉生梦死的，活一天算一天，整个一棺材瓤子，谁记得清。

瘦男人正襟危坐，答道，4月18日，我记得很清楚。

哎哟，你这个人可真逗，这也不是什么好日子，也不是你我的生日，也不是金婚银婚纪念日，也不是你老爹老妈的忌日，你记那么清干什么呀，真是没事找事……女人愤愤地唠叨着。

支远不理睬女人的埋怨，面向滕大爷说，那天她着了魔似的非要复吸，我百般劝阻不过，就说，你要吸了，我也吸。这本是一句气话，我知道在这世界上，没有什么能牵住她的心，只有我。我想，她是知道吸毒的苦处的，自己忍不住，但绝不会答应让我也吸的。我一要挟，她就能悬崖勒马，死了吸毒的心……

没想到我这样一说，她竟然两眼放光，说你也要吸，真是太好了。我一个人，那么孤单，你和我一道，什么也不怕了。她紧紧地抱着我，我感到她身上一阵阵地发抖，她那么单薄，那么可怜。我想，我一个男子汉，我要跟她一块上刀山，下火海。就是地狱里的油锅，也一块在里面炸个透。私下里，我还有一个想法，我想给她做一个榜样，向她证明，人是有毅力的，我可以吸，也可以戒，我给你蹚一条路子出来……没想到，嗨！不单没救得她，连我自己也深深地陷进去了……所以我记得住这个日子，这个黑色的日子……

女人淡漠地冷笑道，支远，别把自己打扮得跟见义勇为的好公民似的，我不揭发你就是了，吸了一次就上瘾，比我当初可快得多！

支远无力地反驳着，你那时是3号，可你给我吸的是4号。4号比3号的劲儿可大多了。

庄羽撇撇嘴说，你们听听，这人多没良心！毒品也在不断更新换代，提高档次。他是我老公，我能给他吸淘汰产品，自己抽优质产品，吃独食吗？再说我这个人办事的规矩就是，要么不干，干就得最好。泰国出的双狮地球牌4号纯品海洛因，那成色，哪里找？不是吹的，上次我住院，问遍了病友，就没一个用过纯品的，最多也就百分之三十吧？支远，咱们那货色，捻一下，细得没法说，闻一闻，纯正无比的酸气，是不是，支远？

是，那味道，真叫好……支远一反刚才的畏葸，兴致勃勃起来。

两人交谈着，置他人于不理，眼睛露出迷蒙的星光，好像被浓烟熏了一般。

打住。打住。不要在一起交谈对毒品的感受。你们既然是来戒毒的，就要对毒品有清醒的认识。滕大爷把笔上的墨水仔细地揩干净，打断他们的对话。

两人噤了声。

咱们这里，由于治疗的特殊情况，除了轻病人，一般是要有家人陪伴的，你们打算怎样治疗？滕大爷问。

我住过一次院了，规矩我懂。这次我们就互为陪伴吧，再加上我家的保姆席子，照顾没问题。庄羽答道。

范青稞这才搞清一行人的关系。

人家是夫妻双双把家还，你们是夫妻双双来戒毒。滕大爷难得地逗了一句。

滕大爷，您要是真把我们给治好了，我们也可以夫妻双双把家还。

我们特区，有别墅，有汽车，到时候请您到我家，住在山顶洋房里，过几天贵族的日子……支远说。

在这屋里，我见过比你们更阔气的款爷款娘。可要不痛下决心和毒品告别，再多的房子汽车，也会化成一股青烟。滕大爷沧海桑田的淡定口吻。

皇天在上，这一次，我们一定戒毒！夫妻二人捶胸顿足。

记录完一应情况后，滕大爷对四人说，我领你们去 200 室。

200 是一间套房。现在一说套房，就让人联想到总统什么的，200 同这个概念毫无关系。它简朴严密，像一道枢纽，一边连着基本自由出入的门诊区，另一边是封闭的病房世界。

屋里最主要的设备就是高抵天花板的柜子，好像游泳池的更衣室。每个柜子门上写着号码，锁眼上的钥匙晃晃荡荡。一道布帘子加屏风，围出一个小小的隐秘角落。

周五是个男护士，20 出头的年纪，胡碴刚硬。像个外皮粗糙、内瓤很辣的青萝卜。他面无表情地说，请遵守规定，要检查。

这制度，简方宁曾打过预防针，交待得很细致，怕沈若鱼难以接受。此刻范青稞在暗地里微笑了一下，且看这对豪富大款如何过关。

搜身怎么能用男的吗？这不是性骚扰？果然，庄羽叫起来。

谁骚扰你？吸毒的人不是男的多吗，所以才派我来。谁让你一个妇道，也抽那玩艺？自己不害臊，还说什么骚扰！实话说，我就是骚扰，也找寻不到你……小伙子嘴不善。

周五说归说，还是从病房区把护士长找来了。

护士长是 50 多岁的妇人，脸庞圆圆的，乍一看很慈祥，甚至有些虚瓤，雪白的工作服很紧张地围在身上，好像一只盛满了牛奶的桶。长期不见阳光的室内工作，使她的肤色显出病态的白润，仿佛一直泡在清水里的水仙头。胖人总是给人容易哄骗的印象。总之，对护士长的第一眼判断，往往是不准确的，诱使人放松警惕，以为她是很好糊弄的大妈。克服误差的办法是你盯着她的眼睛看一会儿，就会发现她的目光猫头鹰一般锐利。她的手也暴露她的真性情，骨骼粗大，力度和敏捷蕴藏其中。

你们四个人，共住一间病房。这是护士长的第一句话。

每人一把钥匙，交给你们，各自保存好。一会儿，男女分别跟我和周五到帘子后面，把从家里带来的衣服和全部东西，都放进自己的柜子，出院的时候，再拿走。注意，我说的是"所有"啊，包括从不离身的大哥大、BP机……

啊，我的大哥大，十年来从没分开，睡觉都搁被窝里。没它，简直成了瞎子聋子。求求您，让我带着它。我就想不通，它和戒毒有什么关系？这也不是海洛因造的，莫非我瘾上来了，还能啃它一口？大妈，做买卖，听行情，一刻千金，我宁可瞎一只眼也不能离了它。您就让我留下它吧……

支远一张嘴巧舌如簧，连范青稞听了也觉得十分有理。

护士长苦口婆心说，你在这里戒毒，就得清除凡世间一切干扰。戒毒是苦事，到时候药劲上来了，迷迷糊糊地，你还能遥控什么生意？不全赔了才怪？古话说磨刀不误砍柴工。你静下心来养好身体，今后发财的日子多了去啦！

支远并不是几句通情达理的话，可以说服得了的，脸上恼羞成怒的样子，紧攥着大哥大不撒手，好像谁要抢他的。

护士长眉头一拧，凭空来了几分威严。

支远，你既是来住院的，就得服从医院的规矩。我看你这登记表上写的还是总经理，自然是明白没有规矩不成方圆的道理。要是你的公司里有人不遵守制度，你会怎么样？

支远有气无力地回答，那我就炒了他。

护士长说，那么，支总经理，你以为，一所医院的规矩，比一家公司的规矩，是该严些还是该松些呢？

支远有气无力地把大哥大摆在了桌沿上。

护士长拿出一沓打印好的白纸，说，这份文件，也请诸位签一下。当然，要是不乐意，也可以不签。只是那样就抱歉啦，医院不收不签字的病人。

庄羽伸手去抢，取了第一张。

其实那沓表很厚，每人五张都绰绰有余。

自愿戒毒治疗保证书

一、我自愿要求住院脱毒治疗。

二、我保证执行病区管理规定，不将毒麻药品、安眠药、BP机、手持电话、凶器等带入病房。

三、我保证做到"五不"：

不外出。

不打电话。

不入工作区。

不来人探视。

不串病房。

四、如自行外出，按自动出院处理。3天内退回押金40%。5天退回押金20%。逾期不退。

五、如在住院期间偷吸毒品，一经抓获，即按自动出院处理，并罚款500元人民币。如向他人提供毒品，则由医院送往公安机构，酌情以贩毒罪论处。

六、保证服从医务、保安人员管理，爱护公物。损坏物品按原价赔偿。故意损坏物品，按物品价格双倍赔偿。

七、保证服从病区作息制度，不高声喧哗，保持病区安静。服从并配合各项检查治疗，口服药品，保证当着护士的面服下。

……

戒毒人签名

家属签名

年 月 日

大家都签了名。

范青稞出了一个小小的纰漏，好在别人都没有发现。她在签名栏里，先是大笔一挥，潇潇洒洒地写下了"沈若鱼"。

说真的，这些天来，她不断地嘟囔着"范青稞"这个名字。自打挽着小包袱，进了重重铁门，觉得自己的外形和谨小慎微的心理，也真的越来越向那个叫"范青稞"的女人靠拢。但白纸黑字的，她还一次没写过这三个字，提笔就出错。

废纸团扔在地上，一看，地面上先已有了一个纸疙瘩，按位置推断，是支远扔的。看来一般人没签过这种文书，都很紧张。范青稞把保证书恭恭敬敬地呈给护士长。

护士长仔细地看了看她的名字，侧身低声说，一见面，就认出来了。放心，一切有我呢。

好了，总算接上头了。范青稞手拂胸口。虽说这是意料中的事，仍有在太空中两艘载人宇航船对接成功的感觉。

护士长，我还要签吗？席子问。

签。你就算是他们两人的家属。这倒真是稀奇事，别人戒毒，都是家里人陪着。你们可倒好，让保姆陪着遭罪。小姑娘，你还不要求长工钱？原先招你的时候，肯定没说过还捎带管这活儿。护士长启发道。

嗯哪。席子说。

哟，护士长，这不是挑拨我们劳资关系吗？您甭以为吸上这玩艺的人，都跟黄世仁似的，我对小姐妹可是有阶级感情，从来不在钱上抠门。东风吹，战鼓擂，谁知道现在谁怕谁？别的不说，我这身子虚得厉害，就指着席子夜里给我熬银耳人参汤呢，哪里还敢得罪她！庄羽叫起来。

席子第一个从屏风后面换了衣服走出。一身蓝色的蜜蜂条纹病号服，穿在身上很合体，掩盖不住的青春气息发散着，倒比她穿世俗的衣服，清纯明丽许多。

轮到支远换衣服了。

他在屏风后面瓮声瓮气地叫，钱呢？钱放在哪里？

庄羽的埋怨隔着屏风扔进去，我不是跟你说了这里的规矩，不许带钱吗？你带了钱，也没地儿用，一天把你拘在铁门里面，拿钱买空气啊？

支远答道，我这个人，不能一时片刻没了钱。钱是我心，钱是我胆。这个世界上，什么都不保险，只有钱不会骗你耍你，不会甩了你，钱是最讲义气的。你说住院没有花钱的地方，我就不信。医生护士就不要小费了？

护士长说，你别腐蚀人，我们这儿是一片净土。

支远在帘子后面，看不见他的表情，只听得声音似笑非笑，说，护士长，就算是糖衣炮弹，我也已带来了。您说怎么办吧？

护士长问，多少？我可以给你打个收条，代为保管。出院的时候，再还你。

支远说，没多少，才一万。

护士长说，一万啊，这么多。我可没法为你保存，一不留神丢了，我两年的工资也赔不起。你到楼下，把钱交给司机带回去吧。

支远的病号服已换好，就披着大衣出去了。

你先换吧。我得先抽根烟。庄羽对范青稞说。

这里不得抽烟。护士长阻止。

我说护士长啊，我看您那公约还是保证书里，也没写这条啊？您就假装没看见，让我解解馋。您说像我这大烟小烟都吸的人，哪能一下子都戒了啊？咱们就抓主要矛盾，以戒大烟为主吧。护士长，谢谢您啦。我是真抽烟，不跟一般女士似的，抽个派，弄个薄荷味的烟闹着玩。庄羽说着，不待护士长表态，啪地打着火，有滋有味地抽起来。

戒毒医院这一点，真是网开一面。它不强令病人禁烟，只是一般的说服教育。若是无效，也就睁一只眼闭一只眼，由他们去。也不是姑息养奸，实在是戒毒压力太大，其他的只好委曲求全。

范青稞换衣服动作神速，简直可算模范病人。几分钟后，她就以崭新面貌出现在众人面前。可惜分给她的病号服不很得体，背上且有大片黄渍。但今日的范青稞沉着冷静，早已不是当年血气方刚的实习军医。

庄羽最后走进屏风。

我还要把诸位带进病房的换洗衣服，检查一下。护士长说。

查吧查吧。大家应着。

一个硕大的化妆盒，被护士长用粗壮的手指头剔了出来。这个，有什么必要？她说。

为什么？怀疑里面藏有毒品吗？那我来干什么的呢？我到底是自愿到这儿来的，不会跟自个儿过不去的。化妆盒的主人庄羽嬉皮笑脸。

换上了病号服的庄羽，和席子站在一起，魅力尽失，远不如席子显得动人，尽管眉眼轮廓还算秀丽。

说对了，我就是怀疑里面藏了东西。你们是自愿来的，这不错。但吸毒的人说话没谱，难受劲上来了，很难守得住，这你比我可有体会。所以来戒毒的人，怕受不了戒毒的苦，经常是藏着掖着毒品来住院，这不是我编出来的新闻。查你，是为了你好。护士长义正词严。

点了吸毒者的穴，庄羽像皮球撒了气，说，我知道您是为了我着想。只是我这真的是化妆品，不信您闻闻！

她说着，把盒子里的宝贝一股脑地倒了出来。一时脂粉气抵过了医院浓郁的药气，200室好像变成了推销美容品的柜台。

喏，口红不是毒品吧？白面白面，起码是白的。庄羽把口红管旋出老长，好像凌空伸出一只来无踪去无影的美人指，艳丽夺目，煞是吓人。

粉饼倒是有些白，可它不是海洛因。多香啊！只有真正的巴黎货，才能有这种细腻，才能把你脸上哪怕最小的汗毛孔，填得像镜面一样光滑。缅甸林子里那帮熬毒品的土老帽，能磨出这么精致的粉末？有这手绝活？

这是香水，当然更不可能藏着毒品了。护士长，您甭跟我倚老卖老。说是您见过酒里也能藏毒，油漆里橡胶水里都能藏毒……你见过不假，可我图的是什么呀？我交了这么多钱来戒毒，还非得把毒品泡在香水里，毁了我的雅诗兰黛，我累不累呀？您就放心吧。

还有这指甲油，可是货真价实，护士长，要不我给您抹抹脚指甲盖，夏天穿双"空前绝后"的镂空凉鞋，让您也风流一把……

庄羽摆弄着她的小玩艺，喋喋不休，难说是炫耀还是辩解。

护士长不耐烦了，说，庄羽，你在病房里打扮得那么漂亮，干什么呀？莫非还想在这里寻一个情人？

庄羽嘻嘻乐起来，说，护士长，瞧您说的，我就是存了那个心，这回也得收敛着，您没看我是和我老公一道来的吗，怎么也得避嫌，是不是啊？不过，护士长，我就喜欢听您用这种口气说话。我们这些吸毒的人，懒散惯了，最讨厌听人家一本正经地说什么了。就是好话，也听不进去，您就得骂骂咧咧地说。像滕大爷那样，老跟电视新闻里的播音员似的，真替他累得慌。

护士长说，你刚还当着滕大爷的面，夸他呢。真是个两面派。

庄羽说，不就是哄老头高兴吗？也是咱的一份孝心。

护士长说，不跟你逗贫了，说正经的，这化妆品不是生活必需，不能带进病房。

庄羽一脸的可怜相，说护士长，跟您说真的，我这次住院，心里好怕。

护士长说，怕什么？我们这里是全国数一数二的戒毒医院，技术没得说。

庄羽说，这我知道，您没看我把老公也送来了，不就是信任你们吗。可我不知为什么，就是害怕。前些天，我有个朋友，就是戒毒戒死了。你说冤不冤，吸毒还没吸死，愣让戒毒给害了。听说一下子给麻过去，再就没醒过来……

护士长不爱听，说，医院跟医院可不一样，各庄的地道都有自己的高招。

庄羽说，也不是我自个儿咒自个儿，人不怕一万，也怕个万一是不是？我就想，每次给我输戒毒药的时候，我都化好了妆躺在那儿。过了这一关，咱就算拣了条命。要真是一蹬腿过去了，也留一副美人的形象辞世，给大家一个好印象。

护士长哭笑不得，说，就算你真的过去了，太平间也有人化妆，保证让你漂漂亮亮的。

庄羽大惊道，他们那手艺，整个一个乡下的戏班子，我这一张倾国倾城的脸，能让他们糟践？那可真是比死还要令我伤心的事了。

范青稞一旁冷眼旁观，觉得十分有趣。

护士长正色道，好啦好啦，说一千道一万，这玩艺不能带进病房。

庄羽双眉陡立，说，那好吧，不让我带化妆盒，我就不住这个院了。支远，走，咱们打道回府！

支远说，钱都交了，好不容易等到空床，你不是一直说这里最好吗，怎么因了这么一件小事，说走就走了……

庄羽闷着脸不做声，几乎垂泪，一副不化妆毋宁死的英雄气概。

护士长把化妆盒拿在手里，仔细翻检了一番，然后说，庄羽，你太任性了。看你这气色，要是再不马上戒毒，真是有生命危险。好吧，我就破一次例，让你带着这个盒子入院。

庄羽破涕为笑，说，护士长真知道心疼人。规定算什么？不就是乌龟的屁股吗？（龟腚——规定）

现在范青稞、席子、支远、庄羽四个人都换好了病号服，排在一起，好像一队新兵。

护士长说，还有最后一道手续，就是要检查一下，你们身上是不是一无所有。周五，你查支远。几位女士，我招呼。

这个节目，简方宁早做了交代，范青稞第一个走过去。

其实也很简单，就是护士长伸开大巴掌，在你的内衣内裤里细细捏一遍。护士长的手很糙，力很重，大指甲旁还有一根尖锐的倒刺，刮得人皮肤生疼。还好，护士长对范青稞的检查比较走过场。

对席子的检查也不甚严。她毕竟不是吸毒者，只是随员。

这时支远已被查完，转了回来。

护士长站在庄羽面前，把大蒲扇般的两只手，捅进庄羽宽大的病号服里。庄羽戴着进口的文胸，乳杯挺然峭拔。护士长一时摸不到这舶来品的机关，打不开挂钩，情急之下，索性将手从庄羽的腹部向上探入，好像挖掘巷道一般，东抓西拽，来了个黑虎掏心。

支远面色阴沉。

庄羽索性哈哈笑起来说，护士长，您这是干吗呀，查就查呗，也不能胳肢人啊。

护士长说，查查你内里藏没藏着犯禁的货色。这叫魔高一尺，道高一丈，我们是跟你们学的。

庄羽不乐意了，说，护士长，您可得说清楚了，不兴打击一大片。我干过那偷偷摸摸的事吗，谁的孩子谁自己管，谁干的谁负责。

一切齐备，护士长抖了抖大钥匙，开了最后一道铁门，正式进入病房。

第 六 节

西伯利亚的原始密林中，巨大的阔叶林和针状的黑松林混交地带，微风吹过，迎着阳光的叶片闪烁白炽的光斑，背阴处好似招魂的纸幡。白和绿毫无规律地交替着，好像地狱和天堂的旋转风车，令人无法长久地对视。

米哈林穿着橙红色紧身衣，在灰暗逐渐浓重的森林里，像火苗一般跳动着。遭遇海难的船员通常都穿这种色彩鲜艳的衣服，以吓走鲨鱼和吸引飞机救护人员的目光。

米哈林一团红色弧光在丛林中出没，头发已经被松针翠绿的汁液染成青果色，只有下颌新萌出的胡须，还顽强地保持着人类应有的黑色属性。上臂由于持久地攀援，已经有些像猿类了，每一根指爪锋利无比，肌肉膨起，韧带有一种悬垂的弹性。

米哈林抚摸着像小耗子一般抽搐的肌腱，甚为不解。按说像他这样的人，是不配有肌肉和力量的。但它们像雨后的蘑菇围着树根那样，在他细弱的骨头周围生长出来，无数次地供给他爆发的力量，让他躲过蝗虫般的子弹，像真正的野兽那样，片刻间消失在茫茫林海。

肌肉是吓出来的。米哈林对自己说。

可是他还有什么害怕的事情吗？他连死都不怕，他是"人兽"。

"人上人"乐园的老板用肥胖的手指，点着那张雪白的有凹凸花纹的仿羊皮纸契约，让他留下自己的名字的时候，他对这些生死条文扫都没扫一眼。唯一留在印象里的是，老板沉重的钻戒将玻璃板敲出了冰花般的裂纹。

吃得不错。甲方，当然就是老板了，每天向乙方——就是米哈林这样的人兽，提供相当丰盛的早餐和晚餐，这样才能保证人兽们在剧烈的奔跑和攀登中保持敏捷，不至于很快丧生。当然，也供应他们质地优良的衣服和靴子，只不过颜色是令人恐怖的橙红。

米哈林看了看岩缝中的太阳，他不要手表。时间对他有什么意义呢？他尤其怕看到手表上的日历，那些数字会提醒他记起自己还是人。他艰难地爬起来，不能歇息得太久。老板在每个人兽身上都悬挂了记步器，每天必须行走到规定的数目，才能领到药品。米哈林很理解老板，当然了，如果人兽们都凭借自己对地形高度熟悉的特长，把橙红色的身躯隐藏在山洞里，猎人们就会无功而返。长久下去，"人上人"乐园的生意就要打折扣了。

人兽们聚餐和睡觉的小屋，坐落在密林边上，是有特殊安全标记的半地下室结构，冬暖夏凉。每天晚上大家见面的时候，彼此都微笑着点头问好，露出掩饰不住的兴奋心情。是的，又活过了一天，但这不是最重要的。重要的是他们将得到一份比口粮更珍贵的药物。饭菜经常会剩，有些人永远不会回来吃最后的晚餐，他们倒在猎人们的长短步枪之下，金灿灿的铜壳子弹镶嵌在他们的胸膛、颅脑或是其他一些致命的地方。不过减员总能很快补上，人兽的来源很充裕。

老板还是很仁慈的。他与猎人们签有严格的合同，规定每位猎人枪杀的人兽数量，最多不得超过 3 名。也就是说，假如今天进园了 10 位猎人，无论他们的枪法多么高明，最多只会消失 30 名人兽，大多数人兽将安然无恙。

还有许多更人道的规矩。比如人兽每 5 天便有一天法定的休息日，可以躲在安全区内尽情嬉戏，放心大胆地休养生息。老板经常对人兽进行躲避枪杀的求生训练，请教官指导人兽如何在沟壑中隐没身躯，如何在溪水中消失脚印……尤可尊敬的是，老板为每位人兽配备了一架与狩猎者性能同等优异的高倍望远镜。在猎人发现人兽的同时，人兽也同步发现猎人。一场高质量的猎杀与反猎杀游戏，在苍茫林海中展开。

每位猎人进入"人上人"一次的门票是 15 万美元。这当然是一个让普通人休克的数字。但来到这片密林的人，都不是普通人，他们是从莫斯科来的神秘人物。猎人们也很通情达理，对提高人兽的自我防卫能力，大加赞赏。这使得狩猎和杀戮的过程，更充满了趣味与挑战。

米哈林是一位资深的人兽了。和他一道进园的伙伴，白骨已经被蚂蚁雕上花朵，但他还是一个零件不少地活着，真是悲哀无奈的事情。

有时他很想一个跟头栽到狩猎者的枪口下面，一了百了。他知道这是幻想，因为身体完全不听他的指挥，一到关键时刻，手和脚就会本能地飞快逃逸。俄罗斯人有猎杀野兽的习惯，杀死一头大的动物，像喝了一瓶烈酒，让人久久兴奋。但猎人们虽然有钱，一般缺乏经验。在久经考验的米哈林面前，他们太嫩了。有一次，一位猎人打了几千发子弹，却连一根汗毛都没有收获。米哈林悲悯他们，看不起他们。

走吧，米哈林，我们该上班了。再有 5 分钟，就超过了安全时间，随时都可能有枪对准我们。新递补进来的人兽，一边紧着橙红色的鞋带，一边往外走。

从地下室到遮天蔽日的林海，有一条长 50 码的小路。你必须在安全保护的有效时间内，通过小路。这是一段裸露的火线，猎人的子弹随时可以从任何方向飞来。

米哈林依旧淡然地喝着牛奶。今天的牛奶煮得有些糊，这种熟悉的味道使他想起逝去的父母和还活着的妻子儿女。他的神经已经被死亡击得像删节号，很难有连贯的思维。糊牛奶，帮了大脑的忙，他用匙子刮着碗底。

我们走了，米哈林。但愿晚上我们还能围在一起吃饭。其他人兽乌鸦一般散去。

米哈林舔干了最后的牛奶，镇定地看了一眼 50 码以外的林子。朝阳的光线像无数蛛丝，在树叶间抖动。那些新来的狩猎者，此刻正在乐园豪华的饭店，搂着乐园配备的小姐，做美梦呢。放荡的小姐是人兽的朋友，她们把猎人缠在床上，就为人兽争得了生存的时间。

米哈林很想这样闻着糊牛奶的味道，在地下室里呆到生命的尽头。但是，他必须到密林中上班去了。非得不停地奔跑，才能得到晚上的配给。奔跑是一个出色的人兽应有的品格。用奔跑吸引猎人的注意，然后避开他们发红的枪管，你就又从死亡手里赢得了一天。

现在已经超过安全时间 3 分钟了。如果有人埋伏在路旁，在这 50 码无遮掩的土地上，可以毫不费力地将这只最老的人兽干掉。

米哈林沉着地把袖口的橙红色丝绳又紧了紧，这样潜伏在树林里的时候，小蚊虫就难以骚扰他了。

他动如脱兔，简直是眨眼间就沉入了莽苍的绿色。无论他在阴暗的地下室里，把死亡如何地不当一回事，可当闻到了那些在夜里新长出来的绿叶，在阳光下处女般的味道，就不由自主地想活下去了。

这一天很顺利。米哈林成功地躲过了三次围剿。在望远镜里看到猎人们沮丧的嘴脸，米哈林很同情他们，假如可能，他甚至想命令一只西伯利亚豹子倒在猎人的枪口下，好给远道来的客人一点补偿。

现在，快到了吃晚饭的安全时间。远处，骑着快马的穿白衣服的医生和穿黑衣服的乐园厨子，带着他们的货物，就要到达小屋了。

天已经彻底地黑了下来，潮湿的岚气在脚下滚动。以上的景象基本上不是米哈林用肉眼看到的，是用经验感觉到的。此刻，他又到了那段50码的危险地段，但它已不再是致命的小道，而是平安坦途。人兽们从各自的潜伏之地站起，大摇大摆地向小屋走去。

米哈林没有手表，但确切地知道，已经进入安全期了。他热切盼望的时刻就要来临，和早上离开时一样，他飞快地跑过裸露的50码禁区。

一架高档夜视仪，瞄准了弓着腰的米哈林。

就在白衣和黑衣人已经进入森林小屋，米哈林的前脚也已抵达门槛的时候，枪声响了。

人兽们默默地看着米哈林倒在血泊中，伤口像一眼红色喷泉。

猎人跑过来，看着米哈林奔涌的血液，感到异常满足。他渴望同米哈林说点什么，这才是"人上人"最大的别致与享受之处。假如你打死了一只老虎，当然要比打死一名人兽光彩得多，可是，你能同垂死的老虎说话吗？

猎人一时间不知说什么好，他看到米哈林逐渐散乱的眼光盯着白衣和黑衣，就说，喂！你是不是想吃今天晚上的牛排？我可以喂你。

米哈林吐着血泡说，你……犯规了……时间……

猎人说，是啊是啊，我向你道歉。可我要是不犯规的话，怎么能打着你呢？我已经是第三次到这座美妙的林子来，打不着你，是我的心病。你是这里最老的灰狼，不用点计策，哪里能杀了你？！虽然我将为此付出一大笔违章费，但值得。

米哈林说，谢谢你……你帮我……结束了苦难……。猎人说，我特别注意没有打伤你的头部，保持了它优雅的完整。我无数次地在望远镜里观察过你的头颅，它令我羡慕不已。你一定有一位非常疼爱你的母亲，才把你的头形睡得这样美观。你放心，我会让她的手艺永存，我将把你悬挂在我的客厅墙壁上，做一个别致的花瓶，插满纯洁的百合。

米哈林对这番充满感情的话无动于衷，只是焦虑地问，几点了？

猎人回答了他。

米哈林吃力地转向白衣人，奇怪的是他不知从哪里得来助力，居然把话说得很完整，我已经完成了……我还活……今天的报酬……给我……补品……

随着每一个单词的吐出，都有硕大的血泡膨出。

白衣人迟疑了一下，还是从药箱里取出一支针剂，注射进米哈林渐渐萎缩得像棉线一样松软的血管。

米哈林的嘴角翘起来说，哦，好极了。这就公平了……愿我们在地狱里再见……

他的胸口不再流血。所有的血已经流尽。

猎人好奇地问，这是什么药？

白衣人说，毒品。他们都是因为吸毒吸到走投无路，才来当野兽的。

……

沈若鱼重重地合上了这本纪实性的刊物。这个故事令她毛骨悚然。

她不是一个胆小的女人，但毒品真的就使人这样痴迷吗？！

想不通。

沈若鱼年轻的时候在西藏当军医。高原除了留给她一身病痛以外，还馈赠了一件意想不到的礼物——在西藏的每一年工龄，都按一年半计算。这话说起来有些绕嘴，换个说法就是，一斤粮食可以抵一斤半白薯，沈若鱼突然拥有了和年龄不相称的工龄，使她在40岁的时候，办了退休手续。

游手好闲也不是一件舒服事。一个人精力充沛，身体健康，除了操持家务以外，每天像个充气过足的篮球，走路的时候急得噔噔作响。

必须要找活干，把多余的力气宣泄出去，就像一个人发了高烧，要喝姜汤发汗，把烧退了，浑身才舒畅。

她到公园里去学过跳舞。那些舞伴太老了，气息奄奄日薄西山。从他们的脸上看到拼命与年龄挣扎的表情，与他们共舞，反倒更清晰地闻到了死亡的气息。

她练过字画，手艺学得不怎么样，天天为这样一件事发愁——当你学到可以自鸣得意但又没人欣赏的时候，大批作品将如何处置？

对于一个徐娘半老又无生计所迫的女人来说，可干的事情真是不太多啊。

如果单纯是为了消磨时间，她考虑过卖冰棍或是卖晚报。

先向门口卖冰棍的老太太打听行情，老人一反平日卖冰激凌时的和蔼，面目狰狞地说，你要是想卖冰棍就得到远处去，从这根电线杆子到那边的公共厕所，都是我的地盘……

沈若鱼喏喏而退。才知道城市的每一寸空气，都已被割据。

她转而开始动卖晚报的主意。守着交通要道，不远处就是巍峨的火车站，流动人口的数量煞是可观。这一次她不再同街头的小贩打交道，直接到了受理报刊批发业务的邮局，笑容可掬地问工作人员，卖报需办什么手续？

面容清癯的小姐说，钱。

沈若鱼说，怎么交？

小姐说，你不是要卖报吗？要卖报就先得买报。你明天打算卖掉多少报，就在我们这里登记买多少报，然后交钱。明天下午到这里来领报，我看您岁数也不小了，腿脚大概也不利落。能早来一刻是一刻，卖报打的就是个时间差。你比人家能早上货半小时，也许就能多卖出100 份报……

面对小姐的谆谆教导，她频频点头。人不可貌相真是一句真理，从猩红滴血的嘴唇里，吐出的都是金玉良言。

第二天一大早起来，沈若鱼摩拳擦掌，预备挣个开门红。到了下午，正打算冲出家门的那一瞬，电话铃突然响了。

一个人在家，电话线就是延长的神经纤维。她立即扑向电话。

我是简方宁。沈若鱼，你家的电话号码还真没变啊，我本来只是想试试，没想到一拨就通了。

是你啊方宁。电话号码没变可不是什么好事，它说明我们家的住房条件一直没有改善，离达到小康还远着呢。嗨，你看我说这么多废话干什么，你大老远地打了长途来，一定是有重要的事情。有什么话你就快说好了。

这个电话已经不是长途了，我已经转业到你所在的这个城市。

这太好了。可我记得你不是这个城市的人啊?

潘岗是啊。嫁鸡随鸡。

还是那个潘岗! 你怎么还没离婚啊?

若鱼，你这个乌鸦嘴。我知道你看不起潘岗，可他是个好人。

要知道是天下有情人终成眷属，而不是天下好人终成眷属。

我不跟你争了，好在以后我们同在一片蓝天下，有无数可以争执的机会。告诉你我的工作地址，一所特殊的医院。

不要故弄玄虚，方宁。医院只有大和小的区别，没有什么特殊的。你这话，唬唬外行还行，要知道我也当过医师。

若鱼，我当这个院长，一点底也没有。也许我会在半夜把你吵醒，跟你诉苦，先说好了，不许烦啊。

我不会烦。我现在一天就巴着这个世界上多几个打仗或是地震的地方，像迎头泼一盆冷水，让我精神振作。听一个漂亮的女人诉苦，是一件开心的事情。你什么时候打电话来都可以，哪怕是我和先生正在睡觉，我也会把他推开，听你鸣冤叫屈……

谢谢你，若鱼。我们已经认识了20年，这真好，就像窖藏的女儿红。我们不用唠唠叨叨地从头说起，只听一个话头，就可以揪到尾巴。人在30岁以后，大概再也交不到最好的朋友了，就像女人过了最佳年龄，生的多半是怪胎。

哦，忘了问你，到底分到一个什么医院去了? 张口闭口是女人和生育，该不是妇产医院吧?

若鱼，你把电话拿稳一点，不要让听筒掉下来砸了你的脚面。我分到一家戒毒医院，当院长。

沈若鱼说，喔，方宁，我明白了，不就是和那种以前叫做鸦片现在叫做吗啡和海洛因的玩艺作斗争么? 你打算做一个女林则徐?

在某种程度上讲，比林则徐还困难。他只是把鸦片烧掉，而我们要把那些吸鸦片的大烟鬼挽救过来。

我还没有见过一个大烟鬼，他们是不是长得很可怕?

一句话形容不了。我刚开始进入这个医院，一切从零开始。我想这是天下最奇特的医院，不过你从部队一下来，就给你一个院长干干，还挺信任你的。这是一所很小的医院，院长其实和一个科主任差不多，但和所有的医院都不同。一切从头来，需要付出巨大的精力和勇气。但你知道我的脾气，我愿意一试。

……哎呀……

怎么啦？

没怎么，我突然看到天色已经黑下来。

时间也不是很晚。怕要下雨，满天都是乌云。

是……要下雨了……

你的孩子好吗？

孩子……还好，上高中了，住校……窗户上已经有雨滴了……

我的孩子也很好，叫星星。只是比你的要小得多，现在才上五年级……若鱼，你在听吗？……你的煤气炉上是不是烧着肉？

怎么，你闻到香味了？

不是，我感到你似乎心不在焉。

炉子上倒是没有炖肉，只是在邮局的柜台里，有我预订的报纸，我要赶紧去拿。

这是怎么回事？我怎么听不明白？

这是一件虽然没有你的戒毒医院复杂，但也要说半天的事情。等我闲下来再给你讲，好吗？

挂了电话。看窗外，已是暴雨倾盆。

沈若鱼举着雨伞，夹着雨布，拎着装满钢镚儿（这是昨天晚上就换好了的，预备给买报的人找钱）的书包，进了邮局的门。

冷若冰霜的小姐说，您预订的这报还要呢？

她说，那是当然。我已经和街坊四邻说了，请他们专等着买我的报，算是捧个人场。

小姐高深地点点头说，是，那是。那您就好好算算有多少人，在这大风大雨的晚半晌，还坚贞不屈地等着买您的报，算好了，再打出个三份五份的富余，然后您把报纸数出来，再用雨布裹了走。剩下的，您就放这儿吧，有收废纸的来了，我替您卖了，该给您多少钱，一分也不会少了您的。省得您黑灯瞎火地抱着这一大堆纸，一出门遇着水沟，摔个大马趴。

沈若鱼脸上露出割舍不下的神情，说要是我卖卖试试呢？

小姐说，不是我说您，都这个时辰了，您还卖晚报呢，只怕送都没人要。

沈若鱼说，咱们的广大人民群众，还没小康到您说的那个程度吧？

小姐说，要说富裕，还真没到白给都不要的地步。只是这报纸不比别的，时效性特强。该买的都买了，没买的，您送他，他就包油饼。

沈若鱼说，我还是自个抱着走吧。遇到水坑，还能垫垫脚。放在这儿，看占了你们的地方。

小姐说了一句，还挺财迷。就不再搭理她。

沈若鱼讪讪地抱着报纸走了。

那许多报纸，使她家在相当长的历史时期内，包裹东西的时候，总看到同一条新闻。

可怜沈若鱼仍旧像一个荷尔蒙分泌旺盛的小伙子，找不到所爱的对象，每天躁动不止。

丈夫关切地说，你不是提前进入更年期了吧？

她掐指一算，说，六七天癸竭。还真快了。

丈夫惊道，那你最好回你娘家去养。这样闹腾，大家都受不了。

她说，你也不能转嫁精神危机啊。同甘苦，共患难，相濡以沫，才像一条战壕的战友。

先生从第二天开始，施行新战术。

他大量地购买妇女和青年刊物。一回到家，就从皮包里往外甩杂志，封面上的俊男靓女在地毯上挤成一坨，好像马路边的小摊。

沈若鱼说，什么意思？

他说，让你开阔眼界，与沸腾的生活同步。

沈若鱼说，我早已过了青年的范畴，可不想扮个老天真。至于妇女刊物，不是教你怎样打扮得魅力夺人，就是为对付第三者出谋划策。我的模样，想你多年来已是熟视无睹，至于第三者的问题，关键在你能不能保持晚节了。

丈夫并不气馁，说，那我给你买名著吧？莫非你也敢不放在眼里？其后的一段日子里，他就肆无忌惮地往家里搬文学书。

有一天，沈若鱼对他说，你不要老买这些名著给我看，烦请你给我买一些二流、三流以至等外品的东西看看。

丈夫说，我不懂你的意思。现在外面正在扫黄打非，你该不是示意我给你弄一些糟粕来自娱吧？

沈若鱼痛心疾首地说，你怎么能把革命群众想得这样肮脏？我能连这么起码的阶级觉悟都不具备了吗？同志，真辜负了我多年对你的信任。

丈夫说，假如我理解得不错的话，你是要看一些中间水准的吗？

沈若鱼说，你说对了。大师们让我气馁，只有这些作品，才能鼓起我的勇气。

丈夫吓了一大跳说，你想干什么？

沈若鱼说，请你不要用这种眼光看着我。

丈夫不好意思地说，噢噢，对不起，原来是我想错了。向你道歉。

沈若鱼说，你想得一点也没有错。我们毕竟在一个锅里吃了这许多年的饭，知我者，莫过于你。

先生说，你真的打算一试。

沈若鱼说，是。

失败了怎么办？这不是是个人就可以试一把的。先生忧心忡忡地说。

愣了半天先生又说，从投资的角度看，不妨一试。不需要多少成本，一笔一纸足矣。

沈若鱼说，是的。经营风险几乎等于零。除了我的脑汁消耗以外，基本不需要其他物资投入。

先生说，好啊，不管你写什么都好，只要你一天别像梦游似的就行。

沈若鱼开始向报纸杂志投点小稿件。也许是因为她未经过任何正规的文学训练，主观上也没有想一鸣惊人的动机，文字有一种天然去雕饰的坦率和朴素，居然就旗开得胜，豆腐块大的文章不断见报，并没有经历一般文学青年或是文学中年初学写作时的种种磨难，渐渐地也有了些小名声，有杂志向她约稿了。

沈老师，我觉得在您所有的文章里，写医院是最传神的。年轻编辑逢人就叫老师。

童子功。沈若鱼半是谦虚半是自豪。

您能不能多给我们的读者，写写医院白色帷幕之后的故事呢？要知道，现代人越来越惜命，只要一沾保健的边，糖水都能卖出蜂王浆的价。您的笔，只要一写到医院，就透出消毒水的味儿，别人比不了。

可医院就那么点名堂，冬天防感冒夏天防中暑，有多少新鲜事呢？沈若鱼虽说认为编辑说得对，但自己肚子里的存货有限，想不出新角度，发愁道。

医院也是在不断变化着的，比如性病艾滋什么的，以前哪有？您可以再度深入生活。编辑循循诱导。

千不该万不该，沈若鱼一时冲动，脱口而出，我有个朋友在戒毒医院……

那太好了！您就写写戒毒医院吧，咱们一言为定！编辑兴奋得两眼放光。

沈若鱼悔之莫及地回到家，心想自己对戒毒医院知道多少？如今夸下海口，如何交差？当然可以出尔反尔，对编辑说自己当时信口开河，完全不算数。但以她当过军人的性格，君子一言，应是导弹也追不上。实施起来，头一关要过的就是先生的盘问。沈若鱼便抖擞精神，整治了一桌好饭菜。她始终认为，在大脑的决策过程中，胃是极为重要的参与者。

先生吃得嘴角胡须都油光光之后说，你有什么阴谋诡计，现在是公开的时候了。

沈若鱼大喊冤枉说，我不过是想写一个医院。

写吧。先生说，在你还不是轻车熟路？

沈若鱼说，不，我想写一个新奇的医院。

先生说，什么医院？医院可是像酒，越老的越好。

沈若鱼说，戒毒医院。

先生说，那是个人们躲都躲不开的地方，你这是为什么？

沈若鱼说，好奇。

先生说，好奇就有那么大的力量？

沈若鱼说，是的。我当了这么多年的医生，可我想不出来戒毒医院是个什么景象。瓦特因为好奇，发明了蒸汽机车。牛顿因为好奇，发现了万有引力定律……

先生说，就算好奇，你一个平头老百姓，谁会把情况告诉你？

沈若鱼不吭声了。

第 七 节

沈若鱼心怀鬼胎，知道自己只剩下一条出路，就是征得简方宁的同情，同意自己进入戒毒医院，探得第一手资料。

但简方宁是一个非常正规严谨的医生，她能赞同这种近乎游戏的方式，干扰自己的工作吗？

一连若干天，沈若鱼愁眉不展。

先生说，像你这样，整天蹲在屋里发愁，就是愁得自己吸上了大烟，只怕也丝毫无补。

沈若鱼一下子跳起来说，感谢你给我出了一个好主意。

丈夫吃惊道，我给你出了什么主意？我什么主意也没给你出啊？

沈若鱼说，那就蒙在鼓里，做你的无名英雄吧。

她提笔给简方宁写了一封信，约她到麦当劳餐厅吃饭。

信写得很简单，像是一封公事公办的请柬。只说是定于某月某日下午某时某分，在餐厅门口见面，不见不散。署名是"时刻关心你的大姐姐——沈若鱼"。

请柬早早写好以后，沈若鱼并不马上发出去，摆在桌上，像一件工艺品似的欣赏了好几天。

丈夫说，为什么不早早寄出去？现代社会，不打无准备之仗。

沈若鱼说，兵贵神速。

到了预订时间的前一天下午，沈若鱼到黄帽子邮筒将请柬发出。

第二天上午 10 时，大约就是邮递员将信送达的时辰。沈若鱼关闭电话，把自己像螺蛳一般封锁起来。到了约会时间，收拾停当，急匆匆地赶到麦当劳门口。

简方宁已经像门口椅子上塑料的麦当劳叔叔一样，等候得地久天长。

她一身桃皮绒黑色套装，腰线很高，将窈窕的身材勾勒得出神入化，锥形的裤子显出一种锋利的冷峻。一切都是这个城市目前最时髦的装扮，只可惜每一根布丝里头，都蒸发出前军人的气味，有些败坏风景。

沈若鱼说，哈！方宁，想不到你这么新潮。

简方宁气哼哼说，有你这么请人吃饭的吗？简直是绑架。也不问问别人有没有工夫，整个一个没商量。上午一接到你的信，我就忙着给你打电话，想换一个时间。你家的电话不知出了什么毛病，就是打不进去……

沈若鱼推着她说，方宁，我们进去，一边吃热乎乎甜蜜蜜的苹果派一边说，好吗？

天下所有的麦当劳都是一卵多生，景色永远一成不变。因为不是节假日，餐厅内竟是少有的清静。沈若鱼还不满意，一味要找更僻静的所在，最后居然在专给小朋友过生日的区域落座。

简方宁说，我只吃个汉堡就走。医院总算走上了正轨，大量收治病人。百业待举，事事都得我亲临现场。

沈若鱼说，才当一个小小的院长，就拿这个官说事。看来我们就要高攀不上了，现在流行一个词，就是形容你这种人的。

简方宁说，什么词，说出来，让我看像也不像？

沈若鱼说，扮忙。

简方宁说，什么意思？不懂。

沈若鱼说，打扮的扮，忙碌的忙。就是打扮成忙碌的样子。

简方宁扑哧笑了，说你不必含沙射影。我是真忙。

沈若鱼说，不管真忙假忙的，反正你已被我诳到这里了，就算陪我忆忆旧好了。人一退休，就有一种泡沫的感觉。表面上你是跟别人在一道过生活，但实际上所有的事情都是在水底下发生着，你看得见，但是同你无关。

简方宁说，别说得那么伤感，身在其中并非什么好事，旁观者清。

沈若鱼说，我要那么清，有什么用？只希望你今天下午舍命陪君子。

简方宁说，哪有那么严重？我愿意听你聊天，听你讲话比听那些大烟鬼的故事好多了。你忘了多少年前，我们住在一间宿舍，有时候会聊到半夜呢。真奇怪，我们怎么会有那么多的话说。

沈若鱼用托盘端来了咖啡和冰激凌，独独没有汉堡。

汉堡一吃就饱了，肚子里就没有别的地方吃东西了。我们先扫荡外围吧。

麦当劳里响着若隐若现的音乐，正是最易追忆往事的气氛。

第 八 节

二十多年前，沈若鱼在高原部队任助理军医。一天，后勤部长找她谈话。

小沈啊，现在有一个光荣的任务分给你，需要你下山。部长说。

"山"就是特指西藏这一块地球上海拔最高的土地。

下山是好事，起码氧气可以吃饱。但沈若鱼别看年纪小，已练出宠辱不惊的气魄。部长，您先说说是什么任务吧，要是我干不了，岂不白高兴一场？您还得改派别人。

按说下级是不敢同上级用这种口气说话的，但沈若鱼的父亲也是军人，她从小讲话就大大咧咧的，普通一兵的生活也没把她改造好。

部长说，上头卫生部门发来一个文件，说是要推广新型计划生育手术，凡是师以上单位，都要派出一名思想红业务精的医疗骨干，学习这种技术。你近日内就下山到野战医院报到，给咱学一手计划生育的绝招回来。

沈若鱼看着部长的花白头发说，思想红业务精这两条，我倒是蛮合格的。可我就是想不通，我们这里地广人稀，每10平方公里才摊上一个活人，搞什么计划生育呢？学手艺我不发怵，回来后有机会施展吗？三天不练手生，只怕用不了多长时间，就又还给老师了。

部长长叹一口气说，人家跟我说，你这个姑娘怎么怎么傻，我还不信，今天一看，果然缺心眼。上面怎么要求，下面就怎么执行，服从命令是军人的天职，看来骡马就是不能上阵。

沈若鱼没听清，说什么马，部长？

部长说，韦氏野马，西藏已经绝种。平常雪山上见的到处撒欢跑的不是野马，是野驴。

沈若鱼不解道，绝种的野马和还没绝种的野驴，同我们有什么关系？

部长说，对，没关系。咱们还回到人的计划生育上去。艺不压人，多学点本事有什么不好？你就一辈子待在10平方公里只有一个人的地方吗？山不转水转，你还这么年轻。赶紧准备行李吧，到了野战医院，看到好小伙儿，态度和气点。

沈若鱼说，干吗？我又不求他们办什么事。

部长说，你求他们办的事大了，得有一个人愿意娶你。

沈若鱼嘻嘻笑起来说，部长，那您可把我派错了地方。您让我去的是妇产科，除了孕妇就是产妇，我对人家态度再好也没用。

部长说，真是傻啊，丫头。

奉命下山，到了野战医院。进修医生沈若鱼先去库房，像病人一样领用公家的白被子白单子。管被服的老护士欺生，非要把一床染有血污痕迹的床单，分给沈若鱼。

我不要。这一定是死人铺过的单子。沈若鱼到了新单位，不敢太造次，小声抗议。

当白衣战士的就得不怕苦不怕脏，死人用过的东西又怎么样，死人睡在身边，我也照样打呼噜。老护士不屑地说。

那你自己床上的被子怎么崭新？沈若鱼一眼瞥见库房里有一张供人休息的床，洁净得如同新出笼的豆腐。

一个新兵蛋子居然反了！这里就是我说了算，你又能怎么样？看看你脸蛋子上的那两坨红印章，只怕还没从高原反应中清醒过来，就在这里指手画脚。看我不跟领导上反映，在你鉴定上留下一笔，叫你吃不了兜着走！老护士恶狠狠地说。

久居高原的人，因为缺氧，皮下毛细血管扩张，颊部形成两团紫晕，被人称为"高原红"，自是极影响美观的。沈若鱼下得山来，往脸上涂了厚厚的"面友"白霜，照了镜子，自以为可鱼目混珠，不想叫老护士火眼金睛洞穿，好不晦气。加之鉴定一说，确实切中要害，一时间眼泪汪汪。

护士人老了，还没当上医生，多年的苦媳熬不成婆，对年纪轻轻的女医生充满嫉恨。一看女医生落泪，心态多少平衡了些，抽出一条洁净些的单子说，我这个人就是心肠软，好，照顾你，给你换。

没想到沈若鱼一把将染有血污的单子抱在胸前说，少充好人！我才不领你情，我就用这个单子，什么也不怕！

她一跺脚一转身，扭头就跑，差点将身后等着领物品的女护士撞倒。

那女子戴着大大的口罩，只露出漆黑的眉毛和瞳仁，整个脸庞像白雪地上遗落了乌鸦的羽毛和龙眼核，简洁而分明。

你是从高原来的？她轻声问。

是又怎么样？沈若鱼一时对野战医院所有的人都充满仇恨，呛道。

那儿非常艰苦，咱们俩差不多大吧，你真不简单。别生气，到我屋里坐坐吧，离这儿不远。那女孩不由分说牵着沈若鱼的手走。

沈若鱼刚到这所医院，两眼一抹黑，又遭了老护士的训斥，一肚子的委屈正想找人诉，就乖乖地跟在女孩后面。

我叫简方宁，妇产科护士。

喔，那真巧。我正要到妇产科学习。

两人越说越近乎，进了女护士们的宿舍。简方宁从自己当做枕头的包袱里抽出一条干净单子，递到沈若鱼手里，说，这是我自己的，你拿去用吧。虽说不是新的，保证不是死人用过的。

沈若鱼不好意思地说，这是你的，我怎么好拿？再说女孩子的心都是一样的，我知道你也不愿用肮脏的单子。莫非你和那个老护士相好，她能给你换过来？

简方宁说，她那一副丧气样，谁和她好？你把单子换给我，我用消毒水泡泡，然后晾干了，去了心病，就可以照常用了。反正这单子也不能丢了，总得有人用，我就用吧。

沈若鱼便在心底认定这是一个好女孩。

临分手的时候，沈若鱼说，咱俩说了这么长时间的话，怎么你一直戴着口罩啊？你得把口罩摘下来，要不医院里女孩这么多，明天我就找不着你了。

简方宁刚要摘口罩带子，突然想起了什么，说，明天你到我们科里上班，我还是戴着口罩的，认得出来。

手中的床单发出好闻的香皂气息，沈若鱼天性好奇，她想简方宁大概鼻子嘴巴很丑，没准是个缝合的兔唇。在大街上常常可以看到戴口罩的美人，一旦摘了口罩，吓你一大跳。

即使她是塌鼻梁或是龅牙齿，我也同她做朋友。沈若鱼在离开简方宁的小屋时这样想。

第二天，沈若鱼到妇产科报到。

开早会的时候，主任很简单地向众人作了介绍，大家礼貌地向沈若鱼点点头。其中一个护士忽闪了一下长长的眼睫毛，沈若鱼也向她眨眨眼睛。

今天我带新来的小沈医生手术，简方宁做器械护士。主任宣布道。她是一个很老的女人，发缕稀疏，头皮因过度干燥而发出瓷砖般的亮光。

器械护士是手术的配合者。

一个大月份的流产术。

病人是一个很美丽的未婚女人。也许不能叫她是病人，她只是因了正常的生理机能，孕育了一个胎儿。她至死不肯说出什么人是这个胚胎的父亲，但孩子在一天天不可遏制地长大。无论事件今后如何处理，这个孩子是一定要消灭的了。

病人躺在那里，很清醒。

什么人使你怀孕？主任一边用冰凉的消毒水涂抹着手术区域，一边冷淡地问着。

女人一声不吭。

我们除了医务工作以外，有时也要协助有关部门了解一些其他的情况。主任向沈若鱼传授。

沈若鱼机械地点点头。

手术开始了，刀光剑影，音色铿锵。沈若鱼第一次看到这般血淋淋的操作，眼一阵阵犯晕。

胚胎取出来了一半，极小的孩子的脊椎骨，像一枚怪鱼的鱼刺，精致而玲珑。

你数一数。主任吩咐道。

数什么？沈若鱼茫然。

数数胚胎的肋骨是否完整。简方宁小声地告诉沈若鱼。

沈若鱼就把小小的脊梁，摊在洁白的纱布上。肋骨是半透明的，像粉丝一样晶莹，沾染母亲的血滴，发出珠贝般的银粉色。

沈若鱼心中发呕，但第一次跟随主任干活，万不能留下坏印象。她就是再不拘常法，这点利害也是懂的。无奈眼神总也不聚焦，小胎儿的肋骨不是数成 13 根就是数成 14 根。但人的肋骨只有 12 根，这是确定无疑的。

简方宁看她久久报不出数来，就主动过来帮忙。

11 根。简方宁口齿伶俐地报告。

一定是折断了一根肋骨，一定要把它找出来，否则病人会疼痛不止，还会造成危及生命的大出血。

主任的口吻像钢板一般平直，没有丝毫抑扬顿挫。

沈若鱼看到一直紧闭双眼的病人，微微颤动了眼皮。

你说出那个男人是谁，我就马上把你孩子遗留的这根肋骨取出来。如果你不说，就让它像一根柴禾，留在你的身体里，做永久纪念。主任冷冰冰地说。

那个女人赤裸着半身，死一般寂静地躺在那里，一片片粟粒般的冷疹，仿佛展开的席子，在她洁白的躯体上滚过。

沈若鱼的手指在橡皮手套里发抖。她呆呆地站着，看着干涸的血迹。看一眼简方宁，简方宁望着墙角，坚决不和她对视眼神。

在这间压抑得快要爆炸的手术间里，只有主任的呼吸响彻寰宇。

你说不说？你不说，我就让你这样一直躺下去，看我们谁的耐性更好一些。主任冷漠地说。要不是手术正进行到一半，还要保持双手的无菌，她会把戴着手套的双手，悠闲地交叉到自己的腋下。

死一般的僵持。

由于寒冷和内心的恐惧，那个女人的身体好像缩小了，变成白色纸片一样的漂浮物，一阵又一阵猛烈的抽动，从那女人的体内迸发出来。

看到了吗，她就要坚持不住了。女人在这种时刻往往是最软弱的，她刚刚失去了自己的孩子，那个置她于羞辱与悲苦中的男人，躲得干干净净，甚至还在充当正人君子。她的内心感到极大的不平衡。这时候，只要我们再加一把油，她的防线就全面崩溃了……主任谆谆告诫。

沈若鱼觉得这些话不是灌进了她的脑海，而是填进了她的胃，见棱见角地堵在心口。

把她的孩子给她看一下。主任淡淡地吩咐。

她的孩子？在哪里？沈若鱼下意识地四下打量。

就是刚才我们吸刮钳夹出的那些血块、骨骼和模糊不清的筋肉啊。

你把它们在纱布上大致拼成一个人形，端给她看。主任用一种很轻松的语调说。

不！我不看！我不要看我的孩子……求求你们，求求你们啊……那个一直好像昏睡的女人，猛然发出裂帛般的嚎叫，钢制的手术床，如遭8级地震，晃得几乎坍塌。

沈若鱼的手哆嗦着，不敢在纱布上靠近那团成形的胎儿残骸。

冷静一点，你必须得看，这是规定。我们为你做了手术，是不是成功，得有实物作凭证。所以你是一定要看，还得看得清清楚楚。怀孩子不是一个人的事情。你一定得和另一个人通消息，报告你这些日子的遭遇。你不看看你们的孩子，你怎么能说得明白呢？再说，你和这个孩子，毕竟也是一种缘分，他来世间一趟，你这个当妈妈的，就不看他一眼吗？就让他这么无声无息地消失吗？……主任的话像孤独的咒语，在惨白的墙壁四周折射。

沈若鱼就在这一瞬决定，永生永世，不搞妇产科。

大滴大滴的泪水，像泉一样，从那卧着的女人紧闭的睫毛间，沁了出来，顺着她玉石一般光洁的脸颊，将手术枕浸透。

好了，她就要说了。主任轻轻嘘了一口气。你说吧，你说了那个男人是谁，我马上就给你把手术做完，再耽搁下去，你会大出血……你会死的……主任柔和地说，话语中有一种梦幻般的亲切。

我说，我说……女人的嘴唇无声地嚅动着……

主任，有人找。手术室外间有人喊。

我在手术。主任不屑地回答。

是院长。外面答。

哦……好，就来。这也不是什么大不了的手术，我去去就来。你们用无菌单把手术区遮盖好，我回来换副手套再接着手术。

主任说着，匆匆地走了。

那女子石像一般躺着。

妇产科，都是，这样，吗？沈若鱼问。

不是。但，主任是。简方宁答。

为什么？她不是女人吗？

不知道。女人和女人不一样。

简方宁轻轻走到躺着的女人面前，替她盖好无菌单。女人的眼皮动了动，似在表示感谢。

简方宁俯下身，轻轻对着那女人的耳垂说，如果你不想说，你可以不说。一个当医生的，不能逼着你说。她非要你看，你就闭上眼睛。眼皮一落，就遮住了整个世界。她不敢不给你做手术，那她要负法律的责任。你可以沉默，永远保守你的秘密。

仰卧着的女人一直涌流不止的泪水，在那一刻灼干。

待主任兴冲冲地赶回来，女人仿佛被施了魔法，自己调整了一个舒适的姿势，无声无息地仰卧着，好像在沙滩上晒太阳。任你说破大天，她像木乃伊一般干燥宁静。主任把所有的话都说完了，要不是口罩遮挡，肯定可以看到嘴角凝结着白沫，那女人就是烟雾一样渺无反应。主任看看再说不停，也是徒劳无功，病人的情形不允许再晾下去了，只得匆匆完成了手术。

主任甩下手套，悻悻离去，留下她俩将病人推回病房。

你真棒。沈若鱼由衷地说。

棒什么？我只觉得医学是高尚的职业，我只注重医学，对别的不感兴趣。只有病人快乐，我才快乐。简方宁说着，疲惫地摘下口罩。

沈若鱼这才看到简方宁的全貌。她是典型的东方美女，藏在口罩里的是端正的鼻梁、小巧的嘴巴和桃红的颊部。

那你为什么一直戴着口罩啊？沈若鱼想到自己的猜测，不由得大叫。

这不是很简单吗，因为我一直在感冒，怕传染了你啊！

沈若鱼与简方宁成了好朋友。

最好的聊天时光，是两个人都值班的时候。

妇产科是一种生长莫测的植物，丰年的时候忙得要死，一天要做若干的手术，接生的婴儿足可组建一个排。歉年的时候冷清得像墓地，没有一个等候手术的病人，没有一声新生婴儿的啼叫。只有那些早几日娩出的老婴儿，在吃饱喝足之后无聊地哼几声。

主任抱歉地对沈若鱼说，你是来学习的，应该给你多创造实习的机会。可没有病人，我也没法。你知道产妇孕妇来医院这件事，看起来好像很偶然，其实是一种必然。那不是她们今天决定的，早在十个月或是两个月之前，就有了这件事。种子是早就播下的，现在不过是收获或是间苗。谁也奈何不得。

沈若鱼唯唯诺诺地点头，极力掩饰心中的快意。打定主意不搞妇产科，病人自然越少越好。

不知是不是她的恶意祈盼奏了效，妇产科进入连续的荒年。

你干脆住到科里来吧，这样夜里若是有了急诊，你也可以多一点实践的机会。主任说。

沈若鱼服从，就在产房附近的小屋支起一张床。

轮到简方宁值护士班，她们就面对面地坐在护士值班室，几乎彻夜长谈。渴了就拔开一瓶输液用生理盐水的橡皮塞子，对着瓶嘴一饮而尽。到了下半夜，聊得肚子饿了，就敲开几支 50% 的葡萄糖溶液，像喝糖稀似的把它吮进肚里，一会儿就精神百倍了。

沈若鱼知道了简方宁是一个工人的女儿，但心气极高，想成为医学权威。

那你先得跳出护士这个圈子。医生的嘴，护士的腿。护士就是医生的工具，干得再好也是工具。沈若鱼说。"权威"和"工具"这种话，都是犯忌的。彼此能说到这分上，就有一种休戚与共的相知。

我不是看不起护士，护士和医生其实不是一个行当。医生是说话的人，护士是听话的人。一个当医生的，可以说是我治好了这个病人，护士就没有这个资格。就像将军能说是我打胜了这一仗，士兵就不行。简方宁托着腮，屋外是沉沉的夜色。

当护士一天服侍人，也够烦人的了。我们又不是他的爹妈，上辈子欠了他们吗，要把他们当祖宗一般伺候着？沈若鱼为护士们愤愤不平。

简方宁好看的嘴角翘起来，说，我倒不是烦病人，只是想让自己的一辈子过得更有意思，名字像旗帜一样飘起来，心里充满快乐。

沈若鱼说，我的天！你这样的抱负，哪里是一件医生的白大褂能容得下的？

简方宁不好意思说，嗨，咱们不是说着玩的吗？

沈若鱼道，我知道你的心意了——想出人头地一举成名。我看馒头要一口一口吃，仗要一个一个地打。第一步，想想怎样当上医生？

简方宁反问，你是怎样当上医生的呢？

沈若鱼说，说起来惭愧，还是不说吧。

简方宁低下头说，我也许碰了你的痛处，你不用说就是了。我知道现在想当医生，只有上军医大学一条路。这个名额不是容易到手的。人都有不愿被人知道的秘密，我再也不会问你了。

沈若鱼嘎嘎笑起来说，看你想到哪里去了？好像我当医生是卖过身一般。告诉你也无妨，只是你没法照方抓药，也不要就此当了话把儿，挖苦我。

简方宁说，我是那种人吗？

沈若鱼说，那我就坦白交代了。我父亲和我们的后勤部长是老战友，给他写了一封信说，你侄女也老大不小的了，要是没有一技之长，只怕一辈子找不到婆家。喏，就这样。

简方宁长叹一口气说，你的法子，真不是常人能学的。先得让我爸爸在几十年前就学了你爸爸，早早地闹革命。

日子流逝着。妇产科主任见沈若鱼白天哈欠连天，萎靡不振的样子，奇怪道，小沈医生，白天没有病例，晚上我查了记录，也没有急诊，你怎么总是睡不醒的样子？

沈若鱼揉揉眼睛，理直气壮地说，看书啊。既然我在实践中没法掌握更多的知识，只有从书本上学习了。白天科里这么乱，大人叫孩子哭的，当然只有半夜三更看书啦！

主任想想，的确没在任何娱乐的场合看到沈若鱼，也就信了她的鬼话。

到了沈若鱼学习期满，正是军医大学招生的季节。医院里弥漫着一种潜在的紧张气氛，好像一枚五彩的焰火已经点燃，引信嗤嗤蔓延着，单等那灼目的一闪。

近来小姐妹的交谈明显减少，原因主要在简方宁方面。沈若鱼住在科里，守株待兔。以前是简方宁特意调换成夜班，同沈若鱼聊天。现在就是轮到简方宁的夜班，她也换给了别人。

沈若鱼不知何故，检讨自己，好像也并无对不起朋友的地方，只好不往心里去。严厉的科主任就要对她进行考核鉴定，也需认真准备。原本谈得很热烈的小伙伴，一时间冷淡下来。

一天下午，沈若鱼正在写病历，简方宁闯进她的小屋，说，我请你看一样东西。

沈若鱼说，好吃的吗？

简方宁不好意思地说，一点也不好吃。

沈若鱼说，那不去。

简方宁说，算我求你。

沈若鱼就跟她手拉手地往外跑。

野战医院建在一片山坡上，绿树红墙，景色很优美。

正是秋天，远处当油料作物种植的向日葵，像无边无际流淌的金箔，随着每一阵微风的掠动，撒出无数金针样的光芒，令人不敢正视它们的辉煌与灿烂。

空气中潜伏着沙枣树的芬芳，那是一种蛊惑人的迷醉之气。初进入肺腑的时候，像甜梨的汤被炭火烤焦了，使你忍不住深吸几口。甘甜渐渐淡去之后，类乎苦艾叶子的呛人味道升腾而起，包裹你的咽喉。如果你继续不知深浅地嗅下去，就有一种昏眩盘旋脑幕，记忆浮动，思维飘渺，你好像化成了沙枣颗粒中的粉末，随着阳光飞翔到灰色的天穹。

走过了向日葵地，穿过了沙枣林，简方宁还一直走着走着。

到底要把我带到哪里去？沈若鱼沉不住气了。

鼻子什么时候抗议，那个地方就快到了。简方宁头也不回地说。

这个时辰不必久候，沈若鱼马上闻到空气中浮动着令人懊恼的味道。

该不是我神经过敏吧？沈若鱼耸耸鼻翼。

不是你过敏，是真的。简方宁十分恳切地说。

我们到了猪圈附近，对吗？沈若鱼没多少把握地说。

对。

正说着，一排猪舍已经出现在面前，猪食和猪屎尿的味道，差点把人呛个跟头。从熙熙攘攘的白猪黑猪中间站起一个人。要不是他比最高大的约克夏猪还要高半个头，你简直以为他是猪群中的一员。

他的皮肤实在太黑，上帝以土制他的时候，肯定用的是腐殖质的深层，例如北大荒的黑土作原料，在烤制的时候又忘了看表，把他的坯子在炉子里烧焦了，才成了这副模样。沈若鱼以貌取人，对黑大个十分冷淡。

潘岗。他说，伸出沾满猪糠的手。

常听方宁说起你。他接着说。

沈若鱼本来咬着牙伸出了自己的手，听了这后一句话，立马又把手缩了回来。说，既然你是方宁的好朋友，我也就不客气了。你的手上没有猪绦虫卵吧？我看你还是洗了手以后，咱们再认识也不晚。

潘岗说，果然名不虚传。

沈若鱼说，方宁，你传我什么了？

简方宁说，说你运气好。

潘岗一迈腿想跳出猪圈，脚上带起污泥浊水，气味就更浓烈了。

沈若鱼说，得了，潘岗同志，您就站在猪圈里跟我们说话吧，这样比较容易忍受一些。

潘岗说，也好。

沈若鱼说，你这个喂猪的，怎么也不把猪圈拾掇得干净一点？

潘岗说，拾掇得太干净了，哪里还显得出艰苦？

沈若鱼说，想得很周到啊。你的老母猪要生小猪了吗？

潘岗丈二和尚摸不着头脑，说，没有啊？

沈若鱼说，那你把我们妇产科的医生护士叫来干吗？

潘岗说，沈若鱼，就算你是铁嘴钢牙，可是这次你说错了。不是我叫妇产科的护士，是她自己来的。

沈若鱼半信半疑地扭过头去看简方宁，简方宁迎着她的目光，很坚定地点了一下头。

沈若鱼一下子委顿了，结巴着说，看来有人要嫁猪随猪了。

潘岗说，别看今天是猪，以后也许是龙呢！

沈若鱼说，那也是母猪龙。

简方宁说，我以为你们俩会成好朋友呢，怎么一见面就吵起来了？

沈若鱼说，相克。

潘岗说，其实也没什么。只是你的这位朋友讲话好像有传染性，叫人不由自主地就想抬杠。

沈若鱼笑起来说，我真有那么大的能力啊？跟黄疸肝炎似的？

简方宁说，好了，好了，笑了就好。潘岗，你忙你的吧。我晚上再来找你。

回来的路上，沈若鱼说，我现在知道是谁取代了我的位置了。

简方宁说，若鱼，你错了。没有谁能取代你的位置。

沈若鱼说，看吧。时间会证明。

简方宁又问，怎么样？

沈若鱼答，什么怎么样？

简方宁说，印象啊。谈谈你的看法。

沈若鱼说，猪圈很臭。

简方宁说，别谈猪，谈人。

沈若鱼说，我刚认识他这么一会儿，除了猪圈的恶味，没留下别的印象。就算是新入院一个病人，要下个初步诊断，也得琢磨一段时间，还得靠辅助临床检验，比如查血照 X 光什么的。哪有这么快？

简方宁说，我听出你的意思来了，你不喜欢他。

沈若鱼说，我不喜欢也就罢了，只要你喜欢就行。

简方宁悠长地叹了一口气说，我也不是很喜欢他。只不过在现在我能碰得到的人里面，他是最好的了。

沈若鱼一惊，站下不走了，说，你何必这样急急忙忙地把自己嫁出去？来日方长，从从容容选一个伴不行吗？

简方宁凄然一笑说，来不及了。

周围正是一片胡杨林，蒙着夕阳的古树枝桠遒劲，好像沧海的精灵现身。

沈若鱼说，怎么了？是不是有了什么麻烦事？妇产科的手艺我已经基本上学会了，虽说算不上炉火纯青，保证安全还是有把握的。要是需要，我可以神不知鬼不觉地让你放下包袱，轻装前进。

简方宁说，哎呀呀，你想到哪里去了？

沈若鱼说，看你一副恨不得悬梁自尽的样子，我当然要自告奋勇，两肋插刀了。

简方宁说，我说的来不及，不是别的，指的是军医大学招生。野战医院是不肯送一个还没主的女孩上大学的。要是她在学校找了别处的男朋友，医院岂不鸡飞蛋打？所以我必得选这个医院的男人结婚，才能上大学，才能当医生。

沈若鱼说，那也不必找个猪倌啊。天下的好男人千千万。

简方宁苦笑一声说，天下的好男人并不像你想的那样多。野战医院是男少女多的地方，我原来又从不在这上面分心，有过几个不错的男孩追我，都叫我回绝了。原想等自己功成名就了，再想这事。谁知现在颠倒过来了，得先办了这事，才能有事业。潘岗是后勤的助理员，是他主动要改变猪圈的面貌，暂时做猪倌的。他在院里人缘很好，讲话也有分量，只要我们关系定下来，我上大学的事基本上十拿九稳了。

沈若鱼说，为了当医生，你付出这样大的代价，值吗？

简方宁说，比起其他女孩子，我这实在要算是好的。

她们就相视无言，好像在和一种清纯的年华告别。沈若鱼看到一根焦干的树枝，勾住了简方宁柔软的发丝，使她的头发像羽毛一般飞扬起来。

这一片胡杨林，大概有三千岁了。简方宁语调飘渺。

我不信。你是说它们从商朝就存在了吗？

古河道上的胡杨林，生而不死一千年，死而不倒一千年，倒而不朽一千年。我看它们已活到了第三个一千年。

但愿我们的友谊也像胡杨林。让我们一辈子做个好医生，治病救人。

两个女孩在苍凉的晚风中说。

第　九　节

简方宁仰面喝咖啡,沈若鱼低头吃薯条,仿佛都忘记了对方的存在。

如果我们再不说话,老是这么相对脉脉含情地对望,人家或许以为我们是一对老同性恋者。沈若鱼打破寂寞。

若鱼,什么都有变化,我们老了,都有了家,从边疆到都市……唯有你的舌头没变。简方宁说。

不变的还有你的美丽。沈若鱼说。

是吗?你在恭维我。若鱼,有什么你就直说好了,我看你是有备而来。简方宁轻轻后仰,把脖子倚在椅背上。麦当劳的靠椅低矮,使她的身体略微下滑,成为一种优雅的慵懒。

我想听听你医院的事。沈若鱼假装偶然想到说。

那是一所很小的医院,郊外的一座孤立小楼。没人报道过它,一个新闻的盲点。正在用种种新型的戒毒方法治疗病人。就这样。

简方宁的回答像梅干菜,毫无水汽。

能说详细点吗?沈若鱼恳求。

为什么?若鱼,你把我急煎煎地约了来,除了默不做声地忆旧,再就是预备听我的工作汇报吗?简方宁半开玩笑但不容拒绝地提出疑问。

沈若鱼一时口拙。

她不知道如何回答青年时代的好朋友。说真话说假话都不好。

我有一个朋友,得了你说的这种……病,就算是毛病吧。她很想找个可靠的医院治一治,不知你们收不收?沈若鱼结结巴巴。

既然是这个病,又是你的朋友,治病救人,自然没有不收的道理。简方宁很痛快地说。

沈若鱼松了一口气。

你就是为了这件事约我出来的吗?简方宁追问。

是……也不全是……沈若鱼没法掩饰自己初达目标的兴奋。

好吧，那我们就说你的这个病朋友吧。院里事多，谈完了，我还得回院里去。病人是男的还是女的啊？简方宁快刀斩乱麻。

女的。女的。沈若鱼忙不迭地说。

哦。女的吸毒者不太多。多大岁数了？

和我差不多。沈若鱼有些紧张。

哦，这个年纪的女人一般很少吸毒，这人性格可能有些古怪。简方宁沉思着说，可以告诉我她和你是什么关系吗？

熟人……也就一般的认识关系……沈若鱼头上冒汗，也许是咖啡太热了。

真是一般的熟人，你会这么热心？只怕关系要密切得多吧？简方宁不信。

沈若鱼说，这个人你也认识，到时候见了面就晓得了。

简方宁说，好。我知道你总有鬼名堂。只是你知道我们那儿现在床位十分紧张，排队住院的病人要等3个月呢，既然要走我的路子住院，你总得把病情说清楚些，这样我给门诊上的医生好打招呼。

沈若鱼撇撇嘴说，那么复杂？一个院长，还不说了就算！连个后门都走不成？

简方宁说，医院刚刚走上正轨，我得身先士卒。

沈若鱼说，我这个病人保准遵守你们的一切规章制度，是个模范病人。

简方宁说，你先别替她打包票。吸毒的人，你还不了解。不管以前是多么好的人，一沾上了毒品，就变成了魔鬼。特别是女人，不淫乱的极少。

沈若鱼的脸，白一阵红一阵。

简方宁看了出来，说，不讲你的朋友了，看你脸上挂不住了。你先给我说说，她吸毒有多长时间了？青皮还是黄皮？烫吸还是静脉？3号？4号？……

沈若鱼一脸迷茫，说，方宁，你怎么跟一撮毛似的，尽是土匪的黑话？

轮到简方宁奇怪，说，若鱼，你不是代人寻医问药吗？这些都不

62

知道，你到底了不了解你朋友的情况？别把一个在逃的犯人送到我的医院里！我可不想让公安局从我的病床上，把病人铐走。我落个包庇罪犯的过失不说，还坏了医院的名声！

沈若鱼变了脸说，方宁，你想到哪里去了？那个病人她不是别人，就是我啊！

沈若鱼想简方宁听了这话，一定得从矮椅子上跳起来，埋怨她忙上添乱。不想简方宁笑起来说，我猜就是你。只有你才会干这种匪夷所思的勾当。好端端一位良家妇女，到戒毒医院里装的什么鬼病人！

沈若鱼被人识破了自己的诡计，反倒自在起来。她实在是说不得假话，盖子一挑开，轻松多了。

你到底是为什么？简方宁问。不管出自什么动机，有人对自己的医院工作感兴趣，她还是很高兴。

好奇。沈若鱼简短地回答。

以前，中国没有吸毒这一说，所有的医学书上都没有教过这一课，所有的医生都不会医治这种病人，如果吸毒者也算病人的话。

沈若鱼作为一个拥有高级职称的医务人员，对医学的这一独特领域好奇；作为普通人，她对这种生活在黑暗中的群体好奇；作为多年相知的朋友，她对简方宁现在的工作好奇，不知道当年那个温柔的妇产科护士，怎样面对颓废的吸毒者。每一位朋友都像是一出戏，亦悲亦喜地演出着。她不但想听她们说，更想实地观察她们是怎么生活着。

有的人在许多年以后向你绘声绘色地追述当年的情景，以图证明或是说明什么。沈若鱼总是姑妄听之，心里打一个巨大的问号。她坚信人总是不由自主地粉饰生活粉饰世界，特别是粉饰自己的命运。在许多人的自传里，太容易看到人类所有的优秀品质，闪烁的都是光环。

阔别多年的简方宁，把一片崭新的领域，隔了墙，戳了一个洞给她看。

我决定化装侦察，深入到你的戒毒医院去。沈若鱼说。

若鱼，那可不是好玩的地方。简方宁力阻。

但我决心已定。你若把我当莫逆之交，就帮我。

简方宁喝完一杯咖啡，站起身来。沈若鱼说，干什么去？

简方宁回答，再取一杯咖啡。先让我的神经高度兴奋，然后麻痹，再来考虑你这个惊世骇俗的主意。

沈若鱼讨好地说，院长大人，我去端，您歇着。

简方宁说，别以为一杯速溶咖啡就能收买我。你知道戒毒医院是什么地方？那是地狱，五毒荟萃。病人除了吸毒，什么病没有？黄疸型肝炎，性病，还有艾滋……

真的有艾滋病？

若鱼，我为什么要骗你？

沈若鱼吓坏了，说，乖乖，别的还好说，要是把艾滋病染在身上，可真是百口莫辩，威胁太大。谁人不知，现在得了艾滋病的人，就踩上了死亡传送带，被它快速、坚定不移地送到墓地。好啦好啦，刚才所有的都是梦话，嘴上抹石灰——白说。生命比好奇更宝贵，恐惧战胜一切，我不上你这可怕的王国里去了。

简方宁笑起来，说亏你还是学过医的人，怎么也这样谈艾滋而色变？它主要是通过性事传播，你也不同病人们酝酿这种关系，怕什么？

沈若鱼说，简方宁你不要把我往火坑里推。刚才是我天真幼稚，现在醒悟还不算太晚。你放心，就算我的脚永不踏进你的医院，这顿便饭也是我请客，不要你 AA 制，甭拉我下水。你还要不要咖啡了，我再给你端一杯？

简方宁说，咖啡不要了，太多的咖啡因已使我心跳过速。若鱼，你的话真让我伤心。

她说着垂下长长的睫毛，在不甚明亮的灯光映照下，漆黑的瞳仁看不见了，只印下一弯优美的弧线，勾在脸颊。她依然俏丽，只是腮旁的红色稀释多了，被中年的苍黄侵蚀。

你有什么悲哀的？又不是我把你推入水深火热。沈若鱼辩解。

那地方太特殊了，无论从医学上还是从人生的角度。没有知音，外界的人都不知我们在干些什么。自从我到了戒毒医院工作，回到家里一句话都不愿多讲。简方宁沉吟着说。

是不是跟潘岗性格不合？我早就看出他和你不是一路人。你也别把戒毒医院当成盛破烂的大筐，什么倒霉事都往里面装。有些事同工作无关。沈若鱼惊魂已定，唇齿重新活跃。

不是。若鱼，我知道你不喜欢潘岗，可我要负责地说，他是一个好人。也许他不是最适合我的人，但他的确是最爱我的人。我爱不爱他，这不重要。人们多以为两个不爱的男女，无法生活在一个屋檐下，真是低估了人的抵抗力忍耐力。好比一株植物，你可以不爱一个地方，比如温室吧，没有大森林好，但只要温度湿度十分适宜，你就是不愿长，也会很好地生存下去，这是生命的本能。生命里有一种卑微的因子，它使人能在无爱的情形下活下去。

听到这里，沈若鱼连连做打住的手势。方宁，你说得我毛骨悚然。

简方宁惊讶道，这个话题有这么可怕吗？看你的反应，似乎比谈到艾滋时还紧张。

沈若鱼说，我惊讶你的一针见血。士别三日，即当刮目相看。你我分别了这么久，想不到你悟出这么深刻的爱情哲理，真是让我该做眼球摘除术了。

简方宁说，处在这样的婚姻里，你不得不想。就像你陷在泥坑里，自然要考察四周的地形。嫁了鸡，不但随了鸡，干脆就学会打鸣。

沈若鱼长叹一口气说，像你这样古老守旧的女人，真该被淘汰。

简方宁说，若鱼，你说得太对了，我们也许是中国最后的传统妇女了。

沈若鱼说，我去端汉堡。给你来个巨无霸吧？

简方宁说，怎么，心疼钱了？真正的话题还没进入，你就想把我打发饱了走人？

轮到沈若鱼大不解，说，真正的话题是什么？我怎么还不知道？

简方宁说，你不是要乔装打扮，冒充病人，潜进我的医院？

沈若鱼笑道，不是已经 Pass 了吗，怎么还耿耿于怀？

简方宁说，你的怪念头启发了我。应该有更多的人，知道戒毒医院里的情形。

沈若鱼说，给你树碑立传？

简方宁叹道，我还没有那样功利。只是想让人知道毒品的危害，有许多病人实在是因了无知才堕入深渊。他们多半是不读书的，要是你能写得很有趣，也许会有人读下去。

沈若鱼说，这样的重担，我哪里承受得起？算了吧，你那艾滋横行的地方，还是躲得远些好。

简方宁恼起来，说，若鱼，我没想到你竟是这样自私。我和我的护士医生们一天在那里工作，人命就是水了？

沈若鱼料不到柳暗花明又一村，一时需重新适应。她想了想，说，从长计议。

简方宁说，我记得你是个痛快人。

沈若鱼说，看来现在是你逼着我，到你的医院里去旅游一次了？

简方宁说，正是。

沈若鱼说，那好吧。我就权当闯一次虎穴狼窝，咱们计划一下具体步骤。

简方宁说，好啊。第一步是要得到我的默许。

沈若鱼端起矮胖的咖啡杯，碰碰简方宁的杯子，说，我们一言为定。

简方宁说，你化装成的病人，要接受全套的入院检查，同任何一位吸毒者一样，你可有这个决心？

沈若鱼说，可以。不做则已，做则逼真。

简方宁突然叫道，哎呀，有一个极为重要的问题忽视了。

沈若鱼也紧张起来，忙问，什么问题？

你见过大烟鬼吗？简方宁说。

没有啊。沈若鱼回答。

只要抽吸的时间超过一年，他们都变成一步三摇面色惨白一级风就能吹倒的骷髅样。似你这般面色红润目光炯炯步履矫健思维敏捷的烟鬼，我还真是一个也不曾见过。你若是住进院去，一下就露馅了。

沈若鱼惊道，要是一招不慎，露出庐山真面目，他们不会打我吧？

简方宁一下笑起来说，好个色厉内荏的家伙，你也不是深入敌营，再说还有我在，打不死你。只不过吸毒的人敏感多疑，他们会合起伙来，对付你这个冒牌的闯入者。

沈若鱼愁眉苦脸道，一个人学好不容易，学坏也不容易。

简方宁说，听我的话，回家减肥去。减到面带菜色，日月无光，就差不多了。利用这段时间，我为你伪造一份病史，你要像背中药汤头歌诀一样，滚瓜烂熟。因为入院的时候，是门诊上的医生接诊。若是出了破绽，就只有向后转了，我也救不得你。戒毒是多么严肃的事，我做院长的，更要以身作则，不能乱开玩笑。现在正经的病人都收不

66

过来，哪能收一个赝品？

沈若鱼立时心里沉甸甸，说，我有一种荆轲刺秦王的感觉。

简方宁说，为了保护你的安全，入院后你的所有治疗，都由护士长亲自来做。

沈若鱼说，不好意思。我还是当个普通病人好了，不必劳护士长的大驾。

简方宁说，这事必得如此，你不能客气。我让护士长专管你的治疗，就是说要把底交给她——实际上不给你做任何治疗。

沈若鱼一时没明白其中的奥秘，说为什么呢？

简方宁说，挺明白的一个人，怎么这个弯就绕不过来？医生下的医嘱，都是驱除体内毒物的，你没有吸毒，给你用了排毒的药，一则浪费，二也痛苦，我们只有虚晃一枪。我虽是院长，在院里说话算话，但我不能做你的专职医生，所以必须由护士长帮你。

沈若鱼说，好。我接受护士长的单线联系。

简方宁说，这最后一条，是最重要的。

沈若鱼说，什么事？

简方宁说，住院需交住院费。

沈若鱼说，交。一手交钱，一手交人。我没打算让你慷国家之慨。说吧，多少钱？

简方宁报出一个数。

沈若鱼一听差点没从椅子上跌下去，大叫道，天呀！这么多！太黑了！这不是巧取豪夺吗，简直是发国难财！

简方宁沉静地说，你小声一点好不好，要不人家以为我们有血海深仇。价钱也不是我一手遮天定的，医药局物价局都核准了。戒毒要用很多先进的药品，还要进行一系列的追踪检查，所有的钱都有出处，绝非漫天要价。

沈若鱼做出可怜兮兮的样子说，您就不能高抬贵手，把我当成一个处理的病人？

简方宁说，爱莫能助。住院手续是由专门的财会人员办理，院长鞭长莫及啊。

沈若鱼愁眉苦脸地说，你的意思是一分钱也不能少的啊？

简方宁说，正是。

沈若鱼眼珠一转说，你刚才还说，我入院不过是走过场，高昂的药品其实都不用，并没有太大的损耗，就不能打个折？

简方宁大嚼着生菜叶说，若鱼，别跟我讨价还价，我说了不算的。要不我们就拉倒，权当一次科学幻想。

沈若鱼咬着银牙说，好，款子我自筹就是了，保证到时如数给你交上。还有什么吩咐的，也请一并交代。

简方宁叮咛道，如果你真的想了解我现在干的这一行，你得看些书。这是冷门，一般的医学书里涉及甚少。最重要的一点是，请你抓紧去办，恐夜长梦多。

沈若鱼说，听你这意思，你这个院长似乎宝座不稳，所以要我加快行动步伐？

简方宁说，我是怕我自己改变主意，这真不是一个院长应该干的事。不过我既然答应了你，就会帮你到底。你要是拖的时间太长了，也许我会变卦，出尔反尔。

第 十 节

漫长日子里反复推敲，商议细节。

入院时你打算叫什么名字？简方宁很严肃地问。

怎么，住院也像写作，需要个艺名？我是行不更名坐不改姓的，就用真名好了。沈若鱼满不在乎地说。

简方宁莞尔一笑说，我佩服你的勇敢。

沈若鱼不解，这与勇敢何干？

简方宁说，我们那里虽不是公安局，留有你的案底，但病历记录可是终生保留的。你若始终只是现在这般的普通人，也没什么关系。只怕若干年后，你有心竞选个总统什么的，有好事的小报把你查了出来，说这个人若干年前还吸过毒，你岂不名誉扫地？

沈若鱼说，原来是这样！这倒是不足虑的，其他不敢保证，总统是一定当不上。只是你这样一提醒，我想还是稳妥为好。别的不说，要是我妈哪天听人传了这事，她可是个老布尔什维克，一查，病历上白纸黑字记得分明，铁证如山，我就洗不清了。咱们起个患名吧。

简方宁说，什么患名？不懂。

沈若鱼说，就是患者的名字啊。我原本想叫病名的，怕和疾病的病名弄混，特作此称呼。

简方宁笑说，你为自家想得还很周到。只是你这患名不是想叫什么就能信口胡叫的，它早就规定在那儿了。

沈若鱼说，什么意思？

简方宁说，入院的时候，要查你的身份证。

沈若鱼说，想不到你们那儿戒备森严。这该如何是好？

简方宁说，我已替你筹划好了。我家中雇的阿姨，长相同你有些近似，年纪也相仿，你若不嫌她的名字乡气，可把她的身份证借来一用。

沈若鱼有些紧张道，她叫什么名字？该不会叫个大妹子二妞之类的吧?

简方宁说,名字不过是个代号,想不到你还这样在意。你的名字也不见得寓意深长。

沈若鱼说,那你快告诉我。我对新名字充满了兴趣。

简方宁说,叫范青稞。

沈若鱼嘟囔着,真够土得掉渣,范青稞范青稞范青稞……我得抓紧时间把它念叨熟了,建立起新的条件反射。范青稞范青稞范青稞……这人不是青海就是塞外来的。

简方宁说,我们还得编出和她的籍贯经历相配套的病史,你务必背得滚瓜烂熟。

沈若鱼说,那是自然,我会演习多遍,直到惟妙惟肖。不过还有一事放心不下……

简方宁说,什么事,范青稞?

沈若鱼说,我这个假范青稞,会不会给那个真范青稞带来麻烦?

简方宁说,这个不必担心。我把这事的缘由同阿姨说了,她说乡下人,不在乎,除了上小学时老师叫过这个名字,别人都只叫她小名……

沈若鱼,这个将要叫范青稞的女人,终于安下心来。面面俱到,好像在部署一个战役。

终于万事俱备。

但范青稞,也就是沈若鱼的心中,还是惴惴不安。这种不安像什么呢?难以形容。像晋升或是考试?再不就是家人得了癌症——这大概是一个普通人在和平的年代里,有可能经历的最险恶的处境了。

都不像。

那种时刻,在所有的努力,包括光明的和不光明的手段都付诸实施以后,就有了一种听天由命的无奈。但沈若鱼对自己今天的遭遇,充满了跃跃欲试的亢奋。

也许像某种义举,为了公众的利益而深入虎穴?沈若鱼自认为还没那样高尚。

精神的领域很复杂,物质的领域却简单。钱的问题,几乎使她们出师未捷身先死。刚开始她极力不去想这个问题,因为根本没办法。要是从这个问题入手,就是死路一条。她偷懒,从最简单最容易的事开始，把最硬的骨头留在最后。

好像是爱因斯坦说过，他看不起那些从木板最薄的地方钻眼的人，但沈若鱼悲哀地认为自己必须从最薄的地方开始，否则她就永远劈不开那块木板。

钱不是一个小数字。她万分悔恨在漫长的岁月里，没有像那些有心计的女人，瞒着丈夫储存下一笔私房钱，滴水成河粒米成箩啊。

要不然，她像怒沉百宝箱的杜十娘一样，早早攒些首饰留在身边也好。到了现在的关键时刻，用一个小小的手绢包了，拐到当铺，哗啦啦倾倒在高高的柜台上，立马也就换出可观的银钱……

不管怎么说，李代桃僵也好，围魏救赵也好，进戒毒医院的费用就可凑出来了。悔之晚矣！可惜她平日同仇敌忾地和先生过日子，现在是空手套白狼。

只得说了原委，同先生商量，要一笔活动经费。

沈若鱼赔着笑脸说，你就权当我旅游去了一趟黑龙江外带西藏，半路上又摔断了腿。

先生冷笑道，您干脆带着拐杖，再到新马泰溜达一圈。

沈若鱼很诚恳地说，只要你答应了我的这个请求，从今以后我再不买时装了还不行啊？

先生说，那不成！你穿得如叫花婆子，丢我的人。你疯啦，硬要去，我没辙，不能把你捆在家里。想从我手里抠出一分钱，门也没有！但愿我的经济封锁，会使你清醒起来，悬崖勒马！

沈若鱼便把脸冻起来。先生使出浑身解数，整了一桌好菜，企图逗得沈若鱼欢心。他知道只要沈若鱼高兴起来，她的住院计划就宣布破产。

沈若鱼明白丈夫的苦心，理智上，她知道丈夫是好意。但她不能让步，不能示弱，不能行百里半九十，让计划付诸东流。

沈若鱼顽强地绷着脸，直到脸皮紧张得发痛，桌上的辣椒炒子鸡凝出一圈圈黄油。

你可以在丈夫面前坚贞不屈，但没有足够的钱，你就无法从沈若鱼变成范青稞。

沈若鱼冥思苦想，一切都是未卜之数。

其实办法就在手边，只是不到万不得已，她不忍心动用。

干休所。

自从父亲去世之后，老母一个人孤单单地住在那里，和小保姆相依为命。子女们不止一次地要接她同住，都被老母谢绝。你们各家鸽笼似的，属我这儿最宽敞，只有小地方到大地方的道理，没有反过来的规矩。你们若是孝敬我，就到我这里来，要是忙，就算了。老母说。

孩子们知道母亲是不愿让各家更添拥挤，宁可自己守着寂寞凄凉。但又寻思自己没能力，让母亲过上更好的生活，心中惭愧，也不好意思强求。

大家每次回去的时候，都是妻儿老小一大帮。说是回家看母亲，其实一到了家，小辈人就不由自主地懈怠下来，伸直了胳膊腿干等着吃喝，好像回到以前幼小的时候，需要母亲的呵护。闹得母亲比平日更辛劳，孩子们倒是得了休养生息的好机会。临走的时候，母亲又总是从不多的积蓄里，掏出一沓钱塞给孩子。

大家刚开始是真心实意不要的。但母亲真的生气了，大家就只好收下。一来二去的，习惯成自然，每次不拿些钱走，倒是母亲对不起孩子们了。

常常是孩子前脚走，老母就因操劳过度生病。待被小保姆服侍得好得差不多了，下一轮的回归又迫在眉睫。

大姐啊，小保姆对沈若鱼说，我看你们最大的孝心，莫不如别回家来。

因为居心叵测，沈若鱼事先没打电话，怕被老母听出破绽。这世上你谁都骗得了，可骗不了生身的母亲。

妈，我回来了。沈若鱼过分亲热地叫道。

回答她的是母亲的咳嗽。

妈，您病了？怪不得我一大早起来就觉得有什么不好，可又想不出这是为什么？原来就应在您这儿了，我给您找药。沈若鱼说着，把家里藏药的抽屉翻了个底朝天。

若鱼，我这是老毛病了，没有什么了不起。你回来有什么事吧，我看出你有心思。

啊，没……事。看您就是最大的事。沈若鱼支吾，没想到老人家眼不揉沙，一下就把她的心思击穿。

有什么事就直说，妈给你出主意。我可是有半个世纪以上的革命经验，打土豪，分田地，游击战麻雀战……面容皱缩得核桃一般的老人，依然充满指点江山的豪迈。

妈妈呀，您是老革命遇到了新问题，我是小革命遇到了老问题。您就好好一边歇着吧。

然后就聊家常。再然后就包饺子。

分手的时间终于到来。

妈又从一个手绢里掏出钱来，布施她的儿女。她能给他们的钱越来越少了，只凭微薄积蓄的存款利息，要维护旧有的体面已很艰难。但她一定要给子女们一点钱，母亲用它维持着最后的关怀与尊严。

给钱的场合一般是在走廊里。光线昏暗，音波传导不畅。母亲把带着体温的钱塞给孩子，孩子假意推让着。这个过程不会持续很长的时间，彼此已经演化成一种仪式。两三个回合以后，孩子就默默地收下钱，留下母亲在漫长的孤独里想象，这些钱，将给她的儿孙带来多少便利。

一切如常。

老母用干枯的手，把一沓薄薄的纸币，捅进了沈若鱼看起来气派，其实不过是人造革制成，一到冬天就硬邦邦地可以当鼓面敲的坤包。

接下来的节目应该是分手。

沈若鱼突然把手伸进拉链，把那沓钱掏了出来。

母亲有些惊异，以为沈若鱼要把这些钱退给她，就说，拿着吧，你们现在的开销大。我老了，只吃半碗饭，一件衣服能穿好多年，通货再怎么膨胀，也不能把我怎么样，日子也好过。

没想到沈若鱼把那些钱数了数说，太少了。妈妈。

老人一惊，说，孩子，你以前可不是这样。

沈若鱼说，以前世界还不是这样的呢。

老母说，我帮不了你们太多了。

沈若鱼说，妈，我有急用。就指着您的钱了。

老母说，这些年我手里有多少钱，你也不是不知道。

沈若鱼说，我都知道。最近上面不是补发了老干部的抚恤金吗，那是一笔不大不小的款项。依我对您花钱施舍速度的估计，大头还没动呢。您把这笔钱先给我用了吧。我绝对不是用它做坏事，这您尽可放心。

老母在昏暗中沉默半晌，说我相信你。可是你这样多吃多占，别的兄弟姐妹知道了，会怎样想？我也要一碗水端平啊。

沈若鱼说，您怎么这么死心眼呢，只要您不说，我不说，有谁知道？再说我以后要是发达了，会还给你。就是不发达，慢慢积攒起小金库，您的这笔贷款也有望收回，只不过时间可能略长点。

老母说，好吧，将来你有了就还，没有了就算了。钱，你明天来拿吧，我存的是保值，一时半会儿取不出。

沈若鱼抱着老母说，妈妈万岁。

老母又叮嘱道，这可是你爸爸的最后的收入，你可不能拿它干了坏事。

第十一节

病区长长的甬道，像一根粗大的树枝。两旁对称地分布着病室，好像致密的叶脉上，悬挂着沉重的蜂房。

病区并不安静，不时从病室中发出令人毛骨悚然的嚎叫。音调似野兽逃窜时的狞厉，但又分明是人的声音，饱含着焦躁、痛苦、迷乱和绝望。戒毒的病人，由于毒品的突然撤离，世界颠覆，天地旋转起来。

还有突然爆发的吵闹和对骂。

吸毒的病人，多是游手好闲之人，有的还是不法之徒，不少人都有犯罪记录。人格怪僻，生性多疑，密集封闭的环境里，好像堆满了易燃易爆物，不时迸出火星。

范青稞一行四人，住在第13号病房。

13，好晦气。庄羽说。

没有人响应她。范青稞是既来之，则安之。哪怕住太平间隔壁，她也不挑剔。

病房很大，靠墙一溜四张病床，摆得像早年间简陋的招待所。护士长说，条件所限，只得男女混住。

范青稞知道这话是专说给她的，人家都是一家子，不在乎。于是她轻轻点点头，表示不介意。后来熟了，才知道戒毒医院的病房男女混住，没办法的办法。病人虽是男的，陪员很可能是女的。或者病人是女的，陪员却是男的。你说这种情况，如果不是包间，怎么安置？只得男女群居，原始公社一般。

我住最里面吧，挨着窗户。支远说。这确是比较明智的安排，给三位女士相对独立的空间。

那我睡最外面好了。范青稞说。

挨着支远的是庄羽，从窗户数过来第三张床，就给了席子。

大家安顿好，各就各位。分工管理第13号病房的医生走进来。

我叫蔡冠雄。他说。

四个人张口结舌，明知这时应该礼貌地称呼一声"蔡医生"，却硬是叫不出口。

蔡冠雄实在是太年轻了，脸皮好像冬白菜最核心部位的叶子，嫩白中透着象牙的润泽，用筷子轻轻一捅，肯定会破一个洞，露出瓷一般的虎牙。衣服穿得倒是蛮老练，银灰色西服里是黑色竖条衬衣，衬衣的领子坚硬高耸，像纸筒一样围着滚动的喉结，丝绸领带飘着碎花，显出一种刻意的成熟。服装店的橱窗里，摆过一个穿这套行头的黑人模特，底下的标签写着"成功一族"。

范青稞暗叹一声，幸好自己只是一个假病人，不然落到这种初出茅庐的医生手里，真是悲惨。

好在蔡医生也不是第一次遇到这种尴尬，很有气度地说，你们不必对我放心不下，简院长将亲自指导治疗方案，我是她的助手。但病历和一般的处理由我负责，你们若是有什么问题，请向我直接反映。

话说得很老到，可惜正是这种老到，也像他的衣服一样，暴露了幼稚。

大家放下心，气氛松动了一些。庄羽说，蔡生，我上次住院没看见过你啊？

蔡医生答，我刚从医学院毕业。庄羽同志，请您称呼我蔡医生，而不是什么蔡生。

哎哟，支远，你听听，有人叫我同志，真是好听死了，我可是自打嫁了你，就没有人这么叫过我，小姐女士……烦透了，我可是太喜欢同志这个称呼了。咱们说好了，蔡生，你以后就这么叫，叫别的，我可不答应你！

庄羽得意地说笑着，得意蔡冠雄被说成一个大红脸。

我说了，我是蔡医生，不是蔡生。蔡冠雄不屈不挠地强调。

蔡医生，您不必动气。"生"是一句香港话，就是先生的意思，很尊敬的称呼。我们在特区，这样称呼惯了，她一时改不过口来，您不必和她一般见识。支远打着圆场。

蔡冠雄想到院长说过，这里的病人非同一般，和他们搞好关系，是治疗的需要，也就忍住，不再吭声。

范青稞心不在焉，一直在搜索简方宁的身影，入院虽只片刻，她有许多感受要和朋友交流。

蔡医生依次询问大家并做体检，履行病人入院的第一步处理。待到病历写完，下一步就是确定治疗方案。吸毒的病人，每人情况千差万别，体质又孱弱，是一门很艰深的学问，用药需十分小心。蔡冠雄这个刚出学校大门的博士，虽经手治过一些病人，心里还是没底，不敢擅作主张，也在焦虑地等着院长。

庄羽和支远因为没看到简方宁，就像进庙没拜到真佛，一副魂不守舍的样子。

大家都在等简方宁，但她就是迟迟不现身。

蔡冠雄只得先给病人下了临时医嘱，施行一些正确又没有风险的措施。一切等院长来了再说。

护士长来送药，给了药以后并不离开，正像保证书上所写，目光炯炯定要当面看着你把药咽下。你还得像摇尾乞怜的小狗一样，把舌头伸出来晃晃，以确证药物无掩藏，她才离开。不过，轮到范青稞时，护士长宽容地闭了一下眼睛。

范青稞自然没把药咽进肚里。

晚饭时间到了。两名护工推着饭车，车上蒙着大被子，好像安睡着一个巨大的婴儿，从远处缓缓驶来。送饭的老太，满脸皱纹，衣服油脂麻花，帽子还挺白，头发梳成一个鬏鬏，把白帽子顶得像独角兽，形状古怪可笑。到了病房门口，老太就轻轻推开门，说，饭来了。请打饭。

陪员或是清醒的病人，趿着拖鞋，捏着一大摞饭碗走出来。老太先看看来人，然后从一张油脂麻花的纸上，找到相应的名字，轻声念叨着：5床，酸菜鱼一个；油焖豆腐一个；红烧羊肉一个；鸡汤一碗……她的帮手应声从不同的菜桶里，把菜舀出来，盛进来人的饭碗。

有的人等不及，提前跑出来，守着饭车看。老太也不恼，抽个空子就把他的菜饭报出名来，让他不至于等得过久。

范青稞远远张望着，觉得老太把打饭这样一件枯燥琐碎的事，办得这般妥帖宁静，叫人看着就舒服。

饭车到了13病室的门前。

支远和庄羽自然是躺在床上纹丝不动，席子抱着碗走出来。范青稞也跟过去。

你们是今天才来的吧？老太问。

是。一共四个人。范青稞回答。

我们这儿饭，都是前一天预定好的，伙房按着菜谱备料。刚入院的，就不能点着菜吃了。份饭，一荤一素，米饭。可能不合口味，先凑合一顿吧。明天就好了，等一会儿，我忙过了这一阵，就到你们病房来登记，想吃什么说话就是。医院的伙房，虽说赶不上街上的馆子，手艺也还行，家常菜挺可口的……

老太这番话，说得点水不漏。范青稞钦佩之余，乖乖地把饭碗伸过去。席子做不了主，回房去问。

庄羽跌跌撞撞地走出来，使劲抽了抽鼻子，说你们这儿的厨子还可以啊，红烧肉挺香的。得，给我来俩这菜就行。

老太为难地说，这都是别人预订的，伙房按份做的，没富余。你要是想吃，明天一定有你的。

庄羽红唇一撇说，老娘我哪里等得到明天，口水早流到太平洋啦！说着，就要自己抄勺子。

范青稞觉得庄羽有些造次，当着这么大年纪的老人，怎能称老娘？但老太好像聋了，依旧好颜好色地说，这是有规定的，入院当天都是份饭……

庄羽怒起来，说什么狗鸡巴规定，我们来多长时间了？少说也有半天了，一个红烧肉就做不出来？在五星级酒店，一桌满汉全席也整得了！拿我们不当人是不是？吸毒大虚大亏，戒毒更是损阴折阳，不大补哪行？今天这个红烧肉，老娘是吃定了！

庄羽尖锐的音波，在走廊里猛烈地碰撞着，像砸了一地的碗碴，又用高跟鞋在上面碾。

吸毒的人，天性唯恐天下不乱，听得这厢有人吵闹，大喜过望地从各病室蹿了出来，一时走廊筒子拥满了人，暗淡的条纹衣服上面浮动着一片百无聊赖的兴奋面孔。

男男女女，蓬头垢面，长相各异，但有一点共同特征，就是极瘦，每个人都是骷髅架子，三根筋挑着一个头，好像刚从坟墓里爬出来，脸颊是淡苹果绿色，眼眶湖蓝。

没吃饭的舞着空碗，吃完饭的用筷子头四处戳点，狂喜之色溢于言表。端着半碗汤的，直着嗓子拼命往肚子里灌，既怕损失了汤，又怕耽误了看好戏，烫得直吸溜。吃了半拉包子的，跟着摩拳擦掌，包子馅甩到了后脊梁上。有人和着庄羽吵闹的频率，猛敲不锈钢勺，好像一支恐怖的钢鼓乐队。更多的人挎着双肩，抱着两肘，豁着嘴唇，伸长了舌头，打算欣赏精彩节目。

这时从遥远的走廊尽头，走来一个佝偻着身子的汉子，一双阴郁的目光从蓬蓬勃勃的络腮胡须上方射出，让人不寒而栗。他挥着碗说，吵什么吵什么？闹得厉害了，护士把治安分队引了来，你们就鸡巴老实了！

范青稞不知治安分队是个怎样的法宝，只见病人们安静了片刻。

碍着我们什么事了啊？治安分队来了也不该跟我们算账啊，是这娘们先闹起来的，要揍就揍她！大家众口一词，闪开一条道，恨不能治安分队现在就闯进来，把庄羽人脑子打成狗脑子，立马拘走。

范青稞自然不满庄羽无理取闹，待看到病人们这般落井下石，又替庄羽不平，生出双重厌恶。

1床，今天是从最后的床号向前打饭，明天才是从你开始。独角兽老太说。

我知道。我是这院里最老的病人了，规矩能不懂？我定的是两个红烧肉，听外面吵吵嚷嚷，怕狼叼来的肉喂到狗嘴里，所以提前出来看着。你最后打给我菜，自然可以，但我放心不下，得在这儿守着，不犯法吧？

1床抽搐着嘴角，阴冷地说。

原来是三大伯您的肉啊。众病人嘻哈着，饶有兴趣地等着下文。

你倒要说清楚了，到底谁是狗？庄羽逞强，不肯示弱。

我只说我是狼。谁吃了我的红烧肉，谁就是狗。狗是狼变的，狼是狗祖宗。古来狼狗是一家，谁要当狗，大家就是亲戚。1床慢悠悠地说。

庄羽气得噎在那里干翻白眼。

众人嬉笑着，狼狗是一家，是一家啊！面露猥亵。

支远走出来对老太说，奶奶，我这老婆特别爱吃肉，能否麻烦你一会儿到外面给买几个梅林红烧肉罐头，给她解解馋。我加倍付你钱。

老太说，该多少钱是多少钱。我给你买就是了。

众病人看再闹不出什么花样，悻悻散了。

1床的汉子一直蹲在犄角旮旯里，像看守出土文物似的监视着他的红烧肉。等到所有的人都打完了饭菜，老太把桶里的肉，连汤带水都盛进他碗。再好脾气，也用勺子在桶底刮出几个噪音。

三大伯并不计较，端着碗，走进13室。

你是谁？支远问。

我是我。三大伯答。报报你们的蔓子。他乜着眼，剔着牙问。

我们，没蔓子……刚来，触犯了大伯您，还望海涵。支远忙着打躬作揖。

女人招子不亮，不识泰山，看你们初来乍到，我先放一马。你是条汉子，大伯看得起你，愿意交个朋友。同病相怜，有事言语。喏，这红烧肉，分你的小娘子一半。1床说。

噢，这位大哥，谢谢啦！只是既然如此，何必当初！庄羽伸出碗，接了肉，像所有被宠坏了的女人一般，不依不饶。

支远嗔怪道，这就是你不懂江湖上的规矩了。你到这里多长时间？满打满算还不够一天！大哥到这里多长时间？若是我听得不错的话，已是几朝的元老了，哪里能在你跟前栽了面子？一碗红烧肉是小，辈分在这摆着呢。是不是？大哥？

小娘子，你的这个爷们是个人才，不护犊子，是码头上可深交的人。看好了他，别光顾嘴里吃得流油，把身边这块肥肉丢了，叫别的女人抢了去！

1床摆出前辈的架势。

庄羽吃着人家赞助的肉，胡乱支吾着，心里却在暗骂：看你那个邋遢相，屎壳郎钻进花生壳，还想充好仁（人）？谅你在江湖上至多是个丐帮的小头目。

支远说，大哥，我们不识好歹，还承您多关照。

1床说，没得说。不过，有一句话，我可不爱听。

支远忙问，哪一句？

1床说，我不是大哥。是三大伯。

支远立刻改口，三大伯，我是看着您年轻，想当然，才叫乱了辈分。

您别在意，我立马改过就是。庄羽，记住了，三大伯。

庄羽抹抹油嘴，甜甜地叫了一声，三大伯。

1床心满意足地走了。

庄羽转身啐道，他妈的乌龟王八蛋的三大伯吧！

门猛地开了。

众人吓了一跳，以为1床使了个金蝉脱壳之计，佯装离开，实际是查看大家的反应。只有范青稞泰然自若，心想让这人前一套、人后一套的女人，吃点教训也好。

不想进来的是一位头发斑白、面容清瘦的老女人，工作衣揉搓得像旧皱纹纸，和一般衣冠整肃的医生不同，令人有一种邋里邋遢的亲近感。

我姓孟，也是这医院的医生，对面的病房就归我管。可大家都不叫我孟医生，管我叫孟妈。听说你们是新来的病人，虽要下班了，也到你们这里来看一看。

我是60年代的老大学生，和现在的年轻人不一样。比如蔡医生，是不是刚到下班时间就走了？当然这也没错，可我就是放心不下，生就的劳碌命。老想改，可都这么大岁数了，改也改不了。

不单自己的病人要负责，别人的病人我也管。咸吃萝卜淡操心，也没人多发一分钱，全是自找。好处就是轮到我值夜班的时候，心里有谱，省得万一碰到意外，抓瞎。这不，我把你们的病历都看过了，你是不是叫支远？

孟妈和蔼可亲地看着支远，热忱地期望着，脸上的皱纹呈放射性散开，笑容灿若莲花。

支远只好叫了一声，孟妈。

哎——孟医生长长声音应承着。

你是不是叫庄羽？看看，多么靓的一个女儿家，叫毒品给折磨成这个样子，孟妈心痛啊！甭怕，有孟妈给你想办法，保证用不了多长时间，就让你脸上重新红是红，白是白，成一个人见人爱的大美人！

庄羽就爱听人夸她青春靓丽，立即眉飞色舞起来，说，您真能让我恢复百分之百的回头率，这么着，孟妈，我出飞机票钱，特邀您到特区观光一圈，吃住全包，外带让您享受全套的桑拿芬兰浴……

孟妈微笑道，我一个老婆子，桑拿什么的，就省了吧，那是男人才感兴趣的节目。你要是真有那个闲钱，不如省了，送我一个让我记得住你心意的物件……

庄羽何等聪明之人，一点就透。说，那是自然，我送您的东西，保证是不生锈、不长虫、不发霉、不贬值、亮闪闪的永不磨损型。

孟妈乐得合不拢嘴，说，好闺女，说话得算话。

范青稞有些发蒙，还真没碰见过这路医生，也许戒毒医院的一切，都与众不同。

你是从西北来的吧？孟妈转向她，依旧笑容可掬。

是。范青稞简短答道。

我看了你的病历，就是点粗制大烟，不要紧，很快就能脱了毒，也没太大罪受，你甭慌。进来头一两天，多半睡不好觉。上了岁数的妇女，晚上易惊醒，这我有体会。你要是实在睡不着，就找值班医生要药，别不好意思。有什么跟别人不好说的，叫我就是。孟医生娓娓道来，十分亲切。

一席话，说得人心里热乎乎的，要不是范青稞实在不习惯哥呀姐呀这类称呼，她真要喊一声"孟妈"。

孟妈最后走到席子跟前说，这屋里三个人，就你是个好人。他们都是病人，你就要手脚勤快，多干点活。你主人现在难中，你帮了他们，他们会一辈子记得你。

席子懂事地说，我记下了。孟妈。

好，再见了。祝你们做个好梦。孟妈款款地走了。

庄羽说，这个半老婆子，到底什么意思？该不是向咱们索贿吧？护士长不是说这里是什么净土吗？我看这孟妈像只油耗子。

支远说，你到饭店里，人家行李生帮你提了行李，你都得给人小费。要真是把你我的毒瘾给消了，别说给根金链子雷达表，就是给个大克拉的钻戒，咱也心甘情愿。

庄羽晃着头说，那倒是。只有这些个穷郎中，还把个金镯子金镏子当回事，其实你我烟纸上烧掉的银钱，不知值几多金条。真治好了咱，谢也值得。

两个旁若无人地聊着天，好像是在自己家里。倒也是，席子是仆人，原不必防。那个范青稞，不过是个孤陋寡闻的西北婆姨，出了这房门，谁还认得谁？

住医院也像坐火车，病房就是一个包间，让素不相识的陌生人，贴得很近。

夜色渐深。

第十二节

　　戒毒病房的空气是一种特殊液体，紧张不安的因子无形地溶在里面，急速地进行着布朗运动。说不定在什么时候，就酝酿出激烈的争斗。随着时间向子夜逼近，病房的上空愈发纷乱嘈杂。

　　互相叫骂的，找护士索药的，睡不着觉大发雷霆的，不知因了什么，在暗处窃窃私笑的……各种音色混合成怪异的组曲不绝于耳，残酷地骚扰着心灵。

　　范青稞躺在床上，如卧针毡。她也算总在医院走动的老手了，从未见过如此险恶的阵势，仿佛被抛进了黑箱底层。

　　她用被子蒙住头，把身子蜷得紧紧的，极力想为自己创造一个比较安宁的小环境。被单倒是洁净的，但里面絮的棉胎，有一种浓厚的腐朽气，像古墓一般包围着范青稞冰冷的身体。

　　好在可怕的叫喊声，被棉花滤得较为柔和了。范青稞强忍着呼吸，觉得委屈一下鼻子，比让耳朵遭罪，要好些。

　　记得在军医大学上课时，一位学究曾讲过，听觉是永远不肯懈怠的器官，在梦中，也保持清醒。人是猴子进化的，这种柔软带毛的物种，无能，攀在树上，警觉之中随时准备逃命。至于嗅觉，就要迟钝得多，且很易适应，比如上厕所，刚开始觉得很臭，这时候你千万不要捂住鼻子，那样只会延长体验臭的时间。正确的做法是猛吸几口气，加速麻痹过程。古语所说，久居鲍鱼之肆，不闻其臭，就是这个道理……

　　范青稞在校时不是一个好学生，其后更是把无数的至理名言都还给了先生，但这几句并不认真的学问，却在心中长久保存。此刻想起，依法办理，耸动鼻翼，猛吸被套内污浊的空气，直到两肺鼓胀如帆。

　　此招确实不错，范青稞不再觉得气息难闻，四周渐渐温暖起来。

　　但另一种更为窘迫的情境，渐渐逼近。

　　许是看到范青稞蒙头大睡久无声息，席子又是使唤惯了的丫头，在主子眼里，原是不算人的。支远和庄羽真正宾至如归了。

庄羽，你睡着了吗？

乱得像个破烂市粥棚，聋子才睡得着！

你难受不？要是往日，这会儿该打板了。支远忧心忡忡。

谁说不是？我也一个劲地害怕呢。不过，他们给咱用了药，许能顶过去吧？

也甭老想那事了。反正是打算戒，横竖由人家收拾了。

走着瞧吧，要是忒难受，就撒丫子颠了，让他戒个球！不就是损失了那点保证金吗，权当贼洗了。

想不到，保证书看得挺细。

瞧你说的，咱俩的生死文书。

你认识护士长？

那个老不死的，上回住院我就跟她不对付，这回又犯她手里了。你没看，她搜别人，就那么一胡噜，纯粹样子货。搜我，奶罩里这个掏啊，把我的奶头子都碰起来了，硬硬地支挺了半天。那会儿，我浑身上下像过电，别提他妈多想你了……

我不就在旁边吗？支远津津有味地说。

你站旁边，管他妈什么用啊？我想的不是你，是你身上的那个零件，傻帽！知道不！要说也真怪，自打染上白粉这玩艺，就跟阉了似的，别提变得多纯洁了，男女之事上，起码淡了百分之九十……

你别他妈装贞节啦。莫非还得给白粉妹立个节烈牌坊？多少女人贪了这口，成了千万男人作践的鸡。支远反驳。

她们做了鸡不假，可那不是因为爱干那事，是为了筹钱打飘。丁是丁，卯是卯。这可两码事。

咱甭管她们了。我得找机会，教训教训护士长那娘们。你胸前那对白鸽子，是她那跟老爷们似的糙手揉搓的吗？除了我，谁也不能动！支远说得燥热起来，呼地掀了被子。

庄羽放浪而又略带伤感地笑起来说，还白鸽子呢，那是从前。现在，成了一对秃尾巴鹌鹑。

就是成了烂咸鱼头，我也要吃！支远腾地跳下自己的床，上了庄羽的床。

哎哟哟……庄羽说不上是拒绝还是引诱地哼哼着，越发挑得支远兴起。

你呀你，也不看看这是什么地方？庄羽假装变色道，卧榻之侧毕竟有他人酣眠。女人有些忸怩。

什么地方？到哪儿也是合法夫妻，不强奸不犯法！支远听出庄羽的顾忌，故意大声说。有第三者第四者在场，他的神经格外兴奋起来，有一种当众撒野的欲望，熊熊焚烧病态的神经。

庄羽毕竟是女人，虽然也跃跃欲试，总还心存顾虑。护士长搜身而激起的情欲，新奇而持久。她玩弄着自己这种怪异的渴望，不想让它很快逝去。她要借此好好煎熬一下自己，折磨一下支远，才有味道。她生活里有趣的事，实在是太少了。

这里是医院啊……她假装叹了一口气，知道怎样把野火越烧越旺。

果然，这句话，使支远极大地亢奋起来。

对，这是医院！没错，我就是要在医院里干这事！以前没人干过是不是？我就是爱干没人干过的事。这才刺激，才有干头。我就是乐意在不同的地方干女人！干了女人，还干了那个地方！没有哪儿是了不起的，越是神秘的地方，你一操，它就不神秘了，我就成了主人，女人的主人，床的主人，屋子的主人！我这一辈子，要到各式各样的地方去玩女人，皇帝的陵园，宇宙飞船里，交易所的地板，喜马拉雅山顶上……支远歇斯底里地叫喊着。

范青稞再也忍不下去，一个鱼跃，从床上飞起，夹着大衣，奔出13号病室。

范青稞受此惊吓，恨不能插翅飞出这魔鬼地方。心想这是何苦来的？什么医院的故事，见它的鬼去吧！并没有人布置自己深入虎穴，单是为了一个好奇，就搞得自己如此凄苦狼狈。她叫着自己的真姓名，沈若鱼啊沈若鱼，你真是天下第一个大傻瓜！罢罢罢，迷途知返，浪子回头，还是好同志。快快回家去吧，舒适洁净的被褥和独立的一张床，此刻几乎就是自由和幸福的全部意义了。

夜已经很深了。嘶叫了一晚上的病人，由于强大的药物和不可遏制的疲倦，终于进入如履薄冰的睡眠。

甬道里，空空荡荡。只有身穿白色工作服的护士，幽灵般地掠过。

范青稞突然非常想家，想那个色厉内荏的丈夫。他此时一定牵挂不止，不知自己的遭遇。

还有简方宁，她在哪里？因为什么她一天没有露面？一定有一件非常重大的事件发生，她才会把朋友冷落一边。

……

范青稞漫无边际地遐想着，不由得走到护士岛。

岛里只有一个面色黝黑的护士，在记录脉搏体温。

请问，小姐，我是否可以……范青稞把话说得很慢，如果护士好说话，她也许会提出自己的要求。若是很严厉，一切便作罢。依她在医院的经验，护士和护士的脾气差别，比人和狗的差别还大。

那护士似乎也深谙此道，并不急于回答，将脉搏体温的红蓝点，描画得十分清晰圆整，才缓缓地抬起头。

椭圆形的一张淡棕色脸面，未施丝毫脂粉。眉毛不知是天生的浓黑，还是加了修饰，直飞鬓角，十分醒目。裙式白色工作服里，是奶黄色开司米毛衫，圆领口开得很低，露出大片的樱粉色内衣……种种娇艳的色调，都是一般黑女孩不敢用的，它们是危险的对比色。这护士却不怕，反倒用尽手段，把黝黑的肤色衬托得淋漓尽致。这年头，女人都拼命把自己扮得粉白软糯，结果到处看到的是苍黄与污白，倒人胃口。现在猛见这样清洁纯净的黑面女孩，竟像在一堆白瓷碗里，拣到一块茶色水晶，令人霍然清凉。

你要做什么？黑护士问。

能知道您的名字吗？范青稞拖长对话的时间，察言观色。

我叫栗秋。请问，你到底要什么？黑护士声音冷淡，礼貌周全。

我……我是第一天住院的病人……范青稞说。

这我知道。栗秋冷面如水，看不出关切或是反感。

睡不好觉……范青稞说。

都这样。栗秋说。

真晦气，碰上一个黑脸女包公。范青稞只得换了一个话题。我想给家里打一个电话。

电话的事，保证书上不是写了吗，任何人都不许打的。我没有办法。栗秋不急不恼，但也没有丝毫商榷的余地。

我是签了字的，也不敢坏了规矩。只是我家里人，实在放心不下。小姐，要不劳驾您给我家打个电话，报个平安即可。

范青稞说的是实话，现在只求让先生放心。

栗秋把护士岛内的电话举起来，放在台子上。范青稞以为是默许自己打电话了，忙不迭地说，谢谢谢谢……伸手就要拨键。

栗秋纤手一拦道，你看，这台电话只能打内线，供我们工作联系用，不能打外线。不是我不肯帮你，实在是没法。

范青稞愣在那里，好一会儿才醒过神来，心中不信，说，那你们上班的时候，家里就没个急事啦？十万火急的，怎么联络？

栗秋护士说，问得有理。在我们院长办公室里，有对外的电话。特殊情况，可以打的。可惜她不在。

范青稞还不死心，说，这台电话真的拨不通？

栗秋微笑着露出雪白的牙说，我把它摆在这里，就是让你自己一试。每个住院病人都这么问，怎么解释都不信。你亲自打打，就知道了。

范青稞就开始拨号码，果然几个数字后，便是焦躁的忙音。

范青稞头上冒出热气，明知不通，还是拨个不停，触键的手指也越戳越狠。

40床，栗秋叫出范青稞的床号。

干什么？范青稞没好气地应道。

你看，这机身上有一道裂纹。话筒的颜色也不一样。你知道是怎么回事吗？栗秋平心静气地指点着。

范青稞暂停拨号，细一端详，果真如此。便说，我刚来，哪会知道？

听我慢慢告诉你。这都是像你一样的病人，要求打电话，结果没打成，他们就急了，举起话机就摔，哑巴机子就砸成这模样。我们这儿，也不知毁了多少机子。若是轻伤，就用胶布缠缠，凑合着用。实在不能将就了，才买新的。反正保证书里也写了，损坏东西要赔，坏了也没什么了不起。当然了，看起来你是有涵养的人，大约不会跟这破烂机子过不去吧？

栗秋说完，忙自己的事去了。

范青稞抚摸着像是钧瓷开片一般布满裂纹的话机，心想这机子也够倒霉的了，落在戒毒医院，几乎粉身碎骨。

她在甬道里无目的地漫步。

屋子里的特殊录像，不知演完了没有？

并不仅仅因为这个，她才不想回13病室。今天晚上，她郁积了很多感触，许多念头像干燥的羽毛一样搔拂着心灵，不得安宁。

你还没有睡？范青稞。

突然，在她的背后，响起了一声苍劲的呼唤。

范青稞一回头，原来是滕大爷。

滕医生……范青稞招呼。

谢谢你。老医生打断她说。

范青稞很吃惊，说，您谢我什么？

谢你叫我滕医生。老人很郑重地说。

这有什么好谢的？其实我挺喜欢"滕大爷"这个叫法，有种走亲戚的味道。只是我习惯了叫医生。范青稞说。

病人有病人的想法，当然，你也许不包括在内。作为一个严肃的医生，我可不想和病人有太多的亲昵。特别是吸毒的病人。滕医生说着，伸手递过来一个小纸包。

这是什么？范青稞不解。

栗护士对我说，你失眠。这是安眠药，吃下去，醒来就是早晨了。

范青稞接过药，心想黑护士看起来冷淡，心还挺细的。便说，谢谢你，也谢谢栗护士。

不必说这么多的谢字。真正的吸毒者，是不说谢字的。他们对人不感激，对物不爱惜，对己不克制，对事不努力。他们浸泡在毒品里，已丧失人的基本情感。范青稞女士，您不要以为编出一个简单的吸毒病史，您就了解了他们。不是的，他们是同我们完全不同的另一种人类。

滕医生背对着范青稞说这席话，真是一个聪明而又充满了同情心的举动，使范青稞得以有时间，比较从容地收拾自己的尴尬表情。

我不懂您的话。滕医生。这是范青稞此刻唯一想出的词。

不应该吧？范青稞女士，我现在还这么叫您，不是不知她是假的，是不知道您的真姓名。滕医生再接再厉又敲打一句。

呜呼！

范青稞哀叹一声。

天要灭你，你将奈何！进入戒毒医院还不到一天——她下意识地看了一下表，哦，已经过了夜里 12 点，算是到了明天了，这就是说，勉强可以算是第二天了。在这样短暂的时间，就被人家识破了庐山真面目，真是悲痛欲绝！只剩下一条路，回家去吧！

滕医生，能告诉我，您是怎么发现我的吗？范青稞问。她想不出自己哪里疏漏了。

行啊。滕医生痛快应允说。今天晚上是我值班，有足够的时间回答您的问题。只是不能这样一直站在走廊里，有回音，太引人注意了。

那么，到哪里去呢？范青稞真的为难。13 号病室自然不宜，其他的地方她又不熟。

跟我来吧。

滕医生将她领到医生办公室。这是一间灯火通明的房子，日光灯管大放光辉，将四壁映得如同白昼。整齐的桌椅像课堂般摆放着，每个桌面上都蹲着墨水瓶，瓶里斜插着蘸水钢笔，显出一种古老的写作习惯和主人搁笔时的匆忙。层层**叠叠**的病历的架子上反射着冷峻的银光，好像一摞钢铁饼干。

这儿真好。范青稞做了一个深呼吸，辅以标准的扩胸动作。

这里有什么好的？待在家里可比这儿好得多。滕医生别有所指。

这儿是这所医院里最好的地方了，有一种一切回到正常的味道。范青稞说。

这所医院里还有一处比这更好的地方——滕医生顿了一下，颇有深意地说，就是院长办公室。

可惜范青稞陶醉在回归正常世界的幸福里，没理睬话中的微言大义，说，滕医生，能告诉我吗，哪里露了马脚？

滕医生拉出了两张椅子，摆在桌子两侧，示意坐下谈。现在他们隔着桌子，遥遥相对，很像谈判双方。

还记得那个电话吗？滕医生说。

哪个电话？范青稞一时没反应过来。

就是你在登记表上留下的联系电话。按照惯例，我作为门诊医生，要把电话核对一下。这并不是不相信患者，只是为了更慎重。戒毒是一件有风险的事情，万一有什么事，要同家属联系，必须要找得到人。

谁要是疏忽填错了，也好得到纠正……

滕医生拨响了范青稞留下的电话。铃声只响了一下，听筒就被人抓了起来。

你找谁喂？一个粗重的陕甘口音的女声问。

请问，范青稞的家是不是这里啊？滕医生例行公事。

是啊是啊……

对话进行到这里，假若不是为了礼貌，滕医生已打算放下电话。没想到其后的一句话，让他陷入迷雾。

……我就是范青稞哇，你有么事？对方迫不及待地问。

你真是范青稞啊？滕医生行医多年，没遇到这等怪事，不得不再次确认。

是哇，哪个有错！你到底有哇啥事，怎个不言传？对方的声音火爆起来。

你的话我有些听不真。你家还有旁人没有？滕医生想出缓兵之计。

没。厄（我）的主人是简院长，上班去咧，到晚上才回来。含星上学去了，中午才回来。潘先生出差了，月底才回来……电话那头的女人很诚实地一一报来。

主人是钱院长吗，钱啥？滕医生进一步核实。

啥钱？是简！你那耳朵塞毛了？这下厄慢慢说给你，你可听清了，厄的主人叫简方宁……

真相就是这样大白的。沈若鱼在登记表上留的是简方宁家的电话，她原想这样万无一失，有什么意外也好弥补。没想到铸成她的滑铁卢。

滕医生同情地对假范青稞说，你设计得再巧妙一些，就不会被发现。只是我现在怎样称呼您？

我叫沈若鱼。假范青稞垂头丧气地说。但是您还是称呼我范青稞，好吗？

为什么？滕医生皱起眉头，有一根眉毛已经相当长了，有向寿眉发展的趋势。

因为，我还想在这所医院呆下去。

你是院长的什么人？

朋友。

为什么呢？你要到这么一个平常人谈虎色变的地方？

我虽是一个冒充的病人，但我想看到一所真实的医院。

好吧。不过我们是明知不可为而为之。

滕医生，谢谢您的信任。想不到您是一个悲观主义者。

悲观的人，有的时候，反倒能使他人乐观。亚里士多德说过，记得你将死去，你就会更好地活。不知我能帮你做些什么？滕医生很诚恳地说。

别出卖我。范青稞很严肃地恳求。

好吧。院长是我非常敬重的人，我会尽力量帮你。

给我讲讲毒品的本质，它到底是什么？范青稞说。

能回答这个问题的人很多，但我和他们可能不大一样。我给你讲大家都不愿谈的问题——我们的失败。是的，人类一直在同毒品进行着艰苦卓绝的斗争，但迄今为止，我们是漫长而光荣地失败了。我希望你能明白更多的真相。滕医生音调缓慢滞重。

第十三节

昨晚，在陌生的环境里，听陌生人，将陌生的知识，冷漠地描绘给你听，没有一点斩钉截铁的精神，真是坚持不下来。

但范青稞匆匆吞下的安眠药，不可抑制地发生作用。她很想让滕医生讲下去，但在滕医生的故事里软弱无能的药物，子夜时分，打倒了一个正常人的神智。她的眼皮间距越眯越小。

我谈得很枯燥，请原谅。谢谢你耐心地听这些空洞无趣的东西，我们以后再接着谈。滕医生很有风度地结束了讲授。

很好……可惜没讲完，戒毒启蒙教育……谢谢，以后……范青稞困得前言不搭后语。

凡是我值夜班的时候，继续讲。滕医生应允。

范青稞跌跌撞撞往病房走。以前偶尔也吃过镇静剂，但从没有这样灵验过。"请朋友吃饭，东西要越新鲜越好"，不知怎的，脑海里冒出了这句广告词。看来戒毒医院的安眠药也比别处的劲头大。

睡了一个极好的觉。也许是听了悲惨的往事，相比之下，自己生活中虽有种种的不快，但是你不吸毒，这就是幸福。

早起，范青稞心情好起来。想到这屋里的人，席子除外，都在毒品的炼狱里煎熬，前面还有戒毒的磨练，优越感油然生起，随之滋生出同情。心想这里的病人毕竟是自愿来戒毒的，良心中还有未泯的星光。

昨晚上，你没听到什么吧？大姐。庄羽心虚地说。

没听见。什么都没听见。范青稞恨不指天为誓。

庄羽聪明过人，从欲盖弥彰里感觉了她的好意。心想这个一直板着脸、小心翼翼察看别人的大姐开始合群了。

大姐，远亲不如近邻。咱们得互相多帮衬。庄羽甜得腻人。

你们这样恩爱的夫妻，在好人里，也不多……

范青稞话没说完，自己脸先红了。这话里至少有两处埋伏着影射。

一是昨天晚上的响动,刚才还矢口否认,此刻不打自招。其二是"好人",虽说吸毒的人,不能算好人,但当着人家的面这样说,终是不妥。

敏感的庄羽却全不计较。此是范青稞多虑,吸毒的人,廉耻淡如纸。再者,范青稞讲"好人"的时候,把自己算在好人里面。庄羽不知她有诈,大家彼此彼此,并无含沙射影的感觉。

支远心事重重的样子,起床后默不做声地出去各处查看,好像侦察地形。席子到水房去洗主人换下的衣服袜子,只剩范青稞庄羽对坐。

庄羽闲着无聊,问,大姐,你怎么染上这玩艺的?

范青稞便把昨日说过的故事,又照本宣科了一遍。庄羽哈欠连天,范青稞惭愧自己的简单乏味。

几分钟,她的经历就讲完了,百无聊赖地坐在那里,呆呆地看庄羽化妆。

我说你这个大姐,我辛辛苦苦听你说了半天,你就不肯关心关心我? 也太瞧不起人了,好歹有个礼尚往来,是不是? 庄羽的眉毛只描了一条,回过头来,气哼哼地说,一张阴阳脸滑稽地耸动着。

范青稞发觉,吸毒人的思维逻辑,受毒品干扰,发生畸变。比如一般的人,以吸毒为耻,生怕自己牵连进去,谁要说他吸毒,必得咆哮如雷,洗净耻辱。一旦吸了毒,事情就颠倒了,觉得这正是自己显著地与众不同之处。你漠视他的特长,就是大不敬。

范青稞惶惑了一下,随机应变道,看你正化妆呢,怕你一说话把嘴唇画歪了。

嗨! 这算什么打搅? 我乐意给你讲我的故事,比你的好听多了。要是编成电视连续剧,保证能演 50 集!

范青稞心里想听,故意装作不相信的模样说,是吗?

庄羽极强的表现欲被催得如火如荼。

她化好妆,点燃一支烟,缓缓地说……我可是好人家的女儿。父母都是革命军人,高干。高干这个词,现在叫人给说俗了,是人不是人的,都说自己家高干。高干是那么好叫的吗? 真正的高干,就是文革以前的十三级干部,原装红色贵族。至于以后什么司长局长的,爵是到了,我信他们捞的实惠,比文革前的老干部海去了,可他们的后代永远没有以前高干子弟那种派,那种纯洁高傲的劲头,优越到头发梢的感觉是先天的，学不会，像麝香一样，得从肚脐那儿散出来。按说我这个年龄段里不配有什么真正的高干子女了，父母早更年期了。但我妈比我爹年轻，在文革挨斗的时候，还怀了我。

要是平常日子，我妈一定不能让我生下来。她也是领导干部，为了集中精力干工作，肯定毫不犹豫把我做了。真要感谢那些革命造反派，他们根本不给我妈上医院的机会，我妈也不知道我来了，还以为自己天天受刺激，生理不正常了。

我是在干校生的。来得那么不容易再加上不是时候，父母反倒给了我极大的溺爱。

有一个故事说一个犯人，在他临死的时候，对法官说，他想见他妈。法官就让他见了。没想到他一见了他妈，就把他妈的奶头，给咬下来了。我第一次听这结尾，就特恶心。这一定是男人编出的故事，他们就想当着众人，说那个结尾，心里就满足了。你一人犯罪，关你妈什么事？又不是幼儿园小孩，这不是株连吗？

对了，我都说到哪儿了？对了，关于妈。他们溺爱我，我至今感谢，给了我一个快乐无比的童年。现在人们一说文革就是多么痛苦，我可真是只有高兴，无忧无虑地玩，蓝天白云大地野花……我想，以后的城里孩子，再没有那么自由的日子了。

后来平反，回城。要是我父母一直受难，我也不会变成现在的样子。哪个大文豪说过，从小康堕入贫困，好像是很悲惨的事。我觉得他说的可不准，他只过了那一种生活，就以为这是天下最惨的事。其实更惨的是靠了外力，从贫困进入富裕，简直就让你精神上得疟疾打摆子，一会儿冷，一会儿热。

从小康下来的人，多半有出息，他们就不停地讲自个儿那点故事，大家就信。从贫困上去的人，多半都毁灭了，没人知道他们的下场，知道了也不同情，他们才是最惨的。

不说这个了。还说我的吸毒史吧。

别一听说女人，特别是漂亮年轻的女人吸毒，就想起打工妹、娼妓什么的。她们什么层次？她们哪里吸得上毒？毒是随便的人就能消受的吗？就是吸了毒，也是傍上大款以后，才洋起来的。旧社会，还真有些穷人吸毒。那会儿大烟便宜啊，有人干脆自产自销，贫民也能闹两口吸吸过瘾。不是有个电影，叫《突破乌江》，白军冲锋的时候，一个胖军官在后面挥着枪喊，弟兄们，给我冲！谁冲上去，我赏二两大烟土！二两啊，乖乖，差不多100克了，什么价钱？按时价，就是8万块钱啊！就算是小秤，也够吓人。

回到城里，我开始读书。不是吹，我的书一开始读得不错，后来是体育害了我。

因为从小在庄稼地里跑，我的体格比一般城里女孩壮多了。学校就60米跑，100米跑，200米低栏，400米接力……都安排我上。那时幸好还没有女子马拉松、中长跑，要不马家军也会挑上我。

我给学校挣了很多荣誉，自然也耽误了我不少工夫，学习落下来了。不过那时我一点都不害怕。学习为的什么？不就是升学吗？我是体育特优生，从小学到初中，从初中到高中，从没为考学犯过愁。都是一路绿灯，顺风直上。

我现在算明白了，体育保送生，是非常残害人的制度。学校为了自己的利益，图虚名，把学生引进火坑。那时候小啊，不懂这个道理，看到同学苦苦读书，自己还特得意。偶尔也发愁，碰到区里来检查考试，正好又要打比赛，功课做不出来，挺丢人的。我就说，不去比赛了，我这回要得个100分，叫那些说我头脑简单四肢发达的人，大跌眼镜。

校长好言好语劝我，说，一次考试有什么了不起，你想要多少分，说吧，我就给你填多少分好了。

我说，我不单单要分，还要我那张卷子。那时真傻，在我的小心眼里，认为分数是假的，卷子是真的。

当时马上要打全市比赛，学校把我像神仙似的供着。

校长立刻对一个老师说，你马上给她做一张卷子。

于是，就在我面前，那位我平日最佩服的数学老师，拿出一张卷子，端端正正地写上了我的名字，然后替我写完了整张卷子……

我这一生，当然现在说一生这个词，好像还早了一些。但吸毒的人，也算是把生死置之度外了，不定哪天腿一蹬就死了。所以我用"一生"这个词，也算比其他我这个年纪的人，有资格了。

这辈子，我有过许多万念俱灰的时候，要不，我不会染上白粉。可我最大的绝望，是站在代我写卷子的老师面前那几分钟。我特别恨她，如果我有机会再见到那个女老师，我会把她杀了。

她亲手把一个女孩子心中非常美好的东西，毁了，毁得连渣滓都没剩一点，还挖了个大坑，把它永远地埋葬了。

我突然对体育，充满了仇恨。是它，让我处在一种古怪的地位。一面学校非常宠着你，因为还得指着你为学校争光呢。另一面，大家全都看不起你，觉着你不是凭真本事考进来的，是骗子。人们的脸色和眼光，像水银柱似的随着时间变化。

赛季来临的时候，所有的人，都春风拂面。比赛一过，我把奖杯刚一交到校长手里，马上就冷若冰霜。我恼火极了，干脆报复他们一下，一次比赛，故意跑得一塌糊涂。这下可好，倒是表里一致了，全都横眉冷对，好像我是一个大骗子，根本就没有夺冠实力，整个一个滥竽充数。

轮到下一次，我发了狠，非要拔个头筹，给那些斜眼看我的人，狠狠一棒，打他们个脑震荡。

我跑得出奇的好。从来就没有那么好过，简直是把鹿蹄子剁下来安我脚腕子上了。从那一刻我才知道，爱给人的力量，绝没有恨的劲头大。

我以后再也没跑过那样好了。那一次，把我一生的速度，都用完了。

比赛结束之后，我很趾高气扬了一阵，每天雄赳赳气昂昂地在说我坏话的人面前，走来走去。有一天，我突然泄了气。我就这样一直做个体育花瓶混吗？

当时就要考大学了。中国最著名的学府，已经要去了我的档案材料，他们才不在乎我的学习成绩怎么样，只求我跑得快。只要别在他们录取之前摔断了腿，我就会成为万人向往的名牌大学学生。

校园里到处是苦读的身影，我像骄傲的企鹅一样乱逛，感到极度的空虚和厌烦。

滚他妈的蛋吧！体育！滚他妈的蛋吧！大学！我对自己说。

我老爹后来到特区工作。他的老战友常到我家做客。一天，爹妈正在夸耀我一定能考进名牌大学时，我说，我要当兵。

就像谁往客厅里扔了一瓶酒精，空气都烧蓝了。

孩子，干什么都要顺应潮流。在我和你爸爸那个年代，当兵闹革命就是潮流。现在的潮流是上大学。一个人不能逆着潮流动,知道吗?过去是打仗的年代,会干革命就行了,革命就是我们的手艺。现在你必须有一门技术,上大学就是去学饭碗。首长伯伯说。

我特喜欢听爸爸和他的老战友谈天。和冠冕堂皇的场合不同,他们在家里说真话,很坦率的话,外面绝对听不到。就像祖传的宝贝,只有自己家的人才能看到,外人是不配看的。

我说,伯伯,您说得很对。可我到了大学,也学不到手艺,是他们利用我的手艺。我不想给他们卖命了。当年,不是也有许多富贵人家出身的青年,背叛了自己的阶级吗?我不想按照预定的路线走了,我要造反。

伯伯笑了,说,你是小姐身子丫环命。

父亲斥责我,说丫环也不是那么好当的,你除了体育,还能做什么?!

如果他不说这个话,我还下不了最后的决心。他这么一说,我才知道连我的亲爹,也看不起我。

从第二天开始,我每天依然背着书包照常出门,家里人以为我上学去了,其实我在街上乱逛。我经常比赛,停学是常事,学校居然也没有人计较。我平安地混到了正式高考的日子。

那天父母要用公家的小卧车,送我到考场。我说,别摆那谱了。我晕车,你们也不是不知道。要是把我的脑浆颠开锅了,只怕连最低的优待线也过不了。他们只好作罢。

拒绝考试,是我一生中做过的最伟大最光明的事。

考场我还是去了。就像一个人临死前,要告别生养他的村庄,虽然他憎恶它。我看到学校门口挤着黑压压的人群,都是送行的家长。

报上总是说,家长不应该不放心孩子,干吗老像探监似的围在街上?我真奇怪那些大报小报的记者,怎么连这么简单的一个事,都搞不清楚!哪是家长愿意守在考场,是老师说了,告诉你们的爹妈,考试那几天,别尽惦记着几个奖金,一定从早到晚呆在门口。教室那么小,满屋子挤着赶考的举子,真热昏一个两个的,谁负得了这个责任?自己家人外面守着,中暑了拖出去的时候,好快送医院……

我见同学们被家里人包围着,千叮咛万嘱咐,生离死别……有一种很隔膜的感觉，好像隔着玻璃缸，在看一群抢食吃的鱼。

后来，人渐渐地稀了。年轻的脸都消失了，只剩下一片苍白的头颅。我看了一下表，马上就到开考时间了。我的眼珠仿佛有透视功能，能透过墙壁看到挤得罐头似的考场里，我的同学一个个脸色惨白，心跳起码二百多下。

心情很矛盾，几乎想一下子冲进考场。就算气喘如牛，一切还来得及。我不能这样亲手毁了我的前程。

我拼命掐着自己的合谷穴，就像牙疼时教练帮我们快些麻木时那样。在这种强烈的自我迫害中，感到献身般的壮烈和自豪。

时间一分一秒地过去。我很想赶快跑掉，这样心灵可以少受些煎熬。但是，我不！我命令自己盯着我的考场窗户，慢慢地品尝着自己的痛苦。我从小没受过什么苦，这种奇异而缠绵的感受，让人很过瘾。

当半个小时最后一秒钟过去的时候，我的眼泪哗的一下流了出来。我知道，我再也没有资格进考场了。半个小时以内，还可以算你迟到，现在就什么都完了。我终于亲手把一个如花似玉的将来毁了，别提多痛快！

我按考生的钟点，不露声色地回到家。从那时，我才知道自己是一个可干大事的人，我撒起谎来，一点都不慌张，滴水不漏。撒谎也是需要天赋的。

连考三天。我都照方抓药。内心得到了极大的满足，比我站在领奖台上，还要得意得多。

出成绩的那天，父母对着我五科拒考的记录，一齐犯了心脏病。

没什么可说的了，他们乖乖地送我到部队。这回不是我要求，是他们主动安排的。他们不能看见我在面前晃，没法同所有认识我家的人，解释这件事。我是家中的耻辱，要把我坚壁清野。

到了部队，我觉得外界对部队的传说，很没道理。老说它是个大学校什么的，其实它的规则和学校一点也不相干。一定要找一个比喻，它像一座封闭的庄园。

家里人以为把我送进熔炉，就万事大吉了。其实熔炉里出钢也出渣子，他们疏忽了。

别以为我在部队表现很坏，那印象可不对。队伍里最主要的工作就是劳动和训练,拼的是体力。平常总是说干部子女和城市兵怎么不好,是因为他们不能干活。

农村出来的基层干部,评论起人来,有点像衡量阿Q的标准,能吃能做就好。这很对我的脾气,我是干什么的?参加过女子铁人运动,查查市里运动会的成绩,至今有若干项还保持在我的纪录上。平时那点跑步出操越野拉练,对我实在不足挂齿。他们就说我不怕苦,不怕死。我一个劲解释,这实在小菜一碟,也不管事。后来我就心安理得了,因为他们夸我的时候,实际上夸的是他们的看家本领,跟我没关系。

还有服从。

运动员是很讲服从的,对我不是难事。但后来我也忍不了,因为教练让你服从他,一般的情形下,都是他比你高明。就是你暂时看不出奥妙在哪里,跟着做,好处也就显出来了。但连里水平可不是这样,有时完全是瞎指挥,你还发不得一点怨言。后来我才明白,什么叫服从的最高境界,就是听一个比你蠢的人命令,还得面带笑容。

刚开始我受不了,后来我当了班长,也就渐渐想通了。比我官大的,一个连不过才几个人,比我官小的,可有十几个兵。你们训我,我就训他们。像传送带,一级压一级呗,心里就平衡了。

这样当了几年兵,我够了。我说要回家了,领导说,我们发展你入党。我吓了一跳说,就我这个样子,哪里能入党,这不是往党脸上抹黑吗?他们说,你一直也不透露家长的情况,就把你当一般人对待了。现在才知道背景,说什么也要把你留在部队。以后单位有个什么事,方便多了。亲不亲,家乡人,你怎么也和老单位有感情。

我的入党申请书,又一次是别人帮我写的,就像当年那张卷子。

我真的从来不好意思跟人说,我曾经是个党员。我不配。后来到了特区,我就把组织关系和一些蝴蝶标本夹在一起,不知放哪儿了。我这算自动脱党吧?我觉得这才是尊重伟大的党,别玷污了它。特别是吸上了白粉,我更是坚决否认入过党。

我不想让连队用每月几百块钱的薪水,养一个备用的后门,就死活要求复员了。

当了老百姓,穿上花花绿绿的时装,我才知道自己多么有魅力。

我到特区去了。不是我父亲所在的那个地方,但我仍能感到他的余光。我开始学做生意。中国的生意人简单极了，初级阶段，包括赚钱和捣鬼，哪怕是作案，也都是《七侠五义》的水准，没劲透了。假如有一天我要作一个案子，保证让它充满了梦幻和科学的色彩，非同凡响。

我瞧不起那些伎俩，但我干得比谁都欢，比如搞批文、以权谋私等等。因为我会干这些，我就更看不起它。发财人赚第一个100万，多半凭的是胆子，轮到第二个100万的时候，才多少有些计策含量。好人一般没胆子，所以先发的都是些什么人，不必多说。和这些人打交道，阅尽人间丑恶。

每天压力很大，不知怎样才能让神经松懈下来。

有人介绍我上歌厅，唱卡拉OK。

我刚开始不喜欢那种黑暗的光怪陆离的气氛，还有那么多的鸡混迹其中。鸡太多的地方，女人就贬值。每看到一个漂亮的女人，你就不由自主地会想，她是不是鸡？

但我很快发现卡拉OK的绝妙所在，就是人都有嚎叫的欲望。人是从野兽变来的，世界是一个动物园。其实兽叫也是很美的事，比如虎啸猿啼，还有黄鹂鸣翠柳、蛙声一片等等，都是入了诗的。人进步了，却被剥夺了嚎叫的权利，如果你是一个女人，到处都让你讲究淑女风范，你就更没机会大喊大叫。

真羡慕文化大革命那会儿的年轻人，年老的也包括在内，每天都可以大声地呼喊口号，打倒谁，拥护谁，狂轰滥炸一番。这就像今天的KTV，有伤感的也有激烈的，既可以缠绵也可以声嘶力竭，心里有多少不痛快的事，都宣泄出去了。文革那时免费，现代人没这个福气了，只好花了钱，到歌厅里乱吼，平衡自己快要爆炸的心。

卡拉OK这东西，最令人丧失自知之明。再说得不客气些，就是大肆公开地鼓励人不要脸。

你明明不是歌手，大庭广众下，唱什么？逼别人贡献出耳朵，供你蹂躏？有的人说什么，他不管别人爱不爱听，要的是自我实现……胡扯淡！你没看有的歌厅，音响设备什么都好，迎宾小姐也靓，就是因为没有人听歌，大家不去。所以，我要是歌厅的老板，就要特地招聘一拨能忍受噪音的人，高薪养着一批耳朵，花小钱，挣大钱。

我每天都去唱，还给了老板一笔钱，叫他雇人给我献花。

有一天，朋友家举行化装卡拉 OK 舞会。我为了穿什么衣服这件事，思考了整整一天。我喜欢惊世骇俗，让人对我刻骨铭心。

那天，我在脸上涂满了厚厚的橙黄色粉，用新鲜的翠绿色画了眼线，眉毛的头部是墨绿色的，再用淡绿由深向浅地往眉尾蔓延，直到过渡成娇弱的鹅黄色，眉弓上方点的是紫茎蓝色，整个眉毛就像一条刚刚苏醒的青蚕。

嘴唇我用的是柿红色，很集中紧凑，像一枚辣椒。

最要紧的是发型和装饰。这是我化妆的精华。

我让保姆到街上去买刚砍下来的卷心菜。她买回来，我发了一大顿脾气，差点把她给炒了。她说，是按您的意思买的呀，新鲜极了。我说，蠢话！光是新鲜就行啦？这么小，怎么用？要大！

第二次，她买回来的菜吓了我一跳，菜叶大得像雨伞。

我把头发结成长长的两条辫子，盘在头上，然后从菜心剥了几片又大又软的叶子，看似随意实则非常讲究地包裹在头上，像一条别致的绿叶头巾。从最外层的菜帮上，挖下一个半边嫩白半边老绿的圆形，贴在额头正中，菜筋笔直地对准鼻梁。从前额的刘海中分出一小缕发丝，绕成小圆圈，好像黄瓜的卷须，随着每一次呼吸飘动。

我用樱桃做了一对耳环，用切成小方块的胡萝卜连缀成手链，用油菜叶做了一件蓑衣样式的披肩，活像一块活动菜园子。

万事俱备。这套行头穿在身上，清凉无比。

我对着镜子反复欣赏，真漂亮！但看得久了，觉得死板点。到了临上车的最后关头，终于又找到了新的灵感。我用黑眼线液在脸蛋上，精心画了一条大毛虫，邪恶地仰着头，想吃我的花冠。真是画龙点睛之笔啊，整个脸马上神采飞扬。

那天晚上我出尽了风头。但是轮到我唱卡拉 OK 的时候，女人们都嫉妒我，不给我鼓掌。男人们看我总是不理睬他们，也要给我点教训，居然十分冷落。我很丧气，这时一个浑身穿着缀满金属片衣服、化装成 13 世纪女巫的人，走过来对我说，小姐，你哪儿都很现代，只是有一点落伍了。

我愤愤地说，一点落伍算什么，要的是全面落伍，一落几千年，成了件活古董，做个汉代的美人，那才叫风光。

她自我介绍说叫英姊，当地人，说话大舌头。她说，你的嗓子今天有些沙哑。

你知道，要是有人说我生意做得不好，我根本不理会，因为我原本就不打算好好做，不过是用了我爹的面子，混事罢了。要是有人说我长得不靓，我也满不在乎，那是诅咒。但我在乎唱歌这个事，它真是我的爱好。我为哑嗓子难过。

英姊突然说，你上不上洗手间？

我知道她有要事对我说，就随她去了。

这真是男人和女人不一样的地方。男人从没有结伴上厕所的，他们只听自己膀胱的指挥，尿憋了，起身就走。女人不，她们把厕所当成一处公园样的地方，可以慢慢地在那里面说知心话。也许因为她们要在里面补妆，那是她们社交的后台……

哎呀，今天就说到这吧，马上就要大查房了，我累了。那个蔡生，给我开的不知是些什么迷魂药，搞得我老想睡觉。

第十四节

简方宁在一大群医生的簇拥下，仪态万方地出现在病室。

原本熟悉的人，在不同的场合，以不同的身份出现，就有了格外的风采。

不算太狭小的房间，壅塞了太多的人，这些人又都穿着雪白的衣衫，和白墙相互反射着白光，让人恍惚置身于雪原和冰峰之间，有一种威严的压力。简方宁就是这冰雪王国不可一世的女王。

要不是周围聚了这许多的人，范青稞真想扑过去抱住她。从昨天到今天，积攒了太多的知心话，一吐为快。但见简方宁脸上拒人千里的矜持，知道此刻不是讲话的时候，只得扮一个奉公守法的病人，老老实实盘腿坐自个儿床上。

简院长，这是昨天入院的三位病人。他们的病历。蔡生把亮闪闪的夹子递过。

我刚才已经看了。给他们用 0 号方案。简方宁简短地指示。

都用吗？ 40 床，程度比较轻……蔡生说。

都用。0 号，要在各种情况下取得经验。简方宁权威地说。

是。蔡生毕恭毕敬地答道。

好，就这样吧。我们到下个病室。简方宁说着，率先走出，大家紧跟着鱼贯而去。

满屋子人松了一口气，也很失望。

也太不拿咱哥们姐们的身子骨当回事了，连正眼都没撩咱一下。我都这么不耐看了吗？庄羽万分沮丧。

引不起院长的注意，是好事，只有重病人才会特别关照。但愿她一直别对我另眼看待。支远说。

突然，简方宁复归。庞大的医生群体，不知院长有何新指示，紧跟着像沉重的磨盘一般，缓缓旋转回来。

范青稞以为简方宁听到了庄羽甩的闲话，要给她一个教训。没想到简方宁当着众多的医生，对她说，40床范青稞，等我查完了房，请到我的办公室来一下。

医生中起了小小的骚动。

范青稞受宠若惊，一时不知怎样回答好。幸好简院长根本不理会她的反应，率着队伍，扬长而去。

你和院长什么关系啊？庄羽充满妒忌地问。

没什么关系啊，就是我来住院，亲戚说认得这里的院长，打个招呼好留着床位。就这。范青稞不知简方宁打算如何解释这件事，姑且答道。

真那么一般啊？我看可不像。你是第一次住院，还不晓得这里的规矩，院长室可不是随便去的。那是院长的闺房，特殊的人才能入内。庄羽说。

是啊？范青稞支吾着。

哎，不管怎么着，你一会儿见了院长，把那个什么0号方案问清楚，听到了没有？咱们都用这法子戒毒。好像你的危险还最大。蔡生提了你不一定适合，叫院长给否了。咱们死也当个明白鬼，你说是不是啊？

范青稞点头称是。

你还听不听我的故事了？我才讲了20集。庄羽又来了精神。

随你吧。范青稞面带懒散地回答。她已经看出了庄羽生性无常。若是露出特别上心的模样，她就扬扬得意卖关子。你要是漫不经心，她就使出浑身解数，撩拨你兴趣。你越想听，就越得做出不听的样子。

……我跟英姊到了洗手间。

英姊对洗手递毛巾的女佣说，请你出去一下。

这个开头就让我来了兴趣，我对所有背着人偷着干的事，都怀有强烈的好奇。

英姊说，我一看你这份打扮，就知道你不同一般。你不想试试这个吗？说着从长筒丝袜里，掏出个小纸包，说，这是进口的神药，你吸一点，唱得就像真正的歌手，简直就是邓丽君第二，夜莺一般的歌喉……

我说，你是耳鼻喉科的大夫，会修理声带？我这沙哑的嗓子可是娘胎里带出来的，遗传。一般的药，不管事。她干笑了一声说，我的药一定管事。声带不重要，重要的是感觉。说着，扬了扬手中的小包。

我一下明白过来说，你这是毒品，对吗？

英姊拨拉着我头上的菜叶说，我喜欢你，才帮你。女人一般不帮女人的，只有害女人。我不要你的钱，送给你吸。你要是觉得不好，不吸就是了。我也不会逼着你。

英姊的话很实在。

我想了一下，大约用了一秒钟。然后说，你教我吸吧。

她说，很简单，卷在烟里就是了。

打开纸包，我看到一些白色的药粉，后来我知道那是白龙珍珠粉，也就是海洛因 3 号。我半信半疑地按她说的做了，心想，这没什么了不起的，如同在超市，看到一种包装奇特没吃过的小食品，买回家尝尝。不好吃，啪地吐掉，用不着大惊小怪。

英姊漫不经心地看着我，我也极力做出特自然的样子，不想让她把我看成没见过世面的雏儿。

开始的一两分钟，一点惊心动魄的感觉也没有。有人说第一次吸，恶心吐，没什么快感。我不一样，短短的没反应之后，感觉来了。

随着那股白色的烟雾钻进肺里，我后来才知道，老手叫它"翻腾的龙"，我感到咽喉阵阵发热，一股强大的力道传布四肢百骸，内脏沸腾，血液燃烧。沿着皮肤，好像谁布置了一排排小炸药包，被火点燃，噼噼啪啪像节日的礼花一般，闪着银色的光，按顺序爆炸。无穷的云雾从脚下升腾而起，温暖地缠绕着我。我轻轻走了一步，地面上好像布满了弹簧，飘飘欲仙。一种极畅快的感觉，一种从未体验到的快乐与安宁，像潮水般浮起来……

后来的事我记得不太清楚了。好像是用人将我送回家，我吐了，沉沉地睡了一觉，大约从我离开婴儿时代，就再没有睡过这么香甜的觉了。

人们现在都在说毒品是多么可恶，我也承认它是白色魔鬼。但它第一次给我的快乐，真使我永世难以忘怀。那是最美妙的一个夜晚。

我不喜欢落井下石，不管毒品以后怎样残害了我，我也要说，它给过我无比幸福的感觉。

我从小就喜欢寻求快乐、自由、冒险和新奇。白龙珍珠粉真是个好东西，极大地满足了我方方面面的要求。我第二天醒来的第一件事，就是call英姊。她给了我一张名片，好像是某家公司的公关部长。

一忽儿，她就回了电话。说我猜你今天会找我。

我说，我需要你。

她说，好吧，我这就到你那里去。不过这一次，要现钱。

我说，我懂规矩。

英姊来了，说，庄羽，我很喜欢你的新奇大胆，舞会上注意了你很长时间，才决定成全你。我从你脸上那条毛毛虫，看出你很空虚，我想帮你，才让你尝了。事后我很后悔，你知道这件事的利害吗？

我说，不必讲那么多。这是钱，一手交钱，一手交货。

她说，好话说尽。如果你一定要吸，以后就买我的货好了，绝不骗你。这一行，要非常讲信用的，你不要进别人的货，有的不纯，里面搀了滑石粉、阿司匹林末，让你掌握不了准确的量。多花钱不说，弄不好会丢了命。

我说，英姊，你做我的特供吧。

英姊走时，给我留下了几包海洛因，当然也带走了我的钱。

在那以后大约两个月的日子里，我生活在幸福的天堂。只要我一感到孤独恐惧失望沮丧，就把自己泡在海洛因的白色里。烟雾就像一顶神奇的白纱帐，包裹着我，直上九天。

在风里，我温暖地漂浮着，好像一朵轻盈的棉花。五彩祥云托着我，漫无目的东游西逛，你想看见什么，就能看见什么。你想要什么，就能有什么。它就像一只柔软的手，抚摸着你的心，揉搓着你所有的筋骨。当烟雾渐渐地远去的时候，你就浸入深沉的睡梦。

原以为美妙的享受能永远地伴随着我。但我很快发现毒品是活的，有自己的生命，它会飞快地变化。就像你刚开始吃安眠药，一片就能睡着，但很快就得加到两片。毒品也是这样，它疯狂地生长着，需要更多的钱灌溉。我不断加大吸食的量，缩短吸食间隔的时间。我紧紧抓住那种无与伦比的快感，不愿被它残忍地抛弃。

很多人说海洛因的坏话，但它给我的快乐，天地无双。为了追寻这种快乐，死也值得。不是有人说什么，生命诚可贵，爱情价更高。

就是说这世上有比命更宝贵的东西，值得我们拿命来换。要是让我说，那东西就是快乐。

我以前听过一个故事，说是有一个小孩遇到了神仙，神仙给了他一个线球，说这是你的命运之轴，你一生的事，里面全有。细想起来，这线轴就像今天的录像带，早早地把你一辈子的图画都摄在里面了。

小孩说，能让我看看里面的东西吗？

神仙说，可以啊。你不单可以看，还可以随意拉动线轴。就是说，看到命里要受苦了，可以把线轴转得快些，让它赶紧过去。

小孩说，哦，我知道了。我要是从线团上看到，这是一段好日子，我就可以慢慢地走这段线，或者干脆让它停下来。是吗？

神仙说，那可不成。快乐不能总停在那儿，它该多长时间就是多长时间，没法按你的意志改变。神仙说完，就走了，把小孩一个人撇在那里。

小孩想了一下，就抽动他的线团，他看到自己慢慢地长大。他不想忍受那么久的幼小状态，太容易受人欺负了，就把线团转得飞快。这样只用几天工夫，他就长成一个英俊的小伙子。他快速地转着线团，看到自己向一个美丽的姑娘求婚。他觉得这段时光很美好，就拼命拽住线团。可是真的没用，线团按照自己的速度向前，小孩很快就结婚了。

这样过了些日子后，年轻人看了一眼线团，突然发现厄运就要降临，爆发战争，他得去当兵打仗。受了重伤，成了残废后回到家里，妻子生了一个孩子，大家在苦难中过日子，饥寒交迫。

小伙子飞快地转着线轴，简直像逃一样地把生命的大部分光景，在几分钟内过完了。他喘了一口气，看了一眼自己的晚年。还好，和平了，他的儿子结了婚，抱着孙子来看他……

老爷爷很高兴，拼命扯住线，想让时光停留。可是，生命之线就在这一瞬断了，小孩子的生命结束了。

小孩死了以后，神仙又来看了一眼，叹了一口气。算了一下小孩在世上活过的时间，四个月零六天。

我小时候看这个故事，一点不懂，可是记住了。人有的时候对自己不懂的事，记得特别清。我想那个小孩多傻啊，别人都活七老八十的，你才几岁就死了，冤不冤？等成了白粉妹，我懂了那个小孩。与其苦苦地熬一辈子，不如干脆痛痛快快活几天。好莱坞一句名言：不求天长地久，只求曾经拥有……美妙和强大的海洛因，是天堂的台阶。

要是海洛因能让我一直享有飘飘欲仙的感觉，哪怕全世界的人都说它是恶魔，我也把它当成伴侣。哪怕我的生命缩得只有十分之一，百分之一，我也心甘情愿。

在那以前，我早和男人上过床了。男人说，吸粉就像跟女人睡觉那么美。我看，海洛因要比男人更可爱，更雄奇。毒品给人的欢快，和男人给的完全不一样。它不是那种慌里慌张顾头不顾脚的单纯痛快，而是一种无与伦比的安宁和梦幻，让你觉得自己是君临天下的皇后。不知道对男人来说，毒品和女人谁更重要。但我觉得，对于女人，毒品比男人更重要。男人使你很激动，有一种被作践的渴望。上床这件事完了以后，就像从惊涛骇浪里穿过，不知为什么，我总想哭，有一种莫名其妙的委屈。海洛因会让你平静，上天入地之后，舒适地躺在沙滩上晒太阳……

性是奴役女人的皇帝，海洛因则是忠实的老仆，顺从地牵着我的手，引我到极乐世界。

这样大约过了两个月的时间，突然有一天，吸了粉以后，那种美妙的感觉，迟迟不到。以为量不够，就又加一些。可是，还不行。金碧辉煌的宫殿，好像塌进沙子里去了。

我call英姊，说你他妈的真不够朋友，我给你的美钞，有假吗？

她说，张张绿纸，都是真的。你什么意思？

我说，那你给我的粉，为什么是水货？

英姊说，久吃猪头还有腻的时候。粉，千真万确是真的，这一行不敢作假，假了，要出人命的。你要是不信，就停了它。

我想，停了就停了，有什么了不起！

那些天，我正在同人谈一笔大买卖。每次在作关键性的决定之前，我都先吸上粉，头脑敏捷，口若悬河。也许是天助我，那一段很顺，每一着都不曾闪失，旗开得胜，所向披靡。

恰是最后签约的日子。

我收了给英姊的电话，进了谈判间。临时出了个小问题，双方有些分歧。本来我已得了大头，这点蝇头小利，送他一个顺水人情好了，平常这些事上，我是很知进退的。但那一天，心情烦躁，举止不安，焦虑恐惧，我心里只转着一个念头，到哪里再去寻找快乐？

谈着谈着，我不可遏制地开始打哈欠，流眼泪，喷嚏咳嗽一起来，冷汗像自来水一样直冒，脸色煞白。谈判对方的老总关切地问，是不是哪里不舒服？

我说，是啊，我好像有些感冒了……但话没说完，我就感到全身的骨节咔咔作响，好像要凌空断裂。每一个骨节接缝的地方，都成了黄蜂窝和蚂蚁洞。炸了窝的蜂群再加上无所不在的黑蚂蚁，把我叮咬得千疮百孔，冷汗如油，好像有远古时代的恐龙和猛兽在向我招手，骨髓冒起黑烟……我再也顾不得什么脸面，大叫一声，抽搐着从老板台前滑到了地板上，玉体横陈，人事不知地躺在一群男人面前。

大家没见过这个阵势，纷纷说，快把她送医院吧。

有人就去拨急救医院的电话。

这时对方一位副总，见多识广，对老总说，您先去休息，我来处理。他把我的女仆拽到一旁，说，你家主人是不是经常犯这病？

女仆战战兢兢地说，没有。从来不。

副总想了想，又问，她是不是常抽一种特殊的烟？

我虽警告过用人，不得把秘密透露，可眼前非同寻常，女仆支支吾吾地说，烟，不特殊的，只是烟里，好像加了些特殊的东西。

副总追问，加的东西，是从哪里来的？

女仆不敢说太多，就推不知道。

副总说，我看你对主人挺忠的，这很好。说明主人平日待你不薄。但你知不知道，她这样耽搁下去，一会儿就送命了？

女仆说，快送医院嘛！

副总说，医院当然是可以送的，但你主人的声望就全毁了，再没人愿同她做生意。我们先救她，别的以后再说。告诉我，是谁给了你主人那种特殊东西？

女仆害怕我死，就把英姊的电话说了。

副总去打电话，说，我是庄羽的朋友，她现在犯了病，只有你才能救她。

英姊怕有人做了局，没听到我的声音，哼哼呀呀地不答腔。副总就把话机递给女仆，女仆带着哭腔说，快救救我家主人吧，你再不来，晚了，她就没得命了。

英姊问清了谈判的地方，什么也没说，就把话线收了。

这时医院救护车来了。大家萍水相逢，生意场上更是人情冷漠。多一事不如少一事，做买卖做出这种事，已是大晦气，巴不得早脱了干系，七手八脚地就要抬人。副总说，我已问了她的仆人，说是她以前就有这病根，都由一个老医生治。那个医生就要送药来，不必上医院了。

大家说，你揽这个闲事，不怕惹一身骚？人命关天，可不是儿戏。送医院最保险，哪怕前脚进了医院，后脚就死了，也同我们无干。要是死在这里，会跟你没完！

老总也说，我们做到这一步，已仁至义尽。一个昏迷的女人，你留在身边，以后百口难辩。

副总说，她这些天同我们谈判，虽是对手，也看得出人还蛮有档次的。为了她一个年轻女子以后还好做人，再等等给她看病的医生吧。

老总说，你愿意留下，我也管不着。只是从现在开始，你的行为由你自己负责，与公司无干。

副总说，我明白。

医院的人说，你叫我们来，我们就来了。要是病人拉回医院，费用就一齐打进医药费里了。现在你又要我们走，开销哪里出？

副总说，我来付。

救护车走了。对方公司的人也走了。只剩下副总和女仆守着昏迷不醒的我。当然这都是他们以后告诉我的。

有人敲门。保姆很高兴，说是英姊来了。

没想到打开门，是一个不认识的年轻人，他说，我是"的士"司机，一个女人拦了我的车，并不上车，只是让我把这个小包送到你们这里。

说着，递过一个小纸包。

副总接过来，给他一些钱，说这是"的"费。

司机说，那女人已经给了，否则我会给她跑这一趟？话虽这样说，钱还是拿了。

女仆说，英姊也好放心，就不怕人把东西拐了走？

司机说，她记了我的车号，我要贪了她的，她还不雇人把我做了？再说，我是不敢要这东西的。

副总说，你知道这是啥东西？

司机说，我知道它干什么？我就知道人家给了钱，我把东西送到。至于是什么，就是犯到天王手里，我也只说不知道。

副总说，这就好。

英姊狡猾，她怕人做了套，诳她。又不愿失去我这个老主顾。这样两全其美。

保姆和副总点燃了海洛因，把烟雾向我吹去。

就像《聊斋》里的鬼魂，被人施了一口仙气，我马上还了阳。

仿佛赶了一万里的路，全身铅做的一般，但神志异乎寻常地清醒。我一把抢过救命的烟，饮甘泉一般，把每一丝烟雾都收进肺里。片刻之后，起死回生。不一会儿，甚至精神百倍起来。

我看见了粉红色的包装纸，那是英姊专用的特殊包装。什么都甭说，我就明白了。知道为了救我，他们费了苦心。

不知英姊为什么爱用这种很性感的材料。它表面不平，褶皱多，用时抖不干净。除了看起来漂亮，还不如旧报纸光滑好用，节省。

我对英姊说过，她要为用户着想，改变包装。可她就是不听。

女仆絮絮叨叨说了救我的过程。

我仔细打量了一下副总。他个子高高，戴一副金丝眼镜，40岁上下，很斯文的样子。这些天，同他们公司谈判，我知道他是一个厉害角色。有的时候，老总都网开一面了，只有他，精明地识破我的计策，死不松口。

我说，对不起，刚才，我出丑了。谢谢你，救了我。

他说，我救了你没有什么。只是你明显获利的一桩买卖，就此砸了，虽是对手，我也为你惋惜。

我说，刚才不是谈得好好的吗？因我一时身体不适，造成中断，我们可重开谈判。

副总说，你以为，会有一家有信誉的公司，愿意同一个吸毒者做生意吗？！

一时间，如晴天霹雳。

我以前一直以为，吸毒只是个人事情，就像打高尔夫球还是打网球，与他人无碍。现在才晓得，它使我名誉扫地。我强硬地说，既然你已经知道了，明人面前不说暗话。我有时就是玩几口，怎么样？有什么了不起？我能吸，也能戒！

副总说，看你刚才发作时的样子，恐怕不像你说的那样简单。不过，只要有决心，世上也没有什么事是做不成的。祝你好运，多珍重！说完就走。

刚吸了粉的人，心情非常好。生意做不成了，可认识了这样一位善解人意的男人，甚至觉得这瘾犯得值。我说，你不但救了我一命，还尽可能地维护了我，总要给我一个谢你的机会。我能不能请你吃一顿饭，好让我心里安宁？

我嗲得很委婉，叫他一时想不出很好的借口回绝。我看出他不想同我共进餐，趁他来不及有礼貌地推辞，再将他一局。

我说，副总一定看我是个白粉妹，就想我不定染上了怎样的脏病，没准病入膏肓，要拉一个垫背的。我真的只吸过不多几次，更没有往血管里打过药，所以绝没有艾滋病。不信，你看！

我啪地一下，把套装的外衣脱下，露出黑色的蕾丝内衣。我把网着花纹的袖子，撸到肩膀。一条葱白藕节般的玉臂，横陈在副总的面前。

他惊慌失措，连连说，你这是干什么？但我看到他的眼光紧紧地盯着尤物，不肯撤开。

我说，向你证明啊。我这里冰清玉洁，可有一个针眼？那些注射毒品的老手，胳膊上哪有一块好肉？布满了针疤，美名叫"蚂蚁上树"。我跟他们不一样！

副总喃喃自语着，不一样，是不一样……

我们在一起吃了一顿饭……不，是两顿饭……从上午一直吃到半夜，他跟我说，他从一个偏远的地方来特区闯生活，从一个打工仔混到今天的副总，充满艰辛。

我说，你有太太了吧？

他说，你看呢？

我说，这不是看的事。这是实实在在早就发生了的事。

他说，这当然和你怎样看有关。有些事，是早就发生了。有些事，是以后还会发生。

我说，我只对现在有兴趣，对将来没兴趣。

他说，咱们俩要是在一起，你就会对现在和将来都有兴趣。

我说，也许，会变成对现在和将来，都没兴趣。

那一天，我们谈得很投缘。但第二天一醒来，我就把他忘了。我承认自己是一个水性杨花的女人，我不是为了钱，是因了自己的情绪，会对一个人充满热爱或是厌恶。我会在灯光下喜欢一个人，但在阳光下，对他毫无感情。或者只在某一个季节，同某一个男人交往。因为只有他，才能在这个特定的季节里，散发出特殊的香气，引我欢心。

副总不断打电话来，问我是否戒了毒。

我一直说，戒了。

我不是想骗他。我真的很愿戒毒，但毒已深入血液。

我终于知道，英姊给我的海洛因，并没有变，叛变的是我的身体。海洛因，再也无法诱发出那种无限美妙的感受了，但我更离不开它。它是一个魔鬼，和我的身体达成协议，每隔几个小时，就得由它来滋补一番。用滋补这个词，不一定对，应该换一个更邪恶凶残的词，但我脑子木了，一时找不到。如果你胆敢到时不理睬，它就在顷刻之间，杀你个人仰马翻。那种痛苦，非亲身体验，谁也形容不出。

太可怕了，毒瘾发作起来，犹如在地狱的油锅里煎炸。千百条毒蛇嘶嘶冒着气，把你撕成碎片。上天无路，入地无门，只有用海洛因救命。要不然，你就会毫不犹豫地用刀，了断自己的性命。

刚开始的时候，我试着和它作对，自己减量。这事在某一个界限之前，好像并不很难。可一旦超过某个特定的杠杠，它就像一个苏醒过来的吸血怪物，张牙舞爪地扑过来。我只有屈服。

我很生自己的气，换了一招。明知要犯瘾，硬扛着不吸。这时我家里已经知道了这件事，父母气得发疯。我相信，要是让我妈重新选择，她肯定把我在摇篮里掐死，而不让我丢人现眼地活着。我让保姆把我绑在床上，旁边搁了一些食物和水，就把她赶走了。家里人若在旁边，一定忍不住看我受苦，会把我放出来，前功尽弃。

刚开始，一切还好，我想熬过七八天，就重新投胎做人了。没想到，我连24小时也没熬过去，就把铁床拽动，挣扎着到了电话旁，拨响了英姊的电话。

快快，救我！我说。

英姊说，我知道你现在做什么。这些天不来找我，对你是好事。我成全你吧，不去了。你忍忍，百忍成金，就好了。

我咬牙切齿地说，英姊，你不给我，我找别人也要得到。等我过了这个劲，看我不雇两个打手，先奸再杀！

英姊说，你若吸别人的粉，我还真不放心。他们的量不准，一下就能要了你的命。等着我吧。

英姊就来了。几分钟后，一切不适就烟消云散。我说，英姊，我好恨你。

她说，恩将仇报。我是出售快乐的商人。

我看着刚用完的粉红卫生纸，又说起包装问题。英姊说，我不吸，所以不知它不好用。

我很惊讶，你卖这个，自己怎么不吸？

她说，一个好的毒贩子，特别是大毒枭，自己都是不吸毒的。那玩艺毒性太大了，一吸上，再不想做任何事。贩毒是提着脑袋干的事，时刻都得像猎犬一般保持清醒，哪里能吸毒？再说了，像你这样的顾客，还得送货上门，随叫随到。我若是一次不到，到了手的生意，就可能飞了。当然有些人，吸得穷了，买不起粉，就靠贩毒，养活自己吸。这种人，多半干不长。要么自己吸死了算，要么干得不利落，叫警察给端了。这行里，最瞧不起这种小角色，成事不足，败事有余。

我听得心惊。正说着，英姊的 BP 机又响了。她看了一眼说，老主顾了，也和你一样，自己试着戒毒。我要是吸毒，要么就不戒，索性吸它个痛快，一死方休。要么就到戒毒医院，彻底地戒了。省得这样半死不活，多了无数苦痛，一点用也不顶。

我说，像你这样鼓吹戒毒的毒贩子，大约不多。你就不怕砸了自己的生意？

她微微一笑说，我从来都是给人讲清吸毒的害处，然后，爱吸不吸，咎由自取。这玩艺，害的人太多，我怕百年后，冤鬼索我魂魄，丑话说在前头，没人能怨我。

我想了一下。真的，我怨不得英姊，这条路是我自己选的。谁也没拿手枪逼过我。

第十五节

庄羽的故事，虽没她预告的那样吸引人，范青稞头一回听到，也是震惊得很。但惦记着简方宁招呼她的事，时时心不在焉，又不好贸然打断。想那庄羽喜怒无常，正讲在兴头上，此时你不听，以后想听她却不一定爱说了。

正左右为难，到外面周游的支远，突然进屋来说，庄羽，住在这儿，又瞎又聋，活把人憋死！有一件宝贝，在……见庄羽和范青稞聊得热火朝天，后半句话咽了回去。

范青稞抓住机会，忙打岔，你俩说悄悄话吧，我到院长那儿去一趟，谁让咱的小命攥人家手里呢？耽误时间长了，得罪不起，再说打探0号的事，和咱几个都有关系。

庄羽一扬手说，甭解释那么多，快去快回，我还没说完呢。然后和支远的脑袋，凑到一处嘀咕去了。

范青稞问一个大眼睛护士，院长室在哪里？她看见护士挂在胸前的牌牌上写着：职务——护士。姓名——甲子立夏。

一个奇怪的名字。

院长室不可随便去。甲子立夏说。

这个，我知道。不是随便去的，是院长叫我去，我才去的……范青稞原也是个口齿清楚的人，但到了戒毒医院，以一个吸毒者的身份出现，凭空矮下去，人自觉猥琐，说话也低三下四。

简方宁的名字，就像海龙王的避水神珠，劈开一条坦道。甲子立夏的脸上有了笑容，一指甬道尾端，说，请一直走，到了头向左拐第二个门就是。

范青稞刚想说谢谢你，立刻咬住了自己的舌头，把这句文明用语扼杀掉。

院长室的玻璃牌子，晶莹地挂在门框侧上方，给人一种久违的宁静与舒畅。

范青稞敲门。

屋内细碎的声音，好像在掩藏什么东西。范青稞又敲。

门开了，简方宁端庄地出现在门内。范青稞一个箭步跃进门，紧紧地抱住简方宁，一时百感交集。

喂喂，你这是怎么啦？好像不是住了一次我的医院，而是流放了一回西伯利亚，这么凄凄惨惨还学会了西方礼节，来一拥抱，吓我一大跳。虽是约了你，可你这一身病号打扮，进门就扑过来，实在让人心惊肉跳，我还以为病人挑衅行凶呢！你看，把我儿子吓得躲起来了。含星，出来吧，这人穿着病号衣服，是假的，是妈妈的好朋友，常说起的沈若鱼阿姨。

简方宁说着，从桌子底下，拉出一个瘦弱的小男孩。孩子满面通红地喘着粗气，眼神流露着恐惧。这是简方宁的独生子潘含星。

含星，你好。阿姨同你第一次见面，理应有点见面礼。可惜你妈妈的医院，把我浑身上下，搜得连一个钢镚都没剩下。以后补吧。沈若鱼抚摸着孩子软绵绵的头发，吃了一惊说，好像在发烧？

简方宁说，是啊。要不我昨天怎么也会看望你的。没想到上午，景天星教授同我谈她的研究计划，下午学校老师又打来电话，说孩子病了，要我赶到。一大一小两颗星，把我忙得天旋地转，就顾不上你这条鱼了。别生气。

沈若鱼说，先不说别的，求你再叫我一声。

简方宁笑道，若鱼，你怎么了？才住了一天院，就变得神经兮兮？

沈若鱼仰天说，听你叫我的真名字，太亲切了。看到你，真有地震后埋在土里的人，又被扒出来看到太阳的感觉。虽说只一天，神经已快绷断。

简方宁说，这是一条特殊战壕，没人知道它的阴冷潮湿。

沈若鱼说，连这儿空气，都好像有传染性，我现在张嘴就想骂人。环境是看不见的手，大人多少还有抵抗力，干吗要把含星带来？

简方宁说，你以为我爱带他？他一直在烧，那个真的范青稞说，这孩子体弱，要是抽起来，她可没办法。潘岗出差，这里又一会儿离不开我。吸毒的人，身子都让毒品掏虚了，外头架子还在，内里早已是空壳。戒毒方案，每人不同，都需我亲自决策。用药的剂量，也得我亲自把关。两边都离不开，只好把孩子锁在办公室。你以为他愿来？说这儿都是坏蛋。一有人敲门，就吓得钻桌子，拉都拉不住。

沈若鱼说，知道诸葛亮是怎么死的吧？

简方宁说，事必躬亲，鞠躬尽瘁。不必挎腰鼓跳迪斯科，旁敲侧击，要是能有诸葛亮的死法，我也算善终了。

沈若鱼说，这是什么话？难道断定自己必是凶死？

简方宁说，干了戒毒这一行，就把生死置之度外了。仁义善良之人，能沾染它？什么样的人才贩毒？都是亡命之徒。你戒毒，就是断了很多人的生路、财路。只怕早晚会死在他们手里。

沈若鱼说，方宁，不许你胡说。若不是从病房直接来，手太脏了，我一定捂住你的嘴。还当着孩子，你不怕吓着了他？

含星插嘴道，才吓不着我。我妈妈一天在家讲这话，还教我若是在街上，有人问你是不是叫含星，你一定说，不是不是。要是有人问我，简方宁是不是你的妈妈，你一定要说，简方宁是谁？我根本就不认识她……

沈若鱼鼻子一酸，说，方宁，假若不住到这里来，真不知你受着这样的罪！

简方宁说，别说这些丧气的话了。治病救人，以前体会得还不深，到了这里，才真有拯救他人于水火的自豪感。有时想，以前的观音，大概也是这种心情吧？

沈若鱼叹一口气说，还观音呢，只怕你将来以身殉职，连自己都救不得。

简方宁说，咒我。

沈若鱼说，一咒十年旺。人把最坏的事挂在嘴上，是为了时刻防着。

简方宁顿了顿说，怎么样？

沈若鱼明知故问，什么怎么样？

就是我这个医院啊。

沈若鱼说，刚一天，能说出多少？只见你威望挺高的，都看你脸色行事。

简方宁解释道，你说我大权独揽？医院创建时间短，其他医生经验不足，要是不该死的死了，坏名声就出去了。医院也像老字号，创牌子不易。

沈若鱼说，我和滕医生聊了半夜，长不少见识。

简方宁说，他是挺用功的。

沈若鱼说，看你傲的，评论一个白发苍苍的老人，像在说一个小学生的作业。我看他的经验很丰富，只怕你还要拜他做先生呢。

简方宁说，要说别的，我还真得向他学习。人家当了一辈子的医生，见过的病人，只怕比我见到的好人都多。但要讲戒毒，他不如我。我是景天星先生的关门弟子，得她理论真传。我实践经验多，位置在这儿摆着，顶在火线上。他只在门诊上接病人，晚上值班，做些一般性的处理。滕医生是纸上谈兵的元帅，我是亲临前线的指挥官。

沈若鱼说，单是他的白发，就叫人生出无限信任。

简方宁说，作为经验科学，白发常常是医疗质量保证书。但戒毒医学是个例外。解放了，前三十多年我们是没有毒品的，医学院的学生，根本就不知道毒品知识，医院里也没有懂戒毒的医生和必要的药品。举国上下，几乎是在毫无准备的情况下，面对毒品的大举入侵，仓促迎战。像雨后的毒蘑菇一样，冒出了成千上万的瘾君子，靠谁来戒毒？如何诊断？何种治疗？怎么预防？所有的人都会说，找医生啊！学问和经验不是从天上掉下来的。培养一个好医生，需要多少时间？多少金钱？多少勤奋的汗水和献身的精神？多少心血和才智的付出？最后还需要一种必不可少的元素，那就是多少病人的生命溶在其中……滕医生他们很多人都是从别的科半路改行。这个过程，脱胎换骨相当痛苦。再有就是刚从医学院毕业的硕士博士，热情高但经验不足。

沈若鱼插话道，比如蔡医生，实在是太年轻了。幸亏我是假的，若是真的，哪能放心？你们医院独一份，医生叫什么大爷大妈，满口江湖气。

简方宁说，病人信口乱叫，纠正了几次，也不顶事。这里的病人特难缠，也只得由他们去了。只是不准叫我。

沈若鱼好奇道，不知您芳名若何？

简方宁说，难听着呢。不告诉你。

沈若鱼说，这有何难？我只要向病人一打听，就大白天下。

简方宁只得苦着脸如实相告，他们叫我老太太。

沈若鱼大笑道，你一点都不老嘛！想想又说，我知道了，这是尊称，和老佛爷一个意思。不过这比"孟妈"好听得多。不知怎的，我一叫孟妈，就想起了"猛犸"，一种獠牙很长的原始象。

简方宁说，你见到她了？

沈若鱼说，态度蛮好的，特爱说话。

简方宁说，她是别的医院退休的大夫，返聘到我这里，人很热情，业务却生疏。

沈若鱼想起来又说，要说老太太，你这里名副其实有一个，就是发饭的护工。我看她岁数真是不小了。

简方宁说，可别小看，老太太当护士的时候，只怕你我还没出生呢。若想知道故事，她可是话匣子。你看我这支队伍，老的老，小的小，我不在前面堵枪眼，哪里放心得下？我夜里常从梦中惊醒，梦到病人死了，心跳得快从眼眶飞出去。伸手就给夜班护士挂电话，人家说一切如常，这才把脑袋在枕头上摆平，但再也睡不着了。潘岗老发火，说我干这活儿，不单自己倒霉，全家都要折阳寿。

沈若鱼说，你若真治好了吸毒的人，胜造浮屠。

简方宁说，你在病房里，跟他们聊天，感受如何？

沈若鱼说，只同一个人说了话，最深的印象是，真够能说的。

简方宁一下笑起来说，吸毒的病人，手无缚鸡之力，却是属铁锅里的鸭子，哪儿都煮烂了，只剩一张硬嘴。只要有人听，他们海阔天空，侃得真魂出窍。只是你要小心，不要被他们骗了。

沈若鱼惊道，骗我什么？我被你们搜身，现在是彻底的无产者，分文皆无。

简方宁道，骗钱只是一方面。他们伪造历史，夸大事实，满嘴说谎。把自己的以前形容得非常纯洁，把自己吸毒描述得多么无辜。吹嘘自己有多少钱财，渲染曾得多少才子佳人围追堵截……整天泡在谎言里，把骗人当快餐。

沈若鱼拍着额头说，我听得那么像真的。

她急急想把庄羽的故事复述一遍，以辨良莠。

简方宁堵起耳朵说，我不听。每个吸毒者，都有一篇精彩故事。

你有耐心，可以撰一本新聊斋。卖淫的女人，都有一个天真无邪的妹妹，需她养活上学。杀人越货的匪徒，必有80多岁的瞎眼老母，等他带饭回家。我没心思听故事，需要的是特效药物和疗法，把他们拯救出来。

沈若鱼自语道，不完全是假的吧？人编假话，总要有目的。我在这里的身份，不过是个病人，骗我何益？

简方宁说，也许，以你的身份和吸毒者交谈，能听到一些真话。只要你愿听，他们语言生动，甚至妙语连珠。只怕脏话连篇，听完了要洗耳朵。我会关照，尽量为你提供方便。

沈若鱼说，脏话我会消毒，要是听一大堆谎话，就很无聊。

简方宁说，锻炼吧。什么时候你能听出他们哪些是谎话，哪些是真话，就算在这里毕业了。

沈若鱼说，我可不想打持久战。好奇心满足了，我想回家，回到正常人的生活里去。

简方宁说，来去自由。只是刚在这里呆了一天，就想打退堂鼓了？你也不怕对不起你交给医院的那一大笔保证金？

沈若鱼说，你说这个，想起一件要事，得给我家先生打一个电话。昨晚经栗秋小姐指点，才知只你屋有唯一的通道与外界联系。

简方宁道，其实还有一条外线，藏在护士办公室隐蔽的地方。她们不愿得罪病人，就把所有棘手的事，一股脑推到我身上。

沈若鱼拨了先生的电话。忙音。本想同简方宁接着说话，但情绪已进入了渴望同先生讲话的氛围，就不想变换了。刚才忙着与简方宁久别重逢，没有仔细打量被庄羽称作"闺房"的院长办公室，趁机补上。

一间相当大的房子，雪白的墙壁，洋溢森然的冷意。墙上什么也没挂，好像白色洞穴。高低不同的书柜里，摆着各种医学书。写字台的颜色与书柜也不协调，好像是胡乱凑起来的。当然，不管多么陈旧，一切都极整洁。

唯一露出"闺房"气味的，是窗台上摆着一只生理盐水瓶，虽是空的，瓶底却粘着一瓣枯萎的花叶，可以想象出瓶里曾经插过鲜花。它犹如整座房间的眼睛，使人判定出这是女人的房间。

你插花啊？

是。

病人送的？

我从来不接受病人的礼物。

假如是真心呢？

那也不收。我分得清人体心脏的每一片瓣膜的开关方向，但我分不清送礼者的心。

久久的沉默。

沈若鱼又拨电话。这一次通了。

你在哪儿？先生透出无限关切。

我就在我该在的地方啊。沈若鱼若无其事地说。越是当着朋友，她越要显出夫妻间平淡。

我还以为你迷途知返了呢。先生揶揄。

我还以为家书抵万金呢。没想到这么打击你，那我就收线了。沈若鱼把手指安在压簧上，准备先生一答话，就一把压下，抢个主动。往常他们在家拌嘴，谁要率先离家，嘭的一声关上门，谁就是胜利者。留下那个原地不动的人，怅怅地发呆。

不想先生忙说，鉴于你执迷不悟，我就告诉你，我找了一些有关毒品的小资料。原本预计你若悬崖勒马，我就秘而不宣了。你越陷越深，就助你作个参考。若不赶快贡献，你学问见长后，没准还不屑一顾了。不过你也别估计太高，都是公开资料，科普性质。和你朋友那种高、精、尖的学术机密，不可同日而语。

想不到你外紧内松，谢谢啦。我一天呆在院里闲得无聊，你赶快给我带来啊。沈若鱼高兴地说。

往哪儿给你带？要不是守株待兔等来了这个电话，上下求索，也找不到你。先生牢骚满腹。

简方宁虽然只听到了沈若鱼的话，内容也推断差不多。示意沈若鱼把话筒给她，说，就把东西带到我家吧。我是简方宁，地址是……若鱼在我这里，你就放心吧。

先生道，我就把若鱼托付给你了。

放下电话，简方宁说，你先生跟临终嘱咐似的。

沈若鱼不好意思，忙转移话题说，我听吸毒的人讲，刚接触毒品，美妙极了，犹如天堂。不知那到底是一种怎样的感觉？

简方宁说，我说不清。

沈若鱼说，连这个都不知道，还称什么专家！

简方宁驳道，航天飞机制造者，并没有坐在"挑战者"号里凌空爆炸，他们就没有资格研究太空了？

沈若鱼说，一大一小，可比性不足。你若身感神受，也许会更权威。

简方宁说，只怕我没在医学上有什么建树，先成了人所不齿的大烟鬼。

沈若鱼说，那么危险？仅一次，又能若何？你不曾知道梨子的滋味，就要变革梨子吗？

简方宁上下打量着她，说，若鱼，不是我吓唬你，你这种性格，若是个普通人，很可能就吸了毒。很多人不曾吸毒，并不是因为洁身自好，只是在他一生，从来没机会接触毒品。如果万事俱备，难免不误入歧途。

沈若鱼说，危言耸听。

简方宁说，可惜世上的规律，往往是一种残暴的事实，扼杀一个美丽的想象。

沈若鱼说，请详细讲。

简方宁说，我给你讲一个故事。

沈若鱼说，到处都是故事。

简方宁说，故事只是一种习惯称呼，这是真事。一个很有才华的医生，以前在学术会议上初见他，风流倜傥侃侃而谈，颇有傲视群雄的意思。戒毒是中国的新兴学科，容易出成果。有时候，某一个人的脚步到什么地方，就意味着这门科学走到什么地方。在东方人种中，大规模地研究探索戒毒的规律，是一项创举。他说过，有一天，谁若攻克了戒毒，不但会获得诺贝尔医学奖，还会获得诺贝尔和平奖，因为毒品引发的战争太多了。

他决心干出名堂，想到了神农尝百草。既然我们的祖先可以以身试药，今天的医生，为什么不能以身试毒？他没宣布他的计划，要是有人捷足先登，第一个品尝螃蟹的人就不是他了。一切都是秘密的，深夜开始实验。他在记录本的扉页上写道，这是一个伟大的时刻，我自愿地为了人类的彻底幸福，做一个窃得火种的人，哪怕在这个过程中，将自己焚为灰烬。

他开始吸毒，手法很不熟练。吸毒也要有一套技巧，才能让最少的毒品，发挥最大的效力。他只是道听途说，一切暗中摸索。幸好，也不是什么高难动作，他自学成才了。

某时某刻，他写道：开始点燃。吸入海洛因烟雾。恶心、头昏、全身无力、思睡。注意力不集中，视物不清。伴有呕吐……

沈若鱼打断说，哎，不对啊，我听庄羽说，不是这种感受。

简方宁说，阿片是千面妖魔，每个人开始的反应，都不一样。根据美国的统计，一生当中至少吸食过一次毒品的人，大约有7200万人。但最后成为隐君子的，不过1200多万。你说，这意味着什么？

沈若鱼道，说明很多人尝试一次之后，再也不吸了。

对啊。这样说，好像鼓励大家可以试一试毒品，罪过大了。但我觉得，科学态度最重要。确有许多人，吸了一次毒品之后，再也不肯染指。也未必就是他们的觉悟有多高，毅力有多强，只是毒品没有给他们以想象中的快乐。他们满足了自己的好奇心以后，就此洗手不干了。

沈若鱼说，为什么人与人之间的差别，这样大？

简方宁说，这正是一个在生理上和心理上都极为重要的问题。也许，它将带来戒毒理论和实践划时代的革命。

沈若鱼说，先甭管以后的事。那医生怎么样了？

简方宁说，看来医生的生理结构，属于对毒品不是第一次就上瘾的那种人。要是普通人，就此拉倒了。但他有敬业精神，忍受着毒品带来的严重不适，接着实验下去。

第二天，他又开始了重复的操作。这回，熟练些了。点燃……吸入……他随之记录着，某时某刻，无特殊不适，但也无明显欣快感……如果此刻停止危险的探索，还来得及。但年轻医生是固执勇敢的人，敏感地意识到，他的身体，已经同毒品达成了某种妥协，证据是他不再那么难受了。只要坚持下去，也许有质的变化，希望就在前面，成功在招手。第三天，他轻车熟路。事情果然按照预料发展，他的笔急速地在纸上移动：某时某刻，吸入……全身发红，皮肤有一种奇异的痒感，约30秒钟后消失，伴以温暖的松弛状态，烦恼忧虑一扫而空，血液中燃起一种微妙的火焰，可以毫无倦意地从事重度长久持续的体力和脑力劳动，自感有用不完的劲。强烈的优越感……大约 4 小时后，渐渐消失……在第四天的记录里，他写着，我的大脑，接受到众多模糊而色彩鲜明的信号，热烈而欣快。视觉变形，看到诺贝尔奖章自天而降，是巨大的海星形状，放射金色火焰，万丈霞光波涛起伏……有怪兽出没，鲸鱼在打滚，我已是金刚不坏之体……第五次的记录只有两个字：成仙……

记录中断了，他自身堕入深渊，无法自救，更谈不到救人。从第四次记录，就不再属于科学，是魔幻与狂想了。一个年轻有为的医生，就这样殉了自己的理想。

不管别人怎样挖苦诬蔑，我还是对他给予深深的敬意。简方宁沉痛地说，他失败了，以自己年轻的生命，证明人的意志，是无法同毒品对抗的。任何企图鸡蛋碰石头的人，都应该在这堵血墙边，停下愚蠢的脚步。

沈若鱼唏嘘叹息，说，方宁，我真的不懂，毒品确实能给人以那么巨大的快乐吗？

简方宁说，真的。

毒品在使用的早期，可以给人以巨大的快乐。

长久以来，我们的科学家和社会学家，我们的研究和宣传者都极力地漠视这一点。一个天大的漏洞。如果不是愚蠢，置铁的事实于不顾，简直就是别有用心。人们大力宣传吸食毒品的痛苦，以为这样就会使好奇者退避三舍。但一样东西，要是从一开始就带给人无上的痛苦，怎么还会有这么大的蛊惑力？难以自圆其说的事，必定引发致命的好奇。年轻人是最好奇的。好奇不是一种坏品质，它是人类进步的阶梯。要是没有好奇，人类至今还爬在树上，披着树叶呢。若鱼，我领着你去看动物实验。简方宁想起什么，话题一转。

一听说动物二字，一直软软瘫在沙发上昏睡的含星，猛地跳起来说，妈妈，我也要去动物园。

简方宁说，你一个小孩子，又有病，不老老实实地躺着，折腾什么？

含星说，你说过了好多次，要带我到动物园去，可你一次没带我去过。上回，我们老师布置作文，题目是：我最喜欢的小动物。我说，我最喜欢猴子了。你说，那你对着电视里的动物世界，写一篇猴子得了。后来，我们老师给我那篇作文打了一个三分，评语是"材料干巴，语言一点都不生动，没有写出猴子的个性"。我哪还记得真的猴子是什么样啊，还是我五岁那年，你带我去过一回动物园，早忘光了。脑子里都是假猴子，除了孙悟空，就是卡通……

小家伙说着眼泪汪汪。

沈若鱼说，得，没想到开成了忆苦会。含星，过两天等阿姨出了院，带你到动物园的猴山，直让你看得浑身长出绿毛来。

含星立时被逗笑，说，绿毛是发了霉，馊了的东西才长的，我要黄色的毛，像猴王那种。

方宁歉疚地说，不麻烦沈阿姨了，我这个星期天就领你去。说到做到。

含星不依，说，就要今天嘛！

方宁说，今天确实不行。妈妈这里是工作的地方，带你来，已是特殊。动物实验室更是闲人免进，哪里能让你一个小孩入内？含星乖，你的病还没好利索，吃了药，好好发汗。

小家伙一脸霜打的可怜模样，不过他很懂事，见完全无望，也不闹了。只是说，你们快点回来啊。看到桌上摆着各色的处方纸，百无聊赖地随手拿了一张，折纸飞机。

嗖——轻捷的小飞机，栽到简方宁手边。

你这个孩子，怎么这么淘气？不知道爱惜东西！简方宁斥责。

沈若鱼打抱不平说，一张处方纸，有什么了不起？用了就用了，一个小孩子，这也不让动，那也不让动，只怕感冒好了，再憋出别的病来。含星，你愿意叠飞机，只管叠。处方你尽管用，阿姨给你做主。

简方宁道，好你个沈若鱼，成了太上皇了。以后我的儿子被惯成了高衙内，送到你家白吃饭。

沈若鱼说，螟蛉义子，你以为我不敢认？

简方宁就说，好儿子，有你沈阿姨给你撑腰，你就叠飞机吧。只是不要用红处方。

含星说，我就要用红处方叠一只能救火的飞机。白的黄的纸，都不好看。

方宁耐心说，白处方是开普通药的，黄处方是开外用药的。只有这红处方，是专开剧毒麻药的，比别的处方更慎重。在这所医院里，一般医生用红处方，只能开出一次的药。只有妈妈一次可以开出很多很多药。红处方主要是妈妈用，你都折了飞机，我用什么呢？

沈若鱼知道处方多的是，简方宁不愿惯孩子，她也只好跟着装傻，不便揭发。

小孩就是好哄，把红处方搁下，独自看书。

沈若鱼说，你这儿用药的规矩还挺严？

简方宁说，不是我的规矩，是国家的规矩。这里用的药，都是可以置人于死地的。比如三唑仑，一瓶吃下去，神仙也无救。

沈若鱼说，三座轮，药名真好听。三座轮船，不知驶向何方？

简方宁说，爱给药起外号，你和他们一样。

沈若鱼说，他们是谁？

简方宁说，吸毒者。他们管吸毒叫"打板"、"走飞"、"追龙"、"扎飘"……国外也是这样，毒瘾发作叫"旅程"，觉得味道不对，不舒服，就叫"怪感"。单是那些毒品的名称，就琳琅满目，叫你眼花缭乱。品种有"樱桃尖"、"紫雾"、"蓝色喝彩"、"黑蛋"、"歌星"、"快活豆"……

沈若鱼说，听得我口水都淌出来了，好像到了小吃店。瞧你如数家珍的模样，简直像黑道上的毒贩子。

简方宁说，干什么吆喝什么。知己知彼，方能百战不殆。我干的是戒毒，要是连这都搞不清，不是敌情不明吗？不过，黄种人与白种人体质有差异，国人还是更爱传统的鸦片和海洛因。

沈若鱼看着含星不断转动的小脑瓜，说，当着孩子说这些，合适吗？不觉得少儿不宜？

方宁说，树欲静，风不止。不说根本不可能，每天晚上我家的电话都像开了锅，医生处理不了的病例，都得我电话遥控。孩子对毒品的知识，绝不在一个成人之下。再说，我真是怕有人给他暗中下毒，所以从来不让他在外面吃生人给的东西，喝生人给的饮料。现在的孩子，你让他干什么，都得说清了理由，要不，他才不听你的呢。瞒也瞒不周全，索性抖落个明白。

一场鸦片战争，是国耻，一种植物的汁液，涂在一个古老民族的脸上，让它忍受了太多的屈辱。我们讲反抗，却不爱讲鸦片究竟是怎么回事。鸦片是会卷土重来的啊！鸦片毒害了那么多年，焉知我们的血液里，就没有死灰复燃的因子流动？有时在大街上，我看到花枝招展的女孩，就想走上前问她，小姐，你知道鸦片是怎么回事吗？她一定会以为我精神有毛病，但可以断定，她不懂得毒品的危害。以前中国被叫做"东亚病夫"，鸦片是大罪魁。没准这姑娘的爷爷或是太爷爷，就是一个烟鬼呢！既然是病，就可以遗传，可以复发，我们有什么理由讳疾忌医呢？

沈若鱼说，方宁，我看你应该去大学做个报告。

简方宁说，你以为我不敢？可惜没人请。难得碰上懂我的人，话匣子一打开，就收不住了。好，咱们上动物实验室去吧。

含星自知没份儿，也不再纠缠。

沈若鱼说，在哪里？

不远。

但我这一身病人装束，进得了实验室？

你换上我的衣服。简方宁说着，打开书柜的下层木门，抽出几件衣裳，质地式样都不错。

沈若鱼一边换衣一边说，看你平日挺朴素，想不到金屋藏娇。

简方宁说，从部队回来，一无所有。最慢的有时就是最快的，什么都现买，当然新潮。别的女人，好衣服都藏在家里。我就这么几件行头，全在办公室。出席会议，或是有客来，随时披挂。两人说笑着，打扮齐整。刚要开门走，沈若鱼说，还有一事。

简方宁说，怎么这么啰嗦？

沈若鱼说，你忘了？我不是自由身。要是一会儿病房里找起我来，会报失踪案。

简方宁说，疏忽了。你是模范病员，待我给护士长打个电话，就说你一直在我这里，其他的，她自会安排了。保证你回来后，不会追查你的下落。

沈若鱼答，谢谢院长关怀。

简方宁又叮咛了含星几句，两人从院长室的另一扇门，走出去。

第十六节

出了院长室直行，沿普通楼梯，顺梯而下，经检验科，从另一道门到了楼外。

又看到灰蓝的天，闻到充满寒意的空气，真有枯木逢春之感。沈若鱼激动不已。你这楼，像碉堡，正面三道铁门，强攻很困难。但要从院长室这个方向朝里攻打，就手到擒来了。她对简方宁说。

你这人，居心不良。我把所有的秘密都暴露给你，你却打着颠覆我的主意。

沈若鱼说，我是为你着想。病房内封闭很严，自是利于管理。如果着了火呢？大家往哪里跑？所有的窗棂都钉了铁条，哪怕谁有勇气跳楼，一时半会也撬不开。要是烧死烧残个把病人，你这个当院长的，就算不必偿命，也少不了来个玩忽职守罪。

简方宁沉思道，我应该重视你的建议。

走出院外的铁篱笆，明晃晃的阳光，耀得人睁不开眼。好一会儿，沈若鱼才适应了室外的强烈光线。你这医院够阔的，居然还建有动物实验室？她说。

简方宁说，我哪有这么大的谱儿？是景天星教授科研的一亩三分地。

沈若鱼说，实在想不通，动物实验和人有多大关系？

简方宁说，科盲。

沈若鱼脸上不悦，简方宁赶紧解释说，我刚来时，想法也跟你差不多。时间长了，才觉得动物世界好。它们没思想，不会说谎，简单诚实，无遮无拦，好像假分数约分简化，一切变得单纯明朗。在人间看不清楚的问题，到了动物那儿，一目了然。

沈若鱼说，真有那么神奇？举个例子。

比如印度的狼孩，就说明母爱没有什么了不起的，不过是凶残的动物都可以具有的一种本能，不必将它吹捧得那么高尚。

沈若鱼说，材料老了些，再说狼孩是在大自然中偶然发现的，和实验室没什么关系。

简方宁说，好，举个笼子里的例子。先问你一个非动物世界的问题，比如卖淫，你说实质是什么？

沈若鱼说，是社会问题。男女不平等，剥削压迫贫穷，等等。我也不详细说了，反正你知道我掌握了这个问题的实质就是。

简方宁说，在动物实验里，你可以看到类似的现象……

沈若鱼打断说，你们的动物实验也够腌臜的，什么不可实验，却非实验这个？它们怎么表示意愿？有货币吗？能明码标价吗？

简方宁说，也不是特意设计的，只是在观察中偶然发现。

笼子里关着一只公猴一只母猴，已经狠狠饿了它们一段时间。这当然比较残忍了，但要观察在饥饿状态下的各种反应，和突然进食以后身体各种机能的改变，还有试验某种新型药物的效果，都只有在极端情况下，从动物身上取得第一手的资料。有人会说，挨饿的人多得很，还不如在人身上试验呢！那是杀人。日军731部队就是那种魔王。当时也有科学家参与了这一卑鄙行径，就是残忍地想获取人体数据。实验人员来了，把可怜的一点面包屑洒在地上，两只猴就上来抢。猴子是灵长类的动物，不愧万灵之长，立即判断出，这点东西要想让双方都填满肚子，绝对不够，最多只能让一只猴吃个半饱。雄猴力量大，当然比较占优势，它用身子霸占了所有洒了面包屑的领地，开始贪婪地吞吃。雌猴一看，形势对自己极为不利，大部分食物，失之交臂。它略略思索了一下，也就几秒钟吧，你很难说它在这段时间里进行了复杂的权衡，至多是查阅了大脑里的潜意识记录，瞧瞧无数同性祖先在遇到这种境况时的应对措施。

一种血液中遗传的法则，开始指挥它的行为。它放弃了正面与雄猴竞争面包屑的努力，连自己原有的地盘也弃之不顾，悠然地踱步到一边去了。雄猴很高兴，它安心了，自己可以没有后顾之忧地吃个痛快。

雄猴又老又丑，雌猴正是青春年少。刚把它们两个关在一起的时候，雄猴流露过求偶的意思。但是雌猴根本就不搭理它，保持十分骄傲的神态。它心里也许在想，哼，还想做我孩子的父亲，你老得足可做祖父了。雄猴便讪讪地知难而退。但面包屑使形势发生了微妙变化。雌猴从一旁绕到雄猴的正前方，笼子比较小，它几乎要贴到雄猴身上了。雄猴依然全神贯注地盯着它的面包屑，预备美餐一顿。它突然从香喷喷的面包味里，嗅到了一种奇异的撩拨气味，鼻翼猛烈地抽动起来，一种久违了的疯狂开始激荡……那只一直很鄙视它的母猴，背转着身，自动露出红红的臀部，做出渴望性交的姿态，为了吸引雄猴的注意，它还轻轻地晃动着身体。由于本能，在危险中生活的动物，对移动的物体，更易倾泻注意力。雄猴的欲望被点燃，饥饿的胃和同样饥饿的性器，在雄猴体内厮杀。血糖还没低到昏厥的地步，雄猴立刻从面包屑上挺起身，被雌猴放荡的臀部所吸引，奋勇扑去，迫不及待地开始了性活动。

雌猴慢慢地运动身躯，将自己的位置调整到既可以满足雄猴的性交要求，又可以比较从容地收获地上的面包屑……它镇定地拖延着性活动的时间，以最大限度地填满自己的肚子。这说明对于雄性动物来说，性高于食。对于雌性，食高于性。

沈若鱼一时语塞，这实在太出乎她的常识范围。

所以娼妓是一种兽性的选择。简方宁说。

例子太特殊了，猴子也太像人了。它使人类感到羞愧。沈若鱼说。

人类起码不该在动物面前那样趾高气扬。我再给你举一个低等动物的例子吧——老鼠。其实它也不是低等动物，只是想象中，它和人的血缘关系比较远罢了。

实验室里养了一群鼠。不是笼养，是散布在一块相当广大的区域内，尽量模仿它们正常的生存环境，完全自由活动，感觉不到丝毫外界的干涉。当然，它们处在严密监视之下，不过这种监视很高明。

老鼠每天都在为觅食奔忙。说起来老鼠很软弱，没什么杀戮吼叫的手段，也无法以别的动物充饥，生存的唯一办法就是不断寻找食物、繁衍后代。和它类似的小动物，比如鸡、鸭、兔，都没法自力更生活下去。若是放养，不是被捕杀吃掉，就是冻饿而死。除了被人类招安，改造成家禽，再无出路。只有爷爷不疼姥姥不爱的鼠，依靠自己非凡的觅食力和繁殖力，加上天赐的警觉与多疑，才在人类的枕头边，像化石一般保存下来，生机盎然地繁衍无尽子孙。

看看老鼠，也许能更深刻地认识人类自身。在鼠的活动区域内，布置少量的食物，需要鼠进行艰苦的努力，才能到手。鼠实在是很勤劳，当然这是把别人的食品，搬回自己家，也算成一种劳动。实验人员先是摆放同一种食品，比如花生，**数量渐渐增多**，最后多到简直堆满了鼠穴的洞口，也就是说，只要鼠满足于吃花生，它们只要伸出脖子，就可以吃得饱饱的。结果呢？鼠很快就对花生失去了兴趣，依然到远方去寻找新的食物。实验人员又在边缘地方，仔细藏下了大豆。鼠四处寻觅，发现了大豆，开始不避艰险地到处找大豆吃。实验人员马上天罗地网摆下大豆，结果鼠立刻对大豆失去兴趣，开始到更远的地方去找大米吃了……

这是一条无穷无尽的食物寻找链。实验人员发现，鼠在两种情况下，疯狂地寻找食物。一是饥饿威胁生命，遭到极大危险时。这种情况好理解。还有一种——它的生活极端优裕，储存了大量的食品，没有任何压力，它就会放弃已获得的食品，饶有兴趣地去探索新的却并不是更好的食物。也就是说，它们永远相信，不容易到手的稀少东西，才是最好的。这就是动物觅食中带有普遍意义的规律——当食物密度达到一定程度时，动物就放弃它，转而去搜索其他密度较低的食物。

沈若鱼说，真吃力，好不容易听个半懂。你的意思是说，动物的属性就是什么东西一多了，就不吃了，偏要去吃那罕见的。是在影射公款吃喝吗？

简方宁说，比那要更举一反三。在青海高原的草场上，生活着一种像兔又像鼠的鼠兔，漫山皆是。身有半尺长，胖乎乎的，耳朵小而圆，尾巴缩成一个小球。见有人来，它就像兔子似的立起来，鞠躬作揖。跑得不快，也不怕人。要想活捉它，很容易。

一个广东人，习惯吃鼠的。丰富的鼠兔资源，在他眼里，立刻就成了一盘盘红烧的肉和一箱箱的野生肉罐头。欣喜之余也心怀疑虑，这么多活动着的蛋白质山珍，怎么没人拿它卖钱呢？会不会有毒？

他问当地一位100岁的老者。据说老人很有智慧，听得懂鸟语兽言。

老人家，鼠兔能吃吗？

能吃。老人看着远方说。

能吃，为什么就没人吃呢？吃了会不会死？您可不要骗人啊。广东人多疑地说。

天下能吃的东西多了。人是高贵的，并不是什么都吃，比如蝇蛆，你吃了并不会死，但你为什么不吃呢？老人看着天上的白云说。

广东人本想辩解，他们那里经过特制的蛆，也是可以吃的，但一想，这样一个山野中人，跟他讲话，有秀才遇见兵的感觉，枉费口舌。

100岁的老人自顾自地说话，小伙子……

老人把所有比他小的人，都叫小伙子，哪怕人家已经80多岁了，照叫不误。小伙子，我小的时候，天比现在要蓝，水比现在要清。鼠兔也比现在要多。鼠兔不好吃，上古的时候，先人们，把天上地下水里，所有能吃的东西，都吃过了。他们筛出了几种好吃的大动物，就是猪、牛、羊、马，把它们养在家里，就成了家畜，肥了吃它们的肉。让牛马干活，那是看它们那么大的个子，闲着也是闲着，随便试试的。没想到，一试，它们干得挺好，就这么延续下来了。古人们还筛出了几种小动物，就是鸡、鸭、鹅什么的，也养在家里，就成了家禽。长大了也吃它们的肉。要说下蛋，那也是养着养着才发现的好处，渐渐地让它们又能吃肉又能下蛋。剩下所有动物的肉，都不好吃。有些人说好吃，是因为少，别人吃不上，他自己吃上了，就瞎说。什么都吃的人，不是人。他们在变成人的路上，只走了一半。动物有病。鸡有鸡瘟，鼠有鼠疫，狗有狂犬，鸟有鹦鹉热……人这么仔细地保养着自己，还不断有病呢。三个人里面，最少有两个人，有这样那样的病。动物在野地里跑着，没有医生，没有药，它们的病就更多了。只是它们不会说话，没人知道。小伙子，记住，人不要什么都吃，什么都去试。有些东西是不能吃的，祖宗吃过了。有些东西是不能试的，祖宗试过了。试了，吃了，会死会死……

沈若鱼直听得脊背发凉，说，方宁，你别说了。那老头是天上的星宿。

两人很沉默地走了一会儿，到了一栋雪白的楼前。动物实验楼的牌子，很大很壮观。

沈若鱼说，呵，够豪华的。想多少天下寒士，还没有大庇俱欢颜。

简方宁说，你的意思，动物应该野外放牧？那怎么观察？怎么记录？它们不是一般的动物，是人类的朋友。你不好好待它，让它饥寒交迫，它就给你提供错误的数据，让你付出血的代价。

沈若鱼说，恕我孤陋寡闻。

进楼的时候，进行了很严格的登记。简方宁指着沈若鱼对警卫说，这位是来访问的学者。

警卫恭敬地点了点头。

沈若鱼说，你撒谎还挺像。

简方宁说，绝对的诚实，在任何时候都不可取。这不过是一个良性的谎言，比起你的范青稞来，小巫也。

两人相视一笑。

整个大楼里十分安静，沈若鱼不由得压低声音说，怎么没什么动静呢？这里的动物跟别地动物一样吗？你们没把动物的声带切断吧？

简方宁说，你不要把这里想象成动物园或是屠宰场，以为鸡犬不宁的。硬要找个比喻，把它想象成大森林或是夜晚的草原，更符合实际。要知道，动物各项指标越正常，获得的资料越有参考意义。要是一种药，只在歇斯底里的猴子身上用过，你敢用吗？

沈若鱼说，我们不会看到一些缺胳膊少腿的猩猩，或者其他残疾动物吧？要是那样，你纸上谈兵告诉我就是了。还是免得亲眼目睹为好。

简方宁说，你怎么这么胆小？我记得在部队演习时，血肉横飞你都不怕，开肠破肚一把好手。

沈若鱼连连说，我不怕人，怕动物。现在是胆小如鼠了。对了，照你刚才说的，鼠也是很有进取心的动物，我连鼠也不如。

两人说着，到达一间实验室。推门进去，不见一人，只见一狗，伏在笼里打盹。听得有人来了，睁开眼睛，见是陌生人，眼神里有了几分警觉。但毕竟是见多识广，只在喉咙深处发了几声呜咽，表示对侵扰清梦的不满，没有更多攻击性的动作。

到底是做过实验的狗。你看这大智若愚的风度，家狗哪儿比得了。沈若鱼啧啧称赞。

简方宁说，你别忙着拍这狗的马屁，对了，该说是狗屁的。你可要看清楚，实验已经开始，这就是著名的巴甫洛夫之狗。

沈若鱼说，想不到，那个已经死了半个多世纪的俄罗斯生理学家，还在你们这里豢养了一条大狗。是嫡传吗？我记得他的标准实验狗，是在狗的腮帮子或是肚子上造一个向外敞开的瘘，然后把进食和音响灯光结合起来，再撤除食物，只给音响或是灯光，看从那瘘管里流出的口水或是胃液，同以前有什么变化……

简方宁说，基本正确。加十分。看来你上学时成绩不错。

沈若鱼说，我是为这个实验的残忍，才记住了它。狗到了巴甫洛夫手里真够倒霉的，在肚子上做手术，已属无奈。吃饭的时候被灯光噪声骚扰，更是不胜其烦。谁承想最后还骗人，对，正确地说是骗狗，虚晃一枪，并不兑现食物，这不是让狗对人，彻底地失望吗！你们实验室这只狗，浑身并无伤，怎也姓了巴甫洛夫？

简方宁说，若鱼，想不到你对这位 1904 年诺贝尔医学和生理学奖金的获得者，如此耿耿于怀。若是在外国，一定是保护动物绿色组织的成员，没准还得到我们实验大楼门前静坐呢。

沈若鱼说，反正我对巴甫洛夫心怀敌意。

简方宁说，不管怎么说，他是一位伟大的科学家，他创立的动物高级神经活动学说，对生理学、心理学和哲学的发展，起了巨大的推动作用。所以人们把凡是应用这一学说进行研究的狗，都称为巴甫洛夫的狗。

沈若鱼说，可怜的狗！

简方宁说，你看清这只狗了吗？

沈若鱼说，第一眼就看清了。

简方宁说，好，那么随我来。

她们轻轻掩上门，到了旁边的一间屋子，一个年轻的戴眼镜的男子，看到简方宁，热情地同她打招呼。

李实验员，麻烦你，还要看一看你的狗。简方宁道出来意。

3 号吗？

是的。简方宁答道。

你们已经看过 3 号了吗？李实验员面向她们两人问道。

看过了。两人一齐回答。

那么，现在就不是看狗，而是看我和狗在一起时的情形了。李实验员说道。

这话听起来很可笑，有一种灰色幽默的味道。但沈若鱼没敢笑，因为简方宁和实验员都一脸严肃，好像这句话充满哲理，没有丝毫可笑。

他们一同走出来。到了那间实验室门前，简方宁问，小李，你和 3 号隔离多长时间了？

李实验员说，有 4 个月了。

简方宁对沈若鱼说，从我们一进门开始，你就观察3号狗见到小李的反应。可要瞪大眼睛啊，实验的全部价值，就在这里。

沈若鱼有些紧张，好像古典魔术中的黑斗篷，就要打开。虽然知道没什么危险，心中还是很紧张。

推门，进得屋来。3号狗电光石火地扫射了他们一眼，认出两个是刚才来的陌生女人，马上把眼光掠过。待看到李实验员，它的两耳尖锐地竖起，全身痉挛，好像被一根凌空的电棍击中，大滴清澈的涎水，绵延不断流下，很快就在实验室的地板上，积起一汪黏液。继而开始反射性的呕吐，一股食浆喷涌而出，刺鼻的酸腐之气，弥漫了整个实验室。

实验员问沈若鱼，您看清楚了吗？

沈若鱼竭力抑制着自己的恶心，头拼命歪向一边，只把嘴咧开一个小缝，含混地说，清楚了。为了能赶快离开这间气味不良的房屋，她一个劲地点头，表示自己什么都看清了。

其实她根本就不知道要看什么。一间空空如也的狗屋，一只普通的剧烈呕吐的狗。

出了房间。简方宁很客气地对李实验员说，谢谢你。让我们看到了这么好的标本。实验很成功啊。

李实验员说，有理论指导，我不过是实践者，做点具体工作就是了。不谢。

大家告辞。

沈若鱼说，3号狗够惨的了，李实验员看起来温文尔雅，暗地里不知给狗下过怎样的毒手。你看那狗，一见他，就像人犯了癫痫，真是可怕。实验员手无寸铁，也未给予任何恐吓，狗就瘫得软泥一般。

简方宁说，若鱼，你真是悟性好。一下子就抓到了问题的实质。李实验员只是在数月之前，给3号狗注射过吗啡，直到它成瘾。然后他就销声匿迹，再也不同狗接触。后来别人又给3号狗进行了脱瘾戒毒治疗，现在狗体内已经没有毒品了。这是用科学仪器反复检测过的，千真万确。但是刚才的情况你已经看到了。3号狗一看到李实验员，它的神经系统立即追忆起以前的情形。在根本就没有给它注射毒品和它的体内已经没有丝毫毒品的情况下，出现了一整套的毒品使用症状。

这说明了什么？简方宁严肃地提问。

说明毒品实在是厉害啊……沈若鱼还没从刚才的震惊中缓过神来。

是啊，毒品的戒断，不仅是复杂的生理过程，更是一个艰巨的心理过程。一旦吸毒，十年戒毒，终生想毒。这就是为什么有的人戒了毒，从化验上看，毒确实排干净了，但是一有了适宜的环境，他们立即故态重萌，开始复吸。吸毒者一旦染上毒瘾，脱离毒魔的诱惑，那是一个终生的工程。据统计，大约有95%以上戒了毒的病人，在不到半年的时间里，又开始复吸……简方宁的脸上满是沧桑之色。不单是对那些吸毒者轻视生命的感叹，也是对自己的工作犹如沙上建塔的悲哀。

沈若鱼说，那还留着这只倒霉的狗，干啥？早早杀了吃狗肉火锅算了，省得一见它，就生晦气。你像推石头上山的西西弗一样，劳而无功，徒费气力。

简方宁说，我再引你去看猴。

沈若鱼说，巴甫洛夫的猴？

简方宁说，这次和巴甫洛夫无关，和幸福与快乐有关。

沈若鱼说，好。看点顺眼的吧，不然心里堵得慌。

她们一齐上了二楼。简方宁也有些日子没来了，连推了几个门都不是，道着歉退出。沈若鱼道，你不会认错了路，领咱们闯进老虎家吧？

简方宁说，害怕了？最多不过是熙熙攘攘的小白鼠，漫山遍野地把你我团团围住。学几声猫叫，也就散开了。

说话间来到一间实验室，简方宁看到了熟人阿风，一个把白色工作帽压得很低的中年女子。

阿风，给我们看看你的猴子，好吗？简方宁说，那口气随便得好像在说：让我看看你新买的衬衫。

好。请随我来。阿风答应得很爽快，在前引路。

精致的铁笼里那只猴子很瘦弱，看不出有多大年纪。眼睛大大的，有一种思索者的悲伤神色。它身上有一条特殊的管子,和药品装置相连。猴爪可操纵一个杠杆。

阿风指点说，猴子在偶然中碰到了杠杆，启动了装置，一针药水就注射进了它的身体。刚开始实验时，给它注射的是吗啡。猴子挨了一针，自然很气愤。它是聪明的动物，开始躲避碰撞杠杆。过了一会儿，爪子不小心，误撞杠杆，它又挨了一针吗啡。

这样几天下来，猴子开始细细地品味自己注射吗啡以后的感受。它感到了从来没有的愉悦，这是一种不可形容的快活感觉。它开始有意识地碰撞杠杆。杠杆很忠实，每碰撞一次，准确地把一个剂量吗啡送进猴子体内。随着时间流逝，猴子对吗啡产生耐受性，以前可以使猴子感到快乐的剂量，已经不起作用了。猴子很快想出了办法，这就是更快更猛烈地撞动杠杆……

现在，吗啡猴模型，已经完成。剩下的步骤，就是看你需要怎样的实验了。阿风结束了她的说明。

沈若鱼好像听明白了，又好像更糊涂了，她说，吗啡猴就是它吗？

不知是一种悲惨的巧合，还是天意，恰在此时，那只笼中的猴子，很肯定地点了一下毛茸茸的头，智慧得令人毛骨悚然。

实验分成哪几种呢？能看到什么？沈若鱼扭着头战战兢兢地问。

阿风说，第一种情况是，如果不加控制，为了得到更大的幸福感，它会持续不断地主动注射，大量吗啡涌入它的体内，直到猴体严重昏迷，再也无法按动杠杆……

第二种情况是，将杠杆与食物和吗啡相连，但按压杠杆，只能得到其中一种补充，按钮上有不同的区域可以控制，猴子很聪明，很快就掌握这种区别。也就是说，在自由选择的情况下，按压一次杠杆，要么得到食品，要么得到吗啡。不可能都得到。当然，在一定的时间内，只能压一次杠杆，再压就没有反应了。

说到这里，阿风抱歉地笑了笑，说很枯燥，是不是？会不会听糊涂了？

沈若鱼看着笼子里的猴子说，很复杂，但是不糊涂。食品和吗啡，鱼和熊掌，不可兼得。

阿风说，完全正确。结果是这样的，即使在极端饥饿的状态下，所有的猴子也都会选择毒品而拒绝食物，直到发生低血糖昏迷……

第三种情况是，假如切断了吗啡的供应，猴子每按压一次杠杆，得到的只是一次生理盐水注射，猴子就会在几个小时之后，出现显著的戒断反应。它会疯狂地按压杠杆，狂暴地冲动着，渴望得到毒品。如果不赶快把盐水撤除，猴子不停地给自己身体里注射水，最后活活淹死。

第四种情况是，猴子每一次压杠杆，都是无效劳动，它什么也得不到。但是为了得到曾经有过的幸福，它绝望地一次又一次地重复着枯燥的动作，毫不气馁，毫不停歇。在一次实验中，那只渴求继续得到毒品的猴子，在一天之内，居然按压了两万多次杠杆，直到力竭而死……

第五种情况是，如果在戒断症状出现后，就开始戒毒治疗，猴子当然就不会死了。但是只要这套注射毒品的装置不撤除，虽然猴子明知按压杠杆，什么也得不到，它们每天仍会执著地按压杠杆，几个月，一年……依然如故，也许终身乐此不疲……

第六种……你们想看哪一种模式？

好不容易阿风说完了，慷慨解囊如数家珍。

沈若鱼耳朵里灌满了各式各样的死法，不由得看看笼子里的猴子。它一直很专注地听着人类讲话，眼睛里忧郁的云翳越来越重，化成冰冷凝固的一团，注视着人。

太可怕了。

你们这里的猴子是不是听得懂人话？沈若鱼不由得问。

哪能？那它就变成妖精了。阿风打趣地说。

但沈若鱼坚信，这里的猴子经历过大悲大苦的磨难，一定早已洞察人的心灵。

若鱼，你说话啊，到底看什么，阿风在等你回答呢。简方宁见她久久愣在那里，催促。

咱们走吧，我什么也不看了。沈若鱼回答。

那只猴子长长地叹了一口气。沈若鱼浑身发凉。她第一次知道，猴子的叹息，同人类是那样相同。

看看吧，印象深刻。阿风再三相邀，好像好客的主人一定要把自家最好的特产送给大家。

你说得如同电影，已经不需要再看了。沈若鱼道过谢，坚决地转过身。

猴子用凄迷的目光送她们远去。

第十七节

吗啡成瘾的小白鼠，面对天敌眼镜王蛇，瞪着血红的眼睛，毫不畏缩地冲上去……咱们这就去看。简方宁活龙活现地介绍。

不，任什么我也不看了，马上回去吧。太可怕了，戒毒的病人，毕竟还残存着最后的良知，不管出于什么目的，是自愿来的。可这里的动物呢，完全丧失了自己的意志，成了毒品口中的羔羊……走出实验室大楼很远，沈若鱼还心有余悸。

这就是追求无理幸福的代价，人兽皆然。简方宁感叹地说。

什么叫无理幸福？头回听说，沈若鱼好奇。

你说幸福的实质是什么？简方宁沉思说着。

幸福是感觉。心灵的感觉。比如一个饿肚子的穷人，在他头晕眼花之时，得到一块干粮，在他看来就是无上的幸福了。卖火柴的小女孩，能坐在温暖的教室里读书，一定觉得这是天下最幸福的事。要是给肚满肠肥的老爷，送一碗红烧肉，他非觉得这是谋杀。你要是让游手好闲的少爷考试，他肯定大发雷霆，以为这是嘲弄……所以说，幸福是一种依了每人的心灵悟力，各自感受绝不相同的深刻体验。只可意会，不可言传。沈若鱼边走边说。

简方宁说，若鱼，你有一点像哲学家了。

沈若鱼得意地说，是吗？哪一点？

简方宁说，这种慢吞吞的口吻。在我看来，幸福感很简单，那是一种稀有物质的存在形式。

沈若鱼说，物质，到处都是物质！我们怎么这样倒霉，生活在一个物欲横流的时代！我真想退回去一千多年，活在盛唐，那时国力强大，四海为家，人们还有闲情逸致，创造文学艺术这些高雅的东西，出李白杜甫这种特产。现在可倒好，除了物质，人们再不需要心灵了。

简方宁说，你不要这样愤世嫉俗好不好？也许不该让你到戒毒医院里来，这儿太特殊，太浓缩了。社会就像一杯浑浊的水，溶解着各种成分。静止地摆在那儿，会渐渐沉淀。戒毒医院几乎集中了最底层的渣滓，你从这里感受整个社会，情绪会很激动。我所说的幸福是物质，不是说幸福来自物质，而是指幸福的感觉，是一种产生于大脑中的特殊物质。

沈若鱼说，哦，方宁，请说详细些。

简方宁说，若鱼，我们每个人有十种情绪，就像十种不同的颜料。这十种情绪是，喜、怒、怕、悲痛、厌恶、惊奇、轻蔑、内疚、羞、兴奋。每时每刻的心绪千变万化，都是基本情绪粒子调配而成，就像用颜色涂抹出各种图画，万变不离其宗。

沈若鱼说，我就不信。比如我刚才的情绪，你倒说说，符合哪一种？

简方宁说，它是一种复合情绪。你看到了实验动物，出于恻隐之心和物伤其类的隐忧，有一种潜在的恐惧，恍惚之中，怕自己有一天也沦落到任人宰割的悲惨境地，燃起了无名怒火，你又不知向谁发泄。向我吗？你明知带你去参观是好意，不能朝我开炮。向那些实验员吗？你理智上很清楚这种实验，对全人类有益，再说他们只是执行者，人家对我们也很热情，这股火自然不能针对他们。向那些实验动物吗？当然更没有道理了，它们为了人类的健康，自身正在经受苦难。你不知道该向谁倾诉，悲从中来。从动物身上，你看到了人类的某种阴影。你为了人类悲哀，你逃避，所以你提到了一千多年以前的事。但你逃脱不了自我谴责，你内疚了，因为你也是人类的一分子。紧接着这些新刺激，引起了你探索的兴趣，脑子里悬挂大大的"？"号，不知怎样解答……这就是刚才片刻之间，你头脑中涌动的思潮，它是害怕加上愤怒、悲哀、内疚、羞耻再加上兴趣的复合反应，它的名字叫"焦虑"，我说得对也不对？

沈若鱼说，啊呀呀，把我剖析得体无完肤。好像被你切成灯影牛肉那么薄，放在显微镜下观察。根本没办法说对还是不对，连我自己都理不出头绪。细想想，也许对吧，那些感触我都有，只不过火花般一闪而过，你要不说，连我也意识不到。只是你这样经年累月地琢磨别人，累不累呀？

简方宁说，以为我愿意琢磨你？一门专门的学问，要不我怎样知道吸毒人的心理？他们说的，是真还是假？你不知道不要紧，要是我也辨不出，如何救他们？我不吸毒，却要比吸毒的人还更懂得他们。以后他们说话，你搞不清楚真假，我给你评点，保证答疑解难。

沈若鱼说，好吧。到时请你圈点。

简方宁又说，懂了他们，才能研究克服他们的心瘾。最关键的问题就是——吸毒引起的那种无与伦比的幸福感。

沈若鱼说，你还真信他们说的什么幸福啊？

简方宁严肃地说，我信。一个人说，我不信。十个人说，我也可以不信。但所有的人都这么说，我不能不信。你不要以为吸毒的人都是一群傻瓜，不是的。他们平均智商高于普通人，大多数人很聪明。最初他们的确是为了追求幸福，才开始吸毒。幸福是什么？在一百个人那里，会有一百种解释。我是一个医生，我用科学解释。幸福是五分的喜悦，加上五分的兴趣。幸福是一杯用粉红和金黄调成的玫瑰色的鸡尾酒。研究证明，当人类内心充满喜悦兴趣这些良性感觉时，大脑桥脑部的蓝斑内，就积聚起一种奇特的物质，我们称它为"F肽"。请牢牢记住，蓝斑是人类的幸福中枢。F肽是脑黄金，它镇定痛觉，屏蔽恶劣信号，提高记忆力，增强学习功能。像双面镜，让好事放大，让痛苦缩小消失。它是幸福的物质基础，情绪里的快乐码，储藏幸福。谁拥有了它，谁就在这一时刻拥有了幸福。

沈若鱼惊骇地说，方宁，请您一开法眼，看看我脑瓜里面，此时此刻这种宝贝多不多？

简方宁装模作样地瞅瞅沈若鱼头颅，说，可惜，F肽只有蚂蚁眼睛那么一丁点。

沈若鱼愁眉苦脸道，我的F肽，只怕连边角料，也在早年间用完了。打进了你这所医院，吓得如惊弓之鸟，哪会有幸福之感。

简方宁道，错啦错啦。这F肽娇气得很，一边产生一边破坏，哪里存得住？若是越聚越多，像集装箱堆在那里，人们快乐无边，岂不天下大乱！

沈若鱼说，闹了半天，F肽自产自销，保鲜易碎，除了每个人的脑蓝斑部现炒现卖，哪里也找不到了？

简方宁说，对啊。人们对于幸福感，才那样珍视，它电光石火一闪，转身就走，再也不露真颜。世上唯有短暂难得的东西，才是宝贵的，才值得人久久地回味。

沈若鱼道，我算明白了，原来体验幸福的时候，实际在品尝 F 肽。

简方宁说，若鱼，你这性格，说明体内的 F 肽数量不少，只是质量有些问题，大概都是些处理品。

沈若鱼哀叹道，我这人的幸福本来就比较少，叫你这样一说，还是劣质品，为人一世，连幸福都是假的，真是——苦哇！

她学着京戏里青衣上场时的叫板，两个人哈哈笑起来。

沈若鱼说，这会儿，咱俩体内 F 肽泛滥成灾了。

简方宁说，别那么庸俗好不好？说正经的。F 肽已经能从动物体内提取，当然量极少。科学家分析它的分子结构式，更细微的亚分子水平的研究……结果发现在它的中心碳原子上，有一个芳香环，一个哌啶环，还连着一个苯环……

沈若鱼拍手道，再添上两个环，就是奥运会标志了。

简方宁真的生气了，到底听不听？我苦口婆心地对你进行科普教育，简直泄露景天星教授最新科研成果，你却乱打岔！

沈若鱼道，院长息怒。我多认真啊，哪一次插嘴不是恰到好处？要不你讲得那样深奥，我吸收得了？你不就成了对鱼弹琴嘛？

简方宁说，好，我接着说。可是我说到哪儿了？

沈若鱼提示，到了三环路。

简方宁说，是啊……结构，你该明白了吧？

沈若鱼说，我这一次可是瞪眼听着呢，你什么实质性结论也没说。要我明白什么？什么也不明白！

简方宁说，真笨。提示你一句吧，吗啡正是具备了中心碳原子、芳香环、哌啶环、苯环……

沈若鱼惊呼道，天啊，我知道了！吗啡模仿了 F 肽，骗了脑神经，让人进入虚妄的幸福。

简方宁的脸色变得很冷峻，说，是啊，吗啡是 F 肽的天然模仿者，它们像一对双生姐妹，一个邪恶，一个善良。吗啡是从罂粟而来，不管人们多恨这种吗啡的前身，作为医生，我不能恨一种植物。有什么理由恨一株植物呢？它生长着，花开花落。没有人类以前，它就生长在地球上，比我们更古老。是人类利用了它，不是它利用了人类。至于它长得像人脑中导致快乐的一种物质，这不是它的罪恶。如果利用得好，它会造福的。比如那些濒临死亡的人，痛苦折磨着生命的每一分钟。这时要是给了他吗啡，可以最大限度地免除痛苦，这不是帮了一个大忙吗？

滥用吗啡，是人类自己的误区，不必嫁祸于某种天然植物。如果连这点胸怀都没有，是弱智胆小加上不负责任。

吗啡成瘾者，是追寻快乐而去的。吗啡善待了他们，给了他们酷似幸福的一种感觉，它们非常相像。我只说它"非常像"，不说"是"，因为它毕竟是一种外界侵入的物质，和体内原装的 F 肽有区别。但是，粗心的极端渴望幸福的机体，在山呼海啸的巨量快乐面前，完全被击昏了。身体从来没碰到过这么多幸福，它被幸福裹挟而去，时而被抛上浪尖，时而被砸下峰谷，一任狂热的幸福感，把人灌得口眼歪斜，完全丧失了辨别能力……

这是一种人造的幸福，模拟的幸福，邪恶的幸福，一种妖魅附体的伪幸福。

没人能识别，生理结构失灵。从未尝过这样丰沛幸福的人，被这铺天盖地的幸福所惊愕所震撼。心想，以前只听人说有极乐世界，死后才能抵达，没想到人间天堂，就在小小一包粉末里藏着呢！早知如此，唾手可得，还要什么劳动与奋斗？有白粉一包，我就是天下最幸福的人了！

他们这样想着，不停地吸着白粉，沉浸在虚幻的幸福当中。吗啡给了饱胀的感觉，他就不吃饭了，在梦幻中，已吃尽山珍海味。也不必去做工了，在吗啡臆造的世界里，大把大把的美金从天而降，飘洒若雨……

吗啡把瘾君子们的生活高度简单化了，浓缩化了。这就是吸毒和找毒。他们浸泡在蓝色的烟雾里，以为那烟雾可以引渡他永存快乐。他们想，就这样吧，死了也值。可惜地狱之门，已经在不知不觉中吱吱旋开。

人体是一架高度精密井然有序的机器，有一套我行我素的反馈机制。在遮天蔽日的伪幸福面前，首先停止了自身 F 肽的生产。就像在遭受陨石雨的土地上，再也不长庄稼了。吸毒者丧失了自制幸福物质的能力，得不到属于人的正常幸福了。

机体具有强大的适应能力，你让它接受那么多的幸福，它就迅速地麻痹了神经，竖起铜墙铁壁，这是生物本能，是不以人的意志为转移的客观规律。于是原有剂量的吗啡就失效了，瘾君子再用同等数量，得不到美妙的幸福感了，他毫不犹豫地加大剂量……

机体与吗啡又一轮的搏击开始。身体又出现了幸福感，通过反馈机制，机体产生耐受……加大毒品剂量，机体产生更大的耐受……

人对于吗啡耐受性增加的幅度非常惊人。一般人用 10 毫克，瘾君子可在两个小时内连续注射 200 倍剂量的吗啡，没什么反应。到了后来，吸毒者的身子像一匹疲倦病弱的老马，没力气，但有一身极其强韧的皮，刀枪不入。它已彻底丧失了对幸福的感受，不管是真幸福还是假幸福，统统消失了。吸毒者茫然四顾。由于吸毒巨大的金钱支付，已到穷途末路。停了吧，吸也没什么用了，幸福丢了。

这样想着，他们停了毒品。事情绝没那么简单，毒品不是一个招之即来挥之即去的好脾气婢女，在这一段厮杀格斗中，毒品已深深地渗透到吸毒者的神经脑髓里，粘在一起，你中有我，我中有你，牢不可破，鲜血般凝在一处了。它那酷似人体自身物质的特性，使它紧紧地镶嵌在人体生理功能中，锈成一团。

停用，神经失去了毒品的激动，狂乱地翻搅起来。身体乱了套，以前的秩序早已被颠覆，同毒品达成的平衡又一次倾斜。身体陷入前所未有的大恐慌，心搏加快，血压升高，肠绞痛，腹泻休克，亢奋攻击，情绪激荡，暴躁不安……这就是无比痛苦的戒断症状。吸毒者本来从寻找幸福开始，结果他们一拐弯摔进地狱。

为了避免这种炼狱的折磨，他们只有按时吸毒，以防那惨烈的痛苦。

吸毒继续下去的结果，只有一个，就是死亡。怕死，很多人开始戒毒。从生理上戒断并不是非常困难，但毒品曾经给予他们的快乐感，却使他们没齿不忘。这就是心瘾。

有一个北京的吸毒者，专到南方的一个城市戒毒，心想离了原来的狐朋狗友，换个环境，成功的把握更大些。三个月以后，成功地脱了毒。他焕然一新地从南方回到北京。当飞机在北京上空俯冲，就要降落的时候，他突然感到一种强大的欲望统治了自己，他想，我已经戒了毒，就是说，已经回到了从前。也就是说，如果我现在开始吸毒，我就又可以体验到那种无比幸福的感觉了……他鼻子眼睛发痒，心里像有一窝蚂蚁在爬。下了飞机的第一个行动，就是指挥出租汽车，直驶一个毒贩子的窝点，饱吸了一顿毒品……

他找到了那种幸福的感觉了吗？沈若鱼问道。

找到了。戒毒使他的身体大致恢复正常，他又可以感受到那种无与伦比的快感了。所以，我有的时候很悲哀，我们辛辛苦苦戒毒的结果，就是让吸毒者更好地享用毒品。简方宁低低地说。

后来呢？

他死了。第二次找回来的幸福感，更是虚妄短暂。机体飞快地适应了毒品，几次之后就丧失快感。他拼命加大剂量，就中毒死了……

不知不觉中，她们已经走回到戒毒医院的正门口，就是沈若鱼入院时的那个门。

干吗从这儿进？三道铁门，特不方便。沈若鱼说。

我要到门诊上看一看，这边顺路。要是从我的门进去，含星那个小鬼头，又不愿让我走，还要费很多口舌。简方宁解释。

沈若鱼和简方宁对视了一眼，刚才好比是咖啡和牛奶，香喷喷地水乳交融，现在马上要各自跳回到原本的瓶子里，恢复法定身份，再不能这样自由交谈。看着简方宁秀丽但是憔悴的脸色，沈若鱼突然觉得自己想走的念头是那样胆怯渺小。简方宁也依依不舍地看着她，好像面前的铁门是一把铡刀，从此天各一方。她抓住沈若鱼的手，急切地说，若鱼，求求你，不要出院！留下来，和我在一起。

为什么？沈若鱼很感动，但她的性格使她对婆婆妈妈的感情，总要显出无动于衷的淡然。

为我的这些病人，为了中国新兴的戒毒事业。你埋伏其中，是一个很好的视角，长期潜伏，可以了解许多医生不知道的情况。无论从治疗还是从研究病人心理的角度来说，都是非常有价值的。简方宁美丽的眼睛睁得很大，睫毛飞扬，炯炯有神。

让我当病房克格勃？不干不干。身心俱受摧残，还要交高额住院金，这不是花钱买罪吗！沈若鱼嘴上不依不饶。

简方宁松开她的手说，若鱼，我可以把所有的钱退给你，你要走就走吧。我一个人在地狱里，没有必要把你也拉进来。当年我们在胡杨树下，相约一辈子治病救人，没想到你已这样冷漠。

沈若鱼重又拉起她的手说，我的院长大人，你看错人啦！告诉你，我不是被你拉进来的，开始是误入歧途，现在重打锣鼓另开张。甭管我是什么动机走进你的铁门，这一天一夜……噢，满打满算还差几十分钟，我看到你们是怎么干活的，心中百感交集，又被你狂轰滥炸普及了一番戒毒教育，我宣布自愿加入你这支倒霉的队伍，义务工作，只要不被人识破，就一直长期潜伏，不时秘密汇报。小车不倒只管推，生命不息，战斗不止。只要院长大人不炒我的鱿鱼，我绝不会辞工不干。

两只中年女人的手很结实地握在一处，然后嘻嘻笑成一团，恍如少年。

第十八节

经过繁琐的开门手续，到了接诊室。还没进得门，就听见里面吵嚷不休。

几个男人的声音，干燥粗暴。

怎么搞的？简方宁开门。沈若鱼自觉退到一旁，从现在开始，她又缩回范青稞的面具后面。

门里面烟雾腾腾，好像着了火的炉子，强行用水泼灭，弥漫辛辣的苦气。

这下可好啦！谢谢您老了，下回来送您根老山参熬粥喝。

先是听到一个女人的声音，过了一会儿，身影才从烟雾中闪现，一头乱发，金牙在大长脸的下半部闪闪烁烁，没熟好的皮子做的坎肩，散发着山野兽味，口气满是讨好。

烟太大了。简方宁走过去开窗。楼下有人鬼祟地张望，她注意地看了一下，又回过头来。

院长，您好。这病人从东北来了几次了，非得要求住院，我正预备给他办手续。滕医生简要报告情况，顺手一指。

病人蹲在一旁抽烟，恰好抽到烟把，随手把蒂从自己嘴里抠出来，一甩，抛到接诊室的白洗手瓷盆里。那盆现在实在不能称为白了，中心凹陷处积了少许水，层层叠叠的烟蒂泡在里面，浸出黄汤，松软的过滤烟嘴变得肥大起来，像一种奇怪的死鱼。池边或倚或站，聚着一群凶悍男子。看来这一行人，待的时辰不短了。

你叫什么名字？简方宁一时没听清，问病人。

张大光膀子。那人的回答有一种怪异的回声。

不要说绰号，要你身份证上的名字。简方宁说。

别说身份证，就是逮……也是叫这个名字。我打小就叫这个名字，你要是嫌绕嘴，叫我张大好了。那人的回答还是伴着呼呼声响。

简方宁抽了一下鼻子，对滕医生做了一个暂停手势，说，让我看一下。先别忙着办手续。

张开嘴，让我看一下你的喉咙。简方宁指示。

张大顺从地咧开紫色嘴唇，一股腐臭气窜出来。简方宁凑近前，细细查看。

你的嗓子以前受过腐蚀？简方宁问。

嗓子算个球，要命的是肚子。张大说着，把翻毛皮袄脱了下来。屋里暖气很足，一般人绝穿不住这么厚的衣服，吸毒的人阳气大衰，阳虚生内寒，喜热。

他脱了衣服，一股恶臭随之溢出，除了他媳妇，别人都不由自主地退后。

到底是怎么回事？简方宁近前。

张大光膀子把衣服前襟撩起，一旁的人，倒抽凉气。

他肚子上，有一个敞开的口子，旁边结了厚重的疤，像是冬天结满了冰的井沿。那个井口冒着黄绿色的黏液，泛着一股股恶味，好像久未刷过的痰盂。

这是怎么搞的？久经沙场的简方宁，一时也闹不清这是怎么回事。

它是我的肠子，也是我的嘴。张大光膀子很有几分得意地说。

范青稞这下看清了，每当张大光膀子说话的时候，就有气流从那个洞穴里涌出，难怪他的音色好像是从地窖发出的。

这是小肠不错，但怎么是嘴？滕大爷说。

喏，我演给你们看。伙计，拿干粮来。

女人给他拿了一块干饼，张大光膀子塞进嘴里，拼命嚼了一会儿，把混合了唾液的食物团，从嘴里抠出来，团在掌心，绕着圈揉了揉，掐成小段，用手指顶着，像喂小猫一样，把饭团抹进肚皮上的洞穴……动作娴熟。

大伙直反胃，连他的哥们儿也躲一边去了。

你喝过什么？简方宁问。

嗨！医生，您圣明，还真叫您说着了。那一年，鹅毛大雪，贼冷。我半夜回家，到处找酒。在床底下瞅着个烧酒瓶子，一晃，咣当响。心想有货，拿过来就往肚里灌，刚一下去，就觉着不对劲，怎么从鼻孔往外冒烟？紧接着就是喉咙管火烧火燎，心窝口炸了似的烧起来……我一把扯着我媳妇的头发，从炕上揪到地上。她迷糊着眼一看那瓶子，鬼哭狼嚎，哎呀我的妈呀，你怎么把火碱给喝了啊，那是我打算抠旧油漆的啊……火碱喝进肚，食道和胃这一条线，都烫熟了。幸好我当时抓起水瓢，喝了无穷尽的冷水，送到医院，医生说急救措施合理，这才保住一条命。可是疼得不行，喉管以下，养着一条火烧龙，一犯起来，就像点燃了煤油，疼得天旋地转。我就可劲儿揍媳妇，她一声不吭，把自己爷们害成这样，有什么脸叫唤？有一天，她被我打得实在受不了了，就说，你打我，好歹也等过了危险期。要不把我打残了，打死了，谁来侍候你？我说，老子有金子，还怕没女人？你今天死了，明天就停尸再娶！她就不说什么了，乖乖地侍候，棒打不走。她是看上我的金子啊。是不是啊？张大光膀子歪着满脸黑皱纹的脸，问那女人。

女人说，谁看上你的金子了？金子有价，人没价！金子是你这个人淘下的，没了你这个人，金子有什么用？我是觉着对不住你，是我害了你！

张大光膀子扬扬得意。

这些家长里短的话，不要在医院里扯个没完。滕大爷不客气地说。

对，说正题。后来有个哥们儿对我说，大烟疙瘩治这个最管事了。我就整了些，吃吃果然能抗住疼。谁知后来不灵了，改打吗啡针。再后来，吗啡针也不灵了，就打海洛因，你们看我这胳膊……

张大光膀子撸起袖子，密密麻麻的针眼，像丑女人脸上的雀斑，下界到了手背虎口，上界到了腋窝下，到处没块好肉。

我浑身上下哪里的血管都扎，舌头底下、手指头尖上的都试过。实话说，我连鸡巴背面的血管都扎过，疼我不怕，可就是那地方扎不了两回，血管就堵了，没法使了……

张大光膀子奇特的带回声的话，听得人浑身鸡皮成片。

好了，不必说了。张大。你的情况我们都了解了，比较特殊。我们医院现在没床位，所以没法收你住院。简方宁的语气缓和但透出威严。

嗨，刚才不是说得好好的，怎么说变就变？张大光膀子的脸立时黑了。他转向滕大爷说，老爷子，到底是你说了算啊，还是她说了算？

滕大爷也摸不着头脑，小心斟酌着说，这是简院长，当然是她说了算。

张大光膀子对着简方宁吼起来，说，什么球院长，我的事今天就犯在你手里了。你说吧，为什么不收我住院？难道我张大光膀子不是中国人，我交的钱不是中国钱？你凭什么收别人不收我？我刨过你们家祖坟还是淹死过你们家孩子，你跟我这么大仇？告诉你，要是乖乖把我收进去，咱们什么都好说。你要是不收我，我的一伙兄弟就不认你这个院长了。他们要是想卸您的一只胳膊或是一只脚丫玩玩，我没犯病的时候，可以拦着他们，我要犯了病，迷糊了，可就管不了他们了。到那时出了什么事，您就多担待了……

这一席话，配着轰轰回声传出来，阴森恐怖。

旁边几个横眉立目的粗鲁汉子，随着哼哈。

张大的媳妇，一看气氛紧张，掺和说，院长滕大爷，你们别听张大的。他这都是叫病拿的，没个好脾气。我们从东北大老远地来，就是听得这里戒毒名声大，效果好。您就收了他吧，保证听您的，说一不二。要是把张大治好了，到时候给医院送一个大红匾，上头用金字写"人民的大菩萨"。

是是！张大光膀子也换了好气说，但那气流般的回声，越发明显。

现在没有床位。简方宁不想搞得太僵，退一步说。

滕医生煞有介事地翻翻登记本，说，是我糊涂了。没床，说什么都没用。

要是有了床位，就可以收我们住院了？张大光膀子的媳妇，脑子转得挺快。

到时候再由接诊医生定。简方宁滴水不漏。

你当院长的，就不能先把一两个病人轰出去，给俺腾个地？俺有钱！张大光膀子说着，从袋里掏出一块重物，丢到桌上，咚的一声响，几乎把桌面砸了个窟窿。

一块黑黄色的石头，满身孔洞，表面凹凸不平，脏分分的，好像从泡沫砖上磕下一角。

这是什么？范青稞问道。

哈哈，不认识吧？老子让你们这些穷老九今天开开眼，这就是大名鼎鼎的狗头金！老子淘金挖金多年，一生的积蓄没想到要用在给自己治毒上头。让你们瞅瞅，这不过是散碎金子，大头在后边。怎么样，院长，滕大爷，收我住院吧。只要给我脱了毒瘾，这块狗头金就是你们的了！张大光膀子居高临下地说。

范青稞伸过手去，说，我长这么大，还没见过狗头金……她企图拿起来，没想到那物件出奇地重，只用几个手指拿，纹丝不动。待用了整个手掌加上胳膊的力，这才勉强提了起来。

嗬，这么沉！她不由说。

金比重是 19.32，当然重了。这种天然金里面，若还杂有其他重金属，就更沉了。简方宁不喜欢范青稞大惊小怪，解释道。

金子请收回，这儿是医院，不是银行。我还是刚才那句话，收不收病人，由接诊医生决定。把别的病人赶出去，把你收进来，只要我当一天院长，这事绝不会发生。好了，你们请回吧。简方宁说。

可是……你们是医院，得救死扶伤，不能看着人受罪啊……张大光膀子还不甘休。

院长也得按规矩办事。简方宁说着，不由分说，打开了接诊室对外的大门。

张大光膀子几个人，意犹未尽，鼓着嘴还想说什么，但看院长神情坚决，心想以后还得犯在她手里，愤愤地退出了。

现在，接诊室里只剩下滕医生、简方宁、范青稞三个人。

滕医生说，范青稞，你这一身打扮，怎能回病房？你到哪儿去，又从哪儿回来的？所有的人都会疑心。

范青稞这才记起，还穿着简方宁的礼服。

这样吧，你到 200 室，再去找一次周五，权当你又入了一次医院，换上病号服。我的衣服，你交给周五，剩下的就别管了。简方宁想出对策。

好，我去交待一下，省得周五不明白，再叫护士长检查你一遍。滕大爷说。

谢谢你，滕医生，想得这样周到。简方宁感激地说。

不必。看在您分上，帮这点忙，是应该的。滕大爷说着，离开了接诊室。

简方宁说，若鱼，看来你是不能到敌后干化装侦察一类的工作了，刚来了一天，就叫人识别出来。

沈若鱼苦恼地说，是啊，惭愧。不知会不会给你带来麻烦？

简方宁说，有什么麻烦？我毕竟是院长，谁能把我怎么样？再说你交了保证金，也没多吃多占。我刚才当着那么多的医生护士，叫你到我的办公室来，就是给你一个特权，大家投鼠忌器，会关照你。

沈若鱼道，你还挺鬼。

简方宁说，院长不是那么好当的，我虽不喜权术，多少也得会一些。以后你有什么问题和需要帮助的，就到我的办公室来，它随时对你开放。

沈若鱼说，谢谢你方宁。要问就是些学术上的问题，生活小事，我想都可对付。

两人说着体己的话，见滕医生进来，脸上又恢复比较严肃的神情。

好了，若鱼。我们就此分手。你先生给的材料，我会尽快带给你。再见。简方宁不想让沈若鱼参与她和滕医生的谈话，急着支走她。

范青稞喏喏告退。走了几步，折回身，说，有一件重要的事，差点忘了。

简方宁捺着性子说，又有什么事？

0号，到底是什么药？

一种新的中药戒毒方案。简方宁答道。

滕医生一言不发。

滕医生，您生气了？嫌我当着病人的面，否了您的决定。我向您道歉，当时情况紧急，请神容易送神难，要是让张大光膀子住进来，后患无穷。所以我不得不采取非常措施，请您原谅。简方宁柔声说。

滕医生被院长点破了心思，不好意思地说，您是院长，当然以您的意见为准。我不过是有些累了，岁数不饶人。

简方宁说，滕医生，您昨天值了一天门诊，夜里又上夜班，今天该休息的，咱们人手少，让您连轴转，我心里很不过意。

滕医生说，院长，咱们就不说这些了吧，您孩子还病着。

简方宁和滕医生，开始讨论张大光膀子的病史。

滕医生，咱们刚才听到的完全是一个神话。不，别玷污了神话这个名字，完全是一派鬼话。简方宁说。

张大的病史是伪造的？滕医生沉思。

正是。从医学角度，他腹部的伤口，不像是正规医生手法所为。

腐蚀性疤痕的形状，也不像他说的是火碱烧灼而成……在张大光膀子的谈吐里，偶尔露出"逮"的字眼……情况很复杂。

吸毒病人的历史里，几乎都含有罪恶。简方宁的思绪一下子扯得很远。她抱着双肘，说，我们不是公安机关，没有证据，仅靠怀疑，也下不了结论，还是就医论医吧。刚才我看了张大的情况，判断他毒瘾已入膏肓。对这种晚期病人，戒断起来十分危险。再者，由于他腹部有瘘道，肠道功能全面紊乱，一旦取消了毒品，肠道会有极为剧烈的绞痛，会危及生命……

滕医生心服口服说，你分析得有理，他再来，无论怎样吵闹，我力拒就是。只是他们若说我们是见死不救，怎么回答？滕医生想到必然会发生的口舌恶战，怕自己一时口拙，事先储备武器。

他有千条万条，你只一条即可应对，就说没床位。简方宁快刀斩乱麻。

但是，最后会怎样呢？我完全是从医学角度讨论这个问题。滕医生请教。

死。

简方宁冷冷地吐出这个字。

像这样的病人，真是没法治了吗？要是我们试着救他一下呢？滕医生虚心求教。

太冒险了。医学很无奈，你我都是同道中人，不必多说。对于戒毒，我们才刚刚起步。所用的方法，大部分是国外的经验。我们在黑暗中摸索着前进，任重而道远。依现有的条件和方法，像张大光膀子这一类严重的吸毒者，我们很没把握。与其让他死在医院里，搞出无穷尽的纠纷，不如让他自生自灭。收了他，又救不了他，反倒把医院的声誉毁了。医院比一个吸毒病人重要得多。简方宁说。

我记住你的指示了。滕医生很恭敬地回答。他的确佩服这位年富力强的女院长。业务娴熟，处理事情果断，为人正派。虽说比自己年轻，遇事却极有主张。

滕医生打了一个哈欠。

简方宁长叹一声，接着说，滕医生，快休息吧。可惜我们的年轻医生太少了。你知道，搞戒毒的医生，常常被人看不起，好像自己也沾染了毒品似的。咱们这里许多年轻的医生，都瞒着亲朋好友，不敢说明自己到底是干什么的医生，或者支支吾吾说自己是精神科医生。我们一天精疲力竭，还能有多少精力搞研究？

简方宁习惯地捋捋头发，一枚白发，锵然落下。

滕医生心痛地说，院长，你多保重。人们多以为医生长寿，其实老烟鬼和老酒鬼，比老医生多多啦！我这把年纪了，只能尽自己的所能做一点事，医学上的发展，还要靠你们。

简方宁不愿这样越说越伤感，转变话题道，你知道为什么医生得了病不好治吗？

滕医生说，大概是自己知道得太多了。

简方宁说，知道得多，并不是一件坏事。而是因为他看透了生命，就像我们坐上一列车，已明确知道终点是哪里。一旦他明白列车失去控制，飞速地向目的地驶去时，他会畏惧吗？不会，还期望车开得更快一些，就像我们坐火车，快车票总是比慢车更贵。

滕医生说，这本是我这个年纪的老头子说的话，怎么叫你给抢先说了？不要谈这些了，我知道你儿子不舒服，快去看看他。

简方宁说，拜托了，滕医生。事业就像一本打开的书，我们只是序言和开头的几页。精装的书里多半都有一根红丝线，你读到哪里了，就把那根线夹在那里，下一次再接着读。我们就是那根红丝线。等到书读完了，丝线也就没有存在的意义了。把每一个病人治好，就是我们现在最重要的事。有你把关，我就放心了，后面的医疗工作也就有头绪了。您也多保重！

第十九节

　　宝蓝色的登记簿，好像一面魔镜，摊在办公桌上。每逢滕医生在的夜晚，医生值班室就暂时变成课堂。范青稞的戒毒普及教育，在这里完成。

　　一个多么英勇而可怕的玩笑！一个多么悲惨而滑稽的螺旋！滕医生并不看着范青稞，对着窗外的暗夜说。

　　从前有一只住在水井边的小白鼠，对自己弱小的命运不满，就去哀求一位仙人，把它变成别的动物，让我强大一点吧。仙人仁慈地说，你想变成什么呢？小白鼠说，我最想变成一只猫。仙人吹了一口仙气，就让它成了一只凶悍的野猫。没想到过了一阵子，猫对自己的日子又不满意了，它求仙人将自己干脆变成狗。谁都知道狗是猫的死对头，有狗在，猫就没有真正的幸福。仙人答应了它，于是小白鼠摇身一变成了大狼狗，才真正感到自己的强大。但是没有过多久，狗又对自己的身份有了更高的祈求，它跪在仙人面前，恳请让自己成为万兽之王的狮子。仙人微笑着照办了。可是狮子很快就发现了这个世界上，有比自己更强大的生灵，那就是猎人。它强烈哀求把自己变作猎人。仙人有些不耐烦，小白鼠说，这是我最后一次求您了。仙人就又施魔法，把狮子变成猎人。有一天，猎人在密林里看到一个美丽无比的女人，有许多人服侍左右，气派非凡。他悄声问别人，这是谁啊？人家告诉他，这是尊贵的皇后。

　　于是猎人在仙人面前磕得头都出了血，痛哭流涕。要求仙人最后一次降一回魔法，将他变作皇后。人们都以为仙人一定会愤怒地拒绝，没想到仙人嘴角带笑，很痛快地答应了猎人的请求。小白鼠变成了华贵无比母仪天下的皇后。有一天，皇后路过井边，她突然觉得这个地方很熟悉，想在清澈的井水里照耀一下自己无与伦比的美貌，没想到刚一俯身，脚下一滑，就掉进井水里了。

人们哀叹道，一位多么年轻美丽的皇后啊。

仙人说，它不过是一只小白鼠，它从哪里来，我就又让它回到哪里去了。但大家还是久久地说起皇后，仙人生气了，就说，好吧，我会让你们永远记得这只贪婪的小动物的。

仙人用他的魔杖一点，那眼埋葬了小白鼠的井，就神奇地合拢了，变成一个土丘。从土里长出了一种奇怪的植物，开一种妖艳无比的花朵，叫做阿芙蓉。

从阿芙蓉中提取出一种黑膏，称为鸦片。人类吸食以后，片刻之间就具有小白鼠的野心，猫的狡诈，狗的凶猛，狮子的慵懒，猎人的机警，皇后的淫威……

这是一则童话。童话往往有真理。鸦片也叫阿片，在所有麻醉性镇痛药中，资格最老。它原产于小亚细亚和欧洲平原。在文字记载中，已经活跃了几千年。远在公元前 1500 年的埃及纸草书文卷里，就有对它的记载。

"阿片"一字来源于希腊文"OPIUIM"的译音，意思是"浆汁"。一种罪恶的血液，貌不惊人，但威力无比。

19 世纪，化学工业发达起来。科学永远是中性的，它是天使的助产婆，也笑眯眯地为魔鬼铸剑。1803 年，德国的一位青年药剂师，在他昏暗的实验室里，分离出了阿片中的一个重要的生物碱。当他满怀爱意和一种浪漫的想象，根据希腊文"MORPHEUS"——它的本义是"梦神"，将它命名为"吗啡"的那一刻，他不知道，这是人类应该顿足痛哭的日子。就像所罗门王密封的魔瓶被打开，人类将被这梦幻的精灵，蛊惑进深渊。

鸦片使人成为魔鬼。为了把魔鬼从地狱里拯救出来，人们发明了无数戒瘾的药物。又是这些药物，把更多的人变成了魔鬼，驱赶进更深的渊薮。

人类和毒品斗争的历史，迄今只得到过两种结局。

一种是人类好不容易找到的解除成瘾的药物，用了之后才发觉，比已经成瘾的药物毒害更强。人类这种短视的动物，对即将濒临的巨大危险，缺乏预见性，对智者的提醒置若罔闻。

上世纪末本世纪初，阿片制剂就像小摊上的糖果一样，随处可见。

没有医生的处方，也随便可以从药店中买到，像买鱼肝油丸一般方便。漫天飞的报纸上，妇女爱不释手的刊物上，用醒目的大字写着：

——你的宝宝出牙疼痛吗？请用阿片酊让他安静。

——想让你的鸟歌喉动听吗？请把鸦片籽拌入鸟食试一试。

对那个混沌的年代，医生们应该脸红。他们以自己的无知，酿成了白色耻辱。

含有吗啡的糖浆说明书上写着："本品主要用于夜晚惊扰父母，不要人抱的面带菜色的婴儿。母亲务必不要担心婴儿服用后会有麻烦。本药无任何副作用，绝对无害于新生婴儿……"

詹姆斯医生的镇静糖浆——内含大量的海洛因。

法赫医生的胃蛋白酶止痛混合剂——其实是高浓度的吗啡硫酸酯。

法尼医生牙痛特效糖浆——简直就是吗啡和氯仿的混合物。

在我们为上个世纪的医生扼腕叹息的时候，谁又能保证悲剧不再上演？医生这个行当，有无数白衣包裹下的罪恶，局外的人不了解，内里的人又不说。这是文明的黑洞，不知何日才能暴露在阳光下？！

19世纪注射器的发明，更使毒品如虎添翼。人们注射吗啡对抗鸦片，著名的张学良将军就走过这条歧路。等到人们醒悟到吗啡较之鸦片更难戒除的时候，又发明了海洛因这种末日的作料。

用吗啡戒除阿片，用海洛因戒除吗啡，用美沙酮戒除海洛因……我们靠什么来戒除美沙酮？只有天知道！恐怖的怪圈！饮鸩止渴啊。人类为自己酿造了一坛比一坛更毒的苦酒，在神志懵懂与昏然的短视中，一醉方休。

或者说，吗啡战胜了阿片，海洛因战胜了吗啡，美沙酮战胜了海洛因……人类的对手越战越强，无知的人用自己的鲜血和生命，使秃鹫的翅膀更加有力。

我们在孤立地研究人体，沿着黑暗的巷道，走得太远了。

还有另一条路，就是用非麻醉药品，进行鸦片类药物的脱瘾治疗。

充满荆棘的小径。

颠茄这种药，相信所有肠胃不好的病人，都对它不陌生。一种多年生的有毒草本植物，有些像茄子。

不知道它为什么叫颠茄？也许因为它是一种茄子作用的颠倒？不

能用来果腹，吃得多了，还可毙命。民间流传的所谓"见血封喉"的毒药，很多都含有颠茄。在它每节茎上有一大一小两枚长椭圆形的叶片，互相依偎，似是一对不很般配的情人。每年夏天开出淡紫色的小花，风铃般摇曳。果实是阴险的紫黑色，常常让人误以为它有剧毒。其实药效最高的东莨菪碱，在根茎。

从 20 世纪初叶开始，人们尝试用颠茄类药物，治疗阿片成瘾，作为非常普遍的措施，延续了整整 30 年。方案白纸黑字印在权威的医学著作上，今天读来，仍让人想见施行时的残忍与峻烈。

病人一入院——就是那些阿片成瘾的人，他们似乎不能算作病人，只是一种生理上有缺陷的人。比如天生只有一条腿的人，除了他痛苦不堪，引起精神上的障碍时，可以称他为病人。在平常的岁月里，他适应了一条腿的日子，好好走路，好好活着，我们就不能叫他病人，只能叫残疾人。

阿片瘾的病人一住院，在 24 ~ 48 小时内，每半个小时，吃一次东莨菪碱，直到发生中毒。

是的。直到中毒。中毒的病人十分可怕，大喊大叫，狂躁不已。配合这种治疗的护士，都是身高体壮的汉子，他们把病人绑在床上，防止病人狂乱时的自伤或是他伤。

治疗中随时可能发生意外，医生护士严阵以待，和病人一同与死亡作斗争。呼吸衰竭的时候，要给山梗菜碱，循环衰竭的时候，要给毒毛旋花子素……

斗争的实质，是要病人产生谵妄与昏迷。因为神志不清，病人不再能自由地表达意志，显不出对毒品的渴求，就把停止毒品后最艰难的一段时间熬过去了。

到了治疗的第三天，无论医生是多么喜欢让病人沉浸在昏迷之中，继续对抗毒品的惯性，但病人的生命已濒临危险的边缘。于是医生开始每隔一小时，给病人注射一支新药以消除魔力。病人在两种药物的角力中，茫然地煎熬在痛苦中。周身疼痛，精神极度不安，彻夜失眠。肌肉由于不断的痉挛，像灌了醋酸铅一样沉重。医生繁忙地施用溴化物、马钱子碱、水合氯醛以及种种想得出的手段，缓解病人的痛苦，但所有的病人依旧呻吟不止。

这样到了第十天。大约每十个病人当中，有一个因为不堪折磨而死去，大部分人熬过了最艰难的阶段，渐渐地平稳起来。

这种类乎原始的办法的理论根据，是认为吗啡类的物质，不单溶化在血液中，也已经深深地植入骨髓。

相近似的一种戒毒方法，是让病人产生剧烈的腹泻。连续一个星期给予病人强力泻油，直泻得天昏地暗日月无光，把黄绿色的胆汁从粪便直接排出来，医生们才认为大功告成。通过今天的研究，已经证明，吗啡类毒品主要是从尿中排泄。想从粪便中驱毒，其理论大厦是建筑在沙滩上的。

麻烦而危险的疗法，病人难以接受，许多人半路上中断了治疗。医生和护士也不堪重负，叫苦不迭。一家医院，一年只能接受大约130名病人的治疗，已是满负荷运转。对于庞大的等待戒毒群体来说，杯水车薪。

继续寻找。理论是实践的先行。正确的理论引导人们走向光明，错误的理论，要求人们用时间和生命偿付利息。聪明的班克罗夫特（BANCROFT）先生，提出了一种怪诞的假说，他认为吗啡成瘾者的脑子，发生了某种匪夷所思的变化。吗啡似乎具有点石成金的作用，使瘾者脑干系统的蛋白质，改变性能，发生凝结……这段充满学术气味的话，十分拗口。简言之，就是吗啡让人们的脑子，凝成了僵硬的一坨。

这种说法很可怕，也很震惊。人们常常对自己能够思索的事物，表示怀疑。但对自己无法思索的事物，理应表示更大的怀疑的时候，却选择了信服。一个惊世骇俗的谬论，往往能在最短的时间内，风靡于世。

遵循这一理论，找到了具有溶解胶体作用的药物——硫氰酸钠。

可惜的是，硫氰酸钠没能解除吗啡的戒断症状，却使成瘾者多了一种新的恶症——中毒性精神病。

只好从复杂回归简单。有人提出了一个最朴素的治疗方法——这就是睡觉。

一睡治百病。睡眠是短暂的神志丧失，是可以恢复的死亡。人们在睡眠中成长，在睡眠中康复。睡眠刚醒的孩子，个子都比夜晚躺下时要高。假如让阿片成瘾的病人，一直浸在深沉的睡眠中，睡上十天二十天，让所有剧烈的戒断痛苦，都隐匿在睡眠黑色的宽袍大袖下，一觉醒来，噩梦之后是早晨，天地岂不豁然开朗？

只是到哪里寻找这种溶解一切雷打不动的睡眠？它几乎不是睡眠，而是一个随心所欲的开关，操纵生命起承转合。

人们求救于镇静催眠药——溴化物。

老态龙钟的药物，重新披挂上阵。病人每两个小时，需服下120格令的溴化物，直至堕入深深的睡眠。整个治疗大约持续20天，病人人事不省，犹如木乃伊。让人睡去不容易，让他醒来也不容易。要吸氧，加上强力的马钱子碱，病人才能昏昏然重返阳间。

在这个过程中，每个病人都要丢失20磅以上的体重。吸毒者都是些极瘦弱的人，每一丝肌肉，都弥足珍贵。最要命的是，每10个病人中就有2名，在酣睡里永远地打呼噜了。这是一条空中钢丝，有勇气从上面走过的病人，寥寥无几。吸毒还没吸死，倒让戒毒给戒死了。我们不戒了！病人恐惧地说。一种疗法，不论学术上多么令人神往，假若病人不接受，前景就风雨凄迷。

人们继续在迷宫中摸索。

当代胰岛素休克疗法的创始人沙克尔（SAKEL）氏，提出了戒断症状的内分泌学说。认为成瘾的病人，是体内若干内分泌系统，相继产生功能障碍。戒断症状的产生，就是神经内部的去甲肾上腺素过多，植物神经功能紊乱。具体疗法是每24小时内，注入80个单位的胰岛素，共8天。

这一段话的核心意思就是，使用胰岛素，使植物神经系统恢复平衡。可惜的是，胰岛素休克疗法，这个在某些领域大显身手的骄子，在戒毒上无功而返。

与其相类似的，还有电痉挛疗法。从1946年开始，以猛烈的电击，暂时切断人的大脑前额叶，使成瘾者感觉迟钝。还有人工冬眠的疗法。应用硫贲妥钠麻醉剂，使病人72小时连续麻醉。然后从病人的直肠灌入氯醛，让他进入冬眠状态。结果是，病人已经人事不知，但所有的戒断症状，依然顽固地在冬眠中显露峥嵘。有一种比较温和的疗法，把病人的血抽出来，然后再给病人注射进去。希望体内对吗啡产生抗体耐受性，产生免疫……等待他们的依然是失败。

数百年来，人类进行了无数试验，以对抗毒品。每当一种新学说展示辉煌羽翼时，人们都要试着用它来阐述吸毒的规律，指导戒毒的方向。每当一种新的药品问世，人们都摩拳擦掌，以为它能使吸毒者起死回生。

可是，人们在两条路上，都不约而同地走向失败。

播下的是龙种，收获的连跳蚤也不如。

人类又悲惨地回到了起点。不对了，时间是一条单向的孔道，它放你走过去，就疲惫地闭合了，让你再也回不来。

医生的工作引起了医学上的紊乱，而这种紊乱，又给医生们找来了更多的活。创造错误的人，甚至还受到尊重。

数百年间的禁毒，事实严峻如铁。吸毒的群体越来越庞大，吸毒者的年龄越来越小。毒品的强度越来越烈，经过不断的更新换代，纯度越来越高，品种越来越丰富多彩。吸毒的方式越来越向静脉注射发展，点点滴滴在心头，一分一毫不浪费。吸毒引发的犯罪率，越来越高。

这真是人类文明进程中，最大的自嘲。

当然也有片刻的骄傲。

人类取得禁毒的完全胜利，历史上只有一次，那就是新中国建立初期。呼啦啦红旗一举，一声禁烟令下，这百年翻跶的魔怪，就销声匿迹了。

这在政治上，是辉煌的果实，但在医学上，却没有提供更多的借鉴。它使用的是"自然骤停法"，几乎不加任何药物预防，在 24 ～ 36 小时内，撤除毒品。这对成瘾较轻、身体强壮的人来说，硬扛一段时间，也就挺过去了，但年老体弱重度成瘾的人员，风险就比较大了。国外也有这种方法，还起了一个特别的称呼，叫"冷火鸡"（cold turkey）。

20 世纪 50 年代以后，随着科学不断进步，脱瘾治疗的新方法和新模式层出不穷，但我们依然没有看到决定性的曙光。

这就是历史与现状。

第二十节

潘岗出差回到家里。几件换洗衣服，卷在提箱里，没什么分量。从南方买了些当地的特产，也不甚多。交通这样方便，现在出差的人，真是没什么可带的。但你出了一趟门，总不能两手空空回来见老婆孩子，所以糖啊干果啊，还是买了一些。还买了两条丝巾，一条贵些的，给妻子。一条处理品，给保姆范青稞。

现在，不是保姆巴结主人，改成主人巴结保姆了。潘岗自嘲。

三口之家，本没太多的家务事，保姆属奢侈品，按他们现在的收入，实在有些勉力为之。但含星身体不好，胃口很弱，每顿饭都得精心制作，不然就怏怏地看一眼，怎么哄也不吃。他上的小学，离家又很远，每天上下学，要穿过几条繁华的大马路。自打发生过一起撞死小孩子的事，每逢下学的钟点，校门口就挤满了接孩子的家长，人头攒动，成了一景。

潘岗经常出差，自然没法按时接送孩子。简方宁忙得脚丫打后脑勺，也担当不了这历史的重任，只得雇保姆，照顾孩子。

本来以为自己家的活不重，给的工钱也不少，找人不费事。真的找起来，才发觉艰难。现在的年轻人，谁还有耐心侍候人？自己还巴望来个人侍候呢！上了岁数的人，又热土不离乡，没人出来挣那几个辛苦钱。

眼看小学开学，保姆还无着落，简方宁急得不行。一个邻居说，我老家有个寡嫂，说愿出来寻个事由。只是我丑话说在前头，她人可有些"勺"。

简方宁说，"勺"是怎么回事？

邻居说，"勺"是土话，就是有些脑子不够使。你要说她傻吧，也还没到那个分上，但不机灵。我估计，洗衣机、电饭煲这些家什，都学不会使……

潘岗说，那是弱智。这种人谁敢用？

简方宁说，会认路吗？

邻居说，认路没问题，甚至还是一绝。那年到我们这儿来，领着她逛商场，一时走散了。我们急得不行，都想到警察局报案了，她平平安安回来了，还带回一大包货物，说是比她老家的便宜，带回去可以做个小买卖。

潘岗插嘴说，有一种人就是这样，别的都不行，可有一样行，叫什么"白痴天才"。

邻居说，白痴肯定不是，天才就更不是了。二者之间吧。

简方宁道，潘岗你别打岔。会做饭吗？

邻居说，乡下人的饭，有什么会做不会做。熟了能吃就是。不过她做的油泼辣子是一绝，从小我就爱吃她泼的辣子，别人都做不出她那个味。

潘岗说，从小？你这个寡嫂多大岁数了？老太婆了，可别在我家出个三长两短。

邻居说，其实比我也长不了几岁，就是过门早，现在有40了。

简方宁说，我看你嫂子不过是反应迟钝些，脑子没什么问题。这样吧，一时找不到合适的人，你就请她来一趟。雇不雇路费我们出。要是能行，就请她帮帮忙。要是她不愿意，再说也干不下来，就请她回去。你说行吗？

邻居说，简院长，太客气了。考虑得这样周到，我们没什么可说的，但愿她能胜任你家的活，别白花了路费。

事后，潘岗直埋怨简方宁，这不是给家里请了个老年性痴呆吗？

简方宁翻他一眼说，那你倒是请个精明强干的少壮派来呀？我一天那么忙，哪有心思老缠在这事里？人来了再说。

范青稞来了以后，全不像邻居渲染得那么"勺"，白白胖胖，细皮嫩肉，除了动作慢一些，几乎没有什么活不能干。简方宁手把手地教了几次以后，燃气灶、洗衣机都使用自如。特别是她把西北饭精心烹制、去掉了强烈的辣味以后，居然大对含星的胃口。半月后，含星脸色也红润了。

至于认路，更是没得说。潘岗领她去了一次学校，回来时，她说，先生，您有什么事，就忙去吧。我从这边上斜插过去，就到了院长领我去过的菜场。顺便买些菜回去。

潘岗大惊道，你认得回去的路吗？

范青稞说，认得。潘岗表面上答应让她自己回去，暗中还是跟着她。毕竟是乡下人，万一走丢了，没法交代。没想到那女人像一匹老马，一步不差地回了家。

范青稞对简方宁一家也很满意。活不多，人也简单。除了接送孩子，就是做点家常饭，一个星期才开一回洗衣机，平日里家中无人，看电视听广播，真是神仙过的日子。简方宁更是高兴，今后她可以毫无顾忌地在医院工作，干到夜里几点都行，再不必为孩子操心了。真是天道酬勤，好心有好报。

潘岗看看表，正是午后两点，在飞机上吃的午餐，现在还没消化，想马上找床板放平四肢，舒舒服服地打个盹。他刚想举手敲门，让范青稞来给他开。自打家里有了保姆，潘岗就很少用门钥匙了。他每次敲门的时候，都有一种优越感，敲的声音也很大。他想让楼上楼下的人都听到，如今我们家也雇了用人了，再不用自己拎着大包小包的，还需把东西搁在地上，或是干脆用牙咬着书包带，腾出一只手来掏钥匙，很艰难地自己开门。

虽说范青稞的工资，是他俩从牙缝里省出来的，每月付钱的时候，潘岗都在心里唏嘘，但敲门有人开，这就是享受幸福，进入小康的具体体现。

突然他的手，停在半空。因为事情办得顺利，他这次出差提前回来了，家里人都不知道。他取出钥匙，决定自己开门，看看保姆在家里干什么，没准正翻看他家的细软也说不定。虽说箱子里最值钱的衣物，就是当兵时发的皮大衣。

他轻手轻脚地进了门，连自己也好笑，仿佛一个真正的贼。

但他看到眼里的第一件东西，就让他笑不出来了。厅里的方桌上，摆着含星的书包。家是两室一厅的格局，他俩从部队回来，按转业军人特别照顾才分到手的，房子虽旧，也不错了。潘岗夫妻住一间，范青稞和含星住一间。因为厅比较大，日常的活动都在厅里，简方宁戏称这里为"联合国总部"。

含星的书包就在"联合国总部"放着。正是上学的时间，说明含星没去上学。含星没去上学的原因只有一个，就是他病了。

潘岗听到含星屋里有轻轻的鼾声。原来含星在睡觉，潘岗太想见到儿子了，想也没想，推开了屋门。

暖气烧得很热。因为主人都不在家，孩子又被简方宁带走了，范青稞索性按着在老家睡觉时的习惯，脱得只剩一套贴身裤褂，摆开大睡一场的架势。这会儿，正睡得云山雾罩，被子也踢开了。

潘岗看得两眼发直，不由得把眼前这个肥嘟嘟白胖胖的半裸女人，和妻子简方宁作一个比较。这种比较当然很残酷，但潘岗认为理所当然。世上无数的为人夫者，无时无刻不在作着这种比较，男子们都心照不宣，只有他们的妻，被一句"你是世界上最美好的女人"，蒙得昏了头。想一想，就算这句话是真的，他也是作出千万次的比较，才作出的评论。

女人是经不得比的。

潘岗想到了简方宁因为操劳日渐消瘦的身体。外人看来，也许是骨感美人吧，但他受不了这种丧失丰润的干枯，哪像面前这个肥而不腻酥而不烂的女人，简直就是一条刚刚洗净的鲜活白鲢鱼。

不管简方宁在外面怎样地学识渊博，举止干练，潘岗要说，床上的简方宁毫无情趣。当然，她从来都没有拒绝过他，甚至在身体极度疲乏的情形下，也接纳丈夫。但这种承受比拒绝还叫人懊恼，你抱着的是一束干燥而没有体温的芦苇。无论怎样，也燃烧不起火焰。

简方宁在工作上锐意革新，这方面却抱残守缺，拒绝任何新鲜姿势和尝试。简方宁说，潘岗，我是学医的，你不要信那些。其实，平平凡凡的就是最好的。面对面的姿势，是人类进化的一种标志，只有猿和人，才有这种高超的技巧。你说的那些样式，都从牲畜和低等动物那儿学来的，退化。

潘岗的勃勃情欲，往往在这种严谨的理论和满口的医学名词面前，随风飘逝。他暗下决心，下辈子找老婆，第一个条件，就是不能要这种把男女之间的乐事，冷静地称为"性交"的女人。看来不用等下辈子了，眼前就有这样一个尤物可供品尝。只是，范青稞愿不愿意呢？

即使英姿勃发，潘岗的法律意识，也相当强。如果他扑上去，抚摸和亲吻这个许久没有性交的女人……糟糕，被简方宁影响，潘岗也不由得用这种毫无情致的词语……从范青稞平日的温顺和现在的处境来看，大约是不会激烈反抗的。但是以后的发展就有些难以琢磨，她要是赖上潘岗，如何是好？即使不是哭天抹泪，要求他离婚再娶（这是万万不可能的，潘岗十分爱自己的妻子和孩子，一个乡下女人，不过是逢场作戏罢了），单是从此偷奸耍滑，不好好干活，潘岗也就大大地蚀了本。不成，等着她来勾搭我。这样既不用我承担任何责任，也许她活会干得更起劲，这也是我对家庭的贡献嘛。所以，不能趁她睡着了，一定得保持她的清醒状态，自觉自愿。像这般稀里糊涂的女人，还是缓下手为好。潘岗这样想着，恋恋不舍地用眼睛最后抚摸了一番女佣人的半裸之体，退出了孩子的小屋。他的心有些跳。生平没有干过这种事，他原以为自己就一直守身如玉地活下去了，没想机会却不放过他。

我不能那么傻，一辈子只品尝一个骨瘦如柴的女人。现在，我要试一试。我敲门，如果范青稞衣服穿得整整齐齐地来开门，就算我南柯一梦，犯了一回意淫，从此绝对不生邪念。如果她胡乱掩着怀就来为我开门，那事就很有几分希望了，然后……潘岗这样计划着，不禁心旌摇动。想起年轻时看《水浒》，对梁山好汉们的剪径，并无多少印象。记忆最深的是西门庆与潘金莲勾搭的那"十部曲"。看的时候，心中急得猫抓一般，生怕武大郎的婆娘突然变得贞洁，那就没看头了。

对这一事件的策划者——王婆的智慧，他钦佩得很。今天也来一番照方抓药，为范青稞作一个局。只是封建时代生活节奏慢，那老婆子共设计了十个步骤，费时甚长。今天潘岗只设计两个环节，开门、洗澡，成就成，不成就拉倒了。一个乡下女人，值不得费那么多工夫。

潘岗这样想着，轻轻地敲响了小屋的门。

谁？范青稞的声音朦胧恐惧，不知是什么人无声无息地闯进内室。

厄（我）。潘岗故意用西北腔回答。自然学得不像。

你到底是谁？范青稞的声音带出颤。这种情绪下，自是不宜上演调情的节目，潘岗赶快换了本来的嗓音说，我是含星的爸爸，出差回来了。

呃，是先生。你等等，我就给你开门。范青稞忙答。

我已经进到屋来了。刚才看了你在睡觉，把被子都蹬了，真怕你着凉，想给你盖，又怕吓了你……我现在能进去吗？潘岗柔声说。

范青稞哪里听不出来。她愣了一下，知道先生这是想和自己成事呢。

潘岗在外面等得有些心焦，因为等的时间越长，说明范青稞穿戴得越整齐，自己的希望也就越渺茫。

范青稞出得门来，潘岗心花怒放。

穿得倒是很齐整，浑身上下并无一块敞开的地方。只是那是一套简方宁送给她的羊毛衫，因为号码小，紧紧地绷在身上，勒得体态比没穿衣服还要诱人。

好，你穿这衣服，好极了。我这次出差，还特地给你买了一条真丝的头巾。潘岗说着，打开还贴着机场安检标志的行李箱，把原本给简方宁的头巾拿了出来。

你看，好吗？可贵了！潘岗夸张地说。

色儿可不怎亮堂。范青稞并不买账。

你真傻，大红大绿土气呢。我给你系上，你到镜子前照照，那才叫美。潘岗说着，就把丝巾披在范青稞肩头。手指路过范青稞凸凹不平的前胸时，格外着力。范青稞明显地浑身一震。有门。潘岗暗暗高兴。但他就此为止，绝不擅动了。一切要让她送货上门，才可立于不败之地。

看到范青稞眼睛闪亮，他知道已经激起了女人的情欲，这时要做的是躲开她，好像炖肉，大火滚开后，要用文火煎熬。你给我准备衣服，我要洗个澡。潘岗懒洋洋地说。潘岗最爱说这句话了，30年代电影里许多阔少，都用这种神情说这句话，那是一种充满富贵的气派。他家的淋浴喷头挤在厕所里，人洗澡时，脚一不小心就会滑进入厕的蹲坑，实在是最简陋的洗浴设备。

先生，准备好了。范青稞开了送水截门，把热水器点着，又把他的换洗衣服找出来。

你把衣裳放门口椅子上吧，里面地方太小，会淋湿的。潘岗说的是实话。

先生洗完澡一身汗，出来拿衣服，会受凉。范青稞担心地说。其实每人洗澡时都得如此操作，在这个家里，早已习以为常。实在是多此一举。

那你说怎么办呢？要是院长在，她会给我送进里面。可是她此刻不在，我就得独自受苦了。潘岗似笑非笑回答。

院长带着含星到医院去了，晚上才能回来。范青稞道。

含星怎么了？提到儿子，潘岗猛然感到有些对不起他。自己回家这半天，这才刚想起问他。

有点小病，院长不放心，就把他带着上班去了。范青稞故意大事化小。这当口儿，扯进一个病孩子，多丧气。

哦，小病我就放心了。只是我要是着了凉，就是大病了，你可要好好服侍我啊。潘岗继续打情骂俏。

先生，何必等您病了，我才服侍您呢……范青稞已按捺不住。

是吗？那就看你是不是真心疼我啦……潘岗说着，进了厕所兼浴室。

潘岗在浴室里，叫道，青稞，你给我搓搓背啊……

范青稞一直在等着这一声，马上应着，来了，来了……

浴室的水龙头一直没有流出一滴水。

第二十一节

你真是病人吗？周五问范青稞。口气不像入院检查那样生硬，虽是问话，眼睛却是弯的，好像知了谜底却要考别人的顽童。

怎么，哪儿不像吗？范青稞不知如何回答，来个反问。

你这答话就不像，真病人哪儿是这样啊，他们会说，老子不像，你像？不像才好呢，像大款像外国老板像公安局长最好……嘻嘻，你别看我周五年岁小，就以为我好糊弄。其实我在这里管换衣服，见过的吸毒病人，比最有经验的医生还多。你想啊，一个医生只管不到十个的病人，可每个医生的每个病人都得从我跟前过，我的眼睛毒着哩。哪有你这样的，才进了医院，又从院长屋那个门，溜出去。回来后，一本正经的滕大爷又来垫话，怕我难为你。你自个儿说说，普通病人有这么大能耐吗？周五很为自己的推理折服，盯着范青稞。

范青稞这才有机会细细打量周五。

一个细眉细眼的年轻后生，身子骨还没发育完全，单薄却挺得笔直。他的眼光，的确有种成年人的阅历。

你说对了。我不是一个普通的病人。范青稞答。对这种眼神你没法说谎。说了，他一定不信，除了失去信任，什么也得不到。范青稞愿同所有的医护人员保持良好关系。

那你到这里来，干什么呢？周五问。

范青稞回答不出，又不知如何解释，周五突然自己一笑说，我不问你了。你既然来，就一定有来的理由。既然院长滕大爷都帮着你，我也帮着你就是了。

好个机灵小伙。范青稞心里赞道。

你若是想帮我，就同我讲讲这里的故事，讲讲你自己。范青稞已换好病号服，找了一把椅子，规规矩矩地坐在周五的对面。谁贸然闯进来，一点也看不出破绽。

好。周五说。听我从头告诉你。但愿今天没新病人来，也没老病人走。查一个病人费事着呢，我就讲不完了，你别看我年纪小，讲起来，也得一阵子呢。

我家是农村的，可穷。也许是因为身子骨弱，我打小就想当医生，就为医生到病人家里看病的时候，来回都骑驴，临走还能吃上芝麻油拌的面条。门前是条官道，一天走过多少有钱有势的人，我都不眼热。不管他们多大能耐，有病的时候，都得听医生摆布了。天地间，医生最大。

我妈说，不是这个理。照你这么算，剃头匠也是了不起的人了，啥人的脑袋他都摆弄啊。我说，剃头匠摆弄的是脑袋皮，医生调理的是脑袋瓤。

初中毕业以后，我想上高中，以后上大学，这才是当医生的正道。可是乡下学校质量不好，我没考上县里的高中。有一家自费的医校来招生，说是承认学历，不包分配。学费可高，合我们全家不吃不喝一年的收入。

我跟妈说，我上这个学校。

我妈哭了，说孩子，你爸爸长年有病，躺在床上，吃的药比吃的饭多。你妹妹们还小，妈就指着你长大了，帮妈一把呢。你现在倒是长大了，可比小的时候还让人操心。你离家那么远，去上这么个名不正言不顺的学校，妈不放心。再说，这学出来算个啥呢？现在不比以前了，不是啥人都能抓服草药，扮个郎中，得有医照。这种草台班子的学校，能给饭碗吗？只怕连个兽医都干不成。蛤蟆儿子变马鳖，马鳖儿子变蚯蚓，咱家几代人都没长眼睛啊……

我说，妈，我要是留在家里同你做庄稼，儿子就毁了。我想当医生，学好了给我爹治病，你不让我去，我恨你一辈子！

话说到这儿，我心里也不好受。要是我妈非不让我去，我也就算了。一个乡下孩子，不听自己亲娘的话，是大不孝。我不敢。没想到我爹拿出药钱，拍到我的手里，说孩子你拿去吧，爹等着吃你开的药。

我接了钱就跑，不敢回头。一回头，就再也跑不出老家的院墙了。找到学校，窝棚似的，根本不像招生简章上说的那么好。同学都是我这样的乡下孩子，大伙说，骗人！不上这球学了，退钱。我没吱声。因为听了两堂课，条件是差，请的先生还是正经大夫，讲的是学问。

就说，要走你们走吧，我出来不容易，不学成了回去，没脸见人。听我这么一说，好多人就动摇了，因为大伙也都跟我似的，和家里人跺脚拍了胸脯子跑出来的，这么回去了，再别想出来！也有几个坚持走的。学校挺黑，退钱，行，只给你一半。有人和他讲理，说才上了几课，我们就走人，怎能扣这么些钱？学校的人也有词，说招生名额是有数的，想来的人多着呢！招了你，我们就辞了别的人，这会儿你不上了，空出来一个名额。一个萝卜一个坑的，哪那么巧就一下找到了插班的人？退你一半，就不错了。再啰嗦，连这一半也不给！

大伙在一起处了几天，也有感情了。就说，别退学了，凑合着上吧，没准鸡窝里飞出金凤凰，你将来还是名医！

这么着，大部分人坚持学下来了。中间，我爹病死了，我没掉泪，也没回家看。我觉得我爹是叫我给害死的，我用我爹的药丸子，换了我的医书，太自私了。我没脸回，只有更好地学习，日后让我妈过上好日子，让我妈把我爹没享上的福一块享了，我才不枉活一世。毕业了，我还是优秀学生呢，学校奖我一套听诊器，最便宜的那种。

毕业就是失业。我们甚至连失业这个词，也没资格说。因为人家原本就没说有"业"等着我们。我妈说，快回来吧，虽说没人牵着毛驴请你去瞧病，只要你能劁猪，走南闯北的，芝麻油浇的面条也能吃上。想了半宿，我还是不能回家。我不能做个劁猪匠，要做个真正给人看病的医生。我已经学出来了，虽说校方原来答应的文凭，不作数了，可我多少还是学到了点真本事。

我漫无目的地在乡间流浪。没人相信我能治病。我沿着河边走，希望能碰上一个人恰好淹死，腹胀如鼓，两眼翻白，呼吸停止。大家都认为他已经没救了。我轻轻地走过去，说一声，请让我试试吧。一定没人看得起我，可我一点不在乎，轻轻地控去那人腹腔的积水，在众人不信任的目光里，开始轻轻地做人工呼吸。然后突然扬起臂膀，猛地捶击病人的心脏……在大家惊诧的目光里，那人顿时苏醒过来，抱住我的腿，说，救命恩人啊……我就轻轻地推开他的手，轻轻地走向远方。但是被人们紧紧地拉住了……

我这样想着，紧张地看着水面，但是，除了癞蛤蟆鼓起的死水泡，什么也看不到。这些年北方大旱，要找到一条平日能淹死人的河，也不容易。

到了一个村子里，我对人说，你们这里有病人吗？他们说，有啊。你要干吗？我说我是医生。大家就都笑了，说你是个病人吧？要不就是要饭的？我这才知道，一个人光有医术，绝成不了医生。他首先得有病人，还得有药，有信誉，有一个固定的干净地方，那就是医院。

我一边给人打工，一边流浪，到了城市。我挣了第一笔钱，你猜我到哪儿去了？没有人知道我的心思，我没有去公园，也没有去商场，我到了一家最大的医院，排队挂号。

轮到我了。窗口里的护士说，哪科？

我说，哪个科的号，你都给我来一张。

护士冷笑着问，妇产科的号也要啊？

我说，要。

妇产科有什么了不起的？在一个真正的医生眼里，男人女人都是几根骨头串着一堆肉，没啥秘密。

护士又问，挂什么号啊？

我问，号还不一样啊？

她说，教授的号，十块钱一张。副教授的号，五块钱一张。还有主治医师、医师……怎么样，也一样来一张吧？

我只好说，我挂不起那么多的号，你就给我一个科挑一种吧。

我攥着一大把挂号单，百感交集。我心里叫着，爹，您活着的时候，不孝儿子，没领您看过一次病。今天，儿子带您看病来了，把您身上所有的毛病，都原原本本跟医生学说一遍，然后带着医生给您开的药方，到您坟上烧了……

我上学的医校，根本就没让我们实习过。这是我第一次正式进医院，还是这么大这么豪华的医院，一下子就把我震住了，后来我想这就是一见钟情。我前生前世一定到过这地方，心里就亲切。立马决定，我这一辈子，穿定白色的衣服了。我喜欢这种味道，别地儿哪怕四季开鲜花充满了仙气，我也不去……

可惜给爹瞧病的事，没如愿。哪个科的医生都说，病人不来，没法看。我就把我爹的病学说了一遍，医生的诊断和我自己想的差不多。在学校的日子里，我把我爹的症状想过千百遍了，这所最先进的医院，给了我证明。

我在妇产科的门口转了又转。挂号的那个护士坏，她把最贵的专家门诊挂在了这个科。妇产科的玻璃门上，红字写着"男士谢绝入内"。我不知道该怎么办，呆呆地坐在候诊室门外的长椅上。我很想见一位真正的医学教授，哪怕她是妇产科的。所有挂了号的人，都看完病走了，原来乱哄哄的候诊室一下子变得很空。一位头发雪白的大妈，走出来，对分号台的护士说，有一个挂了我的号的病人，怎么还没有来？分诊护士说，她也许看您正忙着，就到别的地方去了。病人就是这样，她来看病，可是看着看着，就不知看到哪里去了。她们老埋怨医生忙，自己比医生还忙！护士用她手里的小喇叭，反复叫着一个号码。那个号码就在我的手心里攥得发黏，我却没有勇气站起来。老教授说，她到这会儿还没有来，一定是有急事。若是以后她拿着这个号来了，还有效，千万别拒绝她。

老教授就要走了，我突然想，这10块钱，够给我妈买一篮子鸡蛋补身子了，不能让它糟蹋了。我站起来说，教授，那号是我的。

教授说，那你妈妈或是你姐妹在哪里？你这么年轻，我想还没成亲吧？

我说，教授，没有病人。我只是想看看，一位真正的教授怎样给人看病。

教授愣了一下，说，你是我从医这么多年，看到的最奇怪的病人。好吧，跟我到诊室来。

我指了指"男士谢绝入内"的牌子，教授说，不必管它，里面没女病人了。

在诊室里，教授详细地听了我的身世，她说，她很感动，一个人从这么小的时候，就这么喜爱一项事业，几十年如一日地做下去，是会有成绩的。她可惜我不是一个女孩子，要不然会帮助我成为一名优秀的妇产科医生。

以后你打算干什么呢？她问。

我说，不知道。

她说，这样吧，我有一个朋友，在另一所医院工作。我给你写一个条子，假如那里需要人，他会想尽一切办法留下你。

教授在一张处方背面写了一封短信，希望她的老同学能帮助我。

她的老同学就是滕大夫。他一眨眼的工夫就看完了信和我的结业证，说，它算什么？简直什么也不算，训练江湖术士的班。你以为一个医生，像当木匠或是泥瓦匠那样简单吗？只凭手把手地教你就成？医学是科学，我真奇怪，我的老同学，多么严谨的人，怎能那么快地就相信了你，还把你托付给我，真是误诊加上吃错了药！

我无地自容，觉得自己像一团草根，被人踢来踢去。我低着头，背起行李就走。

滕大爷说，哪儿去？

我说，到我能去的地方去。

滕大爷说，不当医生了？

我说，还当。

滕大爷说，这儿就是你当医生最好的地方，还到哪儿去？你跟着慢慢地学，实践经验非常重要。医院只长一种白色庄稼，就是医生。

我说，您不收我，我也呆不下去啊。

滕大爷说，医院也不是我私人开的，我想收你就能收你？明天这个时候，你再来吧。

第二天，我准时来了。滕大爷什么也没说，拿出一千块钱，递给我说，拿上，走吧。

我说，我不要。我来，是为了当医生，不是为了要钱。要是当不了医生，我就去自己挣钱。

滕大爷生气了，说，叫你拿，你就拿。带上这钱，到河南嵩山的少林寺去……

我说，您是要我去当和尚？

滕大爷说，你这个孩子怎么这么性急？我是要你到少林的武馆里，学一身武功。

我为难地说，我生性好静，从小不喜欢舞枪弄棒，恐怕习不了武。勉强学来，只怕也是花拳绣腿，练不成真功夫。

滕大爷说，要求不高，你只要练得像那么回事即可。要是会了几下把式，嘴里再能哼哈地发出武林高手那种声音，就更好了。

面对这样怪异的要求，我不知说什么好。但一看滕大爷那么诚恳，实在不忍拒绝他。再一想，我一人漂流四方，在哪里也是一个人。趁着年轻，学点防身的本领，碰到歹人也可招架，不是坏事。我就怀揣着滕大爷给我的钱，上了河南嵩山。半年以后，滕大爷写信问我武功练得怎样？我说，哪有这样速成的武功，我还未入流。下封信他又问，会比画几下拳脚了吗？

我不知他什么意思，回信说骗骗人还是可以的，毕竟我是少林武僧亲自传授，虽说刚刚入门，架势还标准。

滕大爷令我火速回来，说行了，就这样吧。再晚就来不及了。

我不知详情，急忙赶了回来，才知道戒毒医院要招一批工作人员，滕大爷帮我填了表。因为缺人，外地户口也不限制。滕大爷就用他夫人的名字填在保证人栏里，让我去试。只有一点，千万别让我露出认识他。

面试的时候，主要是简方宁院长把关。滕大爷护士长也在座，算个参考意见。和我一块进考场的是两个牛高马大的小伙子，一个是高等医专刚毕业的，正在找工作。另一个在别处当医士，嫌离家远，想调到近地方。

我不知道院长为什么要让三个人一齐面试，好像应该是一个走了再进一个，不能这么一勺烩。可能是报考的人多，这样集中处理节约时间。进了屋，三位考官一排坐着，脸上一点表情也没有。院长事先已经看过我们材料了，她本来要淘汰我，滕大爷说，他的学历虽说软，但业务考试成绩并不比别人差，说明有潜力，让他试试吧。于是就把我保留了下来。院长的兴趣明显在那两人，脸不由得偏向那边。

开始提问题。一个很怪的问题，不像医学考试的题目，像一个戏剧小品。

院长说，假如你们唯一的孩子，吃苹果的时候，被核卡住了嗓子，呼吸窒息，脸憋得青紫，生命十万火急，你怎么办？因为她没说是问我们哪一个，大家也不知谁先回答为好。三人之中，衣服穿得最气派的是医专毕业的小伙子，挺身而出先说。

嘻嘻，他笑起来。打趣说，我们俩，都还没结过婚呢，哪能有自己会吃苹果的孩子！不知这位乡下来的阿哥，是不是早恋早婚早有成果，反正我们没这个体会。

我说的是假如。当医生的，什么样病人都可能碰上。院长不悦。

那我就让他头朝下，往外控，或许有救。要不就用筷子捅他的嗓子眼，让他恶心吐，没准管事，再不就……医专的回答。

我问你的是作为一个医生，应当如何处置这种情况，不是请教老百姓的验方。院长不客气地打断了他的话，失望挂了一脸。

轮到离家远的医士回答了。他很沉着地说，我将给孩子取头低脚高位，这样利于异物排出。然后迅速拨叫"120"急救台，请求急救中心火速来救护车。等待的这段时间里，密切观察孩子的生命指征……

孩子呼吸停止了。院长说。我在一旁想，院长真是个狠心的女人，存心要那个孩子陷到绝境里。

立即做人工呼吸。离家远的略一思考，很利索地回答。

呼吸道阻塞，什么气流也进不去，人工呼吸无效。院长仍不罢休，非用嘴把那个吃苹果的孩子，说到死路上去不可。

我……那我就立即抱起孩子，往最近的医院跑。碰上出租就拦车，没有汽车就央告骑自行车的人，赶快送我到医院，救救孩子。我相信还是好人多……离家远的医士，说个飞快。

院长含意模糊地点了一下头，不知是赞同他的处置方案，还是示意他就此打住。

轮到我了。跟在别人后面说话，又好又不好。好的是你大概能看出考官爱听什么不爱听什么。不好的是，前面人说过的话，你不能说了。院长对这两个人的答复都不满意，我得另开一条路。我看看滕大爷，他一点反应也没有。一切都得我自己摸索了。

豁出去了，爱对不对，我就照自己琢磨的答。

我说，要是我，当时就捏起削苹果的小刀，叫别人按住孩子的手脚……我话还没说完，院长就说，当场没别人，就你一个。

我接着说，那我就跪地上，用腿压住孩子的下半身，省得他乱动，坏了我的事。左手找准脖子的位置固定好，右手用刀尖在孩子的气嗓咽喉，对准了狠狠就是一下，捅进半寸，刀锋进了以后，再扭上半圈，让喉管破出一个三角形洞。到了这会儿，若是没有意外，孩子就会大喘进气，呼吸恢复，危险就算暂时解除了。

我说完了，屋里静了半天。护士长说，你那削苹果的刀，消毒了没有哇？

我说，紧急情况，哪那么多讲究？先救了命再说。至于感染，现在的医学多发达，各种霉素多的是，送医院以后，慢慢再用抗菌药控制呗。

院长说，够野蛮的。但危急时，医生当以救命为上，其他一切都可从简，可从长计议。

我知道，这道题就算通过了。

院长说，我再问你们三个一题。这是一所特殊的医院，想必你们也有所了解，病人有时狂躁不安，要是出现打架斗殴的现象，你怎么办？

这回医专的吸取了先说话的教训，缩在后面不搭腔。离家远的可能觉着这个问题比较简单，不愿被我占了先，抢着回答。我就拨叫匪警110，请求警察支援。

院长一下笑起来说，小伙子，你除了会打电话，还会干什么？

轮到医专的，他说，我觉得该给每个医生护士，配备电警棍或是微型催泪弹，出事的时候，可以自救。

滕大爷忍不住了，说咱们这儿也不是监狱，搞得那么草木皆兵的，长别人志气，灭自家威风，还像医院吗？再说要叫病人夺了去，乱上加乱！

院长说，你们说了这么半天，并没有回答我的问题啊。我问的是，打起来后，你怎么办？

轮到我了。

我索性站起来回答，打起来的时候，最重要的事，就是让打斗双方，迅速撤开。听说这里有些亡命徒，好言好语根本劝不住。有效的方法就是要有比他们更强的对手出现，控制局面。他一看，逞不了凶了，就乖乖地熄了火。像武林高手格斗，打得难解难分，一旦有人使出绝招，别的人就不打了。具体到医院，我觉得体弱的医生护士最好闪开，动起手来，肯定吃亏。制伏他们，不打则已，打则必胜。

滕大爷搭了话，照你这样说，都不往上冲，病房岂不乱成一锅粥？你这意思，好像自有什么高招似的？

我立刻明白了，接过话说，我在嵩山少林寺练过一段功夫，还没出师。

滕大爷对院长说，咦，想不到他还有这特长。紧接着问，都学过什么啊？给我们报报。趁人不注意，向我丢个眼色。

其实他就是不丢眼色，我也知道自己得抓住机会。我就说，我上的是散打拳击班。除了自由散打、擒拿格斗，十八般武艺以外，还学了拳经和拳理……

院长来了精神，说看不出你瘦骨伶仃的，还有这一手？不是天桥的把式吧？

我说，天桥在哪儿？

医专的和离家远的，露出瞧不起的神色。没想到院长很高兴，说，不知道天桥的把式好啊。你能给我们表演一下吗？

我说，师傅说了，习武为了防身。不许没事的时候，以武炫耀。再说我也没学到家，只会一点皮毛。既然各位老师一定要看，我就演习一下。先来一段棒术吧，但空着手恐演不好。

院长挺有兴趣地说，要不我们给你找根棒子来？

我说，那不用，得拿个家伙比画着，您要是允许，我就用您手里这支钢笔。

院长看着自己的钢笔吃惊道，这能行？

我说，意思到了就行。各位老师见笑了。

院长走下她的考官席，把笔递到我手里。滕大爷说，小伙子，你有把握吗？这可是派克。我说放心吧。把笔接过来，杆滑溜溜的，好像长满了青苔，那是一管红色的笔，已经用得很旧了。我知道那上头不是青苔，是我手心的汗。我心里说，爹爹啊，您的魂就附在这杆笔上吧，保佑我……

我舞着那支笔，呼呼生风，就像当年我小的时候，我爹托着我的手，教我使镰刀。当场练了几套功夫，大家都看傻了。其实真的是皮毛，武校的师傅，知道习武的人一旦回了家，常被人围着要他露一手，就先教了几套好看的功夫。哄内行不成，外行人一看，挺眼花的。

院长抱着双肘，看了一会儿，说，好了，停吧。这毕竟是医院，不是武馆。

滕大爷意犹未尽，说你还会什么，再露几手。

说实话，我那点本事抖搂得差不多了。但听滕大爷这么一说，我知道自己可不能认熊。打蛇随棍上，赶紧说，我还会头顶开砖，单指破碗，腹卧钢叉……

真的，这番话可是吹牛，我只看过师兄们表演过硬气功。我想，反正鱼死网破，听滕大爷的，没错。要是真让我练，我就硬着头皮上。

简院长打断我的话，问，你叫什么名字来着？

我说，周五。

她说，你是星期五生的吗？

我说，哪啊，生我的那会儿，我爹妈哪知道世上还有"星期"这一说？我行五，上面有四个姐姐。

院长看看滕大爷和护士长说，按说咱们应该研究研究再定，但都忙，我看就定下收了周五吧。

滕大爷和护士长都表示同意，医专的和离家远的两个人就无声地走了。

院长对我说，你刚才对病例的处理，还算机警。医生就是要有对突发事件当机立断的能力。别的行业，时间就是金钱。对医生来说，能力就是生命。当医生的，要有勇于负责的精神，什么事情都打电话，表面看起来最正确，其实最错误。

我留下你最主要的原因，因为你会几下拳脚。这里病人复杂，我不得不多做几手准备。今后你就负责病人出入院时换衣服这道工序，别让他们把毒品和不该带的东西带进去，具体要求护士长会同你详细交代。你得昼夜住在医院里，我给你准备一间宿舍。晚上没事时，你就看书休息。要是有了什么意外，你就出来帮夜班护士医生一把，多个人多份力量。凡是你夜里起来处理事情，都给你记上加班……

我忙说，院长，您留下我，就感恩不尽了。夜里起来帮忙，是我应该干的，我不要记加班。

院长说，按我的意思办吧。

我就留在医院了。不知怎么感激滕大爷，他和我无亲无故的，为我设计得那样周密。要不是事先准备，机会来的时候，哪能抓得住！

我问过滕大爷，您让我习武的时候，想到有这一天了吗？

滕大爷说，当我看感冒病人时，哪怕他刚打一个喷嚏，我都想到他也许会转成肺炎。

我说，我的武功实在不怎么样，以后万一有事，到时候打得不漂亮，岂不辜负了您和院长的信任？

滕大爷说，只要你不怕死，冲得上去就行。那帮大烟鬼，风一吹就倒，嘴巴叫得厉害，一动真格的，他们就草鸡了。甭怕！

我说，滕大爷，那一千块钱，等我发了工资，慢慢凑齐了还您。

滕大爷说，等你得了诺贝尔医学奖，就用这奖金还我。要是别的钱，我还不要。

戒毒医院成了我的家。打出来，我还没回过家。别提多想我妈了，可我没当上医生，我不能回家。我现在读电视里的医学中专，课挺重的。我给家里写信，他们说你一定当上医生了，连你每回寄回来的信，都是一股药味。我跟您说句心里话，我要是真学成了医生，我不在这所医院里干，我到别处去。不是我忘恩负义，是我太不待见这些病人了。病也是分三六九等的，这是最下等的病人。我要先拣着那人又好、病又干净的人治。当医生的，不应该什么人都治。你治一个好人，就是一份功德。治好一个坏人，不是给天下多造了一份孽吗？我知道大道理不是这么讲的，可我自己就是这么想的。院长和滕大爷都是再好不过的人，你看叫这些病人给愁的忙的，其实何必呢？这些大烟鬼赶快死了，死绝了，一个不剩最好，天下就清静太平了。

我在这儿把着入院的第一关。他们为了能把毒品带进来，什么招不使啊？若不是亲眼见，绝想不出来。比如他带来一大包洗衣粉，细细一搜，里面抖落出一个用塑料纸包的小包，就是毒品。他住院，你不能不让他洗衣服吧？

家里人来看病人，吃的用的得交我检查。一天，老太太送来一包果丹皮，就是紫红色甜甜酸酸的那种。一般当妈的送的东西，我查得就松点。因为哪个妈不巴望着自己的孩子学好啊，别的人会把毒品带给病人偷着吸，老妈不会，知道那是害孩子。可病人反映，这人在病房里倒卖毒品。这是最可恶的人，不害自己，专害别人。可问他，死不承认，说是别的病人陷害他。唯一的法子就是人赃俱获。

他妈来了，一脸的可怜相。我说，你怎么老带果丹皮啊，也不怕你儿子酸倒了牙？

老太婆说，有什么办法？他从小就爱吃这东西，住在里面，戒了毒，我想他没了想头，嘴里就更没滋没味的了。多给他带点来，留着解个闷吧。

我坐在那里，把每一块果丹皮都打开来，细细检查。

老太婆脸上变了颜色，说小大夫啊，你也爱吃这个？别翻了，下回我来的时候，给你也带些。

我说，那不必，只有女孩子才爱吃这东西。我这是工作。

终于看见一块与众不同的果丹皮，它的颜色要黑一些，分量轻。我把玻璃纸打开，刚想把它掰两半，老太婆疯了一般地叫起来，说你就馋成这样，连病人的一点零嘴都不放过。你们这是什么医院啊，简直是抢！说着，就来夺我手里这块果丹皮。

我哪里能让她拿到手，身一闪，就把那块果丹皮捏住了，一使劲，它在我的手里碎了，里面又是那种小小的塑料纸包，我熟透这种捣鬼包装了。老太太也够麻烦的了，为做这块假的果丹皮，她一定戴着老花镜，手脚不闲地忙了半晌。

我说，给你儿子传带毒品，是贩卖毒品罪，你知不知道？

她哭哭啼啼地说，我只是想，他抽了那么久，一下子戒了，怕熬不住。我给他带点来，叫他自己掌握着。要能不吸，就千万忍着。实在忍不过去了，也好有个救急的……谁让他倒卖啊……

还有一回，一个女病人，带的卫生巾。我隔着外包装摸了一下，有点硌手。因为卫生巾本身就很软，白粉又很易隐藏，我有点拿不准。我说，你把这包……东西打开，让我查查。

那女人大叫起来，说要讨老娘的便宜，你还太嫩了点！你知道这是什么？这是美国木浆造的高级货，岂是你的脏手指头摸得的？这一包几十块钱，叫你摸脏了，老娘还用不用了？你要让老娘把裆里用的东西打开了给你看，小心告你一个性骚扰！

我的眼泪就在眶里打转。要不是工作，我上去就给这个娘们一个左钩拳，保准叫她半个月不用画黑眼圈。还性骚扰呢，我就是骚扰老母猪，也不会骚扰她！一身的脏病！

我叫来了护士长，病人稍微收敛了一点。姜还是老的辣，护士长摸了一下，然后说，这样吧，我现在当着你的面，把这包卫生巾拆开。要是什么东西也没有，算我看走了眼，我给你买一包一模一样的卫生巾，赔你。

那女人嘟囔着说，贵着呢美国的！

护士长说，再贵，我护士长一个月的工资，买这么一包东西，你信还够吧？甭管它是哪个国产的，它也是纸，不是金箔。

女人无可奈何地说，那是……

护士长说，要是真有什么东西，该怎么处罚你，咱们按规矩办。周五，撕开！

卫生巾撕开了。雪白的纸层里，夹着海洛因。

在这儿干长了，我算知道这拨大烟鬼是什么人了。说话不算数，吹牛拍马说谎翻脸不认人，五毒俱全。又好虚荣，没有一点情意。

有个家伙，来的时候，一副病秧子样。换衣服的时候，险些晕倒。我看他可怜，赶紧扶着他坐下，又给他倒了杯水。他手哆嗦得像鸡爪疯，愣是解不开皮鞋带。我趴下身子，帮他解开了。倒不是我为别人做了这么点小事，自我表功。我经常这么干，不是为了他们，是为了滕大爷和院长，我愿意叫他们说，看，我们收的这个小周五，是个好样的。再有就是我从他的口音里听出，离我老家挺近的，有一种亲切感。我干完了这些事以后，他说，小兄弟，你干这侍候人的活，有什么出息？往后跟着我干吧，吃香的，喝辣的。

我心里这个笑啊，连自己的命都快保不住了，还关怀别人呢，留着劲给自己买双没带的鞋吧。我不吱声。他还自说自话，出院的时候，你跟我一块走啊。我给你月薪两千，给我当保镖。我没理他。

真到了他出院的时候，我把他衣服从衣柜里拿出来。咱们这儿就这条件，您也知道，柜子就那么大点地方，衣服叠起来放，长久没穿，就折出印来了。他一看，吹胡子瞪眼，说他妈的，你知不知道，我这衣服是英国进口的原装货，叫你们揉搓成屎魁子样，我一个绅士，穿得出去吗？我是啥人？老子吸毒时用的烟盘子都是紫檀木镶鲸鱼骨的。今天晚上，要在五星级宾馆和小姐共舞，穿这衣服成什么体统？你们给我把它洗净熨平，咱算没事。要不，我跟你们没完！

他的毒瘾，被我们辛辛苦苦戒掉了，面色也好看些了，身子骨也不再是那种风一吹，跟日光灯管似的乱晃了，肺里也有了点底气。医院把他治得有劲骂人了，不干不净说个没完。我真想一指点了他的哑穴。

不为教训他，只为耳根清净。心想他今晚不定在哪个候车室眯到天亮呢，在这里充什么大款！

他在这儿吼个没完，把院长引了来。

怎么搞的？周五？院长问。病人结完了账，为什么还不走？这么吵吵闹闹，多耽误工作！院长挺生气。

我心里特难过，院长那么忙，我给院里添了麻烦。我对病人说，你到底想干什么？

病人说，好说。你给我到洗衣店，把这套衣服给我洗了，熨平，熨的时候要加巴黎香水。干干净净整整齐齐香喷喷给我送回来，咱们好说好散。要不然，我从天黑吵到天明，反正你们得管饭，我还穿着病号服呢！

我抱着病人那套沾满血迹和汗臭的破衣服，进了医院的洗衣房。算是特急快件，我又说了不少好话，师傅才在两个小时内，将一切都收拾停当，花费了我几乎半个月的工钱。

我阴沉着脸将衣服递给病人，手指关节在他的衣服下面喀喀作响。但是我忍住了。为了将来当一个好医生，我只有在这里学本领。

病房里经常打架。要是依了我心，只要不是打医生护士，全甭管。乌龟打王八，越热闹越好。最好打死一个两个的才过瘾。反正死的是你们，偿命的也是你们。打得鼻青脸肿，口眼歪斜，脑袋开花，胳膊脱臼，大腿骨折，那才叫开心！

可惜，不行啊，只能在想象里鼓鼓掌。病人只要进了医院，出了事就是医院的责任。所以，我从来没睡过一个好觉，年纪不大，睡眠像八十岁的老头一样易惊醒。只要夜里有一点风吹草动，我就狸猫一样一跃而起。晚上，是吸毒分子最活跃、最惹事的时间，因为他们以前吸毒作乐，都是在晚上。晚上，就是他们的白天。生物钟憋到那会儿就炸了。

晚上护士最辛苦，所以我得格外提高警惕，一夜不知醒几回，有时好像根本没睡，天就亮了。尤其是甲子立夏上夜班的时候，因为她长得漂亮，麻烦就格外多。气得院长私下里说，面试的时候是谁把的关？要是我，一定不要长得这么打眼的护士，戒毒医院的人，以傻大黑粗为好……大家就暗暗发笑，其实医院里长得最好看的女人，就是院长啊。

甲子立夏已经进了医院，也不能把人家赶出去。她上班的时候，我就特别提高警惕，她很感激我，以后常来看我，有时还把家里做的好吃的带给我。说我一个人太可怜了。

　　滕大爷倒是不大管我了，他说，我能帮你的事，都干完了。剩下的都得你自己干了。

　　念完电视中专以后，我还打算上医学院的夜大学。都读下来，大约得五年。那时候，我就可以成为一个真正的医生了。

　　从现在到那时，还有许多年。我不知能不能在戒毒医院一直干下去。尽管我一点也不喜欢它，还是祝愿它兴旺发达地办下去。愿全国的瘾君子都听到这里的好名声，都到这里来治病。当然啦，也保佑我的这份工作一直能干下去，别出大的伤病。小打小闹地磕碰破皮，我不害怕。可别真碰上一个不要命的，把我打成个残废。那样我就是以后学成了医生，有了成就，一个残疾人，人家尊敬里难免夹杂同情。

　　我不喜欢被别人同情，虽然我能有今天，都是因为别人的同情帮助。我希望有一天，我有力量去同情帮助别人。总是被人同情，是件挺惨的事。

第二十二节

啊呀，大姐，你可回来了！庄羽一见范青稞返回病房，张牙舞爪地表示高兴。这表情不是装出来的，在病房里住着，消息闭塞，每个人都希望别人带回新闻。

回来了。范青稞回答。经过这一番游历，她对庄羽他们有了更深的体察。

院长说什么来着？去了这么长时间，就是三国四方会谈，也该结束了。庄羽说。

你不是让我问咱们用的 0 号方案吗，我给你问出来了，是中药戒毒。范青稞回答。

嗨，就这个呀，不用你问，我也知道了。你看，你的那份药就在小柜上搁着呢，刚才孟妈送来的。庄羽用手指指一个杯状药瓶。

不是蔡医生管我们吗，怎么换了孟妈？范青稞不解。

是啊，我也纳闷呢。孟妈说，咱们还是蔡医生的病人，她不过是顺路，帮着把药带过来。她一会儿还要来亲自看着你把药喝下去呢。这是规矩。

支远躺在病床上，平展得像一张棺材板。他很瘦，衣服又揪到背后了，前襟就绷得书皮一般平滑。突然，范青稞看到他的腹部簌簌波动起来，好像那里潜伏着一只活青蛙。

你的肚子怎么了？范青稞叫起来。

支远不慌不忙地撩起衣襟，说，大姐，既然你看到了，明人不做暗事，把底告你。再说啦，都是一个屋里住着，瞒得过今天，瞒不过明天，藏着掖着，伤了和气。

范青稞定睛看去，支远的裤带上，拴着一个 BP 机，正在有规律地振动着。病号服是缅裆裤，没法系皮带，BP 机没地方悬挂，真难为支远，他把布带子打了个死扣，小黑匣子捆在里头，像长了个瘤子，好像随时都会掉下来。幸好他瘦，要是个胖子，布带子就不够长了。

检查得那么严，你怎么带进来的？范青稞好奇更大于吃惊。

是啊，周五那小子，连老子裆里都摸了两把，真是毫毛也难带。但真住进来，发现外紧内松。别的不说，病房里就有大哥大……支远奉行一条主张，如果你要瞒一个人，你就瞒他到底，至死不改，说谎有说谎的规矩和气节。如果你瞒不了严丝合缝，终要被人发觉，索性一开始就不要瞒他。对方认为你信得过他，没准还助一臂之力。

他现在用的就是这套战术。

谁有大哥大？范青稞掩饰不了心中的急切，一定得把消息告知简方宁。

看大姐这么上心的样子，该不是想从我这里打探到情报，报告院方吧？支远好像一下子就把她看穿。

哪里……我不过是吃惊谁这么有本事，战斗在敌人心脏。范青稞急忙掩饰。

大姐讲话还很逗乐。但是究竟谁有大哥大，大姐还是不知道的好。不然，万一露了汤，院方追查起来，人家不会说大姐什么，反倒认为我支远不仗义，出卖了朋友。支远软中有硬地说。

范青稞只得说，好，这样好。没我什么事，我不过是好奇。好奇没罪，大家上了毒品的当，不也是好奇。你凭什么就断定我会当叛徒？红嘴白牙地诬陷人，可是不仗义。

范青稞提到大家的共同点，反戈一击，引起庄羽共鸣。她说，支远你别瞎猜疑，你爱说就说，不爱说，就让那个秘密在你肚里下小崽。大姐还不希罕知道呢，是不是大姐？

范青稞忙下台说，就是。管它谁有大哥大呢，小哥小，我也用不着。

支远说，后面的事就很简单了。我叫大哥大给朋友通了个信，把我的 BP 机带来。就这样。

庄羽说，他是做买卖的人，生意上的事，一时不能断档。朋友把各种信息报来，一般的事，也就不去理它。重要的决策，还得他拍板。正压在手里的一批"枪手"车，一天一个价，必得赶快脱手。他定了卖，就用大哥大发出去，赚钱戒毒两下不耽误。

范青稞深表理解地点点头，趁他们不防继续问下去，可这 BP 机怎么带进来的？

庄羽笑道，看看你的床单。

范青稞看了一眼床单，同她离开时一样，横平竖直的，没什么异样。便说，看不出什么呀。

庄羽道，我的姐姐啊，你真是个粗心人。看来我以后当个护士，铺个床叠个被的，也还够格。你再仔细看看。

范青稞瞪大眼，又巡视一遍，才看出单子有个角掖得不平整，有一块新蹭上去的脏。

好像是把我的单子抽了去……范青稞说。

这回说对了。支远让人把 BP 机送到楼下，我们把几条床单连在一起，连成绳子。窗户虽上了锁，窗纱用梳子把一捅，就破出一个洞。单子从洞里顺下去，下头把 BP 机裹在里面，再拽上来，就这么简单，特好玩，特刺激。

你就不怕被人发现？范青稞抚着胸口，虽然心里巴不得被院方发现，设身处地，又真为他们捏一把汗。

发现就发现了呗，了不起罚款，赶出医院，也不是死罪，不过就是损失点钱。其实也说不上是损失，恢复了通讯联络，一条信息，没准带来几万几十万的收益，商场如战场，不定谁赔谁赚呢！庄羽傲慢地抬抬下颌，范青稞看到她的红唇沾上了中药的褐黄，成了一种污秽的紫色。

哎哟，40 床，你可回来了。为了你这点药，我都跑了好几次了。这下可把你逮着了，你得当着我的面，把药喝下去。随着亲切无比的声音，孟妈老天使般地出现了。范青稞发起愁，原是护士长负责她的服药事宜，换了不知就里的孟妈，众目睽睽之下，如何作得了假？范青稞苦笑了一下，看来她得为自己的好奇，付出更多的代价。她想起那个舍身尝海洛因的医生，但愿这戒毒的药，不会像毒品那样，引狼入室。

不单孟妈，就连支远和庄羽，也目光炯炯地盯着她，且看她如何处置这瓶药。简方宁早上对她的青睐，引起了普遍的关注。

范青稞毫不犹豫地拔掉瓶塞，咕咚咚喝了个底朝天。

好样的。支远赞道。

什么味？孟妈非常关注地问。

中药，还能有什么味？就是苦呗！范青稞没好气，倒不是操心药的成分，反正已经喝下肚了，破罐破摔她豁出去了。只是恨这个好管闲事的孟妈，立逼着自己灌了大瓶苦水，口里呼出的气，都是蒿草味。

你好好咂摸一下，药根是不是有些甜？孟妈不肯罢休。

甜？药哪有甜的，根甜的那是糖萝卜！范青稞放肆地叫嚷起来。装扮病人，一大好处，把你从平日衣冠楚楚的形象里解放出来。这种纯棉制成的没有裤线没有垫肩松垮晃荡的简易服装，随体赋形，让人有一种轻松的浪荡感，好像赦免权。你可以不顾形象，可以不负责任，乱吼乱叫。因为病，你就有了某种平日无法享受的特权。

孟妈谦和地微笑着，全然不计较范青稞的态度，从白大衣的兜里，掏出一个裹着红塑料纸的蕉柑，亲热地说，嘴里苦，没办法的事。良药苦口利于病，虽是一句老话，念叨念叨也就不觉得苦了。吃了蕉柑，也许会好些。住院的人，就是可怜。除了供应饭，想吃水果都有限。

要是平日，范青稞会推辞，此刻实在口苦咽干，接过红纸团，剥开就吃。橘皮丰富的汁液像小滋水枪似的，四处迸溅，她不由得眯起了眼睛。

孟妈偏心啊，刚才我们也吃药，怎么不给我们吃？支远和庄羽大叫冤屈。

现在水果什么价钱，我哪有那么多？这个还是上次我生病，人家送的。要是我自己，哪里舍得买？每天上班时带一个，今天是最后的一个了。刚才看你们吃药，也想掏出来，看到你们从护士长那儿买了水果，我还暗自高兴，心想今天轮到自己吃个新鲜。不是我吹，哪天我带的水果，最后不都进了病人的肚子？谁让我这个人心软呢……孟妈眉毛跳荡着说个没完。

护士长那儿的水果，你看看，又蔫又小，准是处理货。我们哪儿吃过这种下三烂的东西！庄羽说着，拿出几个橘子摆弄，果然不及孟妈的水灵。

批发来的水果，哪如零买的好？孟妈说。

可卖给我们的价钱，一点也不便宜。庄羽气哼哼。

也许护士发奖金了。我说，你们那么大款，省出几个钱来，支援一下贫困的知识分子，也是善举啊。孟妈振振有词。

话可不能那么说，一码是一码。你们也拿着国家的俸禄，我们也不是慈善家。人情做在明处，不能暗里揩病人的油。我有钱是不假，但不吃哑巴亏，要是你个人要，送您多少是我乐意……

支远也动了气，喷着唾沫星子刚说到这里，孟妈不客气地打断他说，支远，说出来的话，就像拉出来的硬屎，可不兴坐回去。要是我孟妈真跟你要个仨瓜俩枣的，你是给也不给呢？

支远一点磕绊不打地说，给。当然给。

孟妈满意地笑道，乖孩子，看你还当了真。孟妈是跟你开玩笑。

范青稞一颗橘子下肚，解了嘴里的涩苦，顺手要把药瓶放进床头柜，孟妈忙说，我给你把瓶子带回护士站吧。

范青稞说，那就谢谢您了。

孟妈说，就手带去，也不是专程为这个瓶子。不值一谢。说完，款着腰肢走了。

庄羽笑道，支远，想不到你在医院，还认了个妈。以后就等着你妈跟你要零花钱吧。

支远说，她那么大岁数了，不至于吧？人老珠黄都算不上了，简直就是人老珠黑。

庄羽吟吟一笑说，走着瞧。

范青稞实在为孟妈抱不平。心想这些白面鬼，真是以小人之心，度君子之腹。支远肚子上的蛤蟆，又蹦起来。他一眼扫过，眉宇间涌出焦虑的神色。糟糕，让他们把签合同的日子提前，夜长梦多。他自语着，站起身，出了 13 号病室的门。

肯定是借大哥大传达最新指示去了。范青稞真想跟了走，这样她的情报，就更有价值了。但是，不知庄羽看出了她的心思，还是恰巧想到，拉着她的手说，大姐，不想再听我的故事了？

听，想听。哪能不想听。范青稞只好稳稳坐着，眼睁睁地看着支远不知去向。

我后来在吸粉和犯瘾之间，找到了一个杠杆支点。每隔一定的时间，不等犯瘾，就把毒品接续上去，两相安妥。

当然，这是玩火。按时吸毒，毒品的量越来越大，一顿饭接不上来，人会饿得眼冒金星，到时候吸不上毒品，会满地打滚，生不如死。但我掌握了吸毒的规律，只要有足够的金钱供应毒品，暂时大面上还和正常人差不多。

大姐，甭把眼睛睁得那么大，好像我骗你。其实只要有钱，吸毒的人，刚开始的时候，还是可以过几年体面干净的日子。火，也是可以玩的，比如把火装在灯笼里，放在炉子里，就可以又温暖又明亮。关键是找到那个平衡点，这是一种地狱里的智慧。

旧社会好多人吸毒死了，这不假。可我听说不少演戏的名角，都吸大烟，抽白粉，也活了挺大的年纪。所以不在你吸不吸粉，而在你会不会保养。好像是个唱老生的大腕吧，每回上台的时候，都要抽几口大烟，要不他唱不出精气神来。既然大师级的人物，都舍不得戒了这口喜好，我一个小女子，何不也风流潇洒一回？

从此，我干脆死了自己戒毒的心，像每日早晚必刷牙一样，服用毒品，并且认真地寻找吸毒规律。世上的事，怕的就是有心人。那一段时间，我真的伪装得不错，生意照常做，我得靠做生意挣的钱，养着毒。舞会照常参加，呼风唤雨，场面上的风云人物。不断坐着飞机，从南到北地闯荡。只是在我随身携带的小包里，永远带着白色粉末。

我吸毒的技巧越来越高，只要一看快到时间了，不管多么要紧的事，我都非常有礼貌地说一句，对不起，我出去一下。等我在僻静角落把毒品补进身体，又可以精神焕发地做生意或是一展歌喉。

只有我的贴身女仆知道这一切。她每天晚上，给我煲人参、桂圆、枸杞、当归、乌鸡……汤，还有一些我叫不出名字的名贵药材，也混在里面一齐煮。这种汤的味道不鲜美，但药力很大。它在很长时间内，使我脸色看起来不像吸毒的人，甚至还有些养颜的功能。其实已是穷途末路了，以我当运动员的身体，这才几年，小小年纪，就需用参汤来补，不是太可怕了吗？我想，但愿这样一直维持到白发苍苍。

要命的是，出远门，要带着毒品上飞机。海洛因对我比水还要宝贵。不喝水人能坚持几天几夜，没了粉，我就要现原形。到别的城市，虽说凭着特殊的敏感，我也能找到贩卖毒品的地方，但一不安全二怕不及时，万一不赶趟就糟了。所以我每回外出，都是提前从英姊手里买到足够的货色，带着上路。

191

报上总是登载如何破获毒品，听说还有把老母猪训练成缉毒卫士的，鼻子特别灵。一道美味下酒菜的原料，成了我的大敌。我得多加小心。飞来飞去的，我也摸索出一套经验。最简单的，有时是最保险的。每回飞，我都用一个有很多拉锁的大旅行包。进机场的第一关，是检查托运的行李。我规规矩矩把包放在写着"胶卷安全"的传送带上。肯定能顺利过关，因为包里干干净净，绝无毒品。毒品在哪儿？在我的身上。那时只检查行李，不查旅客身体。过了这道关口，我就找一个不引人注意的角落，偷偷地打开包上的某一个拉锁，然后把一直揣在身上的毒品放进去，再照原样拉好。一般我是在公共厕所做这件事，别人能说什么呢？我把行李带进卫生间，怕它丢了，再正常不过的事。按说检查的时候，在拉锁上贴了一张纸条，类似封条的作用。但那么多个口袋，它哪里封得过来？这一步，绝无危险。

到了换登机牌托运行李的时候，你就大大方方地把装了毒品的行李交寄，行李包叽里咕噜地滚上传送带，把危险带走，和你天各一方。你自己光溜溜的，一点污点都没有。你可以放心大胆地过安检那一关，谈笑自若。到了目的地，提出行李，出了机场，你就可以安安稳稳地把毒品取出来了。

就这么简单，我从来没有出过纰漏。当然了，有时在外地停留的时间，超过了预算，匆忙之中，我也现买过毒品。虽说麻烦些，也都还买到了。就像一个做过贼的人，在哪儿都能偷着东西。

一天，那位副总突然找我。听说他自己拉杆子出来干了，挺火。

舞厅里灯光很暗，一只透明的莲花灯盏里，红蜡烛一跳一跳，疯狂的迪斯科伴随着我们。他说，有一些事情已经发生。

我说，是啊，世界上天天都在发生着事情，比如政变和火灾、地震和战争什么的。

他说，这件事情没有那么大，但也不太小。

他把一张离婚证书，平平地摊在桌上。我不用看，也知道是他和他妻子的。

我说，把你的这张自由契约收好，留神别叫酒水弄脏了。它和我有什么关系？我不看。

副总说，我是为了你，才去争取这张纸的。

我说，别把这么沉重的责任，卸到别人身上。不合适。我什么时候说过，需要你的自由？

副总说，我只有是一个自由人的时候，才有资格对你说，我爱你。

我说，一直以为你是一个聪明人，从你说了刚才这句话，我发觉你很傻。如果你想过一个正常人的日子，就不能对我这样的女人说爱。

副总说，你看不起我？因为我没有你那样显赫的家世？

我说，不是那个意思。这和家庭无关，我比你想象的要坏得多。

他说，无论你有多坏，我都和你一道，哪怕是下地狱。

我说，我已经在地狱里面了。我吸毒……

他一下子捂住我的嘴说，别说这件事。我知道那是从前。

他的动作太猛，掀起的一阵风，把红烛都扑灭了。穿旗袍的小姐拿了打火机来点燃，他说，黑着好。

我挣脱开他的手，冷冷地说，那不仅仅是从前，也是现在。

他说，我会把你从地狱里拯救出来。

我说，你赶快离开我。吸毒这件事，夫妻同吸的，十里有九。你偷鸡不成蚀把米，到时候咱俩一块吸，就真是并肩下地狱了。

他紧紧地握着我的手说，我知道你已经戒了，我知道这是你在考验我。我喜欢你直率坦荡的性格，从我第一眼看到你，就被你吸引住了。你甭吓唬我，无论你把自己说得怎样坏，我都要娶你。

我看着他痴情的样子，说，你这是熬米汤当洗发香波，糊涂到顶了。快闭嘴！再求下去，我意志一薄弱，立场不稳，就会答应了你的请求。我毕竟也是个怀春女子，你也是个英俊小生。人的毅力是有限的，别人有的弱点我都有，别人没有的我也有。落水鬼还想拉上个垫背的，多一个人就多一份力量嘛！再说，你的钱，也很吸引我。因为吸毒，我的资产入不敷出，大面上还撑着，但实力已很弱了。咱们俩要是成了一家，我会把你的钱，都烧光的。到那时候，你后悔就晚了！听我的话，快离开我，走吧。现在还来得及。如果你再不走，我就会答应你，勾引你，再不说这种诚实的话，我会叫你迷上我，你就是想走，也走不了啦！快走！

我拼命推他。

我说的句句都是实话，可他就是不信。我不明白，在生意场上那样英明果断的男人，怎么在男女之事上，这么糊涂？他泪流满面地对我说，无论发生什么事，他都不会离开我。今生今世，他只爱我一个人。

我对英姊说起他。英姊说，难得有这么真心的男子，我看你就答应了他吧。吸毒的人，不是我吓你，一般的寿数，从开始吸那天算起，最多不过八年，人就完了。再过些时间，你就人不像人，鬼不像鬼。趁现在还好，不妨嫁了他，还可享受一下男人。

我指着英姊的鼻子说，好你个坏女人！你怕我的钱吸完了，没法再买你的粉了，就让我拖上一个人，又有许多钱，流到你的腰包里。

英姊说，你不要不识好人心。我这是为你着想。你既是这么为那副总着想，我教你一法。你到了毒瘾快发作的时间，不要吸毒，特地约了他来，让他再看你一次大发作的样子，到那时，他就迷途知返了。若何？

我知道这是唯一的办法。我就像是西湖边的白蛇，要让许仙死了心，必得喝一次雄黄酒，显一次真身给他看。这是救他的最后一招了。

我没做。

善良都用完了，就像胭脂口红会用完一样，只剩下一个空壳，我的心坚硬如铁。我想，这也许是我在地狱台阶上最后的缘分吧。为什么不抓住他？

我们结婚了。

我几乎没有给他快乐。他很快就知道了，我所说的一切都是真的，我没有骗他。我把残酷的事实像蛋糕一样摆在他面前，自己不负一点责任，欣赏着他的惊愕，恶意地看着他对我挥金如土买毒品表示惊讶，在他面前炫耀我的吸毒技巧……

他呆呆地看着我，我说，看什么呀，又不是没看过。

他说，我要把你救出来。

我说，你后悔了吧？

他说，我不后悔。你真的是这样，就更得我救你了。因为我依然爱你。

为了他的这句话，我第一次认认真真地打算戒毒。人家说这家医院是全国最好的戒毒医院，我就特地飞了来，住了院。那一次，用的是西药戒毒，效果还可以。一个月后，我出院了。医生对我说，半年以内，身体各部分的机能还在恢复之中，毒品造成的影响，远比人们想象的要大。要我务必摆脱原有的生活环境，到新的地方去，开始新生活。

我就在我父母身边呆着。真的，没有了英姊，没有了灯红酒绿的歌厅，在我从小熟悉现在陌生的环境里，人有一种回到婴儿的感觉。我每天就是做些轻微的运动，余下的时间就看看杂志和文学作品。它们不能吸引我，但能帮助我打发时间。副总几乎一天一个电话，前来问候。我家刚开始嫌他离过婚，现在看我都这个样子了，他还忠心耿耿，也就认了他。

时间过得很快，一切都好，但我感到我是一个多余的人。我也得开始干点事，不能老是这样游手好闲。

我的身边并不缺乏男人。戒毒之后，有一段时间，我老睡不着觉，有时抱着被子到天明。医院给了我催眠的"钢丝针"，这个名字很好笑，是不是？它有一个很正规很科学的名字，但病友都这么叫它。它挺灵，打了就能睡着。每晚我到附近一家小医院去打针，有一位年轻的医生看上了我。

他很英俊，也很腼腆，像香港言情片里的奶油小生。他对我说，打了这针以后，你还要走着回家，才能睡觉，我不放心你。以后，我利用下班时间，到你家给你打针吧。

我说，你是醉翁之意不在酒啊。你要小心。

他说，小心什么？

我说，小心爱上我啊。我看你已经到了悬崖边缘。我得的是什么病，你知道吗？

他说，我是医生，你别低估了我。我知道你得的不是病，是吸毒。

我说，啊，你挺明白。原谅我小看了你。那你是明知故犯，罪加一等。

他说，爱是没有罪的。

我说，话在平日可以那么说，但那是爱一个无罪的女人。我是个邪恶的女人，砒霜拌辣椒，又毒又辣。爱一个有罪的女人是有罪的。

他说，吸毒不是罪过，是一种错误。

我说，你说这个话，我爱听。但你不要继续说下去，那样我会失去对你的抵抗。我看你没有什么力量抵抗我，事情就有些麻烦。

他说，我不怕麻烦。你给我的所有麻烦，都是我的幸福。

面对这样的男人，你除了在心里嘲笑他的愚蠢之外，还有什么办法？况且我是一个虚荣的女人。我在这种失魂落魄面黄肌瘦名誉扫地的情况下，依然对一个正派的男人有足够的吸引力，不瞒你说大姐，我挺骄傲。吸毒的人，一旦成瘾，内心就有了深刻的自卑。当然我不很相信他的话，心想他不过是逢场作戏罢了。

所以我一边拒绝，一边勾引他。好比你知道了一道题的答案，它到底对不对，你没有把握，就得来验算。我发现对男人，特别是好男人，拒绝就是最好的勾引。他果然鬼魂附体，每天都到我家来，赶也赶不走。

终于，在一次打针以后，我们睡在了一张床上。我发现他还是一个童男子，才知道复查成功，确认他是爱我的。我很好笑，觉得自己吃了亏。我需要一个成熟的男人来满足我，而不想给一个青柠檬当性启蒙老师。

我说，你不合格。

他还没有从初次的惊喜中完全清醒过来，喃喃地说，我会越来越棒的。

我说，咱俩说的不是一回事。你对我没有用。养活我这样一个女人，是需要很多钱的。没有钱，就没有我。你是一个没背的沙发，不能倚靠。

他说，我会去挣。

我说，来不及了。等你挣到足够的钱，我早已是一个白发苍苍的老太婆了。听我的话，马上去找一个安分守己的姑娘，过一份平平淡淡朴朴素素的生活。

我看到他的嘴角有似有似无的微笑，我说，你是在笑我吗？你是觉得我这样的女人，没有资格来教导你吗？你错了，那些一辈子方正规矩的人，没有深刻的体验，才没资格来指导别人的人生呢。他们凭的是想象，我是肺腑之言。

他说，我沉浸在幸福里。明天我会准时来给你打针。

我说，今天是第一回，也是最后一回。有这一回，就足够了。你完成了你的征服欲，一个小男人，总是要征服一个他觉得神奇的女人，才最后长大。我也合算，有了这一回，我知道迄今为止，我还被正派的男人所看重。咱们都不亏，已交割清楚，再没什么关系了。你走吧。

他悲痛欲绝地说，想不到，你这样心狠。

我说，这是我对你真情的回报，以后你就会慢慢明白。只要你再不被我这样的女人迷惑，就能安享天年。到了七老八十的时候，也许会晒着太阳对你的夫人说，幸好我及早识破了那个坏女人，才有机会认识了你，才有了今天……

那个像下雨时打出的水泡一样清新的男人，捂着耳朵说，太可怕了，我不要听你说这些话！

我大笑起来，说，那就请你永远离开！

你也许会觉得我是一个放浪的女人。其实我是用这种方法，证明我的爱。人经常不知道自己是否爱一个人，爱的程度。你找别人一试，就知道了自己的心。我知道我并不爱那个医生，明白我离不开副总。

我回去了。这是我第一回没在行李里夹带毒品，清爽地上飞机。

副总到机场来接我。他说，你脸色红润了，胖了。真好。

我说，真要这样下去，过不了多长时间，也许就要减肥了。

副总说，那太好了，我会给你把市面上所有的减肥药都买来。

我们说着话，回到了自己的家。我是在毒瘾极大的时候，离开这个家的。现在一回来，一看到吸毒时的那把椅子，一呼吸到熟悉的空气，全身的细胞都激动了。恰好茶几上有一块白箭口香糖。

我全身的血液好像立刻化成了汽油，燃成一片火海。一种强大的欲望像黑色的毯子，裹着我横飞空中。

白箭口香糖是薄荷味的，这不重要。重要的是包糖的锡纸，有最好的导热和抗燃性。我吸白粉时，只用这个牌子的锡纸。这一块小小的口香糖，把我的心瘾勾起来了。我迫不及待地推开要和我亲热的副总，对他说，我很累，让我独自休息一会儿，好吗？

他一点也没发觉危险像狼群一样迫近，很体谅地松开我，说，那好吧。我去给你热饭。

他刚一出门，我就像美洲豹一般敏捷地开始搜寻毒品。呼英姊肯定来不及，况且副总要是发现了她，一定会打出门去。我记得在副总手里是有一份救急毒品的，因为他看到过我的大发作，怕一时找不到东西，要了我的命。他一直严密保管着，怕我偷了去。但家是我的，毕竟是女主人，没费多少事，就找到了海洛因。

我马上撕开白箭，把柔软的胶质糖块扔在地上，把粉撒在平整的锡箔上，划燃火柴，均匀地加热。一缕烟气袅袅升起，我饥渴万分地用小管追着那烟气，拼命吸入肺内……一个虚无飘渺的神仙世界，闪现出来。戒毒的确是有作用的，它使我久已丧失的快乐，翩翩来临。

就在这时，嘭的一声，门开了。副总端着餐盘走进来。他愣了一秒钟，好像被眼前的情形吓呆了。但马上醒过来，甩了盘子，猛扑过来，疯了一般扼住我的手腕，劈头盖脸给了我几巴掌，大骂说，你这个不要脸的女人！我苦口婆心地劝你，一往情深等你到今天，没想到你是一个大骗子，一个毫无廉耻的蠢货！你对得起你的父母，你对得起我吗？！你……

我抚摸着脸，微笑着对他说，你骂得好，你这么一骂，我就更佩服你了。你打我，很舒服，像是抚摸。很久没人这么诚心诚意地抚摸我了。我对不起你，你到今天才明白，这不是我的过错，是你糊涂。你狠狠打我吧，打死最好。自杀是需要勇气的，我是个胆小鬼，下不了决心。被你打死，很好。你使劲打吧，别心疼。你没吸过白粉，不知它的效力，你现在怎么打我都不疼，只觉得从骨头缝里舒服……

他痴痴呆呆地看着我，说，白粉就真有这么大的力量吗？你都戒了大半年了，可在 10 分钟内就崩溃了……

我说，你没吸过这玩艺，不知道它的妙处。跟你说不明白。

他突然一跺脚，抓过来另一包白粉，疯狂地大叫道，我也吸！既然我不能救你出地狱，我就同你一道下油锅！我就不信，天下有比一个人的意志更顽强的东西！我吸给你看，我再戒给你看。我要拉着你，一道从深渊爬出来，要不就一齐毁灭！

他果真开始吸毒，当然技术很不熟练……

我看着他。要是我在清醒的状态，我拼死也会拦下他的，但当时我充满了虚妄，我感到一种深深的解脱。今后，我跟这个男人就是平等的了，我再也不必自卑了。有人同我一道挣扎，有一种恐惧中的幸福。

副总最大的失误，是他高估了我对他的爱，高估了他自己的意志。

在他和毒品之间，我更爱毒品。

在意志和毒品之间，更强的是毒品。

我默不做声地看着他在我的面前，瘫痪成泥。我毫不自责，因为我从来没有逼迫过他。一切都是自愿。副总也成了瘾君子。但他比较有节制，没有像我似的，不可收拾。瘾上来的时候，他可强忍过去。当然也很难受，躺在那里，一言不发，好像重感冒的高烧病人。我们的感情反倒更好了，毒品使我们有了更多的共同语言。

我有时说，就这样，也很好。我们就做这样一对毒鸳鸯，到了没钱买毒品的时候，我们一定要用最后的力气，自己去死。

可是他不干。说我们还年轻，为什么不再试试戒毒呢？

于是我们双双北上……

范青稞听到这儿，恍然大悟道，原来副总就是支远啊。

庄羽说，是啊。不过支远不是他的真名，那张身份证是他买的。我在这里可以喊他，甚至觉得这个名字挺顺嘴挺艺术的。可我说他以前时，没法这样叫。我宁可称呼他副总，好长时间内，我的确是这样称呼他的。

范青稞衷心地说，但愿这回中药戒毒，有起死回生的效力。

庄羽说，怕未必。这样那样的药，吹得多了。真有用的，少。也许应该让一个最高明的戒毒医生，也吸上毒，他才会全心全意地找个好办法出来。

范青稞说，人自然都巴着有好药。但你这样想，也忒毒辣了些。

庄羽说，以毒攻毒嘛。不过，这回的中药，看来很受重视。单是一个药瓶子，孟妈专门来要了一回，也许有什么名堂。

正说话间，栗秋走进来，说，你们的中药吃完了吗？

两人齐答，吃完了。

栗秋说，药瓶子交我带回吧。

庄羽问，这瓶子是水晶制的吗？可惜我没好好看清楚，就交出去了。

栗秋的睫毛一忽闪，说，你这是什么意思？

庄羽说，你还问我是什么意思，我倒要问你们是什么意思。一个破药瓶，这个问完那个问，烦不烦啊？

栗秋说，没有就算了。说着走了。

庄羽说，我上回住院，她就在。听说现在和外国人还有瓜葛，以后也许能出国。我这个人，没什么大优点，但是爱国，看不惯假洋鬼子。

范青稞心里知道她是嫉妒，十分好笑，也不便劝。

庄羽道，这么多人关心咱的中药，也不知到底有用没用？

范青稞说，你既然已经戒过毒，就有些经验了。你觉得呢？

庄羽说，要是往日，这么长时间不吸粉，就该有感觉了。现在还忍得过去，大约就是疗效了。到底灵不灵，还得看后面几天，那时才是关键。

第二十三节

若鱼，你先生给你的材料，我带来了。简方宁在厕所门口对范青稞说。

戒毒医院的走廊尽头，并排分布四个厕所。分别是男女病人厕所和男女工作人员厕所。身份不同，她俩不能进同一个厕所，只有在门口交换情况。

我有要事对你说。沈若鱼扫一眼四周，急忙报告。

我到你那儿去。简方宁随同沈若鱼进了病人厕所。

说起来，工作人员厕所的使用频率比较低，若是沈若鱼随简方宁进到那里，说话更方便一些。可一旦被人撞上，就会引起怀疑。一个病人为什么同院长在茅房里鬼鬼祟祟？简方宁到病员厕所，则比较说得过去了，院长深入生活呗。

这些厕所当初建成时，内部结构都是一样的，如同一卵多胎。但斗转星移，使用者不同，就显出巨大的差异。

工作人员如厕地，虽不敢说宾馆似的无纸就添，有水就擦，但收拾得清爽洁净，空气中还散发着清香剂的余香，令人有宾至如归的感觉。病人厕所每天都有护工打扫，该擦的地方抹不到，要扣奖金的。工人也很尽责。并不是脏，而是它的设备显出饱受蹂躏的凄凉，洗手龙头旁扔满了手纸，半边浸了水，半边还干燥地支棱着，一点点塌下去，好像垂死挣扎的白蝴蝶。门的下半截伤痕累累，虽擦拭得很干净，表面没有浮土，更显出无数凹下去的鞋印。

病人都嫌别人脏，水龙头要用纸包着开关，用完乱丢。开门关门从不用手，全是脚踢……简方宁难得进病人厕所，一看之下很是愤愤，好像主妇让客人看到了没打扫的后院，很有些难为情。殊不知沈若鱼早已出入习惯，急急打断她的感伤，说，病房里，有大哥大在活动。支远身上有 BP 机。

说完之后，才想起没有侦察地形，吓得把一间间关着的小门啪啪打开，谢天谢地，空无一人。

简方宁皱起纤细的眉毛。

我那天发现有不明身份的人，在楼下往病房张望。你先别打草惊蛇，看看他们还有什么花样。

含星的病好些了吗？范青稞这才想起问别的。

他爸爸回来了，孩子的病好多了。你放心。简方宁答。

方宁，还有一件事，我吃中药，那么多人围观，没法不喝。苦着呢！范青稞愁眉苦脸。

大胆喝。你那瓶子里装的不是戒毒的药方，是专门益血养颜的中草药。今年二十，明年十八。你交了钱，我是买卖公平，不能让你吃亏啊。简方宁轻快地笑起来。

方宁，那我先走了。这里不是说话的地方，别引起人注意。范青稞怕有人跑肚拉稀，突然闯了进来，想赶紧结束会谈。

我跟蔡医生和送饭老太讲了，要他们抽时间跟你聊聊。还有你隔壁的 14 号病室，有两对很特别的母子，我也打了招呼，让他们对你敞开肺腑。你不是愿意让我分析吗？听完他们的再说。简方宁结束了谈话。

14 号病室的格局，同 13 号一样，也是顺墙并排摆着四张床。两个儿子靠着墙壁，两位母亲睡在中间。

脱去了在家时的服饰，就等于照片没了背景。毫无二致的病号服和陪员服，相仿的年纪，甚至两个儿子和两个母亲的长相个头胖瘦也很相似，简直就像是一对孪生的半老太太和一对孪生兄弟。

但你只要同他们一谈话，就会发现强烈的差异。靠窗户的那一对母子，是某位显赫人物的眷属。靠门的这一对，是城市底层的孤儿寡母。

范青稞同他们的对话，分别进行。两对母亲和儿子，彼此看不惯，埋藏着剧烈的反感。同行是冤家，同病也是冤家。

靠窗的母亲——

阳光斜打在身上。包裹在粗糙布衣里的，是精心保养的白皙肌肤。已陪着儿子入院多日，不见阳光，竟使她显得越发润泽。要谈的话题对她显然很不轻松，但神色还是从容镇定，有时还伴以礼貌性的微笑。

只是笑容局限在脸的下半部，眼睛周围总是不笑，隐含着深深的忧愁。她的手掌肥胖，十指糯糯尖尖，指甲显出和她这个年龄妇女不相称的光泽。谈话中常常没有什么理由地摸摸鼻子，揉揉嘴巴，好像借此吸引听者的注意，以转移谈话的压力。

他父亲是谁，我也就不说了。出了这样的事，我和他父亲都很难过。自古忠臣多逆子，好像也是规律。

他打上小学、上中学、上大学，都是一帆风顺。别的孩子经过的种种考验，比如中考高考什么的，他一概没有。他不爱说话，有时候问几句话都不开腔，身体也差，简直文弱得像个女孩。

后来，他迷上了摇滚。我们都不喜欢这种疯狂的音乐，叫人心脏有爆炸的感觉，我被他硬拉着，听了一场这样的音乐会。熄了灯，到处都挥舞着鬼火似的小荧火棍，所有人都大喊大叫，我在那里感到非常恐怖。我对孩子说，咱们走吧，太可怕，再也不听这种东西了。他回答了我一句什么话，可是我只看到他的嘴巴在动，根本就听不见他的声音。

从那以后，我们之间的分歧更大了。他说我们是旧人类，而他是新人类，新新人类。我不知道新新人类是一种什么东西，只知道他一天迷恋摇滚，后来居然擅作主张，从学校退学了。他说不能用一生中最美好的时光，去背别人头脑里产生的垃圾。我说，你今后怎么办呢？你别以为我和你爸爸会一直养活你。

他说，我从来就没有这样以为过。我不要你们一分钱，就可以开创一个事业。我们已经预感到他要出事，以为是年轻人的不安分，就给他介绍了女朋友。像我们这样的家庭，找个好女孩，是很容易的事情。刚开始好像还有作用，但是他很快就厌倦了。

他赤手空拳地走了，注册了一家旅游公司，办理国内的旅游事务。当然是挂靠在某家大单位，牌子很硬。所有的过程都是他一手办的，我们没插过一个手指头。他以为这都是他的魄力非凡，其实他父亲的名字是一笔巨大的无形资产，每一步都是我们提前铺垫好的。总之，他有钱了，那数目总在几百万以上吧。他开始迷恋上了女人，几乎每个星期换上一个。有的我见过，大多数我没见过。凡是见过的女孩，我要说，人都长得风流漂亮，文化水准也很高。说实话，我觉得我的儿子配不上她们。但是都被他眼也不眨地甩掉了，像换领带一般随意。他的钱很快地积聚起来，又很快散掉。

终于有一天，我发现他吸毒了。我非常害怕，从来没有这方面的经验，和他爸爸商量，一筹莫展。又怕传出去丢人，我就绕着大围脖，在街上买戒烟的丸药给他吃。那些药吹得都很灵，一丸见效，几丸断根。也很贵，每回戒下来，都要几千块钱。但是没过多久，他又开始复吸。我早提议送到正规医院来治，他父亲怕丢人。说一传出去，脸面上太不好看了。

这样哩哩啦啦好几年，好端端一个孩子，越来越没有人形了，再拖下去，只怕就是《红楼梦》里的贾天祥，命丧黄泉。我对老头子说，见你的鬼面子吧，我只有这一个儿子，是面子重要，还是儿子重要？！我不要面子，我要儿子！

我就把孩子拖来了。他不愿来，他已经没有活下去的要求了，你不叫他吃饭，他可以几天一粒米都不沾。每天除了吸毒，什么兴趣也没有。偶尔也有明白的时候，他就说，吸毒是他一生中唯一按自己意愿干成的事，他不后悔。

这回他戒了毒以后，医生不是说一定要离开吸毒的环境吗？我和他爸爸想了半天，决定把他送到美国去。我们在那里有可靠的关系，也有钱。那是一个和中国完全不同的环境，也许可以救他。

靠窗的儿子：北凉——

他个子很高，因为毒品的摧残，皮肤皱缩起来，骨头只好弯曲，以适应萎缩的筋肉，像老年人一样驼着背。巨大尖耸的喉结，很有力度地前凸着，表明他并不像看上去那般老迈。眼光如弥漫的黄沙，没有焦点而且很浑浊，快速移动着，迟钝中透着躁动的因子。他不像一般的吸毒者，不敢正着眼看人。他很放肆地盯着你，瞳孔忽大忽小，好像你不是一个固定的物体，而是一个海浪中的漂浮球。

吸毒这件事新鲜有趣神秘。吸毒时我能从另一个不同的角度，观察人群，观察世界，观察我父母。很有意思，我建议全世界的人，假如有可能，都吸毒，最少吸一回。

那是一种生死体验，一种冒险。完全蔑视传统。

最初是在摇滚歌手的录音棚。天气非常热，边弹边唱，舌头好像被油煎过，变了形。耳机滑溜溜的，发出海带的味道。

一个歌手走过来，递给我一支烟说，试一试。

我说，什么东西？

他说，二战时，神风突击队在执行永不复返的任务时，吸的就是这玩艺。挪威作家易卜生，法国作家左拉，都曾对它赞不绝口。

我说，我很热。

他说，它就是喜马拉雅冰，吸了不再热。

我开始吸了一口。那东西像巧克力，你只要一咬开，就有美味蹿出，令你舍不得放开，你忍不住尝第二口。

椅子消失了，肢体被卸掉，我觉得自己即将有伟大的发现。人家对我说，这句歌真好，我会笑眯眯地在那里想10分钟，真好……这句歌……这是什么意思呢？

在梦中，我忏悔而安静。视觉敏锐声音清晰。我会充满悲剧意味地哈哈大笑。

现代人在一种互相隔绝的状态中生活，毒品使我们团结起来。

每一种古怪错乱的念头都产生自一颗痛苦的心。我要寻求对自身本质更透彻的理解，追求人格高度的完整和和谐。

我追逐女人，是为了体现我的意志。我不要未婚的女人，我只到别的男人怀抱里，争夺女人。那会使我得到更大的快意，我知道我的力量膨胀，无可包容。

变成一个落魄者的过程，令人眼花缭乱。它不是很快，也不是很慢，有它自己的速度。你在这种速度中，感觉到存在。

毒品就是我的宗教。

每一次我都被治好，每一回我都重新变坏。他们要把我送到美国去，真是笑话。我在哪里都可以找到毒品，哪怕是在月亮上。我要用毒品不断地奖励自己，抵御灾难。时间和距离，在毒品王国是不存在的。我不相信有谁能独自从那里返回。枉费心机。所有的人。

简方宁批注——

这位靠窗的母亲说出来的话，都是真的。但她还有许多没说出来的话，那些话也许更为重要。在会议上，有许多人出席，也有人没出席。缺席的人要比出席的人，更值得研究。

回避也是一种说谎。不把真实的情况告诉你，你的智能就引导你得出谬误的结论。它让你自己骗自己。

她在回避她和他父亲的责任。他们从小对孩子娇生惯养，那个孩子一直是在泡沫里长大的，没有遇到过任何阻力。他们把一切都为他设计好了。为了防止他远走高飞，他们甚至在他很小的时候，就把女孩子主动送到他身边。很少有父母这样做，但他们做了，以为这样可以铐住年轻的灵魂。

他们用自己的温情，把他训练为一个吸毒者。

因为缺乏任何恶性和良性的契机，生活在儿子眼里寡淡无味。假若他在性成熟以后再接触女人，那么这种新奇的体验，也许还会暂时地激起他的活力。但是他的父母，连这点机会也没给他留下。在他的生理还不完全知道性为何物，对它还没有储备起足够的感觉之前，就消耗掉了激情。他和不计其数的女人发生性关系，只是机械的操作与排泄。

他的沉迷摇滚，他的退学，是他的一种反抗。在这种泥泞中，他遭遇了毒品。他用毒品麻痹自己的神经，用它代替自己病态的挑战。他在这种沉沦过程中，兴奋不已，下意识地延缓了报复的恐惧。

你听他的谈话，充满夸大与想象。他对事情，无论大小，都没有责任感。他拼命地想反抗社会，但反抗以后的社会将是怎样的呢？他不知道，也不想知道，只是自暴自弃地堕落。他没有爱和依恋的能力，缺乏最简单的自知力。时而以为自己超凡绝伦，时而只求速死，以谢天下。他把一切责任归于别人，认为整个社会都该以他为轴心转动，永远有为自己辩护的理由。毒品创造了伟大的梦想，与剧烈的享受相等的，是凶猛十倍百倍规模浩大的惩罚。

性的提前支取与透支，将带来难以估量的心理影响。在一枚最美好的果子，还是青的时候，就像蛀虫似的把它啃了，打破的不只是完整，还有一种神秘的神圣。它的后果，是对恶的超敏感和对美好情感和正常事物的鄙弃。

资料

日本某私立短期大学女生酒井智子，驾着她的红色跑车，风驰电掣地回到家里。今天学校上的女红课，是她最不感兴趣的科目，于是装作痛经，跑了出来。校方管得很严，这样的借口，一个月只能用一回，而且生活管理员，会在记录本上登记日期，使你下回再用这个借口的时候，知难而退。当然你也可以推说少女期，月经不调。校方毕竟不敢让你到卫生间当场检查。于是大家就把月事，亲昵地称为"红色的朋友"。可一个月最多用到两回，否则你红润的脸色就会揭发你在说谎，来那么多月经的女孩，一定会惨白如雪。

酒井智子轻易不动用这位朋友，只有在和那些真正的朋友聚会的时候，才请出它来救一回驾。

朋友们——就是一群和酒井智子一样年轻而都郁郁不得志的18岁女孩，在野外聚会。她们在一起把眉毛描得黑浓若鸦，又粗又长。绝不像江户时代浮世绘中的美女，眉毛纤巧如蛾须，好像猛吹一口气，就会从眼睛上方飞走。她们把前额头发像孔雀翎毛一样，高高卷起，用特硬摩丝定型，表示一种向世俗的挑战和反抗。眼圈画成黝黑的海洋色，彼此对视的时候，都为对方新奇而狰狞的形象，大笑不已。

她们在一块吸烟。本来这没什么了不起，日本女孩吸烟，大有人在。但她们现在吸的，不是常用的带有轻巧薄荷味的女士烟，而是一种辛辣无比的粗制烟草，以往只有真正的牧羊人，在旷野里对着狼，才吸这种猛烟。

她们非常开心，觉得世界匍匐在脚下，自己结成了亲密的团体。秘密就是力量，她们在隐秘中感觉独立的存在。

酒井智子回到家里，母亲不在家。今天是俳句同人聚会的日子，母亲又去做那些缠绵的文字游戏了。酒井智子真想不明白，当世界的天空都在落下硫酸雨，南极烧了一个巨大的臭氧层空洞的时候，再去吟微雨和风，是不是惨烈的讽刺？

不管怎么说，今天家里没有人。这是非常难得的孤独的机会。真正的彻底的孤独，在城市里就像没有污染的水源，多么稀少啊。

酒井智子正在争分夺秒地享受孤独的时候，绿衣信使来了。这是一封国际特快专递，24小时以前从美国一家公司发出。

请问小姐，您是收件人的什么人？信使问。

我是她的女儿。需要用证件向你证明吗？酒井智子很体谅地说。大家都很注重个人空间。

那……就不必了。只是这份邮件注明一定要本人收取，请您务必亲交。好，请您在这里签一个字，就写上您的姓名，以示代领。信使说。

酒井智子一一照办。

寂寞被打破，剩下的是更无聊。她打量起这包邮件，很小，很轻，只有一本书大小，但比书要柔软得多。

酒井智子的父亲多年前遗弃了她们，现在母女一起度日。母女间是没有什么秘密的，但酒井智子从来没听说母亲同美国的公司有什么交往。

首饰吗？好像不是。那家公司有一个奇怪的名字——美国新泽西州巴林杰高科技公司。

时装吗？更是不像。这么小的体积，充其量只能装一条真丝内裤。

是什么东西藏在这里面，值得母亲万里迢迢地从大洋那一岸买来，而且如此神秘？

酒井智子轻轻揭开了函件上的封条。她不知道这一个小动作，引发了一场旷日持久的官司。

层层叠叠的包装里面，是一块手掌大的薄若蝉翼的棉絮。由于浸透了某种液体，它显现出一种清洁的半透明性状。酒井智子没有打开最内层的保护膜，她预感到它有一种魔力。

函件里还有一封打印的信。

尊敬的××夫人：

您好。很高兴我们开始了愉快的合作。

您寄来的样品，经过我们极为先进的500-离子光谱扫描仪的分析检测，现负责地向您报告：

海洛因——阴性

安非他明——阴性

吗啡——阴性

……

但是我们要极为遗憾地通知您，样品中的大麻反应，呈轻微痕迹反应。也就是说，样品的提供者，有可能使用大麻。但由于使用量过低，或使用间隔过久，只遗留微弱的反应。当然还有另一种可能，就是您搜集样品的方式方法，还有有待改善的环节。这当然不是您的责任，而是我们的说明不够周到和详尽。我们首先要请求您的原谅。

为了表达我们的诚意，为了我们长期友好和富有成效的合作，我们向您免费赠送一个"吸毒报警袋"，并附有详尽的使用说明，请您务必照章操作，并迅速将样品寄交我们。这样，在大约10天以后，您就可以得到我们的书面报告了。

……

酒井智子愣了很长的时间。

她大约已经触到那是怎么回事了，但不敢相信。大学生，不断看侦探、凶杀和谍报影视，每个人都具备了某种福尔摩斯的基本素质。

她迅速将函件包好，放进书包。然后飞快地跑出去，跃上自己的跑车。她在第一个公共电话亭，依次拨通了同志们的电话。家里的电话肯定不能用了，既然已经开始对她进行检查，焉知没有窃听装置。

所有能联系上的朋友，都兴奋起来。她们终于找到了向老朽的父母宣战的导火索。当然第一步是先把事情搞清楚。现在是资讯时代，大家分头去做，很快就真相大白。美国新泽西州的这家公司，在全球范围内，登过如下的广告：

吸毒，这个消费社会不断滋生的毒瘤，它对整个人类生存家园的破坏，大于艾滋病的蔓延和非洲撒哈拉大沙漠的泛化。

由于种种原因，青少年吸毒者的队伍，正在以天文数字膨胀。每一位含辛茹苦的家长，都害怕子女卷入其中，千方百计地侦查子女情状，以便早期发现，实施戒毒。

然而，要想知晓你的子女是否吸毒，只有验尿这一个办法。但采集尿液一事，无法避开当事人，青年对这一举动往往极为反感。他们把吸毒与否，视为自己的隐私，拒不提供尿液，使父母望洋兴叹。如果强行收集，常常双方反目，关系极为紧张。想来每一位家长，都有过这种尴尬的经历。

现在，我们来了——巴林杰高科技公司，愿给伤透脑筋的父母，提供迅捷有力的帮助。

你只需花上 20 美分，就可以收到巴林杰技术公司邮寄给你的最新产品——毒品报警检测袋。

你肯定要说，区区 20 美分，就能解决这样严重的问题吗？

问得好。说明你是一位有头脑的人。

在 20 美分后面，是高科技的 500——离子光谱扫描仪。它可以检测大麻、海洛因等多种毒品的微量存在。但这种昂贵的仪器，售价高达 5 万美元，非个人财力可以企及。技术公司研制出的毒品报警检测袋，正是把这一精密仪器和千家万户联结起来的纽带。袋中装有一小片浸透药液的纱布，只要用它擦拭孩子常用的桌子、书本和衣物，就会获取到有关孩子的信息。迅速寄回巴林杰公司，公司将样品放入 500——离子光谱扫描仪，结果就出来了。大约 10 天以后，家长即可得到详尽的书面或电话通知……

酒井智子和她的母亲，爆发了极为猛烈的冲突。

她的同志们，给予她强有力的支持。她们雇请了律师，向法院提起公诉，认为母亲侵犯了业已成年的酒井智子的隐私权，要求巨额精神赔偿。

国际舆论界，为这一事件，掀起了轩然大波。

青年一代，反应尤其强烈，对这一行径表示愕然与震惊。

欧洲评论家指出，吸毒报警袋，有损于青少年的隐私。

法国伦理委员会发表声明，公开反对这一商业行为。

美国刑事犯罪研究所主任说，尽管没有任何书面文件禁止化验室提供邮寄毒品来样化验业务，但按社会现行道德规范，非经医生提议，是不允许随意对青少年进行吸毒检测的……

精神病学家劝告说，如果孩子听话，且生活正常，你就没有理由悄悄地跟在他后面，像一只蹑手蹑脚的狸猫一样，对他进行测试。如果他长时间地离家不归，学习成绩下降，结交不良少年，你可以进行某种测试。但是无法想象，在已经丧失信任感的家庭里面，这种测试还会有什么效力。

亚特兰大吸毒及父母教育研究所的多格·豪尔先生的说法，得到了大多数人的赞同。他说，当父母心存疑虑的时候，做的第一件事，应该是坐下来，同孩子开诚布公地谈一谈，而不是鬼鬼祟祟地像个特工。

　　日本法院将于近日开庭审理这一案件。

第二十四节

晚上是孟妈值班。一反别的医生在时病人的鬼哭狼嚎,病房里一片寂静,好像大烟鬼们都进入了冬眠。

栗秋说,我最喜欢和孟医生对班了,真安生。要是总这样,一年下来,鞋底子钱也不知省下多少呢!

甲子立夏撇撇嘴说,我倒喜欢风调雨顺地匀着来。上她的班啊,是前半夜累死,后半夜闲死。先是劈头盖脸地下医嘱,给这个强镇静剂,给那个长效安眠药……就像古时的迷魂汤,不管三七二十一,先麻倒放平了再说。要是哪天哪个倒霉鬼睡过去再醒不过来,可就糟啦!

栗秋一边从安瓿里抽着药液,一边说,咸吃萝卜淡操心。就算医院关了张,碍着你我何事?像我们这种手艺的护士,到哪去还不抢破了头?

甲子立夏正要说什么,见孟妈来了,再不言语。

孟妈说,小姐们,累吗?

栗秋说,多亏您体谅,我们正说您的好话呢。

孟妈说,别拿空话填我。听我使唤一回,把那个叫范青稞的病人叫来。

栗秋说,您不会亲自跑一趟啊?没看我们正无菌操作着?

孟妈说,刚还说我好,这就犯懒。医生的嘴,护士的腿,规矩啊。

栗秋说,那您在医嘱本上写出来:"某日某时某分,把病人范青稞叫到医生值班室。"再注上"紧急"字样,我立马就执行。

孟妈说,我平时待你们不薄,干吗这么不给面子?

甲子立夏忙打圆场,说不就是叫个人吗,我去我去。

范青稞来到医生值班室,见孟妈笑容可掬地坐在那里,不知她什么意思。

这边甲子立夏对栗秋说,我看孟大夫人挺随和的,你看不上她?

栗秋说，我就看不惯她四处讨好的样子。要讨好，就专讨一个人的好，好比是一条很忠实的狗，只向主人摇尾巴。这个孟妈，向所有的人点头哈腰。

甲子立夏说，我看你是小瞧了她。

办公室的灯光下，孟妈笑得太厉害，脸上的皱纹成为深深的阴影，倒叫人不懂她的真实表情。

孟妈说，范青稞，这些天，你是每个病房都串了，知道了不少情况，人缘很不错啊。

范青稞一惊，心想被她瞧出了破绽？不置可否地哼哈着，且听下文。孟妈接着说，我看你和医生护士也广泛联络感情，和滕大爷唠得很晚啊。

范青稞心中把不准孟妈的脉，依旧装聋作哑。

孟妈好像也不在乎范青稞的反响，自顾自地说下去。你别看我对谁都是笑脸，其实谁怎么样，我心里有数。我看你是个良家妇女，虽说沾上了毒，戒了就是好同志。看得出你办事稳妥，以后孟妈要求你帮忙，你可要给孟妈这个面子啊。

范青稞连连点头，心想正中我意。

聊了半天家长里短，范青稞顺着孟妈的意思，想她是一个爱听奉承的人，就拼命拣她爱听的说，孟妈很是高兴。过了一会儿，孟妈假装随意问道，你住院时，滕大爷是用一个蓝色的大本子给你登记的吧？

范青稞说，是啊。

你还记得他把本子搁在哪个抽屉里的吗？孟妈藏不住渴望的神色。

范青稞一时摸不准孟妈葫芦里卖的是什么药，心想这也不是绝密资料，便用手一指滕大爷的桌子说，在最左面的抽屉里。

孟妈若有所思地说，登记到你时，是不是本子已经快用完了？

范青稞想了想说，好像是这样，只剩下薄薄的几页了。

孟妈自语道，这两天又进了几个病人，那个本子快要用完了……

范青稞装傻道，孟妈，你既然对滕大爷的本子那么感兴趣，索性自己问问他，不就什么都知道了？

孟妈说，哪有那么简单？谁记的资料就是谁的资本，打这医院一开张，滕大爷就坐镇门诊，我来了才多长时间？他是三朝元老，我不过刚迈进门槛。

正说着，孟妈警觉到有些不当，忙遮掩道，我不过是随便问问。

说实话，范青稞也觉得这不是什么大不了的事，也就不纠缠。孟妈更加和颜悦色地说，我看你这个人不错，给人当保姆，真是屈了材。要是我以后自己办了医院，你愿意到我那儿帮工吗？

范青稞作出欣喜的样子说，当然愿意。只要孟妈不嫌我笨手笨脚的。一边心中暗想，这可是重要的情报。这个孟妈，看起来老实热情，不想暗中生了另立中央的野心。

又扯了些闲话，孟妈虽仍兴致勃勃，但大家都知道，重要的话已经说完，心不在焉。

靠门的母亲——

她的眼光时刻不离她的儿子，好像在这种近乎封闭的环境里，仍然无法感到安全和稳定。每当儿子睡着以后，她就抚摸他的眉弓和耳垂，有一种母兽般的狎昵。她的儿子有时从睡梦中惊醒，愤怒地打开她的手。她就用没有挨过打的那只手，抚摸着挨过打的手，久久地重复这一单调的动作。说话很慢，语句散发着一股北方低矮屋檐下的茴香味。

院长让我同你谈谈。有什么好谈的啊？我只有一个儿子，成了这个样子。我和他爸爸很早就分了手，那是一个不要脸的男人。我们吵吵打打好多年，孩子一直夹在中间。我把对那个男人的满腔怒火，都对孩子说。我找不到别的人听我说话，只有对他说。我就像祥林嫂，她的阿毛死了以后，逢人就说阿毛。我的阿毛活着，我就对阿毛说。别人可以不听祥林嫂的，可我的儿子不能不听我的。我每天都说，晚上他和我睡一个被窝，我就用唠叨把他送进睡眠。他总是一言不发地听我说。小时候，他是一个听话的孩子。

后来，他慢慢长大了。有一天，我对他说，你自个儿睡一张床吧。他没说什么，晚上默默地到了我给他铺好的小床。但是半夜，他爬进我的被子，说，妈，我怕。没有你，我睡不着。

后来又有过几次，我想让他独立。他嘴上答应得好好的，一到半夜就反悔。我想，家里从小就没有男子汉，他生性胆小，就这样凑合吧。再长长，也许就好了。

我一个人拉扯着孩子不容易，工厂给的那点工钱，刚够吃饭。没爹的孩子，本来就容易让人看不起，我想，家这么穷，以后哪个姑娘肯嫁过来？我得趁我的这把老骨头还能熬点油的时候，为孩子多挣些家当。

我辞了职，跟人借钱，摆了个小买卖。俗话说，穷人多娇儿，真是这么回事。别人都说，孩子长大了，可以帮你一把了，其实我一个人赁房子，搬货物，他袖着个手，横草不拿一根。到了月底，就知手心向上，管我要钱。

他一天什么事都不干，就是跟人吹牛，喝酒。晚上醉醺醺地回来。我说，你喝那么多，就不怕毁了身体？

他蛮横地对我说，你懂个屁！只有这样我才能睡得着。

后来，他终于一个人单独睡了。我才发现，他不在，我睡得也特别不踏实。多少年了，我已经习惯他像婴儿似的蜷在我身旁。我不喜欢他慢慢长大这事，我觉得我熟悉的那个小男孩，被时光这个妖怪给杀了，还给我的是一个胡子拉碴、那么像他父亲的一个怪物。不怕你笑话，我不止一次地想过，要是世界上有一种药，能把活人变小，我一定千方百计地找了这药来吃，把儿子变回去，把他变成一个胎儿，重新揣进我肚子里去，永远不让他生出来。这样生生死死就和我永在一起了。

儿子对我的态度越来越暴躁。除了要钱，几乎不同我说任何话。我问他要钱干什么，也不回答。人真是一个怪物，我就心甘情愿地挣钱养他，还生怕他有一点不痛快。一般的小本买卖，根本供不上他的花费。我就在外国人爱去的旅游点，用高价租下一张货床，专卖拼花的床单。

中国人根本看不上这东西，跟过去老百姓的百衲衣似的，是穷人的物件。但外国人喜欢它是纯棉的，还完全手工，说是具有东方风韵，很抢手。

货是打苏州那边进的，我每个月要跑一次南方，押货回来，外带把新的货样子交给当地加工的人。有好些人看我做这买卖发了，也到南方去定货。可他们做不过我，因为我懂得外国人的喜好，有好些样子是我设计出来的，比如顺风褶、平安褶什么的，外国人爱买我的，不爱买他们的。

有一回，苏州当地一个小伙子说，大妈，我看您这么跑来跑去的，挺辛苦。我给您当个帮手，好不好？我一看，挺清秀的一个孩子，打过几回交道，人也老实。再一个我年纪大了，这身老骨头，也实在顶不住了。我就说，好吧。他就跟着我回了家。我在农村买了一个小院，主要是存货，私下里也想，以后儿子娶了媳妇，城里的房子就让给他，我就住在这里。那个小伙子住进小院，工作挺卖力的。

后来，不知怎的，我的儿子和他好起来，突然和颜悦色地对我说，妈，我想和小江苏一块看库房。他给那孩子取了个好听的名——小江苏。

我这个人，只要儿子给我一个好脸，他说什么，我没有不答应的。再说，我想，让他学点做买卖的经验，也好。这样哪一天我蹬了腿，他还有个混饭吃的本事。那一段日子，说起来是我家最和睦的时光。儿子第一回有了笑模样，和小江苏成双成对地出入，对我也和气多了。我给他说了几个对象，可他一点兴趣也没有，说他要一辈子独身。别的妈听到儿子这么说，心里都着急，我不。说心里话，还有点高兴。我不喜欢媳妇，没有媳妇，儿子就是我一个人的，他对我不好也罢，这个世界上没人能代替了我的位置。有了媳妇，就难说了。媳妇和婆婆是天生的对头，婆婆永远也打不过媳妇……

只是他的钱越花越凶。我说，你也太高消费了，你妈是个穷老婆子，也不是皇太后。

他嬉皮笑脸地说，以前是我一个人，现在不是有了小江苏吗。

我也不好再说什么，只要儿子高兴，就是他要喝我的血，我也会把胳膊伸出去。

我忘不了那一天。有一个非洲的什么酋长夫人，看上了一种大花的床单，要买10床。这是个大主顾，可不能让她跑了。我手头没有那么多货，对她说，明天一定提来货等着她。她两手一摊，做了一个老母鸡扇翅膀的动作，我知道她明天就飞了。

我对她说，下午来。下午我就有货了。她点点头。

我把货床子让别人给看着，就往郊外的库里赶。正是上班上工的点，破房子周围静悄悄的，院门也没锁。我心里还直埋怨俩小子，怎么不经点心，也忒大胆了。进得门来，就闻到一股特香的味，从没闻过这味。我心想，背着我炒什么东西吃呢？贴近门缝一看，两个人在抽烟。

这也就罢了，我刚想进去，没想到两个人就搂抱在一起，紧接着，就像公狗母狗似的，做起了苟且之事……

当时真把我气晕了，一个箭步闯进去，抄起棍子就打……

小江苏还算老实，吓得哭了，说是我儿强迫他做的，他没法。我儿没有一点悔意，对他说，你那个后窟窿，我也不是白入的。你吃的，穿的，还有抽的白粉，哪一点不是我供的？你他妈有什么脸哭！

我拄着棍子立着，觉得天在我的眼前塌了。这才知道，他们吸上了毒。小江苏以前在家时，养上了这毛病。因为穷，不敢敞开来抽。到了我家，我儿子居然看上了他，把他当个女人一样地养着。他们俩一天鬼混，混完就抽，抽完就混……

我坐在地上，哭天喊地，没有一个人理我。儿子抄着手说，反正早晚你也得知道，早知道了好。我在外面欠人家的账不少，你去还吧。

欠账还钱，这是天理。我一打听，才知道这个不孝子，扯下的饥荒，把我所有家当都填进去，也还不满。我吓坏了，连他爸爸当年撇下我们孤儿寡母时，我都没这么慌过。那时候还有盼头，我还有儿子。现在，除了有一身账，我什么也没有了。不，比什么都没有还糟糕，因为还有这样一个男不男女不女、吸白面的儿子！

我真不想认他了，可我不认他，天下还有谁认他？有时候，我是真可怜他，我一个老婆子，好歹也这么大的岁数了，黄土埋到下巴的人，是好是坏，都没有什么要紧的了。可他还年轻，就这么往黄泉路上去吗？老天！你为什么不长眼，我上辈子造了什么孽？你罚了我，还要罚我唯一的骨血？！

我跟人家说谎求情，让人家唾骂，有的账死都不认，这样挤出了一点钱，把儿子送到戒毒医院来了。小江苏也想来，趴在地上求我，说大婶，您救救我，把我也送到戒毒医院去吧，要不，我就是死路一条啊。

我一脚把他踢出门去，说，你个不要脸的男娼。要不是你勾搭了我儿，他会落得这个下场？

我儿站在一旁，也不伸手帮他，只是冷冷对我说，你不必怪他。没有他，我也得走到这一步，不是小江苏，就是小河南、小黑龙江什么的……他跟我共过一场患难，你把送我上医院的钱，拿出一半给他。

要不，我就死在家里，绝不出这房门一步。

我看着他，浑身哆嗦，怕得不行。这就是我怀胎十月，一把屎一把尿养大的孩子吗？

我咬牙切齿地把钱给了小江苏，后脚领着儿子进了这医院。现在用的法子我看有效果。治好了，我们出了院，兜里一个子也没有了。我这么大岁数了，没别的指望，阎王爷慢点召我，让我临死之前，给我的儿子多挣下一点钱，让他多活些日子。我知道，这回他是生生死死地跟着我了，没准还死在我前头。要是那样，他头天死，我第二天就死……一时半会儿死不了，我就把他送到乡下去。不是说要改变环境吗，我穷，只有一个地方可以去变，就是到我的老家去，给人家打个零工，混口冷饭，也不知道人家肯不肯收留他……

靠门的儿子：琪仁——

他像劣质原料制成的肥皂，有一种半透明的污浊。百无聊赖，什么都无所谓的样子。他的手指长而病态地柔软，说话的时候总是像蜘蛛一般互相缠绕，做出常人无法做到的手势，好像在同魔鬼交换眼色。他谈到多么恶劣的语句时，都平淡得毫无顿挫，目光平视，让你误以为半空中悬着一张污纸，他只不过在代人宣读。

我从小没有见过我爸爸。其实我是见过他的，他走的时候，我已经几岁了，记得那段时间周围的事，甚至我当时穿的一件衣服的条纹花色都能想出来。但我不记得他，一点都不记得。他没有给我留下丝毫印象，很长时间，我以为他根本就没存在过。后来我才知道，这世界上没有什么不存在的事，什么都存在。

我周围没有一个像样的男人，连不像样的也没有。我是在女人堆里长大的，一群叽叽喳喳的老娘们和小娘们。我既看不起她们，又离不开她们。

小时候我最佩服的人，是我妈。晚上我蜷在她胸前的时候，觉得她是一座无边无际的肉山。柔软，香喷喷。她的胸口，就是世界上最安全的地方。我对女人的肉体没有什么神秘感，因为早从我母亲身上看到了一切。

后来，我渐渐地长大了。我还记得母亲要我离开她，独自睡觉的情景。那一夜，我害怕极了，感到母亲再也不要我了，到处都是半个脑袋的妖怪，要用血红的舌头把人卷进大嘴。直到我重新钻入母亲的腿和胳膊之间，把自己缩得像一个肉球，我才感到安全。

有一天，我做了一个怪梦，我趴在母亲身上，上下摇动……这本来也没什么了不起，我以前也做过这样的梦，但是我醒来后，发现自己大腿中间有一些黏液。

我从伙伴们那里，搞明白了自己的变化。所有有了这件事的男生结成一个阵营，觉得是成熟的男子汉。大家都在说自己的梦，别人都是影星歌星什么的，最差也是街道上卖苹果的小贩或是公共汽车上的售票员……幸好大家没有追问我梦中情人是谁，要是问了，我会在那一刻羞愧死……大家哈哈大笑，好像梦中想了，就会成真。有两个人差点打起来，因为他们梦到了同一个女生……

我气急败坏地回到了家，母亲看我脸色不好，关切地过来问我是不是不舒服了。我暴躁地打开她的手，在手指与手指相撞的时候，我突然有一种异常酥痒的感觉。我吓坏了，模糊地感到这是大逆不道的事情，这是乱伦。

那天晚上，我忐忑不安地睡了，一千回一万回地祷告，再也不要梦到我的母亲了。就在我蒙蒙眬眬地刚睡着，那个女人又来了。刚开始我有些高兴，她不是我母亲。定睛一看，我又冒出冷汗。她虽然不是我现在的母亲，却是年轻时的母亲，比现实中的母亲，要妖娆和丰满得多。我的意识并没有完全丧失，我一个劲对自己说，这是不行的，她是我妈。但是本能根本就不理会，它疯狂地勃动起来，舍不得放开那个妖媚的女人……待我醒来，身下又是精冷一片……

这一回，我的恐惧更甚了。要是以前，好像还有被迫的成分，这一回，完全是我自愿。白天，我看到母亲，非常内疚。我再不想让她在我的梦中出现了，我开始对她大发脾气，无缘无故地吵闹，再也不接受她的抚摸……我以为这样就会好了，没想到，事情变得更厉害了。

梦中的母亲，来得越来越频繁，越来越放荡……我毫无办法，充满了深深的恐惧，又贪恋梦中的欢乐。有时，我气愤地想，是母亲勾引了我。白天，我在无人处狂抽自己的嘴巴，直到牙齿间都是咸咸的血，希望自己能从这种状态清醒。但是，母亲一出现，我就不由自主地观察她，想象她年轻时的风韵，哪里更凸些，哪里更凹些……

我极力逃避她，又不能有片刻看不到她。我仇恨她，又喜爱非凡……白天，我渴望着早早入睡，在睡梦中和她温柔亲热……睡梦中，我惊出一身冷汗，醒来睁眼到天明……我陷入极大的恐慌中，神魂颠倒。有时我想，这一切都是男人那个物件闹的，假如没有它，至今我还可以蜷缩在母亲的肚腹之间，头上是母亲的乳房，脚下有毛茸茸的黑草地，天真自在，永不长大，多么快活！

我不止一回拿着剪刀，对准那个命根子，心想，去了这个祸害，天下就太平了。

我是一个懦夫，终于没有下得手。听说要流很多血。

找到一个好法子，就是喝酒。喝得昏昏然，任你是天王老子，也进不了我的梦境了。刚开始，还灵。每天懵懵懂懂，一觉到天明。但很快，酒精就不灵了，那个梦中的母亲好像也很有酒量，她在酒中与我相会，更加肆无忌惮……在每一次放荡之后，我都更觉孤单，有一种被所有人抛弃的感觉。

我害怕极了，觉得天下唯我最坏。我白日里不敢见人，觉得每一个人都能看穿我心中的秘密。我的脾气越发狂躁，性格越发怪异。

母亲这时开始为我张罗女朋友。我一个都看不中，因为她们同我的梦中情人相差太远。而且我对真正的女人一点都不感兴趣，只对我母亲一个人充满爱恋。

事情到这儿并未结束，内心的魔王越来越指使我行动。我不止一回地冲动起来，居然想在我母亲身上，照着梦境实践一回。真的做一回，只一回，看和梦中是不是一样味道……它像一只喇叭，不停地对我说，声音越来越大……

我拼命地往外面跑，不敢回家。生怕自己失去最后的控制……我知道，我就快控制不住了……

就在这时，小江苏出现了。他去看库房，我找到了一个摆脱母亲的机会。而且小江苏身上，有一股邪气。别人也许看不出来，但我感觉到了他的吸引力。他既是男人，又是女人。我可以在他身上发泄我的欲望，又完全可以排除和母亲在一起的幻想。他真是一个两全其美的东西。他有一种无精打采懒洋洋的魔力。

小江苏刚开始不干，但我很快发现他非常需要钱。他在抽海洛因。我说，这有什么意思？他说，大哥，只要你给了我钱，我什么都听你的。你吸一回，就会觉得原来过不下去的日子，变得轻松起来。

我给了他钱，和他成就了那事。这是全新的体验，和梦中根本不一样，所以也无法比较。我高兴极了，我终于用小江苏成功地把母亲自梦中赶走，我避免了一桩大罪恶……

我开始和小江苏一起吸毒，之后做那件事，就更有神仙的味道。我的母亲不会吸毒，所以她永远也不会在我新的生活梦境里出现。

这下保险了。而且随着吸毒的量越来越大，我发现那方面的能力，差多了。我很高兴，我和一般的男人不同，他们把这儿当成命根子，天老大，它是老二。我把它看成累赘，所以海洛因能伤它，我喜出望外，巴不得的。我越吸越多，盼望海洛因早点把我阉了，我就可以早点回到我妈怀里。那真是我一生最幸福的日子。不是小江苏毁了我，是小江苏救了我。我怎么能过河拆桥，不谢谢恩人？所以我得给小江苏钱。

我妈送我到戒毒医院，她是瞎忙活。但是这样就可以天天和她在一起了，我挺高兴。

出了院以后，她要把我送到乡下去。让我自己养活自己，真是开玩笑。我自小没干过活，现在身子都掏虚空了，让我干活，门也没有啊。我是过一天算一天，和我妈在一块儿，她就有办法养活我。要是没办法了，就死。和我妈死在一起。要是我先死，我相信她马上就跟了我来。要是她先死，没人养活我，我也得死。不过我不敢自杀，胆小，下不了手。

简方宁评注——

病态人格。

对某些人，知道了他的家庭，就知道了他的病。弗洛伊德认为解剖学界定一切，当然有些绝对。但是，如果你知道了一块土壤是贫瘠还是肥沃，你对它上面生长的植物，在通常状态下的长势，大体上就有一个判断了。

他的父亲是一个怯懦而没有责任感的人。没有父亲的单亲家庭，很容易使得男孩在家中和社会中"失范"。Anomie，来源于希腊语，指一种反常的社会状态。当我们要铸造坚硬的金属时，需要"范"，是榜样和模子的意思。比如"钱范"、"铜范"等。"范"字是草字头，说明它本身并不一定非常硬，但它一定是规矩而有匡正力的。古语说，陶冶者，必模范为形。

如果人的一只胳膊断了，另一只胳膊就会代偿性地强壮起来。在没有父亲的家庭，母亲必须负起养育的全部责任。假如这个母亲不具备男人和女人最基本的优点，孩子就在茫然中"失范"。

爱自己的母亲，这并没有罪过。即使母亲作为性的符号，在梦中出现，也不是什么十恶不赦的耻辱。如果我们有更健全的心理咨询，也许可在萌芽状态将它纠正。

梦是一种心理现象，梦是人类思维平衡的基本要求。在实验中，如果不让人做梦，人一做梦就把他打醒起来，连续五天以后，人就变得烦躁愤怒，甚至出现幻觉。

所以梦不是事实，也不是罪恶。

在梦中，希望是戴着脸谱出现的。梦曲折地表达愿望，并不负现实中的责任。

孩子生理上成熟的时候，却伴以心理上的幼稚，是一种大悲哀，大危险。这种幼稚型的人格，事无主动，缺乏自我约束能力，极易忧郁和爆发，志向远大，却没有任何付诸实施的具体行动。

他一事无成，每天沉浸在色情的想象中，难以自拔，就迷恋上了酒精。酒精其实是一种轻型的毒品，在这种成瘾的过程中，他感到欣快和麻木。那种精神上不得填充的空虚感，被酒精的火焰占满了。

他似乎解脱了，实际上是更深地陷入。恋母情结发展为性的变态，他感到一种崩溃的绝望。恰在这种时候，他遇到了小江苏。

小江苏吸毒，他把海洛因传染给了这个被痛苦煎熬的青年。他急速地上了瘾，在毒品里找到了自己的归宿。这几年，吸毒的青少年增多，好像上海的毛蚶传播肝炎一样，吸毒也像是由病毒传播，野火般地蔓延，失范是重要的外部原因。

我对他的最终治愈，不敢太乐观。有些人，也许注定是要毁灭的，不同的只是具体的时间。在一次成功后面，是沉默的九十九次失败。

资料

金三角的含义——

发源于中国云南的澜沧江，在境外被称为湄公河，它流经老挝、缅甸边界后，从东北向西南奔流入泰国。作为泰北、缅南界河的夜赛河，静静地从西向东与湄公河相遇。湍急的湄公河水夹杂着大量的泥沙，把夜赛河水的一部分，倒卷回原来的河道。天长日久，在两河之间形成了一块广阔的缅属三角洲，土地肥沃，气候相宜。地上生长着茂密的森林，地下埋藏着丰富的宝藏。早年间，这里盛产玉米，每年收获的季节，庄稼一片金黄，故称"金三角"。

在缅甸—老挝—泰国边境，泰方一侧的清黎府昌盛县索哩区，立着一座大理石牌楼，高大的方柱护卫着乳黄色的拱门，方柱的顶端用尖锐的石笋架起一块半月形的石雕，上面镌刻着一个高傲的黑鹰头，鹰头四周簇拥着四朵祥云，好似背负云霞，意欲冲天而起。门上有一块褐色石匾，上面用黑色的英文和泰文写着"金三角"。

现在世界闻名的"金三角"早已不是原始意义上丰收的象征了。它在地域上已极度扩张，据美国《生活》杂志估算，面积大约有15.5万平方公里，略小于柬埔寨，是台湾面积的4倍。它是一个不等边的三角形，像一只半长筒雨靴，那里遍植罂粟。

"双狮地球牌"精制海洛因，是金三角的名产。两只凶恶的狮子，像玩一个皮球那样，尽情地玩弄着地球。

各国使用高科技手段，启用卫星，侦察各地的毒品生产，清楚地掌握毒品犯罪情况。

美国原用于监视苏联军事目标，包括跟踪导弹的二十几颗卫星，在苏联解体后，一下子失去了目标。但不久，应美国反毒机构的请求，军方让失业的卫星重新找到活干，自高空监视全世界的毒品生产。

现在，卫星密布在自哥伦比亚到缅甸金三角的广阔空域内，获得令人难以想象的准确情报。在远离地面4～5万公里高度拍摄下的照片，能够清晰地分辨出罂粟茎是正在土内萌生，还是已经钻出了地表……

它还能准确地计算出罂粟果实的成熟程度，并折算出重量。

卫星资料证明，1993年，全世界共生产了4500吨鸦片，制造出了500吨海洛因。

缅甸仍是世界头号毒品生产国。它种植了153700公顷的罂粟，产鸦片2250吨。

阿富汗自苏联解体后，自巴基斯坦返回的500万难民，头等大事就是恢复了种植罂粟，1993年共生产了640吨鸦片。

哥伦比亚的大毒枭，指挥人在安第斯山区开发了12000公顷的土地，试种罂粟，准备争取一个大丰收。

肯尼亚人，在乞力马扎罗山峰周围，种植无边无际的罂粟，把鸦片卖给尼日利亚人。

缺乏经验的哥伦比亚人，自老挝和泰国引进了1.5万名农民，代替他们照料罂粟。现在，田里的罂粟已经长到1.5米高了，预示着一个好收成。

……

西班牙国家电台台长卡塞多，最近在马德里康普鲁滕塞大学所作的《传媒和吸毒》的讲演中宣告，迄今为止，全世界共有50多位记者，由于揭露贩毒行为而被杀害。

他指出，新闻媒体应当认真负责地报道社会情况，其中包括吸毒、贩毒问题。

这个报告会的组织者桑切斯先生，主张专门培养报道贩毒斗争的新闻人员。他认为，媒体要以青少年为主体，进行强大的反毒宣传。

第二十五节

简院长要我同你谈中药戒毒，不知怎么谈比较合适？你要是以一个病人的身份，三言两语就行。要是您以一个国际性学术会议参加者身份出现，只怕几天都说不完。

蔡冠雄医生坐在办公桌前，面对范青稞，很矜持地说。他判断不出面前这个相貌平凡的女人是何身份，甚至也不想去判断，只是执行院长的特殊医嘱。办公室里很热，他索性脱了白衣，露出深蓝色的毛衣，上面织着很复杂的花样，领子的图案也很独特，好像一条巨大的蓝披肩。看得出，有一个女孩子，泼墨般地在毛线里倾注了心血。

范青稞一笑，说，院长既然把我托付给你，你就要负责任啊。我不是一个你三言两语就能打发得了的病人，也不是医学权威，介于二者之间。别把我想得太无能，也许我会挑出你的破绽。

小伙子不服气地说，那么，好吧。我们来试一试。如果你听不懂了，就告诉我。我将尽量深入浅出。

范青稞道，不客气，你尽可以深入深出。

蔡冠雄说，行。

像柳树绽出的絮花一般蓬勃和舒展的蔡医生，第一句话，就差点把范青稞吓得跌个跟头。

我从来就没有把病人当成人，当然也包括您。不过是些容器，装着海洛因或是吗啡鸦片的玻璃瓶。是那种长颈大肚子的古典瓶子，不是现代才兴起来的那种像女人裙子一样的可口可乐瓶子。你们是透明的，透过各项指标，我可以清楚地观察你们，不单是外表，主要是内脏。人们常常把外表和内部等同起来。比如两个老朋友见面，经常会说，你一点都没有变。不一定是客套话，可能在他的眼里，对方就是没变。医生的瞳孔里，没有变化的人不存在，上午的人和下午的人，绝对不一样。一些不同的激素和化学成分活跃在体内，你敢说睡觉的你和清醒的你，是一样的吗？

当然，我，不一样。范青稞乖乖回答。

说完以后，她马上后悔，发现原不必回答。不停地反问，只是蔡冠雄的习惯。当他甩出问号时，脸上露出和年轻肌肤不相容的权威神色。他读书时，一定受业于一位酷爱反问的导师，他原汁原味地复制过来了。

人的生命变化多端，跟踪这种变化，冷静地观察一个生命的诞生与毁灭，详细地记录这一过程，你会在其中感到莫大的兴趣。你将透彻地洞察自身，推而广之，理解整个社会。所以我认为，将来的国家领导人，最好有当医生的经历。能治好一个病人的人，也有希望治理好一个国家。

好了。关于中药戒毒，你懂得多少？蔡医生突然发觉自己离题太远，马上刹车，进入正题。

基本上一窍不通。范青稞做出很傻的样子。

她早就发现，当你对一个事物一知半解的时候，装傻是一个很好的策略。它可以掩盖你的无知，使你显出近乎可怜可爱的谦虚。对方没有顾忌，在兴之所至事无巨细的介绍中，你会把以前对于这一问题支离破碎的了解，在不知不觉中补得天衣无缝。你的知识就像老太太的一床旧棉絮，千疮百孔，现在有人捧来了一堆新棉花，只要你有耐心，他就会不厌其烦地替你把网套上所有透亮的窟窿，填得风雨不透。

何乐而不为！

那我们就从头讲了？蔡医生一歪脑袋，一撮头发落下来，软软地耷在眉弓。他用手指尖一捋，头发乖巧地弹上了头顶。真可惜，这一动作彻底地出卖了他的老练。

中药戒毒的老祖宗，是林则徐。但是按今天的观点看，他也着实孤陋寡闻。蔡医生的开场白，又是颇为吓人。

范青稞镇静地听着，不显出大惊小怪的模样。虽然这话令她耳目一新。

林则徐曾对别人讲过这样一个故事：

林则徐在永嘉县时，听说一个叫张元龙的人是老烟鬼，就着衙役把他抓来，要狠狠地处罚他。来人哪，凡买食鸦片者，杖一百，枷号两个月！张元龙，你还得如实指出贩卖之人，我将他速速查拿治罪，流 2000 里，边地充军！

林则徐的号令掷地有声，威风凛凛，闻者无不骇然。没想到那张元龙并不惧怕，一边磕头如捣蒜，一边连连辩解说，清官大老爷，您要杖小人，枷小人，纵有一万条理由，小人不敢有半点怨言。只是若为大烟打我，小人着实是冤枉。我以前染过那玩艺是不假，但早已不沾了。那东西真是太可怕太可怕了！

林则徐是坚定的戒烟派，听人说到鸦片的害处正中下怀，马上问道，到底是怎么回事，如实招来。若有半句谎言，责罚之外，再加施以"墨刑"，在你面部刺字，羞恶其心，使你永无面目见人，惮而悔祸，肃绝烟患。

张元龙说，大人英明，小人不敢说谎。确是绝了鸦片这害人的东西，已经整整三年了。

众人听得稀奇，阿芙蓉流毒天下，比断肠草迷魂汤的毒性还大，从来只见成瘾者执迷不悟，富者荡尽家资，贫者沦为娼盗，这一个人怎么就清清爽爽宁宁静静地绝了这祸患，万里无一，真真不可思议！

大家都想听个端详，不料林则徐淡然一笑说，来人啊，将张元龙送与公所，施以"熬法"，以验真伪。

张元龙一听，浑身筛糠也似的抖起来，心想自己也算走南闯北之人，只是这"熬法"一刑，闻所未闻，不知怎样严刑峻烈？一个"熬"字，惊煞人也，或许同酷吏的"请君入瓮"法相似，都是将人作食物一般地烹煮也说不定……顿时瘫软如泥，二便失禁。

下人来提他，见地上秽不可闻，便说，可见你刚才所道戒烟云云，均是假的了，大老爷只一句话，未及用"熬"，你已原形毕露。

张元龙呻吟说，脏了公公的手，小的罪该万死。但那烟毒委实是戒了的。就是将小的熬成肉酱，骨头里也再无半点鸦片渣滓。苍天在上，明镜高悬，小人实在是冤枉啊！

衙役笑起来说，你当是怎样用"熬"？

张元龙战战兢兢说，必得用火用钵用釜用油……方为熬……

衙役撇嘴道，听你报的这一应用具，倒像个开饭馆的，想得恁周全！快快随我来。

张元龙被带到公所，押入一间广室，里面汇集了囚困之人，并不虐待，每人一凳，相距尺许，如举子会考时的座号，只是不得交头接耳,更不许擅自离开。从早到晚,大眼贼似的目目相对,每餐有人送饭,虽说不丰盛,也还过得去。就这样一时复一时,一日复一日,只是静坐,并不问供。张元龙初起惊慌,见无生命之虞,渐渐心安。未及一个时辰,身旁之人就大汗淋漓,扑通一声倒在地上,两眼翻白,四肢蠕动……张元龙是过来之人,知这是大烟瘾犯了,忙招呼救人……这厢一波未平,那厢又咚地倒了一个,好似瘟疫一般,顷刻间跌倒半边。衙役也不吃惊,想是见得惯了,顺着门一个个拖了出去,自作安顿。张元龙这才明白,所谓的"熬法",熬的是时辰。

数日之后,林则徐问,那日大叫冤枉的张元龙,是否审问具结?

下人答,不曾。那张元龙还在公所"熬"着。

林则徐道,熬了这多天,怎么还在熬?

下人答,因为尚不曾熬出结果来。

林则徐正色道,不曾有结果,便是正果。看来他那天所言不差,真是彻底地禁绝了烟毒。让他细细道来。

这一番再见,情形比上次不同。

林则徐心中暗喜,但脸上作出不信的神色说,世人虽知鸦片之祸,甚于鸩毒。但凡染上者,第一口吸入时,觉得像兰花桂香般馥郁。第二口吸入时,好像美酒佳酿般沁人心脾。待到第三口第四口吸入时,已是昏昏然大得满足,梦见自己白日里化作蝴蝶,翩翩起舞。自以为是增气补智延年益寿的玉液琼浆,其实早把他的肝肠肾肺的精血,煎熬一尽。待到邪气侵入包裹心脏的膏肓之间,人世间已经没有任何药石可医。眼见得一个好端端的人,就成了蓝面鬼魂,命断黄泉。鸦片之毒,甚于洪水猛兽。国人嗜此,一丧威仪,二失行检,三掷光阴,四废事业,五耗精血,六荡家资,七亏国课,八犯王章,九毒子孙,十……好了好了,不与你细说了。多少年来,我力主戒毒,但朝野上下,嗜毒如命。我只见无数死到临头还无丝毫悔悟之心的瘾君子,难得见你这样一个悬崖勒马回头是岸的浪子金不换。速速报来,你是怎样迷途知返,自拔于鸦片的滔天毒祸之中?好以你这个聪明人为鉴,传布天下,以警世人。

张元龙连连叩头道,回禀大人,小人实在算不得是聪明人。不过是三年前,为办理货物,乘海船到达了苏禄国。

苏禄国就是今天的菲律宾那地方。蔡医生解释。

范青稞点点头，示意知晓。

蔡医生继续讲下去。张元龙说，我自打在苏禄国，亲见那里的人，是如何种植鸦片的，一睹之下，便再不敢吸入鸦片烟气一丝一毫。

林则徐说，那你就如实道来，苏禄国人是怎样种这毒物的。我虽力主严禁鸦片，但只知它生于罂粟，荼毒甚广，还真不知它本质何去何来，究竟怎样一个根底，今天倒要听你说个分明。

张元龙说，那苏禄国的人，国俗裸葬，死者浑身上下，一根布丝都不挂。这样节省地方，一亩大的土地，层层叠叠骨骨交错，可以埋下上百个家族的人。一代代传下去，几百年之后，土地被骨髓浸得肥沃无比。

罂粟就在这种墓地繁衍而出。播种的时候，先在地上挖一个深约数丈的大坑，把坑底夯得坚硬无比，四周也砸得铜墙铁壁一般。再把掘出来的土，用石杵捣得极细，再用丝筛细细滤过，放在太阳底下，晒得烟尘一般干燥细腻。这时，在大坑中铺上一层上等的石灰，再撒上一层灰土，然后铺上一层罂粟花瓣为种子，再加上一道糯米粥。上面再敷以芦苇席子，席子上面再盖毡，毡子上面再压以木板，木板上再镇以重石……这样自春到夏，自夏到秋，罂粟花就算是长成了。它吸了数百年间的陈人膏血，以人的精神魂魄凝聚而成，所以以价钱比金子还要昂贵。我是自打看到罂粟花的本来面目以后，便发誓死也不沾染它了……

林则徐听完了这段关于罂粟的栽培史，很难说他是信还是不信，但他在很多场合，无数次地给人讲过这段故事。以他的见多识广，博学多闻，该是不相信这种海外奇谈的。也许是他戒烟心切，觉得对于无妄小民，与其苦口婆心地讲道理还无人警醒，不妨把这样一个耸人听闻的故事，讲给大家听，能吓住几个是几个。在这方面，我看林则徐是一个实用主义者，只要动机和效果都是好的，手段也就不在乎了。

我是在搜集古代戒烟偏方的时候，看到这段往事。林则徐是一员销烟的骁将，但他的戒烟方，实在不敢恭维。他先是发明了忌暖丸，补正丸，四物饮，瓜汁饮……药效不显，后来又以"十全大补汤"为主，加上鸦片烟灰戒烟。这实际上是一种渐缓渐撤的姑息保守治疗法。林则徐写道："本汤瘾发时服之。初甚委顿,渐服渐愈。两月后复初。书其方,以告天下之能悔者。"

以低含量的鸦片替代高含量的鸦片,需要服药者高度的配合。稍有不慎,戒毒者就以这种汤,代替了鸦片烟。只不过每日的需要量,更大而已,成了"汤瘾"。

后来,可能林则徐也发现了这方子的局限,又请教了著名的老中医,研制出了一种有 18 味药的新型戒毒方剂。他上书朝廷,力荐推行此药,命名为"林 18"。

我们用现代的科学手段,分析验证了"林 18",证明它确有清热解毒、滋补强身、扶正祛邪、调理阴阳的种种功效。但它的成分里,依旧含有鸦片。只不过比那种改良的十全大补汤,量要少一点。

林则徐禁了一辈子的烟,但在他所研制的戒烟方剂里,始终含有鸦片。这是他的悲剧,一个绕不出的怪圈。他只会用逐渐减量的办法戒毒,用另一种含有鸦片的药剂,来解除对鸦片的依赖。殊不知,量少了,不管用。量多了,又形成新的依赖。

过了 100 年,事情也没好到哪里去,旧中国 20 世纪 30 年代,禁烟委员会假装病人,在南京市场买了 15 种戒烟药品,送到内政部卫生署做了个化验,你猜怎么着?

沈若鱼不理蔡冠雄,安安静静地等着他的下文。

嗨,结果是金鸡牌济生堂卫生药露,飞雷牌蔡制自由戒烟平安药水,美商三德洋行威利糖,以及各种戒烟丸、生命丸、益气丸统共 12 种戒烟药内,都含有可卡因、鸦片、吗啡等毒品。以毒戒毒,药品即是毒品,方死方生,何日才能根绝毒患!

蔡冠雄长叹气。

年轻人的忧郁毕竟短暂,很快他就转了话题。

罂粟其实是一种很美丽的花。不能因为它含有某种生物碱,人类滥用,就肆意丑化它。这不是实事求是的态度。

罂粟绝不是长在死人骨头上的,而是像婴儿一样挑剔的柔弱植物。它活得挺娇贵,阳光要充足,空气要流通,周围不得有杂草,还得活水滋润……像张元龙说的那种法子,罂粟绝对成活不了,只能铸出建筑材料。

我看见过罂粟花。茎是灰绿色的，有一种阴暗的强韧。花朵硕大，朝天收拢，每一朵都像承接天露的玉碗。它还有一个凄美的名字，名叫虞美人。

虞美人谢了以后，留下一个青青的葫芦似的果实。大的像拳头，小的也如鸡蛋一般。这时候，就可以开始收获有毒的汁液。这种活儿，通常需要两个有经验的种植农合作。

一个人在前面，左手托着烟葫芦，右手持刀。轻轻用手在果壳上划出刀痕，好像尖锐的指甲刮伤皮肤。片刻之后，罂粟的浆液就从伤口沁出，刚滴出来的时候，像蒲公英的汁，是乳白色的。见到阳光，就缓缓地变作粉红，绯红，酱红……直至血痂般的深紫色。

这时，后面的种植农相随而上，用左手的拇指和食指扶住烟葫芦，右手的中指沿着凝固为半固体的烟浆一抹，把它收集进随身携带的容器。

从割第一刀开始，在收获的季节，每颗罂粟的果实，在早晚之间，要被切割两刀。大约15天之后，青葫芦已经遍体鳞伤，内里的浆液榨取一干，所有的血液都已淌尽。表皮皱缩，枯黄干朽，像魔鬼遗弃的衬衣。

作为罂粟的生命，到这里已告一段落。

作为海洛因的旅途，现在才刚刚开始。

在产地收获的罂粟，10公斤只能卖到350美金。可是用它作原料，可以提炼成1公斤多一点的海洛因。运到美国芝加哥的黑市，可以卖到100万美金的天价！这是多么高的利润！所以毒品交易是当今世界上，比贩卖军火和人口更险恶更疯狂的买卖。所有卷入其中的人，都被欲望指使着，义无反顾地卷入血雨腥风。

喔，我们不说它了。这些好像同国际刑警组织的关系更密切。我们还是来说我们的本行，医学和戒毒。

罂粟是一种植物。这一点常常被人们所忽视，好像它是上帝专门为了惩罚人类，才栽在人们家门口的。我坚信，在远古时代，人类的祖先，一定是由最不安分的猴子变成的。它们好奇的舌头遍尝野草，其中必然包括罂粟。

在公元前3000年的记载中，就有用罂粟治病的记录。那时的人，凭着朴素的感情，一定喜欢这种外形美丽内力深厚的药品。在公元前

5 世纪的记录中，古老的阿拉伯人，就把罂粟子磨成粉，铺在焦热的岩石上，让撒哈拉的烈日，将罂粟烤出袅袅青烟。他们围成一个圆弧，追赶着烟雾，吸食这种让人身心欢畅无比的气体。

上个世纪，一位上了岁数的毒物学家，打算亲身试一试古柯碱的效力。你知道他有多大岁数了吗？

蔡医生问。但他并不需要回答，接着讲下去。

他叫罗伯特·克里斯蒂，那时已经整整 78 岁了。按说这是一个颐养天年百病缠身的年纪。但是老人家咀嚼了古柯叶，突然回归少年，开始精神抖擞。他毫无倦意地行走了 15 英里，在 9 个小时内，未进一滴水，一粒米，全无饥渴之意。

真的，我虽然是一个戒毒医生，由我来说这种话，似乎非常不宜，我仍然认为，罂粟和它的家族——自然界形形色色的具有麻醉和镇痛效果的植物，是上帝温存地赠予人类的礼物。

假如人类一直停留在前工业社会，这礼物还是相当惹人喜爱的。

你想想啊，一个头上缠着白巾，悠闲地骑着骆驼，在沙漠中行进的孤独的旅行者，在一片海市蜃楼的黄沙中，吸一口具有麻醉意味的鸦片，伴以想入非非的欣快，是不是一幅很富有诗意的画面？

粗制鸦片的有毒含量，并不是很高。它的产量也很有限，加之交通不发达，鸦片在很长时间内，并不对人类构成烈火般的威胁。甚至在 1914 年第一次世界大战以后，欧洲特别是德国的艺术家和诗人，还以用鸦片和可卡因激发创作灵感为时髦……不说外国，就说中国，史称唐宋八大家之一的苏辙，还有一首《种罂粟》的诗，他是这样写的："罂粟可储，实比秋谷。研做牛乳，烹为佛粥……"

范青稞终于忍不住问道，你是否很喜欢写诗？

蔡医生显出很惊讶的样子，说，你怎么知道？我已经好多年不写诗了，身上还留着诗的影子？难道诗就像脊髓灰质炎的病毒，能够引起人的小儿麻痹症，长大以后，不论怎样矫正，你总有一条腿跛着，要被人看出破绽？

范青稞说，猜的。

他好像很惭愧，但掩藏不住的得意从年轻的脸上溢出，很愿意被人看出与诗有缘。说，我写过这样一首诗，自己比较满意。你要不要听一听?

范青稞很感兴趣地说,是和戒毒有关吗?

蔡医生扫兴地说,无关。噢,你看到接诊室的那副长联,是我写的,宣传品而已。自从我干上戒毒以后,就一句诗也写不出来了。这是以前诗的化石。

范青稞觉得小伙子很可爱,赶紧说,不管是什么内容,我都很想听一听。

蔡医生说,好吧。我念给你听,有的字要是听不清,比如同音异义什么的,你可以问,我给你解释。

范青稞频频点头。

蔡医生站了起来。一个活脱脱的大学生,从他浆得很硬的衬衣轮廓里,游走出来。

　　千年的河流
　　被覆羽状的思念
　　人在寻觅中脱落
　　佛的绿色
　　淡的风
　　岁月诱惑了一种收缩
　　魂编织了草帽
　　热的梦幻
　　在滴雨的屋檐
　　……

怎么样?蔡医生很热切地问。

范青稞斟酌着说,蔡医生我问你一句话,要是说错了,您别在意。

蔡医生宽宏大量地说,你尽管讲。你是病人,我是医生。无论你说什么,我都从工作出发理解。

范青稞说,你这首诗,不是在嚼了古柯叶的状态下写出来的吧?

蔡医生大笑起来说,那您真是过奖了。我身为戒毒医生,是不敢以身试毒的。我很佩服那位 78 岁的毒物学家，但我没有他那样的勇气。不过，也许正是因为他已经 78 岁了，悟透人生，最后做一把游戏。如果我 78 岁了，也可能做出惊世骇俗的举动。

范青稞说，这诗挺好的，因为我听不懂。我对所有我不懂的东西，首先抱以敬畏之心。

蔡医生有些扫兴地说，好吧。我们不说诗了。再来说那乏味的毒品吧。刚才我们说到苏辙的诗……

蔡冠雄此刻显露出严谨的科学家本色，迅速接上刚才的停顿，像截断的两段铁丝焊接在一起，没有丝毫记忆的间隔。

"罂粟可储，实比秋谷。研作牛乳，烹为佛粥。老人气衰，调肺养胃……"当然，它作为诗，没有什么大的意境。但它说明了当时举国上下，是把鸦片作为补品服用的，好像现代人服用的人参鹿茸和中华鳖精。中国的鸦片是自唐朝起，从阿拉伯输入，然后中原开始种植罂粟。到了宋朝，正式进入医书，注明可治疗呕吐、下痢、腹痛等杂症。

鸦片既然成了药物，自明朝以来，就当做药材进口上税，只是那税额极低。明万历十七年，也就是公元 1589 年，在中央政府所定的《陆饷货物税则例》中，鸦片每 10 斤，税银仅 2 钱。

到了清康熙二十七年，也就是公元 1688 年，定鸦片百斤，征税银 3 两，历雍正、乾隆两朝不改。朝廷可谓宽宏大量，网开一面。

到了清末，我们终于爆发了一场以鸦片命名的战争，真不知道世界上还有没有以一种药物引发的如此规模宏大的战争。假如没有鸦片，中国的近代史，绝不是现在的样子……蔡医生谈得兴起，旁征博引。

蔡医生，我上学时，历史成绩不错。你还是讲医学吧。虽然颇不礼貌，范青稞还是打断了蔡医生的话。

对对，历史就像一卷劣质的卫生纸，粗糙而有破洞。它不能接受事后的推敲。我们来谈现在。人对于能使其人格兴奋的危险物质，有一种近乎狂热的追求。我认为这并不是人的邪恶，而是人的天性所决定。

有无数种戒毒的方案，一些不负责任的宣传，常常吹嘘某几种药物或是某个验方，可以在多少天内使人断瘾。作为一名药理学的博士，我认为这完全是天方夜谭。药物已进入人体的各个系统，冰冻三尺，非一日之寒。病去如抽丝，毒品撤退的步子，比三寸金莲还要缓慢。

各种各样的方剂，至多只能达到早期脱毒，而不是彻底断瘾。

没有一劳永逸。没有特效药。戒断是痛苦的，戒断以后漫长的巩固，更是一道无解的题。无数的病人在这个过程中复吸，加强毅力锻炼和随访，也完全无济于事。这真是人类有史以来，碰到的最顽固的疾病。

戒了吸，吸了戒。再戒再吸……循环往复，以至无穷。当然，在现实中，这个无穷很快就会到来，如果不是确实戒毒，等待吸毒者的只能是死路一条。香港一名吸毒者，居然戒了60多次毒，不知是否可以进吉尼斯世界纪录？

美国现在无限期地使用美沙酮维持疗法。它的基本理论是以美沙酮这种麻醉性镇痛剂，作为吗啡的代用品，短期脱瘾后长期使用。

在美国50万吸食海洛因的人群中，已经有11万人，在40个州的750所治疗中心，每日按时服药接受治疗。这是一种合法的吸毒替代治疗。应用这种疗法，每人每年耗资约4000美元。

且不说其他的设备和人员我们是否能够配备，单是这笔钱，我们掏得起吗？中医药是一个宝库。可惜老祖宗没有现成的方子，让我们抄下来用。沙里淘金的"林18"之类，又被证明效果不佳。

我被分配搞中药戒毒，真是倒霉的事。很可能一事无成，在科学上往往有这样的情况，你终其毕生的精力，只证明了那是死路一条。当然对于后来者，它是有价值的，他们会说，以前有一个悲惨的家伙，干了一辈子，结果什么也没搞出来。这条路不通，我们千万不要走。但你呢？你什么也没有，你用一生，证明了一个错误。牛顿说他是站在巨人的肩膀上，你连巨人的脚面都没踩着，你是一只蚂蚁。

我不愿做蚂蚁，也不愿做巨人，我要做巨人肩膀上的那个人。就是这样。

吉凶难卜。朦胧中，我看到希望在远处闪烁。中国繁衍了世界上最庞大的人口，我以为，中医药起了巨大的作用。罂粟是一种植物，自然界是一个链。任何生物都是有它的天敌的，不可孤零零称霸于地球。罂粟的天敌是什么呢？

自从我搞中药戒毒以来，收集到了无数民间的验方偏方。有的临床一试，效果还真是不错。但是拿去一化验，它们都含有罂粟。我们又陷入了当年林则徐的悖论。

235

范青稞倒抽冷气。蔡冠雄看出了她的惊惧，说，放心好了，现在你和庄羽、支远夫妻所服的中药，不是这个模式。

范青稞面带愧色地说，对不起，我服的药和他们不一样。

蔡冠雄说，哦，我忘了。该说对不起的是我。一个医生把病人的情况记错了，这是失职。要是记载错了，就是罪过。

0 号药的来历很奇特，它的化学成分我们到现在也没搞出来。蔡医生有些丧气。

它到底是怎么来的呢? 范青稞很为自己惋惜，不能亲口尝尝这与众不同的中药。

说来话长。那是一个雨后的中午……在蔡冠雄绘声绘色的描述中，一段往事像电影般地出现。

一个衣衫褴褛的男子，要找戒毒医院的院长。简方宁接见了他，他仍口口声声要找院长。我就是院长。简方宁肯定地说。你们这里……有没有男的院长? 来人喏嚅着。

我们这里还有一位副院长，也是女的。怎么，您同我们谈的问题与性别有关? 简方宁不解。

我有一个戒烟的方子，很灵的。祖上传下来，传男不传女。来人自我介绍说，他叫秦炳，出身于医学世家。

简方宁觉得好笑，以前只是在民间故事里，听到这规矩，不成想直到 20 世纪最后几个年头，现实生活中，竟还有人遵循古老戒律。

她想杀杀他的傲气，淡然说，经常有人来贡献祖传秘方。但经我们实验，并无实效，所以根本不存在传与不传的问题。

秦炳急了，说，他们是假的，我是真的。不信，你看!

他说着掏出一卷发黄的纸卡，最上面有一张旧照片，棕黄色的，是早已淘汰的赤血盐显影成像，显出一种无可置疑的历史见证感。

秦炳双手递上纸卡，简方宁一手接过。是翻拍的一份文字报告，字小如蚁，看起来十分吃力。

一份伪满洲国总务厅的《政务概况报告书》节录，大意如下:

……1932 年，即伪满洲国大同元年，成立"鸦片专卖筹备委员会"。1933 年，即伪满洲国大同二年，成立"满洲鸦片专卖总署"，下辖分署 32 处，另设奉天鸦片烟膏制造厂，大满、大东烟膏制造株式会社……伪满各省各县均设烟政厅，统称"鸦片纳入组合"，通过公开机构，向农民摊派种植罂粟的亩数，纳入日本关东军的以战养战计划。

1936 年，鸦片种植地已遍及伪满洲国的 7 省 31 县（旗），总面积为 86 万 5 千亩，1936 年，为扩大侵华战争的需要，在"开发满洲"的旗号下，又追增鸦片种植地 70 万亩。

热河的鸦片，每年有数百万两流入华北，为关东军获取财富。伪满洲国总务厅次长，多次坐飞机，携带成吨鸦片，抵达上海，进行拍卖，换回大量的军用物资。又以 3 吨鸦片为代价，租用军舰将物品运回东北。1941 年，伪满洲国以 7 吨鸦片偿还了德国的债务。1943 年，伪满洲国与德国法西斯签订第三次经济协定时，特别条款规定向德国输出鸦片10 吨……

遍布城乡的数以万计的"烟管所"，为官方公开贩卖毒品的机构。不管是谁，想吸毒，就掏钱申请登记，领到官方发放的"鸦片吸食许可证"，凭证即可公开购买毒品……

原件半文半白，简方宁看得十分吃力。好不容易看到这里，她说，秦炳先生，您让我看这些文件，和谈话有什么关系吗？当然它是进行爱国主义教育的好材料。

秦炳说，您接着往下看，到了 1937 年，在满洲境内持大烟证的人，就有 81 万多，这还不算民间的黑烟枪。

在旅大，中国人吸鸦片的，占 85%，不少人在大街上走着走着，被日本人一把揪住，隔着衣服就被注射了吗啡针，由不得你不上瘾。他们还向中国的腹地走私毒品，有一回在重庆，从日轮"嘉陵"号上，卸下几条五尺长的大鱼，撬开鱼嘴一看，肚里都插着三尺多长、茶杯粗细、两头封口的玻璃管子，里面装满吗啡。日本浪人还纠集地痞流氓，年老色衰的娼妓，组织了"肛门队"和"阴户队"，把毒品塞在身体的隐蔽处，大肆偷运……1938 年，日本出售鸦片所得相当于日本预算收入的 28%……现在报纸上老说慰安妇向日本鬼子讨还血债，我看这笔毒品的账，也得好好算算。

简方宁沉思道，真是一个庞大的数字啊。

她的思绪很快回到自己的职业上，说，谁要是在那个时代做戒毒医生，只怕累得吐血，也是杯水车薪。

秦炳一下子抓住简方宁的手说，您真是我爷爷的知音啊！

简方宁迅速判断了一下对方的年纪，就算他失于保养，显得比较苍老，按外观再往下打一点折扣，也总有五十多岁了。

您爷爷至少也有百岁高龄了，老人家还健在？简方宁抽出自己的手，问道。

哪里啊，过世几十年了。他以前是奉天城里有名的中医。您刚才看了材料，满洲国有多少人吸食鸦片，祸害大了。有些人吸上以后就后悔了，找到我爷爷，请他妙手回春，把他们从苦海中救出来。我爷爷先是说什么也不肯，说他一世名医，不干这种为败类擦屁股的事。后来，有人告诉他，说日本人在中国疯狂地推行鸦片，是想削弱中国民众的抵抗力，让中国人子子孙孙地衰败下去，几代之后，就成为匍匐于地的弱小民族，往后干脆把中国人种给灭了。

爷爷听了，什么也没说。自那以后，开始潜心研制戒毒的方剂。他走了无数的名山大川，采集了无数的山花野果，砂石泉水……包括天上掉下来的陨铁陨冰，只要听说哪里有，他都不惜重金购了来，掺入他的药方。他坚信一物降一物，天地间必有一种植物一种矿物，或是一种未知的物体，可以挟制罂粟，以拯救吸毒者于水火。

他不再看普通的病人，埋头于寻找那种想象中的神药。他治死了很多吸毒的人，但没有一个人找他麻烦、和他打官司。每治一个病人之前，他都说，给你用的是一种新药，我是一点把握也没有的，你愿意治，就治。不愿意治，马上就可以走，原银奉还。但有一条，一旦吃上了我的药，就不许反悔，不许吃了一半就跑了。一直得到我不让你吃药的时候，你才可以停。我得积累经验，我得救天下误入歧途水深火热中的黎民。

听我奶奶说，那些大烟鬼，别看平常吸得五迷三道的，到了这时候，还都挺仗义。他们说，我们早都药石罔效，如今吸也是死，不吸也是死，治也是死。与其死在烟下，不如死在药下，还博一个好名声，算一个自新之人。以这副死了狗都不吃的臭皮囊，送了您作个试验，也算不枉活了这一辈子。再说，您是关外赫赫有名的医家，多少达官贵人想请您看病，您还不看呢。您行医，治好的人多，治死的人少。世上的事，都是以稀为贵。能经您的手治，能让您给治死，这是多么难得的机会！

我爷爷就双拳一抱道，老少爷们儿既然看得起我，我就用你们的命，做一个验证。治好了，感谢上苍，是日月的精华帮你们杀败了大烟，你们以后有什么病，我都包治。你们也不必感谢我，我也有自己的算盘，还得观察这方子以后的功用。若是治不好，那也是天意，我奉送各位一副薄皮棺木，也算我们相识一场。

刚开始，自然是医死的人多，但渐渐地，就是医活的人多了。爷爷的方子，不仅能管着戒了毒，更能保以后再不吸毒，也就是人们常说的，能"断根"……

秦炳一条舌头扭得左右翻飞。

在这句话以前，简方宁一直抱着双肘，取姑妄听之的态度。但自这一刻开始，她高度注意起来。因为戒毒并不是最困难的，戒毒以后的长期禁毒，才是摆在全世界科学家面前未克的难题。

秦炳继续说，我爷爷的药越来越灵了，可他的日子越来越艰难了。老给大烟鬼治病，名声塌下去，有钱人就不愿找他看病了。就是偶尔来个把病人，赶上他正躲在暗室里制药，就会把病人打发走，自己断了财路。他配药时要求特严，山珍海宝，多方寻觅，价格昂贵。就是普通的五味子山茱萸，也必得上好货色，丝毫不马虎。战火连天，这些都不是小花费。

再有就是棺板钱。虽说我奶奶买的都是最便宜的白板，架不住滴水成河，粒米成箩，长久下来，也成了大窟窿。

死的少活的多就更麻烦，以前死了就完了，现在只要活着一个，爷爷就为他建了专门的笔录，以后人家来了，赶快送上药，央告人家继续服药。人家要是不来，还要上杆子到病人家里去寻，让人家接着吃药。药钱都是一个子不要。奶奶气得说，历来都是病家求医家，你可好，来了个医家求病家。乾坤倒置。

爷爷说，鸦片之毒，鸩毒不敌。泛滥世界，如火如荼。将来必有天下人都求我的一天。你就等着跟我享福吧。可惜奶奶没等到这一天，驾鹤西行了。爷爷的药方不断完善，到了 1948 年，已达炉火纯青地步。他的药方一共分七组。前三天是一种，后七天是另一种。以后每九天为一变，三九之后，改用另一处方，百日之后，再变一方。百五十日后，便可确保无虞了。

这样复杂的处方……简方宁自语道。

说起来复杂，其实也简单。所有的方子里，都有我爷爷找到的一味奇药，它就是罂粟的天敌。只不过量随着病程不同，时有增减。秦炳解释。

哦……简方宁若有所思。

爷爷的方子日臻圆熟之时，解放军已大军压境，爷爷急忙在国民党的《中央日报》上登了一篇启事，说家有神方，可克鸦片，永不复发。爷爷听说共产党严禁鸦片，并不用什么复杂方子，只是每日减少烟膏，10 天之后，一律停卖。如果老弱病人戒断起来实在有困难，可将时日宽限至 15 天。但一个月之后，无论何人，都必须完全戒除烟毒。

这就意味着爷爷半生的心血，红旗之下，再无用武之地。

爷爷不甘心，希望有人能赏识他的方剂。他想，那么多的有钱人，就是逃到海外，烟瘾也会像索命无常一般，紧紧跟在他们屁股后面。他坚信自己的方子，是天下最好的戒毒方，尤其适用于黄种人。爷爷甚至幻想，有人会出重金购买他的方子，这样他就有钱，带着我们一家，出到海外。可是兵荒马乱的，没人注意到报上这块小小的自费广告。爷爷郁郁不得志，只得重新看一些普通的病人，养家糊口。

后来解放了。一切果然如爷爷所预料的，不需要什么戒烟的方子，简直像秋风扫落叶一般，所有的大烟鬼，都被强令戒了毒。大人小孩都唱《戒烟歌》：洋烟本是大毒品，敌人弄来害人民，不让我翻身。劳苦人民受它骗，吸上一副大烟瘾，田地卖干净。大烟害处说不尽，不戒大烟活不成，它和反动派不能分，全是大敌人。不戒大烟就是死，戒了大烟身体壮，一齐去打仗。政府发下戒烟丸，不伤身体不花钱，戒烟不为难。不戒大烟人讨厌，戒了烟瘾人人敬，全家都欢庆……

大概是多次向人演示，秦炳抑扬顿挫，就差载歌载舞了。

简方宁虽说是研究戒毒的专家，但主要注重的是最新的治疗方案，对中国的戒毒历史并不非常明晰，听得很仔细。

秦炳继续道来。

爷爷常说自己一辈子练的是屠龙之术，再也派不上用场了。但他一个治病救人的医生，对扫除烟毒一事，还是非常赞赏敬佩。本来他也可得一善终，不想文化大革命时，有人揭出他与国民党要员过往甚密，且摇尾乞怜，逢迎拍马，在国共两军对垒的时候，他到前线给国民党指挥官送过药，延长了他的生命，杀害了更多的革命志士……

爷爷当时已是古稀之人，长叹一声，说，有理有理。我一辈子治了无数病人，其中坏人绝不在少数。将他们所作所为，一概放到我的背上，我是万死不辞啊。

他把我叫到他的身边，说，你是我的长房长孙，我传你一件东西。要是你这一世用不到，就传给你的儿子，子再传孙。什么时候能用上，我也不知道。也许永远也用不上，那就更好了。但你答应我，不得擅传他人，不得传给女子，这是爷爷一辈子心血凝成的。

我那时是工厂一个小工人，出身不好，整天陪着挨斗，心想老爷子，您别给我找麻烦了。该不会传我一本变天账吧？

爷爷把一张纸交给我。

我说，就，这？

他说，就……这……

我展开来看，都是些药名。说，是张药方？

爷爷说，是。

我说，是不是益寿延年，吃了让人万寿无疆的？

那时候全国尽有人给领袖献这种方子的。要是真管用，我们一家就能上天堂。

爷爷说，不是。这是治一种罕见之病的药方，只怕全中国现在连一个这样的病人也没有。

我说，到底是什么病？

爷爷说，吸鸦片。

我说，您这方子有什么用呢？您哪怕是有个治聋哑的偏方，也比这风光得多。现在治好一个哑巴，都说是路线胜利。

爷爷说，是没用。可我一辈子，就干了这么一件没用的事。你留着吧，山不转水转，也许世风日下，妖雾重来呢。世界上的事，谁说得准。

爷爷说完以后，就饮了他自己配的药汤。父亲和我，都不是学医的，也不知他喝的是什么药。第二天晨起一看，他脸已经凉了。挺宁静的，没有什么痛苦样。

我把方子拿给我爸看。他说，烧了吧。有什么用？别人看不懂，还以为是密码。咱们可说不清。已经够乱的了，千万别添乱。

我就在我爷爷去世的当天，把他传给我的方子，烧了。连灰都倒簸箕里，挖坑埋上，混匀了沙土，最后还跺了几十下。

秦炳抹抹太阳穴，虽是冬天，他已汗湿双鬓。

真烧了？简方宁问。

是。秦炳答。

也没留个底子？

没有。当时哪有这个心眼？生怕毁得不彻底。秦炳说。

你今天来，就是向我们报告这个线索？简方宁明知对方在卖关子，还是忍不住追问。因为她已感到，这很可能是一个大有前途的方剂。

那时候，自顾尚且不暇，哪里管得了什么大烟鬼的事。后来，国家安定了，我们都安居乐业了。有时想起这件事，多少有些后悔。不管怎么说，是个祖传的秘方，丢了。

再后来，听说又有人吸上了大烟。比过去还更新换代了，改名海洛因了。反正换汤不换药呗。不过咱们也是耳朵这么一听，不往心里去。因为和咱没关系。

去年，我们家翻盖房子。多少年的老房子了，再不翻，二级地震都得塌。房基下面，发现一个药罐，用蜡封得严严实实。大家这个高兴啊，心想里面不是金元宝，就是千年的老龟。甭管是什么，都是一笔飞财。没想到，净了手，磕了头，打开药罐一看，里面只有一张纸。

别人都看不明白，只有我一个人知道，这是爷爷临死前埋下的，他要给他的心血，再留一回见天日的机会……

你敢断定这一回的药方，和你亲眼见的那一张，是同样的吗？简方宁急如星火地问。

敢。因为那方子，我爷爷第一回给我看时，我不知是什么意思，看了好几遍，记忆深刻。事后虽然说不出来，但那格式药名，再看的时候，就非常熟悉，全想起来了。秦炳言之凿凿。

简方宁点点头。这符合记忆规律。

再说，那方剂共分七种，每一种里，都有一味特殊的药。这味药的名字，我是至死不会忘的。秦炳诅咒发誓。

爷爷还留下一本自编的医书，上面写着：

鸦片，性味苦温酸涩，辛香走窜，苦味燥烈，善除万病。

苦温可助火升阳，酸涩能滞气凝血。初吸时，以其辛香开泄气道，振奋精神。

然长此以往，损精耗液，伐伤气血，元气耗竭，运行失度。久食必致正虚邪实，脏腑受戕，全赖烟力以升阳提气，津液干涸，气血亏虚。皮毛不华，肌肉不润，筋骨不健，四肢痿弱。一旦停吸，气，无以升提，血，运行受遏，阴阳两虚，脏腑俱损，诸病变生而出。

故而涕泪俱下，哈欠连声，自汗盗汗，瞳孔散大，腹痛腹泻，面色惨白，全身鸡皮，心悸气怯。终者形脱神败，待六关俱失，脉微欲绝，不日即危……

秦炳摇头晃脑，倒背如流，看来真是下过一番工夫。

简方宁道，你的故事讲得挺好听。不过，到我这里来的人，一般都有一个好故事。可是，我们这里是科研治疗机构，我们不凭故事，而要确实的药物和疗效。

秦炳说，这我懂。不见兔子不撒鹰。

简方宁说，你打算和我们怎么合作？

秦炳说，买断。

简方宁说，我不大听得懂你的意思。医学上我是内行，买卖上我是外行。

秦炳说，你出一笔钱，我就把方子写给你。就这么简单，方子装在我的脑子里。这一回，就是把我的脑浆抠出来晾成干，我也忘不了啦。

简方宁说，这不可能。我不是蒲松龄，我不用烧饼买故事。我也不能凭一个故事，就出钱买一纸处方。

秦炳说，我有证据。

简方宁说，我需要临床验证，用病例说话，我方能下决心。

秦炳气咻咻道，我的这个方子正在报请国家专利，如何能告知你？你不相信我，我还不相信你呢！别人给我的条件比你优惠多了，我都没答应……

简方宁说，初次相识，互不信任，也是正常现象。但你所持有的，只是一张待验证的处方。没有权威机构认证，它只是一张纸。我这里是条件很好的戒毒医院，如果由我验证了处方确实有效，就奠定了它在中药戒毒方面的权威地位，这是巨大的医学信誉。就是以商业的眼光来看，也是一本万利之事。关于这方面，你自比我内行，就不多说了。

秦炳说，我爷爷说过，传子不传女，看来不确。女子也有英豪。院长一席话，令我耳目一新。我确实去过一些戒毒的游医处，他们只想看到我的方子，全不给我保障，你说我能信他们吗？

简方宁说，秦炳先生，我们的合作也有很多细节，需要推敲。据您刚才所说，药物的收集和制作，都比较困难，且耗资甚多。您一人如何制药？是否需要我们协助？

秦炳说，制药的事，由我自己来办。只是需要你们预付一部分药费。也就是说，我拿了你们的钱制药后，由我提供成药，你们临床验证。

简方宁说，我给了你钱，若是你不给我药，我到哪儿找你去呢？

秦炳说，你不先给我钱，我怎么能配得出药来？

两个人，陷入了是"先有鸡还是先有蛋"的争执之中。

简方宁说，医院是国家开的，你只要把药拿了来，就会按价收购。不会说话不算话的。况且我们还要做动物实验，确有成效，会按质论价。

秦炳说，国家开的医院，还会计较这几个小钱？你让我筹本，一个小百姓，哪里一下子拿得出许多原料钱？骨头熬了油也不够。还请院长设身处地为我想想。

简方宁叹息一声说，你的意思我明白了。预付药费的事，我全力去办。

秦炳说，院长是个痛快人。我愿和你打交道。他说着，从破提兜里掏出了几个药瓶，说，这是我用自己的钱，配的一点药。院长可以先给动物试一试，就知道我说的不是假话了。

简方宁说，这最好。我怕的就是隔山买牛，有实物在手，方便多了。
……

范青稞说，哦，原来庄羽和支远，吃的就是这种药。

蔡冠雄说，正是。那药先给成瘾动物模型服用，效果挺好。简院

244

长现在用科研基金，购买了秦炳的药，开始临床验证。真像传说的那般神奇，就是划时代的进展。

范青稞说，那药方究竟是什么成分？

蔡医生说，哪里知道，那是人家的命根子，悬重金的。

范青稞说，你们有先进的科学仪器，一化验，还不真相大白？

蔡冠雄说，这您就外行了。中药不像西药，它是各种复杂成分的集合体，就像黏糊糊的腊八粥，没法分析清楚。我们在锲而不舍地努力，万一秦炳不肯给方子，也不能半途而废。我们已经做了大量的临床工作，让别人摘了胜利果实，于心不甘。实验一旦成功，还不从中站起一两位医学泰斗？

范青稞说，如果真的能用中药戒毒，你们就可开办一家国际性的戒毒医院，引进各国的瘾君子。一造福人类，二为国家赚取外汇，三还可弘扬中国古老的传统医学，真是一箭数雕。

蔡医生说，看不出您还有商业眼光。中药戒毒现在炙手可热，很多人趋之若鹜，都是被钱烧的。简院长嘱咐一定要保密，要不是她特意交代，我哪会对你和盘托出。仅仅这个故事，还有秦炳这个人，就是一个完整的商业秘密，可以卖出大价钱。要是有国际性的财团，知晓了这件事，顺藤摸瓜，插上一杠子，表示愿意垄断这个方剂，秦炳是个见钱眼开的人，很可能就把药方出卖了。中国的崇山峻岭中，有一种生物就得绝迹，成为中外瘾君子的救命符。

范青稞说，那到底是一种什么生物？

蔡医生说，经过化验，我们已经初步掌握。但你这样问个不停，我都怀疑你是否是经济间谍？

范青稞一笑，按照她对蔡医生的理解，这一类的问题，都是不必答复的。

第二十六节

资料

　　因贩毒罪被捕入狱的美国佛罗里达州 33 岁的女子塔莉斯，在狱中服刑一年期间，生下了一个男孩，并由监狱方代管。最近，她出狱了。两天后，她自监狱领回了 3 个月大的孩子。但她立刻将孩子卖给了毒品贩子，以换取毒品。现在，她被判以出卖儿童的重罪，将在监狱中度过余生。

　　60%～90% 的吸毒妇女月经不正常。

　　吸毒妇女生出的婴儿，会引发特殊的医疗问题。她们在孕期缺乏良好的环境和营养，导致了新生儿极高的死亡率。胎儿间接地服用了毒品，而成为海洛因的依赖者。阿片物质可通过血液循环，进入胎盘。如果孕妇中断吸入毒品，可引起胎儿在子宫内的毒瘾戒断发作，孕妇会感觉到婴儿猛烈的子宫内动作。

　　受孕妇吸毒影响的胎儿，在出生后 48 小时以内，就会有严重的戒断症状：狂叫、暴躁易怒、失眠、发热、喷嚏、流泪、震颤、肌肉张力增高……在他们的尿中，查出海洛因的代谢产物——吗啡……

　　独角兽老太困难地刷着不锈钢的餐盆和勺子，她矮胖的身子俯向水池，头埋得很低，好像准备一头扎进去。洗涤剂把她的手烧成肿胀的胡萝卜色，指端膨隆成白色鼓槌。随着她每一下用力，白帽子里的发纂也左右摇晃，好像要散摊子。

　　这些盆啊桶的可难洗了，油水太大。老太用抹布擦着菜桶提梁凹陷处的污秽说。

　　看一个老人这样操劳，你却必须袖手旁观，还得问东问西，让她气喘吁吁，真是罪过。可老太正常点上下班，除了给病号布饭就是反复擦拭锅碗瓢勺，你永远找不到她轻闲的工夫。

你也不能帮忙，不管怎么说，你的身份是病人，病人是不能动这些入口的家什的。

老太说了很多话，就像一棵老树，有许多分杈，你不知道哪一枝上面有鸟窝，只有耐心地听。

……有人说刚生下来的孩子都是一模一样的。瞎说。他不是白痴的爹，就是丑女孩的妈。我在一个小城市做了40年助产士，老了跟着闺女，才到了这里，闲不住，找了这活。孩子和孩子的差别，比人和屎壳郎差别还大。聪明儿和傻瓜蛋，一哭就听得出来。

婴儿室里，孩子都躺在小小床里，光溜溜好像一只只白胖的蚕蛹。我在中间走来走去，拍拍这个的脸，摸摸那个的脚丫，对我特别喜欢的孩子，就捏他们鼻子，逗他们放声大哭。每天可劲地哭一哭，是婴儿的太极拳。

年轻的时候，我负责接生。年纪大了，干不了。接生是费手劲的活，就像石匠，太老了不行。我留在婴儿室，专门照看刚出生的孩儿。经我手的孩子，不说上万，也有几千了。他们就像蘑菇早上生出来，到了晚上就跟着妈妈走了，消失了，再不回来。

一个人忙不过来，给我配了一个小姑娘。她不喜欢孩子，为了谋生，只得干这个活。幸好手脚还勤快，我也不特别要求她，一个黄花姑娘，自己也没养过孩子，也就不错了。

有一天，我的婴儿室都住满了，好像一间超级旅馆。小姑娘给孩子们洗澡，这不是一件很费力气的活，但对责任心要求很严。你想啊，孩子从一模一样的小衣服里剥出来，精光蛋一个，泡在水里，什么记号也没有。要是一不留神弄混了，血脉就错了。不少官司就是这么种下的。

我们俩分好工。她专管洗孩子那道工序，我专管解包和捆包，两不耽误。小姑娘给孩子洗着洗着，突然惊叫起来，大妈，您快来看看，这孩子怎么这么阴险！

我就笑她少见多怪。一个月娃子，怎么能用得上阴险这词？

我不慌不忙地把手里的活计收拾好，才赶过去看水盆里的孩子。那是一个男孩，瘦弱呆小，小鸡鸡比红头火柴粗不了多少，皮肤暗得像锅巴，整个身子就像一截烧枯的树根。这倒没有什么，营养不良的孩子这些年虽说比以前少多了，零星也有，不值得大惊小怪。但我更仔细地看了一眼之后，也被钉在地上。小小的孩子，乌豆般的眼仁缩到眼犄角，狼羔一般恶狠狠地瞅着你。我赶紧把奶瓶递到他嘴里。我有个绝招，看一个孩子有没有毛病，就看他吃奶的劲头怎么样。只要能吃东西，多么弱，也好养活。要是不吃，再壮的孩子也玄。这怪孩子，扑地就把奶瓶嘴吐出来了，梗着脖子再也不张嘴，好像那是毒药。我也不着急，心想看是你厉害还是我厉害？我就不信你一个小小的人儿，能扛得住饿？

没想到他就是不吃不喝，皮肤很快就干得像旧报纸。我报告了医生，等医生陪我回来的时候，床上小毯子空了，那个小小的人居然丢了。

我赶紧问小姑娘，那个怪孩放哪儿？她说一直在给别的婴孩换衣服，根本就没过到这边来。

你说这奇怪不奇怪？一个月的孩子，能到哪里去呢？是不是叫他妈妈给偷着抱走了？以前发生过这样的事情，当妈的想孩子，就把自己的孩子偷到病房去了。我对医生说，到他妈妈的病房里看看有没有，别光在我这里找，婴儿室从来没有过丢孩子的事，就算有人偷，贼会挑个白白胖胖的男娃，不会要这个孩子。

医生说，会不会是老鼠叼走了，既然你说那孩子个头最小？

我说，老鼠能叼着孩子，从二尺高的床栏杆跳过去？话还没说完，突然听见一声鬼哭狼嚎，吓得人浑身的寒毛都竖得钢针一般。猛一回头，只见那个丢了的怪孩子，正躲在我的书包后面抽烟。真的，要不是我亲眼看见，谁说我都不会相信。我一个老婆子，书包里也没有什么值钱的东西，只有一盒便宜的烟卷。上班的时候不能吸烟，我守规矩，这烟是预备路上抽的。平时我都是把书包锁在更衣柜里，上班的地点没外人，从来没丢过东西，有时随便一扔，也没出过岔子。今天我的书包就是搁在一张小凳子上，带子还耷拉在地。

那个赤身裸体的小怪孩，真的，我当了这么多年的助产士，从来没见过这么可怕的事。他竟然从围着铁栏杆的小婴儿床上爬了出来，鬼知道是不是妖精帮了他的忙。他不单爬了出来，还扯着我的书包带子爬上了小板凳，把我的书包打开了，把烟卷从最里头掏了出来……

天哪！他到底还是小，道行浅，不知道怎么把烟点着，烟卷被他的小手揉漏了，黄白色儿的烟丝撒了一身，整个人好像沾了生芝麻的天津麻花。他抽不着烟，急得龇牙咧嘴，就像狼一样嗥起来……

我愣在那儿，半天缓不过神来。真的，我以前接生的时候，看到无脑儿、蜘蛛手、四只胳膊四条腿的孩子，我都不害怕。那没什么，不就是怪胎吗！这回可把我给吓着了。

我看看医生，他比我镇静，皱着眉，好像在想什么。说话间，那孩子突然把烟卷丢了，浑身筛糠般地抖起来，好像有一个大电门接到他身上了。眼看着大滴大滴黑黄色的水，就从孩子身上渗了出来，皮肤就出现了大理石一般的花纹，不是那种光亮亮的大理石，是坟墓里埋了好多年那种……

我一把拽住医生，生怕他跑了。我说，大夫，这孩子不是什么妖怪托生的吧？

医生是男的，胆大，走过去，抱起那孩子，翻着他的眼皮看了看。那小子张口就狠咬了医生一嘴，不过他到底有气无力，嘴里也没牙，只把医生的虎口嘬肿了。

医生放下孩子，从药房拿了一片药回来，掰成碎末，从中拣了针尖大的一小块，隔着纸捻成极细的粉，对我说，把它掺到奶瓶里，喂这个孩子。

我说，这孩子绝了食，喂什么都不吃。

医生说，那是以前。你再试试。

我不信。可医生的医嘱，你得执行啊。我说，好。可是你别走，就在一旁看着，我害怕这孩子。

我把药末冲进奶瓶。说来也怪，这一次，我的奶瓶刚伸过去，离那孩子还有半尺远，那孩子就像眼镜蛇一样，把身子整个竖了起来，来抢我的奶瓶。叼上奶嘴就不撒嘴，直到喝得精光，还乱咂吧嘴。我把奶瓶抢了下来，好家伙，橡皮奶头都吸穿了。

那孩子立刻就睡着了，安静得像醉猫。

我看着医生，这孩子太古怪了，得赶紧让他家长知道，如果不说是他们先天的事，就会赖咱们给养成这样的。

医生说，他没家长了。

我说，那怎么会？

医生说，他的父亲，本来就不知道是谁。他妈，是一个吸毒的女人，难产加上毒瘾发作，刚生下他，就不在人间了。

我说，你是说……

医生说，是。他是一个吗啡成瘾的婴儿，因为母亲吸毒，他在母体内就成了瘾君子。刚才就是他的大烟瘾犯了。我给了他极微量的吗啡，他马上就安静了。对付这么小的成瘾者，我不知道怎么办。先这样维持着吧，要不然，他立马会因犯瘾而死。

我看着这个最小的大烟鬼。心想，可怜的孩子！老天，这是作的什么孽！

……

范青稞和独角兽老太正聊得起劲，忽听走廊里一片嘈杂，病人热烈地大呼小叫：快来看啊，打起来啦！

第二十七节

14 病室。

事情发生得很突然，两个母亲都不在。靠门的那一位回家去拿衣服，天冷了，要加棉袄。靠窗的那一位去买水果，正在护士长那儿想挑点水灵的，不想后院起火。

两位母亲平日就像烟雾，锁在两个儿子中间，让她们互相看不清面目，倒也相安无事。今日云开雾散，双峰对峙，虎视眈眈。

栗秋推着治疗车，款款走来。每有新病人入院，她都仔细地察看入院登记表，遇有格外背景的病人，就特别加以留意。没有几十万上百万身家，玩不起白粉。虽说到了这时候，多半都家产荡尽，但也有正烈火烹油时，就金盆洗手者。更有显宦之子，处处要表示自己的优越独特才吸了毒，他们更是根深叶茂，落魄却并不缺财。

昔日姐妹论起将来，都说看人的时候，招子要亮，非款爷或是洋人不嫁，才不冤枉了自己的条子盘子。一个在五星级的大酒店当迎宾小姐的朋友，受到大家的普遍羡慕。

栗秋面上应和，心里微微冷笑。心想你只知道富人像狗尿苔似的，成堆挤在酒楼的屋檐下，岂不知道世上还有一处集中有权有钱人的地方，那就是戒毒医院。

要说最相信戒毒会有效果的，正是栗秋小姐。她读了许多的医书，通晓戒毒理论和实践。她不怕毒瘾，知道只要严格地按照疗程和方案操作，平日里严加防范，毒可以彻底戒除。就像张学良还有美国的著名影星德鲁·巴里莫尔，不是都浪子回头了吗？

德鲁出身于电影世家，她的曾祖父、祖父和父亲，都是著名的电影演员。美丽聪明的德鲁，7 岁的时候，就在电影《外星人》里面扮演角色。无数影迷在她亲吻外星人的镜头前，被感动得热泪盈眶，她也就成为亿万人喜爱的银幕宠儿。也许是桂冠来得太快，也许是母亲对她开始放任自流，她从 9 岁开始，就成为好莱坞最豪华夜总会的常客。小小年纪开始酗酒，12 岁的时候，抽吸毒品。13 岁的时候，被送去戒毒，但她很快复吸，戒毒失败。14 岁时，她企图自杀，未成功。

她又一次走进了戒毒所。这一回，她成功地戒除了毒瘾，成为一个正常人。1990 年，她写了一本书，叫做《小女孩逝去的时光》，坦陈自己的经历与教训。这本书成为了畅销书，使她重新受到大家的喜爱。1993 年，她参加了惊险片《坏女孩》的拍摄，精湛的演技，使她成为好莱坞一流的明星。

一个吸过毒的女人，都可以取得这样灿烂的转机，一个有背景有钱财的男人，还有什么不能东山再起的呢？

既然现在世界上的有钱人，都被漂亮的女孩包围得水泄不通；既然算不上美丽，又心高气傲，却偏偏只能上护士学校，分到戒毒医院这样一个暗无天日的去处，出身小户人家的栗秋，只能因势利导，找一个落魄中的大款，找一个暂时被人唾弃的倒霉鬼。

栗秋确信，住在这里的人，别看现在瘫软如鬼，真要戒了毒，出去就是另番光景。要么手狠心毒，要么道行深广，要么法力无边，要么树大根深，都非等闲之辈。

小时候有一回转学，学校正好没有现成的桌椅了，好多天，她都是自己抱着四条腿的小凳子去上课。后来，一位老师看她可怜就说，你到修理工赵大爷那儿看看吧。

小女孩半信半疑，心想那会有什么好东西呢？但老师的话你得听，她懂这个道理，放学以后，在学校后面的旮旯里，找到了修理工。

赵爷爷听她说完来意，说，小姑娘，好福气啊。我刚钉完最后一颗钉子，跟新的一样。你过来看看。栗秋看到了一套漂亮的桌椅，比同学们的桌椅都排场。她吃惊地问，这是打哪儿来的呢？赵爷爷说，这是以前高年级用的桌椅，和它一块来的，都坏了。这一套，因为坏得早，一直扔在旧木料堆里，我找出来修修油油，你看，是不是和新的一样？以前的木工手艺精致，其实它比新的还好。栗秋蹲下去，发现桌子和椅子各有一条腿，断过。换上新腿，油漆一盖，要是没人说明，谁也看不出来。栗秋把旧桌椅搬回课堂，同学们惊奇极了，以为老师特地给她买了新桌椅。栗秋也不说明，她喜欢让大家嫉妒地乱说。

自那以后，栗秋知道了，当你没有办法得到新东西的时候，可以到修理铺看看，也许能碰到又便宜又实用的货色呢！

你不是国色天香，你的外语水平只够认几个拉丁药名，你没有大学学历，你不风骚不放荡，你没有在外国飞黄腾达的亲戚，你没有踩一脚地动山摇的兄弟姐妹，你也没有索性为娼的勇气……你只是一个小护士，你的爹妈只是胡同里摆小摊卖冰棍的大爷大妈，你空有满腔出人头地的抱负，你不是太凄惨了吗？除了你自己，除了青春，你还有什么？！

栗秋是好人家的闺女，若钱来路不明的，绝对敬而远之。所以对腰缠万贯却不清白的人，冷若冰霜。钱并不是一个女人最忠实的奴仆，只有把丈夫始终控制在手里，才是贫寒女孩一生的幸福。爱情像什么？就像一种外科手术，一人是手术者，拿着锋利的小刀。一人躺在手术台上，盖着白布，任人宰割。

对那些暂时发迹，翻手为云、覆手为雨的痞子，栗秋也是一万个看不起。做人要有根基，上得快的东西，落得也快。栗秋是从胡同里出来的人，她太了解昨天还在公共厕所蹲坑，今天就嫌金马桶圈冰屁股的人，是些什么货色了。她喜欢古老的贵族风范，喜欢源远流长的气派。喜欢一掷千金却绝不夸耀的慵懒气度，喜欢在万般寂静中操纵大局的能力。

栗秋知道自己距这一切多么遥远。唯有确知，她才格外谨慎和冷静。她只有一次资本，这就是她的婚姻。而自己青春年华的日子，也不过是这么几年。真得争分夺秒啊，栗秋有时会在梦中惊醒，感到一种压榨般的紧迫。

但她表面上，依旧是矜持而雅致的。她的业务很棒，几乎是除护士长以外最优秀的护士。只有这样，她才可能接触到最重要的病人。开阔眼界，她才能在一个更大范围内挑选丈夫候选人。未来的丈夫，眉眼年纪都看不清。只有一点确定不移，他是有身份的吸毒者。

栗秋感谢毒品。这个令人谈虎色变的恶疾，正是栗秋的拳头。一个是身染沉疴的瘾君子，一个是白衣翩翩的爱心天使，还有比这样的恋情，更令人难以忘怀的吗？你在男人最凄苦无助的时候，结识了他，爱上了他，嫁给了他，还有比这样的恩情，更令人刻骨铭心的吗？纵是铁石心肠，也会感激到永远吧？丈夫有这样一个把柄握在你手里，他就注定比你矮一截，你就天造地设地俯视着他。你的所有弱点，都被摆平了。你的家境，你的学识，你的相貌上的不足，都被这一个大贤大德的优长之处，像毯子一样遮盖住了。

栗秋这样想着，手里握着丘比特之箭，绝不肯轻易射出。箭只有一支，候选人可多得很呢！况且，看这势头，吸毒的人越来越多，档次也越来越高。做女人嘛，栗秋是传统而尊贵的，嫁人一生最好一回，可要千万慎重！

她看了14病室的病历，仔细研究了靠窗户的那个儿子，态度之庄重，比院长会诊还要字斟句酌。经过再三权衡比较，觉得北凉可列为候选名单。

一经决定，她开始仔细观察靠窗的那个母亲。观察之后，暗笑这雍容华美的夫人，也并非自己的对手。这种女人，习惯了他人的仰视，对巴结之心，最是敏感。你若显出丝毫讨巧的模样，她就认你作小人，觉着你看上了她的家，你有野心和智慧，她绝不能容你得逞，大门就永远关闭了。一定要做出浑然不觉的样子，一定要让她在暗处选你，你还要百般拒绝。这种人家，绝不珍惜轻易得来的东西。拒绝可以显出珍贵，特别是你露出轻视她们权威的样子，她们就会被激怒。适度地激怒一个人，会使你身价倍增。她会格外想把你收入她的麾下，以证实她显赫的地位与威仪。

当然栗秋做这一切的时候，得淡山远水，不着丝毫痕迹。必须慢慢来。等待就是一切。来日方长。

至于如何讨得夫人们欢心，无非是投其所好，善解人意，温柔体贴，贤慧内敛，把谋略深深地藏起。这对栗秋来说，实是雕虫小技。在艰难中长大的孩子，只要他愿意，看人颜色行事几乎是天赋。

栗秋走到靠窗的床前，耳语般地说，北凉，打针了。

北凉觉得这声音很性感，就细细地看了一眼拈着针管的护士。他对女人的鉴赏力，堪称一绝。可以在瞬息之间，用眼睛将女人剥个精光，将那具胴体所有的周径，说个分毫不差。这手绝活以前曾当众试过多回，哥们儿无不称奇。连那些以裸体验证结果的女郎，也说见过无数男人，没有这么精通女人的。

本来北凉对于栗秋这种黑肤色的女孩，不屑一顾。但多日禁闭在戒毒医院，所见除了老母，就是白衣白帽静若雪霜的医生护士，对白色的逆反程度，已达爆炸当量。栗秋黑得纯净均和，令人有红木家具般的古典和黑珍珠的润滑感。

好多天没有和女人嬉闹了，潜伏的欲望蠢蠢欲动。北凉想起一句外国谚语，男人的精液是女人最好的美容品。觉得这个黑护士，煞是可爱。

打什么针？他说，一阵烦躁涌上心头，柔情消失，脸歪了。

精通治疗程序的栗秋知道，北凉和他的同室琪仁，都到了戒毒关键时刻，病人情绪不稳，会不断地骚扰索要药物。针一打上去，更会大汗淋漓。此刻正是攻心为上的好时机。

自然是为你好的针。栗秋开始做输液的准备，用手在北凉布满针孔的臂上，轻轻地揉着，松缓若弹琴。

这是护士在静脉注射之前必做的一道手续，为的是让血管怒张，扎针的时候比较顺利。

栗秋做得很坦然，光明正大。就是护士长火眼金睛地在一旁瞅着，也看不出破绽。

只有那被揉捏的人，方能感到这肌肤相亲之间，传达了怎样一份情意。

北凉是玩过无数女人的情种，立刻明白有戏。

你的血管不好，进针的时候可能有些疼，请你配合。栗秋说。

我自个儿都能给自个儿扎针，还怕这个？再说，你的手软得像丝绵，就是真疼，我也一声不吭。北凉试探。

栗秋听出挑逗，置之不理。麻利地悬挂输液瓶，消毒，进针。

嘭！几乎可以听到北凉伤痕累累的血管，裂了一个孔，立即有污浊的血液返流针筒。回血翻涌，证明穿针成功。栗秋刚要打通机关，让药品快速滴入，北凉用另一只能够自由活动的手，按住栗秋。先别忙着打药，你给我用针管把血连着抽出来，再打进去。多来几回。抽得越多，打进去的劲越大，越好。北凉抚摸着栗秋的手，央告着。

所有静脉扎毒的病人，都有一种诡异的嗜好。他们像魔鬼一样，喜欢血自血管汩汩地流出，然后再打着旋儿冲回去，感到病态的满足。

这习惯源于自注毒品时，药水和鲜血混合反复冲刷血管的震颤，会带来莫名的狂喜。平日，护士对于这种非法要求，嗤之以鼻。栗秋当然按惯例说，这哪行？治疗是执行医嘱，又不是游戏。你乖乖躺着，再动，针头就滑出来了。你就要吃二遍苦，受二茬罪了。

说虽这样说，但手上的操作却是另一番。她抽出北凉的血液，又猛烈地回灌血管，动作准确有力，令北凉感到莫大舒适。他用力向栗秋眨眨眼睛，以示衷心的感谢，栗秋脸上毫无动静。

这个女人是黑妖，和我以前认识的所有女人，味道不一样。北凉想。

栗秋将输液的滴速控制好，离开北凉，开始给靠门的琪仁输液。栗秋也抚摸琪仁的手臂血管，但那是完全机械而公式化的，有一种拒人千里之外的冷漠。

平日护士都是这般办理，琪仁也习惯了。今天他目睹北凉长时间地被抚摸，心中就不平。琪仁并不是对女人有兴趣，他喜欢被抚摸，无论是男人还是女人的手，都唤起童年的记忆。可惜这不平无法述说。栗秋马上开始治疗，给他静脉扎针，一针见血。

要是栗秋连扎了好几针，还像纳鞋底似的瞎捅，琪仁就可以借机发挥说，怕我有肝炎传染给你吗？也不好好把血管看仔细，我看你摸着别人的手，揉了半天呢。是不是他的手臂上，文了一条龙啊？我背上也有一只虎，你要不要看看？

琪仁设想自己的语调一定是冷冷的，带有猫玩老鼠的戏耍，让这个不肯多摸他一会儿的黑护士，脸色变成酱紫。

可惜啊。一针见血。让他所有的话，都封在喉咙以下，胀得胸痛。

琪仁对自己的血，又恨又爱。血像抖动的红布，使他全身起了微微的战栗。

你把我的血，反复抽几回，多舒服啊。琪仁哀求。

又来了。栗秋冷淡地回答，这是治疗，不是游戏。

她很快结束了操作，开始收拾治疗车上的杂物。

这一番话，几乎同平日一模一样。甚至同栗秋一个月以前一年以前的程序，一模一样。但是，琪仁听出了不一样。

你这个婊子！琪仁恶狠狠地骂。

栗秋脸上不动声色。好像这屋里并不仅仅是她一个女人，还有一个应该领受这称呼的女人。

你骂谁呢？北凉打抱不平。他已经把栗秋当做自己势力范围内的女人了。按惯例，什么东西只要他看中了，就是他的。

你听岔了吧？他什么也没说。栗秋柔声道。轻轻走近靠窗的床，问，你感觉怎么样了？这药是有些反应的。

吸毒病人暗示性极强，加之药物反应的确开始出现，北凉每一个毛孔，都向空中蒸发汗液，他呻吟起来。

妈——我妈你个老混蛋，跑到哪里去啦——我难受啊——北凉野狼似的号叫起来。

你哪里不舒服？栗秋又是耳语般地问。

这声音有一种薄荷膏作用，使北凉额头片刻舒适，但马上又燥热起来。

哪儿……都不舒服……北凉吟唤。

我来给你按摩一下……栗秋说。

按摩……好好……北凉想起灯光昏暗柔若无骨的按摩女郎，虽在药物反应中，眼神还是恍惚起来。

不要想入非非，这是医学上的正规按摩。栗秋正色道。

真好……好极了……医学的比不医学的还好……栗护士，你以后还能给我按摩吗？北凉呓语般地说。这黑护士的手指，像温柔的熨斗，把他心的纹路都烫平了。

以后……到什么时间呢？只要你住院，只要我当班，都可以。为病人服务，是我们的职责。栗秋说着，手越发龙蛇般向敏感部游走。

当然不光是这个……以后了。我说的是……以后的以后。北凉结巴着紧逼。

以后，你出了院，和我还有什么关系？

栗秋说着，不动声色地加大了手指的力度。把大拇指窝在掌心之中，以防指甲伤了北凉的皮肤。纤巧的小手圈成空心拳，用四指的侧背部温柔地在北凉饥渴的肌肤上滚动，好像一只玉石碾子。

要是我又住了院，和你是不是又有了关系？北凉问。

如果我还在，如果我值班，当然就有关系了。但我会走。栗秋淡淡地说。

走哪儿？北凉急切追问。

天下这么大，哪儿不能去？别的医院……外国……栗秋更在双拳上下功夫。

北凉受不了，眼睛冒火求道，要是我求你给我当保健护士，以后一直跟着我，你愿意吗？

不愿意。栗秋很坚决地拒绝。

北凉的母亲恰好走回来。

栗秋早用后背，感到了那女人的存在。她按摩的手法更加纯正专业。淡淡地说，你是不是觉得好一点了？今天我是正班，很忙。我还要给别的病人按摩。就到这里吧。

呵……你不要走，能不能……给我擦擦背？出的汗太多了。北凉说。

可以。这是工作，不必这么客气。栗秋依旧十分淡然地说，拧了毛巾，就给北凉抹背。

北凉感到非常舒服，就说，你能不能给我洗洗脚？

栗秋又用千篇一律的口气回答，这是工作，可以。

栗秋回身去端水盆，好像突然发现了北凉的母亲，就说，既然您回来了，就麻烦您给儿子洗吧。如果亲人不在，我当护士的可以做这些。但我很忙，还有好多人需要我，我到别人那去了。

说着，走到琪仁床前。

别啊，栗秋护士。我还想让你给我揉揉太阳穴，只要你的手指一碰我的头，立刻就清亮了……北凉舍不得放栗秋走，没话找话。

对不起，我不是你一个人的护士。栗秋坚决走开。

琪仁本来很生栗秋的气，觉得这个女人趋炎附势。现在看到栗秋来照顾自己，很得意，心想自己到底还是比那个小子棒。他要加倍抖出自己的威风。

栗护士，你也得给我按摩。

好。栗秋来者不拒。

你也得给我洗洗身上。

既然你母亲不在，汗出得又这么凶，我会给你做的。栗秋应道。

凡是栗秋给北凉做过的，琪仁都要求，栗秋都一一做了，但琪仁分明感到，那双手在敷衍了事，他全然没有北凉描述的那般舒适。

他说不出地恼火，但无可指责。

他开始蓄意挑衅，龇着牙说，我还有一个地方，不好受，也请护士大姐，给我洗一洗。

栗秋沉着地说，哪个地方？

琪仁说，拉屎的地方。

栗秋微笑着说，那个地方，等你妈妈回来给你洗吧。

琪仁说，我就要你给我洗。你一洗，我就舒服了。你要多少钱，我都给你。你开个价吧。

栗秋说，我是护士，不是你雇的老妈子。

琪仁撒野道，只让你洗后面，还没让你洗前面那玩艺，就不错。装什么正经！

栗秋面如秋水说，你要再胡说，就请你出院。治疗就快完成了，你妈妈挺不容易的，我看你不为自己，也为她老人家想想。不要脏了我们医院的地。

说完，轻轻巧巧地走了。这类疯话丑话，平日听得多了。今日更是要扮一个有涵养的女郎，不和街痞计较。

北凉母亲注视着栗秋清秀的背影，赞叹道，北凉，你领过多少女孩，可见过一个这样聪明伶俐通情达理的姑娘吗？

北凉回味无穷地说，没见过她那软中有硬的手……

琪仁在一边听得怒火中烧，但又找不到宣泄的缺口，急得抓耳挠腮。终于，他想起一个碴口儿。

琪仁摇摇晃晃地爬起来，一手摘下架子上的输液瓶，一手在床头柜上乱摸。口中骂骂咧咧，老子他妈的要拉，擦屁股纸愣是找不到了。耳朵眼大的一个屋，缺德，连粪纸都偷……谁要是用了我的纸，让他屁眼长碗大的疔疮，××……

他刚开口的时候，北凉没有理睬。以为他哪里不舒服，骂医生护士。他们这帮人，对世界上所有的事和人，都充满厌恶和仇恨。就是恩人，也不例外。也许清醒的时候，尚有少许感激之情，逢聚众议论，全是污秽咒骂。不这样，不足以显示出超凡脱俗蔑视世界仇恨一切人的气概。

听着听着，好像不对劲。北凉何时受过这个？从床上坐起来，说，你骂谁？

琪仁正怕人家不理不睬，那多无趣！现在有人接应，非常得意，大声说，骂偷我擦屁股纸的人！

北凉说，这屋里就两家人，你骂谁？！

琪仁说，那自然骂的就是你了。

北凉说，你知道我是谁？我舅舅在公安局，专门收拾你这种人！

琪仁说，你知道我是谁？我舅舅在公安部，像你这样的人，他还舍不得脏了自己的手，点个手下的，就把你做了。

北凉说的是真的，琪仁说的是假的。但假的来头比真的大，北凉呼地蹦起来。输液针一头接在玻璃药瓶上，一头扎在北凉的血管里。受了牵扯，瓶子乱晃，胶管拉成直角，回血旺盛地喷涌着，几尺长的胶皮管子变成血红色，蛇一般可怕地跳动着。

鲜艳的血液空前地激怒了双方。

琪仁原本就站在地上，这时索性右手把输液瓶高擎过头，从小看电影印象深刻，姿势不由自主地模仿举炸药包的英雄。左手上的针头，猛烈地划动着，终因抗拒不了大幅度的扭动，蹿出了血管外。输液瓶高，压力大，液体流速变快，手背马上起一个大血包。药物渗漏皮下，如同揉进一摊盐酸，琪仁剧痛难忍，嗖地拔掉针头。输液管原是用胶布蝶状固定在皮肤上，很结实，此刻生拉硬拽，活活扯下一块肉。水花四处飞溅，鲜血淋漓而下，好像受了很重的伤。

琪仁手上的血，本是他自己制造出来的，但他感到这是被对方打的，怒焰更甚。没了针头累赘，两手活动自如，比北凉自由度高，翻身以输液瓶为武器，劈头盖脸地向北凉砸去。

北凉情急之中，托着自己输液管子飞跑，胶管也被扯断了，血水流淌一地。他急速地巡视四周，竟没有任何趁手的武器。面对挥舞输液瓶的琪仁，显然居了下风。但他有母亲作为帮手，老太太虽未直接参战，但奋不顾身地拦住琪仁，为北凉争取到了宝贵的时间。

北凉抢出病室，看到护士站摆着一台体重磅。长长的表杆，圆圆的指针盘，下面长方形的底座，天生一件重兵器。好像孙悟空在东海龙王那里寻到了定海神针金箍棒，他眼前一亮，不知哪里来的那么大的劲，一把推开拦阻的护士，抱起体重磅，就朝琪仁脑袋抡去……

琪仁灵巧地一闪，看清输液瓶绝非这庞然大物的对手，索性将瓶扔到一边，像变魔术似的，从衣服里抽出一把三棱匕首，疾如闪电地挥动……

掺和着药物的葡萄糖水喷溅四处，空气中顿时弥漫起青玉米一般的酸甜气息。整个楼的人，嘴唇都染上酸甜味。

体重磅撞到墙上，表盘訇然破碎，无数碎片凌空飞舞，红色指针精灵一般翻着跟头旋转，好像在给一头大象称体重，居然顽强地坚持职守，不肯脱落。秤杠呼呼生风，头重脚轻扑向地面，将水泥地面砸出白坑。

这一切还不是最危险的，要命的是琪仁的匕首正逼近北凉，寒光闪闪。

护士长第一个跑出来，看到局势危急，一个箭步插到琪仁和北凉中间，大声喊道，你们都给我住手！

琪仁愣了一下，刀锋一偏，掠过护士长的脸颊，好像标图纸一般，红光一闪，护士长鲜血溅出。

血，使打斗有了突破性的进展。面对实质性的结果，恶战双方都喘了一口气，感到某种程度的满意。虽然这是无辜者的血液，都觉得是对方的血，心中得意扬扬起来。

这一停顿，琪仁的母亲赶到了。她紧紧抱住儿子的腰，哭叫道，我的祖宗！你还不够吗？非要出了人命，你才甘心吗？你从哪里搞来了刀？你还想杀人吗？你先把你妈杀了吧！我看不到你，就再不用为你流泪了！死了是福，我造了什么样的孽，上天要用你这样一个儿子惩罚我？！

这一顿哭喊，令围观的人动容，但对琪仁没有一点作用。他咬牙切齿地对北凉说，小子，你等着，等我出去了，用手枪毙了你。

北凉嘿嘿笑着说，就你这个大烟鬼相，还想毙了我？你的手指头，连个臭虫都捏不死。

虽在危急中，围观的人还是发出放肆的笑声。五十步笑百步，他俩彼此彼此，大家彼此彼此，都是弱柳扶风的模样。

琪仁拭着臂上的血说，算你小子说对了，我是没劲。可也不是一点劲也没有，剩下的这点手劲，什么都干不了，只能玩动一支枪的扳机，只能打出一颗子弹，就是送给你的。

一旁围着看热闹的病人，不由得打寒战。琪仁说这话时的神气，他们知道是准备用血来兑现的。

周五今日有事，不在。护士按响了隐秘处的机关。院里的应急分队破门而入，几个穿治安制服的小伙子，三下五除二地将两个肇事者，捆绑起来。

护士长被搀去包扎。

栗秋看着应急分队把两人押了走，心想，真不巧，看这个北凉，像个种子选手，不想第一轮就被淘汰了。

不要紧，来日方长。

第二十八节

范姐，刚才两狗打架，看了没啊？庄羽剔着牙问。

看了个尾巴。够吓人的。范青稞心有余悸。

嗨！这可算什么？太不过瘾。穿制服的卫兵，打哪儿蹿出来的？整个老母猪追兔子，多管闲事！我一个劲地在心中祷告，使劲打，胳膊折腿断，脑瓢开花最好看。可惜都没真功夫，花拳绣腿，白费老娘精气神。庄羽懒洋洋地倚着被子垛说。

范青稞想着出了这事，伤了护士长，简方宁不知急成什么样，居然有人幸灾乐祸，真想把眼前味味笑的红嘴，扯成三瓣。但她的身份不许她义愤填膺，只有暗自生气，一言不发。

庄羽突然站起来，提着裤子就跑。

过了好一会儿，才蓝着一张脸回来，虚弱地说，范姐，你肚子疼吗？

不疼。范青稞答道。

咱俩吃的是一样的药，为什么我和支远都肚子痛，跑厕所恨不能把大肠头拽出来，你怎么啥事没有？庄羽满面狐疑。

噢哦，你说的是这个啊……范青稞这才反应过来，忙遮掩道，我吃了中药，也不好受，肚里一阵阵拧麻花似的。大约我的瘾比你俩轻，药也轻，所以好过些。

庄羽仍不相信，但肚子又痛起来，顾不得说别的，提着裤子再跑。

回来后，庄羽气呼呼地说，不吃这药了！这哪里是药，分明是痢疾菌熬的，吃了就拉，好汉还架不住三泡稀呢，我哪儿受得了！说着，就按了床头的急救铃。

甲子立夏像白蛾子一样，飞速飘了进来。怎么了？急切地问。

你们这药是治病，还是要命？不吃了！庄羽大发脾气，嶙峋的手指一点药瓶，床头柜上却是空空如也，刚喝完的药瓶，又不翼而飞。她气得嚷道，也不知这破药瓶，能值几个大钱？嘴巴刚离了瓶口，瓶子就飞了。要知道我们住院吃药，药钱里可是包含着瓶钱，就像买啤酒，人家是连瓶一块算的。这可好……

甲子立夏打断庄羽的唠叨，说，你打铃把我招来，就为了药瓶钱？

庄羽说，不是瓶，是药！这药到底是怎么一回事？你得给我说清楚！

甲子立夏说，你吃的中药，是蔡医生特别拿来的。药的事，只有请蔡医生回答。

庄羽说，那就烦你把蔡医生请来。

甲子立夏说，医生也不是专为你一个人看病的。得看他有没有时间，愿不愿意和你谈。如果是医疗秘密，他也不能告诉你。

一番答对，软中有硬，噎得庄羽说不出话。

蔡医生很快来了，文质彬彬，好像刚压制出的药片，坚硬白净。

中药戒毒在动物实验中，效果很好。它的最大优点，是防止复发。庄羽，你不是戒过毒又复吸了吗？此药正对症。你丈夫和你同用，是为了你们回家后治疗方便。至于范青稞……蔡医生把脸转过来，斟酌词句。

我没什么要求，怎么治都成。范青稞急忙答话。

蔡医生一板一眼地说，因为她成瘾较轻，我们也采用了这个方法，比西药戒毒反应小。怎么样，是否明白了？

支远说，前两天吃的药，好像和今天的味道不同。不会是配错了吧？病残之人，若再吃了假冒伪劣的药，雪上加霜。

蔡医生说，今天的药是和以前配方不同。再过几天，还会变。全疗程，大概会变六七次。药里含有泻的成分，是正常反应，不必惊慌。

庄羽长吁一口气说，这我就放心了。我原以为药里掺了巴豆，拉个不止。不过，刚才听你一说，这药还得天长日久地吃下去，烦不烦人？到时候，白粉不吸了，整天捧个药罐子，也够讨厌的。

蔡医生说，五个月后，即可停止服药。

庄羽还要说什么，被支远制止住了。

好了，谢谢蔡医生。听您这么一说，我们就放心了。病人嘛，就是爱一天瞎琢磨。您别往心里去。支远说得客气。

蔡医生说，这也是正常的。

临出门时，蔡医生问范青稞，你还有什么问题需要帮助吗？

范青稞心想，一视同仁是最大帮助。赶快说，没有没有。

庄羽对席子说，裤衩换下一大堆，你快去洗。吃了这种药，别的不说，太费洗衣粉。

席子默默走出去。庄羽就凑到支远耳边轻声说，我难受得不行。

支远说，戒当然没有吸痛快。一定要坚持住。咱们不是说好了吗，这回要重新做人。

庄羽说，那是你。我陷得太深。我这么问你吧，一个死庄羽，一个吸毒庄羽，你要哪个？

支远变了声道，你别逼我。当初我知道你吸毒，不是还义无反顾地跟你走到一起了吗？为了救你，我不是也跳到火坑里来了吗？如果要你死，我第一次就可见死不救。

庄羽说，别扯那些烂账，我忍不了呢！

支远一惊，想怎样？

庄羽狠狠地说，想吸粉。

支远说，万万使不得。前功尽弃。

庄羽说，这个鬼中药，泻得人浑身瘫软，减肥行，戒毒根本没用。我特想吸粉，觉得马上就要犯瘾……她把头倚在支远身上。

支远说，我怎么没事？你算算，自打吃了这药，已经多少天没吸粉了，这就是效果。再忍忍，就过去了。

庄羽冷冷地说，毒不一样深浅，你能跟我比？你要是眼睁睁地愿意看着我死，就别给我找粉。你对医院一往情深，可你要是不帮我，我就告发你私带BP机，暗通信息。立马会把你赶了走。那时候，咱们双双把家还，我就吸个够。命是自己的，我不愿戒了，看在夫妻一场的情分上，你还不成全我？与人方便，与己方便。要不要我现在就打铃告你啊？

支远咬牙道，真是个歹毒的女人。

庄羽说，谢谢夸奖。我一直以为你同我好，就是看上了我的歹毒呢。原来不是啊！

支远说，庄羽，我真是爱你。只要你愿意，我把心掏出来给你，只求你再不要吸！

庄羽冷笑道，我要你的心干什么？凉拌？爆炒？我还嫌腥呢！你连心都乐意给我吃，还在乎为我搞粉吗？告诉你，支远，你有短在我手里攥着呢，我就爱大义灭亲！别人不信，你还不信吗？！

支远傻了，拼命抽烟。庄羽把手指按在呼叫铃上，最后通牒说，没那么复杂吧？我快忍不住了。最后一分钟……

支远猛地把只吸了一口的烟扔掉，说，好吧。庄羽，既然你自觉自愿，你爹妈都拿你没办法，我帮着害你一次吧。记住，将来成了鬼，不要怨我。只是医院看守检查甚严，你又不是不知道。怎样才能把粉弄进来？

庄羽说，这个就不干我的事了。嫁汉嫁汉，穿衣吃饭。你既是我爷们，就该搞得到。抓紧时间啊，我快打熬不住了。

支远咬着牙关说，好。我给你去搞。只是，我最后再求你一次，给你搞来了粉，你就心安了。假如你能忍，可千万顶住，别吸了！熬到这个份上，不容易，为什么要亲手毁了前面的心血！

庄羽厉声道，你还啰嗦什么？要不我现在一头撞在墙上，死给你看好了！

看她那横眉立目痛不欲生的样子，真不是假话。支远百般无奈地出去了。

范青稞矛盾了一小会儿。是不是马上报告护士，或者直接找简方宁？但庄羽的话，绊住了她的脚。

命是自己的。

是啊。命，是自己的。假如有人不珍惜自己的生命，你劝有何用？你劝得了一时，劝得了一生一世吗？

过了一会儿，支远回来了。

庄羽问，办了？

支远答，办了。

到底是谁啊？跟地下交通站似的。庄羽一听海洛因有了着落，心情好些。

支远下意识地看了一眼范青稞。庄羽说，放心吧。自己人。

支远说，三大伯。

庄羽说，你让他通了消息？

支远说，是。让朋友送来。

庄羽说，进得来吗？搜得那么严？你还得有第二套方案，前仆后继，万无一失。

正说着，支远肚子上的铁蛤蟆，又蹦了起来。支远赶紧撩开衣襟，看了一眼，说，这么快。

庄羽说，什么？

支远说，你要的东西。

庄羽不耐烦，我问的是，BP机上写的什么？

支远说，一句很美妙的话，送你一束钻石玫瑰。

庄羽说，还是不会办事，我不喜欢玫瑰，喜欢非洲火鹤和泰国兰。

支远也不答话。三个人就静静地躺着，等待就要发生的事。过了一会儿，席子洗衣服回来，就四个人静静地躺着，好像停尸房。

资料

在德国汉堡市区某公园旁边，正好处在一所学校和一所公墓中间，出现了一间搭的小板房。门上贴着一张纸，纸上写着：药物咨询发放点。

这就是汉堡市官方设置的"药品"供应点之一。自1994年5月以来，隐君子可以从这里得到国家免费供应的新注射器，还有消毒用的酒精棉花球。

据说此举既可以打击走私毒品的犯罪活动，又可以帮助吸毒者戒毒。

1992年，瑞士政府为了管制毒品交易和吸毒者滥用针头，尝试给吸毒和贩毒者提供场所，设置了苏黎世毒品市场。

毒品市场原来是一个废弃的机车场，肮脏龌龊。那里满地都是废针头，飞舞着沾满血迹的布和一团团包装毒品的纸。每天，一些身无分文的隐君子，到这里来，靠捡别人海洛因瓶子里的残渣过瘾。5000多名吸毒和贩毒者，把这里当做天堂，与毒品有关的谋杀案，不断发生。这里被称为恐怖的"红灯区"。

西班牙和意大利的几百名学者、教育工作者和社会工作者，联合上书，要求彻底为吸毒者正名，并由国家专卖毒品。他们的主要论据是，历史已经证明，用警察镇压的方法，无法取得反毒品斗争的胜利。再这样继续下去，只能使国际贩毒集团更加富有。

国际刑警组织秘书长雷·肯德尔公开建议，对一切毒品解禁。他的爆炸性建议，使全世界为之震惊。

荷兰1976年通过的一项法律规定，容许消费和出售软毒品（主要是印度大麻），零售毒品不超过30克的毒品贩子，可以不受处罚。

该法律还允许开设吸毒场所，条件是不得做广告，不得向16岁以下的未成年人，出售毒品。

软毒品在西班牙也被官方容许其存在。这样，西班牙的一些地区，就成了拉丁美洲毒品运往欧洲的转运站。

1994年1月，意大利国会通过法律，规定拥有旨在个人消费的毒品，不是犯罪。只接受吊销驾车、持枪执照的处罚。1994年，德国宪法裁定，拥有少量毒品是合法的。

欧洲禁毒，已无良策可施。权威人士认为：肯定会出现这样的场面——一边是隐君子们，在注射点慢慢地给自己从容注射毒品，一边是手里拿着登记表的社会教育家，坐在一旁苦口婆心地求他们戒掉毒品。

隐君子在微笑。

楼道里传来对话声。

呵，谁的红玫瑰，这么漂亮！简方宁的声音。

一个年轻男人，送给庄羽支远的。我说要检查，他说是花店的人，受顾客的委托送花。只要收件人在单子上签个字，他就可以交差了。我还从来没碰见这样送东西的，他又急得要命，说车里还有一堆花要送，晚了就蔫了。放下花就走了。您看怎么办？周五的声音。

简方宁把花束拿在手里，纯正高贵的钻石玫瑰，花瓣像紫红色的天鹅绒，愤怒地开放着。细弱的花茎好像承受不了露水的重量，微微颤动着，把溶解了香气的水珠，轻轻抖落。

好了，周五。你忙去吧，这花由我处理。

简方宁抱着玻璃纸包扎的红玫瑰，走进13号病室。

院长好。几个人同时坐起，恭敬地打招呼。

今天是情人节吗？日子也忙糊涂了。院长说。

庄羽看着红玫瑰，有些紧张。倒是支远比较镇定，说，庄羽朋友多，听说她住院了，送花慰问。说是送给我们俩的，其实是给她一个人的。

范青稞心想，支远把自己择得干净。

简方宁轻轻俯下头，嗅着花，说，很香。

庄羽直盯盯地瞅着花，牙把嘴唇咬得出血，简直想一把抢过来。

简方宁觉得她神色奇怪，说，庄羽，你非常喜欢红玫瑰吗？

是啊……那当然……不过……庄羽颠三倒四。

简方宁抱着红玫瑰，若有所思，小心地躲开茎上的紫红色尖刺，用手指抚弄着不多的几片绿叶。

支远见事不好，院长再这样研究下去，只怕钻石玫瑰的秘密就掩藏不住了。庄羽急于吸毒，已乱了方寸，他得火力支援。干脆装出满不在乎的样子说，院长也是很喜欢红玫瑰啦？这束花，大约需要几百块钱，一般工薪阶层恐怕买不起。不过院长是高级知识分子，当然不在此例。院长要是喜欢，就送给院长了。搁在院长的办公室里，谁见谁爱，比在我们这儿堂皇多了。庄羽，你说是不是啊？

庄羽不知支远葫芦里卖的什么药，想他多谋略，估计不会错，忙接上茬说，是啊，玫瑰花虽贵，只要院长喜欢，我就送给您了！

听他们这样一应一和，那丛美丽的花，好像在怀中燃烧起来。简方宁马上把花推给庄羽说，给你。一会儿找护士要个大瓶，把它好好养着，能开一个星期呢！

简方宁出去了。范青稞真希望简方宁能回头看她一眼，一定使个眼色，叫她重新检查这束妖冶的花。可惜啊，简方宁头也不回地走了。

庄羽立刻说，席子，你给我看着点门。若是护士来了，你就拦着她，说你头痛，支她给你去拿药。

席子堵到门口。

庄羽三把两把撕开精致的包装纸，裸出花朵。她狂躁地把每一朵钻石玫瑰都掰开，扔在地上，在花瓣和茎叶里寻找。

他妈的，藏哪儿了？比密电码还难找！支远，你没看错吧？她气急败坏地嚷道。

那行字还存在 BP 机里，不信你可以看。支远说着，要掀裤腰。

嗨！找到了！藏得真够严实的了。那小子还挺内行，不凑近，根本看不见。庄羽说着，从花茎里拖出极小的一个塑料纸包。

269

飘落的玫瑰花瓣，带着无声的水珠，铺在地上，好像一片洗过的红毯。

庄羽拿起塑料包，颠颠地跑向厕所，那是病人作案最方便的地方。若是病人之间相互发现了，也无人报告。

范青稞把散落的花瓣扫在一处，红丝绒受了践踏，被庄羽手指撕扯过的地方，留下清晰的红指纹，渐渐地沁出茸茸的红水，好像谋杀案唯一的线索。她想，这是世界上最倒霉的钻石玫瑰了。

支远看着她，说，大姐，我看你和我们不大一样。

范青稞口里说，哪里不一样呢？心里想，这个男的比女的更难对付。

支远说，你不够坏。

范青稞说，坏也不是一件容易的事。不是什么人，都可以变坏。

支远说，我知道你现在心里想的是什么？你怪我没有拦住庄羽，还帮助她吸毒。对吧？

范青稞说，你猜得不对。我想的是，把剩下的玫瑰花，赶快找个瓶子装进去。花也是有眼睛的，它们看到许多同伴被撕成碎片，不知道还肯不肯继续开了？

支远说，想不到大姐这么多愁善感。

正说着，庄羽回来了。范青稞失声问，这么快？

庄羽嬉笑道，又不是生孩子，你以为要多长时间？

她的精神果然抖擞起来，非常想同别人说点什么。就问，大姐，你去过院长的房间，里面是不是很豪华？哪天我真的送她一束红玫瑰，比今天的还好。

范青稞说，不。四面墙上都是光光的，也没有花瓶。

庄羽说，那我就买一个贵重的花瓶送她。毕竟今天的海洛因是从她手里接过来的。这真是一个绝妙的讥讽。从一个戒毒医院院长手里拿到的毒品，味道格外好呢！不管怎么说，我得谢她，你说对不对？

范青稞心里直替简方宁流泪。

第二十九节

范青稞走到 1 号病室。

这是一间小病房，只摆两张床，那个病人去做血光量子治疗，只剩三大伯一人在床上躺着，见有人来，坐起，打招呼道，稀客。

范青稞笑笑说，您这里，来的都是客。

三大伯说，也不尽然。医生护士就是公干。

范青稞说，我私人的事，求您。

三大伯说，谁让你来的？

范青稞说，名气那么大，还用别人告诉？您是秘密交通线。

三大伯说，明人面前不说暗话。封锁越严，来求我的人就越多。我所以长住不走，就是这里挣钱比外面容易。风吹不着，雨打不着。一天三顿饭有人送，晚上踢了蹬了被子，还有软软的护士小手，给你盖上。一辈子没享过这样的福啊！

范青稞说，管得这么紧，往外的电话怎么出去？

三大伯说，问那么详细干什么？想把我告了？

范青稞说，我告了您，我有什么好处？医院也不会免收我一分钱，我还得罪了您。这里的人，谁知谁手上染了血？我不敢。

三大伯嘿嘿笑起来说，你看我很霸道，害怕了，是不是？那其实是做给别人看的，这地方人，吃硬不吃软。我看你是个妇道人家，所以对你说实话。我其实是极胆小的一个人。

范青稞比听到他是恶魔还惊愕，说，真的？

三大伯说，人骗人，都是为了好处。我说这个骗你，有什么好处？

范青稞不敢信，也不敢不信。按照原来想好的计划说，我要给家打个电话。

三大伯说，你说吧。

范青稞问，对着哪儿说？电话呢？

三大伯说，电话还能摆在明面上？那可真是一天也别打算在这混了。医生护士的眼珠，都是属金鱼的，白天黑夜睁着。再说，每个人都来打，声一大，立马就会让人听见，这买卖还如何做？规矩是，你把号码和要说的话，告诉我，我一定给你传到。准确快速，质量三包。

范青稞说，收费呢？进来时，一分现钱也没带，连买水果，都是护士先记在账上，出院时统一算。

三大伯说，我和护士长用一个章程，算总账。她是出院时算，我是出了院以后，有人会到你家去收钱。

要是我不给了呢？范青稞问。

问得好。不过，我还真没碰到一个这样的人。你知道，这里的人，什么毛病都有，可是不赖账。

我留的地址是假的呢？你上门收账，不就扑了空？范青稞觉着这真是第三百六十一行，穷追不舍。

这事也没碰上过。可林子大了，什么鸟都有，是不是？我也早有两手准备。我这个人，没别的本事，就是脑子能顶电子计算机。你让我打电话，必是有重要的事，对方那人必是你至爱亲朋。所有的电话号码，我都过目不忘。但只要你一交了钱，我立马就忘了。这是上天给我的家什，让我靠这门路吃饭。

范青稞把先生的号码报了，说，也没什么别的事，就是我一切都好，请他放心。

三大伯嗑着牙花子，说，就这？

范青稞说，是啊。

不是暗号隐语什么的？他很关切地问。

不是。就是平安信。范青稞说的是实话。

不是骗我？三大伯仍是不信。

范青稞说，我骗您，有什么用处？您刚才不是说了，得有用才骗人。

三大伯说，我刚才说的是平常人。但一吸了毒，就难说了。骗人就成了习惯，有用没用都骗人。他们都不会说真话了。

范青稞说，您一口一个他们，好像您不吸毒似的。不吸毒，到这里干什么？这儿也不是旅游胜地。最好看的风景，就是铁门铁栅栏。

三大伯说，你还真说对了。我就是这病人里，唯一不吸毒的人。

范青稞又是狠狠一惊，差点说，您太骄傲了，我也是一个不吸毒的人。

那您到这里来干什么呢？再说检查那么严，你怎么能混下来呢？范青稞被三大伯吸引住了。

装吸毒，简直就是天下最简单的事。你只要弄点粉，往鼻孔一晃，所有的化验就成了阳性，我就喜欢科学发达，化验越灵敏越好骗。谁也想不到有人干这个名堂，有伟人说过，堡垒是最容易从内部攻破。我不好意思说自己是内部，起码也是外部最靠里的地方。三大伯斜靠在他的被子垛上，炫耀地说。

范青稞竭力使自己镇定。她想，简方宁应该哭着感激她，发现了一颗定时炸弹。

你这样每次吸一点，时间长了，不是也要上瘾？范青稞索性问个水落石出。

我警惕性可高了。连着试上几回，有了要上瘾的意思，马上洗手不干。我凭头脑清醒挣钱，哪能干糊涂事？三大伯语气坚定，充满自信。

无论范青稞多么为朋友叹息，这会儿，她对三大伯很敬佩。

那您把电话打了吧，地址我也留给您。放心好了，我不赖账。范青稞看耽搁的时间不短了，想赶快去见简方宁。

大妹子，你对我说的是实话，我也给你一句实话。就是你这个电话，甭打啦。

范青稞本来已经走到门前了，这一下子，又折回来了。

为什么？

没必要。你住在医院里，还能有什么不好的？家里人自然放心。三大伯很不屑地说。

我又不是不给您钱，我叫您怎么说，您就怎么说好了。范青稞不悦。

三大伯并不恼，说，你知道我这个电话，用一回，收多少钱。

范青稞说，您莫非认为我交不起一个电话费？

三大伯说，不是那个意思。我是说，你这些话，不值我的电话和我担的这份风险。

范青稞说，您的电话，用一次多少钱？

三大伯说，本埠一块绿树皮，外埠一块灰树皮。

范青稞说，树皮是什么？

三大伯叹了一口气说，看来你真是个良家妇女。绿树皮就是 50 元的票子，灰树皮就是 100 元的。

范青稞眼珠几乎掉出来，说，这么贵！

三大伯说，你以为是街头的公用电话？知道我要把一个电话打出去，需要鬼鬼祟祟下多少功夫？有时候蹲厕所里，有时候捂被窝里，有时候在澡堂里……口齿要清楚，记性要好，还得眼观六路，耳听八方。一个不留神，叫护士看到了，勒令我出院不说，大哥大一没收，就是重大损失。钢丝上的买卖，我是舍命陪君子，为人民服务。收费公平合理，从没人提意见，你是头一个！

范青稞赶紧赔笑脸，您这么一说，我就明白了。我这个口信，确实不值一块树皮。不知别人都是什么要事？

三大伯说，人家嘛，都是自己带个汉显 BP 机，目标小，外头的消息能传进来。一般的就不理它了，重要的就到我这儿联系。多半都是股票买卖和生意上的事。最要紧的就是……他做了一个你知我知大家都知的眼神，不再说下去。

范青稞却不解，追问，最要紧的是什么呢？

三大伯说，你是真不知道，还是装糊涂？这里的人，有连这个还不懂的吗？

范青稞恍然大悟道，哦，是要粉。

三大伯说，是喽。戒毒不是一件舒服的事，打熬不住，就让家里来人送粉。话都得从我这儿递出去。

范青稞说，明白了。你这是毒品转运中心。

三大伯很谦虚地说，过奖了，不敢当。我做得还很不够，待加强改进的地方还很多。比如，我打算进一步扩展业务，既然很多人打电话都是为了要粉，我何不把这个市场占领下来？让家里人千方百计送来，又慢风险又大。要是我把货色备好，随时保证供应，你看多好！当然，我是无利不起早，外面的毒品卖 600 块钱 1 克，我怎么也得卖到 1000 块钱 1 克。你说我这个价钱，是不是很公道？这是老虎须上做生意啊！

范青稞用手托着腮帮子，好像突然牙痛的模样。只有这样，她才能借着手掌的力气，按住脸上的肌肉跳动，让它们别显出太吃惊的表情。

是啊，太不容易……了……她支支吾吾地说。

您打算什么时候开始行动呢？范青稞一不做，二不休，把情报坐实。

这可是慌不得的事情，我正在研究法律呢。三大伯诚恳地说着，递过几本书。

范青稞看了看书皮，翻着白眼什么话也说不出来。每本都是最严正的权威机构发布的法律法规，被三大伯掀得卷了边折了皮，攻读得非常彻底。

这里有明确规定，倒卖毒品是要敲砂罐的。范青稞拍拍书，恰到好处地使用了一句震慑人心的话。砂罐就是脑袋。

你那是一知半解。皮毛。真正要干这一行，第一紧要的事是把法律研究透，不然你就不配。三大伯脸上现出阴沉的思索。你知道吗，贩毒在世界各国，都要处以重刑。三大伯一副诲人不倦的和蔼嘴脸。比如新加坡政府 1975 年规定，凡是走私 15 克以上海洛因、30 克以上吗啡和非法加工生产毒品的，都要执行死刑。听说你要是出国到新加坡，飞机还没落地，空中小姐就一遍又一遍地用各种语言，宣布这条法律，听得人好像能看到机场上竖着绞刑架……美国规定，交易 1 公斤以上海洛因或 5 公斤以上可卡因的，为重犯，判处 20 年以上的徒刑，造成死伤时，判处无期徒刑，处以 800 万美元以下罚金。知道吗，这可是重刑，在美国，就是杀人罪，平均坐 8 年牢也放了。

再来看我们的。1990 年 12 月规定，走私、运输、制造、贩卖海洛因 50 克以上，鸦片 1000 克以上者，判处 15 年以上有期徒刑、无期徒刑或者死刑，并没收财产。贩卖海洛因 10 克以上，不满 50 克的，处 7 年以上有期徒刑。贩卖海洛因不满 10 克的，处 7 年以下有期徒刑，拘役或者管制，并处罚金……三大伯倒背如流。

嗨，我这么辛辛苦苦地给你讲法律，你怎么不好好听？三大伯对范青稞不满。

没有啊，我好好听着呢。范青稞辩解。实际上，她真的有些走神，只想跌跌撞撞飞奔去见简方宁。

我说你没好好听，你说你好好听了。那么好，我问你，中国的法律和美国的有什么不同？三大伯痛心疾首地提问。

275

幸好范青稞有点印象，思忖说，我们处治贩毒的法律，比美国更严。

三大伯点点头，脸上略显嘉许之意。

你听出什么漏洞没有？三大伯诡秘地说。

什么漏洞？范青稞陡然清醒。

法律的漏洞。三大伯冷森森地笑了。

哪国的？范青稞惊讶莫名。

当然是中国的。三大伯得意非凡。

没……有……范青稞张口结舌。

我告诉你。你听好了，刚才我说的那些条款里，贩卖海洛因 10 克，是个界限。过了这个坎儿，就得到大狱里蹲 7 年，在这个坎儿里头，只说了个 7 年以内，再没下文了。也就是说，卖 1 克海洛因，还摊不上 1 年牢狱之灾。要是只卖半克呢？就没有什么罪可治，顶多教育教育就放回家了。所以，我仔仔细细地研究了法律，觉得大有空子可钻。我每回身上只带一星半点的海洛因，在医院里卖给那些最需要的人，走少而精的道路。优质优价，四两拨千斤，钱不少挣，也没大风险。了不起了，到局子里拘一阵，也就放了。就算吃点苦，亏了我一个，富了全家人。也值得，你说是不是？

面对运筹帷幄的三大伯，范青稞义愤填膺又不知如何发泄。

您老这么做，总有一天要被发现。范青稞一语双关。既是提醒，也是热望。

久走夜路必撞鬼。不论多么小心，被人发现是难免的，医生护士虽不是专业的公安，也有经验。我这个人，想得开，逮着了，认打认罚，但我绝不洗手不干。全国有那么多的戒毒医院，我一所一所地住下去，天无绝人之路，我这是新兴职业，一本万利的事情。高风险，高收益。三大伯很豁达地说。

范青稞自打住进戒毒医院，整天生活在一惊一乍的非常境况中，大脑已经习惯而且疲惫了。今天感到了最大的骇然。

三大伯拉家常一般的话语中，有一种魔鬼般的镇定。

您是怎么想到用这种方法赚钱？范青稞稳了稳神，索性不走了，问到底。

人可以用各种各样的法子赚钱……

三大伯谆谆告诫。

……能利己又利人的，为上策，一般人都做不到，因为赚的钱太少；能利己而不损人的，为中策，一般人都用这个办法，但正因为走这路的人太多，所赚就不多；不利己又损人赚钱的，实为下策。卖毒品，就是下策赚钱。但这个下策，赚钱最多。我是老三届的，我让大伙管我叫三大伯，并不是行三，只因是老三届的人。三大伯很自豪地说。

范青稞大吃一惊，失声说，您可不像是老三届的。

三大伯咄咄逼人问，哪里不像？是饱经风霜不像？还是圆熟老到不像？是年纪不像，还是相貌不像？

这些……都像……范青稞结巴。

你就把实话说出来吧。我已经跟你说了那么多的实话，你跟我说的实话可不多。我虽不敢说自己是火眼金睛，这点还是看得出来。三大伯说。

好，我告诉你。老三届是一群受尽了苦的人，他们在社会底层上完了他们的大学。曾经有最崇高最美好的信仰，也受了最惨重最深刻的愚弄。所以他们非常珍惜人世间的真情，轻易不会上当受骗，也不会去害别人，这样的一代人，以前没有，以后也不会有了……范青稞还想说什么，但她看到三大伯嘴角苍凉的笑容，猛地打住自己的话。

三大伯说，你说得不错。在戒毒医院里，除了医生护士，没人用这种语调说话，说这话的人，是不该吸毒的。不是医院搞错了，就是你也像我一样，是混进来的。

你脸别变色，我不会追究你是谁，虽然我知道你会追究我是谁。在这一点上，我可能像你想象中的老三届，与人为善。比如我就不应该和你讲这么多的知心话，这是很危险的。但人有的时候很怪，他是为自己说话。他不可能老不说真话，那他就憋死了。为自己，有时候，他必须得向什么人说点什么。就像人在江湖上，会对素不相识的人，把自己一生的秘密说出来。你好运气，今天我特别想说话。

我下过乡，而且是表现最好的知青。你知道这意味着什么吗？我被最早地抽调到当地工厂，成了吃商品粮的人。因为有城里来的背景，我娶了当地最漂亮的姑娘，一连生了三个孩子。我至今认为这是我的福气，像我这个年纪的人，除非他是在美国，否则绝没有三个孩子。

我在小地方过着很自在的日子，一批又一批的知青返城，对我不是没刺激，可我要回生我养我的城市，就必须和老婆离婚，把三个孩子分得七零八落。我是一个很爱家的男人，我想，委屈了我一个，就可以换得全家人的团圆和睦，滚他的蛋吧，城市！我打定主意做一个当地人。我甚至不回城里探亲，干脆断绝和城里的一切关系，当然也是因为父母已经去世，再没有一个亲人。这样过了许多年，我的孩子们长成大人。被我毫不犹豫拒绝的城市，却对孩子有极大的吸引力。他们不满足当一个小地方的人，要到大城市去。

我的漂亮老婆，早用孩子代替了我的位置。她原来害怕城市，怕城市看不起她。现在，为了孩子，她土豹一样勇敢起来，天天在我的耳边只说一个字，回！我说过，我是一个非常恋家的男人。当初，我坚决地不回城市，是因为家。今天我坚决地回了城市，也是为了家。

回到城里，我才发现自己是大错特错了，比当年到乡下去的错处还大。那时我是一个人，现在我是一家人。我一个人能忍，但我的妻儿过苦日子，我不能忍。我原来在乡下苦心建立起来的关系网，土崩瓦解。好像一棵被凌空拽起来的土豆秧子，只剩下光秃秃的秆，大大小小的土豆，都留在塞北的小镇子里了。

按照政策，我只要找到接收单位，全家就可以回城。没有人要一个快50岁的老工人，尽管他的钳工手艺不错。我看了无数的冷脸，最后我说，哪怕让我扫大街呢，只要能回来！我说的是气话，没想到人家立刻说，环卫系统正缺人，如果您真的一不怕苦二不怕累三不怕脏，我们负责说服他们收下你。我带着一家老小，回来了。临走的时候，把家具都卖了。不会有地方搁它们，城市没一寸屋檐，肯让我们避雨。那种过时的乡下木匠的手艺，在城里肯定是招人笑话。我们一点不觉得是在和命运开玩笑，只在小地方注意，怕惹城里人笑话。城里没人笑我们，我们太高估自己了。城里人只对那些引起他们嫉妒的人和事，不怀好意地笑。对我们这样的可怜虫，不屑一顾。他们见得多了，视而不见，才是城里人的风度。

城里的犄角旮旯，有一种像炮楼的建筑，上等人不知道它是干什么的，那就是垃圾站。每天他们消费的垃圾，被送到这里，再从这里拉到远郊。我们一家就住在垃圾站上头，那儿有一间小房。垃圾车都是夜间活动，这小房原是留给夜班工人喘气歇脚的，现在成了我们的新家。在孩子们眼中，城里那么美好，虽然是住在垃圾站。他们站在别人的楼前，想，我们的爸爸很快也会给我们挣到这样的房子。他们一点都不灰心。

要说一点钱都没攒下，那是假的。但孩子转回城里上学，几乎把我所有的积蓄都花光了。我不后悔，我之所以破釜沉舟地回城，就是为了给孩子们创下一个锦绣前程。小镇子里的孩子，上大学的比例是多少？几十分之一。大城市的孩子呢？二分之一。这是谁都会算的账。几个孩子差不多大，脚前脚后地都要上高中大学读书。不能让他们成了高玉宝。

我媳妇回来就没了工作，或者说是有了新的工作。这就是每天在垃圾楼上，支一口大锅，煮破烂。

垃圾真是个好东西，尤其是城里的垃圾。里面什么都有，既有大便纸、用过的避孕套、带血的绷带和死耗子，也有进口的玩具、漂亮的假古董、不时髦的衣服和鞋，根本没坏的罐头和补药……研究家说，从垃圾里，可以反映出一个国家的经济发展情况，真是千真万确。不管整个国家是不是小康，我那个垃圾站附近，已经初级阶段了，那是没问题的。孩子们穿的衣服，都是从垃圾里拣来的。我也没到了连给孩子买件衣服都舍不得的地步，但他们宁可穿高贵的旧衣服，不愿穿便宜的新衣服。他们虚荣，想当上等人。孩子他妈虽是个乡下人，对穿别人穿过的衣服这件事，一百个不能忍。可她拧不过孩子，只得在家里煮这些拣来的东西。

煮衣服，煮帽子，煮胶鞋，煮围巾，煮锅碗瓢勺，煮花瓶和塑料花……煮我们拣来的一切东西。每种东西的气味都是不一样的，加上原有主人的味道，还有楼底下垃圾的气味，我们家成天笼罩在古里古怪的有毒空气里，让人想把脾胃都吐出来。

旧衣服有一种海边咸鱼的味道。帽子的味道近似走了油的猪皮。皮鞋像是用大火烧着了轮胎，纯毛围巾的味道比较不错，像一群山羊慢慢迎着落日走来……最好闻的要数煮塑料花，像小时候用两块有机玻璃对着摩擦，有一种香蕉的味道飘出来……常有人写小说，说是某人给领导送的礼物，比如点心匣子什么的，被原封不动地扔进了垃圾箱，里面藏着金项链或是成千上万钞票，让某个捡垃圾的发了大财。我看，这些写小说的，都是些穷人，而且从来没人给他送过像样的礼物，他才躺在那里，想入非非。自己发不了财，就编一个根本没影的美梦，送给一个捡破烂的老头。

依我的经验，垃圾最大的用处，除了养活我们以外，是让我们知道了别人怎么活法。你平常不能趴人家窗户，看人家是怎么过日子的。但你看了人家扔出来的东西，你就知道人和人的差距有多大！

垃圾是世界上最不会撒谎的东西。它虽然臭气熏天，却是老老实实的。

垃圾每天都是新的，源源不断地从我们眼前经过，教导着我们，嘲笑着我们。没有人愿意永远过我们现在这种日子。孩子马上就要上大学了，需要学费。我们应该有自己的家，一个远离垃圾站的家。

我的媳妇唯一没煮就保留下来的东西，是一个非常精致的小瓶。它几乎就是一块整个的玻璃，打磨得非常精致，好像钻石雕的。里面有一个很小的空腔，盛过名贵香水。当然我媳妇拣到它的时候，已经空了。可它仍然散发着非常强烈诱人的香味，好像那个瓶子本身是香料制成的。儿子翻着字典，读了那上面的英文标签，说里面装的是给贵夫人用的高级化妆品，以幼嫩的玫瑰香为基础，混合了含羞草、紫罗兰、郁金香……构成延续不断的魅力。采天地精华，抹在脸上永葆青春美丽……

还不是屁话，外国女人老了，比中国女人难看多了，像妖婆。我媳妇舍不得煮，说一煮那瓶就不香了。我看她一天摩挲，劝她说，这种外国东西，说不定有艾滋病在上头，丢了吧。她说，人家那么贵重的命，都敢用，咱这贱命还怕？我看着媳妇以前美丽非凡现在像败草一样的脸吼道，我们不是贱命！

过去说知识就是力量，我看现在知识就是权势，就是钱财，就是美人家产……我这一辈子是完了，但我的后人，得受最好的教育，成为有钱有势的人。

垃圾可以养我一家不死，但不能让我一家发达。我需要钱，我又是最没钱的人。终于有一天，人家跟我说，你知道怎么弄钱最快吗？

我说，不知道。卖原子弹吧？

那人说，也差不多。卖白粉。

卖粉有一个严密的组织，不是他们认为可靠的人，绝不发展。觉得被人信任挺荣幸，可我胆小，风险太大不能干。经过长期的慢慢摸索，我才找到了现在这种活法。

我的家境已经大为改观，有了自己的房子，带拐弯楼梯那种。其实我们都不喜欢那种楼梯，太占地方，一点不实用。可我媳妇坚持要买这种样式，说是只有每天慢慢地从上面走下来，扶着栏杆往下看，才能相信这一切是真的，像以前印度电影里的阔人一样。

我的孩子都上大学了，人家都说他们是大款的后代，说是这种人的孩子，一般都不学无术，你们是一个例外。

我一年几乎不在家中生活，都住在医院里。

一是为了挣钱。虽然我给他们挣的钱，已经足够他们花的了，但穷惯了的人，就像干惯了活的老农一样，挣钱的手停不下来。

主要是为了让他们习惯我不在家的日子。因为总有一天，我会住到铁房子里去。平常锻炼出来了，到时候，不会太难过。

未雨绸缪。这一点，是不是像老三届？

老三届这一帮人里面，将来能出大政治家，大军事家，大企业家，大经理……也能出大匪大患，大阴谋家，大野心家，枭雄。

不信，你等着看。你能说谁像还是不像？！

……

范青稞听得冷汗涔涔。

今天在这里耽搁的时间太长，简方宁已经下班，情报是汇报不上去了。

范青稞临走的时候，对三大伯说，谢谢您。电话我虽没打，您这一席话，却是我从来没听过的，大开眼界。您要是信得过我，我也送您一句肺腑之言——把东西收拾好。

第三十节

简方宁经过长长的病房走廊，仿佛一辆孤独的跑车，跨越过海隧道。医院的封闭性，使她处在一种格外高寒的地位。医疗、人事、基本建设、科研诸事，都需她最后定夺。

外界的人，对这里充满恐惧的想象。有一次，院内的电线坏了，请人来修，先是久久不到，后来一下子来了好多人，足够修复一所炸毁了的电站。修理工听说是来戒毒医院干活，谁都害怕，最后决定抓阄，几乎所有的纸团都写上"有"，韩信点兵，多多益善。

她一天泡在医院，潘岗颇为不满，说，你若是这样老不回家，有一天我变了心，你可不要后悔。简方宁说，咱们老夫老妻的了，霜重叶更浓。我还不知道你? 你办事，我放心。

潘岗急了，说，我不是开玩笑。

简方宁说，我也不是开玩笑。你对我这样好，我真是不知怎样谢谢你。

潘岗说，男人都是有了二心，才对老婆格外好。

简方宁说，这么说，你对我已有多年外心? 如果这就是外心，你有好了。我不反对。

保姆范青稞进来，打断了他们的话。

简方宁在家里经常想到医院，在医院里，又经常有自家厨房的感觉。古典的女人只有在厨房里，感觉最自信。锅碗瓢勺是她的兵，火是她的大将军，盐是谋士，辣椒是先锋，五味调和面是长短武器，朴素的米面就是小卒子了，没有它们绝对不行，光是它们就更不行了……厨房是女人神圣不可侵犯的领地，女人在那里有着至高无上的权威。

简方宁很爱做饭，把一堆乱七八糟的米面和菜叶，变成一顿色香味俱全的美餐，其快乐可以和救活一个病人相比。可惜的是能一展手艺的时间太少。

早晨，医生护士开班前会。夜班值班人员，报告了昨晚病人的种种变化，以便各位主管医生掌握自己病人情况。大家静静听着，紧张地记忆着与己有关的讯息，为即将开始的一天，做好准备。

13病室的几位病人情况比较反常。医生汇报说。

详细讲。简方宁对13病室格外关注。

几位病人服同一中药，临床表现相差很大。病人范青稞一切正常，好像进入完全恢复期。病人支远有轻度的腹泻和烦躁，符合中药戒毒的规律。但是病人庄羽的情况很费解，亢奋多语激动不安，一般的镇静剂无法使之入睡。因为不知道中药的具体成分，难以判定是药物反应还是其他问题……夜班医生简明扼要地报告着。

蔡医生撩了一把低垂下的头发说，支远和范青稞是正常反应。庄羽反常，中药里没有导致这些表现的成分。

夜班医生眼圈青青的脸上毫无表情，她只负责报告，不负责解答。剩下的事情，是赶快扒了工作服，挤两个小时公共汽车，回家睡个好觉。当然路上要顺便买点便宜菜，这样下午起床，才能给全家人做出物美价廉的饭。

众人散去，医生先从病历上迅速察看病人的脉搏体温，急急浏览刚报回来的化验单，然后各自去查房，回来后开出一系列长期短期的医嘱，以便护士及早开始新的治疗。这有点像排队抢购紧俏物资，去得早占便宜。若是医嘱开得晚，护士就先为别人忙活去了，你的病人也许到了吃午饭的时候，还没完成上午的治疗呢！护士还在你背后指指点点，说你这个医生太肉，手脚不利索，瞧不起你。

按照疗程，13病室的中药戒毒，今天要更换新的方剂。蔡冠雄对简方宁说。

药送来了吗？简方宁问。

秦炳送药很及时，都在冰箱里保存着。临床试用同动物实验的结果也很吻合。只是庄羽的反常难以解释。蔡冠雄抱着厚厚的病历夹说。

简方宁道，要查清楚，关系重大。是庄羽的个体反应，还是药物本身的副作用？马虎不得。

是。蔡医生答。

这次变化了的方剂，秦炳曾再三交待，病人一定要根绝了毒品，方可使用。如果体内有新吸入的毒品,会引起生命危险。简方宁再三叮嘱。

这一点,倒不必过虑。蔡医生很有把握地回答,入院检查这样严格,像三八线,毒品进不来。再说我前天才给庄羽做完尿毒检,化验报告刚送回来,阴性。有这样权威的鉴定,还怕什么呢?

简方宁说,今天报回来的化验单,只反映前天以前的情况。要是病人昨天用了毒,你如何知道?

蔡医生鼓着嘴,不说话。院长的话,虽然逻辑上无可辩驳,但也太吹毛求疵了。哪里就那么巧?病人拿自己的生命闹着玩?

简方宁知道蔡医生不服,刚毕业的博士,多有傲视天下群雄的气概。他们认为世间所有知识的精华,都印在书上或输入电脑。但生活总是比铅字和程序更新得更快。她不忙着说服他,淡淡地说,咱们一块到13病室去一趟吧。

两人相伴而行。

范青稞不知到哪里去了,席子又去洗衣物。屋内只剩庄羽支远。简方宁一眼看到,床头柜上插在瓶里的红色玫瑰花少了许多,远较送来时单薄。花瓣也是一副遭受荼毒的模样,失去了生机与鲜艳,瘟鸡似的耷拉着脑袋。花茎若不是被人用绳紧紧地捆成一把,团结就是力量,早就弓进水里了。

她很想问问钻石玫瑰的事,但她克制住自己。严肃的院长查房,绝不能从这么温馨的话开头。

怎么样?

没有任何开场白和问候,也没有通常的称呼和微笑。简方宁院长双肘抱肩,身材笔直,头略后仰,突兀开了口。俯视众生的漠然和深潜在下面的关怀蕴涵其中。

庄羽恨死这种口吻了。普天下的医生,都爱以悲天悯人的口吻,开始他们同病人的谈话,表明居高临下的优越。庄羽是一个骄傲美丽的女子,虽然因为吸毒,美丽大打了折扣,但骄傲有增无减。她喜欢与众不同,吸毒就是一种深刻的与众不同。

无力反抗。她是院长,你是病人,就规定了永远的不平等。要是有一天,把院长也变成病人就好了。这样一想,庄羽心平气和了些。

她说，挺好的。

支远也回答，不错。中药很平稳。除了有点拉肚子，没大的不舒服。

简方宁点点头，成竹在胸的样子。

这种样子也令庄羽气郁难平。无论你说什么，病情是好还是坏，瞬息万变还是一成不变，院长总是优雅地点点头，一切都在她的意料之中。你痛苦的身体力行，只不过是在验算她已知的答案。

今天我们要开始改用新方剂，效果更好。但有一点，必须在完全排除毒品以后，才可使用。否则，危及生命。开始治疗以前，我想再确认一下，你们是否已彻底停用毒品？简方宁字字千钧。

那……支远脸色刷白，说……当然是没有……可是……舌头像打了个解不开的水手结。

可是什么呀，在戒毒医院里，到哪儿去找毒品？进来的时候，让你们像澡堂一样扒了个光，就是孙悟空，也别想带个猴毛儿进来。这么问，是不相信我们啊，还是不相信你们自己？庄羽见支远要露馅，赶紧滴水不漏地接过来。

简方宁微微一笑，说，不是信不信，是对生命负责。出了问题，我们是用墨水写检讨，病人是用鲜血写死亡报告书。好吧，既然肯定没用，就开始下一步治疗。

整个过程蔡医生一言不发，直到跟随院长走出病房。

我的天，庄羽，你这不是自搓麻绳自上吊吗？药如水火，最是无情。吸了粉的人，不可用药。你不说实话，到时候会要了你的命的！我这就跟她说去，要罚要撵，随他们去，不敢和阎王对着干。支远用手指肚，刮着流到耳朵眼的冷汗说。

还老爷们呢，禁不住吓唬！她的话，就是真的了？敲山震虎，我懂！招了吸粉，就罚款，他们创收的手段，拿了钱分奖金。一脚把咱踢出门，后面怎么治也不管了，便宜了他们！庄羽自以为洞察秋毫，说得活龙活现。

支远焦虑地说，他们怎么想的，咱就甭管了。我怕的是万一呢？要是真像她说的那样，你的小命不就完了？

庄羽轻松一笑地说，我完了，不正合了你的意？好停尸再娶啊，你不白拣了一洋捞儿？支远猛地甩开她，咬牙切齿地说，少来这疯疯癫癫的一套！你要不说，我去！你不要命，我还要命，你要真死了，我落个知情不报，一辈子怕撞上你这个冤死鬼！说着，就要往外走。

庄羽这才收敛一些，说你急什么？瞧那院长，一进门就盯着玫瑰花死看，定是觉出了破绽。她用话敲打，意思明摆着。我们不说，谁也没法。粉我吸完了，纸顺下水道跑了，她没证据，什么也定不了。用药吓唬人，以为一扣上科学的帽子，别人就得趴下，太小看人了。就算新中药真和海洛因相克，我不喝，不就什么事都没有了？活人还能叫尿憋死？我把中药连瓶扔了，死无对证！

庄羽得意扬扬。

支远想想也有道理，稍定下心，说，我妻言之有理，临危不乱，是我急昏了头。

庄羽说，我是老客了，自然比你经验丰富。

支远说，是我沉不住气，惭愧惭愧，还望娘子原谅。

两人正说笑着，甲子立夏端着治疗盘进来，说，请回到自己的床上，要做治疗了。

庄羽说，给谁做？

甲子立夏说，都有。

支远坐在庄羽床上，说，打针？

甲子立夏开始取药，说，是。

支远说，先给我打，再给她打。

甲子立夏说，可以，但请你回到自己床上去。

支远说，我的床就在旁边，你又不是不知道。你打完了针，我就过去。

甲子立夏一丝不苟地说，医院的规矩，无论何种操作，都要求在病员自己的床上，以防发生错误。请你协助。

庄羽小声嘀咕，脑袋瓜真轴。

甲子立夏很利索地给支远肌肉注射完毕。支远一边放下袖子，一边问，这针是干什么的？怎么平常没在这种时候打过这种针？

庄羽说，你这个人，怎么这么不相信医生护士？打听得这般详细干什么？你没看小姐多忙？不烦你才怪！

她也极想知道这针药的功效，又怕护士不肯答，故先用话激人。

甲子立夏果然好声好气解释，说是院长刚下的临时医嘱，即刻执行。

好像是配合中药戒毒的一部分。

支远立刻满头冒汗，说，不是说一直用中药吗，怎么换了水针？

甲子立夏说，既然有人跟你说了，你问他就是。做护士的，只管执行医嘱。护士是跑腿的，腿能说出什么话来？

说着，就要给庄羽打针。

庄羽，这针你千万打不得。这不是中药，进了你的身体，抠也抠不出来。你打了针，就会有生命危险！支远敏感地大叫，恨不得用手打落护士手中的针头。

甲子立夏气得跺脚说，你这是怎么回事，干扰他人治疗啊？

庄羽神色不乱地说，支远，你是不是打了针，有什么不良的反应？

支远说，我挺好的。可现在情况和你刚才想的不一样，不是中药瓶子，你不能不喝，也不能扔了。你别打这针。真出了什么事，后悔就晚啦！

庄羽气恼地说，别一惊一乍，不会出什么事，我比你有经验。听我的，没错！说完，坦然地把宽大的病号服袖子撸上去，露出胳膊。

恰在这时，简方宁同蔡冠雄走了进来。

刚下的医嘱，执行完了？简方宁问。

甲子立夏回答，支远的已执行，庄羽的，马上做。

简方宁对庄羽道，这针是整个中药治疗的一部分。关于重要性危险性，我刚才说过了。现在是最后的机会，如果偷偷吸食了毒品，一定交代出来。否则后果自负。

支远几乎要喊起来，但庄羽狠狠的眼光像封条，粘得他的嘴唇作不得声。

没吸就是没吸！凭什么三番两次逼问，想屈打成招啊？庄羽傲慢地说着，缓缓地绷紧臂上的三角肌，动作颇有健美运动员亮相时的风采，看来以往训练有素。但她很快就放弃了这种努力，因为无论怎样使劲，上臂都无法隆起任何一块肌肉，晃动着的只是松散筋皮。

护士，你打针啊。我没偷吸，我什么都不怕。庄羽睨视着众人说。

甲子立夏把针头揿入，推药。

蔡医生呆着无趣，说，院长，我还有几个病程要记录，是不是……

简方宁很果断地一挥手说，不能走，留下观察。你既然对药物疗效发生怀疑，又进行了对症处理，就要一追到底。你走了，就失去了临床医生最可贵的第一手经验。

蔡医生脸现着涩呆在一旁。屋内一时静寂无声。

支远努力捕捉身体深处任何微小的感受，借以推测庄羽的反应。还好，他一切如常，甚至比平时感觉还要好些。庄羽安然微笑着。她想，好你个面善心不善的女院长，在我面前玩小花招，给我随便打个什么针，不是太空水就是矿泉水，想把我的真话套出来，你太看轻老娘了。瞎了你的眼！

时间一分一秒地过去，仍是没有丝毫反常。

范青稞从外面急慌慌地撞进来，说道，简方……院长，我有急事……今天一早，一直在你办公室那儿等，不想你却在我病房……

简方宁用手轻轻向下一按，好像面前是一片起伏的柔软草坪，宁静地说，范青稞，等一会儿，我找你，好吗？

一句话让范青稞恢复了既定的角色意识。她看着屋内肃穆的气氛，不知发生了什么事，闭紧了嘴巴。

突然，庄羽感到一股毫无先兆的冰冷，从骨髓扩散，像西伯利亚的寒流，自天而降。米粒大的冷疹，从背后向前胸、两臂、腹部、双腿迅速蔓延，直到脖子的皮肤都紧张地收缩起来，每根寒毛凌空挖起，仿佛蒙了一层黑毡，整个人都变灰了。天啊，这是怎么回事？庄羽有些慌，一种发自内心的恐惧，传递四肢百骸。难道真是这药和白粉相克，今天要置我庄羽于死地吗？她求救地去看支远，不想支远根本就没有意识到危险已经降临，悠闲地看着自己的指甲，好像在琢磨是不是要剪一剪，很惬意的样子。

简方宁锐敏目光，早已洞察到最初的异象，平静地对蔡冠雄说，你注意到了没有，病人的皮肤有什么变化？

皮肤？无所事事的蔡冠雄这才开始低头观察检查，片刻后说，病人皮肤上布满了密集的粟粒疹，压之不退，色泽无变化，说明是汗毛孔四周的竖毛肌受到了强烈激惹。

简方宁点点头。到底是博士，一点就透，观察得很仔细。

蔡冠雄迟疑地问，是什么激发了这种异常反应？

简方宁莞尔一笑说，是毒品。这种反应名叫"吗啡鸡皮"，是使用过吗啡类毒品的确凿依据。

庄羽仍在顽抗，说，你说我用了，我没用就是没……话还没说完，她的瞳孔开始散大，涕泪横流，热天的狗一般剧烈地喘息，神志渐渐昏迷……

支远大惊，死死扣住简方宁腕子说，你们给她打的什么针，把她害成了这个样子！快救救她，你们为什么还站着不动？

简方宁轻轻地把支远的手拨开，说，我给她打的和你是一样的针。你有什么反应吗？

支远说，你胡说！我什么难受的感觉也没有。

蔡冠雄冷峻地说，这就是科学的力量。你没有偷吸毒，所以你就什么反应也没有。她吸了毒，所以才有这样猛烈的反应。刚才不是再三再四地向你们询问过了毒品的事情吗，你们欺骗医生，一口咬定绝未复吸。现在出了这种情况，应该受谴责受制裁的，不正是你们自己吗！

支远连连抽着自己的嘴巴说，我们不对！我们混蛋！我们该死！我急糊涂了，说了假话，院长大人你可千万别见怪，怎么罚，都行！只求快点救她！

蔡冠雄说，你安静点吧。医学不是儿戏，来不得半点虚假和欺骗。院长这正是在救你们。正是她有经验，在正式使用那种烈性中药之前，先用其他药物测试了你们体内是否有残存的吗啡，多加一道保险。要是依我的主意，按照化验单，早上了中药，现在就会危及生命。

支远也听不甚明白，只是大概知道情况很糟，但好像还不是最糟。忙说，求你们，好事做到底，快点让她醒来啊！

简方宁说，庄羽私用了毒品，不但破坏了院规，而且是非常危险的事情。现在用药试了出来，人受一点罪，但生命没有危险，几个小时以后，就会恢复正常。你放心好了。只是按照规定，她必须立即出院。

支远还想说什么，看到庄羽痛苦不堪抽搐一团的样子，只得以后再说。

简方宁对蔡冠雄说，蔡医生，记住，永远不要被病人的一面之词所蒙蔽。

蔡医生说，院长，我记住了。

第三十一节

护士长像王夫人查抄大观园,以迅雷不及掩耳之势,搜查了所有病房的犄角旮旯,将收缴来的 BP 机和毒品一律没收。但 1 号病室的三大伯那里,地面无纸屑,床垫子下无违禁品,清白如水。虽是一无所获,根据病员的举报,也确认他暗通信息,所以将他驱逐出医院。

三大伯临出院的时候,和大家一一友好告别。对范青稞一笑说,谢啦。您宽宏大量,手下留情。

大家问他为什么突然就走了,他说,想家了。

其他的诸项问题,也都按照规定进行了处理。

只是庄羽和支远的事情,有些难办。

让他们一走了之,自然是最简单的。但中药戒毒正当关键,现在停顿下来,无论对病人还是对医学事业,都是损失。

简方宁一下做不了主,请示景天星。

景天星听完了简方宁的汇报,下意识地用一块眼镜布,拭着镜片,许久没做声,然后说了一句,你看呢?

简方宁有些懊丧,心想我正是不知道怎么办,才来请教于你。要是我知道了,那教授就是我,而不是你了。她不是一个喜怒深藏于色的人,嘟着嘴说,怎么都行。我反正叫他们折腾烦了,由他们去好了。

景教授说,你等于把一个半成品扔了。那个送中药的人,还会无限量地向你提供实验药剂吗?

简方宁说,他指着用这个药方,买一座花园洋房呢,哪里会无条件地供应?

景教授说,要是把它一下子买下来呢?

简方宁说,我们院一年所有的科研经费都给他,也不够。

景教授说,你看,这样一比较,答案不就出来了吗?

简方宁一想,也是。景教授好像也没说什么高明的话,但问题豁然开朗。

景教授说，有许多事，当我们离得很远的时候，我们看到的是它光明的一面。当我们离得很近的时候，我们就过多地注意到它阴暗的一面。看人也一样。

其实，学问做到后来，相差只是一点点。但这一点点，就决定了最终的胜负。你既然做我的助手，我就有责任告诉你，你在我的身边，只会发现我绝没有外界传的那样神奇。

好多年以前，我在美国求学，也遇到过这种情况。几个月的时间里，我的导师没接见过我一回。每逢我找他，他就说，对不起，我完全想不出有什么可指示你的。我们过一段时间再谈，好吗？

他穿梭般地在世界上空飞来飞去，忙着讲演或是作报告。我开始怀疑他徒有虚名，其实是个草包。我开始不理他，凭自己的努力钻研业务。

有一天，他突然通知我，说要同我一谈。我问，在哪里？什么时间？

他说，在机场的候机室里，利用晚餐到登机前的一点时间。要我千万不得误时。

我准时到了，怕晚点，只在快餐店吃了一个热狗，就赶到机场候机厅。我到得太早了，根本就没看到导师的影子。我耐心地等下去，直到还有 10 分钟，导师乘坐的那次航班，就要停止验票时，导师满嘴是油地赶来了。

真对不起，今晚的烤火鸡真是太出色了，所以我来晚了，你知道我是一个馋嘴的老头。你是东方来的女士，想必能原谅我这样一个经常吃不上可口饭菜的单身汉……导师说。

我点点头。我除了点头什么也不敢说，因为只要一开口，我的愤怒一定比一个西方女子还要猛烈得多。

导师把一块餐巾布递给我说，我要同你说的话，都写在上面了。你一定觉得我还没有你以前上小学时的老师负责任，可以答疑解惑。是的，我要同你说的，是我也不知道的问题，你不要指望在我这儿，能得到答案。小学的老师是无所不能的，因为他们解答的是我们已知的问题。但科学前沿的研究者，什么也不知道。他们只有向前走，这就是一切。好了，姑娘，如果你不想让我再买一张飞机票的话，咱们只有告别了。

我看着白发苍苍的导师，消失在安全门里。从始至终，我没说一句话。

我展开那块雪白的餐巾，上面龙飞凤舞地写着一行字，如果英文也可以用龙和凤形容的话。那其实只是一个短句，它表示着一个研究方向和一种导师设想的方法……

那天，我在机场候机厅里，一直坐到夜幕降临。我知道导师把他一生研究的部分心血传授于我，给我指明了方向。

后来，我沿着导师的路径走下去，取得了很好的成果。也可以说，我一生学术上最坚实的成果，是奠定在那块雪白的餐巾布上。

景教授谈到这里，仿佛被往事击得受了重伤，很疲倦地阖上双眼。因为衰老，她的眼皮好像有四层褶皱。

简方宁不由得想，景教授和她的导师之间，是否有一段未果的异国恋情？

当景教授眼帘重新打开的时候，简方宁意识到自己大错特错。景天星的眼光绝非脉脉含情，而是犀利高傲的。

我今年到美国的一家 TC 去考察，拿回一些他们的资料。你可以看一看。这是一份英文的生活信条，你能给我翻译一下吗？景教授说着，把一沓印制得硬如钢板的纸，递过来。

简方宁心里苦笑了一下。景教授永远把她的英语视为眼中钉。好在经过这一阵锲而不舍的努力，她的水平有所提高。

她迅速浏览了一下，便放心了，并没有太深奥的医学术语，倒像一段祷告。

她开始念道：

　　日顶村生活信条：
　　我来到这里，是因为我最终无所……逃避自己。只有将自我，置于他人的目光与心灵的关照之下，我才能获得安全……假如惧怕为人所知，我便无法自知。更无法了解他人，只能孤立无助。
　　除了我们的共性，到哪里去寻找这样的明镜呢？在这里，我置身于集体之中，终会现出真正的自我。既非梦中的巨人，也不是充满恐惧的懦夫。我是集体的一员，和集体同呼吸共命运。只有这样，我才能扎根生长，无论是对自己还是对他人，我们不会再死气沉沉，而是生机勃发，天天向上……

简方宁念完了说，这有些像知识青年集体户的扎根誓言，当然带有更多的宗教气息。

景教授说，我不喜欢你们这一代人把什么都敢拿来调侃的毛病。最后一句你译得不准，什么天天向上，美国没有这个说法。直译成"不断前进"即可，不要卖弄你的小聪明……

简方宁一声不吭，她想，景教授要是像她的导师一样，把这么一堆资料交给自己以后，就一言不发，实在难办。

好在景教授还没有完全西化，又递过来一份资料，说了句"这是NA的宗旨"，然后示意继续口试。

有了刚才的基础垫底，简方宁这回镇定自如。扫了一眼，就琅琅译出：

NA，一个非赢利性质的组织。其成员均是深受毒品困扰的男女。我们的方法是定期聚会，互相帮助，保持操守，从而达到康复的目的。我们不关心成员滥用何种药物，也不关心每个人的过去。我们唯一所关心的是如何康复。我们的最终目的是戒除一切毒品。

协会成员只要具备下列一条要求，即可加入。那就是有戒除的愿望。

每个成员都要敞开心扉开展……谈心活动……

简方宁译到这里，偷着看了景教授一眼，怕她又说自己调侃。这次简方宁自觉已经很抑制习惯用语，比如她本想译成"开展批评与自我批评"，怕引起景教授的不悦，才临时改口。

还好。或许是年纪大了，景教授进入假寐之中，没有计较简方宁的用词。

简方宁接着译下去，觉得自己好像是遥远的一家什么机构的传声筒。

我们的核心是十二步戒毒法……

简方宁向后面一看，还有不少章节。她不知道景教授为什么要让她译个没完，又不敢不译，只得吞吞吐吐地念下去：

第一，我们承认，我们对吸毒已无计可施。我们的生活变得一塌糊涂。

第二，希望有一种强大的力量，可以将我们拯救出苦海，恢复往日我们平静的生活。

第三，我们把自己的意志与生活，交给这种强大的力量照管。

第四，不断地进行自我……（简方宁差一点就吐出"自我批评"这个字眼，因为它揳到这里，实在是天衣无缝。但一看景教授目光如炬地盯着自己，赶紧刹车）反省。

第五，向上帝，向我们自己，向其他人，承认我们的错误的实质。

第六，全身心做好准备，让上帝把我们人格中的弱点拿走。

第七，谦恭地祈求上帝，根除我们的缺点。

第八，列举曾经被我们伤害的人的名单，衷心道歉。

第九，假如可能的话，直接向受过伤害的人弥补过错。除非这样会再次伤害对方或有害于他人。

第十，不断地进行反省，发现过失立即承认。

第十一，不断地沉思与祈祷，增进心灵与上帝接近的机会。只有上帝愿意并且有能力帮助我们。

第十二，由于经历了上述十一个步骤，我们完成了心灵上的觉醒。我们要把这一信息传给其他的药物滥用者，并在自己的生活中以身作则……

简方宁好不容易译完了这段拗口的话。

景教授说，最后一句话，还是译成"身体力行"比较好。

简方宁答，是。

不管怎么说，你的进步还是相当大的。我很欣慰。景教授说。

景教授很少夸奖人，一旦夸奖了，反倒比批评人，还令人不知所措。

景教授不理会简方宁会有什么样的反应，只是按照自己的思绪说下去：

NA 是匿名戒毒会的缩写，是当今西方国家最具影响力的药物滥用者的自助组织。最初是在 1953 年自发创建的，但后来，随着吸毒人群的不断扩大，有识之士的不断觉醒，这个组织就越来越发展壮大了。到 1983 年，全世界就有 2500 个 NA 在活动。到 1993 年底，全世界已经有 54 个国家设有 NA 组织 22000 多个……

景教授谈得很投入，简方宁却没有相对应的热情。她打断景教授的话说，恕我不够礼貌，我不知道这种组织对现阶段的我们来说，有什么用处？

景教授把几本刊物递给她，说，这是他们内部发行的文献，很难得，你可一看。你不单是一个临床医生，而且是一个研究者。用一句你们爱说的话，就是不单要胸怀祖国，而且要放眼世界。世界已经走到这一步了，我们怎么办？

简方宁看了那些印刷精良的出版物一眼，发现它们的名字很有特色：

匿名戒毒会宝典

匿名戒毒会康复之路

信中的朋友

……

简方宁把它们很妥帖地收拾起来。心想，教授今天是决定把自家书橱里的资料，都移交给助手了。

你知道 TC 吗？景教授继续考问。

是 therapeutic community，就是"治疗集体"的缩写。简方宁答道。

我在国外，参观了一家 TC，它的名字直译过来就是"阳光村"，大概象征着村民们都自黑暗中返回光明之意。

那是一个半封闭的村落，专门收留已经脱瘾的前吸毒者。如果他们立刻返回社会，原有的生活气氛会立刻重新包围他们。他们既然在那种环境中，有了第一次沉沦，就难免不发生第二次第三次的堕落。而且他们沉湎于吸毒，已经忘记怎样做一个正常人。阳光村就是一个良好的过渡，让吸毒者恢复良知，丢掉撒谎、懒惰、毫无廉耻之心、无责任感、无道德感等种种恶习，培养起新的美德……

这当然是很艰巨的创造性工作……景教授沉吟着说。

有些像我们改造战犯。简方宁表示心领神会。

不……不完全一样。景教授接着说，所有进村的人，必须要有强烈的改过自新的要求。如果没有这个要求，就不必进来。进来了，也是没有好结果的。

每一个村民，都要提出书面申请，然后经过面试。那种面试是很严酷的，主持者对申请者，展开强烈的攻势。气氛虽比不上我们文革时的批斗，也有某些类似之处。

主持者事先要做大量的调查，把申请者的种种劣迹，掌握得一清二楚。

面试开始之前，有一个步骤很有意思。就是把申请者请到一间巨大而空无一物的屋子里，让他在那里等候面试。这段时间，不是一般等候的几分钟或是十几分钟，而是一个小时或是更长时间。没有任何人来同申请者说话，一个人在这种空旷陌生的环境里，很容易滋生出焦虑、紧张、孤独的情绪。到了他快被寂寞压倒的时候，面试开始了。

主持者在面试者毫无准备的情形下，把调查来的他的劣迹，像标枪似的，一柄柄稳、准、狠地掷出，每一枪都切中要害。通过种种无可辩驳的事实，说明面前的申请者，是一个满口谎言、诡计多端、居心险恶、无可救药的坏人。要想改变这种形象，必须痛改前非，与过去的"旧我"一刀两断，加入到集体中来。通过大家的力量，重新设计自己的生活蓝图，做一个"新我"。

申请者的假面被彻底地摧毁了。他们微薄的自尊被践踏成碎片，垃圾一样丢在地上。他们的谎言变成肮脏的水泡，在空气中消失得无影无踪。他们第一次知道自己是多么面目可憎，千夫所指。

他们被事实打倒了，有的泪流满面，有的瘫若稀泥。

当他们走出面试室的时候，都有一种奇异的轻松，好像把一种沉重的负担卸在身后了。

　　申请者称这一关为"断脐"，表示一种脱胎换骨的决裂。

　　新入村的人，要过上几个月与先前的社会关系统统切断的日子。这种类似"禁闭"的隔离，据说非常有好处。它使新村民有一个洗心革面的时间，从容地检讨自己的过去。

　　村民生活在集体之中。口号之一是"共享"——就是在集体面前公开暴露自己以往的罪恶，请大家批判。

　　经常开小组会，每次活动针对一个对象，由大家进行揭发检举批判，批评时一针见血，不得讲情面，说得越尖锐越好。但是允许被攻击的目标，进行反驳。现场的空气紧张，有时一触即发。但争辩的结果，往往是被攻击的目标垮下来，认识到自己的肮脏。

　　口号之二是"分享"。一般由 8 ~ 14 人组成一个感情分享小组，由辅导员领着，到广袤的大自然中去，登山野炊露营。这种活动需时较长，一般要单独行动数天。在纯自然的风光里，人也容易变得天真淳朴。辅导员引导大家畅谈自己以往经历，但这一回是只许谈论美好的情感和快乐的回忆，比如母爱和初恋，不能涉及丑恶。借以挖掘内心中善良的一面，对世界恢复信任和责任。每当一个人沉浸于幸福往事的时候，大家都与他分享，让快乐的情绪互相传染。村民们很喜欢分享活动，它使大家的心灵贴得紧密了，对前途有了希望。

　　口号之三是"等级"。

　　阳光村是一个等级森严的微型社会。

　　创建阳光村的村长认为，许多滥用药物者，虽然他们的生理上达到了成人的水准，但他们的胸腔里跳动的是一颗幼稚而不成熟的心，神智只是处于儿童期。所以他们在面对困境的时候，举止失当，老想退避到某种物质的保护之下。他们的思维模式和社会通行准则不相容，他们无法良好地适应社会，只求自我满足，丝毫不顾及他人。关键是迷失了自己的"等级"。

　　等级是社会一切规则的出发点和最后归宿。

　　阳光村里有一条漫长的等级台阶。刚入村的人，只能自最低一级爬起。每一级持续的长短，和向上一级攀升的速度，都是你自身的行为决定。

如果你遵守规章制度，就可以快速得到升迁，享受较多的自由和物质奖励，受到表扬，获取尊重。如果违反规定，就受到惩罚，接受批判，要写下书面检查，并公开检讨……

大约经过18个月严格的等级制度训练，村民们逐渐锻炼出了走向社会的能力。他们像长大的儿童一样，建立起了对社会的责任心。

等级制使大家明白了：

1. 你在社会中的地位，是由你自己的表现决定的。

2. 你在社会中，必须服从规则，服从权威。

3. 你要有耐心和控制力。要达到目标，必须经历过程，过程会需要你的努力和汗水，不要急于求成。

4. 责任感与自尊感是兄弟。没有责任感的人，必然没有尊严。

5. 认识自己的短处。它是一定存在的。

6. 你首先服从命令，你才能指导别人。不服从就意味着孤立无援。

7. 假面具只能欺骗一个人，那就是你自己。

8. 保持你的健康，因为它不仅属于你。

9. 学会诚恳地表达自己真实的意思，它将给你带来无穷的益处。

10. 你可以返回社会了。

从阳光村回到正常社会的人，会不会继续重蹈覆辙，又去吸毒？阳光村用了一个新的概念，叫做"操守"。就是说，如果村民能够坚持正常人的生活，不再堕入深渊，就称他保持了"操守"。

简方宁屏气凝神听了半天，说道，费了这么多工夫，应该有效啊。

景教授说，阳光村通过随访，证实总操守率为25%。其违法犯罪率，也都有所降低。

简方宁拍拍额头说，这也很不错了。终有四分之一的人，回归正常。

景教授说，我说完了。

简方宁说，谢谢您。让我大开眼界，好像自己也出了一趟国。

景教授说，别急。就快轮到你们这茬人了，在这之前，你要做的事，就是把自己的资料袋，装得再厚实一些。到了国际性的讲坛上，你不但要有令人耳目一新的论点，还必须要有铁的论据。

简方宁很郑重地回答，我记住了。

我看你不妨考虑一下中国的 TC 和 NA。当然以我们现在的国情，谈论它们还为时过早。但科学就是赶早的事业。如果你晚了，你就不再是科学家，而只是一个蹩脚的匠人。

景天星斩钉截铁地结束了她的话。

第三十二节

范青稞与端着治疗盘的甲子立夏狭路相逢，赶紧贴着走廊边给她让路。两人相会，病人让护士，天经地义的事。甲子立夏点头致谢，微笑说，还得麻烦你，帮我把这间病房的门开一下。范青稞自然是乖乖照办。甲子立夏一进门，立即收敛起笑容，嚷开了，跟你们说多少回了，白天门都得敞着，我端这么一大堆东西，哪能腾出手来？走廊里没抓没挠的，总不能把针管让我叼在嘴里，再来开门吧？

一个正用竹针织毛活的女人慌忙站起来说，小姐，是我不好。我看柏子睡着了，怕他着凉，就关上……

温嬷，就你事多。你也不看看暖气烧得有多热，快能孵出小鸡来了，你还怕他冷！甲子立夏一边说着，一边很熟练地给别的病人操作。

小姐，我们柏子已经用了好多药了，怎么不见起色啊？温嬷小心地看着甲子立夏的脸色，悄声问。

问孟医生。你们是她的。甲子立夏说完，又到别的病房忙去了。叫温嬷的女人，怔怔地看着窗外，好一阵无声无息，漆黑的眼珠里映出窗棂上的层层铁条和漫天的飞雪。许久，她猛地埋下头，两手穿梭般地织起毛线，好像那无穷的思绪，织成图案，就有了某种希望。毛线是正红色的，把她苍白的脸颊也映得有了生气。

织什么呀？范青稞搭话。女人手里的毛活是一个狭长的圆筒，说它是袖太肥，是裤腿又太瘦，捉摸不透。

女人这才发现范青稞，说，大姐，这是毛袜子。

范青稞说，红色的袜子，好看吗？像圣诞老爷爷穿的。

女人默不作声地打开盛换洗衣服的床头柜，范青稞捂住了嘴，里面充满毛茸茸鲜红颜色的毛袜子，好像蜷着一窝艳丽无比的红狐。

你……给哪儿来料加工？范青稞问。

不是来料，自己的料。加工？就算是吧……女人仍是十指不闲地操作，好像有一个看不见的工头，在严厉监督她的工程进度。

是啊？范青稞问。她在病房听故事的心气，已经没有刚来时高了。那会儿，不论是谁，只要愿意讲，她都半张着嘴，吃惊地听着。现在她的耳膜已经麻痹，谁要是自告奋勇地痛说苦难家史，她就退避三舍。但是碰上这种吞吞吐吐的家属，残存的好奇心又燃起一点明火。

毛袜子是织给佛的。温嫣的眼珠又在凝视窗外的飞雪了。

大姐，你不知道，我在菩萨面前许了愿，只要柏子能戒了大烟，我要在莲花座前献上一百双红袜子，每一针都是我亲手所织……回到从前，那时候多好啊……温嫣把半成品的毛袜子捧在眼前，泪水滴下，那坨毛线的颜色就渐渐变得深起来，好像密集的雪花降落在上面。

为什么一定是袜子？一定是红色？范青稞问。

因为……柏子……就是我男人，他第一次送我的礼物，就是一双红袜子……

温嫣泪眼凄迷地看着昏睡中的柏子，别的病人因为用了药，也睡得天昏地暗。一时间听得见雪花扑打在温热的玻璃窗上訇然融化的声响。

我男人以前可能干了，在窑上烧砖，是一把好手。那时候，我们刚好上不多久。爹妈不让我嫁他，说是凭了我的脸模子，嫁个城里人或是军官，都有指望。可我就是瞧上了他，家里逼我在他和父母中间选一个，正这时，一场大祸，窑塌了。他砸了手，刨出来一看，十指断了八根，两只手都成了血葫芦。去医院的拖拉机上，我捧着他胳膊哭，他说，你给我看看，还剩哪个指头是好的？我告诉他，只有右手大拇哥二拇指还在动弹。他仰天哈哈大笑说，有这俩好的，足够了！

我害怕说，柏子，你是不是急火攻心，迷糊了？你甭害怕，有我温嫣一口饭，就有你吃的，我去挣给你花。要是我在家，我就给你喂饭。要是我不在家，你只靠这两个手指，也能把饽饽塞进嘴里，饿不死你。他狠狠瞪了我一眼说，看你说的！我没疯！我这会儿比什么时候都明白。只要这两个手指头是好的，就够数钱的了。我捧着他的手，还是止不住地落泪。柏子突然说，你把手伸进我的胸口，使劲摸。

我哆嗦着说，摸到了。

柏子说，摸到啥？

我说，摸到你的心，比平常还有劲。

柏子说，谁让你摸心，我让你摸我的兜。

我从他贴身的衣兜里，摸出双白尼龙丝袜子，已经叫血染红了，只有袜腰贴商标的地方，还多少透几根白丝。

柏子说，原本要双手送你的，现在只能双指送你了。可惜脏了……

我说，柏子，这是天下最好的袜子。

我不顾家里的反对，和他结了婚，这样才能更好地照料他。柏子只剩了两个手指头，没法烧窑了，就改行挖药材。沙荒地上长着一种壮阳的药，以前也没听说怎样灵，这两年邪乎地红起来，价钱一个劲地往上蹿。那药长得很奇怪，有的是地底下一大嘟噜，地面上只有一根小茎，有的是地面上花红柳绿的，可挖了半天，下面只结了一个蛋蛋。外地来了好多人，可他们白费力气，挖着的很少。柏子有心，一听说谁挖出了药材，就跑去给人帮忙，一个子也不要。就这样，他练成了一双神眼。借了钱作本，雇了几个工人。他也不带家伙，揣着袖子在沙荒地上溜达，突然指着一个地方对小工说，给我挖。

小工啥也不问就下镐，一挖就刨出成堆的药材。大伙都说神了。有人说，这小子是不是他爹当年吃这药材，才养下的，所以离地三尺，他也能闻出这药的气味。不管怎么说，小工挣小头，柏子挣大头，我们家有了一点钱。柏子说，我得到外面看看世界去。柏子在外面转了一圈，回来后对我说，那些卖药的老客心真黑，把咱们的药倒出去，价钱就上了几番。药厂把咱们的药磨碎兑上水，装进小瓶里，配上个空心小管，一盒能卖几十块钱。

我说，你说这有啥用啊，柏子，咱也不能自家开一座厂子。

柏子说，你以为我不想开厂子？只是我现在没有那么大的力量，但我能让那些收药的老客，扒不成我们的皮。自己倒药，运到外面去卖。

柏子说到做到，风尘仆仆地收药，卖药，应酬也多起来。抽烟他以前就凶，加上喝酒，后来又学会了打麻将。我总劝他，柏子，见好就收，别和那些人混在一起。柏子老说我妇人见识，说不会这一套，哪里挣得了大钱？

可他带回家的钱，越来越少。我问他是不是在外和别的女人相好，他说什么毛病他都能得上，但这不会，因为他记得我的大恩大德。我说，那钱呢？不是我温嫣贪图钱，以后还得养孩子，总得攒下钱。问得急了，他终于对我说，我染上大烟了。

我摇晃着他说，柏子，我知道你这是逗我呢。我胆小，你别吓我。

他说，不是吓你，是真的。

他把实情告诉我。他在外头，刚开始自己揣摩，买卖做得还行。可柏子是个好强的人，他想做大事。他知道光凭自个儿悟不成，又拿出以前学挖药材的劲儿，偷着学开了本事。他投到最有名的一家老板手下，要求服侍老板。老板说，你五爪不全，我用起你来，心里不舒服。柏子说，那我就晚上陪着您，您喝酒打牌，我可一夜不睡。躲在阴影里，谁也看不见我。你用我，我随时到。还不要工钱，管口饭就行。大老板说，你的要求又不高，在哪儿都能找到饭吃，为什么非得给我干呢？柏子说，我一个废人，白天怕人耻笑。

老板就收下了他，要他晚上烧水，服侍大家玩牌。大家就称他"二指禅"。他用两个手指头，把大伙服侍得舒舒服服。他酒量好，老板喝不了的酒，他一仰脖就代干下去。要是白天有应酬，他也不得睡，人倦得不行。可他很高兴，跟在老板身边，知道的秘密就海了去，特别是老板喝醉以后，更是吐出不少真言。正当柏子学得差不多的时候，有一天，白天晚上都有客人，柏子半夜时打起了瞌睡。老板连喊了好几声"二指禅"，柏子才醒了。老板说，看你还是个年轻人，倒抵不过我这个半老头子。我们喉咙都着火了，你这沏水的总不来！柏子使劲打自己的脑袋，说再也不敢误老板喝水。可他的眼皮不争气，一会儿就找到一块儿了。

看你这样子，真丧气。喏，给你一支烟，抽了就不困了。老板扔给他烟。柏子还想客气，说我有烟。老板说，你的那个不行，抽我的。老板有个脾气，他不给你的，你要了，他就大发雷霆。他要给你的，你不要，他也对你恨之入骨。反正你不能忤了他的意，柏子就只好接了。那烟真的很管事，当夜，柏子再没发困。

第二天白天忙，晚上又是牌局。老板又给了柏子一支烟。柏子吸了，一夜到天明，两眼瞪得和老猫一样，没一点瞌睡。就这样，柏子白天干活，晚上服侍老板，一连半个月，跟成仙似的，不困也不乏。

后来有一天晚上，老板到外面去了，家里就没什么事。柏子想，这下可好了，今晚可以睡个好觉了。没想到，脑袋沾了枕头，说什么也睡不着。到了老板给他吸那支烟的钟点，全身更像着了火，恨不能钻进水缸冰个透。他爬起来，赶紧抽烟，一支又一支，眨眼一盒烟就抽空了，可浑身的难受劲一点也没过去。柏子是个明白人，他悟出来了：老板的烟和他的烟，不一样。他一定得找着老板，抽上那种烟，要不然，今天晚上就得憋死。他疯了一样地去找老板，他就是给老板下跪，也得把这支烟磕出来。老板不知道到哪里去了，遍寻无着。柏子把自己的胸口都抓破了，昏昏沉沉中，他还没全糊涂。他想，老板身上有这种烟，他屋子里一定还有这种烟，到他屋里去找。

柏子后来说，人到了那种时候，就是皇帝老子拦在面前也没有用，也得硬闯过去，挨杀挨剐是以后的事，当时就得找到那支烟。他砸了老板的窗户，蹦了进去。他一点也不背着人，因为顾不了那么多。别人都眼睁睁地看着他，知道他是老板的心腹，还以为是老板让他这么做的，没人敢拦。

柏子打窗户进了屋，就开始昏天黑地地一通乱翻。他终于在老板的大衣口袋里，找到了那种特殊的烟，赶快哆嗦着手指划了火柴，一口气就抽了半支。他马上就好了，用他自己的话说，好像是老天把附在他身上的魔鬼，一股烟地收了去，别提多舒服了。他本该马上走的，可他一点都不害怕，就坐在老板的皮转椅上，来回打圈，得意极了，好像自个儿变成了老板。

老板进来了。柏子大大咧咧地对老板说，嗯，我把你的烟抽了……不赖……老板二话没说，过来就抽了柏子一个大嘴巴，说你竟敢翻我的兜？！

柏子清醒了一点，说我除了烟，什么也没动。老板说，这么讲，你还打算动我别的东西？你别以为你在我的身边卧底，我不知道。我不过是逗你玩，看你一个四肢不囫囵的人，不忍心揭了你的底。现在你还想和我作对吗？我送你一件随身携带的宝贝，就是这口烟瘾，以后无论天南地北，它都会一步不离地跟着你，比狗，比女人，都忠实得多！不信，你等着看！滚吧，二指禅！

柏子真被害惨了，没有一天离得了那毒烟。他刚开始还想在城里戒了再回来，瞒过我，假装自己是个好人。当他吸完了烟的时候，就想下回一定不吸了。但几个钟头一过，想的就是到哪儿去搞下回吸的毒烟了。那瘾真的像魔鬼一样跟着他。他花光了所有挣下的钱，就开始偷。柏子是个聪明人，学什么都快，他故意把残手吊在胸前，一般的人就不防他，有人还给他点钱什么的。柏子说他不偷穷人，专偷富人，两个手指头比人家十个手指头还灵，练出了一手绝活。日子长了，身子骨越发不行了，他带着偷来的钱和一口毒瘾，回家来。

我对他说，柏子，你别抽了。让我们好好过日子。我想有个孩子。

柏子说，孩子有什么用？毒烟让我舒服，孩子行吗？

我说，柏子，你再这样下去，我就走了。

柏子啥都不怕，就怕听这话。他说，不吸了。再不吸了。我信了他。可吸毒人的话，你是万万信不得的。他们不会说真话了。打他们吸上毒的那一天，他们就必得骗人。家里的钱，又被柏子糟蹋得几乎没有了，兔子不吃窝边草，我说什么也不让他再偷。背着他，我留了最后一点钱，是留给孩子的。

我一直劝柏子戒毒，他就是不听。他变得越来越没有人性。除了有时候想起来跟我睡觉，再跟我没话。我说，那咱们就离婚吧。柏子恶狠狠地说，离了婚，我逛窑子还得花钱，哪如这样省下钱来，还能多吸一口烟！你要是愣要走，我用两根手指头，照样掐死你！他的话虽然说得很凶，但我看他的眼神全是可怜的哀求。他根本就掐不死我，别说是用两个手指，就是十个指头都在，也不行了。他已经抽得像皮影戏里的影子，一层空壳了。

我知道，我一走，他就得死。我下不了这个决心。

正是这个时候，我怀孕了。真是想不到的事，以前我们都好好的时候，想要个孩子，就是没有。现在这样家破人亡的边缘，这个孩子竟投生来了。

我趁柏子抽完毒烟精神好的时候，对他说，我有了。

他倒依然明白，不紧不慢地说，哦，有了。是谁的啊？

我一下子一只眼睛冒火，一只眼睛流泪，说柏子，你好没有良心！这是你的孩子！你的！

柏子说，我还能有孩子？

我说，柏子，千真万确的。这是你的孩子，你难道信不过我？

柏子一下醒过来，说，我信不过我自己，信不过天下所有的人，可是我信得过你！

我说，柏子，你戒了烟吧。你还行，我们再来过好日子。我们一定会有一个大胖小子的。

柏子说，你赶紧把他生下来。

我说，柏子，你现在这个样子，我敢要这个孩子吗？若也是生下来一个小烟鬼，不是给这个世界造孽！这个孩子是不能要了，我到医院去做了他。只要你今后好好做人，我们还愁没好孩子吗！

柏子哭起来，苦命的孩子！

我说，他是个孝顺的孩子，还没到这个世界上，就知道爱惜他的爹妈，用自己的命，给爹妈带了个话。要是你打今后戒了毒烟，做一个好人，我再也不用着这么大的急了。这个孩子，不就是我们最心疼最有用的孩子吗？我给这孩子立一块小石碑，就说他舍了自己的命，救了他的爹娘。

我说得一把鼻涕一把泪，柏子也动了真心。他说，温嫣，我对不起你，对不起这个孩子。我今后要重新做人了。

我到医院去做了手术，赶紧就领着他来戒毒医院。我把养孩子的钱，带来了，给他用。这是最后的钱了，要是这回还戒不了，不是他死就是我死，反正我是再也忍受不了了。

我的身子很弱，可我不敢再耽搁。吸毒的人，没有一点长性，他们说什么话，都是假的。别看当时痛哭流涕的，全是骗人。我用一个孩子的命，换来这么一个许诺，我不能让孩子白死了。我在菩萨面前许下宏愿，救救柏子，救救我，救救我们全家……我要给菩萨供上一百双红袜子……

我们住的时间不短了，袜子我也织了几十双了，可为什么老没效果呢？我这次铁了心，要在医院长住下去，好得利利索索的再出院。豁出去钱，谁撵也不走！

这时柏子伸了一个懒腰，喃喃地说，我要撒尿。神情像一个耍赖的孩子。

等着啊，我这就给你拿尿壶去。温嫣忙不迭地收了竹针，颠颠地往厕所跑。范青稞再呆下去，就不便了，也起身离开。

一会儿，又在水房遇到温嫣，大家好像是熟人了。

大姐，我看您这脸色挺好，自己肯定是不吸的。您也是陪家里人来的？男人吗？温嫣关切地问。

不，不是。范青稞回答。

那就是您儿子吸粉了，看不出您这样年轻，就有了那么大的孩子。温嫣习惯低着头说话，让你看不清她脸上的表情。口气很诚恳，绝无讥讽之意。

也不是。范青稞虽觉好笑，知道温嫣是好意，也就认真地回答。

那……温嫣想不出答案。

我原来多少用点大烟，为了治病，现在戒得差不多了。范青稞回答。

哟，能戒得这么好？大姐，求您了，有空再到我们那儿坐坐，让柏子看看你，他总是说没有一个人能戒得了。见了您，也许就有了指望。因为希冀，温嫣抬起头，眼睛闪闪发亮。

范青稞哭笑不得，说，人和人不一样，还得具体对待。但这儿是最好的戒毒医院，我敢打保票。

温嫣说，我来的时间是不短了，可谁也不认识。这出出进进的女人，都是些什么人？我有时碰上过，见她们都很年轻，长得也不丑，就是见人爱答不理的，也就不敢跟她们说话。

范青稞说，她们多是大款的傍家。吸毒的人，多半都有几个钱，没钱的人，耍不起这玩艺。有钱的男人跟前，常常围着女人。男人进来戒毒，需要有人照顾。有的女人走了，再也不回来。有的女人就跟到医院来了，端屎端尿，侍候得很周到。

温嫣说，大姐，不管怎么说，这些女人也还有点良心。一个男人到了这个份上，还有女人愿意服侍他，也是缘分了。我那死男人怎碰不上这样的女人？只要有一个肯陪他，不管是为了什么，我都磕头谢她。那样我就可以不到医院来了，真丢死人了。

范青稞说，你也别这么想。既来之，则安之。治好了病，你们就可以一道回家了。

温嫣说，等他治好了病，我就离开他。我现在所以不走，是知道只要我一走，这世界上就再没有一个人疼他。他是必死无疑了。说着，眼泪簌簌而下。

范青稞原来是一见别人流泪，自己也产生共鸣的人。经过这一阶段的锻炼，也练得心硬如铁。劝慰说，他吸毒的时候你都没有甩了他，好了以后，更要好好过日子才对啊。

　　温嫣说，大姐，您真的这样想？

　　范青稞说，真的。人都是希望一天比一天好起来，要不，人活着干什么？

第三十三节

护士长来上班，伤疤像一道永恒的笑纹，括弧在嘴边，牵扯着表情肌，令人觉得她总在无端发笑。

大家说，护士长，您这个酒窝是公费整容，所以上班时间，该增加使用频率。

护士长说，想得美！你们要学会看我的表情，以后，我要是大笑，就是大怒。

护士长进了13号病室，对范青稞说，叫你留尿复查，为什么不好好做？现在化验科报你的标本不合格！

范青稞说，不会啊？我很守规矩，从没搞错。

护士长愤愤道，这么说，反是我搞错？或是化验科搞错了？你不服，自己来看化验单！

范青稞只得跟在护士长后面走。走啊走，护士长越过了护士站，把范青稞领到了接诊室旁的小房子。这是护士短暂休息的小天地，墙上挂着换下来的家常衣服，窗台上摆着用了一半的洗发香波和充当水杯的果酱小瓶，有一种诱人的家庭感。

化验单如今改放这了？范青稞狐疑。

哎哟，我说你这个范青稞同志，怎么这么死心眼？我不用这个办法，能不显山不露水地把你从病房里调出来吗？你不是打算长期潜伏吗？护士长振振有词。

范青稞面对面地见到伤未痊愈的护士长，很有些羞愧。

她原来一直认为自己相当勇敢，真到面前血肉横飞的时候，简直吓呆了。作为简方宁的朋友，一个正常人，她应该英勇地制止病房里的恶斗，可她傻傻地缩在角落里，思维停顿，好像在看一场并不精彩的卡通片。自我谴责的同时，也自我开脱。她想，这是因为看武打凶杀的影视节目太多了，以为人生不过是戏，看到出血就以为是特技表演，只要与己无关，就张大了嘴看热闹。人的基本的同情心和勇气，都在虚构的故事里消解了。

范青稞喏喏道，护士长，那天我要是会美人拳就好了，帮您一把。

护士长说，别！那功劳就得咱俩摊了。光荣还是独享好。

范青稞只得回到化验单问题上，说谢谢护士长。您为了我，变得鬼鬼祟祟。

护士长说，我这一辈子，总是光明正大的，烦死了。干点阴谋诡计的事，很有趣。好不容易有了这么一个机会，我得谢谢你。

范青稞说，您叫我来，到底有什么事？

护士长说，一会儿要来一个病人，简院长原是准备亲自给你讲他的故事，不巧她有事，就把包袱甩给了我……

范青稞没精打采地说，护士长，您要是忙，就干别的事去吧。关于戒毒病人各式各样的故事，我都听烦了。故事不外乎上当受骗堕落那几种模式，没什么新鲜的。

护士长说，咦？不感兴趣了？我脸还囫囵的时候，看你到处竖起耳朵，像个包打听，这么快就洗手了？

范青稞说，事物总是发展的嘛，哪能一成不变。要说我的活思想，大体经历了这么几个回合。先是怕得要命，看他们一个个面色枯槁骨瘦如柴，心里就哆嗦。然后是好奇，我觉得他们是和我们不一样的人，虽说都是三根筋扛着一个头，血管里流的血不一样的。睡觉的时候，我使劲地洗洗眼睛，觉得眼珠太委屈，要把鬼魅形象洗出去。后来就开始可怜他们，不，是伤感人类的弱点，因为好奇和追求虚伪的幸福，要以生命作为代价。之后，飞快地进入了最后一个阶段，麻木不仁，置若罔闻，变成铁石心肠。不知还有没有悲惨的故事可以打动我，反正我是越来越冷酷了。说真的，以前几十年加起来，都没有这些日子看到的腌臜事多，听到的丑话多。不过有一点始终如一，就是满怀阶级感情地为你们做探子。

护士长大笑起来说，你才住了几天院，就这样叫苦连天？我们呢？院长呢？你不过权当一次旅游，途中睡了几天下等旅馆，我们可是日久天长的扎根派。

范青稞看护士长喜笑颜开，语气却是恶狠狠的。先一愣，才想起她说过笑就是怒的话。

范青稞说，不是我瓦解革命队伍，要是能走，还是调走吧。

护士长说，我不能走。留在这里，也不是有多高尚，主要是看在那些病人父母面子上。他们一哭，我的心就软了。心想，一个人活着，能被别人这样感激着，期望着，也不冤了。等一会儿，那个病人就是他老爹陪着来的，你可以感受一下。

范青稞说，护士长，我在您这儿锻炼出来了，变成油盐不进的花岗岩，只怕什么也感受不进去。

护士长说，真能做到那一步，也是福气。最怕的就是我这种人，没什么本事，自己还水深火热呢，却一天想着救别人。那人快来了，我先给你讲他的故事吧，这是院长的医嘱，我要立即执行。要是晚了，被院长发现，要扣奖金的。

有一次，简方宁到另一所医院开学术会议。出门的时候，看到一个老头，挥着从医院锅炉房抓来的一把方头铁锹，在院子里殴打一个年轻人。老头实在是太老了，摇摇晃晃像是从古墓里爬出来。大铁锹哪里挥得动，被他拄在手里，成了临时拐棍。

那个年轻人也不避让，乖乖地等着挨打。老爷子喘了半天气，终于积攒出打人的力气，举着铁锹头就要往下砸，一边说，我叫你不抽血，原来是为了这！我打死你个不孝子，我也不活了！老天，你为什么对我这么狠？中年丧妻，老年丧子，你都不放过我……啊……

老人的泪把胡子黏成一缕一缕，就在铁锹要砸下的瞬间，又扑上来一个脸白得像豆腐渣的中年女人，喊着，爹，你饶了他吧！不能我走了，再让他也走了，咱们这个家就完了……

旁边围观的人，一时也弄不清他们的身份，不知如何相劝，煤粉四扬，怕迷了眼睛，就不远不近地看热闹。只有简方宁鹰隼一般的眼睛，看出那个年轻男人的底细。

她走过去，对老人说，您老安静些。到医院来，为的看病救命。在这里出了事，对医院对病人都不好。

老人大叫着，我管我的儿子，与别人何干？我给过他命，我也就能要了他的命！

简方宁不慌不忙地说，我看你的儿子不会服你管。要不，他怎会变成这样？

老人一下子好像五雷轰顶，说，天！你真是女神仙！我们一家人跟他住在一起，天天跟他一个锅里吃饭，愣没一个人看出来。你一眼就看出来了，你一定能治好他。求您了，菩萨。你不是救他一个，是救我一家……老汉说着，就扑通一下给简方宁跪下了。

光天化日之下，一个白发白髯老翁下跪，要是别人，早就慌了，但简方宁经历了数不清的下跪事件，颇有经验。她稍一迈步，走到侧面，这样既可以很方便地同老人说话，又与这个空穴来风的磕头脱了干系。

简方宁说，要我救他，必得他有决心。您先起来，我们慢慢说。

没想到老人听她这样一说，立刻大声招呼，业兴、幔子，都来给我跪下，有人能救咱一家人哩！

年轻男人和惨白脸的女人，马上围了过来，恭恭顺顺地从两个方向包抄过来，扑通一声，也跪下了。简方宁虽然经常被人五体投地地感谢，但像今日这样形成包围态势的情况也不多见。她想远远跳开，又怕伤了老人家的心，只好退在无人下跪的那个角落，一个劲地说，快起来快起来。有什么问题我们站起来说。这样跪下去，什么事也干不了。可老人就是固执地不肯起来。好像只要长跪不起，他一家人的生命，就有了希望。

那个小名叫幔子的中年妇女，因为严重的贫血，跪在地上，反而比站着感觉好受些，她颤巍巍地招呼道，你这个死鬼，爸和兄弟都跪下了，还不都是为了我？你也快给我跪下啊！从旁边的人丛中，扭扭怩怩闪出个男人，是幔子的丈夫。他是干部，刚开始有些不好意思，可一旦走到下跪的老丈人、小舅子和老婆身边，觉得刚才一直没跪，是不负责任的表现，将功折罪便跪得格外孔猛有力，双膝震得水泥地面嘭嘭作响，好像碾过一辆拖拉机。他跪得很是地方，拾遗补缺，四人像围棋子一样，将简方宁团团围在中央，再也退不出半步。简方宁虽说见多识广，也未曾遇到过这等阵势。她真的被深深地感动了，双膝一软，但她没有跪下，而是蹲下了。她不能继续站着同他们讲话，那是一种对人的不敬重。此刻，如果有人空中鸟瞰，一定是很奇特的景象。五个人头像梅花一样聚在一起，商量生死攸关的问题。

简方宁说，你们把病史同我说清楚，这样跪下去，除了得关节炎，没用。

老汉率着儿子女儿女婿站起来，每人的裤子上，都沾满了圆圆的两坨土。但他们的心情好多了，在完成了中国传统上最尊贵的礼节以后，他们就把一副沉重的担子，转交给了那个接受礼节的人，心中充满期盼。

叙述病情。主讲人应是老汉，可他一想起大半辈子的凄凉，老泪纵横，上句不接下句，病史被泪水冲刷得支离破碎。好不容易在大家的补充完善下，简方宁搞清楚了来龙去脉。

老汉年轻时娶了媳妇没几年，女人就病死了，留下一双小儿女，老人又当爹又当娘地拉扯着幔子业兴姐弟，苦熬岁月。有人劝老汉再找个女人，说是老汉的收入虽然少，但好歹还有一个城市户口，找个乡下大姑娘不成问题。老汉毫不犹豫地拒绝了。他记得戏文中的后娘没有一个好的，他不能让自己的孩子再受委屈。一定要有人吃苦，这个苦就让我自己吃吧。老汉对媒人说。

日子一天天过去，孩子渐渐长大。幔子成了家，业兴也有了工作。老汉想，自己再苦几年，业兴娶上媳妇，黄土之下见了孩子们的娘，也有得汇报了。没想到幔子的脸色越来越不好。每回问她怎么了，她都说是累的，再不就是缺觉，歇歇就好了。她是累，家里就她一个女人，老父、弟弟的生活都得她帮着拾掇，难得有喘气的时候。一天，幔子突然晕倒在大街上，被送到医院急诊室，人家说，病人都贫血成了这个样子，你们早干什么去了？大家方知道幔子重病在身。

更吓人的事，还在后面。经过一系列的化验，证实幔子得的是白血病。一家人顾不得悲伤，先忙着抢救、输血、化疗……直到幔子又恢复了精神，可以扶着人，走到外面小花园里呼吸新鲜空气了。一家人当着医生的面，说了很多感谢的话。医生绷着脸，也不推辞，也不客气，好像理所应当。等幔子睡着了，医生对大家说，你们那些话，说得太早了。她现在的病情只能说是"缓解"，不是治愈。缓解你们懂吗？就是病魔暂且放了你们一马，重的在后头呢。咱们就是这个条件，快趁着病人现在还能躺能坐的，到大地方医院去，做骨髓移植，方是从根本上救命。一家人看着幔子还挺好，想医生也许是吓唬人，先等等看吧。缓解期一过，第二回发病开始，要不是紧着输血，人就没命了。大家凑了钱，到大医院看病。也说只有做骨髓移植，才能挽救幔子的生命，要不然，也就是一年半载的时间。

但骨髓移植必得有人捐献骨髓，这人不单身体健康，血型骨髓型还都要相符。就像一把钥匙开一把锁，要是不对型号，输进去的骨髓也活不了。

可是到哪里去找和幔子骨髓一样的人呢？医生说，幔子的骨髓，要是在普通人里寻，10万个人里也不准有一个，概率太低了。要是在亲兄弟姐妹，或者是父母有血缘关系的人当中寻找，相符的可能性就很大。老父亲当下就伸出胳膊，说抽我的血吧。先查查我和我闺女是不是相符。要是能输，就是把我的骨髓都抽干了，我也心甘情愿！医生把他拦了回去，说您不行。老父亲说，我行。别看我老了，我啥也不怕。我这个闺女跟我最亲，她的骨髓和我一定一样。医生不耐烦地说，您别添乱了。就是一样，也不能输。您多大？您女儿多大？您的骨髓已进入老年期，输到年轻人体内，没用。就像把一棵老树的枝子，嫁接到小树干上，活不了。病人还有没有年轻力壮的血亲？如果有，赶快来验，病人还有最后的希望。要是没有，你们就回去吧。保守治疗，哪里都一样，不必跑来跑去的。

老父亲对业兴说，爹原来是不想动用你的，你还年轻，还没娶亲。也不知抽了骨髓，对传宗接代有没有影响。要是爹的骨髓行，说什么也不会要你抽髓。可刚才医生的话，你都听到了。你们姐弟二人，再没一个兄弟姐妹了。你死去的妈和我，都是独苗，你们也没有堂表兄弟姐妹。救你姐的担子就落在你肩上了。快去查吧，要是合格了，你就给你姐献了骨髓，以后让她一家子养着你。要是不对型号，咱也没别的盼头了。认命吧。

没想到业兴听了他爹的话，一声不吭，谁也不知道他葫芦里卖的是什么药。姐夫说业兴，你是个什么意见，好歹说出来，我们也好决定下一步怎么办。业兴抱着头说，我不抽血，也不抽骨髓。为什么？大伙都惊呆了。业兴平日和姐姐最好，母亲去世得早，幔子像妈妈一样照顾着弟弟。没想到救命的时候，换来的却是冷冰冰的答复。什么都不为！不抽就是不抽！面对着大家的质问，业兴反倒凶狠起来，索性破罐破摔蛮横无理。老父气得脱下鞋底就打他。姐夫虽说救妻心切，想这献骨髓是自觉自愿的事，人家不愿意，也不能说是罪过。心里生他的气，还是挡着岳父的鞋底，对小舅子说，你还不快跑！业兴一动也不动，任凭他爹的鞋底啪啪打几下，流着泪说，我对不起你，对不起姐姐……老汉打了几鞋底，毕竟连日奔波，气力不支。再说看着孩子一脸可怜相，心想一个已经病得只剩一口气，再把这个打坏了，一家人就真的没有活路了。

他舔着嘴唇问，你知道错不？

业兴说，知道错。

老汉说，知道了就好。改了就好。去吧，去抽血吧。

业兴仍是那句老话，不抽血，不抽骨髓。

无论一家人怎么劝，铁匠铺卖豆腐，软硬兼施，业兴就是不松口。他也不跑，任打任骂。他也不回嘴，死不改口。一家人在城里待得无望，就收拾东西回了老家。刚回来，幔子的病，就又一回猛烈地复发了。医生千方百计地把命救了回来，告诫说，今后缓解的时间越来越短，复发的时间越来越长，病人的身体状况越来越差……拖得久了，轻微的感染和出血，都会要了性命。到了晚期，就是找到了可供移植的骨髓，因为病人情况危急，不可能承受大手术，也没用了……就是说，现在是最后的机会。医生说完，业兴突然说，我去抽骨髓。谁也不知道他为什么又想通了。也许是姐姐的两个孩子抱着他的腿，嚷着，舅舅舅舅，救救救救……

因为化验要两个人都取样本，幔子刚回来，禁不得折腾。在家养了一段时间，一家人第二回进了城。没用别人说，业兴很痛快地伸了胳膊。今天，是出化验单的日子，一家人早早地到了医院，好像盼着一道符。业兴第一个拿了单子，看了以后，什么也没说，呜呜哭起来说，我忍了那么长的时间，我以为没有了，可还是查出来了，我有罪啊……老汉听得莫名其妙，女婿在院子里搀着女儿，没进楼里来，儿子除了哭，什么也不说。他心急如焚，赶紧扯过化验单，让一个过路的医生看。

那人心不在焉地看了两眼，说您打哪儿找了这么一个捐献骨髓的人？血型和骨髓型倒是相符，可是他吸毒啊……老人傻了眼，揪着人家的袖子问，啥是吸毒？我家就有点耗子药，没别的啊？医生把自己的袖子拔出来，说，毒就是大烟，你问那个人去，他自然知道！老人明白了，他疯了一般地追着跑远了的儿子。路过锅炉房煤堆的时候，顺手抄了人家的方头铁锹，满院子跑……

这就是简方宁刚看到的一幕。

老汉一家人紧紧地包围着简方宁，生怕她跑了。外人看来，好像是简方宁欠了他们债务。简方宁安顿他们，病人首先好好休养生息。女婿女儿就先回老家了，老人陪着儿子进了戒毒医院。至于业兴是如何吸上毒，不过又是一个老得没牙的故事，无非是受诱惑，然后不能自拔。他第一回之所以不敢检验血，是因为抽得正凶，知道过不了这一关。后来自己强忍着痛苦，把毒量减小了很多，以为可以蒙混过去，没想到还是露了馅。说实话，后来他一想，还是查出来好。要是他把混有毒品的骨髓输给姐姐，就算救了她的命，把姐姐变成一个大烟鬼，不仍是毁了姐姐一家吗？！以姐姐的刚烈脾气，她是宁愿死，也不愿这样可怜而耻辱地活着啊……

业兴在医院里表现得很好，几乎是这所医院建院以来最好的病人。遇到戒毒反应十分难熬的时候，别的病人大吵大闹，他一直忍着，非常配合。平常一有空闲，就帮着护士干活，比如收拾病房或者给同室的病人端水倒药。这在普通医院很平常的事，在这儿就令护士长感激涕零。

我不是惜自己的力，看别人帮着干活就高兴，实在觉得遇上了知音。就像养了一群狼，有一天，一只狼突然像狗一样，舔舔你的手，就感动得不得了。贱骨头，没出息的人，有什么办法？护士长自嘲，脸上又出现叵测的笑容。

听了护士长这一番介绍，范青稞残余的好奇心又膨胀了。不由得问，这业兴是个什么样的人？

护士长说，他一会儿就来复查。要是这回没问题，开春就可以进行骨髓移植了。很复杂的过程，经过很多程序。先从骨髓捐献者身上，抽出 200 毫升血，储备起来。过两个星期，再从他身上抽出 400 毫升血，然后把上回储备下的本人的血，再输回去。再过两个星期，再从捐献者身上抽出 600 毫升血，再输回去以前积攒下的 400 毫升血。再……

范青稞说，哎哟，护士长，你可把我说糊涂了，满耳朵就是"再……再……"你说得眉清目秀一点！

护士长说，糊涂就对了。骨髓移植尖端着呢，是个人一听都明白，权威凭什么领国家级的津贴？简明扼要地说吧，就这样反复抽了输，输了抽，一直到最后一回可抽出数千毫升鲜血……

范青稞说，业兴任重而道远。

护士长说，他以前瘦得像只螳螂，戒了毒，他爹和他姐姐姐夫，还不得把他像神似的供着。他的骨架子不小，端起来正经是条汉子呢。今天他一定来，你一会儿就看到他了。

正说着，甲子立夏来喊护士长，说病房有事必得她亲自处理。

护士长说，我虽是天下最小的一个带"长"字官，真要离了我，地球就不转了。本想借执行院长的这个医嘱，在你这里偷得半日轻闲，不想就鬼叫魂似的，四处找我。好了，失陪了。

护士长刚走，滕医生就过来说业兴来了。范青稞急急走过去，赶在滕医生之前进了屋。偌大的接诊室，只有一个人，佝偻着身子，掩着棉袄，蹲在暖气边，瑟瑟抖着。范青稞走到他面前，看见一股清鼻涕毫无知觉地流到他的嘴边，还有继续向青筋暴露的脖子蔓延的趋势。他淡漠地看了一眼范青稞，瞳仁沉没，好像就要掉出深陷的眼眶。淡苹果绿色的脸庞，海蓝色的眼眶，这是典型的吸毒者的面貌，不用任何检验，范青稞耳濡目染，也具备了分辨病人的能力。这当然不是业兴了。

那么业兴在哪里？

范青稞趴在窗户上朝下张望，看到一个垂垂老矣的白发之人，扶着一棵枯树，摇摇晃晃地站着，眼巴巴地看着楼上。滕医生走到蓝眼那人跟前，说，业兴，你留个尿吧。

范青稞在这惊世骇俗的地方，近来已练出坚如磐石的风度。但面前萎靡的男人，就是迷途知返的业兴，还是让她震惊。

我不尿。没尿。业兴嗓音沙哑地说。他态度蛮横，但内心很虚弱。像那种被雷电击中了树心，只剩最外环一圈树皮的老树，看起来张牙舞爪，其实轻轻一推，就倒了。

你又吸毒了？滕医生的声音永远宁静到冷漠。

没……没有……绝没有……业兴撕扯着自己的胸膛，好像那里储藏着他的证言。

你到我们这里来，为了复查，如果不接受检查，当然可以。你就请回吧。滕医生说。

那……怎么行？我爹，我姐姐，还等着我……业兴站起身，拉着暖气管，生怕把他赶走。刚开始，居然迟钝得没发觉暖气管是烫的，直到烫了指甲，才嗷的一声松开。

喏，如果你还记得他们的话，这是开好的化验单，做完毒品检验，我们再来决定下一步怎么办。滕医生说。

嗨！查就查，有什么了不起的？我的一泡尿，也不是百年老窖 XO 马爹利什么的，这么希罕，就给你们接一盅好啦！业兴的神情变得飞快，一扫刚才的苦瓜相，嬉皮笑脸，拿了留标本的小瓶，出了接诊室。

滕医生待业兴出门，就给周五挂了个内线电话：有个病人到卫生间留毒检标本，你去一下，看他是否符合要求。

过了一会儿，周五像押犯人一样，督着业兴回来了。

滕医生，他在卫生间里，拧开水龙头，打算以水代尿，让我给逮住了。人给您，看怎么处理吧！周五兴冲冲地汇报。

业兴垂头丧气，愈发猥琐。

滕医生依旧没有丝毫感情地说，做一个毒检，要 100 块钱。你这是何苦？

业兴捂着头，声音有一种虚妄的浮肿，我又吸毒了。我跟我爹和我姐没法交代，我没脸见他们啊！我姐的病等不了，医生说最迟过不了这个春天，再晚了，就是有骨髓，也没用了。我不争气，我毁了我们全家！我不敢让他们知道，我想就把我这有毒的骨髓，输给我姐吧，也许她能戒了呢？她是个好人，不像我，是个无信义无情分的坏蛋……业兴把头在墙上撞得当当响，额头上沾满白灰，显得十分滑稽。

轻易不动感情的滕医生，也有些不忍，说，你现在这个样子，哪里经得住几百毫升的抽血？真是不要命了！

业兴说，我真是不想要我这条命了，要不您就把我在这屋里杀了，好吗？我实在没脸下去见我的老爹……

滕医生气极了，说你冷静一点！这会儿你比什么时候都明白，可吸毒的时候呢？你怎么就不想想你的老父亲？

业兴说，那时候我真的什么也顾不上想，我不是人！是畜生！是狗！是王八蛋！

他一边骂着自己，一边抽嘴巴。脸上被抽过的地方，并不发红，愈发显出污浊的僵白。

滕医生低下头。足足有五分钟，毫无反应。屋里静得只剩下业兴抽打自己的回音，在雪白的墙壁和屏风间回响。

滕医生抬起头，脸上依然铁板一块。他说，这样吧，我是今天的收诊医生。我再收你住院戒一回，看看你能不能痛改前非，看看你姐姐能不能等你那么长的时间。至于你怎么对你父亲说，我不知道，但你不能说谎。

业兴叩头如捣蒜。

滕医生也不避让，就迎着这些嘭嘭的声响，安然地坐在那里。说，起来吧，脑门破了，还得贴纱布。

业兴如遇大赦，匍匐着出了门。

滕医生说，我是明知不可为而为之。

范青稞倚着窗户向下望去，只见业兴眉飞色舞地跟他老爹说着什么，与几分钟前判若两人。范青稞说，您这样的人，应该长寿。

滕医生说，救得了，有这份功德，若是救不了，只是做了一番救的模样，又有何用？不过是游戏。

范青稞不再说什么了。各种迷误与过错、罪恶与忏悔像绳索一样，把病人和素不相识的医生、病人和他们朝夕相处的亲人，紧紧地拴在一处。戒毒医院，一个文明社会的大修站，一个常人难以理解的地方，一个纠缠在一起又被锤子砸扁了的死扣。头痛欲裂。真想脑袋朝下，让血快速流到苍白的大脑皮层里，才能想通这里的事。作为普通人，她实在承受不了这种压力了。

第三十四节

从滕医生那儿出来，范青稞不愿意回到 13 号，恨不能缩成一粒灰尘，躲在墙脚喘息。病房里没有个人空间。路过水房正好没人，她拧开龙头洗了一把脸。同自己家水管里一样清洁凛冽的自来水，使她头脑清醒了些。

一个面色凄凉的老女人，跌撞着进来呕吐，扶着隔断门，大颗的泪水比自来水还汹涌地滴着。范青稞这些天在病房游荡，虽不敢说认识了所有的病人，大半也混了个脸熟。这个女人，却是从未见过的。

水房墙壁很脏，不知多少病手摩挲过。这女人却全不忌讳，整个身体贴在上面，好像那是锅台。范青稞本想等这女人走了以后，自己依然可以独享水房的寂静清冷，没想到那女人缓缓地软软地散乱瘫下去，仿佛劣质蜡烛就要熄灭，化成丧失了形状的蜡油，跌向地面的污水。范青稞忙不迭地搀起她。你怎么了？范青稞关切地问，迅速判断出她的身份：是陪同的家属，而非吸毒的病人。她的脸色糙白如纸，却还干净，不是吸毒者那种污浊邪恶的白。

头晕恶心，吐了……就好了……女人捋了一把那焦枯花白的乱发。那丛乱发，因为冷汗的浸染，变得滋润了一些。

你是哪个病房的？我送你回去。范青稞好言好语安慰她。

我是 15 病房的，刚来的。大妹子，谢谢您了……女人感恩不尽。

你们是新补进来的病人。啊，咱们都归蔡医生管。范青稞说。

蔡医生……不认识……女人喃喃地说。

范青稞说，你们一进病房，来问长问短的那个年轻人就是蔡医生，咱们是病友。

女人说，想起来了，挺俊的小伙。说着又剧烈地咳起来。

范青稞半架半扶，想把女人送回病房。女人先是软软地倚在范青稞身上，一副听天由命的样子，好像范青稞到天涯海角她也跟着走。

不想一看到 15 病室的牌子，突然像见了鬼似的抖起来。我不进去……不去……她的颤抖渐渐猛烈，好像极端恐惧。还能到哪儿去呢？ 13 号病室里庄羽一家正等待处置，也不是说话的地方。范青稞想起了医院的活动室。对，就上那儿去。

正是治疗时间，活动室里空无一人。一些散乱的杂志和录像带，堆在书架上，好像荒凉的图书馆。冬日的阳光斜射进来，被窗框上钉着的铁栏杆，分割成迷惘的图案，很有韵味地铺在长椅上。跌落到地上的光芒，因为水泥地的苍黑，使金色的阳光也浑浊起来。

女人情绪渐渐平静，叹说，要是孟妈管就好了。

范青稞说，这个孟妈，就是嘴甜手脚快，你们刚来，就认识了。

女人说，怎么是刚来？我们都在她的诊所里，住了好些日子了。

诊所？好些日子？……范青稞这一惊非同小可，不由得对老女人格外和气起来。

孟妈那是个什么诊所啊？

范青稞用水杯给老女人倒了水，她很感激地喝了。

孟妈自己开的呀，楼里，像个住家。是她找着让我们住的，每天晚上给治病，白天就让雇的小护士看着我们。态度是没得说，可就是治了这么长时间，掌柜的不但没见好，反倒越来越重了。孟妈赶紧把我们收到医院里来。说是过了危险期，再到她的诊所去养。这个医院可不好住进来呢，送礼托门子都不成。幸亏了孟妈值班，愣把我们给收进来了。我们也不白使人，给了她这个数……老女人凑过来，做了一个手势。我是看你大妹子面善，这才把实底告诉你，可别再跟人说啊，孟妈叫千万别显出和她认识，说院长眼毒着呢，要是叫她发现了，今后就完了……

女人拉拉杂杂地说着，范青稞听着，头上的汗就冒出来了。

我们屋住的那两个人，一个是海关上的，说是专门管清查走私毒品的。别人都说要想有毒品，多么不容易，可他大把大把自眼前过。他先是偷偷往外倒卖，只要捣腾出药丸子那么大一坨，就顶得上干一年的活。后来他想，别看书上报上写得那么邪乎，这个玩艺必是不赖，要不那么多人，肯出大价钱来买？我何不自己也试试？来个老猫看鱼，自看自盗。开了头，就了不得。别的人虽然也想吸，毕竟来得不容易，还得花大价钱买，进展就慢。他可好，要多少有多少，一开戒，就没个限制。没多长时间，就吸得只比死人多口气了。这次来戒毒，是秘密的。说是一定别露出口风去，要不给单位丢脸。

还有一个说是什么医药公司的总经理，看着像个杀猪的，一点也不斯文。他也是近水楼台先得月，直接自库里提毒品出来吸，就像自家地里长的庄稼，要多少有多少，谁管得了？

听说他老婆跟他离了婚，兄弟姐妹都嫌他丢人。他来住院，找不到一个愿服侍他的人。他在本单位是个头头，这么一个病，也不是说死就死的癌症，要是治好了，回去还是头头。于是他们单位的人，就争着来服侍他。看来还是当个头好，哪怕就是得上这样病，也有人乐意服侍。

那个海关的人，是他舅舅陪他。一天问寒问暖的，照顾得挺周到。孟妈也看上他了，说这么会服侍病人的老头，还真难得。就问那个舅舅，愿不愿意到别的医院去服侍这样的病人？因为医院里除了得有医生护士，还得有服侍病人的人。这种人难找，一般的人，都不愿干，害怕。我一听就知道，孟妈其实就是给自己的医院找人。那个舅舅说，免了吧。你以为我愿意干？不过是看着外甥可怜，看着我的老姐姐可怜。别的人，我管得着吗？给我多少钱，我也不干。

······

范青稞听得心焦，看看没有更多的信息，打断她说，我送你回病房吧，陪着你老伴，好好照顾他。

范青稞这么一说，又像是接通了电源，老女人的身体里藏着电动按摩器，均匀地发动起来，颤动幅度不断加大。

你怎么了？范青稞骇然。

我不回去！！怕！！！女人大哭。

住了院，打了针，掌柜的变得朦哄哄的。"朦"是俺们家乡话，就是傻的意思。可他别的朦，男女那事上可不朦。我正给他抹身子上的汗，不想他的下边就硬起来了，拉着我，就要睡觉。我说，可不敢。这不是咱家炕头。这是医院。

掌柜的说，医院怎的？你在家是我老婆，走遍中国也是我老婆。和你睡觉，谁还拦着我！你要是不让我睡，我就回家抽大烟去！一屋子的人都听见这话，那几个大老爷们，就等着看笑话。我好言好语劝他，忍忍吧，大天白日的。他好像明白了一点，但马上又来了一句，那你用嘴给我嗑出来。一屋子的老爷们就不怀好意地笑。我若不答应，掌柜的就大嚷大闹。我想，再怎么委屈，我也得救他一命。我含着泪说，行，掌柜的，等天黑了，等夜里，我给你嗑……没想到他发了疯，说我等不得夜里了，你这就给我嗑，给我嗑！我的眼泪哗哗地淌下来，我说掌柜的，我是你老婆，可我也是人。当着这一屋子的人，你还把不把自己老婆当人？掌柜的一把揪住我的头发，就往他的腿里塞，一边说，我把你当人，你怕丢人，我给你蒙上被子，别人就看不见了……你开始啊，使劲啊……我的头捂在被子里，还是听得到满屋子的男人，像刀子一样的笑声。大妹子，你看到我的时候，我正在水池里吐那些脏东西……

范青稞恶心欲吐，她甩开抖动的女人，往卫生间跑。直到用冷水将头发淋得像落水鬼，才稍稍镇静下来。

路过 15 病室，她怒气冲冲地撞开房门。

这间屋子比较大，摆了六张床。屋子里有五个男人，都在抽烟，空中黄尘滚滚，好像刚往湿柴上泼了水，呛得进不去人。范青稞的眼睛不适应屋内昏暗的光线，屋里的人也看不清她，以为是老女人又回来了，一个男人对着墙脚浪笑着，说，大哥，你娘们还没享受够，再来一个给我们看看！被称为大哥的人，显然是女人的丈夫，放肆地袒露两条毛森森的腿，炫耀地笑着，谁让她是我老婆，让她干吗就得干吗！

另外几个男人已经看清了范青稞，但发泄使他们狂热地邪恶起来，大吼着再来一个！再来一个！齐齐用猥亵的目光看着范青稞。

范青稞勃然大怒，一连串从没说过的脏话堵在喉头，喷薄欲出，但她猛然把拳头填进了自己的嘴巴。

她看到老女人的掌柜那张凶狠丑陋的脸——他不是别人，正是张大光膀子！

范青稞旋风一般跑回活动室，老女人还在那里抚着胸口喘息。范青稞扯住她的脖领子，厉声喝问，你男人是张大光膀子？

是啊。老女人不知刚才的恩人怎么变得凶神恶煞，老老实实回答。范青稞从老女人惊慌的样子里，发觉自己失态，缓了一口气说，我见过张大光膀子的媳妇，可不是你！到底怎么回事，你跟我说实话。

老女人抽噎着说，那个挨千刀的女人！他们是一伙强盗，那女的也是个头领，他们在外头一块抢，回来一块睡。公安局到处在逮他们，那伙人看他成了这个样子，先想送他进戒毒医院躲躲，谁想这里不收。幸好碰上孟妈，拐了一个弯，总算进来了。他们又去抢了，要不是掌柜的知道一笔金子藏在哪儿，他们早就不管他了。现在这样好，张大光膀子又是我一个人的了，谁也夺不走了。我心甘情愿地服侍他……

张大光膀子的伤，是喝了你的火碱吗？范青稞的疑惑越来越多。

啥？！我的火碱？一定是那个小妖婆编的谎，那是他们黑吃黑，把硫酸灌到他喝的酒瓶子里了……

范青稞用最后的力气，撕了块报纸，夹着张大光膀子老婆喝过的水杯，丢到垃圾堆里。她的意志崩塌了。

在病房里度过的日日夜夜，亲眼见到人类的弱点与迷误，沈若鱼心灵苍老若千年老叟。神经像劣质粉丝在灵火上烘烤，有的地方膨胀如酥，有的地方破裂如冰，肿胀着，焦灼着，冒着青烟。

周围是人，和你一模一样的人，这没错。你不能否认他们是你同类，鼻子眼睛手足皮肤……惟妙惟肖，你不由得从他们要联想到自己。你和他们隔着比衣服要柔软但比钢铁要坚硬的外壳。你听得懂他们所有的话，但那些话连接到一起，就成了一种奇特的语言，永远搞不懂了。也许人类其实只需分成两种人，吸毒的和不吸毒的。

人类与生俱来的弱点啊，沈若鱼猛烈地敲击着自己的脑壳。这些日子自家脑沟回里面的F肽一定减少到了负数。毒品，这个人类的克星，千万不要碰上它。人的意志是纸糊的风筝，只要系上了毒品的黑丝线，必将迷失在风暴里。

耳朵里充满了污言秽语，你不由得燃起咒骂的欲望。刚开始是想骂那些骂人的人，但很快就变成纯粹的为骂而骂。这种粗俗的尖锐的凌辱文明的语句，有一种邪恶的生猛，它粗野放肆富有一种魔力，让人回到无拘无束的兽性。大量关乎生殖和性的丑话，使人有茅塞顿开之感。沈若鱼极力抗拒着，但悲哀地看到抵抗感像被醋熘的鱼，渐渐酥软成糊。

眼里看到的都是残缺的人。谎言飞舞，有一种潜移默化的力量。

你不由自主地把说谎当成家常便饭，说真话成了不好意思的幼稚行为。周围都是病态的人，理智孤立无援。罪恶占多数的地方，依偎它的就是黑白颠倒。

沈若鱼肺叶淤积了病室肮脏的空气，耳廓中储满了戒毒病人粗暴的咆哮，眼里充斥着灰暗的色调，嘴巴没有办法自由地倾吐心声。唯一能够畅所欲言的对象是简方宁，但也不能老去找她。一个普通病人哪能随随便便乱闯院长室！

特别是迄今为止，她没有看到一个戒毒有效的病人。沙上建塔，水底捞月，失望像灰布缠住了沈若鱼的心，她再也不想忍受下去了。没有人请她来，也没有人能让她继续待下去了。

走！

立刻就走！

第三十五节

很有韵律的敲门声。

请进。简方宁说。

庄羽应声推开门，却倚在门口，并不进去，整体打量了一下说，想不到院长的办公室这样简朴。

简方宁说，我是专给富人看病的穷人。富裕未必就是好事，穷未必就是坏事。请坐吧。她指指办公桌对面的椅子。

我不喜欢这样面对面地坐着，有一种审讯的味道。侧着坐，是否可以？庄羽傲慢地说。

可以。不在于我们是怎样坐着，而在于我们是怎样活着。对吧？简方宁微微一笑。

庄羽就毫不客气地把原本是面对面的椅子，摆成了90度角，好像她和院长促膝谈心的样子。

能进院长室同您谈话，在这所医院里，是病人的殊荣。想不到我在临出院的时候，能有这份待遇，很感谢。庄羽说。自从得知院长要找她谈话，她就非常紧张。紧张的结果就是格外色厉内荏，话锋甚是桀骜不驯。她把自己认为最坏的结局抢先说出来，表示一种来去自由满不在乎的豪迈气概。

谁通知你要出院的？我这个院长怎么不知道？简方宁安详地问，一句话就把庄羽按到了她应该待的位置。

是……是……庄羽接不上茬，这才感到病人和医生斗嘴，永远占不了上风，因为你是在客场迎战，未曾交手，就得甘拜下风。但她毕竟聪慧过人，很快就反应过来说，这还用谁告诉我吗？你们的住院规则说得很清楚，私自吸毒者，按自动出院论。

简方宁说，谢谢你把我们的规则记得这样清楚，看来是明知故犯了？但规则上说的是"自动出院"，你并没有走啊。我也没有通知你出院，你现在还坐在这儿，是我的病人。

庄羽说，人都说院长厉害，果然是。我没有自动出院，院长你如何看这件事？

面对着庄羽反戈一击，简方宁平静地说，我觉得你还是珍惜自己的生命，内心还想戒毒。你只不过是熬不过一时的痛苦反应，所以才吸了毒。我们的病房管理也有漏洞，如果你无法得到毒品，就是想吸，也是无米之炊。你既已知道我们的规矩，事发之后并没有溜走，说明你还想继续治疗。

庄羽的心事一下被说穿，又是感动，又是无地自容，气焰不再嚣张，忍不住说，大姐，你怎么这么了解我？

简方宁正色道，我不是什么大姐，我是院长。

庄羽刚热了一下的心，又冷下来。说，是是。我哪配有您这样的大姐。

简方宁说，不是配不配的意思。我跟你谈的是工作。

庄羽沮丧地说，那您就开谈吧，我好好听着呢。

简方宁说，你和你丈夫，严重地违反了医院的规定，要受到处理。但考虑到你们进行的是中药戒毒的实验治疗，为了验证结果，如果你们愿意继续留治，在写出书面检查和接受罚款后，可以继续留院。你们的意见如何？

庄羽说，院长，您真的想听我的意见？

简方宁说，我想知道你的意见。

庄羽说，复吸把瘾勾上来了，立马要犯。要是您不想看到我跟死狗似的躺在这儿，人事不知，就先给我搞点粉吸。别的待会儿再说。

简方宁抄起桌上的内部电话，对护士吩咐。片刻之后，栗秋送来一杯蓝色糖浆。

你喝下去吧。简方宁温和地说。

这是什么？庄羽不摸头脑。

假如你留下来继续治疗，我就给你服这种药品。一种新的戒毒药物，药效强大，1毫克可以对抗两倍海洛因。简方宁解释。

天下有这么好的药？那为什么不早点给我吃？庄羽说着，饥不择食地把药液吞进口里，连杯口的蓝色水珠，也舔得一滴不剩。

如果你们夫妻……简方宁刚想说下去，庄羽向她很权威地摆摆手，好像她是这间房子的主人，然后微眯着眼，表示没有兴趣谈话。

简方宁明白吸毒病人反复无常，也就不再说什么。庄羽正在和体内的感觉争斗。过了好一会儿，她对简方宁说，你这个药不赖，可以对付得了海洛因。

简方宁说，别把一切想得那么简单。药物不是万能的，到了后期，要把药戒掉，会有一种煎熬感。

庄羽说，不就是拿我们两口子做实验品吗？他中药，我西药，一对苦命夫妻。院长，我很佩服你的为人，你的医术，还有，你的风度……

简方宁说，扯什么题外话！风度……这与我们何干？

庄羽说，关系大了。病人在医院里，见不到别人，只有医生护士围着转，于是就一天到晚地研究你们。如果病人不敬佩他的医生，会相信他开的药？医生的一切，都对病人举足轻重。看你院长当得这么辛苦，给你一句忠告，你的手下，小人多多，你可要当心。

这番话要是放在平时，庄羽不会说。此刻服了药，精神处于很欢快的状态，想好好表现一番，就畅快地涌出来。

简方宁淡然笑笑，谢谢你的忠告。我相信，每个人都有缺点。但你知道吗，世界上许多伟大的事业，就是由无数有缺点的人做成的。主要的问题已谈完，今天就到这里吧。我以前没发现你这样细致。

庄羽说，你没发现的还多着呢，你会逐步认识到，我是一个本质上并不坏的吸毒者。或者说，一个吸毒者并不像一般人想象的那样，一定丧失了智慧和道德感。

简方宁说，我不喜欢听你这样形容自己，一口一个"吸毒者"。那天我在文献上看到一个名词，称这种状况为"药物滥用者"，觉得很好。

庄羽无所谓地撇撇嘴，说，自以为清高的人，觉得自尊心多么宝贵，以为改变一个名称就会有效力。其实，我们已经习惯了。没有人真正知道我们的心，包括像你这样治疗我们的医生。

简方宁说，我真心希望像你这样的女孩子，能够一天天好起来。

庄羽说，别倚老卖老，别用女孩这个充满奶味的字眼恶心我。我最少和十个男人上过床，是你这样的妇女闻风丧胆的事。

简方宁冷笑道，你也太小看我了。一个最年轻的医生也比一个最老的病人懂得更多。我给艾滋病人做过检查，送过终。这所医院里有很多性病的病人。我只是不忍看着如花似玉的生命，被毒品吞噬。

庄羽说，别跟我提毒品的事，好像你因此就高我一头。

简方宁做出恍然大悟的样子说，原来你很不愿意让人提起毒品？

庄羽说，你以为我连这点基本觉悟都不具备？

简方宁诚挚地说，那就好。只要憎恶毒品，世界就有希望。

庄羽说，自以为高尚的人最易犯的错误，就是藐视他人。

简方宁说，你到底愿不愿意彻底脱离毒瘾的苦海？

庄羽说，你问得很对。我有的时候并不想戒毒，它已经成为我生活的一部分，像我的手足一样。我要把它彻底戒掉，就像王佐断臂似的，非得为了一个值得的目标。把它赶走，我会想念它。说真的，在我以前接触的那个圈子里，我看不出继续活下去有什么意思。醉生梦死，尔虞我诈，活 60 岁的人，不过比活 30 岁的人，储存多一倍的罪恶。

简方宁说，庄羽，你应该知道，天下还有无数不吸毒的人、好人在那里生活着。你到阴暗的地方，当然只能看见苔藓。你到了阳光下，就见到鲜花了。

庄羽敏感地说，你是自比香花，把我当做毒草了？

简方宁说，我不喜欢你这种一有风吹草动，就往自己身上联系的习惯，有点像文化大革命中的无限上纲。我发现在没有经历过文革的一代人当中，文革遗风甚至比亲身经历者还烈。

庄羽松快地微笑了，你说得对。经历了的，一朝被蛇咬，十年怕井绳，反倒疾恶如仇，永不再犯。没经过的人，以为与己无干，倒是轻车熟路。

简方宁笑道，你说得对。不过，我从来没有同我的病人，这样深入地谈论过戒毒以外的其他问题。

庄羽很在意地说，那我是一个例外了？

简方宁说，是的。想救你。

庄羽说，怎么又来了？救世主的口吻。

简方宁困惑地说，我不知道我们之间，还能有什么其他的关系？

庄羽挑战地盯着简方宁一字一顿地说，朋——友。

简方宁愣怔着，好像碰到疑难病例。要是在普通医院，医生当然是很乐意同病人做朋友的。在这所特殊的医院里，还真没有哪个吸毒病人斗胆提出和戒毒医生做朋友。

庄羽不待她思考出比较周到的答案,乜斜着眼说,怎么样?吓回去了吧?我们还不如一条动物实验的狗吗?

庄羽觉出自己的眼珠比平日要滑,她很生自己的气,自离家出走以后,她就和哭泣这种软弱的感觉,彻底告别了。当然她有时也流泪,那都是因为烟瘾犯了,一种不由自主的反应,和情感无关。她拼命斜着眼,靠眼球的转动,把多余出来的水分晾干。这一着很见效,细心的简方宁沉浸在自己的难题里,没有注意到病人的微细变化。

我愿意和你做朋友。简方宁很坚定地说。

你以为我会感激涕零?庄羽气恼刚才自己的婆婆妈妈,气恼简方宁回答问题时的延宕,格外凶恶地反问。

只是回答你的问题。简方宁心平气和。

她想起景天星教授给她的资料里提到,在所有的 TC 和 NA 里,工作人员、辅导员,都是由原来的药物依赖者担当,由他们现身说法。为什么我们不可以试一试呢?这个工作现在就应该做起来。庄羽也许可以算一个合适的人选。因为她是那样典型地不服管教和治疗,那样地聪慧和敏感。若能改恶从善,对其他的病人将是强大的推进。当然,一厢情愿没有用,对方必须有强烈的戒毒要求。内因是一切矛盾转变中最重要的条件。简方宁一下子不想很快结束谈话了。她循循诱导说,庄羽,你出院以后,打算怎样开始新的生活?

对话,是一种黑暗中的游戏。她们相互吸引,又相互排斥。每个人的世界对于对方都是陌生的,每个人都想了解对方,又处在不断的误解当中。她们不停地解释,说明,捍卫着自己,又企图更多地理解对方。俗话说,话不投机半句多,不对。话不投机的时候,促使人谈得更多,因为希望投机起来,说服对方的愿望,变成强大的述说行动。

我没有什么新生活。我只能回到我的老生活当中去。就像一条鱼,它暂时蹦到水面上,你以为它今后就会摇身变成青蛙?你们太天真了,当它一旦回到水里,它还是鱼。而且比以前还珍爱水,因为它已经知道只有水,才是它的家园。庄羽振振有词。

简方宁语重心长地说,这世界上,还有一种和你的生活不同的生活,你要最终走出魔鬼的宫殿,必须开始新的生活。

庄羽突然大喊起来说,我不用你像个圣母似的训我,我对自己的事,比你要清醒得多！我回去就是堕落，可我有什么办法？！我又不能永远地住在你的医院里！

简方宁紧接着她的话说，你可以永远地住在医院里。

庄羽先是吃了一惊，马上就看穿世事地笑了，说你这个院长倒是不傻啊，我明明已经脱了瘾，你还把我留在医院。我什么药也不用吃，住在这里给你创收啊？不过算下来我也不吃亏，住院费虽说不便宜，终是比每天买粉的钱要少。经济上还划算。可是我不会干，这里多么乏味，一天就是护士门帘一样丧气的脸，再就是想讨小费的医生……

简方宁警觉地问，谁想讨小费？

庄羽说，我这个人什么毛病都有，就是不出卖人。自己查去吧，反正我说的是真话。

简方宁心中记下这事，说，好，你接着说。

庄羽说，说完了。我不愿当你们的摇钱树。

简方宁说，假如不是你给我交钱，而是我给你发钱呢？

庄羽说，有这等好事？我不信。而且我这个人，偏偏又是最不在乎钱的。

简方宁说，我们不绕圈子了，简短些说。假如在你出院之后，我聘请你做我们医院的工作人员，就是周五那样的身份。我们恰好缺一位女性，进行入院检查和有关的工作。你以为如何？

庄羽脸上充满迷惘和惊奇，说，你就不怕我利用工作之便，给病人传递毒品？那可是太容易了！

简方宁说，我当然怕。但我想，你不会做这种伤天害理的事。你自己就吃了这种私人毒品的大亏，难道还去害人？

庄羽说，院长，我最初是怕你，然后是恨你，现在我开始崇敬你了。在你这里住院，我看见你是怎样工作的，真是感动。我非常愿意同你做朋友，虽然您答应了，可我知道这是不可能的。起码现在不可能。因为朋友必须是物以类聚，人以群分的，我们不是一样的人。院长，正因为我喜欢您，所以我劝您一句话，你熟知吸毒者的身体变化，可你不知道我们的心。

简方宁不知庄羽何以把话题扯得这么远，急欲拉回来，就说，谢谢你。但我只想知道你对我的建议的回答。

庄羽说，到我出院的时候，我会答复你。

简方宁说，当然要和你老公商量一下。

庄羽说，他做不了我的主。我自己好好想一想。

正说着，门被撞开。一个穿病号服的女人闯进来，说，方宁，我可受够了。我看了你引以为自豪的那个业兴，告诉你最新的动态吧，他的骨髓里浸满罂粟。还有张大光膀子……

简方宁说，范青稞，慢慢说。

庄羽是机警之人，一看这情形，赶紧退出了。

清冷宁静的院长室，似乎有一种安抚神经的效力，范青稞渐渐平静下来，但她仍旧捂着头，好像那里受了很深重的震荡。

方宁，我要出院。我再也受不了了，你这里是地狱，到处是人间的丑恶与凄凉，你和你的同事全力以赴做的工作，不过是杯水车薪，我没有看到过一个治好的病人，我精神高度紧张，好像充得太满的氢气球，又放在火上烤，随时都有可能爆炸。我宁可没有你这个朋友，永远不知道这一切，不知道人间这个肮脏和无奈的角落。那样，我的心比现在要干净平稳得多，我会对人充满了希望。在你这里，我看到了人太多先天的缺陷，看到了医学的欺骗和无能。看到了正义并不一定能战胜邪恶，看到了人类也许被自己的无穷的欲望扼杀……

沈若鱼一口气说下去，将自己住院以来积攒的忧郁和恐惧，倾泻而出。

过了一会儿她才发现，简方宁始终一言不发，默默地背对着她。

沈若鱼走到简方宁的面前。她看到两行透明的水，在简方宁憔悴的脸庞上蜿蜒。

方宁，你哭了？为什么？因为我的话吗？我不是故意想伤害你，真的是承受不了这里的煎熬。请你原谅。沈若鱼抱歉地说，用一块洁净的纱布，轻轻拭着简方宁的眼睛。

不，若鱼。你没有错。你说的都是实话，它们正是我心中想过无数次的，如果有一线可能，我也要逃离这里。但这是我的岗位，我必须在这里坚持下去。我这就给你开出院证，你马上走吧，我应该早想到这一点，再待下去，它会让一个正常人精神崩溃的。简方宁的泪水很快干燥了，又恢复了冷静。

方宁，对不起，我也许应该在这里更长久地陪着你。虽说帮不上多少忙，总多一个说话的伴啊。沈若鱼生出歉疚。

别这么婆婆妈妈。我已经惯了，心情磨出了茧子，一般的事伤害不了我。心理学讲，软弱会孵出三只鸟——沮丧、绝望和忧愁。我的心就是鸟窝，我不断地和它们作斗争，有时我觉得自己无坚不摧。简方宁把自己的手放在沈若鱼的手里，想传达给朋友信心和力量。

但是沈若鱼只感到她的手指很凉。

沈若鱼渐渐地平静下来，把这些天得到的所有情况，也不管有用没用，事无巨细地向简方宁报告，以此略微减轻自己要脱逃的内疚。

方宁，别理庄羽这个女人！她有一股邪恶的魅力，别想拯救她，她是毒蛇。你就是把自己撕碎了炼成金丹，也救不了她。吸毒的人神经和我们不一样，有的地方粗，有的地方细，会像蜘蛛丝缠住你，临死也要拉个垫背的。海洛因已经把他们变成魔鬼，看起来和我们长得一模一样，其实是另一种动物了。他们只有死，才是对社会最大的贡献。

若鱼，你说的我都懂。这里不是医院，是一座祭坛。也许我们的生命都奉献了，天上也不会降下甘霖。但科学就是这样，需要一代又一代人的献身。我小的时候，读过精卫填海，我想那是一只多么傻的鸟啊。世界上真有这么蠢的动物吗？现在我就成了这种鸟，可我必须填下去，这就是我的轨道。

两个好朋友静静地对坐着。

过了好一会儿，沈若鱼说，方宁，我这个戒毒医院住得冤枉。天天说白粉，却从来没见过。

没见过好。是你的福分。见过它的人，不是隐君子，就是大毒枭，再不就是戒毒医生。这三种人，都是倒霉鬼。简方宁这样说着，眼睛下意识地扫了一下保险柜。

沈若鱼马上捕捉到奥秘，怎么，还像宝贝似的锁得挺严实？

那当然。要是被病人偷了去，就是犯罪啊。

你连并肩战斗过多年的老战友也信不过？

简方宁说，你就那么好奇？

沈若鱼道，是啊。你刚才不是说了，除了那三种人，别人无缘一见。我是第四种人。

简方宁说，一见之下，必定失望。纯正的海洛因和碱面没有什么区别。她说着，蹲下身，在按钮上左旋右旋，鼓捣了一阵，沉重的墨绿色铁门跳开了。

沈若鱼叹道，森严壁垒啊。

简方宁说，这是什么地方？不得不防。说着，拎出几个灰头土脸的小纸包，好像街上卖油炸烤鸡时奉送的调料袋。

大名鼎鼎的海洛因就藏在如此破烂的纸里？沈若鱼惊诧不已。

你以为毒品有非常豪华的包装？善良幼稚的人们啊。简方宁打开了一个报纸卷起的小包，一些污黄的粉末懒散地呈现出来，很无辜地看着她俩。

沈若鱼小心翼翼地凑过去，好像它是一种小而凶狠的动物。白面白面，顾名思义，不应该是白的吗？怎么是黄的？

简方宁用食指和拇指轻轻捏起一点，用鼻子闻了闻说，这货成色不好，掺了甘草合剂片。

沈若鱼道，就是说，这药不但能解毒瘾，还兼治气管炎？

简方宁说，黑道上的人掺假，这种黄粉不知害了多少条人命呢。说着，她走到水龙头跟前，把手指上沾染的海洛因冲得干干净净。

沈若鱼说，你还不快把这些可怕的玩艺都送到下水道里？留着干什么？想用它种出罂粟花来？

简方宁说，我要是都扔了，像你这样要一睹毒品真颜的人，看什么？你怎么自己刚饱了眼福，就不管别人？

沈若鱼说，是我自私。检讨。

简方宁说，也不全是为了展览当样品。这些毒品都是从病人手里缴获的，你别看脏得大便纸似的，每一包少说也能卖一千块钱。

沈若鱼说，乖乖，真是人不可貌相，海水不可斗量。想不到比黄金还值钱。

简方宁道，这就是我保存它们的真实原因。吗啡类的止痛效果真是非常好，医院里有些晚期癌症病人，掏不起昂贵的医药费，我就偷着送给他们。不过，这个尺寸只有我能掌握，就是说，只有短期内必死的病人，我才敢送。这叫做化废为宝。

沈若鱼道，若是我，宁肯痛死，也不吃这种从吸毒者那里缴获的战利品。

简方宁说，别嘴硬。是你没到那个时候。

沈若鱼说，那我就安乐死。

两人本想从最初的悲伤跳出来，没想到转了一个圈，回到了更暗淡的题目，都觉得不吉利，又不知如何扭转话头，好一阵沉闷着。

闷闷地又坐了一会儿，简方宁说，你走吧，永远别再来。

沈若鱼说，原谅我。

简方宁说，该请求原谅的是我。让你目睹了这么多人间苦难。人多眼杂，办出院手续去吧。我就不送你了。她吃力地转过身，压抑着自己的感情。

两人依依不舍地分手。

沈若鱼找到血液治疗室，和护士长告别。护士长正在仪器群中忙碌地操作，吸毒病人的血被抽吸出来，接受光量子的照射，整个房间笼罩在紫色的血光之中。

按常规是不该打扰护士长的，但沈若鱼就要走了，不能不辞而别。

护士长，对不起。我要走了……范青稞喏喏，有一种临阵脱逃的怕死鬼的感觉。

干吗跟畏罪潜逃似的？出院是好事。护士长朗声说。

想到你们在这里受苦，心里不好受。范青稞说的是心里话。

这个世界上总得有人受苦。轮到我们头上了，没办法。护士长也有些黯然。不说这些了，以后多和我们院长聊聊，你们是好朋友，看得出。我们虽然也想帮她，但毕竟是上下级关系，有的话，她是永远不会和我们说的。你们原装的友谊，和我们这种组装的不一样。好了，再见吧。对了，医生护士和病人告别的时候，是不兴说再见的。祝你好运，范青稞！护士长很有力度地扬着她胖胖的手臂，好像警察在指挥车辆

第三十六节

范青稞走到街上，不，现在是沈若鱼了。

城市满含汽油味的空气，使她心旷神怡。不多的几件随身物品，按说不重，但住院这一段时间，完全没有室外活动，她感到体力的衰减。的士自她身边驶过，本该招手停车的。但她坚定地往前走，充分感受普通人自由走动的幸福。宝蓝色的玻璃幕大厦，像竖起的湖泊，没有一丝涟漪。目所能及的地方，无数起重机的胳膊，尖锐地割裂着瓦灰色的天空。一只被城市冬天的烟尘熏成黑色的麻雀，惊慌地停留在垃圾桶上，好像一滴陈旧的墨水。红绿灯呆板地眨着眼睛，疲倦极了。树枝坚决地把干枯的枝桠伸进灰蒙蒙的空气，无声抖动着。只有大路两旁的冬青树，维持着鸡蛋一般圆润的边缘，抗拒着寒冷的凋残。这一切并不动人的景色，深深地感动着沈若鱼。她对自己说，你想知道天堂在哪里吗？就在人间。她无缘无故地向每一个过路的人微笑，向冬天落尽了树叶的杨树和树干上眼睛状的瘢痕微笑。人们肯定会奇怪，觉得这个半老的女人神经兮兮。就是这种感觉也很好，它使你感觉到大家之间的友善与关切。很香的烤白薯气味传来。世上有两种食品，闻着比吃着好，那就是糖炒栗子和烤白薯。浓缩的淀粉被文火熏着，爆裂出甜蜜的焦糊气，把流动的风染成淡黄。沈若鱼买了一个烤白薯，它很烫，像一个有生命的物体，在她的两只手间，跳来跳去。她舍不得吃它，用手心感受着它的热度渐渐在寒冷中散去。

戒毒医院被甩在身后很远了。沈若鱼回过头去观察，它是一所平凡到陈旧的楼房，谁也不知道里面潜伏着许多故事。她要把这些故事永远地埋葬，因为它们太不真实了。包括自己的这种乔装住院，都有一种无事生非的愚蠢。沈若鱼揉揉自己发红的鼻子，这种冷飕飕的感觉是多么珍贵。戒毒医院里，充满汗气的燥热，令你有猛然间暴跳如雷的愿望。沈若鱼舔舔嘴唇，那里遗留着刷不净的中药味道，据说它益气养颜，沈若鱼还是感到在过去的这段日子里，自己迅速老去，像个老妪。她的心猛地收紧。她是胜利大逃亡了，可简方宁呢，永远战斗在封闭的堡垒里。她不知道的时候，无能为力。她知道了内情，就更无能为力。人都有为了自己所喜爱的事物而殉情的特点。她坚信，简方宁骨子里喜欢这种居高临下的生活，在这种尖端枯寂的探索中，感到极大的满足。

寒冷渐渐地渗透到最贴身的衬衣里，要不是怕自己冻出肺炎，沈若鱼真要继续享受寒冷。唯有这份痛彻肌肤的寒凉，才使她的全部身心，包括每一个寒毛孔，都意识到自己已经脱离了戒毒医院的环境。她恋恋不舍地扬手打的，同时深吸气。这是她有生以来呼吸到的最清爽的空气，虽然里面都是汽车尾气的渣滓。

到了家，真有恍若隔世之感。

沈若鱼开始做饭，操劳令她欣慰快活。到了先生下班的时候，已操办出一桌丰盛菜肴。

先生进得门来，露出失望的表情说，啊，是你出院了。我远远地看到家中灯光，还以为是画中人。不想是个旧相识。

沈若鱼懒懒地说，爱吃就吃，不爱吃就算。

先生说，怎么样？收获大吗？

沈若鱼嚷，先吃饭，别说那些混蛋的事。倒胃口。

先生说，你瘦了。莫逆女知己让你受虐待了？

沈若鱼说，她是不错。别的乌龟王八蛋们，令人晦气。能不瘦吗？那是什么地方？屎壳郎戴墨镜，又臭又黑的去处。能活着回来，就谢天谢地啦！

先生大笑，说，我已经发现了你到戒毒医院最大的收获。真是不虚此行啊！

沈若鱼不知指的何事，吵着让他说清楚。先生说，你回来拢共说了没几句话，粗鄙异常。比去戒毒医院以前，下流多了。

沈若鱼说，这只是外伤。还有内伤，不是一会儿半会儿看得透的。

先生说，看你这样子，一定有很多奇遇。讲给我听听，也算我搞好后勤加秘书的报答。

沈若鱼说，呸！你想听谁愿给你说？今天最重要的，是让我睡一夜走廊里没灯光的觉，明天好去看我妈。

先生说，听我的，明天别去。看你妈缓几天再说。

沈若鱼在自己家里，总是有一种不真实的感觉。质问，你凭什么干涉我的自由？

先生说，等你恢复了正常再去。知道吗，这趟院住的，你好像变了一个人。

沈若鱼大声嚷，哪里变了？说清楚！

先生说，要么贼眉鼠眼偷着看人，好像受气包；要么突如其来地发脾气，撒野骂人；时不时地还会讨好地傻笑，听人讲话时恍恍惚惚……留神吓着老太太。

晚上简方宁打电话来。沈若鱼说，方宁，你好吗？很想你。好像我们分手了一千年。

简方宁说，我都好。问候你。过得怎么样？

沈若鱼道，我刚到家，你就乘胜追击。你现在最大的关怀，就是让你的前病人好好睡一觉。噩梦醒来是早晨，我可不希望噩梦醒来，还是噩梦。

简方宁说，看你又能这样恶狠狠地发脾气，我就放心了。分手时你万念俱灰的样子，让我心痛。说到底，你还有个醒来的时候，我呢，天天是噩梦。

沈若鱼说，你也可以生产自救。

简方宁说，不说这个永远没有结局的问题。我们再联系，世上只有你知道我在水深火热之中。

沈若鱼本想把戒毒医院扔到爪哇国去，起码得到自己的情绪恢复正常时再梳理印象。意志裸露着，肿胀着，好像经了霜打的大葱，一动就要流出黏稠的浆液。但是，树欲静，风不止。第二天就有电话联系。

您是范青稞女士吗？

一个温柔的女人声音。沈若鱼一激灵，虽然告别这个"范青稞"才一天，却好像已是公元前的事情。经过电流的变声，口气虽熟络，但具体的人，怎么也想不起来。

范青稞是在戒毒医院的专有名词，什么人找她？简方宁吗？显然不是。

庄羽吗？出院时，庄羽很想要她的电话号码，范青稞一副逃难模样，有御敌于国门之外的冷淡。庄羽何等聪明，就不再追问，只把自己的电话号码写在床头牌后面，递给范青稞说，假如你还想听我的故事，就打这个电话。电视剧演完还远着呢！

电话的那一端，究竟是谁呢？实在想不出来。沈若鱼支吾着说，你好。我是范青稞。请问，您是哪一位？

我是孟妈。

范青稞的第一个反应就是——哟！是不是病房丢了什么东西，找她核对或是调查？热心的老太太打上门来了。

找你不容易。病历上留下来的号码，滕医生写了又涂了，好不容易才看清。电话里的孟妈好像比平日简练。

不……没关系……只是，您找我什么事？沈若鱼不知怎样解释才好，只有避而不答。

是这样，我的一位朋友也是研究戒毒的。他很想同您谈一谈。不知您是否赏光？孟妈显然有备而来。

沈若鱼在近期内，再也不想听到"戒毒"两个字。但简方宁部下暗渡陈仓，她不能袖手旁观。

好吧。她说。

那么好。明天上午您是否有时间？孟妈似乎很着急。

沈若鱼想说自己天天有时间，但她意识到这样有失自己的身价，故意沉吟了半晌说，本来我和朋友有个事，现在我把它推了，见你们。

九点咱们茶园见。不见不散。说完这句话，孟妈好像是怕沈若鱼改变主意，很快补了一句"拜拜"，就把电话放下了。

沈若鱼冲着电话摇头，电话里的孟妈好像变了一个人。看来她同戒毒医院，结下不解之缘，甩也甩不开。

晚上，沈若鱼把电话之事对先生说了，本想把这个来历可疑的电话，报告简方宁。一想到她日理万机的忙碌，心想还是搞得更确实一些，再向她汇报。

沈若鱼早上为穿什么衣服，费了一番脑筋。她基本上是个不修边幅的人，倒不是自以为潇洒，是自觉太普通。假若穿得耀眼，别人就会对你估计高，以为你有抱负或野心。沈若鱼同这两项都搭不上，愿做芸芸众生。所以在服装上，也取沧海一粟的风格。

但今天沈若鱼特地穿鲜亮的衣服，一件红色羊绒大衣，里面是一套赭石色套装，脚下蹬一双小牛皮的短靴，令人有重整河山之感。先生大惑不解地说，虽经多年考验，我对你的革命情操有所了解，但今天这样大张旗鼓地出行，实在少见。你没有在戒毒医院那样的地方，寻一个第三者吧？

沈若鱼说，新桃换旧符。去去晦气。

先生顾虑重重地说，那个医生不会认不出你来吧？

沈若鱼立时变脸道，你这个提醒太及时了。

她脱下时装，换上和西北妇女范青稞相宜的俭朴服装。

沈若鱼准时到了茶园，倒是差点没认出孟妈。对方穿一身像丝绒般细腻的皮衣皮裤，一看就很高档。经过特殊处理的皮子，已经感觉不到血腥狩猎遗下的原始气，只有简洁明快的现代风度，同病房里邋里邋遢的样子判若两人。打了招呼后两人相视一笑，孟妈因了自己的装束给了人一个冷不防，反倒不议论一句服装上的事。

范青稞女士，您好。自我介绍一下，我叫毕瑞德。

从一旁杀出来一位金发碧眼的外国人，向范青稞微笑。

范青稞惊得咬着嘴唇，怕自己嚷出来，破坏了茶园静谧到沉闷的气氛。对方的长相吓了她，倒还在意志控制范围内，但这个自称姓毕的家伙，国语说得太地道了。要不是他的嘴唇开合同他的话严密得无懈可击，范青稞简直怀疑有一个买办，躲在背后为这个真洋鬼子配口形。

您是……范青稞迟疑着。

喔，忘了介绍。这是我的朋友毕瑞德先生，是 M 国一位对戒毒有兴趣的学者，他很想同您谈一谈。孟妈解释着。又侧过身，轻声对毕瑞德说，瑞德先生，您也太沉不住气了。我马上就要介绍到您了。

毕瑞德回答说，我是毛遂自荐。

范青稞三人围着一张古色古香的八仙桌，落座。服务生过来问各位都要什么茶，范青稞说，庐山云雾茶。孟妈说，要立顿红茶。毕瑞德说，茉莉花茶。

茶送上来了。范青稞面前碧绿，孟妈面前血红，毕瑞德面前橘黄。煞是好看。

范女士的名字很令人遐想，你们这个古老的民族以食为天。毕瑞德吹着茶叶中浮动的茉莉花瓣说。

毕瑞德先生的名字很中国化。范青稞想不出有什么好谈的，索性也从姓名入手。

不想毕瑞德笑逐颜开，说其实我的名字很普通，就是那部叫做《随风而逝》，而被中文翻译为《飘》的小说中，男主人公的名字。他可以翻译为"白瑞德"，你们以前的版本就是这样写的。但在新的版本里，被译为"瑞德"，不知什么缘故？毕瑞德碧蓝的眼珠现出真正的迷惑。好像谁向里面刚注入了纯蓝墨水。

范青稞的身份，自然无法回答这个问题。孟妈更是一头雾水，大家就咕咚咚喝茶。

我不喜欢"白"这个姓，它太软弱了。要是一个女人，我会要这个姓氏，纯洁，清白。但是对一个男人，它像棉花或是云彩，让人提不起精神。因为是音译，我还可以选择的近似的姓是"毕"。我喜欢"毕"这个姓，它给人一种完成感、结束感。特别是一个中国人告诉我，这是一个很罕见的姓，全中国这个姓氏的人，不会超过十个，我就坚定地为自己选定了它。毕瑞德很得意地说。

范青稞再想不卑不亢，也忍不住大笑起来。她说，瑞德先生，你叫人骗了。这姓虽说不多，但绝没少到朱鹮和扬子鳄那种程度。

瑞德也笑了，说，看到您的精神松弛下来，我很高兴。您好像对我充满了戒备之心。

范青稞说，主要是你的中国话说得太好了，叫人心里生疑。中国有句俗话，天不怕，地不怕，就怕洋鬼子说中国话。

瑞德说，你说的这个意见很好。我原以为说得越好，越好。没想到，适当的不好，会更好。

范青稞说，这就对了。结结巴巴，更容易让人信任。

瑞德说，我和孟女士是朋友，很好的那种。她说戒毒医院在用一种新的中药戒毒，我很感兴趣。她说，您是第一个服完了全部疗程的病人，我可以知道一下你的感受吗？

原来是这样！

简方宁啊简方宁，你真是在风口浪尖上行船，连国际友人都惦记

341

上你了。你的医生里通外国，你还蒙在鼓里。沈若鱼这样想着，嘴里说，我只是一个普通的病人，人家给什么药，我喝什么药。里面有什么成分，我也不知道。能给你们帮什么忙呢？她意味深长地看了孟妈一眼，就像看一个汉奸，特别强调了"你们"。

孟妈悠然地喝着红茶，丝毫没有被指桑骂槐的尴尬。

你只要谈谈你服药后的感受就行了。我以为你不应该有什么顾虑，因为毒品是人类共同面对的敌人。人类在许多问题上，因为地域、种族、意识形态等等，而有巨大的分歧，比如核武器、裁军、对资源的分配和使用……只有一件事，万众一心的，这就是戒毒。这不是什么秘密，在进行不断的探讨中，西方的目光也对准东方。我不是做微观研究的，并不太在意某一种药服下去，药效是不是最好。我是做宏观研究的，关注人类最终怎样战胜毒品。每个有良知的地球人，都应该作出自己的贡献。

这一番话，当然无懈可击。但范青稞无法回答，不仅是因为这牵涉到简方宁的医学秘密，更因为她根本就没有服用戒毒中药。出了医院，她不想再随时随地地骗人了。她只好把庄羽和支远服药后的感觉，大致说了一下。想必有关的情况，孟妈也早就说过。毕竟是第一手资料，瑞德听得很专注。

你是说，即使在服用中药的过程中，还是有病人偷吸毒品？瑞德格外验证。

是的。范青稞说。这实在不是秘密。

好了，谢谢你范青稞女士。今天你谈到的这些，愈发坚定了我的看法。因为沉思，瑞德的蓝眼珠几乎变成幽深的黑色。

您是一个什么看法？范青稞问。

毕瑞德说，我是一个悲观主义者。正像中国古代对鸦片有"弛禁"和"严禁"两派，我是一个国际性的弛禁派。

范青稞说，那您应该到戒毒医院去蹲蹲点，体验一下那里的生活，见见他们的家人，您就永远不会说这种话了。

说完，她又补充了一句，对不起，我说的蹲点的意思就是……

毕瑞德说，噢，不必注解，我知道焦裕禄和四清。我去过很多国家的戒毒医院，还有强制性戒毒所，比如泰国的药物成瘾治疗中心。

我追踪过 1000 名吸毒者，大约有 31%的人，最后不吸毒了。

范青稞说，这是一个相当好听的数字啊。那你还有什么理由悲观？

毕瑞德说，在我的国家，毒品已经同电话和汽车一般普及。如果天下有一样东西，你禁得越久，它泛滥得越广，你是不是要检讨自己禁得有没有道理？抑制毒品最好的法子，是轻视它，把它看成一个公共健康问题，而不是一个犯罪问题。政府自毒品贩子手里接管毒品市场，像烟草一样实行专卖制度。毒品一旦公开上市，青年人就减少了好奇心，不必再钻墙打洞地寻找毒品，把它渲染成一种历险。否则今天你抓一个，明天就变成两个。你动员大批警力，查获了一公斤，他像孙悟空一样，一下子就变出了两公斤。累死的是警察，暴富的是毒枭。

瑞德突然说，毒枭这个语汇，我是查了字典的。枭是什么意思？我倒要考考你们。

范青稞望望孟妈，孟妈低着头，用精致的小铜壶，向自己本来就很满的杯里续水，全无回答的意思。范青稞虽然对这个外国人的卖弄愤愤不已，看来还是要自己挺身来堵枪眼。

"枭"大概是一种吃肉的鸟，类似鹰和秃鹫吧？范青稞既要符合身份，又不想让瑞德小看，字斟句酌。心想这个洋鬼子不好对付。

中国人破谜，谜底一旦被人猜中，出题者便有些羞答答。瑞德不同，非常高兴，好像"枭"这个字是他创造的，现在找到了知音，快乐把脸都烧红了，说，"枭"是木头上站着一只鸟，那只鸟就是猫头鹰。毒枭就是有毒的猫头鹰，它们专在夜间活动。我真敬佩中国文字的精细和形象，还有中国人的耐心。就是对自己所憎恨的事物，为它们命名的时候，也一丝不苟。

范青稞真是哭笑不得。瑞德继续说下去：

1914 年美国即有了哈里森麻醉品公约。可是怎么样？它颁布了 80 多年，毒品像地球上的二氧化碳一样，越来越多。白色瘟疫弥漫我们的星球，把人类逼上了生与死、灵与肉的断头台。一位诺贝尔奖金获得者，自由市场的经济学权威说，毒品对社会所造成的损害，很多是把毒品视为非法所造成的。我认为吸毒不是一种罪恶，而是一种性格，一种人格。

性格，character，这个词来源于希腊语，原意是"绘图"、"痕迹"，以后逐渐转变为"特征"、"标记"。吸毒的人对个体的幸福和快乐非常敏感，为了追求愉悦，他们在所不惜。他们没有能力用创造和劳动赢得对人最为宝贵的尊严感，企图用一种外在的摹仿快乐的物质，来麻醉自己的神经。很可惜，我们这颗星球上，就出产这种物质。

如果不从根本上纠正这种性格，毒品就将同人类的历史并存。装入针管的这种廉价仿制的幸福，使人类在一种虚幻中，毫无知觉地走向毁灭。人格不健全，遭受社会生活无法承受的压力，希望以某种外在的药物，消除自己的心里痛苦……邪恶地追求神秘，这是吸毒者的初衷。我们每一个人都可能陷进泥潭，用不着沾沾自喜悲天悯人。下一个就轮到你。就拿中国来说，据我所知，比如昆明一个城市，现在吸毒的人数就比1988年时增加了40倍。

吗啡是个好东西。一盎司吗啡可以医治2000个伤口的疼痛。吗啡没有罪过。每个人都有权利自由地支配自己，包括自由地损害和杀死自己。所以不让一个对自己完全有控制力的成年人拥有毒品，实在很荒谬而且不现实。一发子弹可以打死一个人，但是一包毒品，只要对方拒绝接受，就杀不死人。所以毒品比枪，脾气要温柔和气得多。这完全是私人的嗜好。就像有些糖尿病人，需要终生服用胰岛素一样，有些人，需要终生使用毒品。我对这一点，抱深切同情。

如果要纠正他们，首先应纠正人格。不知你们注意到了吸毒人的长相没有？

毕瑞德讲话时，有浮想联翩的特点，面对突如其来的问题，范青稞和孟妈面面相觑。范青稞发现孟妈在审视自己的脸。真是晦气。可是有什么办法，既然你住了一回这种医院，你就得一直维持这种特定身份。

范青稞索性把脸端端正正地对准二人，一会儿偏向这一边，一会儿偏向那一边，像那种会自动摇头的电风扇，让他们看个够。

瑞德说，范女士一进来，我就目测过了。不标准。这让我很失望，几乎怀疑你是一个冒牌货。范青稞赶紧转移话题，谈谈你的研究成果吧。

瑞德说，那都是从白种人取得的资料，井底之蛙。

范青稞有点高兴，她终于发现了毕瑞德中文中的破绽，比如这个"井底之蛙"，就用得不是地方。他应该说"一孔之见"。

老外毕竟是老外。

瑞德说，他们的头发一般比较稀少，脑袋小，或者是看起来颅骨的体积虽然不小，但是骨质比较厚，里面能够容纳的空间还是不大，就像……

瑞德四下里睃寻，看到了茶具，就说，对了，像皮很厚的瓷壶，装不了多少水……他的上颌和颧骨猛烈地前凸，好像在猿到人的进化旅途上，只走到了三分之二的路程。眼眶比较大，耳朵也比较大，牙齿的间隙也宽，这都是动物的特征，因为他面对的是一个充满危险的世界。眼珠倾斜，永远好像心不在焉的样子，但是一有风吹草动，行动敏捷。他对痛苦不敏感，触觉迟钝，你抚摸他，他会充满仇视。但是视觉很好。皮肤比较黑，前额塌陷，情感麻木，伤口愈合得很好，绝不是疤痕体质。但浑身暴露的地方，你仍可以看到片状或网状的伤痕……

瑞德边思索着边说，好像他的面前就站立着一个吸毒者，他用语言在做素描。

不。黄种人不是这样的，他们和普通的人，没有什么区别。孟妈不喜听这种复印机似的形容，打断了瑞德的话。

以范青稞在医院的亲眼所见，好像这种长相的人不多。

很遗憾。如果我能到你们的医院里，去实地考察一下就好了。瑞德不经意地说，孟妈把中药的残余汁液，给我带了一些。但是中药是成分复杂的混合物，分析的结果不令人满意。

范青稞脸上抽动了一下。

科学是全人类的。比如为了征服艾滋病，中国就不断地把各种中药汤，送到联合国卫生组织化验和临床验证。我们很愿意得到第一手的资料。瑞德说。

范青稞对面前这个神通广大的外国人，提高了警惕。

假如你服药以后，有了远期的反应或疗效，能够通知我一下，我将不胜感激。分手的时候，毕瑞德说。

好的。范青稞回答。

谢谢您的合作。孟妈留在后面说。看着他们远去的身影，范青稞觉得有一片透明的丝网罩向戒毒医院，心中忐忑。晚上沈若鱼把对话过程，连标点符号，都传达给了简方宁。知道了。简方宁在电话里有气无力地说。

多重要的情报！我是义务的，你还爱理不理的样子！沈若鱼莫名其妙。

我太累了。国内外的戒毒界眼睛都出了火，盯着中药，可我实际支配的力量又是那样微薄。别人总以为院长就该有办法。我赤手空拳，事业处在一个非常艰难的地步，没有人理解。真的……我疲倦极了……简方宁的声音越来越小，好像拿着话筒睡着了。

电话确实没有挂，但电话又确实没有声音。沈若鱼为自己的朋友深深地担心。

先生说，给你。

沈若鱼放下电话，说，什么？

给你找的资料啊。

沈若鱼说，我不看。从此我和有关毒品的资料绝缘。

先生说，真是不识好人心。就说是三令五申禁止什么事，也有个余音袅袅下不为例。你别烦，这是最后一份了。

资料

严复是中国近代杰出的启蒙思想家、翻译家。早年学习海军，留学英伦，学贯中西。1894 年甲午战争之后，他翻译出版了《天演论》、《原富》等一系列著作，将西方的进化论和进步的社会科学学说，系统地介绍到中国来，产生了巨大的影响。毛泽东同志曾称赞他是"在中国共产党出世以前，向西方寻找真理的一派人物"。

但是鲜为人知的是，这位大思想家、大翻译家，在青年时代就染上了吸食鸦片的恶习，终身难以戒除。

严复从 19 世纪 80 年代，就已染上鸦片。1879 年，他从英国留学回来后，被北洋大臣李鸿章调到天津北洋水师学堂，任总教习、会长、总办。在他的卧榻后面有地铺，他常常躺在上面吸食鸦片，以榻帐为烟雾。

严复 1916 年 1 月 9 日的日记里用英文记载着："Two pipes in the afternoon." 意为："午后，吸烟两筒。"

严复的鸦片烟瘾很深，酿成重病。1920年，因吸食鸦片引起的哮喘病与肺心病，折磨得他痛苦不堪。严复不得不住进了北京协和医院，并遵医嘱，停食鸦片。他在1月4日写给熊纯如的信里说："但以年老之人，鸦片不复吸食，筋肉酸楚，殆不可任。夜间非服睡药尚不能睡。嗟夫，可谓苦也。恨早不知此物为害真相，致有此患。吾早知之，虽曰仙丹，吾不近也。寄语一切世间男女少壮人，鸦片切不可近。世间如有魔鬼，则此物是耳。吾若言之，可作一本书也。"

严复带着无穷的痛苦和深深的悔恨，于1921年10月27日病故。

第三十七节

庄羽回到病房，支远说，医院炒了我们鱿鱼？

庄羽回答，惩前毖后，只要交了检查，就可留院观察。

支远说，这样最好。治病也像野兽喝水，走得顺路了，一般不愿另起炉灶。我用中药，感觉不错，或许真能根除了。只是两人的事，为什么只找你一个人谈？好像我无足轻重？

庄羽说，这也值得吃醋？你该不是看上了女院长，想找一个和她单独谈话的机会？

支远说，看你想到哪里去了？我不过是觉得这种受训的场面，由我顶着，心里安定些。身先士卒的意思。

庄羽说，谢谢你的好意，我的案情比你重。你不过是私藏 BP 机，我是偷吸毒品。

支远说，只是这检讨书，多年没操作过，难。

庄羽说，这有什么难的？你叫孟妈来。

支远说，孟妈是什么人？到底也是个医生，又不是你的保姆私人小秘，焉能随叫随到？

汪羽，我叫你去，你就去。她一准就到。看你这磨磨蹭蹭的样，席子，你去。

果然，不一会儿，孟妈就随着席子过来了。

好闺女，你怎么啦？孟妈这两天忙，没顾得上来看你。你还好吧？没人欺负你吧？孟妈一张脸若九月金菊。

孟妈，别蜜里调油了。今天我有一事求您。庄羽开门见山。

何事啊？孟妈可是个大忙人。孟妈开始端架子。

请您代写一份检讨，越快越沉痛越好。庄羽吩咐道。

孟妈说，闺女，孟妈我乐意帮你。可写这玩艺，我也没谱。

庄羽拍拍孟妈的肩膀说，拿糖是不是？我也不是白使唤人，给润笔费。

孟妈眼睛一亮，随即暗下来，说，仨瓜俩枣的，恐怕不够润笔，只够润喉。孟妈不希罕。

庄羽说，孟妈你别小看人。我就花大价钱买个痛哭流涕的检查，只怕你的手艺潮！

孟妈激将道，庄小姐你不要小看人，你孟妈当年也是造反派，什么没见过？咱们一言为定。

庄羽从卫生纸上撕下巴掌大一条，向支远要了笔，写下一个数字，然后说，这就是庄氏银行的银票。等我们出了院，你就凭这个向我领钱。

孟妈将卫生纸片段细心对折，再对折，直到纸片成了一块平整方正的纸块，放在白大衣最上面的口袋里，笑眯眯地走了。

支远说，你还真行。

庄羽说，是她真不行。

以后庄羽和支远的治疗很成功。两人用的方法虽不同，效果都不错。当然庄羽不止一次旧病复发，狂吵着复吸。病房已根绝对外孔道，嚷嚷得再厉害也白搭。简方宁给她用了强力的镇静剂，一天天一关关也就熬过来了。

毒品一戒除，脸上的颜色顷刻就不一样。特别是庄羽，年轻，再加上以前当运动员的底子，素质好，竟像杀灭了蚜虫的小白菜，日新月异地变化着，渐渐显出当年风姿绰约的模样。

简方宁对她格外关注。好像是一个老艺人，费了心血雕出一个将来也许成为精品的毛坯，虽然大匠不以璞示人，但喜爱之情，溢于言表。

院长，您对我有再造之恩。真不知该如何谢您。庄羽说。

永不吸毒，就是对我最大的感谢。简方宁说。

呵，我说院长，您别老吸毒吸毒的，拿人一把。庄羽像个爱撒娇的孩子。

我想不到除了这种医患关系，还能有什么关系？简方宁真的困惑。在医学以内的范畴里，她可以叱咤风云。但在这一行以外的领域，脑子就迟钝了。

我想建立一种新关系。庄羽一语双关。

简方宁惊喜地说，你同意留在医院工作了？

庄羽说，我仔细想了许久，我不能留在医院里。这是一句十足的谎话，她从来就没打算留下过，但她不想伤害简方宁。

为什么？简方宁觉得不可思议。在她看来，一个病人能有这样的机遇，应该是难得的信任。

庄羽说，简院长，说句心里话，我看不起你们这行。不是人过的日子。我在这里呆着，没办法的事。我随时都可以出去。可是你们呢？无期徒刑。干这行，比看管犯人都不如。犯人有罪就没理。病人，有病就有理。我给过你们罪受，我也骂过你们。如果我当了工作人员，位置就变了，成了挨打受气的痰盂。我为什么要来受这个罪？在外面挣钱，一年挣一百万。在一般人，那是多大一堆票子，根本就想象不出来。但所有挣到一百万的人，都不会以这个数为满足。那才是我的正事。简院长，等我以后当了千万富婆以后，我回来看你。给你捐一座金碧辉煌的医院。也许我以后做了女部长、女首相什么的，您的功劳就更大了。

简方宁很失望，但无法勉强。吸毒者就是这样一种性格，夸夸其谈，自我为中心。她想起医界一句名言，知道患病的是什么人，比知道某人患什么病，更为重要。

不管怎样，在送支远庄羽夫妇出院的时候，她还是再三叮嘱：给你们的药，一定要坚持吃。道理已经讲过多遍，就不再重复了。别以为一切都正常了，就大意。白色魔鬼在不远处，惦记着你们。对我的最好报答，就是让我永远别见着你们。

庄羽说，别啊。简院长，结识了您，是咱们的缘分。我还得创造机会再相见。

简方宁说，多保重吧。

她不想同病人过多联系。一名老农，把庄稼收割以后，他就不再关心那些麦穗，是烤成面包还是擀成面条。那不是他的事，是厨子的事。新的未知病人，永远吸引着医生，诱惑着医生。医生都是喜新厌旧的人。

支远立即飞回南方打理生意，庄羽留下休养。她对自己回到当地还能否坚持操守，很不自信，打算看一段再说。她不断给简方宁家里打电话。

简方宁很奇怪。她的工作人员都不知她家的电话号码，有事只是用 BP 机联系。简方宁特意保密电话机的号码，为的是给家人留下一个相对安宁的晚上。戒毒医院的夜生活险象环生。

你怎么知道我家的电话号码的？简方宁问。

只要我想知道，就会知道。我知道有关你的情况，比你想象的，要多得多。庄羽电话里说。

简方宁说，你一定有很重要的事。是不是治疗上有了什么反复？

庄羽挑战地说，如果不是治疗上的问题，难道我就不能给你打电话了吗？

简方宁迟疑说，那当然……也可以……但我想不出我们还有什么更多的话题。

庄羽说，您不是还想为我规划以后生活的道路吗？

简方宁说，我是那样想过。但你的话使我明白，我们绝不是一样的人。我没有权利要求所有的人，接受我所热爱的生活方式。大家都是自由的。

庄羽说，简院长，你这是挖苦我。

简方宁说，生活就是这样。不存在谁挖苦谁的问题。道不同，不相为谋。

庄羽说，可我认识了您，知道了这世界上，还有一种女人非常艰苦非常自豪非常荣耀地活着。我想做您永远的朋友。

简方宁说，做我的朋友不是容易的事情，起码需要时间证明友谊。而且，你绝不能再吸毒。一个连我的工作都不尊重的人，怎么可能成为我的朋友？

庄羽说，时间嘛，我有的是。从此后我每天给你打电话，无论在天涯海角，我都向你诉说想念。

简方宁说，我指的时间，不是这种甜得发腻的交往。友谊是一种长得很慢的植物，像盆景一样，需要几十年甚至一辈子的悉心照料……庄羽，你还年轻。你可以不到我的医院里来工作，但应有一个新的开始，同过去的生活决裂……

简方宁放下听筒的时候，手心都是汗水。

潘岗说，孩子还等着你给听写作业呢！

简方宁忙着叫，含星含星……

潘岗说，喊什么喊？你不觉得时间晚了点吗？孩子早睡了。

简方宁捺着性子说，你看我这么忙，还开什么玩笑？你照管了孩子，我感谢你，心里有数。

潘岗沉着脸说，谁给你来的电话？

简方宁答，一个病人。

潘岗问，病人怎么知道咱们家的电话？

简方宁说，我也纳闷。问她，也不说。

潘岗说，装什么好人？分明是你告诉他的。

简方宁说，你怎么瞎赖人？

潘岗继续挑衅，说，那个大烟鬼是男的还是女的？

简方宁皱了一下眉，她想对潘岗说，人家已经戒了毒，就不要大烟鬼长大烟鬼短的。一看潘岗蓄意制造事端，就简短地回答，女的。

潘岗说，我不信。我看你说的那个热闹劲，还替人家规划以后的生活道路，分明情意绵绵。你那个医院里，住的尽是大款小款，你给他们治病，他们就感谢你。有一个半个地瞧上你，也说不定。你说是女的，我也没听见她的声音。你把电话号码给我，我拨给她。如果她说刚才是她打的电话，咱们就拉倒。如果不是，你小心……

简方宁反而笑起来，说潘岗，别瞎猜了。这是一个女病人，名叫庄羽。可我没法告诉你她的电话号码，她只是无数病人中的一个，我没记住她的号码。沈若鱼化名范青稞，就和庄羽住在一个病房。她那里可能有庄羽的电话，你要是有兴趣的活，就同沈若鱼联系……

潘岗原来也不过无事生非，现在借机下台说，好啦，这么复杂，我相信你说的就是。但是女的我也不放心。你跟病人说的话，比跟我和孩子说的多得多，口气亲切无比。你打算做大烟鬼的教母吗？把你的爱，给我和孩子剩一点！

潘岗突然动情地抱住简方宁说，真的，方宁！我求你！不然，有一天，我们都要后悔的！

简方宁完全意识不到警报的含义，胡噜着潘岗的头发说，既然你这么不愿意病人把电话打到家里来，以后我一定注意就是。

潘岗浑身哆嗦了一下，心里叹道，方宁啊，你实在是太单纯了。可惜我没法指教你，一个男人要是对他的女人特别好或是特别坏，都是危险的信号。

第二天晚上，庄羽的电话又像候鸟，翩然而至。

简院长，您好。我整整一个白天，都在等着晚上。等着和您说说我的心里话。庄羽热切地说。

你有什么事吗？简方宁的口气，很是公事公办。

庄羽一往情深，居然没听出简方宁的淡漠，热烈地说，简院长，你使我觉得生活有了不同的意义，我……

简方宁打断了她的话说，如果你的治疗没有什么特别需要咨询的问题，我很忙，对不起，就谈到这里吧。

庄羽对着忙音鸣叫的电话听筒，咬得银牙迸裂。

热脸贴了一个冷屁股！

一个晚上，她不断听到有人在半空中，嘲弄地对她反复说着这句话，怒火便愈烧愈烈。到了快天明的时候，她激动的情绪平息了一些，极为难得地原谅了一回别人。简院长真的是很忙，她也许正在进行一桩很重要的科学研究，不喜欢别人的打搅。好吧，我庄羽通情达理。她这样想着，对简方宁不再义愤填膺，对自己充满了哀怨的敬佩和怜爱。

又到了晚上，本该是给简方宁打电话的时间，但庄羽坚强地隐忍着，她想，简方宁一定也在焦虑地等待着她的信息。在经历了昨天的冷淡以后，她要显得更加矜持和高傲。如果简方宁今天打来电话，她一定也要说，我忙着呢，然后抢先把听筒放下，把无尽的惆怅的忙音，留给尊贵的女院长在深夜细细品尝……

庄羽沉浸在一厢情愿的想象之中，眼珠溜圆地盯着电话。

电话像百年僵尸，无声无息。庄羽不停地查看它是不是坏了，或者是压簧没摆平。待一切无误后，才放下心来。但马上又想，刚才的检查只说明过去的情况，现在怎么样了，只有再次检查，方能有最新的结论。电话被她不停地折腾着，她又想，简方宁打来的信号，会不会被占线声音所拒绝？

就在这无穷的自我折磨中，电话铃像施了魔法，猛然响起来。

我是庄羽啊……庄羽简直是扑过去的。

我是支远啊……你还好吗？是不是在发烧？我听你的声音不正常，直喘粗气。支远在遥远的地方问候她。

有什么好的，有什么不好的？还不是老样子？不死就算是好。庄羽没好气地说。

支远不知她何故发这样大脾气,但对她的喜怒无常见怪不怪。就说,我很好啊。中药的效果还是不错。

庄羽说,你成心气我是不是?

支远说,你很难受,是吗?要不我马上飞回去,看你?

庄羽说,不要!你飞回来管什么事?你也不是院长!你还有什么事没有?我不想说话了。

支远还想说什么,但又实在没有什么重要的事。正沉吟着,庄羽毫不迟疑地收了线。

整个夜晚,庄羽在焦躁和期望中等待着,甚至短暂地出现幻听。她以为这是一往情深,其实是戒毒过程中的反应。简方宁给她开的药,摆在茶几上,服下后,症状就会有所缓解。但是,庄羽拒不服药,她想用自己的意志克服毒瘾的稽延症状,给简方宁一个惊喜。一直煎熬到子夜时分,庄羽实在等不了了。她必须要听到简方宁的声音,她要证明自己在简方宁心中的地位,证明自己的不同寻常。

电话铃响了。庄羽的手指轻微哆嗦,她不知道今天将是怎样的结局。

待铃声响到第五声的时候,一个浑厚朦胧的男声接听,问:找谁?

庄羽设想了一千种可能,但是没有想到若不是简方宁听电话,她将怎样说。她也没有想过现在已是深夜,是否打扰了他人安眠。她甚至没想到,简方宁也有家人需照料。庄羽习惯了以自己为轴心转动,对自己以外的世界,漠不关心。我找……简院长。她反应还算快。

一听院长这个称呼,潘岗就没好气。他看了看夜光表的指针,已是凌晨。简方宁因吃了安眠药入睡,一时没醒来。面对满脸倦容的妻子,大动恻隐之心,对医院充满厌恶。但又怕院里真有急事,耽误了,也吃罪不起。

在头脑里迅速进行了衡量,他压低声音问,你是哪一位?有什么事?

看来院长的丈夫像个训练有素的小秘。庄羽想着,情绪平定了一些,说我叫庄羽,想和院长聊聊天。

潘岗一听庄羽这个名字,冤有头债有主,火儿腾腾直冒。说,庄羽你听着，你吸大烟原本就是犯法的事，简方宁给你治，那是她的工作，迫不得已的事。她怎么会愿意交你这样的朋友？你放明白点！半夜里往民宅打骚扰电话，一而再，再而三，你马上撂下机子，我就饶过你这一次。要是胆敢再打来，我就到公安局告你……他气咻咻地扔下电话，积存许久的恶气，才舒展一点。

庄羽一辈子没受过人这样的抢白。摔下电话，她疯狂地在屋内走来走去，她没想到院长在背后把她说得如此不堪，以致她的家人，都这样仇视自己。简院长是个口蜜腹剑的人，她在茶余饭后，对着那些不吸毒就以为自己多么高尚的人，把吸毒的人，贬得一钱不值，成了开心的笑料。

是的，天下人与人的分野原来就是这样简单——

吸毒的和不吸毒的！

简方宁你有什么了不起？

庄羽将会证明，她和你是一样的人！

庄羽撕开了一块"白箭"口香糖，找出藏匿已久的白粉。

在袅袅的烟雾里，庄羽感到腾云驾雾的满足。她一点都不为自己又一次的戒毒失败惋惜，只是为了伤害了简方宁而极端快意。你说过，你的工作就是戒毒。我让你又少了一个成功的病例。哈！当然，在最深的意识底层，她也知道，所有这一切都是借口，是自己重蹈覆辙的序幕。

第二天，庄羽下午才起床。回想起昨天，不，是今晨的所作所为，她有些后悔。她真的要简方宁再救她一次，毕竟她已经戒了这么长时间，戒毒太不容易了。

她的电话打得很早，希望不会影响了院长家人的休息。没想到，电话铃响了许久许久，没有人接。再打，还是荒漠般地寂静。

是不是她家的电话坏了？庄羽一不做，二不休，向电话局维修部门交涉，让检查简方宁家的电话是不是出了故障。对不起，小姐，电话线路完全正常。电话局答复。

那我的电话为什么打不进去？为什么？你们说！庄羽恼怒地喊叫。

那是因为对方关机，信号发送不进去。电话局解释。

想避开我，把电话锁了。可是我要让你知道，庄羽要做你永远的朋友！庄羽恶狠狠地说。那个夜晚，庄羽彻夜未眠，怒火像荒草一般蔓延，报复心疯狂地滋生。

一段日子后，庄羽独自来看简方宁。怀里抱着一束双手围不拢的红玫瑰，芬芳的气息简直像到了五月的玫瑰谷。

我的天！寒冬腊月的，真是希罕物！是送给孟妈的吧？孟妈鼻子凑过去，像狼狗侦查一样嗅着。

孟妈，咱们俩的账可是一清二楚的。你不要趁火打劫。庄羽把玫瑰花猛地往回一抽，紫刺儿差点把孟妈的鼻梁划破。

简院长，您好。我就要回南方去了，临走前，特地来看看您和医院的医生护士。是你们给了我第二次生命。庄羽衣着朴素，藏蓝色牛仔夹克配同色灯芯绒长裤，扣边的童花头，脸上略施脂粉，清纯可人。

对于所有回访的病人，简方宁只要不是特别忙，都很热情地同他们谈一会儿。这是一种可贵的交流和医学积累。

你怎么样？简方宁关切地问。

一看到简方宁因为操劳而憔悴但依然清秀端庄的面庞，庄羽如见亲人。她真的非常喜爱面前这个女人，因为喜爱，就要把她据为己有。她的心分裂了一下，马上暗骂自己婆婆妈妈，心慈手软。笑吟吟地说，还好吧。

简方宁审视的目光像B超一样，从庄羽全身扫过。疑惑地说，我看你的神色不太好，不会……

庄羽很肯定地说，院长，不会的。我如果复吸了毒品，就没有胆量来看您和蔡医生，还有护士长。我不是自找没趣吗？我前些日子一直感冒，所以面色不好看。待我下次来，一定红光满面，叫你们认不出我。

蔡医生说，要不要我给你开个化验单，查一下？

庄羽说，谢谢您的关心。但我今天真的不是以病人的身份来医院，我只是想表达一下我和支远对你们的感激之情。这一大抱玫瑰花，是专送给院长的。

简方宁说，哎呀，我可消受不起。

庄羽说，我知道你们的规矩是不拿病人一针一线，但这花没有什么实用价值，只是表示我的悔过之心。我原来在玫瑰花里，夹带过毒品，骗过了院长的眼睛。给医院带来了混乱，也给自己造成痛苦。院长若是不收这花，是不是还在怀疑我？我就当着大家的面，把花瓣一朵朵撕下，以示我道歉的心意。

庄羽说着，竟真的不再做声，用细长的涂了蔻丹的指甲，把沾满水珠的血色花瓣，一片片揪下，丢在地上。她做得很轻柔，好像在拔一只红色鹏鸟的羽毛。

眼看落英缤纷，窗外又是寒风凛冽。就是让庄羽把花带回去，也已被蹂躏得花容失色。

大家满面惋惜，简方宁朗声道，好了，我做主了，这花就留下来，摆在我们医生办公室，让大家都闻闻花香。

人们都很高兴。

庄羽又对跟在身后的司机说，你把那幅画，从车里拿上来。

司机就乖乖下去了。

孟妈说，你在这里没有多少日子，就又买了车，又雇了司机，气派好大。

庄羽不屑地说，我没那么排场，这里不过是勉从虎穴暂栖身。这人是出租司机。

孟妈说，那人家肯让你像使唤小工一样地吆来喝去？

庄羽说，给钱呗。有钱能使鬼推磨，何况是人！这您不是最明白的吗？

正说着，司机将一大幅油画抱了上来。大家凑过来一看，都被画面恢宏的气势所震撼。

黝暗厚重的油彩，占据了画布上绝大的位置，冰川层叠，仿佛破裂的绸缎拥挤在一处，呼之欲出。在波峰浪谷之间，隐隐现出一块赭色礁石，上面有一柱灯塔，向无边的黑夜，倾泻着温暖的橙红色光芒。一只单桅小船，颠簸得如同弹丸，依了灯塔的指引，奋力在挣扎……整个画面很少有真正的白色，到处是幽蓝、深灰、褐色，甚至是黑色，但你知道它们是大块的白色冰原……

画面一种不屈和象征的寓意，喷薄欲出。大伙不懂油画，但被气势所慑，齐声赞道，不错不错。

只有简方宁不买账，说看这船的样式，该是很古老的，似乎是若干个世纪以前的产品。但灯塔里射出的光芒，却分明是电光源。细节上不够真实。

滕医生说，也许是现代仿造古代的船。如今世界，什么事没有呢？

大家都说有理。

庄羽懒洋洋地说，我也不懂，只是向一个画家说了，我要订购一幅气势不俗的画，以表达我对医院的感激之情。不要小家子气的。他们就送了这幅来，说名字叫"白色和谐"。

大家大哗，说这跟"白色"和"和谐"有什么关系呢？想不通想不通。

庄羽说我也想不通。可人家说，莫奈有一幅名画，叫做"绿色和谐"，画的就是无穷无尽的绿色。说这画就是按照我的意思特意构思的，我也不好再说什么。好在表达的是心意，只要你们收下了我的这份心意，管它是什么色和不和谐呢，和咱没关系。我都知足。

简方宁说，你的心意我们领了……

庄羽冷笑一声说，让我带回去，是不是？您没看这上头，我特意让画家用红油彩写了——献给戒毒医院的所有医生和护士……您打算让我挂在自家的客厅里，是吗？那还不如我现在当着大家的面，把它烧了。你们就权当是我送给医院的一块匾，古往今来，就有这个规矩。只不过我不愿搞得那么俗就是了。

大家就忙说，算了。

简方宁无可奈何地说，那就挂在医生办公室吧。

庄羽说，这么大，挂得下吗？

大家一看，真是不相宜。庄羽说，我倒有个意见，不过怕被人说成是腐蚀革命领导，不敢说。

大家就笑，说是当着这么多人，你就腐蚀吧。只要不是当时就烧个洞的硫酸，我们大家用清水一泼，也就消了毒了。

庄羽说，我看简院长的屋子里，四白落地，挂上正合适。

大家就到院长室一看，这画简直就像是量着尺寸定做的，挂在墙上，顿时满室生辉。

大家就说，先让白色在这儿和谐吧。

看出简方宁有反对之意，大家马上补充说，过些日子再到我们那边去和谐一阵子。

　　简方宁不好拂了大家的意，这事就算定下来了。

　　告别的时候，庄羽说，简院长，你会永远记得我的。

　　简方宁说，我当然会记得你。

　　她没有注意到庄羽嘴角凝着含意莫测的微笑。

第三十八节

沈若鱼回家看妈妈。老娘说，你还知道回来啊？这么长时间，人不见，电话也没一个。我还以为是拐了我的钱，上外国了。

沈若鱼说，妈呀，您那点钱还够到外国去啊？走不到香港就成丐帮。放心吧，还您的时候，我会按照同期银行利率，再多给您一个百分点。

老娘说，你以为我是想钱？我是想你。

沈若鱼说，您真是应该想想我。这一段过的日子，比当年在西藏都苦。

老娘说，讲讲。我就是想知道外面的事情。

沈若鱼说，我的故事老人不宜。您还是免听吧，省得做噩梦。您有什么好吃的，快端出来，犒劳前方归来的将士。

吃饭的时候，母亲不断地咳嗽哮喘。沈若鱼说，怎么我这些日子不在，您就变得风箱一样。

母亲说，我这是冷空气过敏，一到冬天就受罪。医生说，要到暖和的地方避一避。要不，越发作越严重，肺成了一个大泡，就难治了。

沈若鱼说，就是说您得像大雁一样，飞到南方去过冬？

母亲说，医生是那个意思。我说，要是老头子还在，就能陪我去了。可我现在一个孤老婆子，孩子们都有自己的事。

沈若鱼说，妈，您这不是影射吗？

母亲说，我是实事求是，人家医生怎么说的我怎么传达。

沈若鱼说，您这么一说，我真是不好意思了。这样吧，父亲在南方不是有几个老战友，总约您去看看？这次，我们就一起到他们那儿走走，一来访旧，二来避寒。到春暖花开的时候，咱们再飞回来。

母亲说，倒是好。只是会不会耽误了你的工作？

沈若鱼说，我有什么工作？和您一样，离休了。

母亲说，别搞错了，你是退休。

沈若鱼说，反正都是休了，您怎么一点幽默都不懂。

母亲说，这可是待遇，哪能随便就幽？

沈若鱼说，我这就和他们联系。那些老爷子都是离休的人了，不比在位的时候，说话算话雷厉风行。要给人家多打点提前量。

母亲说，好。当年小的时候，是我带着你们出门。现在反过来了，是你带着我出门。

沈若鱼说，您赶紧把丝绸阿婆服找出来吧。昨天看天气预报，那边零上20多度。伟大祖国幅员广大海阔天空。

沈若鱼回了家，对先生说，我打算到南方走一走。

先生说，公款旅游？

沈若鱼说，想得美。陪我妈躲避北方的风沙。

先生说，我看你心中装着全世界，唯独没有我一人。

沈若鱼说，要不，你也跟着一块去？到我爹的那些故旧家里，听他们痛说革命家史和各式各样的牢骚？你既然主动请战，我退居二线。怎么样，把挨门挨户叫叔叔叫阿姨的光荣，留给你？

先生说，饶了我吧。此次南巡，何日北上？

沈若鱼说，怎么也得等我妈深恶痛绝的冷空气，返回西伯利亚以后吧。

先生说，问君归期未有期。

沈若鱼说，想不到我这么重要，你还挺伤感啊。

先生说，这是装的，其实心中窃喜。你不在，我岂不是更加自由？

沈若鱼说，我是无为而治，你就好自为之吧。

两人正说笑着，电话响了。

我是沈若鱼啊。

我是简方宁。

两人开始煲电话粥。

我要陪我妈到南方走一圈，正想告诉你。沈若鱼说。

你一走，我的心里就空落落的。简方宁说。

院长大人，何时变得多愁善感起来？其实我在这里，除了给你添麻烦以外，又能给你什么帮助呢？沈若鱼不知道自己对于朋友还有这么大的用处，很感动。

帮助有的时候不是给你便利，正好是添麻烦。在这种麻烦中，你感到自己的价值。心灵相通，不需要解释，人一生能有这样的朋友，就是幸福。慈爱的母亲，严厉的父亲，都不难找，有天性在里面。动物那里，可以找到比人更精彩的例子。唯有朋友，这是人的特产。简方宁的声音有一种超凡入圣的遥远。

沈若鱼不想和朋友一道伤心，就说，方宁，您这些充满哲理的话，等我回来再领教，好不好？当务之急是找出我的连衣裙。

简方宁说，要到那么南的地方啊？

沈若鱼说，按照我妈妈的作战计划，恨不能这一次扫荡到曾母暗沙。

简方宁随口道，那也到庄羽所在的 N 市了？

沈若鱼说，是啊。

简方宁说，假如你有时间，就和她联系一下。

沈若鱼说，你对她念念不忘，我一定在百忙中抽出宝贵的时间，前去探望。

简方宁道，帮我看看她和支远身体恢复得怎么样。这在医学上，称为追踪寻访，作为使用中药的病例，我要的是第一手资料。

沈若鱼说，真是冷酷，追杀到天涯海角。

简方宁只要一谈起工作，立即就像充了电的玩具小熊，精神抖擞起来。她说，注意啊，一定要用自己的眼睛，别光听他们说。

沈若鱼说，知道啦。你就等着听我的秘密报告吧。

简方宁轻轻一笑，放下了电话。

沈若鱼携老母到达 N 市的时候，已是行程尾期。南方冬季宜人，温暖而不潮湿。每平方公里绿色植物蒸腾出的大量氧气，使母亲的哮喘病好了过半。刚开始南下时的焦灼渐渐稀释，寻亲访友到处受到款待，温情充盈，使人倍感轻捷。

精神只要一放松，就会无事生非。

一日住在父亲战友的遗孀家，两位老女人相对流泪。女人如果经常能有机会，大张旗鼓地哭一场，就像是洗一回温泉，有精神安抚和益寿延年的卓著功效，妙不可言。所以沈若鱼根本不劝她们，自己乐得看电视。

那天晚上的电视台，好像约好了，把所有最垃圾的节目，都汇集到本日播出。沈若鱼像打机关枪一样，连连按着遥控器，直到怀疑自己的手指得了腱鞘炎，也没看到一个稍微可以忍受的节目。

沈若鱼便给先生打电话，报个平安。

然后打电话给简方宁，但是无人。最近简方宁不知在忙着什么，总是找不到她。

再给谁打电话呢？沈若鱼开始翻电话簿。女人打电话有的时候也像买东西，并不是想好了什么才去买，而是在商场里瞎逛，灵机一动，就买下了某种并不需要的东西。一个号码像图钉似的，在字里行间闪亮。沈若鱼想起了简方宁的嘱托，拨动了它。电话铃响了许久，没有人接。当沈若鱼正准备放下的那一瞬间，有人说话了。

您好。我找庄羽。她说。

没这人。对方女声，很不客气地把电话压掉。

沈若鱼很奇怪，看着话机显示屏上遗留的自己刚拨完的数字，对啊，没有拨错。再不然，就是庄羽给自己写错了？她突然想到，也许庄羽当初给她写电话的时候，就是假的。为了证实这一点，当然主要是没有任何事干，沈若鱼又拨了电话。

还是那女人接听。这回沈若鱼学精了一点，她换了口气，说，我找支远。

支远是谁？那女人低声重复了一句。这没这人，你错了！

眼看对方电话就要砸下的当儿，突然听到电话里另一个女人的声音：你慢点放，我来接这个电话。

尽管声音遥远模糊，沈若鱼还是精确地听出了——她正是庄羽。

哪里？庄羽说。

你是庄羽吧？沈若鱼经历了这番找人之苦，热情比刚开始打这个电话时，大为提高。

庄羽是谁？庄羽说。你是谁？她又问。

我是沈……我是范青稞啊。庄羽，我都听出你的声音来了。你听不出我吗？我们在一间病房里住了那么长时间！沈若鱼大喊大叫，好像对方是一个昏迷的病人。

喔，想起来了。我们是病友。庄羽说。

可是你刚才还不承认，差点让我吃了闭门羹。范青稞抱怨。

大姐，那不是我们的真名，就像一次性的筷子，谁记得住？出了医院，就把它留在污物桶里了，哪里还带回家？新换的保姆不知道这段故事。幸好支远这个名字，比较上口，我才凑合记起遥远的往事。庄羽说。

　　并不遥远啊。沈若鱼说。

　　那要看这段时间对谁而言。一个月，对于一个将活八十岁的人来说，只不过是生命的千分之一；对于一个只能活一年的人来说，差不多就是生命的十分之一了。后者当然觉得遥远了。庄羽的声音像是自河外星系传来，微弱，但很清晰。

　　沈若鱼不想和她争辩这种充满末日意味的谈话，转而问，你怎么样？

　　庄羽说，是你个人对我这样关心，还是奉什么人旨意而来？

　　沈若鱼说，我看不出这二者有什么不同。都是好意。

　　庄羽说，你问我，我就告诉你真话。如果是别人的意思，我就说人家想听的话。

　　沈若鱼说，说真话吧。真话也是人家想听到的话。

　　庄羽说，你能想象得出我现在在做什么？

　　沈若鱼说，在睡觉吧？听你声音一股做梦的气息。

　　庄羽说，谢谢你的美好想象。我已经很多天不睡觉了。根本睡不着。此刻我蹲在地毯上，脸是银杏绿色，眼眶是茄子蓝，背倚着沙发的裙边，缩成一团，在用最大的毅力，保持声音的平稳，给你打电话。

　　沈若鱼说，危言耸听。

　　庄羽说，人之将死，其言也善。我用最后的气力来骗人，是不是太不值？

　　沈若鱼说，你快死了？年轻人，别瞎说。

　　她说不上喜欢庄羽，但这个女人，毕竟给她留下了极深刻的印象。此刻听到一个活生生的生命，就要消失，不禁毛骨悚然，嚷起来，你可千万别死啊，简院长还等着听你的消息呢。

　　庄羽在电话线的那一头，格格笑起来，说，大姐，你这么快就露出马脚，我本以为你坚持的时间还能长一点。简院长不是这样跟你说的吧？她烦透了，恨不得我早死，哪里还会挂念我？

沈若鱼说，千真万确。事到如今，我也不必瞒你，我和她是多年的朋友。

庄羽说，我早就看出来了，不忍说破就是。看两个不会撒谎的人骗人，好玩。

沈若鱼说，不管怎么说，她很关心你。

庄羽说，我也关心她。绝对超过了她关心我。情感赤字在我这一边。

沈若鱼说，咱们不开玩笑了。你到底怎样？

庄羽说，我刚出医院没几天，就开始复吸。这一次，我不再吸四号了。一下子加了三个数，我吸"七"了。新产品，非常贵，但是更过瘾。我现在已经片刻不能离开"七"了。它可以使我不睡觉不吃饭，飞翔在迷幻的世界里。我开始咳血，"七"把我的肺烧穿了。吸毒的人都知道，到了这分上，最多也就是十天半个月的事了。

沈若鱼吓得差点扔了话筒，说，你胡扯！

庄羽笑嘻嘻地说，真是这样。我实在是太不像人样了，蓬头垢面，骨瘦如柴，不好意思啊，所以没法让你来看我。我是一个有自尊心的人，刚才形容的那模样，已经很文过饰非了，情况只比我说的更坏。

沈若鱼说，庄羽，我相信你说的是真的。咱们一块回北方吧，路上我照顾你，一下了飞机，你就直接到医院去。我去和简方宁说，我相信她一定会收你入院的。沈若鱼急起来，救人如救火。

庄羽轻笑一声说，只怕简院长，已没有气力管我的闲事了。

沈若鱼说，这怎么能说是闲事？她是院长，治病救人是本分。

庄羽说，她呀，泥菩萨身上长草——只怕早荒（慌）了神了。

沈若鱼一惊，听庄羽的意思，好像有什么变故。她怎么啦？沈若鱼着急问。

要是没什么特别的意外……她现在也成了和我一样的瘾君子，离了"七"，就过不了日子了。庄羽非常得意地说。

什么？有人给她下了毒？你瞎说！这不可能！没人能害得了她！她是专家！沈若鱼全身颤抖，牙齿格格作响。

突然停电了，霓虹闪烁的城市，顿时变得一片漆黑。片刻之后，点点的应急灯亮了，它们不但无法重新将城市从黑暗中打捞出来，反而像鬼火一般，显出人烟稠密的荒凉。到处是不安的骚动，黑暗覆盖之下无数罪恶潜行着。沈若鱼死死揪住电话线，拼命反抗庄羽的话，但深刻的恐惧攫住了她。信息越令人惊骇，越可能是真的。

是啊，所以能害得了她的人，是了不起的人。庄羽的声音洪亮起来。她一边打电话，一边吸进"七"，单手操作，获得成功。就像飞机进行了空中加油，精神一振。

他是谁？沈若鱼吼起来。

大姐，别这样，镇静一点。我就喜欢简院长的风度，可惜我不能亲眼看见她发现这件事时的表情。我想，一定是眼含秋水，面带春风，依旧温柔淡定。她用这种以不变应万变的神情，对待过无数的病人，轮到她自己，该也是从容不迫的吧？庄羽来了兴致，十分饶舌。

少废话，快告诉我投毒的是谁？

我说，大姐，您怎么这么死心眼啊，我都说到这个分上了，您还让我说什么呀？下毒的就是我啊。庄羽厚颜无耻地表白。

天！啊！

沈若鱼真想变成一股电火，顺着电流滚动，飞进庄羽家，用黑色的电线，一圈一圈紧紧绕在这个女人细细的脖子上，勒死她。但除了一个七位数的号码，在这座城市里，再没有关于她的一点线索。

你那里停电了吗？庄羽宕开话题。

停了。怎么样？

我这儿也停了，停电按区，咱们离得不远。大姐，你为什么不说话呢？生我的气吗？庄羽柔声问道。

我想掐死你！沈若鱼怒不可遏。

你恨我，这太对了。这个世界上最恨我的，是我自己。没人知道我心中闪过多少罪恶的念头，我是一个堕落邪恶的女人。简方宁企图救我，她就犯了一个大过失，要用她的命来洗这个错误。我一天天地沉沦下去，招谁惹谁了？我不偷不抢，醉生梦死，多么舒服！命是我自己的，想怎么处置就怎么处置，凭什么要受别人的安排？你救了我，你就有罪，你让我看见了正常人的生活，我又回不到那里，你说我不恨你我恨谁？你给了我稻草，可我浮不起来，我就得揪着你一道进污泥。她让我多了痛苦，多了绝望，多了恐惧，多了自卑，她把我最后的幻想打碎了，她必须用命来赔我！……庄羽歇斯底里地发作着。

还是先压住满腔的怒火，从这个疯狂的吸毒者嘴里，套出更多的情况。你不是早就回来了，怎么下毒呢？沈若鱼问。

反正我快死了，我什么都告诉你。我用"七"制作了一大幅油画。送给了戒毒医院。我并没有说是专门送给院长的，简方宁是多么聪明的一个人，那样她就会怀疑。但那画，是按照她办公室的尺寸定做的，只有挂在那里，才天衣无缝。那不是普通的画。每当阳光和灯光照射在上面的时候，溶解在油画颜料中的"七"，就会缓缓地像烟雾一样释放出来，人呼吸着这种空气，就不知不觉地上了瘾。这幅画，花了我好多钱。成本高，再加上要找个不出卖我的画家，到处都要用钱打点。要知道，"七"是非常昂贵的……

不过，我不在乎……庄羽忙着吞云吐雾，声音忽大忽小。

沈若鱼大叫道，庄羽，你想得美。这只是你的如意算盘。简方宁一定会发现你的阴谋，她才不会上你的当！

庄羽说，大姐，我是爱她，所以才给她下毒。我不能变成和她一样的人，她太高尚，太尊贵了。我今生今世，永攀不上。但是我可以把她变成和我一样的人。一个人落在水里，别人来救他，他当然感激。但是如果终于救不出他，那他就要把救人的人，一齐拖下水底。这是人的本能啊，我害怕死亡……一想到能有这样一个美丽智慧的女人，和我一道走进深渊，我就不再恐惧，甚至充满了幸福感……你不应该责备我，应该责备的是水，是深渊，是我为什么不早些碰到她……

再说啦，作为一个医生，亲身体验一下病人所受的煎熬，有什么不好？万一她挣扎出来，从中找出了制服魔鬼的武器，我还帮助简院长成了一代医学泰斗。这不是天大的好事吗？中国古代就有殉葬一说，想我庄羽，一个小小的无名鼠辈，一个吸毒的下贱女人，能有这样一位美丽卓越的女医生陪同赴死，就是喘最后一口气的时候，我也会快乐。

其实我也时时在反思自己，是不是手段毒辣，害人太惨？但我想，不是。我是爱得太深，我向往光明。既然光明不肯接纳我，我就撕下一缕光明，带到地狱里面去，让地狱也温暖些，清洁些。我是害怕啊，害怕地狱的黑，害怕毒蛇分岔的舌头……我快死了，就在这几天……

庄羽喋喋不休地演说着，每一句话沈若鱼都听到了，都记得很清楚，但是她丧失了思维的能力。庄羽的影子，渐渐在沈若鱼面前模糊起来。她忘了她的长相，忘了她的声音。虽然庄羽确实生活在这座城市里，虽然话筒里分明传来她的呼吸，可沈若鱼毫无疑问地认定，她已是一具尸体。

沈若鱼放下了电话。妈妈走进来说，怎么打了这么长时间的电话？

沈若鱼怕自己的神色吓了妈妈，极力装作神态正常说，有话则长。

妈妈说，是你打出去的，还是外面打进来的？

沈若鱼说，当然是我打出去的。除了这一家，咱们举目无亲。

妈妈说，那讲了这么长时间，要花多少电话费？到时候，咱们前面走了，后面电话单子报来，得把你阿姨吓一跳。

沈若鱼说，那怎么办？要不咱们临走的时候，像当年的红军一样，在锅盖或是暖壶底下，压上十块钱，写一纸条，说老乡，对不起……

妈妈说，那你阿姨还不得气死？

沈若鱼说，那你说怎么办？我还得打一个电话哩，十万火急。您要是觉得不合适，我就到街上的公共电话亭去打。

妈妈看了看漆黑的夜色，说，简短点。

沈若鱼立即拨了简方宁办公室的电话。

无人。

再打。

还是无人。

直至深夜，仍是无人。

打到简方宁家里，也没人接。

妈妈，我们立即回家！赶快买机票，越早越好！沈若鱼跺着脚说。

妈妈怪她，你这孩子，一阵儿一个主意。听说一个星期内的票都没了，你以为有专机呢！

那就到机场等退票，能早一天是一天。沈若鱼咬牙切齿，恨不能一拳将黑暗打出隧道，飞回北方。

庄羽残存的生命，只剩下最后一件事，将美丽的女戒毒医生拖下地狱。对生的眷恋和对死亡的恐惧，都在这个游戏中淡化。她是因为爱她才害她，独自咀嚼这种诡谲的爱意，使她生命的最后时光，充满期望。她不断地打长途电话，如果女医生接了电话，她就一言不发地放下听筒，让无尽的忙音代替她的问候。如果女医生不在，她就设想出一百种可能，惴惴不安地惦念着她。有时她突发奇想，觉得简方宁一定有最好的药，不曾拿出来给病人吃，现在轮到自身倒霉，只好贡献出来，于是庄羽也有了生还的希望。但这幻想随着时间的推移，粉碎了。在偶尔接通的电话里，虽然女院长的声音极其短促，只是"喂喂……"一声，她就心怯手抖地扔了电话，隔着万里银线，她依然闻到了"七"阴森恐怖的味道。看到女医生日渐憔悴花容失色，她忽而快意莫名，忽而深深忏悔，精神上寒热往来，打着摆子。

　　只有一点她确切知道，她留在女医生身边的导火索嗤嗤燃烧着，就要接近爆炸的一瞬了。

第三十九节

从景天星教授那里回来，沈若鱼沉浸在悲痛当中。晚上，她想，简方宁一定会到梦中与她相会。没想到睡得特别好，一觉到天光，先生给她留了个条，说晚上有会，回来得晚。

沈若鱼心里像被人挖了一个洞，黑色的风呼啸着穿过。伸手去拨电话，七位码子按到六位时，猛然停住。这个号码，永远不会通往那个清晰宁静的声音了。

她呆坐着。非常奇怪对于最好的朋友的死，冷静为何像狗一样地陪伴着她，不肯须臾离开。如果她一直这样冷静下去，灵魂要羞愧了。她预感到要出什么事。一定会有事。要是什么事都没有，这个世界就正常得不可思议了。她呆呆地坐着等，等那必然要发生的事情来找她。到了上午十点的时候，邮递员来送信。沈若鱼，拿戳，挂号……邮递员在楼下，像磨剪子磨刀的老汉一样放声吆喝着。

沈若鱼疯了一样地跑下去，她终于明白了，自己一直等的就是这声呼唤。

是简方宁的来信。到处阳光灿烂，很有些春天的味道了，杨树胡子霸道地垂在枝头，似掉非掉地摇曳，显出一种糜烂的萌芽状态。身上很暖和，人声鼎沸。沈若鱼很沉着地拿着厚厚的信封，在上楼的时候，才觉出楼梯上的阴冷。这封信是简方宁生前寄出的，一直在人间周转。沈若鱼手指颤抖不停，纸里面满含另一个世界的信息，寒冷如冰。

信封里的内容，由两部分组成。一页短信，另外是些随手写下的记录，直到简方宁神志昏迷的前十分钟。

若鱼：

你好。当你收到我这封信的时候，我已不在人间。

不过，这有什么关系呢？相知就是一切。我们就是再继续交往几十年，了解也不会比现在更多。一个人最基本的品质，在他很年轻的时候，就已经奠定。

阅读一个死者的文字，不是一件愉快的工作，所以我很抱歉。但是，我有一些事需要向人倾诉。我无法完全预计我身后的事情。我把这副担子交给你，请你帮我一个忙。好在，它真的是最后一次了。

有些国家规定，一定要有自杀的客观证据，比如遗书，自杀的判断才能成立。我会写一个简单的条子，但我知道它可能说明不了太多的东西。我爱生命，但当我不可能以我热爱的方式生存时，我只好远行。

我的面前摆着满满一瓶三唑伦。我相信它，胜过一把手枪。这瓶药是我用"范青稞"的名字开出来的，用的是一张红处方。

好了。我相信人的生命会以另外的方式存在，我们在天空以飘荡的颗粒相见。但愿那是许多年以后的事情，但愿我们并肩飞翔。

简方宁

张大光膀子住院是孟妈收他进来的。滕医生病了，病得好奇怪。前一天还好好的，半夜突然剧烈地腹泻。第二天来不了，临时需要有人在门诊值班。孟妈刚下夜班，说别人都忙，她愿意顶班。我就让她去了。

她收的第一个病人，就是张大光膀子。

那天我正和景教授研究学术会议的论文，待我知道，木已成舟，张大光膀子住进了蔡冠雄的病房。我对孟妈说，你怎么把他收进来了？我不是在全体会议上讲过，这样的病人，病史很可疑。况且他病情复杂，戒毒非常困难。

孟妈不软不硬地对我说，我只记得您说过，门诊医生有权决定是否收治病人。我噎住了，我是说过这个话。滕医生的病，第二天就好得无影无踪。我怀疑孟妈给滕医生的茶水里放了泻药，怀疑她收了张大的金子。但是我没有证据。

果然，张大光膀子是有血案在身的逃犯，迫不及待地住进医院，是为了寻找一处避风港。公安局带着手铐，到医院来逮人。我说，请稍等，好吗？执行任务的队长说，如果人犯逃跑了，这个责任谁负？我说，我负。他说，你负不了。

我承认他说得对，一个医生，不能干涉公务。但我恳求，让病人出了我的医院门，再行逮捕。他病情很重，又用了种种药物，没有逃跑的能力。这一点，以我的医学知识，完全可以担保。医院里还有许多其他的病人，大张旗鼓地行动，可能对病情造成不良影响。队长默不做声地退后半步，给了我协助。

张大被架出病房。他走出院门的第一步，就上了铐。罪有应得。但是他的随从喽啰恶狠狠地对我们说，等着吧！人是在你们医院没的，我们就找你们医院算账！他的两个老婆，闹得很凶。大老婆是要人，小老婆是要钱。

医生护士很有几分恐慌。说吸毒的病人，多是戴罪之人，这件事是个警告。

深夜，我的BP机上显示出了一行奇怪的文字：三重铁门，绝非桃源。警惕孟妈。

什么意思？没有署名。说它是呼错了，但铁门二字，分明是指我的医院。不是桃源，就是说不是风平浪静，其乐融融。至于孟妈，到底是怎么回事？百思不得其解。我感谢这告诫，但想不出他是谁。

孟妈来找我，说她要辞掉这份工作。她本来就是退休返聘的医生，来去自由。但在这种时刻辞工，分明有一种临阵脱逃的怯懦和动摇军心的险恶。

我说，什么理由呢？她说，没有理由。不想干就是不想干。你管不着我。我说，孟大夫，辞工当然是可以的。但我很希望大家能同舟共济，度过暂时的困难。如果你一定要辞，请给我一个理由。哪怕是瞎编的理由也行，我需要对大家有一个解释，安定人心。

孟妈说，你一定要听理由，我就告诉你。我在外面，自己开了一家诊所，你这里的一套，我都烂熟于心。到了那里，我就是院长。这个辞工的理由，还算说得过去吧？本来我是不忍心告诉你的，看你追问得这样苦，就发了慈悲。谁让孟妈是个好心人呢！

我手指冰凉地给她签了有关手续。

……秦炳来找我。真是士别三日，当刮目相看。他换了一身名牌西装，头发不知打了多少摩丝，每一根都发出蓝色的光辉，锐利无比。

院长，我的药，怎么样？他开门见山。

不错。我说。临床实验的效果很好，基本上达到了你祖父的设想。不过，因为疗程还没有最后完成，距他要求的"目光精彩，言语清亮。神思不乱，肌肉不削，气息如常，大便不结，形神俱佳"的状态，还有一段距离……我说。但是，我等不了啦！他对我的话，不感兴趣，嚷起来。

您在等什么？我不解。我们不都是在等实验的结果吗？我说。

等钱。秦炳很干脆地说。我们不是已经把科研经费支给你了吗？这已经是尽了我们最大的努力，而且用于配药，已经够用。我说。

我不是指的这个。我说的是，买断。我需要一笔钱，让我们全家过上好日子。我等不了你们这么慢腾腾的临床验证。有没有用，现在已经看得出来了。他低着头，不看我，一口气把上面的话说完。

我说，你不能过河拆桥。

他说，那你也不能总占着茅坑不拉屎。

我火了，说，打开窗户说亮话吧，到底是怎么一回事？

秦炳说，你们医院的医生孟妈，领了一位外国先生去看我。说他们对中国的中医药很敬佩，很欣赏。他们愿出大价钱买我爷爷的方子，还有他的医书……

多少钱？我极力使自己的声音平稳。我知道事情已逼近一个坚硬苦涩的内核。秦炳说了一个很天文的数字。

我不知道孟妈领来的这个外国佬，是否真的能给面前这个穷酸的小人物这么多钱。但我根据现有的临床实验，已经有把握说，中国方子的价值，当远远在这个数字之上。我说，你爷爷的方子，可以卖得比这个价钱更高。秦炳感激地说，简院长，您真是个好人。您不压价，您实事求是。我知道您下面的话是什么，我应该把它卖给自己的国家，自己的医院。可是，钱呢？你们连配这几服药的钱，都让我垫付，什么时候才能把硬邦邦的票子，装在麻袋里，运到我家？我等不起了。我爷爷已经死了，我爹也死了。再这样穷下去，我也快死了。您会说这个方子死不了，是的，方子活着。方子可以救人，可我们家呢？得益的是别人，我们有什么好处？谁来救我们家？这是我们祖传的宝物，我们一家人今后就指着它呢！我也不愿意卖给外国人，这点觉悟还是有的。可你们只说要方子，要药，就是不给钱。我等不了，我们家人等不了。您说我是见钱眼开也好，说我是小人也好，我都认了。只要您现在给钱，哪怕只有外国人出的一半价，我都认了。谁让咱是中国人呢。可您要是没钱，我就不再给您药，反正咱们已经钱货两清，谁也不欠着谁了。秦炳说完这一席话，好像把一个天大的包袱甩下了，安静地坐在那儿吸烟，像一个局外人。

我什么话都说不出来。不能兑现的语言，在金钱面前，苍白无力。我说，我明白了。秦炳。给我三天时间，我再想想办法。如果我没有电话给你，你爱怎样处置你的方子，就怎样处置吧。它毕竟是你家的财产。

秦炳说，就这么简单？我说，是啊。我不能拦着你们全家过好日子。

他显然非常高兴，说，没想到这么容易。我以为您会把我臭骂一通。我苦笑，说，印象中，我真的是那么严厉吗？他说，孟妈说，您对见钱眼开的事，深恶痛绝。要我做好充分的思想准备，预备着挨骂。我说，谢谢她对我这么了解。

秦炳走了。

三天……三天！区区七十二小时。我去找景教授。

景教授听完我的话，从书堆里抬起头，平静地说，没有办法。我们不是大财团，根本就没办法买断。无法同外国公司较量，只有认输。我说，那我们就把这样一个很有希望的中药方剂，拱手让外国人研究，占领世界市场？景教授说，我想，不论是谁在研制，只要他真正用于病人，对人类有好处，我们又何必那样狭隘？在我们手里，也许很长时间内，都是这种作坊式的生产，难以扩大影响。再说，吸毒人群主要在国外，由他们来研究推广，效果会更显著。

我说，教授，想不到你是一个卖国主义者。

景教授说，我爱科学甚于爱祖国。

我回到办公室。最近，我越来越愿意在办公室停留。我喜欢那种宁静的空气，它使我清醒和振作。

我凝视着那幅《白色和谐》。阳光照耀在上面，幽蓝色的海面，有一种毛茸茸的立体感。我喜欢这种略带恐怖感的震撼。

很想静下心来，把近日纷乱的思绪，理出一个头绪。有人敲门，是护士栗秋。

简院长，我想同您谈一谈。她说。

我说，有什么事，同护士长谈吧。如果她解决不了，再让她反映给我。好吗？我说着，预备关门。没想到，她把一只脚尖抵在门框和门扇之间，使我无法把门关上。如果硬要关，就会挤伤她的脚。我气恼地接受了她的来访。

有什么事，请快说。我只能给你五分钟。我很不客气。

院长，我只要一分钟就够了。我要辞职。栗秋很呆板地说。我不知道这是为了掩饰她心中的高兴还是悲伤。看来我的医院真是风雨飘摇。为什么这么多的人要辞职？哪天我这个院长也辞了职，就万事大吉了。

说说辞职的理由吧。我心里很慌乱，但声音力求镇定。我已经习惯在众人面前，把自己的真实感情埋藏起来。

因为我要结婚。栗秋依旧呆板地回答。

原来是这样！我松了心，说，结婚是好事，它同工作并不矛盾。为什么一定要辞职？我和护士长都有家，我们并没有辞职，不是也工作得很好？栗秋抬起头，我才看到她眼中的傲慢。

我的丈夫和我的婆家，都不喜欢我现在的工作。是他们要我辞职的。她不再用一种下属的神情同我对话，而是成熟女人的平等交谈。

我说，对不起。我忘了问你的夫君是谁。

她好像一直在等着我问她这句话，并为这一问题的姗姗来迟而恼恨。见我终于发问，喜笑颜开地说，您认识他的，就是北凉。

我一时想不起这个叫"北凉"的是个什么人。虽然他的名字有几分耳熟。我说，对不起。我可能有轻度的脑血管硬化，记不起这个大名。可以提示我一下吗？

北凉的母亲曾经带他住院，他和郑琪仁斗殴，划伤了护士长的脸。院长，咱们这里发生这种事，并不多。就不说他家背景，北凉也算大名鼎鼎的人物，您真的忘了吗？我不信。您是想借此挫挫我的傲气吧？其实，何必呢？我嫁得再好，也比不过您干得好。在这个世界上，我佩服的女人不多，您算一个。栗秋说得很认真。

哦，小姑娘。我谢谢你的夸奖。我干得没有你说的那样好。你嫁得也没有你想的那样好。我想起那个苍白如水的小伙子了。对于谈恋爱结婚这件事，别人都没有资格指手画脚。但是，作为你的前院长，你曾经是我最出色的护士，我不得不告诉你，那个北凉，患有性病。由于这种化验涉及到个人隐私，结果只有医生知道。我轻轻地说，怕吓坏了沉浸在幸福中的姑娘。

我以为栗秋会大惊失色。我甚至已经准备了安慰她的话，没想到她笑着说，性病的事，我早就知道了。

轮到我大惊失色。

栗秋说，院长，您何必这样失望呢？以您的学问和知识，应该懂得性病里，除了艾滋病，其他的都是很柔弱很温柔的病菌。不搞医的人，谈虎色变，科普作家为了道德的原因，也故意把它渲染得十分可怕。其实，对干我们这一行的人来说，谁都知道，它的治疗不会比一场痢疾更麻烦。对吧？院长。

我无力地说，对。你的医学知识的确不错。尤其是它使你变得这样勇敢。栗秋说，那我就走了。院长，谢谢您把我培养成一个优秀的戒毒护士。我想，我的婆家也正是看中了这一点。我今后也得不停地利用这一点，才会有牢不可破的位置。

再见，院长。她说。

我什么也没说，甚至也没有站起来送她。

我不是她的院长。她也不是我的护士了。

……

第四十节

BP 机又响起来了。最近它对我有了特殊的诱惑，小黑匣子里藏着一个秘密。在暗处有双眼睛注视着我，它好像无所不知，关切着我，提醒着我。果然机上出现了新的信号：不要在办公室待得太久。

什么意思？

我感到恐惧。这一次，没有什么特别的标记，说明这确是针对我的告诫。没有人名，当然更没有落款。但我知道它的确是发给我的，因为我在办公室呆的时间，真是越来越长了。

它是谁的眼睛，这么知道我的底细？

我把它给护士长看。没想到护士长嬉皮笑脸地说，两口子的悄悄话，自己说说就是了，还好意思告诉寻呼台的小姐，就不怕人家笑话？我说，你说是他？

护士长说，当然是他。我说，绝不是他。护士长说，你想啊，你回家对谁最有好处？当然是他。我从看福尔摩斯的探案集里，得到启示。你要是找不出凶手，就看谁从这个案子里获利最大，谁就是罪魁祸首。

我说，这世界上谁都有可能，就是他没可能。护士长吃惊道，那怎么会？我说，真的。他一点也不喜欢我在家。护士长说，不会有什么别的问题吧？后方起火、闹出兵变什么的？我说，护士长，你良心真是大大地坏了。我忙得昏天黑地，你还巴着我妻离子散。护士长连连说，冤枉。我这是肚脐眼插蜡烛……

我说，什么意思？不懂。护士长说——太热心了。我说，好了，我原谅你有口无心。我本来只想证实，这条关怀备至的信息是不是你暗送秋波。看来是我把你想得太好了。

护士长说，我有这份爱心，没有这份细心。想不出这种神经兮兮的把戏。干这事的人，好像有毛病。我送护士长出了门。心想这世界上只有一个人爱干这事，就是沈若鱼。但是，她不在。这是千真万确的。

不管怎么说，今天我要早点回家。一方面是问问潘岗，是不是他发的信息。用这种曲线救国的方式，提醒我作为妻子的责任。也真够难为他了，含星的学习，都是他辅导的。这个孩子，性格越来越孤僻。家里的人，包括保姆，都把我看做外人。我想这是一个恶性循环的怪圈，因为你在家的时间少，大家就习惯了你不在的局面。一旦你回来，就像客人，打破了某种平衡。

　　今天要早些回家。

　　我对办公室说，别了，我的桌子。别了，我的资料。别了，我的《白色和谐》。公共汽车出奇地顺利。最近我一切事情都不顺，唯有这回的汽车，竟是下了这辆就赶上那辆，而且都有座位，好像是专门把我运送到窘迫的时刻，并让我积攒起足够的力量。我听到家里有范青稞和潘岗说话的声音。要是平日，我就会按门铃，让来人给我开门。我很喜欢有人在家中给你开门，让你觉着自己被人盼望着，打开门，会有一张温情的脸，葵花一样迎接你。今天，因为BP机上那条传呼信息，我觉得对不起亲人。自己来开这个门，作为小小的补偿。

　　我打开门，我看到了我的丈夫和我的保姆。这本没有什么惊奇的，只是他们两个的衣着和待的地方不对。他们什么也没有穿，躺在我的床上。

　　这景象当然很特殊，若不是亲眼看见，我是无论如何也想不出来的。但是，很奇怪，我居然感到很熟悉。为什么呢？我久久地不得其解，后来我终于想明白了，对于丈夫的裸体，我当然看过无数次了，没有一点意外。对于范青稞，不过是一个我在妇产科早就熟透了的女人身体。两种熟悉的东西叠在一起，那景象好像并不奇怪。

　　只是我应该愤怒才对。所有的电影里小说里，都是这么告诉这种时刻的女人。我应该先把他们的衣服抱走，让他们在光天化日之下瑟瑟发抖；我应该疯狂地扑上去，撕那个女人的头发，扯她下体的毛，直到皮开肉绽鲜血淋淋；劈面给我丈夫一个耳光，打得他嘴角淌血，慢慢地吐出一颗牙，狠狠地踢他咬他，让奸夫淫妇跪在我面前互抽嘴巴……我绝不原谅，顿足捶胸，痛不欲生……

　　我这样想着，甚至看到这样的场面，一幕幕在我面前发生。但当时我实际上什么也没有做，只是傻傻地站着，直到我攒够了力量，支撑着我能够一步步向后退出。

除了离开，我所受过的全部教育和我的习惯，都不允许我有别的选择。

我在外面茫然地走着，非常惊讶地发现，春天居然到了。

我不知有多长时间，没有这样无拘无束地在大自然中走动了。一个人，没有任何事情等着你办，也没任何人来干扰你。天是那么蓝，风是那么轻，阳光暖得像羽毛，小刷子一般抚摸着皮肤。我扶着一棵叫不出名的树，看见从它灰褐色的枝干里拱出了绛色的锥形幼芽，万头攒动，争先恐后，怕辜负了春风。向阳的高处，已有凸现的花蕾绽出朦胧的深黄，未来的花瓣交错之处，裂开了发丝一般精细的小缝，有缎子一般的鹅黄似有似无地抖着。可以想到，到了明天，它会更猛烈地舒展开身躯，锯齿一般撕开花萼，向着太阳……

我真的不感到悲痛。或者说悲痛被我凝结成铁硬的一块，顶天立地占据着心灵的半壁河山。但是只要你不去想，不去碰撞，它就完整着，僵硬着，不会掉下一片渣滓，不会融化一滴汤汁。你只要不理它，它就孤单透明地存在着，与你相安无事。

晚上我住在办公室里。潘岗打电话来，我对他说，只是因为工作离不开。他哀哀地说，明天你一定回来啊。我说，好啊。那当然。

夜晚，我反复地看着 BP 机里依然存在着的那句话——不要在办公室待得太久。

这个人一定早就知道我家里的变化，他是关切我？还是提醒我？他是谁？为什么一定要让我亲眼看到屈辱的一幕？！他是有意的吗？我不寒而栗。已经过了供应暖气的时间，但医院里还在间断供暖。办公室的晚上比家里要舒服得多。在这春寒料峭的早春，我决定最近不回家了。我从来没有这样说话不算话过。但是这有什么呢？家里的人已经先把一个大大的谎言送给了我。

……

在这孤寂的深夜，我觉得没有人能理解我。我甚至无法表述自己的痛苦。表面上，我依然是我。我的容颜未改，位置依旧。家里的事，只要我不说，没有任何人知道。有人退职不干，一个护士的去留，一个方剂的买卖与放弃……这是一张偶然性编织的网，我的心被围困在里面，孤独地跳动着。平常都是可以理解的事情，但它们纠结在一起，就成了一根五颜六色的绞索，勒得我喘不过气来。我的家庭，我的事业，我的研究，我所主持的单位的向心力……

我感到无用，无助的凄凉……

彻夜未眠。

但是随着第一缕阳光照射在《白色和谐》上面，海水波光粼粼地震荡，我的心境就奇迹般地好起来了。

工作……

今明两日的安排，是参加一个国内的学术研讨会。我从衣橱里选了一套最鲜艳的衣服，以焕发自己的精神。第一天还好，一切正常。也许是近来操劳过度，我的体力下降，到了第二天就明显地感觉不支。一阵阵的烦躁像干柴一样，焚烧着我的神经。任何一位发言者，都会激起我的强烈不满。我大声喧哗，肆无忌惮地嘲笑别人。再精彩的发言只要一超过十五分钟，我就怒不可遏，甚至对着会议主席咆哮，放肆地咒骂大家。我好像喝了烈性酒，自己意识到失控，却没有办法制止。我强迫自己沉默，但是毫无效力。思维像穿上了溜冰鞋，没有方向地四下出击，撞到别人，就做一个鬼脸，恶意地想同所有的人作对……

中间休会的时候，一位朋友对我说，简院长，您今天是不是不舒服？

我知道这是在暗示我的反常。那一刻，恰好我还算宁静。我摸着头上的冷汗说，我可能有些发烧。她充满疑虑地说，发烧可不是这个样子。

我向大会主席告假。开会之前，曾反复强调中途不得退场，但是他非常痛快地准了我的假。看来我实在是行为古怪，不宜继续留在会议上。好好休息，多保重。他对我说，什么意思？想不明白。管他呢！

回家还是回办公室？

当然是回办公室。

一呼吸到办公室温暖而有些闭塞的空气，我的不适就缓解了大半。我顾不上做别的，只是大口大口地呼吸，那种魔鬼罩身的感觉，神话般地隐去了。

我想潘岗的事一定对我的意志有大摧残，再加上疲劳过度，休息一下，所以就复原了。

类似的情形又出现过两回。都是我到外面开会或是被请去会诊，总之是不在办公室里。我脸色刷白，冷汗淋漓，头痛难支。别人要急送我到医院，我说，老毛病了，我自己知道。你们只要送我回办公室就行了。

回到办公室，歇息片刻，一切症状就消失了。我像被打碎的瓷器，被一种神奇的胶水愈合了，不留一丝痕迹。一种可怕的异常。这种周期性的发作，到底是什么怪病缠身？

特别是它的痊愈，为什么如此迅疾如风，且一定要在我的办公室里，其他任何地方都毫无作用？

我细细地回想一次次的发作，突然，一阵天塌地陷的感觉，攫住了我。我极力镇定自己。还好，自控力像一个忠实的老仆，一步不落地跟随着我。早上，护士长第一个上班。她永远着着白瓷器的干净和稳定。

我把一瓶小便标本和一张化验单递给她，说，送到检验科，做一个尿液毒品检验。要特急。

护士长说，真倒霉啊，刚一上班，就被打发做这种环卫工人干的活。我倒要看看，是哪个病人，能让我们的院长这样百般呵护。

她拿着化验单，又不厌其烦地掏出老花镜。哦，是范青稞啊。老病人了。院长的后门，难怪难怪。只是，尿毒检的标本，可是像广告里说的那样，请朋友吃饭，东西要越新鲜越好。你这个范青稞昨晚就睡在这里了？要不，她是赶头班车把这瓶宝贝送来的？护士长喋喋不休。

我被她盘问得不耐烦，说，让你送，你就送。怎么这么啰嗦？好像我一个院长，连标本是不是合格，都要你来指教！

护士长面颊上的刀痕，有些发红。

我醒悟了，忙说，对不起。我最近心情不好。

护士长说，没关系。我们像幼儿园的小朋友，很客气地说着文明用语。

我去查房。医院里最近工作非常忙，护士又严重地缺员。我有时恍惚觉得这像一所战地医院，前方不断地转送过来大批伤员，可我们的力量却远远不够，流血在加剧。我给大家打气，极力不让人们看出我的沮丧。

下午，护士长慌慌张张地来敲我的门。我放她进来。

她说，真是不得了，您的这个朋友，就是那个范青稞的尿液标本里，毒品呈强阳性反应。而且，检验人员说了，这是一种比海洛因四号更精粹的毒品，叫做"七"。想不到，您的那位朋友，看起来挺老实的一个女人，不但出了院就复吸，还变本加厉。这样的人，不救也罢！早死早清静。

我用胳膊支撑着头说，谢谢你。护士长。快从这间房屋离开。

我简直就是把她推出门去的。

金灿灿的阳光照射在《白色和谐》上面，给阴森可怖的洋面，镀上了一层明媚。有幽蓝色的气体升腾而起，就像我们冬天时，在暖气管上方通常看到的那样，仿佛水雾弥漫。

我以为我会很惊慌，但是，不。在失去了痛苦的本能以后，我接着失去了惊愕的能力。好像是给一个重症的病人会诊，我镇定地开始寻找有关"七"的资料。当然，首先要验证它是从哪里来的。

我从《白色和谐》上，很小心地刮下了一点粉末，动作之轻，像从一只睡着的蝴蝶翅膀上，取下些许鳞片。在海浪的幽蓝色、冰川的惨白和灯塔的橘红色之间，我有片刻的犹豫。但是我很快就决定了，取幽蓝和灰色的油彩，因为它们看起来更狰狞一些。

厚厚的书里，关于"七"，只言片语也找不到。我这才发现，教科书是多么陈腐迟钝，它只记录那些无数人知道的确凿知识。对于科学的最新进展，大智若愚，连个说明的空隙都不屑留下。

我只有再次去找景教授。

因我一天忙于临床，对国际戒毒领域近来的发展，很隔膜了。您能把有关"七"的资料介绍给我吗？我对景教授说。

她极高兴地说，在我们国内还很少发现使用"七"的病例。怎么，你那里收到这样的病人了？

我说，有一个。还仅仅是可疑。待有了确实的诊断后，我会向您报告的。

景教授说，我一定亲自给他做检查。

我说，那真是她的福分。

汉语真好，它在发音上，对人称的性别没有任何标志，听起来完全不辨男女。要不然，依景教授的脾气，她一定问，她？那个女人是谁？

我说，我想知道国际上最新的进展，对这样的病人，有什么更好的治疗办法？

景教授说，有的。可以根治，永不复发。

我一阵狂喜，哆嗦着嘴唇说，真的？那太好了！

景教授敏感地看着我说，你好像高兴得有些过分。当医生的，要学会平衡自己的感情，才能立于不败之地。你太不冷静了。

我收敛了一些，说，是。

景教授又说，只是那个办法很残忍。

我立刻说，我不怕残忍。

景教授说，你当然不怕。但病人会怕。

我急切地说，是……病人……那到底是怎样的一种疗法？

景教授说，是一种手术。在颅脑里的手术。

我说，那我也不怕。

景教授不高兴地说，为什么总是提你？我们要从病人的角度考虑问题。

我突然发起脾气说，教授，您不要总是咬文嚼字好不好？我当然是从病人的角度考虑问题。有什么办法，你就快说吧！

这是我追随景教授以来，第一次也是唯一的一次，更是最后的一次，向景教授发脾气。大约是太出乎意料，景教授居然隐忍下来，说，根治"七"的治疗方法是——手术切断蓝斑。

蓝斑是人大脑内痛觉和快乐感觉的中枢。

那会怎么样？我愣愣地问，一时无法明了它全部的严重含义。

因为"七"的毒性非常强烈，现在还没有研制成任何一种成功对抗它的治疗方案。只有采取这种破坏性的手术，使毒品今后在人的大脑内，永远不起作用。这就好比快乐和痛苦是一对孪生姐妹，蓝斑是一把椅子。在正常人体内，快乐和痛苦交替坐在这把椅子上，有的人是快乐的时候多，有的人是痛苦的时候多。椅子不会是空的，椅子也不可能同时坐两个人。毒品是一个冒充快乐的杀手，它排挤了正常的双生姐妹，一屁股赖在蓝斑上。

所以吸毒的人，丧失了正常人的喜怒哀乐，他们只是为了虚妄的伪装的快乐而生活。这个魔鬼很快就露出毒牙，连赝品的快乐也不再支付给人类了，它霸占住蓝斑，直到这把椅子和整个机体一道灭亡。

"七"就是这样的毒中之王。

如果说我们对以往的种种毒品，还研制出了对抗它们的战略，那么对于"七"，我们现在束手无策。唯一的办法就是玉石俱焚，切断蓝斑，就是彻底地毁灭了椅子。毒品再也没有施展拳脚的舞台了……

也许因为我的态度反常恶劣，景教授居然格外耐心。

我说，明白了。切断蓝斑，将使病人永远丧失对快乐和痛苦的感受力。

景教授说，是的。但这个人其他的方面你看不出来变化，比如智慧、体力，对方向、食物、味觉包括性的生理感受……和常人一样。只是他的心灵不再有快乐也不再有悲伤。

我冷冷地坐着，困难地思索着这一席话。许久，我说，谢谢您，教授，您是我永远的导师。

景教授关怀地说，我看你的脸色不好，很不好。要多注意休息。

我必须要赶快回到我的办公室。因为外出，我已经很长时间没有呼吸到那里面的空气了。它们是毒枭滋养品。

回到办公室。在短暂的休息之后，我看到了关于我送检的"白色和谐"的标本报告。

"毒品'七'，极强阳性，浓度超出检测能力最大限值。"

我笑了，镇定自若。一切都在我的判断之中。一般医生在给自己看病的时候，常常失误，但我不是。我的确是一个优秀的戒毒医生。

……

沈若鱼无法读下去了。在这种惊人的冷静面前，她感到极大的慌乱。力量就像沙漠里的泉水，积蓄它需要漫长的时间，但在烈日下，眨眼就烤干了。她不知道自己何时才有勇气读完朋友的绝笔。

那一刻，我在哪里？我为什么不在她的身边？！沈若鱼愤怒地撕扯自己的头发。

那时也许她正在和庄羽进行最后的对话。

……庄羽急切地说，我偶尔也很为自己的举止后悔。我尽我的能力帮助简方宁。

真的。你在电话里冷笑，你不相信我。我用高价从孟妈那里，买到了简方宁的BP机号，一次又一次地向她示警。第一次，我让她防着孟妈。依我对社会的了解，收红包，拉皮条，加上里通外国，还是小打小闹。这种人，太多了！都不算什么。可那是在医院外面，孟妈是在白墙里面，她在人最软弱的时候下刀子，赚这些要死人的钱，她太坏了！我恨她！就把孟妈的阴谋告诉简院长。她太善良单纯。她对药的了解远远大于对人的了解。后来我又告诫她，不要在办公室待得太晚，因为那里面充满了"七"的毒雾。

我刚通过长途台把这句话发过去，就后悔得直扇自己嘴巴。我说庄羽啊庄羽，你不就是想让简方宁同你一样吗，她就要同你一样了，你怎么又往岸上推她？讯号已经发出，泼出去的水收不回来了。过后的几天，我不断地往简院长家打电话。还好，她一直没回家。我知道，她已经成瘾了，她离不开她的办公室了。我成功了……

沈若鱼一直在屏气听着，脊背上像有数十条蟒蛇，蜿蜒窜动。她像死了一样，一动不动地倾听这来自黑暗中的声音。

大姐，你在听我说话吗？为什么一点声音也没有？久久的沉默之后，庄羽说。

我一直在听着你说话。但你别称我大姐。沈若鱼说。

你生气了，是吗？庄羽轻轻地说。

不是生气。是仇恨。你害了一个多么好的女人！沈若鱼说。

我知道。我罪恶深重。但是我没有办法，对于那些人的本性中的特点，连上帝都饶恕。你回去后，请转告她，我向她认罪。但是我不后悔我的成功。支远已经离开我了，他已经戒了毒。我不想连累他，是我把他打走的。他走的时候，给我留下了足够吸到死的钱。所以我不必卖淫卖血，也可以体面地一直吸毒，直到我吸不进气的时候。

我现在等着简院长救我。她既然自己也染上了这种病，就会想尽办法为自己治疗。这是我们的福音。你让她快点研究出来，不然我就等不了那么长的时间了……

我要是早点死了也好。我想，要是支远留给我的钱，用不完我就死了，那是再好不过的事。我就在遗嘱里写上，把这些钱，捐给戒毒医院，成立一个庄羽戒毒基金。就说在很久以前，有一个名叫庄羽的女孩，不幸误入歧途。虽然她自己最终没有挣扎出苦海，可是她希望千千万万的人，不要重蹈覆辙。她愿把自己所有的钱拿出来，贡献给人类的戒毒事业……

沈若鱼清楚地记得，她听到这里，啪地把电话挂断了。她无法承受这种黑白混乱的思维，更重要的是，她要抓紧一切时间，拯救简方宁。

就在那一刻，来电了。光明显得那样辉煌，黑暗终于过去了。

但是一切都晚了。

第四十一节

读朋友的遗书，犹如火炭。

沈若鱼想把一些事搞明白。最先找到孟妈，因为沈若鱼此刻最恨她。

地方很不好找，在新建居民小区的楼群里。这个"庄"那个"园"的，名字叫得中西合璧，在方位感的知识上完全无用。幸好孟妈仔细，在每一个重要的路口，都标明了到孟氏诊所的前进路线。

一套三居室的民房，不很大还算干净。孟氏名医多少代传人的招牌，用血红的油漆写着，鲜艳得让人路过时退避三舍，总怕油漆未干蹭在身上。

孟妈正闲着，看到沈若鱼进来，笑容盛开，说，真难为你，找到这里来了。我给以前的重病人都打了招呼，若是再要治，就到我这里来，包好。你是轻病人，我想大概已经断根了。没想到你也找来了，可见我是民心所向啊。范青稞，你看我还记得你的名字。

沈若鱼说，我不叫那个名字了。我叫沈若鱼，是简方宁的朋友。

孟妈变色道，啊，沈女士。是这样。简院长不在了，我们都很难过。

沈若鱼道，她在遗书里提到你离开医院一事。我想知道详情。

孟妈说，你是以什么身份呢？光是朋友不行吧？你看人家外国侦探影片里，冲出来一个人，先要亮出证件，说，我是警察。

沈若鱼说，我不是警察。可我有权知道事情的真相。如果我认为有必要，可以叫来警察。

孟妈说，我和简院长的死，可没啥关系。我早就离开医院了。

沈若鱼说，我知道。那你还紧张什么？

孟妈说，好吧。我心底无私天地宽。我把最后的情形告诉你。

张大光膀子死了。毒品他是无法吸了，进行了一半的治疗又停止了。他的体质极差，死亡已是意料中事。张大光膀子的小老婆，没有胆量到公安局去闹，天天披头散发地在医院门口吵闹，鸡犬不宁。她是从高纬度地区来的，这点寒冷，根本就不放在眼里。闹得累了，就到附近的小酒馆里喝酒吃饭。酒足饭饱之后，继续奋战。围观的人群问这是怎么了？她就说是医院把人给治死了。他的大老婆不说话，只是哭，一把鼻涕一把泪，惨得不行。看热闹的老百姓围了一大圈。

是我收的病人，可我没想到是这样的结局。金子我没收，反正你们也没证据，不能诬陷人。医院我待不下去了，幸好我早就给自己絮好了窝，就到这里来了，重打锣鼓另开张，你看到了，买卖还不错。

沈若鱼说，那个药方呢？

孟妈装傻说，什么药方？

沈若鱼说，就是你领着毕瑞德找秦炳的那个药方啊！

孟妈一拍大腿说，那洋毛子真不是好东西，你说我给他帮那么大的忙，简直就等于把李时珍引见给他了，才给我那么一点钱，买身衣服就不剩俩子了，还不顶我私下治几个大烟鬼挣得多。秦炳也是，自己用方子换了房子，就饮水忘了挖井人……不过，我这人，不靠外援，自力更生也行。你感觉到没有？现在是方兴未艾形势大好啊。

沈若鱼说，什么未艾？

孟妈说，吸毒的人越来越多啊。我的货源以后就越来越充足了。

沈若鱼尖刻地说，若是我记得不错，戒毒药品必得是正规医院专卖，您这样的江湖郎中，纵是医术高强，没有药，也是无米之炊啊。

孟妈并不恼，说范青稞，看来你的戒毒医院真是没白住，一句话就问到了点子上。不用你操心，我有用之不完取之不竭的药源。

沈若鱼大惊道，莫非你有秘密药库？

孟妈朗笑起来说，我还没有那么大的神通，继续努力吧，借你的吉言，我也盼着有那么一天呢。

沈若鱼逼问道，可你还没有回答我，戒毒药到底是从哪儿搞来？

孟妈傲慢地说，我早看出你居心不良。谁让我这人心眼软呢？告诉你，谅你也伤我不着。我的药都是从戒毒病人手里买出来的，他们从正规医院出来以后，还得不断吃药，每人都是药篓子。我就用高价从他们手里买进，一倒手，再卖给私下里想戒毒的人。说得难听点，和捣药的二道贩子，互通有无。就这么简单，可银钱就滚滚地来了，挡都挡不住，你说我有什么办法？天要人发，你不得不发啊。

说到这里，孟妈得意地笑起来。无论沈若鱼多么恨她，还得悲哀地承认她的笑容很有蛊惑力。

　　沈若鱼一字一顿地说，孟医生，你要是还记得你是个医生的话，就把你的心泡在来苏水里消消毒，再放回肋骨后面！

　　祝你和你的黑窝点早日完蛋！分手的时候，沈若鱼恨恨地想。

　　以后也许我就想出更稳妥的发财主意了。孟妈笑盈盈地告别。

　　沈若鱼愤愤地走了。她其实还是嫩了一点，要是她在临出门的时候，回一下头，就会发现孟妈的笑容迅速消失，惨淡经营的焦灼爬满瘦脸。她的镇宅之宝——那部宝蓝色的登记簿丢了，简直使她陷入绝境，除了以前的老客户，她的业务基本上已成了无源之水。为了秘密独揽，她没有做备份，自以为这份资料像可口可乐的处方一样保险，它却杳无痕迹地消失了。

　　到底是谁把它偷走了？孟妈永远也想不出答案。

　　沈若鱼去找栗秋。她已经打听到了她新家的位置，胡同里一处看起来陈旧其实内部十分深广的四合院。

　　沈若鱼按了半天门铃，才有仆人来开门，冷冷地说，您不是事先约好的客人，主人不见。

　　沈若鱼气哼哼地说，你们家是不是刚办过喜事？娶的是不是护士叫栗秋？告诉你，你们家新媳妇老太太的事，我都知道！

　　仆人不知她是何来头，赔了小心说，不知您怎么称呼？

　　沈若鱼说，你就告诉老太太和新媳妇，说我是从戒毒医院来的。这一句话成了，其他的什么都不必说了。

　　仆人恭恭敬敬地回话去了，朱漆红门上半开的小窗户，呼呼地走着风。沈若鱼把眼睛迎过去，一堵高大的影壁山一般地矗立着，遮挡了院内所有的景象。

　　仆人很快地回来了，若不是沈若鱼退得快，差点被急掩过来的门夹了眼睫毛。

　　老太太新太太都说了，她们从来不认识什么戒毒医院的人！仆人在关闭的门里大声说。

沈若鱼走进一座富丽堂皇的五星级宾馆。电梯直上 30 层,给人摇摇欲坠的感觉。

出了电梯门,低矮的走廊和明亮的灯光,让人不辨东西。毕瑞德名片上那个拗口的公司名称,在一块黄铜牌上,冰冷地闪烁着。

沈若鱼来到那个公司的门口,透过玻璃门,身穿黑衣的小姐正在忙碌,室内所有的器具都是黑色的,给人一种高贵逼人的压迫感。

我想找毕瑞德。沈若鱼说。

对不起,毕瑞德先生已回国。小姐答道。

他什么时候回来?沈若鱼问。

不知道。小姐说。

沈若鱼点点头又问,那么我可以知道一些有关秦炳先生的情况吗?我是毕瑞德的朋友。

小姐困惑地说,我不知道什么秦炳先生。对不起。

沈若鱼知道再也问不出什么,怏怏而归。小姐在她背后礼貌地道别,沈若鱼已把玻璃门掩上,就只见小姐的嘴动,听不见她的声音,好像鱼缸里换气的鱼。

沈若鱼回到电梯口,又看到了铜牌上的名称,她恼怒地向它挥舞拳头,恨不能将那几个字砸扁。一个扫地的老妇人,游魂似的走过来,你也恨这个公司?前几天有一个男人,坐在这里号啕大哭,说这个公司的外国人买了他的方子,根本就不打算造药,是为了永远锁在保险柜里。他说那外国人肯定和毒品贩子有关联,也不知是真是假。一个大老爷们,哭得那个惨,说自己是不肖子孙……

电梯来了,沈若鱼一步跨入,用不锈钢的门把老太太和她的唠叨隔开,自己孤独地下降。她原本想去找秦炳,已经打听到了他的花园洋房地址,但现在没有这个必要了。

一身疲累地回到家里,先生问什么,都不说。

先生长叹一声,说你碰壁是必然的。简方宁自己都说,她的死,与任何人无关。你抱的什么不平?况且每个人都是按照自己的意愿生活,并不曾强迫别人。我们这个时代,从广义上说,已经没有杀富济贫、拔刀相助的英雄了。你真是在和风车搏斗。

第四十二节

出现了一件事，打乱了我的全部安排。

滕大爷来找我。这老头，总是像楷书一般妥帖平整，今天惊慌失措得白色工作服的兜底掀在外面，好像刚被小孙子翻了糖。

院长，你说它能到哪里去呢？一直锁在我的抽屉里，怎么就会丢了呢？这可怎么办！他的眉头皱得太紧，有一根花白的眉毛飘落在鼻梁上，又被汗粘成"一"字形，好像那里有一道似愈未愈的小刀疤。

我看着好笑。同我遇到的灭顶之灾相比，还有什么可怕的事呢？于是我非常镇静地对他说，滕医生，别着急，慢慢说。没有什么事能压倒我们。

我的冷静感染了他。他平息下来，说，戒毒是个新行当，我虽是老医生，心里也没底……

我说，就不必从个人史家族史讲起了，请直接进入主题。

不想老头很执拗，拒不服从我的指示，说院长，我还是说得详细一点，这样破起案来，头绪清楚。

我极力控制着自己的焦躁情绪，由于"七"的干扰，我有的时候会喜怒无常。我说，好吧。

滕医生说，我有一个登记簿，全是病人的原始记录。从姓名家庭住址到治疗方案病人的反应以及出院后的随访和复诊，都有详细的记载……

我打断他说，我知道。它比医院病案室记载得还要全面。

滕医生说，起码差不多吧。简直就是另一份复制的病案，有一些动态的变化，比如病人近期内的反应，也许比电脑还及时。我是想自己积累第一手的资料，这样有利于业务的提高……

我不耐烦地说，关于你的主观动机，就不要再说了，我并没有怪你的意思。没准还会表扬你，每一个医生都应该热爱自己的工作。

可是它丢了……太古怪了……那天下班的时候,我把它放在抽屉里,我记得很清楚,我参加了几天学术会议……今早上一来,没了,我是说,本子没了,别的都还在,什么也没有少……其实要是别的没了,倒不要紧,蓝色登记簿没有了,这是天下独一无二的医疗文件啊……

滕医生用听诊器的铜头使劲敲脑袋,发出脆响。我说,滕医生,听诊器是公共财产,要是把它磕瘪了,我罚你这个月的全部奖金。他这才不情愿地停下来。

我的头脑里好像有一百条蜈蚣在爬,沙土上留下神符般莫测的痕迹。这是"七"的翅膀在强烈干扰我的思维过程。我驱赶着蜈蚣蠕动的脚趾,凝聚起全部精力,处理这件奇怪的窃案。

这个本子,对一般人有什么用途吗?我揉着风池穴问。

没有,一点用也没有。甚至连一张空白的纸都没剩下,您知道我是一个很俭省的人,再说我的字很潦草,都是医学术语……

我赶紧地截断他的话说,那个盗得登记簿的人,正是对你的字和术语感兴趣,是这样的吧?

滕医生被这个说法吓了一跳,满是蒙蒙的油汗的脑门,立时白起来,说您的意思是有特务看上了我的登记簿?

我笑起来说,传统的特务倒是没有这么雅。我看是自己内部的人。

滕医生说,谁?!

我说,谁会对这种充满了科学味道的东西感兴趣?只有医生,别有用心的医生。

滕医生说,那能是谁呢?抽屉里没有值钱的东西,我有一把专用的钥匙,平日就放在工作服兜里,要是咱们自己人想算计我,机会有的是,趁我到食堂吃饭的时候。您知道咱们的规定是医生不得穿着工作服到餐厅吃饭,那样会污染环境,要是找这个时间下手,几百把钥匙也偷着配出来了……可我还是想不通,你想知道病人的资料,找我要就是了,我从来没打算秘不传人。干吗要使这么下作的手段!滕大爷莫名其妙加义愤填膺,脸上混合出很天真的神气。

我说,您这本宝蓝色的簿子,作用大了。据此可以找到我们以往治过的所有病人的下落。假如落到了毒贩子手里,来个送货上门,你知道那些人的操守质量,有多少人能抵得住诱惑?正瞌睡着就有人送来了枕头。还有人化名来的，但登记的住址是真的，拿了这份材料，上门敲诈勒索也有可能。谁想再次戒毒，他们就会把病人当成摇钱树，高价戒毒，牟取暴利。要是让吸毒的人互相串通起来，后果难以设想……

滕医生大叫，院长，你不要说下去了！太可怕了，早知有这样严重的后果，除了正规的病历，我一个字也不会留下来。这可怎么办？我倒不是为了自己怕什么，我是担心那些吸毒的病人。若是这样一份材料被歹徒拿了去，他们不是雪上加霜！

我说，滕医生，您也别把事情想得太严重了。明天早上，拉开抽屉，你就会见到你的宝蓝色的登记簿。只是它还会不会像以前那样平整干净，我不敢保证。

滕医生转危为安地笑了说，原来是你拿走的，院长，你吓唬我。老头可不像你们年轻人经得住吓，摸摸我的脉搏，有 150 下了。

我说道，滕医生，为什么不好好地检讨你自己？怎么会是我？我哪能干那种事！我只是说帮你找，我有一个猜测，但愿它是正确的。

滕医生稀里糊涂地走了。我背靠着墙，注视着《白色和谐》，看着幽蓝色的气体在阳光下蒸腾而起，蜿蜒着进入我的肺腑。

为什么要叫"白色和谐"呢？它其实一点也不和谐，涌动着酷烈的奋争和苦难。

我按铃，请护士长将温嫣的丈夫柏子叫来。

到您的办公室？这里不是闲人免进的吗？医院里，唯有您这儿干净，把病人请到这里，不是把最后一块世外桃源也毁了吗？护士长迟疑着，不肯痛快地执行我的医嘱。

我淡淡地说，这里早就不长桃了，长的是荆棘。

护士长听不懂，去叫病人了。我的头发很乱，只得用一只黑色的发箍将它们约束起来。毕竟是见病人，还要保持起码的尊严。

柏子很拘谨地坐在我的对面，残存的两指不安地抖动着，好像是一只错乱钟表的分针和秒针。

我说，不要装出这么陌生的样子。你应该对我的办公室很熟悉了啊。

柏子抬起头，又迅速埋下去，说，我弄不明白您的意思。

我说，是我先弄不明白你的意思。你在深夜溜进我的办公室，将我所有的东西都参观了一番，却并没有偷走一针一线。到底是为什么？

柏子抬起头，慢慢地说，这是我的习惯了。到了一个地方，要把所有有锁的地方都打开，看看里面有些什么东西。喜欢就拿走，不喜欢就原封不动。

我说，你说得不对。我这里其实有你喜欢的东西。

柏子说，什么？你说的是毒品？不就是在你的保险柜的最底层藏着吗？我不希罕。我到这里来是干什么的？不就是为了戒毒吗？我不会再上它的当了，所以我只不过打开来看了看，又原样包起来了。你包的那个样式很难学，我用一张废纸练了半天才学会。怎么样，原样包装，没露出破绽吧？

要不是"七"已经使我处于麻木状态，我会吃一惊的。不是因为他是一个高明的贼，是因为他已经学会对毒品的抵抗。这就是我的治疗功绩啊。

柏子一定以为我大智若愚，没达到预想的惊奇，很有几分沮丧。他说，院长，我很感谢您，代表我老婆和我还没出世的孩子，感谢您救我出苦海。

我说，我不需要你这些空洞的话。你要真是感谢我，就为我做一件事。

柏子说，你就是要联合国的钢印，我也能给您偷来。别看我只有两根爪子，可它们是通天筷子，没有什么取不来的。

我说，你一定在医生办公室里，看到过一本宝蓝色的册子吧？

柏子大大咧咧地说，见过。不就是在滕大爷的抽屉里吗？

我说，一定不是你拿的吧？

柏子说，你说得对。我要那玩艺干什么呢？留作纪念吗？我可没那个雅兴。

我说，可是它丢了。

柏子是何等聪明之人，立刻说，您是让我给您偷回来吗？

我有些不好意思地说，正是。给你添麻烦了。

柏子大包大揽说，这算什么？好长时间没练本事了，手心正好痒痒。您的意思是把医院所有医生护士的箱子抽屉都搜一遍吗？这活大约得两个整宿儿才能干完。

我吓得一激灵，说那可使不得。

柏子说，那您要是不赞成这样地毯式轰炸，就得有重点怀疑对象。

我拿起笔，在纸上写了一行字，说，就到这里去找吧，明天早上放回滕大爷的抽屉。不过，你可要小心。

柏子看了看，把纸条还给我，说，我记下了，您烧了吧。小心什么？

我说，这毕竟是偷摸的事，要是叫人抓着，就是罪过了。

柏子说，这东西是不是滕大爷的呢？

我说，是啊。

柏子说，那不结了？是谁的东西，谁把它取回来，怎么能叫偷呢？不过是物归原主罢了。

我说，动作可得快。这东西是前几天丢的，时间长了，让人抄写了备份，你就是把原件找回来，损失也弥补不了。

柏子说，放心好了。只要偷的人没把这宝蓝色的册子毁了，明天您就等着瞧好吧。

看着他只有两个手指的手掌，我真的有些不放心，我说，多保重。

不想柏子竟生起气来，说，院长，你看不起我？

我刚想分辩，他一挥手说，院长，您看看这是什么？

说着他把手伸进斑马病号服宽大的衣兜，把一枚黑色的发箍掏了出来。

那是我的发箍，在他进来一分钟以前，我才卡到头发上的。我摸了摸自己发凉的脑门，那里空空如也。

万一你要是被人抓住，你可千万……我叮咛他。

您就放心好了，我知道。要是被人抓住，哪怕是灌辣椒水，我也一定不会把您给供出来……柏子信誓旦旦地说。

你错了。柏子。我很严肃地对他说。要是被人抓住，你在第一分钟就说出我的名字，说是我命令你去的，这样就不会为难你了。为了我的病人和医生，我愿意承担任何重大的责任。况且，这一切对我来说，马上就不算什么了。

柏子没有听懂我的话。

临出门的时候，他问我，可以知道您是怎么发现我的吗？

我说，在我的玻璃板上，留下了一个格外粗大的食指指纹。只有其他手指都失去功能的时候，食指才会如此强健有力。在病房里符合这种情况的，就你一人。

柏子叹道，疏忽啊疏忽，多年来我是偷了就走，并不在乎留不留下痕迹。在圈子里吃窝边草，痛失前蹄。

柏子走了。我拿起那个纸条，上面写的是孟妈家的地址。

头痛如绞。"七"把我的大脑腐蚀得千疮百孔。我坚信是她干的。她想掌握住所有戒毒病人的资料，然后开设私人戒毒所，牟取暴利。也许还会和贩毒集团勾结起来，铺开一张毒网。

我对着自己微笑了一下。光明一生，今天居然唆人偷盗，只是其他的正当手段都来不及了，以一颗仁爱之心出此下策，就是马克思的在天之灵，也会原谅我吧。

滕医生，我只能帮你把事情做到这一步了。原谅我不能做得更多一些。"七"使我一分一秒地笨拙和萎靡下去。

城市的夜晚不宁静，但和白日眼花缭乱的旋转相比，更有一种凄清的繁华。无数灯火闪亮，无数窗口黑暗。汽车红色的尾灯，逶迤划过，好像一道道红色的钢轨凌空抖动。空气似乎更不新鲜了，都市里的树木，像卑鄙的个人，一反阳光下的嘴脸，在朦胧的光线下，贪婪地吸着氧气，吐出二氧化碳，加剧污染。整个都市的上空，是一团银红色的光雾，包容着裹挟着假寐的文明，缓缓地自转并且公转。

我在戒毒医院的周围走着。要给《白色和谐》找一块葬身之地。我已经寻找出了和"七"和睦相处的规律。当我饱满地被它补充一番之后，可以在数小时内，矫健如常。所以在我自己的最后决定之前，我不能毁灭《白色和谐》。我就像是一个画中人，要不停地回到画中去补充能量，否则就会原形毕露。

我找到一处废弃的工地，土质很松软。我挖了一个坑，足够埋下剪成碎片的《白色和谐》。在想象中，它破裂成碗碴大小的渣滓，有的是幽蓝色，有的是橘红色，更多的是瓦白色。混合在春天微黏的土壤里，再也无法害人。

这是我很挂念的一件事。一旦定下来，心里就很宁静。

切断蓝斑。

我知道这是唯一拯救我的办法。技术上应该是没有什么大风险的。凡属破坏性的手术，比如摘除眼球、切掉子宫，说起来很恐怖，但实际操作并不困难。锯掉一条椅子腿，比修补它，要简单快捷得多。

我将从今后，失去快乐和痛苦的感觉。

就是说，我看到美丽壮观的大自然，不再为它欢呼雀跃震惊沉思。我对所有的风花雪月，无动于衷。风霜击打着我的皮肤，我不知寒冷。阳光照射着我的眼睛，我不觉灼热。看见花开，我没有激赏之情。踏上落叶，我不会洒悲秋之泪。我不必看雪，不必看月。因为雪不过是一些水的晶体，月不过是死寂的冰冷大陆。我不必旅游和出国，因为它们和我从电视里得到的画面，没有任何区别。我的面孔因为没有快乐和愤怒的表情，变成一张空白复印纸。它甚至连镜子也不是。镜子还可以反射出外界的景象，如果面对跳跃的火焰，镜子也会红光灼灼。但切断蓝斑之后的人，是一潭死水，无论表面还是最底层，它都是光滑而平展的，所有的光线都被它原封不动地还给光源，自身冷漠无情。

我将对所有的亲情毫无反应。我对潘岗的背叛，可以心如枯井。含星的成绩再不会让我焦虑或是欣喜，他的冷暖饥寒再不会让我牵肠挂肚。我的任何一位亲人远行，我都不再悲痛。我不会再为朋友的幸福高举酒杯，我也不会在追悼会上一洒痛惜之泪。我的丈夫爱上或是不爱某个女人，与我形同陌路，对我没有任何伤害。我同他一起生活或是分道扬镳，像试卷上一道无足轻重分值极小的选择题，答对或是答得不对，对整个的成绩的影响微乎其微。

我的工作和我的事业，它们曾经是那样坚定地支持着我。就像圆明园大水法的石柱，当一切繁华和灯红酒绿都不存在了，它们依旧默默地屹立在苍穹之下。切断蓝斑的同时，它们也像萝卜被连根拔出。病人死了，我不再痛苦。挽救了他们的生命，我不再快乐。我是一个铁脸的白衣机器，刻板地上班下班，会诊出诊，像是扫地和倒垃圾，没有任何感情地对待周围的一切。医学上的新进展，与我无关。出了重大的事故，我也游离其外。我会奇怪为什么人的眼睛，要流出咸而微浑的液体。我会惊讶为什么人脸上的纹路，会聚集在眉毛的两侧，而不是在耳朵的后面。

我将变成一个徒有虚名的木偶。

也许我看起来和别人一样正常。我会像一个色盲的人，经过训练，也可以凭借智慧，识别出简单的颜色。这样，在别人表示兴奋的时候，我也牵动嘴角。当别人表示愤怒的时候，我挥舞拳头。我可以成功地蒙骗别人，只有自己知道，我的心里，像火星表面一样，冷漠荒凉，没有活的生物。

我将是一种奇怪的人种，被阉割了哭和笑的神经中枢。当然我还会咧嘴和眼睛出水，但那和我的情感有什么关系呢？

其实也没有什么了不起的。就像丧失了胃口，人仍然吃饭，丧失了嗅觉，人依然可以伏下身子，凑到花丛中附庸风雅。只要你愿意伪装，你在别人眼里就是幸福的。但我要是不愿意呢？人的生命，应该是完美无缺的精品。人与动物最大的区别，是我们具备高尚的情感。当动物为一己的事物而狂吠不止的时候，人可以为了更高尚的目标，放弃个人的利益英勇赴死。我们因为美好的事物而快乐，因为丑恶的事物而愤慨和斗争。

假如这一切都不在了，生命又有何意义和价值？

也许，生命对于自己已无意义，但是对别人却是有用的。比如，我仍然可以进行医学研究，也可能取得惊人的成果。我的存在，可以让我的儿子得到形式上的母亲，他会感觉童年幸福。我的朋友会继续和我来往，也许发现不了我已不是以前的我……

但，这一切，和我又有什么关系？

我是一个独立的个体，我不是为了任何人而活着的，我只是为了我自己。

既然生命对我已没有意义，我为什么要凄楚地勉强地身不由己地活着？我不愿做一个没有情感的人。身为母亲，我将像演戏一样爱我的儿子；身为医生，我不会为病人的康复而感动；身为妻子，我和我的丈夫已同床异梦；身为学生和助手，我对导师已无尊敬爱戴之心；身为朋友，我与大家敷衍了事，味同嚼蜡。我对于如此宝贵和偶然降临于我的躯体的生命，已无庄严的敬慕和永恒的感激。

没有幸福的生命，是丧失了水分的冰。

也许没有痛苦，是一种奇妙的境界。

我不喜欢没有痛苦的日子。痛苦是快乐的影子，没有痛苦，注定也就没有快乐。人可以躲避痛苦，这是一种智慧和勇气。痛苦是一种与生俱来的感受，没有痛苦，就是灵魂的麻木。麻木是一种慢性的死亡状态，它具有死亡的一切缺点，但是没有死亡的优点。那就是简明扼要的死亡，让人留恋和思索，让人体验到果敢和坚定，有一种新陈代谢的贡献。延宕的麻木，只会让包括自己在内的所有的人，心生厌倦和憎恶。

我这样想着，在不知不觉当中，走了很远的路。看了看表，再在马路上游荡，过了预定的时间，一旦发作起来，我就不能平安地回去了。好像要下雨，我听到乌云相撞的柔软的声音。急急往回赶。还好，"七"是守信用的，它没有提前到达。

我在办公桌前，列了一张表。

活着的优点：

人们依然可以看到一个名叫简方宁的人，在一如既往地忙碌。所有的人，都不会感到缺少了什么。

活着的缺点：

简方宁自己不存在了。她变成了木偶、皮影、机械手和面具的复合体。

只要问题提得准确，答案几乎是应声而出的。所以最危险的是爆炸性问题，而不是答案。

我一停笔，答案已然明了。

我对自己说，真是没办法，我很想活下去，但是这样活着，价值可疑到零。而且更为糟糕的是，一旦切断了蓝斑，我连写出这种设问文字的心情和欲望也没有了，因为真实的我已经消失在银幕的后面，人们看到的只是酷似我的一具躯壳。

好了，问题就这样简单地解决了，真是令人顿觉轻松愉快。

不管怎么说，轻松愉快和刚才的烦恼，都是多么好的状态啊。因为它们是一种人的正常感情。

我还有一些事情要处理。

见我的丈夫，告诉他，我已原谅他。自从不原谅人成了一种气节的代称以后，我们都耻于原谅别人。好像直到了临死，还不原谅他人，是一种风度。不，我愿意原谅我的丈夫。因为我们并肩走过了那么远的路。在最后的时刻，我记得他给我的所有帮助。

我对潘岗说，我原谅你。

他说，我并没有请求你原谅。

我说，那就请原谅我的自作多情。

潘岗说，我是不可原谅的。

我说，你可以拒绝我的原谅。但我的原谅已经像放飞的鸽子，收不回来了。潘岗，你多保重，我要工作去了。

我见了含星。

他说，妈妈，你为什么老不回家？

我说，以后妈妈就一直回家了。

他说，爸爸想你。我也想你。

我说，我也想你们。直到永远。

我赶快离开了孩子。在我钢铁般的意志上面，含星的指头只要轻轻一戳，就会有一个洞。他如果继续摇晃它，也许我就会全军覆没。

上午是我大查房的日子。我格外认真地听取了每一个病人的病情变化，做了有关的指示。我凝视着我的医院，我的病房，我的病人，我的处方，我的处方上的签名……我知道自己就要离它们远行，心中恋恋不舍。

我给景教授打了一个电话。我没有勇气亲自向她告别。她那双学者的眼睛有一种超凡入圣的魔力，会极端尖锐地洞察你的内心。

景教授，如果发生了什么事，请您原谅我。我说。

发生了什么事？她问。

我只是预感。我说。

预感到了什么？我虽然不相信预感，但我觉得你很惊慌，是吗？景教授说。

不，教授，您错了。我一点都不惊慌，而是胸有成竹。也许我的声音和往日不同，那是我昨天晚上睡得太迟。但是我今天晚上会补上的，您放心。我很坚定地说。

我放下了电话。

还有什么事呢？

啊，对了，还有最重要的事，我没有办。真是灯下黑。

我的手枪还没有准备好。

我抽出一张红处方。

红处方是专门开毒麻限制药品的。它是医疗界的杀手。

这张处方纸，不很光滑。我知道我所用的这张处方，以后要经过很多双眼睛的扫描，将被反复研究。我希望它柔韧光滑清洁规整，甚至是美丽的。

我在整整一沓红处方里挑选了半天，看中了一张。它符合我以上的所有要求，没有一丝瑕疵。就用你吧。我对它轻轻地微笑了一下，决定了。

在患者姓名一栏里，我填上了"范青稞"。

范青稞，当然是真的范青稞了，为了你帮我的这最后一次忙，我也原谅你了。

我把处方开好，请护士长代我到药房取药。其实我很想亲自去做这件事，让一切尽善尽美。当然最主要的是因为在我身后的日子里，护士长将因为这张处方，受到多次盘问。但是，以院长的身份，我不可能亲自做这件事，它会引起怀疑。

对不起了，护士长。反正你已经多次代我受过，多受一次，也未必就更委屈。好在这绝对是最后一次了。护士长看了看处方，说，天爷，开这么多药，一下能吃死10个人。你对这个叫范青稞的朋友有把握吗？她还吸着那么重的毒品！

我说，护士长，你是不是长幼不分？哪种章程上规定，下级可以指挥上级？我已经签了名，就说明由我来负全权责任。执行吧。

护士长把药交给我的时候，我深深地向她鞠了一躬。谢谢您。我说。

护士长说，我本来一肚子气，看到您这么隆重的礼节，火现在全消了。院长，您的躬鞠得像日本人一样地道，您会哄人。

我说，护士长，当你白发苍苍的时候，还会记起我来吗？

护士长说，这件事指日可待，我现在已是随手抓一把头发，就见白丝。

我说，我指的是头发纯白如雪的时候。

护士长说，只怕我活不到那么高的寿数。只要您那时还记得我，我是一定要高攀您的。那时您一定已是国内国际知名的专家学者。

我微笑着说，护士长，我发现你奉承起人来炉火纯青。

护士长说，岂止这一点。以后您还会发现我更多意想不到的长处。

我说，那可不一定。发现到今天为止。

看着护士长牛奶桶一样的身影远去，我心里涌起淡淡的眷恋。

BP机又响了。

"爱你胜过七。恨你胜过七。永别了！"

依然没有落款。

我知道你是谁了。真有趣。我佩服你的聪明和才智。只有吸毒的人，方能想出这种奇怪的对仗。我不知传呼台的小姐，在听到这种莫名其妙的话时，会不会娥眉紧蹙。

她一定以为"七"是一个人，一个男人。抚摸着BP机冰冷如蛇的链子，我将开关永远地关闭了。

我到医院的浴室洗了个澡。抚摸着自己的身体，我很欣慰。它们是坚实而洁净的。我要等待"七"的效力消失的时候，再实施我的计划。这样，我就是一个完整的我，没有毒品在我的体内。我的决定完全是自我意志的体现。

都下班了，医院很安静。我最后巡视了医院一遍，检查了所有的病历，开了重要的医嘱。给公安局的同志打了一个电话，请迅速制止张大光膀子家人对戒毒医院的骚扰。然后用目光和所有的一切告别。

回到办公室，深深呼吸。

我把《白色和谐》摘了下来，用早就准备好的小锤子和手术剪，将它的木框砸成碎片，画布剪得稀烂，然后很仔细地装进一个黑色的垃圾袋。我做得很认真，没有让一粒渣滓遗留地面。

我看看墙壁，《白色和谐》突然飞走，墙上留下了一片空白。

我终于明白庄羽为什么要把它命名为"白色和谐"了。毒品是白色的，天使的衣服也是白色的，她想将这两种白色混淆在一起。我朝它龇龇牙，做了一个笑脸。你再也别想在这里为非做歹了，这两种白色，永不和谐。

我拎着袋子下了楼。有几块尖锐的框角，扎穿了袋子，像断臂一样探出来，蹭着我的裤腿。

我走到侦察好的位置，那个挖好的坑，被风沙掩埋了一些，好像是准备种树，而树苗久久不来，坑的边缘成了倾斜的慢坡。我把黑色的垃圾袋暂放一旁，用自带的小铁铲把坑修理好，深得可以做一个单人步兵掩体。然后把袋子打开，把破碎的《白色和谐》撒进坑里。再用一层层的黄土和它们均匀地混合起来，就是有谁知道了这个秘密，他也绝对无法利用这种"七"了。

当我把一切都做好的时候，已经到了体内的"七"失效的边缘。我必须马上走了，留给我的时间不多了。

我把浮土拍实，又在上面走了两步。借着远处昏黄的光线，我看到我的脚印清晰地留在上面。这不好，也许会引起人们的怀疑。为什么周围都没有痕迹，独独这里有双奇怪的脚印？

我蹲下，用手把痕迹抹掉。

现在，妥帖极了，没有人会发现这里的秘密。就是以后有谁不经心挖开这处遗址，一定会以为这是一位生不逢时的画家，为自己不成功的作品建的画冢。

你干得挺好。我对自己说。想起销烟的老祖宗对毒品是火葬和水葬，我用的是土葬。比较原始，但可靠。全部掩埋好了以后，我恋恋不舍地看了一眼——毕竟《白色和谐》追随了我这么长的时间——然后往回走。我走得很快，留给我的时间已以分秒计算。

路灯下，我看到一个小姑娘，拎着一只红色的塑料桶，默不做声地站着。桶里只有一枝红玫瑰，花冠很小，枝叶凋零。在早春的寒风中，凄清地香着红着颤抖着。

我说，多少钱一枝？

问过之后才觉得很机械很没价值。无论它是多少价钱，我都会把它买下。小姑娘说了一个很便宜的数目。我去拿钱，才发现根本就没带钱包。

对不起。我抱歉地放下花，转身就走，时间于我，每秒都宝贵。

你等一等。她在背后喊我，跑过来，把花塞到我手里说，送给你。回去把根部剪掉，用火烧一烧，可以开很长时间。

我擎着单独的红玫瑰，在黑夜里快步如飞。回到办公室，已经没有那种可以令我精神抖擞的空气了。但我还是习惯性地深呼吸，屋内残存的"七"，还可帮助我多维持一段时间。

若鱼，你一定生气我在最后的这段时间里，为什么几乎没有想到你。不要怨我，因为我早已想好，把最重要最艰巨的工作委托给你——

就是我的这包文字。

你是我最好的朋友，让自己最好的朋友阅读这些文字，也许是一种残忍，但是我想这个世界上，至少应该有一个人知道真相，除了你，我无人可托。

我想，我的远行，会让太多的人吃惊。我不想解释什么，每个人都有按照自己意愿生活的权利。按照我的天性，我是什么也不想解释的，但我想让更多善良的人警惕。

我是一个捕蛇的人，我被蛇咬了。我要用自己的生命向这罪恶抗议。我要证明，人的意志是不可战胜的，毒品可以使我中毒，却无法使我屈服。

护士长、滕医生、周五……请原谅我的远去。活着，或者植物人一样痴呆，或者证明一个阴谋的得逞，对我都是无法忍耐的刑罚。我和敌人在战场上同归于尽。我渴望安宁。

作为一个戒毒医生，我误中毒品的暗算，这是很悲哀的事情。幼时，当我看到某个猎人掉进陷阱的时候，我常常想，他为什么这么蠢？我现在知道，有些牺牲不是聪明就可以避免得了的。一项伟大的事业，很多时候，是要用鲜血来做祭品的。

现在，我把那些药片倒在桌上，想仔细看看它们的模样。我的桌子由于多日疏于打扫，蒙着淡淡的灰尘。要是平日，我绝不会把入口的东西放在桌面上，哪怕它比现在干净百倍。但是，这一次，我不怕。肠炎和痢疾的潜伏期最快也在一天以后，所以它们对我是无害的。

我轻轻地抚摸着那些光滑冰冷的药片，指尖有一种轻微的舒适。我宁静地想，这就是死亡吗？就是这些晶莹的小药粒，组成了狰狞的死亡吗？它们的每一粒都是单薄精致而柔弱的，合在一起，就具备了黑色的剥夺生命的能量，多么残酷的事实。我轻轻地捻着它们，问讯着它们，是这一粒药片，会让我的双腿失去知觉吗？对了，一定是这一片，会让我的心脏麻痹。那滚到桌边看起来很谦虚的一片，可能会让我的胳膊永远也抬不起来。在桌面中央聚成小小的金字塔的这一堆，必定具有非凡的效力，会让我的大脑堕入无底的深渊。我想，"七"，你输在我的手里了。我比你更强大，我用死亡战胜了你。我轻轻呼唤着，蓝斑，我的蓝斑，你再也不会听命罪恶的毒品，你是清醒而明智的。

我选择了死亡，选择了一个戒毒医生应该干的活，以生命去殉自己的事业，你此时一定是充满幸福的。

我为自己倒了一小杯水，开始吃那些药。我很快但是有条不紊地服下它们，希望自己的死亡也是洁净和有序的。味道不好，它们有些酸，吃到最后，简直是醋的感觉。假如我在那遥远未知的地方依然当医生，我会让制药厂把药的味道，调整得更可口一些，糖衣包得更厚些。

也许人家会反驳我说，谁让你一下子吃那么多呢？

我就说，总是有人吃得多的。既然它成了某些人最后的食品，为什么不让它更可口？

好了，不写了，我的朋友。我也许不应该用这么宝贵的时间，说这种无关紧要的话。但我的心里，现在就是充斥着这么一个随意的问题，真是不好意思。

我的神志已经有些模糊，强大的药力就要发作了。我还要给自己剩一点最后的时间，把这封信粘上足够的邮票，写上挂号的字样，把它丢到信筒里。负责的邮递员会把它办好手续，只是收据没有人取了……我挣扎着把玫瑰花的根部剪去，插在药瓶里，它经了温暖空气的熏陶，舒展着，怒放着。我没有用火柴烧，它不必得那样久。

别了，我的朋友！我愿以死殉我的事业，记住我最后的嘱托，世界上善良的人啊，请热爱生命……

简方宁 深夜

最后的签名已是十分涣散了。

第四十三节

潘岗以为自己会对简方宁的死悲痛欲绝，他在众人面前的确也是这样表现的。他得承认，简方宁是一个好院长，好母亲，好妻子。在内心深处，他知道她的死，和自己有着不可分割的责任。但是，他绝不是为了推诿责任，也深知简方宁必得有一个更大更险恶的理由，使她不得不死。潘岗对追踪这个理由丝毫不感兴趣，既然简方宁自己都说这事与他人没有关系，为什么不让死者安宁呢？简方宁一死，当然潘岗看着没娘的孩子，也觉得可怜，但片刻之后他就为即将获得的自由而兴奋。扪心自问，他深深地感谢简方宁，她用自己的死，给了丈夫一份体面的解脱。当年，是简方宁选择了和他在一起，现在是简方宁选择了离他而去，潘岗有什么责任呢？

这个世界上，强者死去的概率要比弱者高多了。

潘岗尽自己的努力，要为简方宁操办一个盛大的葬礼，这是他为妻子做的最后一件事了。

至于范青稞，当然还是让她回家去吧。

简方宁的去世按正常死亡画上句号。一封黑色的治丧函摆在桌上。

先生说，你的朋友也有一失啊。

沈若鱼说，失在何处？

先生说，以简方宁不喜喧嚣的天性来说，一定不喜欢这种大张旗鼓的治丧方式。

沈若鱼说，也许是无奈。在那种情形下，她已是临危不乱。至于身后的事，哪里还想得那许多？况且潘岗一定要兴师动众，是心中愧悔之意。也要给人家一个机会嘛。

先生说，这几天我看了简方宁的遗书，想了很多……他看了看表，催促道，你快走吧，追悼会的时间就要到了。

沈若鱼虽一夜未睡，但并不显疲倦，对先生说，要是我今天回家的时候，带回来一个决定，你不会怪我吧？

先生说，我好像已经摸到你那决定凉冰冰的鼻子了。

沈若鱼大惊道，那不可能！我到现在还没有下定最后的决心呢。

先生转过身，在桌上写了一张纸条，很仔细地叠成小燕子形，仿佛他是一个准备给老师送病假条的学生，夹在一张卡片里，递给沈若鱼说，为了证实我的先知先觉，我把自己的预见写在这张纸上了。留此凭证，你的决定做出后，可打开一瞧。还有一份资料，最新的。

沈若鱼把纸条放进黑外套的衣兜，将信将疑。

先生临出门时，说，记得小时候看过一篇童话，叫做"老头子做的事总是对的"，咱家的事现在是反其道而行之，改成"老婆子做的事总是对的"。只要你的决定不是跟我离婚，我都会一如既往地支持你。时候不早了，你快走吧。

沈若鱼说，你别催我，今天我不想跟人说话。到了仪式快结束的时候入场最好，方宁会原谅我的。

公墓设在郊外，沈若鱼从地铁口钻到地面的时候，有一种重返阳间的感觉。春天已经汹涌澎湃地到了，阳光和来自地心的暖气交织成温暖透明的帏幔，将所有的人和事紧紧地包裹起来，有一种即将爆炸的生命力活跃其中。

远远地看到前面一丛花在移动，一个人轻柔地怀抱着专用于祭奠的黄白两色菊花，缓缓地走着，花影遮断身影。在违反花期的春天，一大抱灿烂无比的菊花，首先令人想到祭奠者的奢华。

不知今日同时是哪一位体面人物的归期？沈若鱼这样想着，偏过头去。一路上，她总在借着各式各样的偶然事件，分散自己的注意力，尽量不去想到遗体告别大厅里的朋友。眼看葬礼的会场就在前面，那花丛竟然行动得越来越慢，最后干脆停下了。路过持花人的时候，沈若鱼不由自主地扫了一眼，预备在系花的缎带上看到一个报纸上见过的名字，在花丛中看到一张泪水浸湿的少女脸庞。

没有缎带。没有少女。没有泪水。在黄白色的菊花后面，她找到的是一张苍老忧郁的面孔。

是三大伯。

您怎么来了？沈若鱼用惊愕的目光和翕张的嘴唇无声地问。

我听说了，就来了。在吸毒的人那里，这种消息传得比什么都快。三大伯说着，把菊花的花瓣一片片撕下，抛撒在地上。初放的花朵遭此荼毒，坚韧不屈地附着枝干，三大伯的手指便因为用力，染上淡黄的汁液。

为什么不进到里面去？沈若鱼机械地问。

我不配向她鞠躬。我干的活儿和简院长干的活儿，正是戗着的。我是她的对头。三大伯一边说，一边加快了撕花瓣的速度，脚下顿时积了一地碎金银，在春风里抖动着，反射着阳光。

既是对头，您又何必来呢？沈若鱼问，三大伯在她心里永远是一个谜。

我住过好多家戒毒医院，我见过好多戒毒医生，她是好样的。我佩服把我打败的人。

您什么都明白，为什么还要干那些事呢？沈若鱼问。

世上的事，有些正是因为明白了，才去干的。三大伯眯着眼睛，好像被菊花的金光晃疼了眼。三大伯说完这话，就把光秃秃的菊花枝子丢在地上，慢慢地转回身，向遥远的地铁口走过去，渐渐地下沉，消失在暗中。

恍然是一个梦。要不是一地破碎的菊花瓣，沈若鱼险些觉得刚才的一幕，是自己的幻觉。

追悼仪式正在进行中，吊唁大厅前的空场一片静寂，听得见淡褐色的蚯蚓在地表下掘进的声音，几根纤细的蛛丝挂在新生的侧柏叶上，被风吹拂着，发出不均匀的共鸣声……

沈若鱼悲愤凄凉的情绪渐渐平和下来，大自然抚平了心的伤痕。一个人死了，但整个世界仍在生机勃勃地向前。背后有轻微的脚步声，在距离她很近的地方停下来，好像怕打破了她的沉思。

沈若鱼慢慢回过头，她看到一个衣冠整洁、基本上可算是神采奕奕的支远。

两人大张了张嘴，意思是打招呼，却都了无声音。彼此都知道对方的名字是假的，又不知道真名，在这种肃穆场合，只有点头示意。

你就叫我支远吧。支远说。

我叫沈若鱼，是简方宁的朋友。沈若鱼简短说道。

我刚处理完庄羽的后事，从那边飞过来。支远指了指高远的天际。

沈若鱼一千次一万次地诅咒过那个邪恶的女人，一旦听到她确切的死讯，又有森然的冷意袭来。好在毕竟是阳光下的春天，手脚凉了一瞬，依旧温起来。

庄羽临死前，把什么都告诉我了，我赶回来，就是想帮帮简院长，可惜晚了。支远垂下头，过多的发胶使他的发丝一根不动，遮挡不住眉眼，沈若鱼看到了发自内心的哀痛。

支……远，对不起，我不知道你的真姓名，只得这样叫。沈若鱼想和以前的老病友说点什么。

我现在已经正式改叫支远这个名字了，它很顺嘴，是不是？我喜欢这个名字，它是在戒毒医院叫起来的，那里是我的再生之地。我最近的生意做得很大，业务拓展也很宽。有的人初次商谈，不了解不信任我，我就对他说，我吸过毒。很多人当场脸就变色，我把戒毒医院的出院证明给他看，我说，支远就是我。一个人如果连毒都可以戒掉，他还有什么事做不到呢？有些人就走了，永远不同我合作，但更多的人把手留给了我……支远看了一眼大厅，说，我们进去吧。

沈若鱼这才清楚地认识到，自己一直在回避那个时刻，回避见到往日知心好友的遗容，她怕自己的精神在那一刻崩溃。但是她再也不能拖延了，遗体就要送去火化，这是她们在人间的最后一面。

吊唁已到尾声，到会的人比她想象的要多得多，大厅挤得满满的。沈若鱼看到前排站着景天星教授、潘岗、护士长、滕医生、蔡医生、周五、甲子立夏等一行人，神色肃穆。中间是身穿白衣的医院工作人员，后面是着深色衣服的杂色人等。

沈若鱼不愿站在前面，与中间的人也是半熟脸，还是不见为好，便选择了中间与后部相交的位置。

后面的人表情十分悲痛。沈若鱼悄悄问身旁的白衣人，他们是方宁的什么人？亲戚吗？

白衣人答道，简院长哪有这么多的亲属啊。这都是她治好的吸毒病人，听到了她的死讯，自发赶来的。

沈若鱼点点头，心里说，方宁，我终于看到你治好的病人了。

简方宁安卧于鲜花之中，一身雪白的衣衫，宛若女神。沈若鱼轻轻绕过她的鬓边时，清楚地看到她永恒的笑容。她甚至听到简方宁的低语，若鱼，我没有骗你吧？

人们渐渐散去。沈若鱼走到阳光下，春天给了她力量。袅袅的白烟从苍空掠过，那该是方宁眷恋大地的魂灵。

景天星教授走过来说，你好。刚才没有看见你，但我想你一定会来的。

她好像苍老了许多，眼圈灰暗，下颌上的皮肤低垂着，犹如遭了天火的老树。

沈若鱼看着教授，说，您的戒毒医院怎么样了？

教授昂着花白的头颅说，我要纠正你两点，第一，戒毒医院不是我的，是人类的。第二，你凭什么要我回答这个问题？

沈若鱼说，凭着我有简方宁的遗书。您一定愿意看一看。

教授沉吟着，既然我最好的助手把你当成可以托付一切的朋友，好吧，我告诉你。新的院长已经选定，中药戒毒方子，经过蔡医生滕医生他们的集体攻关，其主要成分已确定，也就是说，没有什么人能封锁这个秘方了，实验继续进行。我们获得了更多的支持，钱，物……

沈若鱼打断她说，可是你们缺人，缺戒毒医生，对不对？

教授颈下松弛的脉管绷紧了，顽强地说，对。但是我们正在培养。

沈若鱼说，十年树木，百年树人，恐怕远水解不了近渴。

教授道，你说得不错。可我看不出这有什么令你大感兴趣的地方，袖手旁观，显示你卓越的判断力吗？

沈若鱼笑笑说，教授，看您想哪里去了。我是想向您推荐一个致力于戒毒事业的医生，自觉自愿，身体健康，吃苦耐劳……业务算不上特别出色，但她会努力学习的。

教授立刻进入工作状态，问道，性别？

女。

多大岁数？

和简方宁差不多大。只有一条可能令您不满意，她也是工农兵学员。沈若鱼有些不安地答道。

教授的神气一下子恍惚起来，好像飞到了以前的时光。幸好长期的科学素养使她迅速回归现实，她平静地说，简方宁使我改变了对某种概念的看法。你通知这位女医生下周一到我的办公室来吧，我要面试。

好吧。她会准时到的。沈若鱼说完，离开了教授。

她不想同任何人说话，在这个暖洋洋的春天的上午，天空飞扬着她的好朋友灵魂的气息，混合着青草和杏花的馨香。

微风吹来，她把手揣进衣兜，这样更温暖一些。突然手指触到了那个纸条，她稍稍愣了一下，才想起先生的卡片和预言。

卡片上是资料：

世界范围内的毒品蔓延及泛滥，危害着人类社会的健康和国际社会的安宁，已成为严重的国际性公害，引起了全球的关注。1987 年 6 月，联合国在奥地利首都维也纳召开了部长级禁毒国际会议，有 138 个国家的 3000 多名代表参加，通过了禁毒活动的《综合性多学科纲要》。6 月 26 日会议结束时，与会代表一致通过建议，将每年的 6 月 26 日定为国际禁毒日，以引起世界各国对毒品的认识，号召全球人民共同来解决毒品问题。1990 年 2 月，在纽约召开的联合国第 17 届禁毒特别会议上，通过了《政治宣言》和《全球行动纲领》，又宣布将 20 世纪最后十年（1991～2000），定为联合国禁毒十年。

1995 年 5 月，在北京成功地举办了第一次亚太区域部长级禁毒国际会议，会议通过了表明与会六国七方（包括中国在内）禁毒决心的《北京宣言》，签署了《亚太区域禁毒行动计划》和一系列禁毒合作项目。中国政府和联合国禁毒署还签署了第二期禁毒合作项目文件，中国在禁毒方面取得的成绩和在国际禁毒活动中做出的努力，得到了联合国禁毒署的赞誉。

截至 1996 年 3 月，中国共破获毒品违法犯罪案件 11832 起，比去年同期增加 37%，缴获海洛因 575 公斤，鸦片 234 公斤，分别比去年增加 73% 和 10%。中国共开办强制戒毒所 500 所（个），年强制戒毒 5 万人次，开办劳教戒毒所 65 个。

在明媚的阳光下，沈若鱼把燕子形的纸条缓缓打开，那上面以蓝

411

色笔迹工整地写着：到戒毒医院去。

沈若鱼在心底叹了一声先生的机敏。正待仔细端详那纸，突然一阵轻风吹过，纸条在她手中烟般地粉碎了，裂为无数柳絮般的碎屑，随着温暖的风起舞，渐渐离了她的手指，螺旋地飘荡着。看不见的上升气流托举着它们，融进明亮高远的天际。

那些纸屑，有些是蓝色的，在飞翔中始终闪烁着幽蓝的颗粒，她知道那是那排字的痕迹。

沈若鱼对着天空微笑了一下，她明白是简方宁把她的决心收走了，留作证据。

放心吧！

她的脸朝着风的方向说。

女儿，你是在织布吗？（代后记）

在我正式写作十年以后，当我 44 岁的时候，完成了生平第一部长篇小说，名为《红处方》。

在这之前，我一直在踌躇，自己要不要写长篇小说？因为它对人的精神和体力，都是一场马拉松。我是个青年时代遭过苦的人，对所有长途跋涉的行动，都要三思而后行。我甚至想过是不是一辈子不写长篇小说？因为有好几位我所尊敬的作家，写完长篇后撒手人寰，使我在敬佩的同时，惊悸不止。最后还是决定写，因为我心中的这个故事，像一颗泡过水的黄豆，不断膨胀着，呼唤着我。

写作也像做衣服，先要有材料。鲁迅先生所说，宁可将小说素材压成速写，不可将作速写的材料拉成小说，讲的便是量体裁衣的规则。在我对生活感受的储存里，有许多材料，它们像一些彩色的布头，每当我打开包袱皮，就闪烁着翻滚着跳到眼前，拼命表现自己，希望早些进入笔下。我总是慢慢地审视着它们，估摸着自己裁剪缝纫的技艺，不敢贸然动手。这其中有一堆素色的棉花，沉实地裹成一团，我数次因了它的滞重而绕过，它又在暗夜的思索中，泾渭分明地浮现。

这就是我在戒毒医院的身感神受。也许不仅仅是那数月间的有限体验，也是我从医二十余年心灵感触的凝聚与扩散。我又查阅了许多资料，几乎将国内有关戒毒方面的图书读尽。

以一位前医生和一位现作家为职业的我，感觉到了一种不可推卸的责任。

我是一个视责任为天职的人。

我决定写这部长篇小说。前期准备完成以后，接下来的具体问题就是——在哪里写呢？古话说，大隐隐于市。我不是高人，没法在北京高分贝的声波中定下心来。便向领导告了假，到了我母亲居住的地方。

那是北方的一座小城，并不是我父母的故乡，但他们离休后一直住在那里。父亲最后的时光在那里度过，安息在那片土地上。幽静的院落被一种深沉的暮气萦绕，我的心境浸入了一种生命晚期的苍凉。

母亲问我选在家中哪一间房屋写作，按她的意思，是将我安顿在一间大大的朝阳房屋，那是整所住宅中最豁亮的地方。我迟疑着，想象中我未曾落笔的小说，似是一种更为凝重的调子。我最后选定了父亲生前的卧室。自老人仙逝以后，房门紧闭，一种极端的整洁和肃穆凝结在每一立方厘米的空气中。推开门来，是父亲巨大的遗像，关切地俯视着我。正是冬天，母亲说，这屋冷啊。我说，不怕。我希望自己在写作的全过程中，始终感到微微的寒意，它督我努力，促我警醒。

写作长篇小说，并不像我想象的那样可怕。在大约3个月的时间里，我日出而作，日落而息，像工厂的工人一般准时，每天以大约5000字的匀速推进着。有不少时候，我很想写得更多一些，汹涌的思绪，仿佛要代替我的手指敲击计算机键盘，欲罢不能。但我克制住自己的激情，强行中止写作，去和妈妈聊天。这不但是写作控制力的需要，更因为我既为人子，居在家中，和母亲交流就是非常重要的大事。母亲从不问我写的是什么，只是偶尔推开我的房门，不发出任何声响地静静看着我，许久许久。我知道这种探望对她是何等重要，就隐忍了很长时间，但有一天终于耐不住了，对她说，妈，您不能时不时地这样瞧着我。您对我太重要了，您一推门，我的心思就立刻集中到您身上，事实上停止了写作。我没法锻炼出对您的出现置若罔闻的能力……

从此母亲不再看我，只是与我约定了每日三餐的时间，到了吃饭的钟点，要我自动走出那间紧闭的屋子，坐到饭厅。偶尔我会沉浸在写作的惯性中，忘了时辰，母亲会极轻地敲敲门。我恍然大悟地跑出去，才发现母亲守在餐桌旁，菜已凉，粥已冷，馒头不再冒气，面条凝成一坨……我怪她为什么不自己先吃一点，她总是说，你爸爸在的时候，我也总是等他一起吃。

于是母女相对无言。以后的日子，我再不敢丝毫贻误吃饭。

打印出的稿纸越积越厚了，母亲有一次对我说，女儿，你是在织布吗？

我说，布是怎样织出来的，我没见过啊。

母亲说，织布女人，要想织出上等的好布来，就会钻到一间像地窖样的房子里，每日早早地进屋，晚晚地才出来，不能叫人打搅，也不跟别人说话。

　　我说，布难道也像冬储大白菜似的，需遮风避雨不见光吗？

　　母亲说，地窖里土气潮湿，布丝不易断，织出的布才平整。人心绪不一样，手下的劲道也是不同的。气力有大小，布的松紧也就不相同。人若是能坚持一天不说话，心里的那口气是饱满均匀的，绵绵长长地吐出来，织的布才会像潭水一般光滑。

　　我凛然一惊。

　　母亲的话里有许多深刻的道理，可惜我听到它的时候，生平的第一匹长布，已是疙疙瘩瘩地快要织完了。

　　好在我以后还会不断地织下去，穷毕生精力，争取织出一幅好布，以告慰无微不至关怀我的母亲，告慰父亲九天之上的英灵。

1996.12.31